世界孤本小说

世界传世藏书

【图文珍藏版】

马松源⊙主编

线装书局

目　录

世界孤本小说

全译插图本

不能承受的生命之轻

[捷克] 米兰·昆德拉 ◎ 著　　王茵 ◎ 译

导　读

　　《不能承受的生命之轻》是米兰·昆德拉的才华得到集中体现的一部作品。米兰·昆德拉从一两个关键词以及基本情境出发构成了小说的人物情节。他以一个哲人的睿智将人类的生存情景提升到形而上学的高度加以考虑、审查和描述；由此成功地把握了政治与性爱两个敏感领域，并初步形成了"幽默"与"复调"的小说风格。米兰·昆德拉更关注人物的基本境遇——"哲学是在没有人物、没有境遇的条件下进行的"。《不能承受的生命之轻》一开始就将托马斯的问题摆在那里：在没有永劫回归的世界里，生命存在之轻。小说首先提出问题为托马斯设定规定情境，即轻与重的存在编码；于是哲学思考本身有了小说性，问题本身则是小说家在作品中显现的哲学思考。米兰·昆德拉问题研究的重要特征是拒绝得出结论，他认为是塞万提斯让人知道世界没有绝对的真理，只有一大堆相对的问题。

　　米兰·昆德拉在小说中提出轻、重、灵、肉、记忆、虚弱、晕眩、牧歌、天堂等一系列的生存暗码，并与人物一一对应，支撑起各自的生存状态，展现了心灵与肉体的两重性，而每个关键词都是人物不同可能性的侧面。可能性是与一次性抗争的最积极的方式，因而此书可视为对自以为是的"绝对"的瓦解。而生命由于缺乏绝对的意义，变得没有依凭与支撑，甚至不如随风飞舞的羽毛那样有确定的方向。本书描述一九六八年苏俄入侵捷克时期，民主改革的气息演变成专横压榨之风潮，本书剖示隐秘的无情，探讨爱的真谛，涵盖了男女之爱、朋友之爱、祖国之爱。在任何欲望之下，每个人对于各类型的爱机皆有自由抉择的权利，自应负起诚恳执着的义务。人生责任是一个沉重的负担，却也是最真切实在的，解脱了负担，人变得比大陆还年轻，以真而非，一切将变得毫无意义。

　　作者在书中探讨更多的是人生的意义和价值之所在，人生是要有一种信念的，不能被交给机遇和偶然，甚至是一种媚俗。

第一部　轻与重

1

永恒轮回是一种神秘的观点，尼采曾用它叫很多哲学家沉于窘境：试想吧，终有一天，一切都将以我们历经的方式重现，并且这种反复还将一直重复下去！这一荒诞的观点到底意味着什么？

永恒轮回之说从另一面肯定了生命只要永远消逝，就不再回复，好像影子一样，没有分量，未灭先亡，哪怕它是冷酷，漂亮，或是缤纷的，这份冷酷、漂亮和缤纷也都没有丝毫意义。对它我们不必太在乎，它就好像是十四世纪非洲部落之间的一次战争，即便这期间有三十万黑人在难以描述的凄惨中死去，也丝毫改变不了世界的面貌。

假使十四世纪这两个非洲部落之间的战争永恒轮回，无数次地重复，那么战争本身是不是会有所改变？

会的，原因是它将成为一个突出的硬疣，一直存在，此举之愚蠢将无法饶恕。

假使法国大革命一直地重演，法国的史书就不会如此以罗伯斯庇尔为荣了。正因为史书上提到的是一桩不会重现的往事，血腥的历史于是化成了文字、理论和研讨，甚至比一片鸿毛还要轻，不再让人恐慌。一个在历史上只出现一次的罗伯斯庇尔和一位循环轮回、不停来砍法国人头颅的罗伯斯庇尔之间，有着天壤差别。

且说永恒轮回的观点阐述了这样一种视角，事物并非是我们所熟知的那样，原因是事情在我们眼中并不因为稍纵即逝就具有减罪之情状。确实，减罪之情状常常阻止我们对事情妄下结论。那些稍纵即逝的事物，我们可以去谴责吗？橘黄色的落日余晖给一切都带上一丝怀旧的温情，即便是断头台。

前段时间，我被自己体会到的一种不敢确信地感觉所震惊：在翻阅一本有关希特勒的书时，我因其中几幅他的照片而触动。它们叫我回忆起我的童年，我的童年是在战争中度过的，好几位亲人都死在纳粹集中营里。可与这张叫我回忆起生命的过去，回忆起不复返的昨日的希特勒的照片对比而言，他们的死根本算不上什么。

和希特勒的这种和解，暴露了一个建立在轮回不存在之上的世界所原有的深刻的道德沦丧，因为在这个世界上，一切都提前被原谅了，一切也就被恶劣地承认了。

2

如果我们生命的每一秒钟得无限重复，我们就会像耶稣被钉死在十字架上一样被钉死在永恒上。这一想法是残酷的。在永恒轮回的世界里，一举一动都承受着不能承受的责任重负。这就是尼采说永恒轮回的想法是最沉重的负担（das schwerste Gewicht）的缘故吧。

如果永恒轮回是最沉重的负担，那么我们的生活，在这一背景下，却可在其整个的灿烂轻盈之中得以展现。

但是，重便真的残酷，而轻便真的美丽？

最沉重的负担压迫着我们，让我们屈服于它，把我们压到地上。但在历代的爱情诗中，女人总渴望承受一个男性身体的重量。于是，最沉重的负担同时也成了最强盛的生命力的影像。负担越重，我们的生命越贴近大地，它就越真切实在。

相反，当负担完全缺失，人就会变得比空气还轻，就会飘起来，就会远离大地和地上的生命，人也就只是一个半真的存在，其运动也会变得自由而没有意义。

那么，到底选择什么？是重还是轻？

巴门尼德早在公元前六世纪就给自己提出过这个问题。在他看来,宇宙是被分割成一个个对立的二元:明与暗,厚与薄,热与冷,在与非在。他把对立的一极视为正极(明、热、薄、在),另一极视为负极。这种正负之极的区分在我们看来可能显得幼稚简单。除了在这个问题上:何为正,是重还是轻?

巴门尼德答道:轻者为正,重者为负。他到底是对是错?这是个问题。只有一样是确定的:重与轻的对立是所有对立中最神秘、最模糊的。

3

多年来,我一直想着托马斯。但只是在这些思想的启发下,我才第一次真正看清他。我看见他,站在公寓的一扇窗户前,目光越过庭院,盯着对面房子的墙,他不知道他该做什么。

大约是三个星期前,他在波希米亚的一个小镇上认识了特蕾莎,两人在一起差不多只待了个把钟头。她陪他去了火车站,陪他一起等车,直到他上了火车。十来天后,她来布拉格看他。他们当天就做了爱。夜里,她发起烧,因为得了流感,在他家整整待了一星期。

对这个几乎不相识的姑娘,他感到了一种无法解释的爱。对他而言,她就像是个被人放在涂了树脂的篮子里的孩子,顺着河水漂来,好让他在床榻之岸收留她。

她在他家待了一个星期,流感一好,便回到她居住的城镇,那儿离布拉格两百公里。正是在这个时候出现了我方才提及的那个片刻,即我看到了托马斯生活关键的那个时刻:他站在窗前,目光越过庭院,盯着对面房子的墙,在思忖:

是否该建议她来布拉格住下?这份责任令他害怕。如果现在请她来家里住,她一定会来到他身边,为他献出整个生命。

要么该放弃?这样一来,特蕾莎还得待在乡下的小酒店做女招待,那他就再也见不到她了。

他是想她来到他身边,还是不想?

他目光盯着院子对面的墙,在寻找一个答案。

他一次又一次,总是想起那个躺在他长沙发上的女人的模样;她和他过去生活中的任何女人都不一样。既不是情人,也不是妻子。她只是个他从涂了树脂的篮子里抱出来,安放在自己的床榻之岸的孩子。她睡着了。他跪在她的身边。她烧得直喘气,越喘越急促,他听到了她微微的呻吟。他把脸贴在她的脸上,在她睡梦中轻声安慰她。过了一会儿,他感觉她的呼吸平静了一些,她的脸不由自主地往他的脸上凑。他感到她的双唇有一股微微有点呛人的高烧的热气味。他吸着这股气息,仿佛想啜饮她身体的隐秘。于是他想象她已经在他家住了许多许多年,此刻正在死去。突然,他清楚地意识到她要是死了,他也活不下去。他要躺在她身边,和她一起死。受了这一幻象的鼓动,他挨着她的脸,把头埋在枕头里,许久。

此时,他站在窗前,回想着当时的一刻。如果那不是爱,怎么会出现这样的情景?

可这是爱吗?他确信那一刻他想死在她的身边,这种情感明显是太过分了:他不过是生平第二次见她而已！或许这更是一个男人疯狂的反应，他自己的心底明白不能去爱，于是跟自己玩起了一场爱情戏？与此同时，他在潜意识里是如此懦弱，竟为自己的这场戏选了这个原本无缘走进他生活的可怜的乡间女招待！

他望着院子脏乎乎的墙，明白自己不知道这到底是出于疯狂，还是爱情。

而在一个真正的男人本可立刻采取行动的时刻，他却在责怪自己犹犹豫豫，剥夺了自己一生中最美好的瞬间（他跪在年轻女子的枕边，确信她一死他自己也不能再活下去）的一切意义。

他越来越责备自己，但最终还是对自己说，说到底，他不知道自己想要什么是非常正常的：

人永远都无法知道自己该要什么，因为人只能活一次，既不能拿它跟前世相比，也不能在来生加以修正。

和特蕾莎在一起好呢，还是一个人好呢？

没有任何方法可以检验哪种抉择是好的，因为不存在任何比较。一切都是马上经历，仅此一次，不能准备。好像一个演员没有排练就上了舞台。如果生命的初次排练就已经是生命本身，那么生命到底会有什么价值？正因为这样，生命才总是像一张草图。但"草图"这个词还不确切，因为一张草图是某件事物的雏形，比如一幅画的草稿，而我们生命的草图却不是任何东西的草稿，它是一张成不了画的草图。

托马斯自言自语：einmal ist keinmal，这是一个德国谚语，是说一次不算数，一次就是从来没有。只能活一次，就和根本没有活过一样。

4

一天，在一次手术间歇，一个女护士告诉他有电话找他。他在话筒里听到的是特蕾莎的声音。她是从火车站打来的电话。他很高兴。但不巧的是，那天晚上他有事，只能请她第二天上他家。可一挂上电话，他又自责没有让她马上过来。他还有时间取消已定的约会！他寻思，特蕾莎在他们见面前这漫长的三十六小时里在布拉格会干什么，恨不得立即开车到城里的大街小巷去找她。

第二天晚上，来了。她斜挎着一个包，长长的背带，他觉得她比上次见到时要优雅。她手里拿着一本厚书，是托尔斯泰的《安娜·卡列宁娜》。她显得挺开心的，甚至有点儿聒噪雀跃，努力对他装出她只是偶然路过的样子，是为了一件特别的事：她来布拉格是出于工作上的原因，或许（她的话非常含混）想找一份新工作。

之后，他们并排躺在长沙发上，光着身子，已精疲力竭。夜深了。他问她住在哪儿，他想开车送她回去。她有点尴尬地回答说她正要找一家旅社，来之前把行李寄存在车站了。

前一天晚上，他还担心如果他请她来布拉格，她会来为他奉献一生呢。现在，听说她的行李寄存在火车站，他心想，在她把自己的一生奉献给他之前，已把它存放在那个行李箱里，并寄存在了车站。

他和她一起上了停在房前的汽车，直奔火车站，取出箱子（箱子很大，重极了），带它和特蕾莎一起回家。

他怎么能这么快就做出决定？近半个月来，他一直犹豫不定，甚至都没给她寄过一张明信片。

他自己也对此感到惊讶。他这样做不符合他的原则。他和第一个妻子离婚有十年了，他是带着愉快的心情离婚的，就像别人庆祝结婚一样开心。于是他明白自己天生不是能在一个女人身边过日子的人，不管这个女人是谁，他也明白了只有单身，自己才感到真正自在。所以他费尽心机为自己设计一种生活方式，任何女人都永远不能拎着箱子住到他家来。这也是他只有一张长沙发的原因。尽管这张沙发相当宽敞，可他总和情人们说他和别人同床就睡不着觉，午夜后，他总是开车送她们回去。而且，就在特蕾莎第一次患流感住在他家的时候，他也没有和她一起睡。头一夜，他是在大扶手椅上过的,后几夜他都去医院的诊室,里面有一张他上夜班时用的长椅。

可这一次,他在她身边睡着了。早上醒来,他发现特蕾莎还睡着,攥着他的手。他们是不是整夜都这么牵着手?这让他感到难以置信。

睡梦中她呼吸沉重,她攥着他的手(很紧,他无法摆脱),笨重的行李箱就摆在床边。

他不敢把手抽出来,怕把她弄醒,他小心翼翼地侧过身,好仔细地看看她。

他又一次对自己说,特蕾莎是一个被人放在涂了树脂的篮子里顺水漂来的孩子。河水汹涌,怎么就能把这个放着孩子的篮子往水里放,任它漂呢!如果法老的女儿没有抓住水中那只放了小摩西的摇篮,世上就不会有《旧约》,也不会有我们全部的文明了!多少古老的神话,都以弃儿被人搭救的情节开始!如果波里布斯没有收养小俄狄浦斯,索福克勒斯就写不出他最壮美的悲剧了。

托马斯当时还没有意识到,比喻是一种危险的东西。人是不能和比喻闹着玩的。一个简单比喻,便可从中产生爱情。

5

他和第一个妻子一起生活不到两年,有一个儿子。离婚宣判时,法官把孩子判给了母亲,要托马斯将三分之一的薪水付给母子俩,由此保证他每月可以看儿子两次。

但每次托马斯该去看儿子时,孩子的母亲总是爽约。要是他给他们送上奢华的礼品,他见儿子肯定要容易一些。他终于明白,要付钱给母亲才能得到儿子的爱,而且这笔钱还要预付。他经常设想日后要把自己的思想灌输给儿子,他这些想法与孩子母亲的想法是格格不入的。每次一想到这个问题,他就已经累了。一个星期天,母亲又在最后一分钟不让他跟儿子一起出门,他于是决定这辈子都不要再见到他。

再说,他为什么非要牵挂这个孩子而不牵挂别的孩子呢?他和他没有任何维系,除了那个不慎之夜。抚养费,他可以严格照章支付,可用不着别人来以什么父爱的名义,让他去争什么做父亲的权利。

显然,没人能接受这种理由。父母都谴责他,申明如果托马斯拒绝把自己儿子放在心上,那他们,作为托马斯的父母,也同样不会再关心自己的儿子。为此,他们故意和媳妇保持良好关系,常在亲友面前吹嘘自己的模范态度和正义感。

没过多长时间,他就让自己从妻子、儿子、母亲和父亲处脱了身。从中给他留下的唯一东西,就是对女人的恐惧。他渴望女人,但又惧怕她们。在恐惧和渴望之间,必须找到某种妥协;这就是他所谓的"性友谊"。他常对情人们说:谁无感情投入,谁就无权干涉对方的生活和自由,唯有这种关系才能给双方带来快乐。

为了确保"性友谊"永远不在爱的侵略面前让步,就算是去看老情人,他也要隔上好一阵子。他认为这种方式无懈可击,对朋友炫耀说:"要坚持'三'的原则:可以在短期内去会同一个女人,但绝不要超过三次;也可以常年去看同一个女人,但两次幽会间至少得相隔三周。"

这种方式让托马斯既能和老情人不断线,又能拥有许多露水情人。他并不总是被人理解的。在他这些女友中,只有萨比娜最理解他。她是画家。她常说:"我很喜欢你,因为你是媚俗的对立面。在媚俗之王国,你会是个恶魔。在任何一部美国片或俄国片里,你都只能是那种让人嫌恶的角色。"

所以他请萨比娜帮忙替特蕾莎在布拉格找一份工作。按照不成文的"性友谊"的约定,她答应尽力而为,事实上她没多久就替她在一家周刊的照片冲洗室找了一份差事。这份工作不需要特殊的技能,但让特蕾莎的地位从一个女招待上升到了一个新闻从业人员。萨比娜亲自把特蕾莎介绍给周刊社的人。托马斯心想,他从没有过比她更好的女友。

6

"性友谊"的不成文约定要求托马斯这一生与爱情绝缘。如果他违背这一规定，那他的那些情人就会马上觉得低人一等，就会闹腾。

于是他给特蕾莎弄了一个转租的单室套，她得把她笨重的箱子搬到那儿去。他想照看她，保护她，享受她在身边的快乐，但他觉得没有任何必要改变自己的生活方式。而且他也不想让别人知道她睡在他家里。一起过夜，便是爱情之罪证。

和别的女人一起，他从来都不过夜。要是去她们家幽会，事情很简单，他爱什么时候走就什么时候走。如果她们来家里就麻烦一些，他得跟她们解释说下半夜他得送她们回去，因为他有失眠症，身边有人睡不着觉。这差不多是实话，但主要的原因比较糟糕，他不敢向他的情人们承认：做爱后，他有一种无法克服的需要独处的强烈愿望。他讨厌深夜在一个陌生的身体旁醒来；男女早上起床的情景让他憎恶；他不想有人听见他在浴室刷牙，两人一起亲密用早餐也无法打动他。

这就是为什么他醒后发现特蕾莎紧紧地攥着他的手时会如此惊讶！他看着她，难以明白到底发生了什么事。他回想起刚刚逝去的几个小时的时光，以为从中呼吸到了莫名的幸福的芬芳。

从那以后，两人都乐滋滋盼着共同入眠。我甚至想说，他们做爱的目的并不是追求快感，而是为了之后的共枕而眠。尤其是她，没有他就睡不着觉。如果得一个人呆在单室套（它越来越成为一个托词），她整夜都闭不了眼睛。在他怀中，无论有多兴奋，她都能慢慢入睡。他为她编故事，轻声讲给她听，或者说一些无关紧要的事，声音单调，翻来覆去，但却有趣，给人抚慰。在特蕾莎的脑海中，这些话渐渐化作朦胧的幻影，带她入梦。他完全控制了她的睡眠，要她哪一刻入睡，她就在哪一刻入眠。

睡着时，她还像第一夜那样攥着他：紧紧地抓住他的手腕、手指或脚踝。当他想离开又不弄醒她,他就得使点花招。他从她手中抽出手指(手腕或脚踝),这总会让她在模糊中惊醒过来,因为睡着的时候她也很用心地守着他。为了让她安静,他就塞一件东西到她手中(一件揉成一团的睡衣,一只拖鞋,~本书),而她随后紧紧地攥着它,好像那是他身体的一部分。

一天,他刚哄她入睡,但她还没有进入梦乡,还能回答提问。他对她说:"好了!现在我要走了。""哪儿?"她问。"我要出门。"他认真地说。"我要和你一起去。"她边说边从床上坐了起来。"不,我不要。我这一走就不回来了。"他说着走出了房间,到了门口。她起身跟他到了门口,眨着眼睛。她只穿了一件短睡裙,下面什么也没穿。她的脸麻木,没有表情,但她的动作很有力。他从门口走到走廊上(是楼房的公共走廊),当着她的面关上门。她猛地打开门,跟着他,在半睡眠中确信他想永远地离开她,而她应该留住他。他下了一层楼,站在楼梯口等着她。她在那儿找到他,抓住他的手,拉他回到自己身边,回到床上。

托马斯心想:跟一个女人做爱和跟一个女人睡觉,是两种截然不同,甚至几乎对立的感情。爱情并不是通过做爱的欲望(这可以是对无数女人的欲求)体现的,而是通过和她共眠的欲望(这只能是对一个女人的欲求)而体现出来的。

7

夜半时分,她在睡梦中呻吟起来。托马斯叫醒她,可她一见他的脸,就恨恨地说:"你走! 你走!"而后她给他讲了她的梦:他俩和萨比娜一起呆在某个地方。一个大大的房间。正中间有一张床,就像是剧院的舞台。托马斯命令她待在一边,而他当着她的面跟萨比娜做爱。她在一旁看着,这个场面让她痛苦难忍。她想用肉体的痛苦强压住灵魂的痛苦,便用针往指甲缝里刺。"真是钻心痛!"她边说边握紧拳头,好像她的手真的受了伤。

他把她拉到怀里(她身体直抖个不停),慢慢地,她又在他的怀中睡着了。

第二天,联想到这个梦,他想起了什么。他打开写字台的抽屉,取出一叠萨比娜的信。不一会儿就找到了下面这段话:"我想在我的画室和你一起做爱,就像是在剧院的舞台。周围尽是观众,他们无权靠近我们。但他们的目光却无法离开我们……"

最糟糕的是这封信标有日期。信是新近写的,特蕾莎住到托马斯家都好一阵子了。

他顿时发起火来:"你翻过我的信!"

她没有设法否认,回答说:"是的!那把我撵出门去呀!"

但他没有把她撵出门。他看到了她,就靠在萨比娜的画室的墙上,把针往指甲缝里刺。他双手捂着她的手指,抚摸着,把它们送到唇边,吻着,好像上面还留有丝丝血痕。

但是,从那以后,一切都仿佛在暗中和他作对。几乎每一天,她都能对他隐秘的艳史了解到一点新的东西。

起初他什么都不承认。当证据再确凿不过,他便设法说服她,说他跟多个女人风流与他对特蕾莎的爱情毫不矛盾。可他的说辞前后不一:一会儿否认自己不忠,一会儿又为自己的不忠行为辩解。

有一天,他打电话约一个女友。电话挂掉后,他听到隔壁房间有一阵奇怪的声音,像是牙齿在打颤。

她碰巧来他家,而他却没有发觉。她手中拿着一瓶安定剂,正要往喉咙里灌,但她的手抖得厉害,玻璃瓶磕着牙齿直响。

他冲了过去,像是要把溺水的她救上岸。装缬草根剂的药瓶掉到地上,在地毯上弄了一大块污渍。她拼命挣扎着,想摆脱他,他紧紧按住她,有一刻钟之久,像是在她身上套了一件疯人衣,直到她安定下来。

他知道自己处在无法辩解的境地,因为这一境地是建立在完全不平等的基础之上的：

早在她发现他和萨比娜通信之前，他们曾和几个朋友一起去过一家酒吧。大家庆贺特蕾莎有了份新的工作。她离开了相片冲洗室，成了杂志社的一名摄影师。因为他不喜欢跳舞，医院的一个年轻同事就陪特蕾莎跳。他们优雅地滑入舞池，特蕾莎显得比以往任何时候都美。他不胜惊讶，看到她心领神会无比精确而又温顺地配合着舞伴。这支舞仿佛在宣告，她的忠诚，她对在托马斯眼中看到的每一个热望的满足，并不一定要只维系在他托马斯一人身上，而是随时准备迎合她能遇见的无论哪个男人的召唤。谁都不难把特蕾莎和这个年轻同事想象成一对情人。正是这种极易想象的可能性在刺伤他！特蕾莎的身体在别的男人的怀中充满爱恋地紧紧抱着，这完全可以想象，而这一想法让他的心情糟透了。深夜回家后，他向她承认他很嫉妒。

这种荒诞的、由理论上的可能性所引发的嫉妒，是一个证明，证明他把她的忠诚当作了一个必要条件。可她嫉妒他那些真实存在的情人，他又怎能去责怪呢？

8

白天，她尽力（但难以真正做到）相信托马斯的话，而且尽力像以前那样，始终一副开开心心的样子。然而，白天受抑制的妒意在夜里的睡梦中倍加凶猛，每次做梦末了，必定是一场哭叫，不得不把她唤醒，才能停止。

她的梦好似变奏的主题，或像一部电视连续剧的片段，反反复复。比如有一个梦经常做，那是个猫的梦。小猫总是跳上她的脸颊，爪子伸到她的皮肤里。说真的，这种梦很容易解释：在捷克语中，"猫"为俗语，指漂亮姑娘。特蕾莎感到女人的威胁，感到所有女人的威胁。所有女人都可能成为托马斯的情人，她为此而恐惧。

还有另一类梦，梦中她总是送死。一天夜里，他把她从恐怖的叫声中唤醒，她告诉他做了这样一个梦："那是一个封闭的游泳馆，很大。里面有二十来个人。全是女的。一个个赤身裸体，得围着游泳池不停地走。游泳馆顶上悬挂着一个硕大的篮子，里面有个人。他戴着顶宽檐帽，脸被遮住了，可我知道那是你。你不断给我们大家下令。又喊又叫。要大家边走边唱，还要不断下跪。如果哪个女人没跪，你朝她就是一枪，她一命呜呼跌进游泳池里。这时，剩下的女人会一阵哄笑，又起劲地唱起来。而你呢，你的眼睛始终盯着我们，要是我们中的哪个人做错了动作，你就又是一枪打去。游泳池里到处是死尸，漂在水面。我呢，我很清楚，我实在没有力气再做一个下跪动作了，你马上就会把我杀了。"

第三类梦做的尽是她死后发生的事情。

她躺在一个巨大的棺材里，足有搬家用的卡车么大。身边，尽是女人的尸体。尸体实在太多了，车后门只得敞着，一条条大腿奄拉在门外。

特蕾莎惊叫着："哎！我没有死！我还有各种感觉！"

"我们也一样，我们都还有各种感觉。"那些死尸在冷笑。

死去的女人同活着的女人笑得一模一样。那些活着的女人曾开心地笑着告诉她说，她的牙齿以后会烂，卵巢会得病，脸会长皱纹，她们还说，这完全正常，因为她们牙齿已烂，卵巢已经得病，脸上都长了皱纹。此刻，她们笑着向她解释说，她已经死了，一切都了了。

突然，她憋不住想尿尿。她叫起来："我既然还想尿尿，这证明我没有死！"

她们又哄然大笑："你想尿尿，这很正常！你所有的感觉，都还会持续很长时间。就像有人砍掉了一只手，但很长时间内都会感觉到手还在。我们这些人已经没有尿了，可是我们还总想尿。"

特蕾莎在床上紧靠着托马斯说："她们都同我以你相称，好像她们早就认识我似的，像是我的同志，而我，我真害怕自己不得不永远跟她们在一起待着！"

在从拉丁语派生的所有语言里,compassion(同情)一词都由前缀 com-和词根 passio 组成,该词根原本表示"苦"的意思。在其他语言中,例如捷克语、波兰语、德语、瑞典语,这个词用作名词,由相类似的前缀加"情感"一词组成(捷克语:sou-cit;波兰语:wspótczucie;德语:Mit-gefühl;瑞典语:med-kdänsla)。

在从拉丁语派生的语言中,compassion 这个词的意思是说人们不能对他人的痛苦无动于衷;换言之:也就是人们对遭受痛苦的人具有同情之心。另一个词 pitié 的意思几乎相同(英语为 pity;意大利语为 pietà,等等),该词甚至意味着应该对遭受痛苦的人表示某种宽容。"怜悯"一位妇女,意味着处境比她好,也就意味着降贵纡尊,要与她处于同一位置。

正因为如此,"同情"这个词一般会引发蔑视,它指的是一种处于次要地位的感情,同爱情没有瓜葛。出于同情爱一个人,并非真正爱他。

而在以"情感"而非 passio 即"痛苦"作为词根组成"同情"一词的语言中,该词使用的意义基本相同,但是,很难讲它特指的是不好的或是一般的情感。该词的词源所包含的神秘力量给该词投上了另一层光芒,使其意义更为广泛:有同情心(同感),即能够与他人共甘苦,同时与他人分享其他任何情感:快乐、忧愁、幸福、痛苦。因此这种同情(soucit,wspótczucie,Mitgefühl,medkänsla 的意思)是指最高境界的情感想象力,指情感的心灵感应艺术。在情感的各个境界中,这是最高级的情感。

当特蕾莎梦见往自己的指甲缝里扎针的时候,她暴露了自己的情感,由此向托马斯表明了她在背地里曾搜查过对方的抽屉。如果另一个女人也这样做,他会永远不再理睬她。特蕾莎了解他,当她对他吼:"把我撵出门去吧!"他不仅没有把她撵出去,反而还揭住她的手,吻她的手指尖,是因为在那个时刻,他本人与她有着同样的感觉,感到了手指尖的痛苦,仿佛特蕾莎的手指神经直接连着他的大脑。

要是不具备同情心(同感)这一魔鬼之禀赋,那必定会冷酷地谴责特蕾莎的行为,因为别人的隐私是神圣不可侵犯的,绝对不能打开别人珍藏私人信件的抽屉。可是,同情心已经变为托马斯的命运(或是厄运),他甚至觉得是自己跪在写字桌打开的抽屉前,无法让自己的目光从萨比娜书写的词句中移开。他理解特蕾莎,他不仅无力责怪她,反而因此更喜爱她了。

10

她的举止越来越粗鲁,越来越不近情理。两年前她发现了他的不忠,从此每况愈下。没有任何出路。

怎么回事!难道他就不能断绝那些性友谊吗?不能。不然定会使他撕心裂肺。他无法控制对女人的占有欲。再说,他觉得这样做也毫无用处。他这些艳遇对特蕾莎没有任何威胁,这一点他比任何人都心知肚明。他为什么非要断掉呢?这无异于放弃看一场足球赛,这样做让他觉得十分荒唐可笑。

但还能谈什么乐趣吗?他刚刚出门去同某个情人幽会,便马上对她感到厌恶,发誓这是最后一次见她。他眼前呈现的是特蕾莎的形象,他必须立即麻醉自己才能不再想她。从他认识她起,他不醉酒便无法同别的女人上床!然而,恰恰是他醉酒呼出的气味让特蕾莎更轻易地发现他不忠诚的蛛丝马迹。

他整个儿陷入了怪圈:刚出门去见情妇,马上就没了欲望,可一天没见情人,他会立即打电话约会。

还是在萨比娜那里,他的感觉最好,因为他很清楚她不会声张,他不用担心被人发现。画室里,仿佛浮现着他往昔生活的记忆,那是他牧歌般美妙的单身汉日子。

他可能根本没有意识到自己的变化有多大:他害怕太晚回家,因为特蕾莎在等着一次，萨比娜发现他做爱时偷偷看表，明显想尽快草率完事。

完事后，她没精打采，光着身子在画室里走，然后站在床头尚未完成的一幅油画前，朝托马斯瞥了一眼，发现他在急匆匆地穿衣服。

他很快穿好了衣服，但一只脚还光着。他查看周围，然后四肢趴在地上，在桌子下面寻找什么东西。

她说："当我看着你，我感觉到你同我油画中的永久主题渐渐融为了一体。两种世界的相遇。双重的展示。在放荡的托马斯的身影后，一张浪漫情人的面孔隐约可见，令人无法置信。或者反过来说吧，在一心只想着他的特蕾莎的特里斯丹的身影下，居然可以看到放荡之徒所表现出的美妙世界。"

托马斯又站起身，漫不经心地用一只耳朵听萨比娜说话：

"你在找什么？"她问。

"一只袜子。"

她和他一起在房间内寻找起来，他又四肢着地趴在桌子底下找。

"这里没有袜子。"萨比娜说，"你来的时候肯定没穿。"

"什么？我来时没穿！"托马斯看着手表叫了起来。"我肯定不会穿着一只袜子上这儿来的！"

"不能排除这种可能。近些日子，你整个儿心不在焉。你总是急匆匆的，老看表，忘记穿袜子，也没什么大惊小怪的。"

他决定赤脚穿上鞋。

"外面很冷，"萨比娜说，"我借你一只袜子吧。"

她递给他一只新潮的白色长筒网袜。

他十分清楚，这是报复。是她将袜子藏了起来，以惩罚他在做爱时看表。外边天气那么冷，他也只能听她的了。他回到了家，一只脚上穿着自己的袜子，另一只脚套的是女人穿的白色长袜，袜子卷到脚踝处。

他已是毫无出路:在情妇们眼里,他带着对特蕾莎之爱的罪恶烙印,而在特蕾莎眼中,他又烙着同情人幽会放浪的罪恶之印。

11

为了减轻特蕾莎的痛苦,他娶了她(他们终于退掉转租的那套单室公寓,实际上她早就不住在那里了),还给她弄了只小狗。

小狗是托马斯同事的一头圣伯尔纳纯种母狗生的,公狗是邻居家的一头狼狗。没有人要这样的一窝小杂种,可把它们杀了,他的同事又于心不忍。

托马斯不得不在那窝小狗中挑一只,他知道,没有被选中的,是死的命。他觉得自己简直像是个共和国总统,四个死刑犯中只能赦免一个。他最终选了其中一只,是一只母的,身体模样像狼狗,可头很像那只圣伯尔纳纯种母狗。他把小狗带给了特蕾莎。她抱起小家伙,紧贴在怀里,不料这畜牲尿了她一裙子。

得给它起个名字。托马斯想别人一听到这个名字,就知道是特蕾莎的狗,他想起,当初她不打招呼来到布拉格时,腋下夹着一本书。他于是提出那狗就叫托尔斯泰吧。

"不能叫托尔斯泰,因为这是个小丫头,"特蕾莎反驳说,"倒可以叫它安娜·卡列宁娜。"

"不能叫它安娜·卡列宁娜,一个女人的嘴,根本不会长得这么滑稽。"托马斯说,"不如叫卡列宁。对,卡列宁。这正是我原来一直想象的。"

"叫它卡列宁会不会造成它的性倒错?"

"有可能,要是主人总用公狗的名字来叫一条母狗,那母狗很有可能产生同性恋倾向。"托马斯说。

事情太奇怪了,托马斯预见的事情果真发生了。通常,母狗更依赖男主人,而不是女主人,但卡列宁恰恰相反。它铁了心跟特蕾莎亲。托马斯对它心怀感激之情。他常抚摸着它的头对它说:"卡列宁,你做得对,我期待你的正是这一点。那事我一个人做不到,你得帮我。"

但是,即使有卡列宁的帮助,他还是无法让特蕾莎幸福。俄国人的坦克占领他的国家十来天后,他才明白了这一点。那是在一九六八年八月,苏黎世有一家医院的院长,托马斯是在一次国际研讨会上同他结识的,他每天都从苏黎世给托马斯打电话。他为托马斯担惊受怕,主动提出给他提供一份工作。

12

瑞士那位院长的好意托马斯毫不犹豫地回绝了,这完全是因为特蕾莎的缘故。他觉得她是不想走的。况且,占领的最初七个日子,她是在一种兴奋的状态中度过的,简直像是某种幸福。她常在街上转,手里拿着照相机,还给外国记者发胶卷,那些记者争着要。一天,她胆子实在也太大了,竟然贴近一个军官,拍下了他用手枪对准游行人群的镜头,她因此而被捕,在俄军司令部关了一夜。他们甚至威胁要枪毙她。可刚一放出来,她又跑到街上去拍照。

占领的第十天,她问托马斯:"你到底为什么不想去瑞士呢?"对这一问,托马斯当然也就不感到惊奇了。

"那我为什么非要去呢?"

"在这里,他们可是要跟你算账的。"

"他们跟谁没账算?"托马斯做出一个听天由命的动作,反驳道,"告诉我,你能在国外生活吗?"

"为什么不能?"

"瞧你已准备为自己的国家奉献自己生命的样子,我在纳闷,你现在怎么能离得开呢?"

"打从杜布切克回来后,一切全变了。"特蕾莎说。

事实确实如此:兴奋的日子只持续了占领后的头七天。捷克的国家政要被俄国军队像罪犯一样一个个带走,谁也不知道他们在什么地方,大家都为他们的性命担忧,对俄国人的仇恨像酒精一样,让人昏了头脑。那简直是仇恨的狂欢节。波希米亚的各城镇贴满了成千上万的大字报,有讽刺的,有挖苦的,还有诗歌和漫画,矛头直指勃列日涅夫和他的军队,嘲笑他们像是一群没有文化的马戏团小丑。但是天下没有永远不散的节日。就在这些日子里,俄国人强迫那帮被劫持的捷克政要妥协,在莫斯科签了协议。杜布切克带着这份妥协的协议,回到布拉格,并在电台发表了讲话。六天的监禁竟把他折磨得不成人样,连话都讲不出来,结结巴巴,不停地喘气,连一个句子都讲不完整,一停就差不多有半分钟。

这一妥协,倒是使国家免遭厄运,没有造成大批的人被枪决,被流放到西伯利亚,这种命运,谁不怕呢。但是有一件事很快再也清楚不过:波希米亚不得不在征服者面前下跪。这个国家将永远像亚历山大·杜布切克那样,结结巴巴,忍气吞声,仰人鼻息。狂欢节结束了。屈辱从此成了家常便饭。

特蕾莎对托马斯细述这一切,他也知道这是事实,但是在这一事实背后,还隐藏着另外的理由,让特蕾莎想离开布拉格的更主要理由:她在这里过得一直很痛苦。

她在布拉格街上冒着生命危险拍摄俄国士兵的镜头,这是她度过的最美好的日子。在这些日子里,她梦中的电视连续剧终于断了,夜里得到了安宁。俄国人用他们的坦克给她带来了安详。可现在,狂欢节结束了,她又开始害怕夜晚的到来,她想逃离那些夜晚。她发现,让她充满力量和快乐的环境是存在的,她渴望到国外去,希望找到类似的环境。

"萨比娜已移居瑞士,你一点也不介意吗?"托马斯问。

"日内瓦不是苏黎世,"特蕾莎回答说,"她在那里肯定不会像在布拉格那样让我

不能承受的生命之轻

在意。"

谁要是想要离开自己生活的地方,那他准是不快活。特蕾莎渴望移居国外,托马斯像被告接受判决一样接受了特蕾莎的这一愿望。他是身不由己,就这样没过多久,他便带着特蕾莎和卡列宁来到了瑞士最大的城市。

13

他买了一张床,安置在一间空空的居所里(他们还没有钱添置其他家具),随后便以一个年过四十、开始新生活的男人所有的一切热情,狂热地投入了工作。

他给在日内瓦的萨比娜打了多次电话。在俄国人人侵一个星期前,萨比娜碰巧到日内瓦办画展,瑞士那些爱画的人出于对她弱小祖国的同情,买了她展出的全部画作。

"多亏俄国人,我才发了财!"她在电话里边说边笑起来。她请托马斯去她的新画室看看,并向他保证,新画室与他在布拉格熟悉的那一间没有多少差别。

他巴不得去看看她,但找不到向特蕾莎解释出门的理由。于是萨比娜来到了苏黎世。她住进一家饭店。托马斯下班后去看她,他在大堂通过电话通知萨比娜,然后上楼到她的房间。她打开门,站在他的面前,修长的漂亮大腿,裸露着,除了短裤和胸罩,头上戴着一顶圆礼帽。她久久地凝望着托马斯,一动不动,一句话也没有。托马斯也呆在那里,一动不动,没有言语。随后,他发现自己是太激动了。他伸手摘下她头上的圆礼帽,放在床头柜上。两人开始做爱,还是没说一句话。

从饭店回苏黎世那个家(早些天添置了一张桌子、几把硬椅、几张扶手椅和一块地毯)的路上,他自言自语,带着一种幸福感,说他这种生活方式是走到哪儿带到哪儿,就像蜗牛驮着整个家。特蕾莎和萨比娜代表着他生活的两极,相隔遥远,不可调和,但两极同样美妙。

然而,由于他总是带着自己的这种生活方式,如同割舍不了身上的阑尾,特蕾莎也就永远得做那些不变的噩梦。

他们来到苏黎世六七个月后的一天晚上，他回家晚了，到家后发现桌子上有一封信。她告诉他，她已回布拉格去。她之所以走，因为她实在没有力量在国外生活下去。她心里清楚，她在这里对托马斯来说本应是一种支持，但她知道自己没有这样的能力。当初她太幼稚了，原以为国外的生活会改变她。她以为，经历了在占领的日子里她所经历的一切之后，自己已经不再平庸，已经长大、懂事、变得勇敢，但她过高估计了自己。她成了托马斯的负担，而这又正是她不愿意的事情。她想在不可救药之前承担后果。还请他原谅将卡列宁也带走了。

他吃了药效很强的安眠药，可是直到清晨才迷迷糊糊睡着。庆幸的是，那是个星期六，他可以呆在家里。他反反复复，对形势作了估量：波希米亚与世界其他地方的边境已经封闭，与他们离开的时候已经不一样了。电报也好，电话也罢，都无法将特蕾莎唤回来。官方怎么也不会再让她离境的。对眼下的这一切，他怎么也难以相信，可是特蕾莎的出走已是无法挽回的事实。

14

一想到自己已经绝对无能为力，他便陷入了一种惊恐状态，但同时反倒镇静下来。没有人逼他非做出决定不可。他用不着非盯着对面楼房的墙，一边追问自己到底想或不想与她生活在一起。这一切，特蕾莎本人已经决定了。

他去饭店吃午饭。他感到很伤心，但吃着吃着，原本绝望的情绪好像放松了，仿佛绝望已经淡去，只剩下几许忧郁。他回想起与她共同度过的时光，心想他们的故事不可能会有更好的结局。即使让人来编造这个故事，也很难有别的结局：

一天，特蕾莎没有打一声招呼就来到他的家里。又一天，她以同样的方式离去了。她来时带着一个沉重的行李箱。她走时，还是带着一个沉重的行李箱。

他付了账,走出饭店,想在街上逛逛,满怀的忧郁渐渐地令他心醉。他同特蕾莎已经生活了七个春秋,此刻他才发现,对这些岁月的回忆远比他们在一起生活时更加美好。

他和特蕾莎之间的爱情无疑是美好的,但也很累人:总要瞒着什么,又是隐藏,又是假装,还得讲和,让她振作,给她安慰,翻来覆去地向她证明他爱她,还要忍受因为嫉妒、痛苦、做噩梦而产生的满腹怨艾,总之,他总感到自己有罪,得为自己开脱,请对方原谅。现在,再也不用受累了,剩下的只有美好。

星期六的夜晚开始了;他第一次独自在苏黎世漫步,深深地呼吸着自由的芬芳。在每个角落,都潜藏着诱惑。未来成了一个谜。他又回到了单身汉的生活,他曾坚信自己命中注定要过这种生活,因为只有在这样的生活中他才真正是他自己。

他跟特蕾莎捆在一起生活了七年,七年里,他每走一步,她都在盯着。仿佛她在他的脚踝上套了铁球。现在,他的脚步突然间变得轻盈了许多。他几乎都要飞起来了。此时此刻,他置身于巴门尼德的神奇空间:他在品尝着温馨的生命之轻。

(他是否想给住在日内瓦的萨比娜打电话?是否想跟近几个月在苏黎世结识的某个女人联系?不,他丝毫没有这份欲望。一旦他同别的女人在一起,他非常清楚,对特蕾莎的怀念会给他造成无法承受的痛苦。)

15

因忧郁而造成的这份奇异的迷醉一直持续到星期天的晚上。到了周一,一切都变了。特蕾莎突然闯入他的脑海:他感受到她在写告别信时的那种感觉;他感到她的手在颤抖;他看见了她,一只手拖着沉重的行李箱,另一只手用皮带牵着卡列宁;他想象着她把钥匙插进了布拉格的那套公寓的锁眼里转动,当门打开的那一刹那,扑面而来的是废弃的凄凉气息,而此时,这气息直钻他的心扉。

在这美好而忧郁的两天里,他的同情心(这一惹祸的心灵感应)在歇息。这同情心在睡大觉,就像一个矿工劳累了一个星期之后,在星期天好好睡上一觉,以便星期一有力气再下井去干活。

托马斯在给一个病人做检查,眼前的病人变成了特蕾莎。他定了定神:别想了!别想了!他自言自语:我得了同情病,所以她走了,我再也看不见她了,这倒是件好事。我要摆脱的不是她,而是同情病,是我原来没有得过、由她给我接了种的同情病!

星期六和星期日,他感觉到温馨的生命之轻从未来的深处向他飘来。星期一,他却感到从未曾有过的沉重。重得连俄国人的千万吨坦克也微不足道。没有比同情心更重的了。哪怕我们自身的痛苦,也比不上同别人一起感受的痛苦沉重。为了别人,站在别人的立场上,痛苦会随着想象而加剧,在千百次的回荡反射中越来越深重。

他不断呵斥自己,警告自己不要向同情心投降,于是同情心乖乖听从,好像犯了罪似的低下了头。同情心清楚自己滥用了权利,但又暗暗地较劲儿。因此,特蕾莎走后五天,托马斯告诉(俄国人入侵后曾每天打电话给他的)那个医院院长,说他要立即回去。他自感羞愧。他知道院长准会觉得他这样做实在不负责任,因而不可原谅。他多少次想向他倾诉一切,告诉他特蕾莎的事情,以及她留在桌子上的信。但他什么也没有做。在一位瑞士医生看来,恐怕特蕾莎的行为只能是歇斯底里的反应,让人反感。而托马斯不允许任何人觉得特蕾莎不好。

院长果真生了气。

托马斯耸了耸肩膀,说道:"Es muss sein.Es muss sein."

这是借用的话。是贝多芬最后一首四重奏最后一个乐章的两个动机:

为了让这几个字的意义绝对清晰明了，贝多芬在最后一个乐章上方标注了如下字眼："Der schwer gefasste Entschluss"——细加掂量的决断。

一提到贝多芬，托马斯觉得已经回到特蕾莎身旁，因为当初是她逼他非买下贝多芬的那些四重奏和奏鸣曲唱片。

再说，这一提实在及时，完全出乎他的想象，因为院长是音乐迷。他带着清澈的笑容，轻轻地用嗓子模仿贝多芬的曲调："Muss es sein?"非如此不可？

托马斯又说了一遍："对，非如此不可！Ja，es muss sein！"

16

同巴门尼德不同，贝多芬似乎将重当作某种正面的东西。"Der schwer gefasste Entschluss"，细加掂量的决断与命运之声（"es mlass sein！"）联系在一起；重、必然和价值是三个有内在联系的概念：必然者为重，重者才有价值。

这一信念产生于贝多芬的音乐，尽管责任可能（或者大概）应该归于贝多芬的阐释者，而不是曲作者本人，我们大家今天都多多少少分享这份信念：对于我们所有人来说，人的伟大在于他扛起命运，就像用肩膀顶住天穹的巨神阿特拉斯一样。贝多芬的英雄，是托起形而上之重担的健将。

托马斯开车向瑞士边境驶去，我在想象，满怀忧伤、一头乱发的贝多芬本人，正在指挥着当地的消防员乐队，为他演奏着一曲名为"Es muss sein！"的告别流亡进行曲。

但是不久，他穿过捷克边境后，迎头而来的却是一长列俄国坦克。他不得不把车停在一个十字路口等着，坦克队伍过了足足半个小时。一个吓人的坦克兵穿着一身黑军装，站在十字路口指挥车辆，好像波希米亚的所有道路都只归他一个人似的。

"Es muss sein！非如此不可！"托马斯重复着。但是，他很快又开始怀疑：真的非如此不可？

是的，要是留在苏黎世，想象特蕾莎一个人呆在布拉格，这实在让他受不了。

那他将遭受同情心多长时间的折磨？整个一生？整整一年？一个月？或只是一周？

他怎么能知道呢？他又怎能证明这一点？

在物理实验课上，任何一个中学生都能验证科学假设的准确性。但是，人只有一次生命，绝无可能用实验来证明假设，因此他就永远不可能知道为自己情感所左右到底是对还是错。

打开公寓门时，他正在思考上面的问题。卡列宁迎面跳到他身上来，重逢时刻竟是这样轻易来到。投进特蕾莎怀抱的欲望（他在苏黎世上车时分明还感到这份欲望）消失得无影无踪。他俩面对面站在雪原中央，冻得瑟瑟发抖。

17

从占领第一天起，俄国飞机便整夜整夜在布拉格城市上空飞。这种声音托马斯已经不习惯，实在难以入睡。

他在已经入睡的特蕾莎身边辗转反侧，想起若干年前在谈及无关紧要的话题时她对他说过的话。他们当时谈到她的朋友 Z，她声明说："如果我没有遇到你，我肯定会爱上他。"

当时，这番话曾将托马斯抛入莫名的忧郁之中。确实，他突然醒悟到，特蕾莎爱上他而不是 Z，完全出于偶然。除了她对托马斯现实的爱，在可能的王国里，还存在着对其他男人来说没有实现的无数爱情。

我们都觉得，我们生命中的爱情若没有分量、无足轻重，那简直不可思议；我们总是想象我们的爱情是它应该存在的那种，没有了爱情，我们的生命将不再是我们应有的生命。我们都坚信，满腹忧郁、留着吓人的长发的贝多芬本人，是在为我们伟大的爱情演奏"Es muss sein!"。

托马斯想起特蕾莎谈 Z 朋友时说的话,发现"她"生命中的爱情故事并非建立在 "Es muss sein"之上,而是建立在"Es könnte auch anders sein"上面,即"别样亦可"……

七年前,在特蕾莎居住的城市医院里,偶然发现了一起疑难的脑膜炎,请托马斯所在的科主任赶去急诊。但是,出于偶然,科主任犯了坐骨神经痛病,动弹不得,于是便派托马斯代他到这家外省医院。城里有五家旅馆,可是托马斯又出于偶然在特蕾莎打工的那家下榻。还是出于偶然,在乘火车回去前有一段时间,于是进了旅馆的酒吧。特蕾莎又偶然当班,偶然为托马斯所在的那桌客人提供服务。恰是这六次偶然把托马斯推到了特蕾莎身边,好像是自然而然,没有任何东西在引导着他。

他回到波希米亚是因为她。如此必然的决定依赖的却是这样偶然的爱情,七年前如果不是科主任犯了坐骨神经痛病,这一爱情根本就不会存在。这个女人,这个绝对偶然的化身,现在就睡在他的身边,在睡梦中深深呼吸着。

已经很晚了。托马斯感到自己的胃开始痛起来,每逢绝望的时刻,他都会胃痛。

特蕾莎的呼吸有一两次变成了轻轻的鼾声。托马斯感觉不到自己丝毫的同情心。他唯一感觉到的,是胃中央的压迫和归来的绝望。

第二部　灵与肉

1

　　作者要想让读者相信他笔下的人物确实存在，无疑是愚蠢的。这些人物并非脱胎于母体，而是源于一些让人浮想联翩的句子或者某个关键情景。托马斯就产生于 einmal ist keinmal 这句话，特蕾莎则产生于肚子咕噜咕噜叫的那一刻。

　　她第一次迈进托马斯寓所门槛的时候，肚子一阵咕噜咕噜叫。这不用奇怪，她没有吃中饭也没有吃晚饭，只是中午上火车之前，在站台上吃了一个三明治。她脑子里只有那个斗胆地出游计划，连吃饭也忘了。但是对自己的身体越是毫不关心，越容易遭到它的惩罚。就在她和托马斯面对面的时候，她受到了折磨，听到肚子在咕噜噜叫唤！她难受得几乎要哭了。好在十秒钟之后，托马斯就将她拥在怀中，她终于忘记了肚子的叫声。

2

　　产生特蕾莎的这一情景，粗暴地显示了肉体和灵魂之间不可调和的两重性——这一人类根本的体验。

　　从前，人们总是惊恐地听自己胸膛深处传出有节奏的咚咚声，想知道到底是什么。人当然不会把自己完全等同于像肉体那样奇异、陌生的东西。肉体是囚笼，里面有个东西在看、在听，在害怕，在思索，在惊奇；这东西在肉体消失之后还在，还残存，它就是灵魂。

当然，肉体在今天已不再神秘莫测。人们知道，胸腔中不停敲打的是心脏，鼻子仅仅是为肺输送氧气、突出在体外的一个管道口，脸部不过是标志身体各种机能的仪表盘，标着吃、看、听、呼吸和思考。

自从人能够说出身体各个部分的名称，肉体带来的担忧便减少了。任何人也都知道灵魂不过是大脑灰质的活力。灵魂和肉体的两重性曾一度为科学术语所遮蔽，而今天，也不过是一种陈旧、片面的观念，必然招来嘲笑。

但是，疯狂地爱和听到肚子咕咕叫，这两者足以使灵魂和肉体的统一性——科学时代的激情幻想——在顷刻间化为乌有。

3

她试图透过肉体看到自己。于是她经常照镜子。因为害怕被母亲撞见，每次照镜子都仿佛是一桩秘密的罪恶。

吸引她走到镜子前的并不是虚荣心，而是在镜中能看到自我令她震惊。她忘记了眼前看见的是个传达身体机能的仪表盘。她相信，透过脸部的线条，呈现给她的是自己的灵魂。她也忘记了鼻子不过是给肺输送氧气的一个管道口。她从中看到的，是她本质的忠实表露。

她久久地凝视着镜子中的自己。偶尔令她不快的是，她在自己的脸上发现了母亲的轮廓。于是她更固执地看着自己，调动自己的意志力，以虚化母亲的影子，然后将之彻底抹去，让完全属于她自己的东西留在脸上。每次成功，于她都是令人陶醉的一刻，灵魂又一次浮现在肉体的表面，如同船员们冲出底舱，奔上甲板，向着天空挥臂高歌。

4

她不仅外表像她的母亲，有时我觉得她的生命也只是她母亲生命的延续，有点像台球的移动，不过是台球手的胳膊所做的某个动作的延续。

那么，这个动作最初产生于何时何地，后来又如何变为特蕾莎的生命的？

也许就产生于那位布拉格商人第一次当面夸女儿美丽的那一刻。这个女孩就是特蕾莎的母亲，当时她才三四岁，父亲说她长得像拉斐尔画中的圣母，她牢牢记住了这句话。后来上了中学，课堂上她没有听老师讲课，却在琢磨与她像的到底是一幅什么样的画。

等到了谈婚论嫁的年龄，有九个男人向她求婚。一个个跪倒在她的身边，围成一圈。她像公主一样，站在中间不知道该选择哪一个。第一个求婚者最英俊，第二个最机智，第三个最富有，第四个最健康，第五个出身最高贵，第六个最会背诗，第七个曾周游世界，第八个会拉小提琴，第九个最具男子气概。九个人都一样跪着向她求婚，九个人的膝盖都磨出了泡。

最终她选择了第九个，倒不是因为这个人最有男子气概，而是因为做爱的时候，她悄声叮嘱他："小心！一定要小心！"但他故意没有采取任何措施，而且也没有及时找大夫给她做人流，弄得她不得不赶紧嫁给他。就这样特蕾莎降生了。数不清的亲友从全国各地赶来，依偎在摇篮边，逗着特蕾莎。母亲却没有去逗。她一句话也不说。她心里在想着另外八个求婚的，觉得每个都比第九个强。

和她女儿一样，特蕾莎母亲也特别爱照镜子。有一天，她发现眼角上有了皱纹，心里直嘀咕，当初的婚姻真是荒唐透顶。这时，她又遇到了一个男人，这人一点也没有男子气概，还犯过几次诈骗罪并有两次离婚史。她厌恶那些膝盖上跪出了泡的求婚者。这一回，她疯了似的想自己跪下来向别人求爱。于是，她跪倒在骗子跟前，抛下特蕾莎和丈夫走了。

最具男子气概的男人变成了最伤心的男人。过度悲伤使他对一切都无所谓,他不分场合到处乱说,想什么就说什么。警察对他的胡言乱语非常恼火,赶紧传讯他,判了他的刑,他被投进监狱。家里被贴上封条,特蕾莎被撵了出来,只好投奔她的母亲。

过了没有多久,最伤心的男人死在狱中,母亲拖着特蕾莎和那个骗子在一个山脚下的镇子安顿下来。继父在一个办公室做职员,母亲在商店做营业员。母亲又生了三个孩子。再后来,有一天她又一次照镜子,她看到自己老了,丑了。

5

发现自己一切都失去了，她于是寻找罪魁祸首。要说有罪，人人有罪。她的第一个丈夫有罪，这个徒有男子汉气概、却不为她所爱的男人，她悄悄叮嘱他一定要小心，可他硬是不听她的话；她的第二个丈夫也有罪，是这个毫无男子气却让她深爱着的男人，把她拖离布拉格，来到这个外省小镇，可他见到女人就追，弄得她没完没了地吃醋。遇到这两个男人，她实在没有办法。唯一属于她、不会从她手里溜走、可以补偿所有这一切的人质，就是特蕾莎。

特蕾莎也许确实应该为母亲的命运负责：她，是一个最有男子气的男人的精子和一个最漂亮的女人的卵子荒诞的结合的产物。正是从这一被叫作特蕾莎的命定的一刻起，开始了母亲马拉松式的不幸人生。

她总是不厌其烦地告诉特蕾莎，做母亲就是牺牲一切。她的话很有说服力，因为她说的是她的亲身经历，她就是一个为了孩子而失去了一切的女人。特蕾莎听着，她相信生命的最高价值就是母性，母性意味着伟大的牺牲。如果母性是一种大写的牺牲，那么做女儿就是永远无法弥补的大写的过错。

6

当然，特蕾莎对那个晚上的情景一无所知，不知道母亲曾低声叮嘱那个最有男子气的男人要小心。她体验的犯罪感就像原罪一样说不清。为了弥补这个罪过，她什么事都做。母亲让她辍学，十五岁就开始端盘子，挣来的一切都上交给了母亲。为了回报母亲的爱，她随时准备奉献一切。她操持家务，照顾弟妹，每个星期天都在洗洗涮涮中度过。真可惜，她读中学时是班里最有天分的学生。她一直想"出人头地"，可对她来说，在这个小镇上能到哪里去出头？每次她洗衣服，盆边总放着一本书。她边洗边翻书,手上的水把书也弄湿了。

在这个家里,不存在什么廉耻心。母亲穿着内衣在房间里走来走去,有时候连胸罩也不穿,夏天有时甚至一丝不挂。继父倒不光着身子乱走,但他总是等特蕾莎洗澡的时候往浴室里闯。有一天她在里面把门锁上了,母亲大发脾气:"你以为你是谁?你以为自己怎么样?你美,他不会把你的美吃了的!"

(这种状况显然表明母亲对女儿的仇恨远超过丈夫带给她的嫉妒。一切都是女儿的过错,甚至包括她丈夫的不忠。女儿居然也要自由,敢争什么权利——比如洗澡时插上门之类的权利,对母亲来说,这远比丈夫想占特蕾莎的便宜更不可接受。)

一个冬日,母亲赤身裸体,在点着灯的房间里走来走去。特蕾莎怕对面楼里的人看见,跑过去拉上窗帘,然而她却听见身后母亲在笑。第二天,母亲的几个朋友来看她。有一个邻居,一个商店的同事,一个本区的小学教师和另外两三个经常见面的女人。特蕾莎过来和她们待了一会儿,有一个女人的儿子也在一旁陪着,那是一个十六岁的男孩。母亲乘机谈起特蕾莎如何护着自己,生怕丢脸。她边说边笑,其他女人也哈哈大笑。接着,母亲又说:"特蕾莎连人要撒尿放屁的都不愿承认。"特蕾莎满脸通红,母亲依然不依不饶:"这有什么难为情的?"她说着便给了自己一个响亮的回答———连放了几个响屁。女人们笑作一团。

7

母亲还大声地擤鼻涕,一五一十地跟别人细讲她如何做爱,还给别人看她的假牙。她会用舌头异常灵巧地一抵,抵出假牙后,上颌往下一拉,包住下面的牙齿,咧着大嘴笑,那模样让人顿时浑身起鸡皮疙瘩。

她的一举一动,只不过是一种粗俗的表示,她要借此抛却她的青春和美丽。当九个求爱者跪倒在她四周的时候,她曾那样小心翼翼地看护着自己的胴体,那时候羞耻心是衡量她身体价值的标准。如果说现在的她寡廉鲜耻，那的确是因为她已经彻头彻尾成了一个不知羞耻的人，仿佛要通过自己的厚颜无耻，以庄严的一笔勾销过去的生活，高声宣告，她曾过于看重的青春和美貌实在是一钱不值。

在我看来，特蕾莎好像是她母亲那个粗俗动作的延续，她母亲要通过这个动作，将一个漂亮女人的过去抛得远远的。

（如果特蕾莎本人也有一些神经质的举动，如果她的举止缺少优雅娴静的气质，那实在不必感到奇怪，因为她母亲最重要的举止，那一自我毁灭的粗犷之举，体现的就是她，就是特蕾莎。）

8

母亲要为自己伸张正义，她要罪犯受到惩罚。她坚持要女儿和她都活在一个没有羞耻的世界里。在这个世界里，青春和美貌了无意义，世界只不过是一个巨大的肉体集中营，一具具肉体彼此相像，而灵魂是根本看不见的。

现在，对特蕾莎那个隐秘恶癖的意义，对她经常站在镜子前长时间地注视自己，我们终于可以比较理解了。这是一场和母亲的战斗。这是一种要有别于其他肉体的渴望，渴望在自己的脸上看见从船肚子里出来的船员重见天日时闪现的灵魂。这并不是一件容易的事，那悲伤、惶恐、愤怒的灵魂深藏在特蕾莎的身体里，一直耻于袒露。

她第一次与托马斯相遇时，情况就是这样。那天，她手托盘子，盘子里放着几大杯啤酒，在酒吧那些酒鬼中间忙碌穿行，盘里的啤酒压得她身体弯曲，她的灵魂蜷缩在胃里或胰腺中。这时，她听见托马斯在唤她，这声叫唤太重要了，因为它来自一位陌生人，他既不认识她母亲也不认识这些酒鬼，每天，她耳朵里充斥的都是这些酒鬼一说再说的粗话和脏话。就凭他是个陌生人，便超越于所有其他人之上。

当然,也有点别的什么使他与众不同:一本书摊放在他的桌子上。在这个酒吧里,还从来没有人在桌子上打开过书。对特蕾莎来说,书是确认一个秘密兄弟会的暗号。事实上,那些从镇上图书馆借来的书,也是她反抗那个围困着她的粗俗世界的唯一武器。尤其是小说,她读了许多,从菲尔丁到托马斯·曼。这些书为她提供了一个机会,在虚幻中逃避,摆脱那种毫无快乐可言的生活。作为一种物品,这些书对于她还有一种意义:她喜欢抱着书在大街上行走。它们对她来说,就像上个世纪花花公子的漂亮手杖,使她显得与众不同。

(将书与花花公子的漂亮手杖相比较,并不完全确切。手杖不仅仅是花花公子有别于他人的标志,还使他们成为新潮、时髦的人物。然而书虽然让特蕾莎有别于其他的女孩,但是却让她过于陈腐。当然,她太年轻了,在她身上不可能看到任何陈腐之气。当那些年轻人带着震天响的收音机在她周围溜达,她觉得他们实在是傻。她并不知道他们这是在赶时髦。)

而那个刚刚叫唤她的男人虽然陌生,却是一个秘密兄弟会的成员。他说话的语气谦和有礼,特蕾莎感到她的灵魂从每一根血管,从每一根毛细血管和毛孔中飞冲到表面,要让他看一看。

9

从苏黎世回到布拉格后,托马斯一想到他和特蕾莎的相遇是因为六次难以置信的偶然巧合,心里就不痛快。

但是,如果一件事取决于一系列的偶然,难道不正说明了它非同寻常而且意味深长?

在我们看来只有偶然的巧合才可以表达一种信息。凡是必然发生的事,凡是期盼得到、每日重复的事,都悄无声息。唯有偶然的巧合才会言说,人们试图从中读出某种含义,就像吉卜赛人凭借玻璃杯底咖啡渣的形状来做出预言。

托马斯出现在酒吧,这对特蕾莎来说绝对是偶然的征兆。他独自坐在桌旁,面前摊放着一本书。他一抬眼,看见了她,微微一笑,说:"来一杯白兰地!"

这时候,广播里正播放着音乐。特蕾莎到吧台拿了一瓶白兰地,伸手拧了拧开关,调大了收音机的音量。她听出是贝多芬的曲子。她是在布拉格的一个弦乐四重奏小乐队到这个小镇上巡回演出后,才知道贝多芬的。那次,特蕾莎(正如我们所知道的,她一直渴望"出人头地")也去了音乐会。整个大厅空荡荡的,她在那里只遇到了药剂师和他的妻子。台上是乐队四重奏,台下是听众三人团。演奏师很友好,并没有因此取消音乐会,整个晚上为他们三个人演奏了贝多芬的最后三部四重奏曲。

事后,药剂师邀请几位演奏师共进晚餐,也邀请了那个素昧平生的女听众。从此,贝多芬对她来说成了"另一面"的世界的形象,成了她所渴望的世界的形象。此刻,她正端着给托马斯的白兰地酒从吧台往回走,她边走边努力想从这一偶然之中悟出点什么:偏偏就在她准备给一个讨她喜欢的陌生男人上白兰地的一刻,怎么会耳边传来了贝多芬的乐曲呢?

偶然性往往具有这般魔力,而必然性则不然。为了这一份难以忘怀的爱情,偶然的巧合必须在最初的一刻便一起降临,如同小鸟儿一齐飞落在阿西西的圣方济各的肩头。

10

他喊她来结账。他合上了书(这是确认一个秘密兄弟会的暗号),她渴望知道他读的是什么书。

"您能把这记在我旅馆的账上吗?"他问。

"当然可以,您的房号是多少?"

他拿出一把钥匙，尾部拴着一个木牌子，上面用红笔标着个"六"字。

"真奇怪，您在六号。"她说。

"这有什么奇怪的？"他问。

她想起她曾和父母一起住在布拉格，那时父母还没有离婚，他们的房子就是六号。但她回答的完全是另外一件事（我们只能为她的机智而赞叹）："您住六号房间，我六点下班。"

"而我，坐七点钟的火车。"陌生人说。

她不知道再说什么，把账单递给他签了字，然后送到旅馆前台。她下班的时候，他已经离开那张桌子走了。他是否领会了她含蓄的暗示？走出饭店的时候，她有点心烦意乱。

对面，在这个脏乱的小镇中心地带，有一个小公园，那里死气沉沉，花木稀少，可对于她却一直是个美丽岛：一块草坪，四棵白杨，几条长凳，还有一棵垂柳和几丛连翘。

他坐在一条黄色的长凳上，从那儿可以看见酒吧的正门。前一天她就坐在这条凳子上，膝盖上还放着一本书！于是她明白了（偶然的命运之鸟一齐飞落在她的肩头），这个陌生人命中注定要出现在她的生命里。他叫她，请她坐在他的身旁。（特蕾莎感到她灵魂的船员冲上了她肉体的甲板。）过了一会儿，她送他到了火车站。分手时刻，他递给她一张名片，上面写着他的电话号码："如果，您偶然有一天来布拉格……"

11

最后一刻他递给她的，远不止是这张名片，还有所有偶然巧合（书、贝多芬、数字六、小公园的黄色长凳等）的召唤，是这一切最终给了特蕾莎离家出走和改变自己命运的勇气。也许还是这些偶然巧合(再说,这一切是如此平常,普通,说真的,也只配发生在这种微不足道的小镇里),唤起了她的爱情,成了她一生汲取不尽的力量之源。

我们每天的生活充满了各种偶然性,确切地说,是人、事之间的偶然相遇,我们称之为巧合。两件预料不到的事出现在同一时刻,就叫巧合。他俩的相遇,便是巧合:托马斯出现在酒吧的时刻,收音机里正播放着贝多芬的乐曲。这些巧合绝大多数都在不经意中就过去了。如果不是托马斯,而是街角卖肉的坐在酒吧的桌子旁,特蕾莎可能不会注意到收音机在播放贝多芬的乐曲(虽然贝多芬和卖肉的相遇也是一种奇怪的巧合)。但是萌生的爱情使她对美的感觉异常敏锐,她再也忘不了那首乐曲。每次听到这首乐曲,她都激动不已。那一刻发生在她身边的一切都闪耀着这首乐曲的光环,美轮美奂。

她到托马斯家去的那天,胳膊下夹着一本小说,在这本小说的开头,写安娜和沃伦斯基相遇的情况就很奇特,他们相遇在一个火车站的站台上,那儿,刚刚有一个人撞死在火车下。小说的结尾,则是安娜卧在一列火车下。这种对称的布局,同样的情节出现在开头和结尾,看来或许极富"小说味"。是的,我承认,但唯一的条件,就是这种小说味对你来说并不意味着"虚构""杜撰",或者"与生活一点不像"。因为人生就是这样组成的。

人生如同谱写乐章。人在美感的引导下,把偶然的事件(贝多芬的一首乐曲、车站的一次死亡)变成一个主题,然后记录在生命的乐章中。犹如作曲家谱写奏鸣曲的主旋律,人生的主题也在反复出现、重演、修正、延展。安娜可以用任何一种别的方式结束生命,但是车站、死亡这个难忘的主题和爱情的萌生结合在一起,在她绝望的一刹那,以凄凉之美诱惑着她。人就是根据美的法则在谱写生命乐章,直至深深的绝望时刻的到来,然而自己却一无所知。

因此我们不能指责小说,说被这些神秘的偶然巧合所迷惑(例如,沃伦斯基、安娜、站台和死亡的巧合,贝多芬、托马斯、特蕾莎和白兰地的巧合),但我们有理由责备人类因为对这些偶然巧合视而不见而剥夺了生命的美丽。

12

偶然的命运之鸟一齐飞落在她的肩头,在它们的促动下,她请了一个星期的假,没有告诉母亲就上了火车。她不时去火车的洗手间照镜子,乞求自己的灵魂在生命中这个具有决定意义的日子里一刻也不要丢弃她肉体的甲板。就这样,她不断照着镜子,忽然害怕起来,因为她觉得咽喉发炎。莫非她会在这个决定命运的日子里发病?

但是不可能有退路了。她在车站给他打了电话,门打开时,她的肚子突然传出了可怕的咕噜声。她感到羞耻,仿佛母亲就在她的肚子里,听见母亲在那里对她的约会冷嘲热讽,要让她扫兴。

一开始她以为他会因为这失礼的响声将她拒之门外,而他却把她一下子拥在怀中。她感激他并不介意她肚子里发出的咕噜声,泪眼蒙眬,倍加狂热地亲他。没过一分钟,他们就做起爱来。做爱的时候,她一直在叫着。她已经在发烧,她感冒了。那条给肺部输送空气的管道红红的,已经堵住了。

她第二次再来的时候,提着一个沉沉的箱子,里面塞满了她所有的衣物,她下决心再也不回那个小镇了。他请她第二天晚上去他家,于是她在一个低档的旅馆待了一夜。第二天早上,她把箱子寄存在火车站的行李处,在布拉格的大街上游逛了整整一天,腋下夹着本《安娜·卡列宁娜》。晚上,她按响门铃,他开了门。她一直没有放下那本书,仿佛那就是她迈进托马斯世界的门票。她明白这张可怜的门票是她唯一的通行证,为此,她真忍不住想哭。为了不让自己哭出声来,她不停地大声说话,一边说,一边笑着。而他还是和上次一样,几乎她刚跨进门槛,他就把她拥在怀里,然后他们就做爱。她跌落在一片浓雾里,什么也看不见,什么也听不见,除了她的叫声。

13

这不是喘息,也不是呻吟,是真正的喊叫。叫声太大了,托马斯不得不让头偏离她的脸远一点,仿佛这尖叫声就要震裂他的耳膜。这不是肉欲的发泄。所谓肉欲便是极度调动众感官:热切地注视对方的一举一动,全神贯注地倾听对方的每一丝声响。恰恰相反,特蕾莎喊叫,却是为了让感官迟钝,使它们无法去注视、去倾听。在她体内发出的喊叫,是为了表达她那幼稚的理想主义的爱情,要消除一切矛盾,消除肉体和灵魂的两重性,甚或消除时间。

她的眼睛是紧闭着的吗? 不,但它们什么也不看,只是盯着空空的天花板;时而,她猛烈地扭着头,一会儿向左,一会儿向右。

后来,叫声终于平息了,她在托马斯身边睡着了,整夜都抓着他的手。

打从八岁开始,她入睡时就用一只手抓着另一只手,想象自己就这样握着所爱的男人,她生命中的那个男人。因此也就不难理解她在熟睡中这样死死地抓住托马斯的手,因为从孩提时代起,她就这样去准备,去练习了。

14

一个女孩子,非但没有"出人头地",反而不得不伺候酒鬼们喝酒,星期天又得给弟妹洗脏衣服,这样一个女孩子,身上渐渐地积聚着一股巨大的生命潜能,对那些上了大学,对着书本就打哈欠的人来说,是难以想象的。特蕾莎读的书比他们多,对生活的了解也比他们透彻,但她自己从未意识到这些。自学者和学生的区别,不在于知识的广度,而在于生命力和自信心的差异。特蕾莎一到布拉格,就满怀激情投入到新生活之中,但这份激情既高涨又脆弱。她好像总害怕有一天人们会对她说:"这里不属于你! 回到你原来的地方去!"她生活的全部渴望系于一线:托马斯的声音。正是这声音让特蕾莎那羞怯地深藏在体内的灵魂升腾起来。

她在一家杂志社的照片冲洗室找到一份差使，但她并不因此满足。她想自己去拍摄照片。托马斯的女友萨比娜借给她几本著名摄影师的摄影作品集，一次在咖啡馆遇到她，于是指着打开的作品集，给她解释这些照片到底有趣在什么地方。特蕾莎静静地听着，那副专注的神情，是做老师的在学生脸上难得看到的。

多亏了萨比娜，特蕾莎明白了摄影作品和绘画之间有着同源关系，一有什么展览，她便逼着托马斯陪她去看。不久，她就在杂志上成功地发表了自己的摄影作品，后来离开了照片冲洗室，和杂志社的专业摄影师一起工作。

那天晚上，他俩和一些朋友去一家小酒馆一起庆贺她高升。大家在一起跳起舞来。托马斯的脸色却变得阴沉沉的。特蕾莎非要知道他到底怎么了，在回去的路上，他只得向她招认，看见她和他的那个同事跳舞，他心里嫉妒。

"我真的让你嫉妒了？"她一连问了十来遍，仿佛他宣布她荣获了诺贝尔奖，她实在不敢相信。

她一把搂住他的腰，拉着他在房间里跳起了舞。完全不是刚才在酒馆舞池里跳的那种交谊舞，而是一种充满乡村气息的奥弗涅民间舞，一连串夸张的舞步。她不时高高地举腿，笨拙地又蹦又跳，拉着托马斯在房间四处乱转。

唉，可惜很快就轮到她嫉妒了。对托马斯来说，她的嫉妒可不是什么诺贝尔奖，而是一种负担，直到他临死前一两年才得以摆脱。

15

她光着身子，跟着一群赤身裸体的女人一个接一个地绕着游泳池走。穹顶上悬挂着一个篮子，托马斯高高地站在上面，他吼叫着，逼她们唱歌，下跪。一旦有人哪个动作做错了，他就朝她开枪，把她打倒。

我得再次谈谈这个梦:恐怖并非始于托马斯射出第一发子弹的那一刻。一开始这就是一个可怕的噩梦。对特蕾莎来说,光着身子走在一群赤身裸体的女人中间,这是最基本的恐怖形象。小时候在家里,母亲禁止她洗澡时锁上浴室门。那时,母亲常对她说:你的身体和其他人的一个样;你没有权利觉得羞耻;一个东西有成千上万个和它一模一样,你没有理由去掩着藏着。在母亲的世界里,所有的身体都一模一样,一个跟着一个走。对于特蕾莎来说,打从孩提的时候起,裸体就是集中营里强制性整齐划一的象征,是屈辱的象征。

噩梦从一开始就还有另一种恐怖:所有的女人都必须唱歌!她们的身体是同样的,同样的下贱,都是没有灵魂的简单发声机械,而那些女人竟以此为乐!这些没有灵魂的人团结一致,手舞足蹈。她们很高兴抛了灵魂的重负,抛却了独一无二的幻想,抛却了滑稽可笑的自傲,为所有的人都一模一样而庆幸。特蕾莎和她们一起唱歌,但她并不开心。她歌唱,是因为她害怕如果不唱会被那些女人杀死。

但是托马斯朝她们开枪,她们一个接一个跌落在游泳池里死了,这意味着什么呢?

那些女人为大家的身体一模一样、没有丝毫区别而兴高采烈,她们其实是在庆贺面临的死亡,因为死亡终使她们变得绝对相似。啪啪的枪击声于她们仅仅是死亡之舞的圆满完成。每一声枪响,都伴随着她们开心的狂笑,随着尸体慢慢沉入水下,她们的歌声愈发嘹亮。

为什么开枪的人是托马斯,他怎么也会向特蕾莎开枪?

因为是他把特蕾莎带到这些女人中,特蕾莎不知道如何告诉托马斯这一切,因此噩梦承担了诉说这一切的责任。她来和托马斯生活在一起,就是为了逃离母亲的世界,那个所有的肉体都是一模一样的世界。她来和托马斯生活在一起,就是为了表明她的肉体是独一无二的,不可替代的。而他呢,他却在她和所有其他女人之间画了一个等号,他用同样的方式拥抱她们,对她们滥施同样的抚爱,他对待特蕾莎的身体和其他女人的身体没有任何差别,没有,丝毫都没有。他重又把她扔回了她原以为已经逃离的世界,他让她光着身子和其他赤身裸体的女人一起列队行走。

16

她始终交替做着三种梦:第一种,老鼠猖獗,暗示了她活在这个世上经受的苦难;第二种,展示的是变化多样的死法中她最终将被处决的景象;第三种,讲述的是她在彼世的生活,羞辱在那里成了一种永恒的状态。

在这些梦中,没有什么需要费心破解的。它们对托马斯的指责如此显而易见,他只得一声不吭,耷拉着脑袋,抚摸着特蕾莎的手。

这些梦不仅富有说服力,而且还美。这是弗洛伊德关于梦的理论遗漏的一个方面。梦不仅仅是一种信息交流(也许是一种密码信息交流),还是一种审美活动,一种想象游戏,这一游戏本身就是一种价值。梦是一种证明,想象或梦见不曾发生的东西,是人内心最深层的需求之一。这就是为什么梦里总是暗藏着阴险。如果梦不美,那人很快就会把它忘了。但是特蕾莎总是不断重温她做过的梦,在脑子里一遍又一遍地回想,渐而渐之便把它们变作了传奇。特蕾莎的梦有一种令人心碎的美,托马斯就生活在它那迷人的魅惑里。

一天他们坐在酒吧里,他对她说:"特蕾莎,亲爱的特蕾莎,你在远离我,你要去哪里?你每天都梦见死亡,好像你真要消失似的……"

当时正是大白天,理性和意志占据着主动权。一滴红葡萄酒沿着玻璃杯的内壁慢慢往下淌,特蕾莎说:"托马斯,我毫无办法,我什么都明白。我知道你爱我。我完全知道你那些不忠的行为没有什么大惊小怪的……"

她充满爱意地望着他,但是即将来临的黑夜令她恐惧,她害怕做那些梦。她的生命已经被一分为二,白昼和黑夜争夺着对她的控制。

17

一个不断要求"出人头地"的人,应该料到总有一天会感到发晕。发晕是怎么回事?是害怕摔下去?但是,站在有结实的护栏的平台,我们怎么还发晕呢?发晕,并非害怕摔下来,而是另一回事。是我们身下那片空虚里发出的声音,它在引诱我们,迷惑我们;是往下跳的渴望,我们往往为之而后怕,拼命去抗拒这种渴望。

赤身裸体的女人绕着游泳池一个接一个走着,灵车里的那些尸体因为特蕾莎和她们一样死去而高兴。令特蕾莎害怕的是"底层"——她曾从那儿逃出来,却又神秘地诱惑着她。她之所以发晕,是因为她听见了一声十分温柔的呼唤(差不多是欣喜的),要她放弃命运和灵魂。也就是要她与那些没有灵魂的人结为一体。在她软弱的时刻,她真忍不住想回应这声呼唤,回到母亲的身边去。她忍不住想从肉体的甲板上召回灵魂的船员;想下去跟母亲的那些女友坐在一起,当有人放了个响屁时跟着她们一起哈哈大笑;想赤裸着身子和她们一起绕着游泳池一边走一边唱。

18

特蕾莎离家出走之前,的确一直在和母亲斗,但是别忘了她对母亲同时还有一份伤心的爱。如果母亲的声音中带着爱,无论要她做什么,她都会去做的。可惜她从没有听到这样的声音,这最终给了她出走的力量。

母亲意识到自己的专横再也无法控制住女儿,就往布格拉给她写信,信写得很伤心。她抱怨自己的丈夫、老板,还有自己的身体和几个孩子,说在这个世界上只有特蕾莎了。特蕾莎以为她终于听见了充满母爱的声音,整整二十个春秋,她一直盼望着这个声音,为此,她忍不住想回到母亲的身边去。她越是感到虚弱,这渴望就越强烈。托马斯的不忠突然间让她明白了自己的虚弱无助。正是这份无助的感觉,让她感到发晕,产生了一种强烈地往下坠落的愿望。

母亲给她打来电话。她说她得了癌症,只有几个月的活头了。听到这个消息,因为托马斯的不忠一度陷入绝望中不能自拔的特蕾莎由绝望变成了反抗。她责怪自己为了一个不爱她的男人背叛了自己的母亲。她准备忘记母亲给她造成的所有痛苦。眼下,她甚至已经可以谅解她。母女俩处于同样的境况:母亲爱她的丈夫,如同特蕾莎爱着托马斯,继父拈花惹草给母亲带来的痛苦,正如托马斯的不忠给她的折磨。如果说母亲曾经对她很坏,那只是因为母亲太不幸了。

她对托马斯谈了母亲的病,并宣布她要离开一个星期去看望母亲。她的声音里有一种挑战的味道。

托马斯仿佛猜到了是因为发晕,才诱惑着特蕾莎回到母亲身边去,他不愿意她走这一趟。他给那个小镇的医院打电话。在波希米亚,有关癌症检查的资料都是非常详尽的,他轻而易举地得到了证实,特蕾莎的母亲根本没有得癌症的什么征兆,她甚至有一年都没有去看病了。

特蕾莎听了话,没有去看望她的母亲。但是就在同一天,她摔倒在大街上。她的脚步变得摇摇晃晃,几乎每天都要跌倒,或者撞到什么,至少也会弄丢手里拿的东西。

她时刻感受到一种不可抑制地想要摔倒的渴望,她活在一种时刻发晕的状态之中。

人一摔倒,都说:"扶我起来!"托马斯耐心地一次次扶起她。

19

"我想在我的画室里和你做爱,就像在剧院的舞台上。周围尽是观众,他们无权靠近我们,但他们的目光却无法离开我们……"

随着时间的流逝,这幅画面原先给人们的那份冷酷渐渐消失了,开始激起她内心的欲望。多少次，在做爱的时候，她在托马斯的耳边喃喃低语，谈起这番情景。

她想，明明知道他的不忠，却又不要去惩罚他，办法倒是有一个，那就是他要把她带在身边！他到情妇家去时要带着她一起去！唯有通过这种办法，她的身体也许会重新成为所有那些女人中独一无二的，而且是头等重要的。这样她的身体将成为托马斯的另一个自我，成为他的陪衬，他的帮手。

他们拥抱在一起，她在他耳边低语："我会替你给她们脱去衣服，帮你给她们洗澡，再把她们带到你身边……"她想把他俩都化作两性人，其他女人的身体成为他俩共同的玩物。

20

在托马斯拥有众多女人的生活中充当他的另一个自我，托马斯对此无意理解，但特蕾莎却怎么也无法摆脱这个念头。她试着去接近萨比娜，提出给她拍一些人物照。

萨比娜请她去她的画室。在宽敞的画室中央，特蕾莎最终看到了那个宽大的方形沙发，高高的，就像一个看台。

"你还从没有到我家来过，真不好意思！"萨比娜一边捐着沿墙摆放着的画给她看，一边说。她甚至拿出大学时画的一幅旧作。上面画着一个正在建设中的高炉工地，她曾在那里干过活，因为那个时期美术要求体现最为严格的现实主义（非现实主义的艺术那时被当作颠覆社会主义的企图）。萨比娜在当时那种争强好胜的精神的激励下，竭力表现得要比老师还更严格。按她当时的画风，画笔的线条几乎不露痕迹，所以她的那些画看起来就像彩色照片一般。

"可这幅画，被我弄糟了。画面淌上了一点红颜料。一开始，我简直气疯了，但渐渐地却开始让我喜欢上了，因为看起来就像是一道裂缝，仿佛画的不是一处真正的工地，而是一个裂了缝的旧背景，上面的工地只是骗人的点缀。我开始把玩起这条裂缝,把它扩大,想象着人们从它的后面能看到什么。就这样,我画了我的第一组画,称作'背景组画'。显然,千万不能让别人看到。不然非被撵出校门。那些画表面总是一个完美无瑕的现实主义世界,而背后呢,就像是舞台背景的那块破布后面,人们看到的是不同的东西,某种神秘的或者抽象的东西。"

她停顿了一下,然后接着说:"表面是清晰明了的谎言,背后却是晦涩难懂的真相。"

特蕾莎全神贯注地听着,那份专注令人惊讶,在一个大学生的脸上,老师很少有机会能看到这种神情。她注意到萨比娜所有的画,无论以前的还是现在的,实际上都在传达着某种同样的东西,是两个主题、两个世界的即时融合,就像一些经过两次曝光制作出来的照片。表面是一幅风景画,可深处却是一盏点亮的床头灯,隐隐约约。一幅画着苹果、胡桃和灯火闪烁的圣诞树,牧歌般的静物画,背后却是一只痛苦挣扎的手。

突然间她对萨比娜产生了几分敬意。女画家如此友善,因此这份敬意里没有掺杂进任何恐惧和猜疑,而是渐渐地变成了情分。

她几乎忘了来这里是为了拍照片。萨比娜不得不提醒她。当她的目光从那些画上移开,她又看见了画室中央那张像搭起的看台似的大沙发。

21

沙发旁边有一个床头柜,上面有一个人头形状的东西,理发师常用它来展示假发。萨比娜家的假人头上没有安假发,却放着一顶圆礼帽。萨比娜微微一笑:"这顶礼帽是祖父传给我的。"

像这种黑色圆顶硬邦邦的帽子,特蕾莎只在电影上见过。查理·卓别林头上总是戴一顶。她也笑了起来,拿起礼帽,仔细地瞧了一阵,然后说道:"你愿意戴上它,我给你拍张照片吗?"

萨比娜报之以哈哈大笑。特蕾莎放下帽子,拿起相机,开始拍照。

过了将近一个小时,她突然说道:"我给你拍张裸体照,怎么样?"

"裸体?"萨比娜问。

"是的。"特蕾莎再次大胆地建议。

"要拍的话,先得喝点酒。"萨比娜说着,然后就去开了瓶葡萄酒。

萨比娜端着一杯葡萄酒,在房间里不停地来回走着,边走边谈起她的祖父,特蕾莎感到有点昏昏的,她一直沉默着。他曾是外省一个小城镇的镇长,萨比娜从未见过他,从他那里留下来的全部东西就是这顶礼帽和一张照片,一帮达官显贵坐在主席台上,其中一位就是萨比娜的祖父。不知道他们在做什么,也许是参加一个典礼,也许是在为另外某个达官贵人的纪念碑举行揭幕仪式,这位贵人一定也是戴着一项圆顶礼帽频频出现在重大场合。

萨比娜讲着圆顶礼帽和她的祖父,讲了很长时间。等三杯葡萄酒下肚,她说:"稍等一下!"接着就走进了盥洗室。

出来的时候,她身上披着浴衣。特蕾莎拿起相机,对准镜头。萨比娜敞开了浴衣。

照相机充当了特蕾莎的机械眼,用来观察托马斯的情妇,同时又成了面纱,遮着特蕾莎的脸。

萨比娜的确费了好一阵子才决定脱掉浴衣。这种处境比她原先设想的要难。摆了几分钟的姿势以后,她走近特蕾莎,说:"现在,轮到我为你拍了,把衣服脱了!"

"把衣服脱了",这几个字,萨比娜从托马斯嘴里不知听到过多少次,已经深深地印在脑海了。托马斯的这个命令,现在由他的情妇对他的妻子而发出。这句咒语,就这样把两个女人连在一起。这曾是托马斯与她寻欢作乐的方式,总是在微不足道的谈话中间,突然开始:没有亲吻抚摸,没有甜言蜜语,只是突然间不容置疑的一声命令,随心所欲,虽然声音不大,甚至还隔着一段距离,却如此有力,令人无法抗拒。凡在这一刻,不管对谁,他是从不用手碰一下的。即使对特蕾莎,他也常用同样的口吻:"把衣服脱了!"有时声音很轻,甚至是低语,但仍然是一声命令,而这总是令她激动不已,只想听命于他。刚刚听到这几个同样的字眼,让她倍加强烈地渴望服从,这是一种奇怪的疯狂,因为要服从的是一个陌生人,眼下,这份疯狂又是如此美妙,因为命令不是出自一个男人的口中,而是一个女人之口。

萨比娜从特蕾莎手中拿过照相机,特蕾莎脱去了衣服。她站立着,赤身裸体,手无寸铁。之所以说手无寸铁,因为她用来遮住面部的照相机被夺走了,她曾用它像武器一样瞄准萨比娜。而现在,她任凭托马斯情妇的摆布。这份美妙的顺从,令她陶醉。但愿就这样赤身裸体地一直站在萨比娜面前!

我想,当情人的妻子站在她面前,竟如此奇怪地显出顺从与胆怯,处在这一情景,萨比娜也一定体验到了一种异样的迷醉的感觉。她咔嚓咔嚓按了两三下快门,害怕真的被迷住了。为了驱走迷醉的感觉,她一阵放声大笑。

特蕾莎也跟着笑了起来,然后,两人重新穿上了衣服。

23

沙俄帝国过去所犯下的罪行都隐藏在秘密的阴影中。五十万立陶宛人被放逐,成千上万的波兰人被杀戮,对克里米亚的鞑靼人进行灭绝种族的屠杀,所有这一切只留在记忆里,却没有留下任何图片作为证据,就像一件无法论证的事情,迟早会被说成是骗人的谎言。但是,一九六八年对捷克斯洛伐克的入侵,却被拍了照摄了像,被保存在世界各国的档案馆里。

　　捷克的摄影师和摄像师明白这是提供给他们的机会,做他们唯一所能做的事情:为遥远的未来保留下强暴的镜头。那七天里,特蕾莎在街头拍下了俄国军官和士兵种种不光彩的行径。俄国人有点措手不及。要是遭到射击或者有人投掷石头,他们接到过明确的指示,知道如何对待,但是没有指示他们面对照相机的镜头应该怎么做。

　　她拍下了数百卷胶卷的照片,要冲洗的胶卷将近一半被她送给了那些外国记者(边境一直是开放的,记者从国外来了,至少可以走个来回,他们怀着感激之情收下任何资料文件)。她拍的许多照片出现在国外各类报纸上:有坦克、吓人的拳头、毁坏的房屋、被沾满鲜血的三色旗包裹着的尸体。小伙子们骑着摩托车挥舞着绑在长长的旗杆上的捷克国旗,围着坦克车飞速疾驰,姑娘们则穿着短得不可思议的迷你裙,当着俄国大兵的面,与素不相识的过路人接吻,故意刺激那些性饥渴的可怜虫。俄国的入侵,再说一遍,不仅仅是一场悲剧,也是一场仇恨的狂欢,永远没有人会理解它奇异的快感。

<h2 style="text-align:center">24</h2>

她将五十来张照片带到瑞士,都是她充分发挥自己的艺术才能、精心冲洗出来的。她将照片推荐给一家发行量很大的杂志,主编很友好地接待了她(所有捷克人的头上都戴有表明他们不幸的光环,这打动了好心的瑞士人),请她在扶手椅上坐下,一边仔细地看照片,一边称赞,然后解释说它们绝无发表的机会("尽管这些照片都非常美!"),因为事件离现在太遥远了。

"但是在布拉格,一切都没有结束!"特蕾莎愤怒了,她用糟糕的德语尽可能向对方说明,在她被占领的祖国,就在此时此刻,工厂里的工人不顾一切组成工人委员会,大学生为了抗议入侵而罢课,全国上下仍然以自己的方式在抗争。"情况真的就是这样,不可思议!可都没有人再关心了!"

这时,一个精干的女人走进办公室,打断了他们的谈话,主编如释重负。她递给主编一份卷宗:"我带来一份关于裸体主义者海滩浴的报道。"

主编很敏感,担心这位拍摄坦克的捷克女人对海滩上的裸体照片会嗤之以鼻,连忙将卷宗推到办公桌的尽边上,然后对刚进来的女人说:"我给你介绍一位布拉格的同事,她带来了一些精彩的照片。"

女人和特蕾莎握了握手,然后拿起了照片。

"请同时看看我的照片!"

特蕾莎欠身拿起卷宗,从里面拿出照片。

主编用几乎负罪的口吻对特蕾莎说:"这和您拍摄的完全是两码事。"

"不!其实是一回事。"特蕾莎说。

没有人理解这句话的含义，我也很难解释为什么特蕾莎把沙滩上的裸体和俄国的入侵混为一谈。她仔细地看着底片，有一张她盯着看了很久。上面是一家四口，围成一圈：赤身裸体的母亲弯腰对着她的孩子们，硕大的乳房垂挂着，像哺乳期的母牛或者母山羊的一样。她的丈夫也弓着腰，背冲着你，露出的阴囊活像小小的乳房。

"您不喜欢它？"主编问道。

"拍得很好。"

"我想是题材让她不舒服了，"女摄影师说，"看您这神态，我就猜到没有去过裸泳海滩。"

"确实没去过。"特蕾莎说。

主编笑着说："我一眼就看出您来自什么地方，共产党国家里的人都是清教徒，真不可思议！"

女摄影师用一种母性的语气接着说道："赤裸的身体。怎么了！这很正常！一切正常的都是美的！"

特蕾莎想起了母亲赤裸着身体在房间里走动的情景。她总害怕一丝不挂的母亲被人看见，忙跑过去放下窗帘，可引来的总是一阵嘲笑，至今，她还能听到那笑声。

25

女摄影师邀请特蕾莎去酒吧喝杯咖啡。

"您拍的照片很有意思。我发现您对女性的身体有一种奇特的感觉。您知道我指的是什么！就是那些搔首弄姿的年轻姑娘！"

"在俄国坦克前接吻的那些人？"

"对！您将是一位了不起的时尚摄影师。当然一开始您必须和模特取得联系。如果和您一样是刚出道的姑娘，就更好了。然后您可以拍一些照片给杂志社。当然，您得经过一段时间才能出名。在这期间，我可以帮帮您。将您介绍给一位记者，他主持《您的花园》专栏，也许他需要图片，比如仙人球、玫瑰诸如此类的一些玩意儿。"

看着坐在对面的这个古道热肠的女人，特蕾莎由衷地说："非常感谢您。"

但是接下来她心想：为什么我要去拍仙人球？一想到她又要重新开始在布拉格所经历的一切，为了一份工作、一个职业，甚至一张发表的照片而打拼，她就有种恶心的感觉。她从来都不是那种因为虚荣而野心勃勃的人。她所要的一切，就是逃离母亲的世界。是的，突然间，她看清楚了这一切：既然可以如此投入地干摄影这一行，她也可以同样投入地做其他任何事情，因为摄影仅仅是"出人头地"的一种方式，是在托马斯身边生活的一种手段而已。

她说："您知道，我丈夫是医生，他可以养活我。我不需要拍照片。"

女摄影师回答："您拍的照片那么精彩，却要放弃摄影，我真不理解！"

是的，俄国入侵期间拍的照片是另一回事。那些照片，她不是为托马斯拍摄的，它们是在激情的驱使下完成的。但不是摄影的激情，而是仇恨的激情。那样的情形不会再重现了。再说，激情驱使下拍摄的照片，如今没有人再欣赏了，因为它们已经不入时了。只有仙人球才永远都入时。但是仙人球激不起她的兴趣。

她说："您太客气了，但是我还是想呆在家里。我不需要工作。"

女摄影师说："您就甘心呆在家里？"

特蕾莎说："要我去拍仙人球，我宁愿这样。"

"即使您去拍仙人球，那是属于您自己的生活。如果您只是为了您的丈夫活着，那就不是您的生活了。"女摄影师说。

突然间，特蕾莎感到恼怒："我的生活，就是我的丈夫，不是仙人球。"

女摄影师也带着有点气恼的声音说："您想说您是幸福的吗？"

特蕾莎说（依然是恼怒的口吻）："我当然是幸福的！"

女摄影师说："一个女人说出这种话，肯定是……"她没有说下去。

特蕾莎接过话说："您想说:肯定是太狭隘。"

女摄影师克制住自己说道："不,不是狭隘。是落伍。"

特蕾莎若有所思地说："您说得对。我丈夫也正是这样说我的。"

26

托马斯一连几天都在诊所,而她独自一人留在家里。幸好她还有卡列宁!她可以和它一起到外面多走一会儿!一回到家,她就坐下,捧一本德语课本或者法语课本,但是她情绪抑郁,根本无法集中精力。她经常想起杜布切克从莫斯科返回时发表的广播演说。他到底说了些什么,她一点也想不起来,但是耳畔依然回响着他那结结巴巴的声音。她想到他,一个主权国家的元首,竟在自己的国家被外国士兵逮捕,抓走,连续四天被非法囚禁在乌克兰山区的某个地方。他们要他明白,他们会把他杀了,就像十二年前他们杀了匈牙利的纳吉·伊姆雷。后来,他们把他转移到莫斯科,令他洗澡、刮脸、穿衣服、打领带,向他宣布不再把他交给行刑队处决,命令他把自己再当作国家元首,拉他在一张桌子旁坐下,面对勃列日涅夫,逼他谈判。

他受尽耻辱回到了国内,向受尽耻辱的民众发表演说。他羞辱难当,连话也说不出来。特蕾莎永远也忘不了他讲话时一停再停,让人痛心。他是心力交瘁?还是病了?他们是否给他服了毒品?或只是绝望?如果说杜布切克没留下什么,可至少忘不了他那令人痛心的长时间的停顿,面对紧贴在收音机前的全体民众,他无法呼吸,在一次次地喘气。在那残酷的停顿中,是笼罩着整个国家的恐惧。

是入侵的第七天,她在一家日报的编辑部里收听演说。那些日子里,这家报纸已经成了抵抗运动的喉舌。那一刻,编辑部里所有的人,所有在听杜布切克讲话的人,都仇恨他。他们恨他接受妥协。他们为他的耻辱而耻辱,他的软弱激怒了他们。

而现在,在苏黎世,当她想到那一刻,她对杜布切克不再有丝毫的蔑视。"软弱"

一词也不再像判词一样响起。面对强力，人总是软弱的，即使拥有杜布切克那样健壮的身体。这份软弱曾令她憎恶，让她作呕，把她赶离了祖国，可此时突然间吸引着她。她明白她属于那些弱者，属于弱者的阵营，属于弱者的国家。她应该忠于他们，因为他们都是弱者，因为他们弱得说话都透不过气来。

她被软弱所吸引，如同被眩晕感所吸引。她之所以被吸引，是因为她感到自己软弱。当她又一次变得嫉妒的时候，她的手又开始颤抖。托马斯发现了，习惯性地伸出手：他用力地握着她的手，想使她平静下来。但是她挣脱了。

"你怎么了？"

"没什么。"

"你要我为你做什么？"

"我要你变老，比现在老上十岁，二十岁！"

那一刹那，她是想说："我要你变得软弱。要你跟我一样软弱。"

27

卡列宁才不乐意去瑞士呢。卡列宁讨厌变动。对于一只狗来说，时间运动不是直线式完成的，它的流逝并不是一种不断向前的运动，不是一步一步向远方推进，而是循环运动，就像手表的指针，因为指针非但不是疯一样地只顾往前走，而是在表盘上日复一日，沿着同样的轨迹转圈。在布拉格，他们买张新沙发椅，或者给花盆挪个地方，卡列宁都会生气，因为它的时间感被搅乱了。要是有人在表盘上不断变动数字，指针也会乱了阵脚。

不过，卡列宁很快就在苏黎世的屋子里恢复了老时间表和老习惯。早晨，和在布拉格时一样，它都跳上床去和他们相聚，开始新的一天，然后跟特蕾莎一早出门去跑步。和在布拉格时一样，它非要每天都出去遛遛。

卡列宁是他们的生活之钟。在沮丧绝望的时刻，特蕾莎想，为了这只狗也必须坚持住，因为它比她还要软弱，也许比杜布切克、比她那被抛弃的祖国还要软弱。

散完步回到家，电话响了。她拿起听筒，问是哪位。

是一个女人的声音，讲德语，找托马斯。声音很不耐烦，特蕾莎相信那声音中透出股轻蔑的意味。她说托马斯出去了，不知道什么时候回来，女人在电话线的另一端哈的一声笑，然后没说再见就挂断了电话。

特蕾莎知道不必把这件事放在心上。可能是医院的一个护士，一个病人，一位秘书，管她是谁。但她的心乱了，她怎么也无法集中精力。她明白她连在布拉格拥有的那一点点力量也失去了，即使这样一件微不足道的小事，她也绝对无法承受。

一个人生活在异国，就像在空中行走，脚下没有任何保护，而在自己的国家，不管什么人，都有祖国这张保护网，一切都颇具人情味，因为，在祖国，有自己的家人、同事、朋友，可以用童年时就熟悉的语言毫不费力地让人理解。在布拉格，她依靠托马斯，的确如此，但那只是在心里。在这里，她的一切都得依靠他。如果他把她抛弃了，她在这里会怎样？难道她必须在生怕失去他的恐惧中度过一生？

她想他们的相逢从一开始就是一个错误。那天她夹着本《安娜·卡列宁娜》，那只是她用来欺骗托马斯的假身份证。他们为彼此造了一座地狱，尽管他们彼此相爱。的确，他们彼此相爱，这足以证明错不在他们本身，不在他们的行为，也不在他们易变的情绪，错在他们之间的不可调和性，因为他强大，而她却是软弱的。她就像杜布切克，一句话有半分钟的停顿，就像她的祖国，结结巴巴，喘不过气，说不出话来。

正因为弱才应该知道要强，才应该在强者也弱得不能伤害弱者的时刻离开。

这就是她所想的。然后，她把脸紧贴在卡列宁毛茸茸的头上："不要怪我，卡列宁，还得再搬一次家。"

她蜷缩在车厢的一角,那只沉重的行李箱放在头顶上方,卡列宁蹲在她的脚旁。她想起跟母亲住在一起时曾工作过的那家小酒店的厨师。那家伙从不放过任何一次可能的机会,动不动就在她屁股上打一下,还不止一次地当着众人的面提出要和她睡觉。真奇怪,她想到的竟是他。对她来说,他代表着她所厌恶的一切。但是现在,她只有一个念头,找到他,然后对他说:"你说想和我睡觉,好!我来了。"

她渴望做点什么,以免再走回头路。她恨不得猛然抹去过去的这七个年头。这就是眩晕,一种让人头晕眼花的感觉,一种无法遏止的坠落的欲望。

我可以说眩晕是沉醉于自身的软弱之中。意识到自己的软弱,却并不去抗争,反而自暴自弃。人一旦迷醉于自身的软弱,便会一味软弱下去,会在众人的目光下倒在街头,倒在地上,倒在比地面更低的地方。

她说服自己,不要留在布拉格,不要再干摄影这一行。她要回到那个小镇,当初,是托马斯的声音把她从小镇里夺走的。

但是回到布拉格后,不得不费些时间来处理一些实际琐事。为此她的行程一推再推。

直到五天后,托马斯突然出现在房间里,卡列宁冲他扑了上去,久久一阵,免去了他俩不得不开口说话的尴尬。

他俩面对面,站在雪原中央,冻得瑟瑟发抖。

接着,他们靠在了一起,就像一对还没有亲吻过的情侣。

"一切都好吗?"他问。

"是的。"

"你去过报社了?"

"我打了电话。"

"怎么样?"

"没什么。我在等着。"

"等什么?"

她没有回答。她不能对他说,她一直在等他。

29

再回到我们所了解的那一刻。托马斯感到绝望,胃疼。他很晚才入睡。

过了一会儿,特蕾莎醒了。(俄国飞机总是在布拉格的上空盘旋,隆隆的声音令人无法入眠。)她首先想到的是:他来这里是因为她。因为她,他的命运改变了。从现在起,不再是他对她负有责任;从今往后,该她对他负责了。

这份责任在她看来已超出了自己的能力。

然后,她回想起:是在昨天,他出现在门口,没过多久,布拉格的一座教堂敲响了六点钟。他们第一次相遇,她是六点钟下的班。她看见他坐在对面的一条黄色长凳上,不早不晚,她听见了六点的钟声。

不,这绝不是迷信,这是把她一下子从惶惶不安中解救出来的一种美感,让她全身心都充满了一种对生活崭新的渴望。偶然的幸运之鸟再一次飞落在她的肩头。她含着热泪,无限幸福地听着他在身边呼吸。

第三部　不解之词

1

日内瓦是一座泉城,有喷泉,有涌泉。城内的公园里还有音乐台,从前那里总演奏军乐。连大学都掩映在绿树之中。结束了上午的课后,弗兰茨走出大楼。旋转喷嘴里射出的水雾洒落在草坪上;他的心情极佳。从校园一出来,他便径直往女友家去,她住的地方只隔几条街。

他常常到她家稍做停留,不过总是作为亲密的朋友,而绝非以情人身份。要是他与她在日内瓦的画室里做爱,那么他一天之中就得辗转于两个女人之间,先是妻子再是情妇,或者先是情妇后是妻子,而且,在日内瓦,夫妇按照法国式习惯同睡一床。如此一来,他在数小时内从一个女人的床转到另一个女人的床。对他来说,这样便会辱没了情妇与妻子,最终也辱没了他自己。

近几个月来他迷恋上这个女人,十分珍视这份爱情,因此煞费苦心,为她在自己的生活中创造出一片供她自由支配的空间,一处纯净的世外佳境。经常有人邀请他去外国的大学讲学,现在他对此迫不及待,来者不拒。由于机会还不够多,他便编造出一些代表大会和研讨会来凑数,以使妻子相信他出门有因。这样一来,女友可以随意占用他的时间,并陪伴他。他已带着她在短期内游历了好几座欧洲城市,还有一座美国城市。

"要是你不反对,过十来天我们可以去巴勒莫。"他说。

"我更喜欢日内瓦。"她站在画架前，审视着一幅未完成的油画。

弗兰茨开玩笑说："若不看看巴勒莫，岂不枉活一生？"

"我看过巴勒莫。"她答道。

"什么？"他几乎有点妒羡地问道。

"是一个女友从那儿给我寄了张明信片。我用透明胶带贴在卫生间里，你没看到？"

接着她又说："听个故事吧，讲的是本世纪初一个诗人。他很老了，常让秘书搀扶着他散步。一天，秘书对他说：'大师，抬头，看一看！这是从城市上空飞过的第一架飞机！''我想象得出！'大师连眼皮也不抬，对秘书答道。噢！你明白吗？我也一样，能想象出巴勒莫。那里有各个城市都有的旅馆、汽车。可在我的画室里，至少每张画都是不同的。"

弗兰茨突然心情忧郁。他太习惯于将性生活和以此为目的的出游联系在一起。"到巴勒莫去！"是一个情欲的明示。对他来说，"我更喜欢日内瓦"这声回答只意味着一件事情：女友不想再要他了。

面对情妇时没有安全感，对此该做何解释呢？他没有任何理由不自信！在他们相遇不久之后，采取主动的是她，而不是他。他是个英俊的男人，正处学术生涯的顶峰，在专家的论战之中他所表现出的高明与执着甚至令同行忌怕。那么他为什么终日牵挂，担心女友会离他而去？

我只能做出这样的解释：对他而言，爱情并不是社会生活的延续，而正与之相反。对他来说，爱情是一种甘心屈从于对方的意愿和控制的热望。委身于对方就如同投降的士兵一样，必须首先缴械。因此，自己没了防备，他便止不住担心那致命的一击何时降临。所以，我可以说，爱情之于弗兰茨，就是对死亡的不断等待。

当他深陷在自己的惶恐之中时，女友搁下画笔，走出了房间。她回来时拿着一瓶葡萄酒，默默地打开酒瓶，斟满两杯。

他感觉胸口一下如释重负。"我更喜欢日内瓦"这几个字并不意味着她不愿与他做爱,恰恰相反,在异国城市匆匆逗留,两人独处的时光实在有限,她有些受不了。

她举杯一饮而尽。弗兰茨也拿起他那杯喝了下去。发现拒绝去巴勒莫的建议实际上不过是为了求欢,他一定感到心满意足。可是他很快又觉得有些遗憾:女友已决意违反他在两人关系中引入的纯粹原则;她不明白,为了捍卫爱情,使之免于流俗,且将之彻底独立于婚姻之外,他多么焦虑,不安,付出了多少努力。

不与情妇在日内瓦做爱,实际上是他对自己作为有妇之夫的一种惩罚。他这样活着,像是个错误,又像是个缺憾。与妻子的性生活基本上乏善可陈,不过他们依然同床,夜晚他们会被对方刺耳的气息弄醒,呼吸着彼此的体臭。他当然更想单独睡,但同床仍旧是婚姻的标志,而标志,我们都知道,是不可触碰的。

每次他上床躺在妻子身边时,他总想到他的女友也正想象着他上床在妻子身边躺下。每次这个念头都令他羞愧。因此,他希望与妻子睡觉的床和他同情人做爱的床,尽可能离得远远的。

她又为自己倒了一杯,喝下一口,然后默不作声,带着一种奇怪的漠然神情,仿佛弗兰茨不在身边似的。她缓缓地脱去罩衫。那动作像是戏剧课的学生在即兴表演,要旁若无人地表现出独处时自己的本来面貌。

她身上只剩半截裙和胸罩。然后(似乎她是突然记起屋子里还有人),她长时间地望着弗兰茨。

这目光看得他很不安,因为他不明其意。情人之间都会很快形成一些游戏规则,也许他们意识不到,但这些规则拥有法律般的效力,不可违抗。她刚才看他的目光超越了规则,与他们平日相拥之前的眼神和动作毫无共同之处。那眼神既无挑逗亦无媚态,不如说是一种诘问。只是弗兰茨根本不明白那一眼究竟是在诘问什么。

她脱下裙子,抓住他的一只手,拉着他转向几步外斜靠在墙上的一面大镜子。她紧拽着他的手不放,望向镜中,以那种深长的诘问的目光,一会儿看她自己,一会儿看他。

地上，镜子的下边，有个假头，上面戴着一项旧圆礼帽。她弯下腰，拿起帽子，将它安在自己头上。镜中的影像马上变了：出现了一个只着内衣的女人，美丽而又冷漠，难以接近，头上戴的那顶圆礼帽显得很不协调。她手牵着一位身穿灰色西服、打着领带的男子。

他再一次惊诧地发现自己如此弄不明白自己的情人。她宽衣并非为了向他求欢，而是要和他开一个古怪的玩笑，来一出两人间的私密机遇剧。他微微一笑，表示理解和默许。

他以为她会对他报以微笑，但他的期待落空了。她仍抓着他的手不放，目光轮流地打量着镜中的两个人。

这场机遇剧持续的时间超过了极限。弗兰茨觉得这场闹剧（当然，他乐意承认的确有趣）拖得太长了一点。他小心翼翼地用两个手指夹住那顶圆礼帽，微笑着从萨比娜头上取下来，将它放回底座上，如同为圣母马利亚像拭去被顽童涂上的胡须。

她仍一动不动地呆了好几秒钟，在镜中凝视着。弗兰茨便不断温柔地亲吻她，再次恳请她十天后陪他一块儿去巴勒莫。这次她没有回绝，于是他就离开了。

他又恢复了好心情。他一辈子都在咒骂日内瓦是个烦心之都，可今天它看起来既美丽又充满奇遇。他转过头去，抬眼望向画室的玻璃窗。时值春末，天气热了，所有的窗子都拉上了条纹帘子。弗兰茨走到一处公园，远处的上空，浮现出东正教教堂的一片圆顶，宛若几只金球，在坠落之前被一股无形的力量托住，悬在空中。很美。弗兰茨走向码头去搭乘客轮，客轮将他载回湖对面的右岸，那是他住的地方。

2

萨比娜独自一人，她重新倚在镜子跟前。她还是只穿着内衣，又一次戴上圆顶礼帽,久久地注视着自己。她很讶异,这么长时间了,还是未能忘掉已经逝去的那一刻。

多年前,托马斯到她家时就被这顶圆礼帽迷住了。他戴上帽子,朝那面大镜子里打量,那时镜子也是如此靠着墙摆在萨比娜在布拉格的画室里。他想看看,自己若在上个世纪某个波希米亚小镇里当镇长的话会是什么模样。接着,当萨比娜开始慢慢解下衣物,他将帽子戴在了她的头上。他俩立在镜前(每次她脱衣时他们总是这样),注视着两个人的模样。她穿着内衣,戴着圆顶礼帽。然后,她突然发现,这场景令他俩感到兴奋刺激。

这怎么可能?刚刚那顶圆礼帽戴在她头上还像是戏弄。从滑稽可笑到兴奋刺激,是不是仅一步之遥?

是的。看着镜中的自己,她起初只觉得样子可笑。可随后这种滑稽感就被兴奋所淹没:圆顶礼帽不再是逗乐的玩意,它象征着暴力,对萨比娜的强暴,对她的女性尊严的强暴。她看见自己,双腿裸露,一条薄薄的三角裤下边透现出私部。内衣突显出她女性的诱人曲线,而那顶男式毡帽否定了她,凌辱了她,使她变得滑稽可笑。托马斯在她身旁,衣冠楚楚,由此可知,他们所看到的,本质上不是戏弄(不然,他自己也该只穿内衣,头戴圆顶礼帽),而是侮辱。然而,她并没有反抗这种侮辱,反而以撩拨挑逗的骄傲姿态对它加以炫耀,仿佛她心甘情愿让人当众施暴一般,最终,她再也忍耐不住,将托马斯扑倒。圆顶礼帽滚落到桌子底下;两人的身体在镜子旁的地毯上纠缠起来。

再回来说说这顶圆礼帽:

首先,它是上个世纪在波希米亚的某个小镇当过镇长的一位已被遗忘的祖辈留传下来的印记。

其次,它是萨比娜父亲的纪念物。父亲下葬之后,她哥哥就将父母的全部财产据为己有,而她出于傲气,死活不肯为自己的权利抗争。她以嘲讽的口气宣称,自己只保留这顶圆礼帽作为父亲的唯一遗产。

其三，这是她与托马斯性爱游戏中的小道具。

其四，这也是她公然培植的个性的标志。当初移民过来时，她带不了很多东西，为了装上这件又碍事又无用的东西，她不得不舍下了其他更有用的物品。

其五，在异国，这顶圆礼帽成了感情寄托。她去苏黎世探望托马斯时就带上了这顶帽子，并且在旅馆给他开门时戴上了它。意想不到的事情发生了，圆顶礼帽不再滑稽，也不再令人兴奋，它是过去的残迹。两人都为之感动。他们像往常一样做爱：再也没有了淫荡嬉闹的位置，因为他们的相逢，不是为了像从前那样在性爱游戏的延续中玩出什么新的鬼花招，而是对往昔时光的回顾，对他们共同经历的过去的记忆所做的赞颂，对一个湮没于久远处的并不伤感的故事的感伤回望。

这圆顶礼帽成了萨比娜生命乐章中的动机。这一动机不断重复出现，每一次获得一个不同含义。所有的含义经由圆顶礼帽出现，犹如河水流经河床。可以说，就是赫拉克利特所说的那道河床："人不能两次踏入同一条河流！"圆顶礼帽是一道河床，而在萨比娜眼中，每次流过的是另一条河，另一条语义之河：同一个事物每次激发出不同的含义，但这含义中回响着（像回声，像一连串回声）之前曾有的所有含义。每一次新的经历都会与之应和得更为和谐，使之更为丰富。在苏黎世的旅馆房间里，他俩见到圆顶礼帽都感动了，几乎是流着眼泪在做爱，因为这个黑色的物件不仅是他们性爱游戏的纪念，还是萨比娜的父亲和祖父的遗物，他们生活的时代没有汽车，也没有飞机。

也许现在更容易理解萨比娜与弗兰茨之间相隔的鸿沟了：他热切地聆听她讲述自己的人生，她也怀着同样的热望听他倾诉。他们完全明白彼此所说的话语在逻辑上的意思，却听不到话语间流淌着的那条语义之河的低声密语。

这就是为什么当萨比娜在弗兰茨面前戴上那圆顶礼帽时他会感到困窘，就像有人用一种听不懂的语言对他说了什么。他不觉得这一举动淫荡或是伤感，这只不过是个看不明白的动作，没有意义，令他不知所措。

假若人还年轻,他们的生命乐章不过刚刚开始,那他们可以一同创作旋律,交换动机(像托马斯和萨比娜便交换产生了圆顶礼帽这一动机),但是,当他们在比较成熟的年纪相遇,各自的生命乐章已经差不多完成,那么,在每个人的乐曲中,每个词,每件物所指的意思便各不相同。

如果让我再历数一遍萨比娜与弗兰茨之间交流的狭径,列出他们互不理解之事,那可编成一部厚厚的词典。我们还是只编一部小小的词汇集吧。

3

不解之词简编(第一部分)
女人

身为女人,并不是萨比娜选择的生存境界。既然不是选择的结果,便算不上功绩也算不上失败。面对一种强加给我们的状态,萨比娜想,就必须找到一种相适应的态度。在她看来,对生来是女人这一事实进行反抗,与以之为荣耀一样,是荒唐的。

他们初遇时,一次,弗兰茨用一种奇特的语调对她说:"萨比娜,您是个女人。"她不明白,他为什么会以哥伦布刚刚望见美洲海岸一样庄严的声调向她宣告这个消息。后来她才了解,他特别强调说出的"女人"这个词,对他而言,不是用来指称人类的两种性别之一,而是代表着一种价值。并非所有的女人都称得上是女人。

可是,如果萨比娜对弗兰茨而言是女人,那玛丽—克洛德,他真正的配偶,于他而言又是什么呢?二十多年前(那时他俩才认识几个月),她威胁他说,如果他抛弃她,她就自杀。这一吓,倒把弗兰茨迷惑住了。玛丽—克洛德并不那么讨他喜欢,但她对他的爱在他看来无与伦比。他自觉配不上如此伟大的爱情,而对这份爱,他认为应该深深地低下头来。

因此,他低头直至跪倒于地,并娶她为妻。虽然她再也没有对他表现出如她以死相逼时那么强烈的感情,但在他的内心深处,存有一个牢固而必然的自我要求:永远不伤害玛丽—克洛德,并且尊重她身上的那个女人。

这句话真有趣。他并不对自己说:尊重玛丽—克洛德,而是说:尊重玛丽—克洛德身上的那个女人。

可是,玛丽—克洛德本身就是一个女人,隐藏在她身上的另一个他必须尊重的女人又是谁?不会是柏拉图的女人之理念吧?

不。是他的母亲。他永远不会想到说他对母亲的尊重,是对女人的尊重。他爱母亲,而不是爱她身上的某个女人。柏拉图的女人之理念与他的母亲是同一的,也是唯一的。

在他十二岁左右时,一天,弗兰茨的父亲突然弃她而去,她成了孤身一人。弗兰茨觉察到发生了什么严重的事情,但母亲为了不给他造成伤害,轻描淡写,极有分寸地隐瞒了真相。那一天,在他们一起出门要去城里走走时,弗兰茨发现母亲穿的鞋不成对。他很不安,想提醒她,又怕伤了她。他同母亲在街上走了两个小时,双眼始终不能从她的脚上移开。从那时起,他开始懂得了什么是痛苦。

忠诚与背叛

他爱母亲,从童年一直到将她送入墓地的那一刻,并且仍在回忆里爱着她。因此他坚持这样一个信念:忠诚是第一美德,它使我们的生命完整统一。若没有忠诚,人生就会分散成千万个转瞬即逝的印迹。

弗兰茨常常对萨比娜提起他母亲,还有可能是不自觉地用了心机:萨比娜也许会被他忠诚的天性所吸引,这是一种拴住她的手段。

不过,吸引萨比娜的是背叛,而不是忠诚。"忠诚"一词让她想到她父亲,一个外省的清教徒,星期日,他总爱画挂在树梢的落日或是花瓶里的玫瑰,以此为乐。受他的熏陶,她很小便开始绘画。十四岁时她爱上了一个同龄的男孩。他父亲惊恐极了,整整一年不许她单独外出。有一天,他拿出一些毕加索的复制品来给她看,对那些画

不能承受的生命之轻

大加嘲笑。既然她无权去爱那个同龄的男孩,至少可以爱立体派美术。中学毕业后,她便去了布拉格,这下终于可以背叛自己的家了,心中感到一丝宽慰。

背叛。打从孩提时代起,爸爸和小学老师就反复向我们灌输,说这是世上可以想得到的最可恨的事。可到底什么是背叛? 背叛,就是脱离自己的位置。背叛,就是摆脱原位,投向未知。萨比娜觉得再没有比投身未知更美妙的了。

她在美术学院注册上学,但是不允许像毕加索那样作画,必须遵从所谓的社会主义现实派画法。在美术学院,画的都是共产主义国家元首的肖像。她企图背叛父亲的愿望仍未得到满足,因为共产主义不过是另一个父亲,同样严厉而狭隘,禁止爱情(当时是清教徒时代),也禁止毕加索。她嫁了一个平庸的布拉格演员,原因很简单,就因为他有离经叛道的坏名声,双方父亲都认为他不可接受。

之后,她母亲过世。第二天葬礼完了回到布拉格,她接到一封电报:父亲因悲痛而自杀。

她十分内疚,从父亲的角度来说,爱画花瓶中的玫瑰而不爱毕加索,就那么不好? 担心自己的女儿十四岁就怀个孩子跑回家又有什么可指摘的呢? 失去了妻子就活不下去真可笑吗?

她又一次满心渴望背叛:叛己所叛。她向丈夫宣告(在他身上,再已看不到乖张的浪子,而是烦人的醉鬼)自己要离开他。

不过,如果当初你为了 B 而背叛了 A,如今又背叛了 B 时,并不意味着要与 A 重归于好。离婚后,女艺术家的生活并不像她所背弃的父母的生活。第一次的背叛是不可挽回的。它引起更多的背叛,如同连锁反应,一次次地使我们离最初的背叛越来越远。

音乐

对弗兰茨来说,最接近于酒神狄俄尼索斯那种狂醉之美的,是艺术。靠小说和画幅难以自遣,但是听贝多芬的《第九交响曲》,巴托克的《钢琴二重奏鸣曲》,或是披头士的一支歌，就能自我陶醉。弗兰茨对高雅音乐和轻音乐不加区分。区分在他看来是虚伪而老套的。他对摇滚乐和莫扎特的喜爱不偏不倚。

对他来说，音乐是救星：它将他从孤独、幽闭和图书馆里的灰尘之中解救出来，它在他的身躯上打开了多扇门，使灵魂得以释放，与他人相亲相爱。他喜欢跳舞，并为萨比娜不跟他一样喜欢跳舞而感到遗憾。

他们一起到一家餐馆吃晚饭，高音喇叭里始终响着节律强劲而嘈杂的音乐。

萨比娜说："真是恶性循环，他们把声音弄得越大，耳朵就越聋。可是耳朵越聋，就非得把音量调得越高。"

"你不喜欢音乐吗？"弗兰茨问。

"不喜欢。"萨比娜答道，接着又补充说："假如我活在另一个时代，可能……"她脑子当时想的是让—塞巴斯蒂安·巴赫的时代，那时的音乐就像一朵玫瑰盛开在寂寥的茫茫雪原之上。

以音乐为名的噪音自她小时便如影随形。她在美术学院读书时，整个假期都得在当时被称为"青年工地"的地方度过。年轻人全被安排住在集体木棚里，参加建设高炉。从早上五点到晚上九点，高音喇叭里不断喀啦喀啦地放出尖厉的音乐。她想哭，但那音乐是欢闹的，无处可逃，躲在厕所里不行，蒙在床上的被子里也不行，到处都是高音喇叭。音乐仿佛是一群放出来扑向她的猎犬。

她曾以为只有在共产主义世界才会风行这种音乐。来到国外，她发觉，从音乐到噪声的蜕变是种全球性的过程，令人类进入了极端丑陋的历史阶段。丑陋的总特征首先表现在那无处不在的丑陋声音：汽车、摩托、电吉他、风镐、高音喇叭和汽笛。视觉上的丑陋用不了多久就会跟着出现，同样无所不在。

他们吃过晚餐，回到房间，然后做爱。临入睡时，弗兰茨脑子里忽然开始翻涌起种种模糊不清的念头。他想起餐馆里嘈杂的音乐声，心想："噪声有一个好处，让人听不清词语。"从青年时代开始，他所做的一切，就是说话，写字，讲课，编句子，找说法，不断修正,改到最后,每个词都弄得不再准确,意义模糊,内涵尽失,只余下碎片、杂屑和尘埃,像沙砾一样在他的脑子里翻飞,令他偏头痛,睡不着觉,最终得了失眠的痼疾。他朦朦胧胧而又不可遏制地渴望着一种巨大的乐声,一种绝对的噪音,一片美妙欢腾的喧嚣,将所有的一切吞噬,淹没,窒息,令话语带来的苦痛、虚幻和空洞永远消失。音乐是对词句的否定,音乐是反话语。他渴望与萨比娜久久地拥抱在一起,不要说话,一句话也不要说,就让快感同音乐的狂乱喧嚣融合在一起。在这一片幻想的极乐喧嚣中,他昏昏入睡了。

光明与黑暗

对萨比娜来说,活着意味着观看。视觉受双重边界所限:让人什么也看不见的强光与完全彻底的黑暗。她对任何极端主义的憎恶,或许产生于此。极端标志着生命的终极之界,极端主义的激情,不论是政治上的,还是艺术上的,都是一种改头换面地对死的渴望。

而对于弗兰茨,"光明"这个词不会让人联想到柔和的日光照耀下的风景,而会想到光源,如太阳,灯泡,探照灯。他想起一些常见的隐喻,如真理之太阳,理性的耀眼之光,等等。

他被光明吸引,同样也被黑暗所吸引。如今,关灯做爱,在世人看来委实可笑。对此他也明白,所以让床上方亮着一盏小灯。但在进入萨比娜身体的那一瞬,他还是闭上了双眼。吞噬着他的极度快感企求的是黑暗。那黑暗是彻底的,绝对的,没有形象也没有幻影,无穷无尽,无边无际。那黑暗是我们每个人内心所在的无限。(是的,凡寻求无限者,只需闭上双眼!)

就在快感在他全身蔓延开来的那一刻,弗兰茨在无边的黑暗中渐渐展开,融化,化作了无限。但是,人在内在的黑暗中变得越大,他的外在形象就越小。一个紧闭双眼的男人,只是一个毁弃了的自我,看起来让人心生厌恶。因此萨比娜不愿看着他,也闭上了眼睛。但这种黑暗对她来说并不意味着无限,而仅仅是对她所见的东西的拒绝,是对所见之物的否定,是拒绝去看。

4

萨比娜被人游说去参加了一次同胞聚会。话题再次落到了是否应该拿起武器跟俄国人去拼。当然,在这儿,有移民的安全屏障,所有人都宣称应该去拼。萨比娜说了一句:"那好!你们都回去呀,都去拼呀!"

这话可不该说。有位让理发师用发钳精心烫过、一头花白鬈发的先生,用细长的食指指着她,斥责道:"不要这么说话。你们大家对过去的事情都负有一份责任,你也一样。你以前在国内都做了些什么?反对当局了?画了点画,仅此而已……"

在某些国家,对公民的监视和控制是一项基本且长期的社会活动。一个画家要获准参展,一个公民要得到签证去海边度假,或是一个足球运动员要被召入国家队,首先,必须具备各种关系,弄全各式各样的有关证明(门房的,工作单位同事的,公安局的,党支部的,企业委员会的),然后交由专门指派管辖此事的官员对这些证明加以综合,评估,复审。证明里所表明的一切,与该公民的绘画才能、射门能力或是非去海滨疗养不可的健康状况毫无瓜葛。问题只在于一回事,在于所谓的"公民政治面貌"(公民说了什么,想了什么,表现如何,是否积极参加会议和五一节游行)。由于一切(包括日常生活、晋级和度假)都取决于公民得到怎样的评价,因此,所有人(为了进国家队踢球,为了办展览,或是去海滨度假)都不得不好好表现,以获好评。

萨比娜听那位灰白头发的先生讲话时想的就是这些。同胞足球踢得好不好,或是有无绘画才华(从来没有一个捷克人关心过她画的什么),这人都满不在乎;他只对一件事情感兴趣:弄清楚他们是否反对过当局,是积极地还是消极地,是一开始就背叛还是最终变节,是真正反对还是装装样子。

身为画家,她精于观察人的脸部。自从到了布拉格,对热衷于监察及评判他人的那类人的长相,她已经相当熟悉。这类人全都长着比中指稍长的食指,说话时专用来指戳对方。而且,曾在波希米亚连续执政十四年直至一九六八年的诺沃提尼总统,也有着一头一模一样的让理发师用发钳烫过的花白鬈发,还为自己拥有中欧居民中最长的食指而洋洋自得。

那位尊贵的移民未曾见过这位女画家的一幅作品,当他从她的嘴里听出他长得很像共产党人诺沃提尼总统时,脸顿时涨红了,接着发白,一阵红,又一阵白,想辩驳什么,却说不出来,陷入了沉默。所有的人同他一道哑口无言。萨比娜最终只得起身。离开了。

为此她心里感到难受,可一走到街边,转念一想,到底为了什么她要跟捷克人来往呢?她跟他们有什么共同之处?是因为一片乡土吗?若要问他们"波希米亚"一词让他们联想到什么,恐怕在他们眼前浮现出的,会是一个个全无联系的散乱的画面。

不然是文化?但文化又是什么?音乐吗?是德沃夏克和雅纳切克?对。可是如果一个捷克人不爱音乐呢?那捷克人的身份本质岂不立刻落空。

抑或是那些伟人?扬·胡斯?他的著作那帮人连一行字也没有读过。他们唯一毫无例外都能明白的,就是火焰,胡斯被当作异端烧死时那火焰的荣光,化为灰烬的荣光。如此一来,萨比娜心想,捷克之魂的精髓对于他们来说,就是一抔灰烬罢了。这些人的共同之处,不过是他们的失败和相互的斥责。

她急匆匆地走着,困扰她的,不是因为与那些移民闹翻了,而是因为自己的这些念头。她知道这些想法不公正。捷克人中除了那类食指过长的,还有另一些人。她说话之后那难堪的沉默丝毫不意味着所有人都是反对她的。他们是因为突如其来的敌意,因为她不理解他们做移民的苦衷而不知如何是好。那么,她为什么不对他们抱以同情?为何不觉得他们是被抛弃的,让人可怜的呢?

我们已知道答案:当初背叛父亲,她脚下展开的人生就如同一条漫长的背叛之路,每一次新的背叛,既像一桩罪恶又似一场胜利,时刻在诱惑着她。她不愿固定在自己的位置上,决不! 她决不愿一辈子跟同一些人为伍,重复着相同的话,死守着同一个位置! 这就是为什么她反而为自己的不公正而兴奋。过分的激烈并没有让她不舒服。相反,萨比娜觉得自己刚刚获得了一次胜利,仿佛某个看不见的人在为她鼓掌叫好。

但是自我陶醉很快被惶恐不安所替代:有朝一日这条路会走到尽头! 总有一天要结束背叛! 永远终结,一了百了!

当天晚上,她脚步匆匆地赶到车站月台。去阿姆斯特丹的列车已经就位,她找寻着自己的车厢。一位很和气的乘务员将她领到了卧铺车室的门口,她一拉开门,发现弗兰茨坐在床上,床上的盖毯已经拉开。他急忙起身来迎,她一把将他拥入怀中,亲了又亲。

她真恨不得像天底下最普通不过的女人,对他说:别放开我,把我留在你身边,让我做你的奴隶,使劲呀! 但是这些话,她不能也不知该如何说出口。

当他松开怀抱时,她只是说了一句:"跟你在一起,多开心啊!"她天生内向,不可能再多说一个字。

5

不解之词简编(续)

游行

在意大利或法国,找对策很容易。要是父母逼你去教堂,你可以通过加入某个党派(共产党,托派,毛派等)来报复。可是,萨比娜的父亲先是送她上教堂,而后因为害怕,又硬要她加入共产主义青年团组织。

每次参加五一节游行,她都无法跟上步伐,气得走在她后头的女孩直骂她,故意踩她的脚跟。该唱歌时,她又从来记不得词,张着大嘴却不出声。不料被人发现,把她告发了。打从青年时代起，一有游行，她就害怕。

弗兰茨是在巴黎读的大学，他天赋超人，二十岁那年，就明确了自己的学术生涯。打那时起，他就已经明白，自己一辈子将在大学的办公室、公共图书馆和两三间梯形教室的四壁内度过。一想到这儿，他就感觉要窒息似的。他希望走出自己的生活，如同走出家门到大街上去。

当时，他还住在巴黎，乐于参加示威游行。去庆祝、请愿或抗议些什么，不再孤单一人，在外面跟他人在一起，这样让他比较好受。圣日耳曼大街上或从共和国大街到巴士底狱那一路人潮汹涌的游行，往往令他着迷。呼喊着口号行进的人群在他看来是欧洲以及欧洲历史的形象。欧洲，是一场伟大的进军。是从革命走向革命，从战斗走向战斗，永远向前的伟大进军。

我还可以换个说法：弗兰茨认为限于书本之间的生活是不现实的。他渴望真实的生活，渴望与同他并肩行进的男女接触，渴望听到他们的呼喊。他没有觉悟到，他以为不现实的（图书馆里离群的工作），其实是他的现实生活，而被他视作现实的游行不过只是一场戏，一支舞，一个节日，或者换句话说：一个梦。

萨比娜读大学时住的是学生宿舍。五月一日，全体同学都必须早早地到达游行队伍的集合地点。为了保证不漏掉一个人，一些学生积极分子受雇来清查宿舍楼。她常躲到厕所里，等所有人离开很久以后才回去，房间里一片死寂，她从未体验过这种感觉。远远传来行进的音乐声。就像是藏在巨大的贝壳里，远远地听到充满敌意的天地回响着拍岸的巨浪声。

离开波希米亚一两年后，俄国入侵纪念日那天，她正巧身在巴黎，有一个抗议示威活动，她忍不住也加入了。法国青年举着拳头，高呼着反对苏联帝国主义的口号。这类口号，她听着挺高兴，但惊奇地发现自己却无法响应，跟别人一同呼喊。于是她在队伍里只待了几分钟便离开了。

她将这一经历告诉了几个法国朋友，他们都很惊讶："别人侵占了你的国家，你就不愿去做斗争?"她想跟他们说,在一切入侵、占领之下,掩盖着另一种更为本质,更为普遍的恶;这种恶的表现,便是结队游行的人们挥舞手臂,异口同声地呼喊着同样的口号。于是,她清楚无法向他们解释这一点。她觉得尴尬,于是宁愿换个话题。

纽约之美

他俩在纽约城内漫步,一连走了好几个小时,每一步景致都不同,仿佛置身于风景迷人的山间,沿着蜿蜒小道前行。一个年轻人跪在人行道中央祈祷;离他几步远处,一位漂亮的黑人姑娘倚着树昏昏欲睡;有个身穿黑制服的男人边横穿大街,边比比画画,指挥着一支无形的乐队;一座喷泉四周,几个泥瓦匠,正在吃午饭,承水盘里细水轻轻流淌。丑陋的红砖房屋,墙面上架着金属梯,那房子实在太丑,丑得都成其为美了。紧挨着便是一幢巨型的玻璃摩天大楼,再往后又是一座大厦,顶上是一座阿拉伯式小宫殿,有尖塔、游廊和金色柱。

她想起自己的画,画里也是杂混并列着一些彼此毫不相关的东西:建造中的高炉,背景深处是一盏煤油灯;或者,又一盏灯,那漆成绿色的灯罩裂成细小的碎片,飘散于一片沼泽地荒凉的景象之上。

75

弗兰茨说："在欧洲，美总是带有刻意的特点，总是先有唯美的构想或长久的计划，比如一座哥特式大教堂或一座文艺复兴式的城市，得按计划，花几个漫长的世纪才能建成。纽约的美则完全来自另一种源头。这是一种非刻意的美。它无须经过人的预先谋划，就像钟乳石溶洞一样自然天成。有些形态，本身很丑，未经任何筹划，可碰巧处在一个看似不可思议的环境中，突然之间便散发出一种魔力般的诗意来。"

萨比娜接着说："非刻意的美。是的。还可以说是错误的美。美从世界上彻底消失之前，还会存在片刻，却是因错而生。错误的美，是美的历史末期。"

她想起自己第一幅真正获得成功的画作，上面就是误滴了一些红色颜料。是啊，她的画全都基于错误之美，对她的画来说，纽约才是其隐秘但真正的祖国。

弗兰茨又说："纽约这种非刻意的美，比起那种出自人的筹划，过于冷峻也过于工巧的美来，也许更为丰富多变。可这不是欧洲式的美，这是一个陌生的世界。"

怎么样？世上总存在一点他们有着一致看法的东西吧？

不。就此而言，也同样存在着区别。纽约之美的那种陌生性强烈地吸引着萨比娜。这种美令弗兰茨着迷，可同时又让他恐惧，让他陡生对欧洲的思恋。

萨比娜的祖国

萨比娜理解他对美国所持的保留态度。弗兰茨是欧洲的化身：他母亲原籍维也纳，父亲是法国人，而他自己是瑞士人。

弗兰茨羡慕萨比娜的祖国。每当她跟他谈起祖国和她那些波希米亚的朋友，听到监狱、迫害、大街上的坦克、移民、追杀、禁书、被禁的展览这些词，他便感觉有一种奇特的如思乡一般的向往。

他告诉萨比娜："有一天，一位哲学家写信给我，说我所讲的一切，不过是诡辩，无从论证，并且说我是'似是而非的苏格拉底'。我觉得受到奇耻大辱，气呼呼地回击了他。想想吧，这一个微不足道的小插曲，就是我经历过的最严重的冲突！这事，就是我人生可能遭遇的戏剧之顶峰！而我们俩生活在不同的层次。你走入我的生活，就像格列佛到了小人国。"

萨比娜不同意。她说冲突也好,戏剧、悲剧也罢,都不意味任何东西,毫无价值,不值得敬,也不足为奇。大家有可能羡慕弗兰茨的,是他能安安稳稳所从事的那份工作。

弗兰茨摇头答道:"在富裕的社会里,人们用不着去干体力活,从事的都是脑力活动。大学越来越多,学生也越来越多。为了获取文凭,他们得找到论文题目。题目是无限的,因为一切都可以论述。档案馆里堆的那一捆捆发黑的论文,比墓地还要凄惨,即便到了万灵节,也不会有人去看一眼。文化就在大批的制造、言语的泛滥、数量的失控中逐渐消亡。相信我,在你原来的国家的一部禁书,就远远胜过在我们的大学里随口乱喷的亿万言。"

就此,我们也许可以明白弗兰茨何以对一切革命都怀有偏好。他到日内瓦(那里没有游行示威)当了大学教授,几乎是忘我地工作(没有女人,没有游行,孤独寂寞),出版了数部学术著作,引起了一定反响。然后,有一天,萨比娜像幽灵般出现了;她来自一个革命梦幻早已破灭的国家,但那里仍留存着他最崇敬的革命之魂:人生轰轰烈烈,要冒险,要有胆量,直面死亡的威胁。萨比娜使他对人类的伟大命运重获信心。在她身后隐现的祖国的惨痛悲剧,令她愈发美丽。

可惜!萨比娜偏不喜欢这悲剧。监狱、迫害、禁书、占领和装甲车,这些词语对她而言是丑恶的,丝毫没有浪漫气息。唯一在她耳边发出轻柔声响,唤起她对故乡眷恋之情的词,就是"墓地"。

墓地

波希米亚的墓地像花园。坟墓上覆盖着青草与艳丽的花朵。朴实的铭碑掩隐在绿荫之中。夜间,墓地里布满星星点点的烛光,仿佛众亡魂在举办儿童舞会,是的,儿童舞会,因为亡魂都如孩子一般纯洁。不管生活有多残酷,墓地里总是一片安宁,哪怕是在战争年代,在希特勒时期,斯大林时期,在所有的被占领时期。每当她感到哀伤,她就乘车远离布拉格,到她最喜爱的公墓里去走一走。那些乡间的墓地,在蓝蓝的山丘映衬下,宛如摇着摇篮的女人一样美丽。

而对于弗兰茨,墓地只是一个倾倒尸骸和乱石的垃圾场。

6

"永远别想叫我上汽车!我真的好怕出车祸!就算不死,余生也会一直受折磨!"雕塑家边说边不由自主地捂着自己的一个食指,一次凿木头,这指头差点被削断,多亏医生,奇迹般地把它保住了。

"完全不是这样!"玛丽—克洛德气色极佳,亮着嗓门说,"我就碰上过一次车祸,那才叫妙呢!我从来没感觉到有比在医院待得更好的地方!我根本就不合眼,没日没夜地看书,一个劲儿地看。"

大家都吃惊地看着她,这显然令她十分开心。弗兰茨感到讨厌(他记得在那场车祸后,他妻子曾极度消沉,叫苦连天),但讨厌中又掺杂着某种钦佩之情(玛丽—克洛德天生就会把自己所经历的黑说成白,这份天赋说明她有着旺盛的生命力,值得尊敬)。

她接着又说:"就是在医院,我开始把书分成两类:白天的和黑夜的。确实如此,有的书是白天读的,而有的书只能晚上读。"

所有人都表示赞叹,唯独那位雕塑家,捂着手指头,面部因可怕的回忆而扭曲着。

玛丽—克洛德转头对他说道:"你把司汤达的书归于哪一类?"

雕塑家根本就没有在听她说什么,窘迫地耸了耸肩。他身旁的一位艺术评论家宣称,在他看来,司汤达的书应该是白天读的。

玛丽—克洛德摇摇头,用喇叭似的亮嗓门说道:"完全不对!不不不,你说得一点不对!司汤达是适合夜里读的作家!"

弗兰茨远远地听着这场关于白天黑夜的艺术之争，心里直惦念着萨比娜何时到来。他俩考虑了好几天，她到底应不应该接受邀请，参加玛丽—克洛德为在她的私人画廊展出过作品的画家和雕塑家举办的这个鸡尾酒会。自从萨比娜认识了弗兰茨，她就一直回避他的妻子。但虽说她害怕露出破绽，最终还是决定来参加，这样更自然些，免得让人多猜疑。

他时不时地朝门口偷瞟几眼，突然，他见客厅的另一头，传来了他十八岁的女儿玛丽—安娜高谈阔论，滔滔不绝的声音。他遂离开妻子招呼的这群客人，向女儿统领的圈子走去。只见有一人坐在扶手椅上，其余人都站着，玛丽—安娜则坐在地上。弗兰茨心里清楚，客厅另一头的玛丽—克洛德不一会儿也肯定会坐到地毯上。这个年代，在客人面前席地而坐，这一举动表示的是随意、放松、思想进步、好相处，还有一股巴黎味。玛丽—克洛德动不动就往地上一坐，弗兰茨真担心哪天会看到她在常去买烟的小店的地上坐着。

"您目前在做什么，阿兰？"玛丽—安娜问一个男人，她就坐在这个男人的脚下。

阿兰是个老实人，又天真，他想认认真真地回画廊主女儿的话。他先向她解释说，自己用了一种新的技法，将摄影与油画糅合在一起。可他没说三句话，玛丽—安娜便发出嘘声。画家很用心，慢吞吞地说着，没有听到她的声音。

弗兰茨低声问："你能告诉我为什么你要这样嘘嘘叫？"

"因为我讨厌有人谈论政治。"他女儿大声答道。

的确，在这群人当中，有两个站着的男子正在谈论即将开始的法国大选。玛丽—安娜觉得应该由自己出面主导谈话，便张口问那两位男子下周去不去大剧院，有个意大利剧团要在那儿表演一出罗西尼的歌剧。画家阿兰还是不放弃，执着地在寻找更为准确的词语，来解释他的新画技。弗兰茨为女儿感到羞愧。为了让她闭嘴，他说要是去听歌剧非得闷死。

"你什么都不懂，"玛丽—安娜没有抬一下屁股，坐着撞了一下父亲的肚子，说，

"那个男主角太帅啦！帅疯了！我见过他两次，都迷疯了！"

弗兰茨发觉女儿和妻子像得可怕。为什么女儿就不像他呢？毫无指望，女儿跟他一点不像。他已经听玛丽—克洛德说过上千次，说她迷恋上了这个或那个画家，要不就是哪个歌星、作家、政客，甚至还迷上了一个自行车赛手。这显然不过是晚宴或鸡尾酒会上的信口胡言，但他有时候会想起，二十多年前她曾以自杀相威胁，当时对他所说的话，竟然完全相同。

就在此时，萨比娜走进门来。玛丽—克洛德看到她，迎上前去。女儿继续谈论着罗西尼，而弗兰茨只有心听那两个女人的对话。几句欢迎的客套话之后，玛丽—克洛德用手指捏起萨比娜颈间的陶瓷吊坠，大声说："这是什么玩意儿？真难看！"

弗兰茨被这句话镇住了。这话说出来并没带有冒犯的口气，相反，玛丽—克洛德响亮的笑声即刻表明，对吊坠的反感并不影响她对女画家的情谊。不过，玛丽—克洛德说这话的语气，与平常同其他人说话时的还是有所不同。

"是我自己做的。"萨比娜答道。

"我觉得它很难看，真的。"玛丽—克洛德又高声说了一遍，"你不该戴的！"

弗兰茨知道，一件首饰丑或美，他妻子根本就不感兴趣。她要是想觉得丑，那就是丑，想觉得美，那就是美，凡她的女朋友戴的珠宝，那怎么也是美的。她也许会觉得那珠宝很丑，但会小心藏在心里不说，多少年来，她就惯于奉承，因此已成了她的第二天性。

那她为什么非要觉得萨比娜自己做的首饰丑呢？

弗兰茨顿然发现原因十分明显：玛丽—克洛德宣称萨比娜的首饰丑，是因为她认为自己有资格这么说。

说得更明白些，玛丽—克洛德宣告萨比娜的首饰丑，是为了显示她认为自己有资格对萨比娜说她的首饰丑。

去年，萨比娜的画展并未大获成功，玛丽—克洛德也就一点也不担心失去萨比娜的好感。反之,萨比娜有种种理由要博取玛丽—克洛德的欢心,可她的言行里丝毫没有流露出这种意思。

是的,弗兰茨心里再清楚不过:玛丽—克洛德是借此机会,向萨比娜(以及其他人)表明她们两人之间真正的力量对比关系。

7

不解之词简编(终)

阿姆斯特丹古教堂

街的一边是房子,底楼那些高大的窗子看似商店的橱窗,窗子后面可见一个个妓女小隔间。她们身上只有胸罩和裤衩,贴着玻璃橱窗,坐在垫着靠枕的小扶手椅里,那模样,活像一只只百无聊赖的大公猫。

街的另一边被一座雄伟的十四世纪哥特式教堂所占据。

在妓女的世界与上帝的世界之间,弥漫着一股刺鼻的尿骚味儿,如同分隔两个王国的一道河流。

教堂内部,从前的哥特式风格,仅残留下又高又秃的四壁、大柱、穹顶和花窗。没有一幅油画,哪儿也找不着塑像。整座教堂空空荡荡,像个体操馆。能见到的就是一排排椅子,椅子围着一座小讲坛,摆成一个大大的正方形,小小的讲坛上,架着一张布道者用的小桌子。椅子后面,是木制的小隔间,是特为城里的有钱人设的位子。

椅子的摆放和隔间的布局,丝毫没有考虑墙的轮廓和柱子的位置,似乎为了表明他们对哥特式建筑风格的漠然和不屑。早在几个世纪前,卡尔文教就已把教堂变成了一个简陋的大棚,除了替祈祷的信徒遮蔽雪雨之外别无他用。

弗兰茨被迷住了:历史伟大的进军已从这巨大的殿堂里横穿而过。

萨比娜想起军事暴动之后,波希米亚地区的城堡全被收为国有,改成劳工见习所、养老院和牲口棚。她曾参观过一个那样的牲口棚,连着铁环的钩子固定在仿大理石的墙壁上,被铁链拴着的奶牛迷茫地望着窗外在城堡园子里乱跑的母鸡。

弗兰茨说:"这空荡荡的,让我着迷。人们不断添置祭坛、塑像、油画、长椅、扶手椅、地毯和书,而当解放的欢腾时刻来临,全都一扫而空,就像扫除饭桌上的残渣一般。你能想象一下扫荡这座教堂的赫拉克勒斯巨人之帚吗?"

萨比娜指着一个木隔间说:"穷人要站着,富人则有隔间可坐。但有一种别样的东西把银行家和穷人联合在了一起:对美的仇视。"

"什么是美?"弗兰茨问,突然记起最近曾被迫陪同妻子出席一次艺术展览开幕仪式。尽是没完没了的空洞辞藻和讲演,是文化的虚空,是艺术的虚空。

大学时代她在青年工地劳动,脑子里充斥着从高音喇叭里不停喷射而出的欢闹的军乐之毒汁。一个星期日,她骑摩托出门,冲进森林,不知骑了多少公里之后,来到一处深藏在山岭之中的不知名的小村落,停了下来。她将摩托斜靠着教堂的外墙放好,进了教堂。里面正在望弥撒。当时宗教正受当局的迫害,大多数人都对教堂避而远之。长椅上,只有几个老人,他们不怕当局。他们怕的,只是死。

神父唱戏似的诵一句,大家齐声跟着重复一遍。念的是连祷文。经文循环往复,犹如朝圣者的双眼离不开乡土,犹如临终者不忍离世。她在最后一排长椅上坐下;时而闭上双眼,只为倾听那音乐般的祈祷,继而又睁开,望着头顶上方被涂成蓝色的穹顶和穹顶上一颗颗硕大的金色星星,她渐渐被迷住了。

在这座教堂里,她无意中遇到的,不是上帝,却是美。与此同时,她很清楚,教堂和连祷文本身并不美,而是与她所忍受的终日歌声喧嚣的青年工地一比,就显出美来。这场弥撒如此突兀又隐秘地出现在她眼前,美得如同一个被背弃的世界。

从此,她明白了,美就是被背弃的世界。只有当迫害者误将它遗忘在某个角落时,我们才能与它不期而遇。美就隐藏在五一节游行的场景背后。要发现美,就必须把那场景击破。

"这是我第一次被教堂迷住。"弗兰茨说。令他激奋的,既非新教教义,亦非禁欲苦行,而是别的东西,某种极为私密性的东西,他不敢在萨比娜面前提起。他仿佛听到了一个声音,叫他抓住赫拉克勒斯巨人之帚,把玛丽—克洛德的艺术展开幕式、玛丽—安娜的歌剧明星,把代表大会、研讨会,还有空洞的讲演和废话从他的生活中统统清扫出去。阿姆斯特丹教堂的空荡之广,在他看来就像是自身解放的象征。

力量

他们去过众多的旅馆,一次,他们在一家旅馆床上做爱时,萨比娜抚弄着弗兰茨的手臂说:"真难以置信,你的肌肉多发达!"

这类赞美令弗兰茨开心。他从床上起来,抓住一把沉甸甸的栎木椅的椅腿,贴地将它慢慢往上举。他边举边对萨比娜说:"你什么都不用怕,我能在任何情况下保护你,我以前还得过柔道冠军呢!"

他成功地垂直举起了椅子,一直举着不松手。萨比娜对他说:"知道你有这么强壮,真好!"

不过,在内心深处,她又对自己说:弗兰茨是很强壮,但他的力量仅仅是对外的。面对与他共同生活的人,跟他所爱的人在一起,他却很软弱。弗兰茨的软弱叫善良。弗兰茨从不向萨比娜发号施令。他绝不会像托马斯以前那样,命令她将镜子平放在地,然后赤身裸体在上面爬来爬去。并不是他不好色,而是他没有支配力。有些事得靠暴力才能办成。比如,没有暴力,性爱是不可想象的。

萨比娜看着弗兰茨高举着椅子在房间里走来走去,觉得滑稽可笑,心里充满了一种奇怪的忧伤。

弗兰茨放下椅子,面朝着萨比娜坐下。

"生得强壮,不至于让我不高兴,"他说,"可凭这身肌肉在日内瓦又能有什么用呢? 这身肌肉就好像一身华服,是孔雀的羽毛。我还从来没有揍过什么人。"

萨比娜继续忧郁地思考着。她若是碰上一个要对她发号施令的男人会怎样? 一个想控制她的男人？她能忍受多久？五分钟都不行！由此得出结论，没有一个男人适合她，强弱皆不行。

她问："那你为什么不偶尔用用你的力量对付我呢？"

"因为爱就是放弃力量。"弗兰茨温柔地回答。

萨比娜明白了两件事：其一，这句话很动听而且是真心话；其二，说了这句话，弗兰茨在情欲里便威风不再。

活在真实里

这是卡夫卡在他的日记或书信里写过的一句话。确切的出处，弗兰茨已经记不起。他被这种说法吸引住了。活在真实里，是什么意思？否定式的定义很简单：不说谎，不欺骗，不隐瞒。从他认识了萨比娜，他就活在谎言里。他跟妻子谈起阿姆斯特丹代表大会，说去马德里讲学，可实际上都是不存在的。他害怕同萨比娜一道在日内瓦的大街上散步。说谎和欺骗，正因为他从来没有这样做过，他觉得好玩，就像当初他在班里是第一名，可最终却决定逃学一样，心头痒痒的。

对于萨比娜而言，要活在真实中，不欺骗自己也不欺骗别人，除非与世隔绝。一旦有旁人见证我们的行为，不管我们乐意不乐意，都得适应旁观我们的目光，我们所做的一切便无一是真了。有公众在场，考虑公众，就是活在谎言中。萨比娜瞧不起那些披露个人全部私密，乃至朋友私密的文学作品。萨比娜认为，失去私密的人失去了一切，而心甘情愿放弃私密的人则是怪物。所以萨比娜并不因需要隐藏自己的爱情而感到痛苦。相反，这正是她能活在"真实"里的唯一方式。

至于弗兰茨，他肯定地认为，一切谎言的根源来自私人生活领域与社会生活的分界：私底下是一个人，公众场合又是另一个人。依弗兰茨看来，"活在真实里"便要消除私人生活和公众之间的阻隔。他常引述安德烈·布勒东的话说他情愿生活在一间"玻璃房"里，没有任何秘密，对所有的目光敞开。

"这首饰多难看！"当他听到妻子对萨比娜这样说时，他顿时明白了，自己已经无法再继续生活在谎言之中。那一刻,他本该出面维护萨比娜。他没那么做,仅仅是因为担心暴露了他们的私情。

鸡尾酒会后第二天,他准备与萨比娜一道去罗马待两日。"这首饰多难看!"这几个字不断在他脑海里回荡,妻子在他眼里变得判若两人。她再也不是一直以来他心目中的那个她。她咄咄逼人,滴水不漏,咋咋呼呼,风风火火,把他从二十三年婚姻生活中耐着性子以善相待的重压之下解脱了出来。他回想起阿姆斯特丹教堂里那无限的空阔,觉得那种空荡在他心灵深处激起了一种奇特又难以理解的冲动。

他收拾起行李,玛丽—克洛德走进房间。她谈起昨日的宾客,对她所听到的某些观点,她极力附和,而对另一些观点,则以尖刻的语调加以谴责。

弗兰茨久久地凝视着她,然后开口说:"罗马没有什么会议。"

她糊涂了:"那么,你为什么要去?"

他答道:"我有一个情妇,来往有九个月了。我不想跟她在日内瓦见面。所以我才经常外出。我觉得还是先跟你说清楚为好。"

说完开头几句,他便怕了;最初的勇气消失了。他别过头去,不看玛丽—克洛德的脸,唯恐见到因他的话而引起的绝望表情。

短暂的停顿之后,他听到她说:"是的,我也觉得先跟我说清楚为好。"

她的语气很坚定,弗兰茨抬起头来:玛丽—克洛德一点也不沮丧。她的神态,还是跟那个高声说"这首饰多难看!"的女人一模一样。

她接着又说:"既然你有勇气对我说出你已骗了我九个月,能不能告诉我是跟谁?"

他一直告诫自己不应冒犯玛丽—克洛德,必须尊重她身上的那个女人。可是玛丽—克洛德身上的那个女人都已变成什么样了?换句话说,他将之与妻子联系在一起的母亲形象已变成了什么样子?他母亲,那个悲凄、受伤,穿着不成双的鞋的妈妈,已离玛丽—克洛德远去;也许根本不是,其实她从来不曾依附在玛丽—克洛德身上。

他醒悟到了这一点，一股恨意油然而生。

"我没有任何理由向你隐瞒。"他答道。

既然骗她并不构成对她的伤害，那告诉她谁是她的情敌，一定能刺痛她。他直视着她，说出了萨比娜的名字。

不久，他与萨比娜在机场碰面。飞机起飞了，他感觉越来越轻松，心想，经过九个月之后，他终于重又开始活在真实之中。

8

对萨比娜来说，这如同弗兰茨强行打开了她的私生活之门，仿佛看到窗口晃动着玛丽—克洛德的头，玛丽—安娜的头，画家阿兰的头，或是总揩着自己手指的那位雕塑家的头，看到她在日内瓦认识的所有人的头。她快要身不由己地成为一个她全不在意的女人的情敌。弗兰茨会离婚，而她将在一张巨大的婚床上取得他枕边的位置。远近的人全都会盯着看；她将不得不在所有人面前演戏；她将不再是萨比娜，而要被迫扮演萨比娜这个角色，并且找到扮演的方式。爱情一旦公之于众会变得沉重，成为负担。一想到这儿，她就已经直不起腰来。

他俩在罗马的一家餐馆吃晚饭，喝着葡萄酒。萨比娜默不作声。

"你真的没生气吧?"弗兰茨问道。

她明确告诉他自己没生气。她仍然十分困惑，不知该不该开心。她想起他们在去阿姆斯特丹的火车卧铺车厢里相会的情景。那一晚，她曾想扑倒在他脚下，恳求他哪怕用暴力将她留在他身边，永远也不要再让她走。那一晚，她曾渴盼结束这从背叛到背叛的危险旅程，她曾渴盼停下脚步。

眼下，她竭尽全力试图回想起当时的渴望，想祈求他，依赖他。纯属徒劳。她的不安仍占了上风。

在繁华的夜景中,他们走回旅馆。在他们身边,意大利人吵吵闹闹,大叫大嚷,手舞足蹈。这样,他俩虽然默默地肩并肩走着,却听不出彼此的沉默。

回来后,萨比娜在浴室梳洗了很久,而弗兰茨躺在那张夫妻大床上等着她。一盏小灯一如既往地亮着。

从浴室出来,她摁下了开关。这是她第一次这么做。弗兰茨本该留心她这一举动。他并没注意到,因为光线对于他无关紧要,我们知道,做爱时他总是闭着眼睛。

正是由于他紧闭的双眼萨比娜才将灯熄灭。她不愿看见,即便只是一秒,那垂下的眼帘。如俗语所说,眼睛是心灵之窗。弗兰茨的身体伏在她身上扭动,双眼紧闭,在她看来,这只是一具没有灵魂的躯体。他像是一只尚未睁眼的幼崽,因为饥渴而发出阵阵可怜的嗷叫。肌肉强健的弗兰茨做爱时就像一只吃奶的巨大幼犬。确实如此,他嘴里还含着她的一只乳头,如同吮奶一样!下半身的弗兰茨是个成年男子,而上半身则是个吮乳的婴儿,那么她是在跟一个婴儿上床,一想到这,她觉得厌恶到了极点。不,她再也不愿看到他无望地在她身上挣扎,再也不愿像母狗喂幼崽一样送上自己的乳房。今天是最后一次,无可挽回的最后一次!

当然,她明白,自己的决定极不公平。弗兰茨是她所遇见的男人中最优秀的。他聪明,懂她的画。他善良,正直,英俊。但她心里愈清楚,愈想去践踏他的聪明、善良,践踏他那脆弱的强健。

这一夜,她以胜过往日的激情与他做爱,因为想到是最后一次而万分激动。她与他缠绵着,而心早已到了遥远的别处。她再度听见远方吹响叛逆的金号角,清楚自己无力抗拒那号声的召唤。她眼前仿佛展开了一片更为广阔的自由天地,那天地之广大令她兴奋。她疯狂而粗野地与弗兰茨做爱,好像从未曾有过那样。

弗兰茨在她身上唏嘘,他肯定明白了一切:晚餐时,萨比娜默不作声,也没跟他说对他的决定是怎么想的。可是现在,她回应了他。她在向他显示她的欢悦、激情、允诺和与他共度一生的渴望。

他感觉自己像是骑士，驰骋在一片极其美妙的空白里，没有配偶，没有子女，没有家庭，被赫拉克勒斯巨人之帚清扫一空的绝对空白，他将以爱情来把它填满。

他们彼此以对方为坐骑，奔向他们所向往的远方。他们都沉醉在令自己获得解放的背叛之中，弗兰茨骑着萨比娜背叛了他的妻子，而萨比娜骑着弗兰茨背叛了弗兰茨。

9

二十多年来，他在妻子身上看到的是母亲的影子，是一个需要他保护的弱者；这种观念在他头脑里已经根深蒂固，仅两天时间是无法摆脱的。回家时，他心中不禁有些歉疚：在他离家后，妻子可能已经崩溃，他也许会看到她痛不欲生的样子；他胆怯地扭转钥匙开了门锁，回到自己房间。他小心翼翼，不弄出声响，侧耳细听。是的，她在家。犹豫再三之后，他过去跟她打招呼，因为这已成了习惯。

她眉毛一挑，装着惊奇地说："你回这里来了？"

他很想（实在有些意外地）反问一句："你要我上哪儿去？"但他没吭声。

她接下去说道："为了使你我之间一清二楚，我觉得你马上搬去她那儿也没什么不妥。"

离家那天向她坦陈一切时，他并没有明确的计划。他回家来准备与她和和气气地谈一谈，尽量不给她造成痛苦，没想到她竟冷冷地执意让他走。

尽管她的这种态度使他省却不少麻烦，他还是感觉失落。这一辈子他都担心伤害她，也正是为了这一点他才自动给自己套上了愚蠢的一夫一妻制这条准则。结果二十年过去，才发觉自己多虑无益，竟因这份误解而把多少女人拒之门外！

下午课后，他从学校出来直奔萨比娜的住处。他打算求她让他留下过夜。他按响门铃，没人应。他去对面的咖啡馆里等着，两眼直盯着那幢楼的大门。

好几个小时过去了,他不知该怎么办。他这辈子一直都与玛丽—克洛德睡在一张床上。如果现在回家,是不是该跟从前一样躺在她身边?当然,他还可以把隔壁房间的长沙发当床睡,但那样是不是太过分了?她会不会认为是敌意的表现?他希望和妻子依然是朋友!可再与她共枕也做不到。他仿佛已听到她的冷嘲热讽:怎么了?他不是宁愿要萨比娜的那张床的吗?于是他选了一间旅馆住下。

翌日,他又来按萨比娜家的门铃,整整一天,可总是白费力气。

第三天,他去找门房。女门房也什么都不知道,叫他去找出租画室的房东。他给房东打了电话,得知萨比娜在两天前已提出解约,并且照租约上订好的付清了后三个月的租金。

接下来的几天,他仍旧上门,希望碰上萨比娜。直到一次他看见房门开了,里面有三名穿着蓝色工装的男人在搬家具和油画,往停在房前的一辆搬家大卡车上装。

他问他们把家具往哪儿搬。

他们回答说,他们有明令在先,不得泄露去向。

他本来准备塞给这些人几张钞票叫他们透露一下秘密,可忽然之间泄了气。他因悲哀而彻底麻木了。对这一切,他一点也不明白,也不可能明白,只是意识到从遇到萨比娜的那天起,他便料到这一刻。该来的事情已经来临。弗兰茨无力防范。

他在旧城区找了个小套间,挑了一个确信不会遇上女儿和妻子的时间,回到从前的家中去取一些必备的衣物和书籍。他小心翼翼,尽量不带走任何其他东西,以免让玛丽—克洛德少了什么。

一天,他望见妻子坐在一家咖啡馆的玻璃窗后。玛丽—克洛德和两个女士在一起,脸上显出十分兴奋的样子,由于喜好夸张而滑稽的表演,她的那张脸上早已刻下了数不清的皱纹。两个女人在听着她说话,还不住地大笑。弗兰茨不禁觉得她正在跟她们谈论他自己。妻子一定知道,在他决意与萨比娜一起生活的那一刻,萨比娜便从日内瓦消失了。真是个可笑的故事!就这样成了妻子女友们的笑柄,他自己也不感到奇怪。

他回到新居，在那儿可以听见圣彼得大教堂的排钟齐鸣声。当天，商店给他送来了买好的桌子。他把玛丽—克洛德和她的女友抛在脑后，一时还忘却了萨比娜。他到桌边坐下，为亲自挑选了它而感到高兴。二十年来，他一直生活在并非自己所选的家具之中，玛丽—克洛德包办了一切。他人生第一次结束了当小男孩的日子，独立了。第二天会有一名细木工匠过来，他要请木匠做个书柜。他花了几个星期，亲手设计了外形、规格和安放的位置。

此时，他猛然惊诧地发现其实自己并非不幸。萨比娜的人在不在根本不像他所以为的那么重要。重要的是她在他的生命当中留下的那道灿烂而神奇的印迹，无人可以夺走。何况在从他的世界里消失之前，她已将赫拉克勒斯巨人之帚交到他手中，而他也已用之将一切厌恶的东西通通从自己的生活中清扫了出去。这不期的幸福，这美好的生活，这由新生和自由带来的欢乐，是她给他留下的礼物。

而且，他一向偏爱虚幻胜于现实。如同他喜欢身处游行队伍之中（我已经说过，那些游行不过是一场戏，一个梦）。而不爱站在讲台后给学生授课，因此，比起同萨比娜周游世界，比起战战兢兢一步步索求她的爱情，与幻化为无形女神的她相守更加幸福。她赐给他的，是突然而至的男子汉的自由，为此，她给他罩上了魅力的光环。他变得对女人颇具吸引力，一个女学生爱上了他。

就这样，在短暂得令人难以置信的一瞬间，他整个人生的境况彻底改变了。就在不久之前，他还住在一套布尔乔亚的大房子里，有女佣、女儿和妻子，现在却身处旧城区的一个单间公寓，而他年轻的女友几乎天天到他这儿过夜！他们不必躲到世界各地的旅馆里去，他可以在自己的房间，在自己床上与她做爱，面对他的书籍和床头柜上摆着的那个烟灰缸。

她长得既不难看也不漂亮，可毕竟比他年纪小那么多！而且她仰慕弗兰茨，一如当初弗兰茨仰慕萨比娜那样。这并不让人讨厌。也许，他会觉得这个戴眼镜的女学生当作萨比娜的替身略为逊色，但他的仁爱之心要求他欢欢喜喜地接纳她，并向她倾注一种他从来未能如愿付出过的父爱，因为女儿玛丽—安娜举手投足从不像是个女儿，反倒像另一个玛丽—克洛德。

一天，他去见妻子，告诉她他想再结婚。

玛丽—克洛德摇了摇头。

"若是离婚，不会有任何改变。你不会吃什么亏的，我什么都让给你！"

"对我来说，金钱并不重要。"她回答道。

"那什么才重要？"

"爱情。"

"爱情？"弗兰茨大吃一惊。

玛丽—克洛德笑了，说："爱情是一场战斗。我会一直抗争。抗争到底。"

"爱情是一场战斗？我可一点儿也不想抗争。"弗兰茨说完便走了。

10

在日内瓦生活四年之后，萨比娜移居到了巴黎，仍然无法从忧伤之中振作起来。假如有人问她到底发生了什么事情，她也无言以对。

人生的悲剧总可以用沉重来比喻。人常说重担落在我们的肩上。我们背负着这个重担，承受得起或是承受不起。我们与之反抗，不是输就是赢。可说到底，萨比娜身上发生过什么事？什么也没发生。她离开了一个男人，因为她想离开他。在那之后，他有没有再追她？有没有试图报复？没有。她的悲剧不是因为重，而是在于轻。压倒她的不是重，而是不能承受的生命之轻。

直至此时，背叛的时刻都令她激动不已，使她一想到眼前铺展一条崭新的道路，又是一次叛逆的冒险，便满心欢喜。可一旦旅程结束，又会怎样？你可以背叛亲人、配偶、爱情和祖国,然而当亲人、丈夫、爱情和祖国一样也不剩,还有什么好背叛的?

萨比娜感觉自己周围一片虚空。这虚空是否就是一切背叛的终极?

直至此时,她显然仍未明了,这也是可以理解的:追求的终极永远是朦胧的。期盼嫁人的年轻女子期盼的是她完全不了解的东西。追逐荣誉的年轻人根本不识荣誉为何物。赋予我们的行为以意义的,我们往往对其全然不知。萨比娜也不清楚隐藏在自己叛逆的欲望背后的究竟是什么目的。不能承受的生命之轻,目的就是这个吗?自从离开了日内瓦,她已朝这个目的越走越近。

在巴黎的第三年,她收到一封寄自波希米亚的信。是托马斯的儿子写来的一封信。他听说过她,打听到了地址,并决定给她写信,因为她曾是他父亲"最亲密的朋友"。他告诉她托马斯与特蕾莎都死了。据信上所说,他俩最后几年生活在一个小村庄里,托马斯在那儿当卡车司机。他们常常一块去附近的一个小城,总在一间小旅馆过夜。路在山间穿行,弯弯曲曲,卡车坠入了深谷。找到的尸体全是碎的。警方发现,卡车的刹车装置糟透了。

得知这一消息,她无法平静下来。她与过去之间的最后一丝联系也断了。

按她以往的习惯,她想去墓地走走以平息心情。最近的一座墓地是蒙巴纳斯公墓。墓地里是一座座石墓,墓旁是一座座脆弱的小石屋,小教堂。萨比娜不明白,为什么亡者会想让那些仿制的宫殿压在自己头上。这座公墓就是个石化的名利场。公墓里的众生根本没在死后变得清醒起来,反倒比生前更为痴癫。他们在铭碑上夸耀着自己的显赫。这儿安息的不是父亲、兄弟、儿子或祖母,而是名流、政要和头衔及荣誉加身的人物,哪怕只是个小职员,也要在此摆出他的身份、级别、社会地位——即他的尊严——供人瞻仰。

走在公墓的一条小道上,她望见不远处有支葬礼队伍。司仪抱着满怀的鲜花,分发给死者的亲眷和朋友,一人一支。他递过来一支给萨比娜。她于是加入行列之中。绕过了好几座坟墓,来到了一个没有碑石的墓穴旁。她弯下身子。坑穴非常深。她抛出了那支花。花急急地旋转了几下,坠落在棺盖上。波希米亚的墓穴没有这么深的,而在巴黎,房子有多高,墓穴就有多深。她的目光落在墓穴一旁待封的石板上。这石板令她充满了恐惧,于是她匆匆赶回家。

整整一天,她都在想着那块石板。为什么它会让她感到如此的惊恐呢?

她给自己找了这样一个答案:如果坟墓被一块石板封住,亡者将永远不得出来。

可是,不管怎样,死人都不会从墓穴中出来! 那么,他是躺在一层黏土之下还是一块石板之下,结果又有什么不同呢?

不,结果有所不同:假如坟墓用一块石板封住,也就是不愿让亡者还魂。那沉重的石板对他说:"待在这儿别动!"

萨比娜想起她父亲的坟墓。棺材上覆盖着泥土,泥土上开出花朵,一棵枫树的树根盘绕棺材而生,可以想象亡人的魂魄经由树根和花儿从坟墓之中超脱出来。假如她父亲被一块石板封死,她就不能在他过世后再向他倾诉,也不能再听到树的枝叶之中传来他宽恕的声音。

特蕾莎与托马斯安息的那座公墓会是什么样子呢?

她再度想起了他们两人。他们时常去邻近的城里并留在旅馆过夜。信中的这一段触动了她。这证明他们是幸福的。她又看见了托马斯,仿佛是她的一幅画:前景是由一位稚拙的画家画出的幻影——唐璜;而从幻影的缝隙里,现出了特里斯丹。他死时是特里斯丹,而不是唐璜。萨比娜的父母在同一周相继去世。托马斯与特蕾莎则死在同一刻。突然间,她恨不得和弗兰茨呆在一起。

当她跟他说起她常在墓地里行走时,他曾感到恶心,并把墓地比作堆放尸骸和乱石的垃圾场。正是在那一天,他们之间裂开了一道互不理解的鸿沟。直到今天,在蒙巴纳斯公墓,她才明白了他想说的意思。她悔恨当初太不耐心。假如他们相处的时间更长一些,也许他们就会渐渐地开始理解彼此说的话。他们的言语会像非常腼腆的情人一样,羞涩地慢慢相互靠近,而他们的乐章会开始与对方地融为一体。可为时已晚。

是的，为时已晚。萨比娜知道自己不会停留在巴黎，她会越走越远，因为，如果她死在这儿，她会被一块石板封住，对于一个永不知停息的女人来说，一想到要被永远禁锢，不再能行走，那是无法忍受的。

11

弗兰茨的朋友都知道他与玛丽—克洛德之间发生了什么，他们也都清楚他与戴着一副大眼镜的女学生之间的事情。只有萨比娜的这一段故事无人知晓。弗兰茨还以为玛丽—克洛德跟她的女友们说起过她，其实错了。萨比娜很美，玛丽—克洛德不会愿意让别人拿她们两人的容貌做比较。

因为生怕暴露，他从未向萨比娜要过油画或是素描，甚至连张证件照也没有。就这样，她从他的生活里彻底消失，不留一丝痕迹。他与她在一起度过了一生中最美好的岁月，却没有遗存任何触摸得到的证据。

因此，他更乐意对她保持忠诚。

当他和年轻的女友待在房间时，有时她会从书本中抬起头来，以询问的目光望着他："你在想什么？"

弗兰茨坐在扶手椅中，双眼朝着天花板。不论他怎么回答，他想的肯定是萨比娜。

每次他在某本学术杂志上发表论文，女学生总是他的第一位读者，并很想与他探讨。可他呢，他想知道的，是萨比娜对文章会作何评价。他所做的一切，全都是为萨比娜，而且是以让她高兴的方式去做。

这种毫无恶意的不忠，正适合弗兰茨，既然他决不能伤害他那位戴眼镜的女学生。他继续崇拜着萨比娜，但那更像是一种宗教，而不是爱情。

此外,在这一宗教里他获得了一种信义,即他年轻的情人是由萨比娜赐予他的。他的尘世之爱与超凡之爱和谐而完美。如果说超凡之爱中必然有着(就因为它是超凡的)极多难以解释和不可理解之处(请记住那些不解之词,还有那一系列的误会!),那么,他的尘世之爱则建立在真正的相互理解之上。

女学生比萨比娜年轻许多,她的生命乐章才刚开始,而她心怀感激之情,在其中加入了从弗兰茨身上借取的动机。弗兰茨所崇敬的伟大进军也成了她信念的一部分。同弗兰茨一样,对于她来说,音乐是狂欢式的迷醉。他们经常去跳舞。他们活在真实中,他们所做的一切不对任何人保密。他们呼朋引类,不论同事、学生还是陌生人,都高高兴兴地在一道吃饭,喝酒,聊天。他们常常去阿尔卑斯山远足。弗兰茨弯下腰,女孩跳到他背上,然后他背着她在草地上奔跑,高声吟诵着幼年时他母亲教给他的一首德文长诗。小女孩咯咯直笑,搂着他的脖子,欣赏着他的长腿、肩膀和他洪亮的声音。

唯一让她不明白的,是弗兰茨对所有处于苏联的钳制之下的国家怀有的那份特殊情感。入侵一周年那天,一个在日内瓦的捷克协会组织了一次纪念活动。应者寥寥。讲演者有着一头用发钳精心烫过的灰白鬓发。他念着一篇长长的讲稿,弄得本来就很少几个来听他讲话的积极分子也厌烦透顶。他说的法语倒没什么错误,但口音重得吓人。为了强调自己的观点,他不时伸出食指点点戳戳,像是在威胁在座的人。

戴眼镜的女学生坐在弗兰茨旁边,强忍着呵欠。弗兰茨却傻傻地挂着微笑。他两眼紧盯着那个头发花白的家伙,他那惊人的食指让弗兰茨倍感亲切。他心想,这个男人定是个秘密信使,是保持他与他的女神之间沟通的天使。他闭起眼睛,浮想联翩。他紧闭双眼,如同他在欧洲的十五家旅馆和美国的一家饭店的房间里,在萨比娜身上闭着双眼。

第四部　灵与肉

1

特蕾莎在将近凌晨一点半回到家,走进浴室,换上睡衣,在托马斯身边躺下。他睡熟了。她靠近他的脸,正要吻他的嘴唇,这时,发现他的头发里有一种奇怪的气味。她久久地探着鼻子。她像条狗一样嗅他,终于明白了:这是一种女人的气味,女人下体的气味。

早晨六点钟,闹钟响了。这个时刻是卡列宁的时刻。它总是比他们醒得早得多,但是不敢打搅他们。它不耐烦地等着闹钟的铃声,因为铃声赋予它权利跳到床上,踩他们,拱他们。一开始,他们想阻止它这么闹,把它赶下床去,但是狗比主人要顽固,硬是赢得了自己的权利。再说,特蕾莎近来觉得在卡列宁的邀请下进入新的一天也不坏。对卡列宁来说,醒来那一刻是纯粹的幸福:它天真而又傻呵呵地为还在这世上感到惊讶,真是满心的欢喜。而特蕾莎总是很不情愿醒来,渴望延长夜晚,真不想再睁开眼睛。

此时,卡列宁在门口等着,抬头盯着衣帽架,那上面挂着它的项圈和皮带。特蕾莎给它套上项圈,带它去买东西。特蕾莎买牛奶、面包和黄油,像往常一样,也给它买一块羊角面包。在回家的路上,卡列宁在她身边一路小跑,嘴里叼着羊角面包。它骄傲地环顾四周,也许为自己受到注意,被人用手指点而陶醉。

到了家,它嘴里咬着面包,潜伏在卧室门口,等着托马斯发现它的存在,蹲下身来怪叫,装作要抢走它的面包。每天都如此一番:他们要花上五分钟在房里追逐,直到卡列宁躲到桌下去,快速地一口吞下面包。

但这一次,它等待的这场早晨的仪式却落了空。桌上放着一台半导体收音机,托马斯正在听着。

2

收音机里正在播放一个关于捷克流亡者的节目。这是被窃听、偷录和经过剪辑的私人谈话。事情是一个潜入到流亡者中的间谍干的,得手后得意地回到故国。这不过是一些闲谈,并无什么意义,其中时不时地冒出几个辱骂占领当局的粗词儿,也有流亡者的相互对骂,说对方是骗子,是白痴,等等。节目要突出的正是这些片段:要证明的是,这些人不但讲苏联的坏话(波希米亚地区没有一个人会为此而愤慨的),而且相互攻讦,不惜用粗话辱骂对方。奇怪的是,人们尽管从早到晚都讲脏话,可是在广播里听到一个受人尊敬的名人张口一句"他妈的",还是会不禁有些失望。

"这,这一切都是从普罗恰兹卡开始的!"一直在收听的托马斯说道。

扬·普罗恰兹卡是个捷克作家,四十来岁,精力充沛如头公牛。早在一九六八年之前,他就开始猛烈抨击国家时政。在"布拉格之春"事件中,他是最得民心的人物之一,那场骇人听闻的共产主义自由运动最后以俄国入侵而告终。俄国入侵占布拉格不久,所有的媒体便向他吹响围攻的号角,但媒体越是围攻他,人们就越是喜欢他。于是广播(时值一九七〇年)就端出了普罗恰兹卡在两年前(一九六八年春天)与一位大学教授的私人谈话,开始连续播放。他俩谁都没料到教授的公寓里竟会藏着一套窃听装置,而且长期以来,他们的一举一动都受到监视!普罗恰兹卡向来喜欢跟朋友们闹,说话夸张,用词过激。而现在广播的系列节目播放的正是这些不合时宜的谈话,谁都可以听到。剪辑制作这个节目的秘密警察,费尽心机,突出了作家嘲弄他朋

世界孤本小说

不能承受的生命之轻

友——例如杜布切克——的片段。尽管人们平日里总是不放过诋毁朋友的机会，可是很奇怪，往日令他们崇敬的普罗恰兹卡，如今竟然比让人憎恨的秘密警察更让人气愤！

托马斯关掉收音机，说："世界上所有国家都有秘密警察，可是只有我们国家把秘密录音拿到电台去播放！真是闻所未闻！"

"这种事还有呢！"特蕾莎说，"十四岁的时候，我偷偷记日记。我怕有人会看到。我把它藏在阁楼上。可我妈竟然把它搜了出来。有一天吃午饭，全家正在喝汤，她把日记本从口袋里掏出来，说道：'大家仔细听了！'说着便放声读了起来，每读一句，便笑一阵，笑得弯了腰。全家人也都跟着哈哈大笑，都忘了吃饭。"

3

他总想说服她继续睡觉，让他一个人吃早饭。但她就是不听。托马斯的工作时间是从早上七点到下午四点，而她是从下午四点到午夜，如果她不和他一起吃早饭，他们就只有星期天可以一起说说话了。所以她总是和他一起起床，等他走了之后，再躺回床上去，睡上一觉。

但是这一天，她怕自己又睡着了，因为十点钟她要去苏菲岛的桑拿浴室。桑拿浴的爱好者很多，而浴室里位置很少，得走后门才进得去。幸好有一个被大学开除的教授，他妻子就在浴室任出纳，这个教授是托马斯以前的一个病人的朋友。托马斯于是托这个病人，病人又托这个教授，教授再托他妻子，就这样，特蕾莎终于每个星期有机会去洗一次桑拿。

她是走路去的。她讨厌永远拥挤不堪的有轨电车，车子里，人们挤作一团，心里充满怨恨，你踩我的脚，我扯你的大衣扣，相互叫骂声不迭。

天下着毛毛雨。行人脚步匆匆，撑着雨伞。突然，人行道上乱成一团，伞篷碰撞在一起。男人倒是不失礼貌,在路过特蕾莎身边时,高高举起伞给她让出地方。但是女人寸土不让。她们只顾盯着前方,脸色严峻,等着别人自认不如,乖乖让路。伞的遭遇战是力量的考验。一开始,特蕾莎总是避让,当她明白好心换不来好报,便死死抓紧伞柄,跟其他女人一样较劲。好几次,她的伞狠狠撞上迎面而来的一把伞,但是

没有哪个女人会说声"对不起"。通常,大家都不吭声;但有两三次,她听到了"婊子"或者一声"狗屎"!

在用伞武装起来的女人中间,有年轻的,也有年老的,但年轻的通常都是些最勇猛的斗士。特蕾莎回想起入侵的那段日子。年轻姑娘身着迷你裙,走过来,走过去,举着国旗飘扬的长竿。这是对多年来被迫禁欲的俄国士兵的性侵犯。他们来到布拉格,恐怕以为来到了一个科幻小说家杜撰出来的星球上,这里净是美艳得令人难以置信的女人,她们以美丽的长腿为武器,表示蔑视,而这是整个俄国五六个世纪以来都不曾见过的。

在这段日子里,她为这些女人以坦克为背景拍了无数照片。她曾是多么钦佩她们啊!可她今天看到的,同样是这些女人,直冲冲地朝她撞来,气势汹汹,心怀恶意。她们高举的不再是旗帜,而是雨伞,但同样是那么骄傲。对外国军队,对不肯让道的雨伞,她们随时准备发起同样猛烈的攻击。

4

她来到了老城广场,广场上矗立着朴素庄严的泰恩大教堂,还有排列成不规则四

边形的巴罗克式房屋。十四世纪的老市政厅,以前完全占据广场的一方,但在二十七年前成了一片废墟。华沙、德累斯顿、科隆、布达佩斯以及柏林,均在上一次战争中惨遭破坏,但这些城市的居民不忘重建家园,无比用心地恢复古老城区的面貌。这些城市让布拉格人患上了自卑情结。在布拉格,那场战争摧毁的唯一一座古老建筑物,就是老市政厅。布拉格人决定永远保留其断垣残壁,怕万一有个波兰人或德国人前来指责他们受的苦难不多。在这堆用作战争永恒罪证的显赫的瓦砾前,立着一座铁管搭成的检阅台,供共产党在过去或将来指挥布拉格人民大游行。

特蕾莎望着成为废墟的市政厅,这番景象突然让她想起她母亲:这岂不是一种反常的需要——要展示毁灭,夸耀丑陋,标举悲惨,露出断臂的残痕,强迫全世界都来观看。最近一段时间以来,一切都让她回想起自己的母亲,仿佛十多年前逃离的那个母亲的世界,又从各个方向朝她逼近,把她团团围住。所以吃早饭时,她才会说出当年母亲读她的秘密日记,惹得全家捧腹大笑的事。朋友小酌间的交谈都被拿到电台去公开播放了,这只能说明一点:世界在变成一个集中营。

特蕾莎几乎从童年时代起就开始用这个词来表达她对自己的家庭生活的看法。集中营,就是日日夜夜,人们永远挤着压着在一起生活的一个世界。残酷和暴力只不过是其次要特征(而且绝非必然)。集中营,是对私生活的彻底剥夺。普罗恰兹卡虽在自己家里与朋友喝酒聊天,但却无处躲避,他是活在集中营里(他居然不知道,这是他致命的错误!)。特蕾莎以前和母亲住在一起,也是活在集中营里。从那以后,她明白了集中营绝无特别之处,没有什么值得让人惊讶的,而是某种命定的、根本性的东西,来到世上,就是来到它的中间,不拼尽全力,就不可能从中逃出去。

5

排列成梯形状的三排长凳,女人们坐在上面,挤得一个挨着一个。一个三十来岁的女人,长着一张十分标致的脸蛋,坐在特蕾莎身边一个劲儿地出汗。她肩膀下面,垂着两个大得难以置信的乳房,身体一动就直晃荡。她起身时,特蕾莎注意到她的后臀也像两个巨大的皮袋子,与那张脸蛋毫无共同之处。

也许这个女人,她也久久站在镜前,凝望着自己的身体,想透过身体瞥见灵魂,就像特蕾莎从童年时起就一直尝试的那样。以前,特蕾莎确实傻傻地认为身体能反映灵魂的特征。可是,一个酷似挂了四个大皮袋的衣帽架的灵魂,又该有多么可怕?

特蕾莎站起来去冲淋浴。接着她走到外面去透透气。外面一直在下毛毛雨。她走到在伏尔塔瓦河面上方伸出的栈桥上,桥有几米见方,四周是高高的木板壁,以保护女人避开城市射来的目光。她低下头来,忽然看到水面上正是她刚刚正想着的那个女人的脸。

那个女人朝特蕾莎微笑着。她长着秀气的鼻子和栗色的大眼睛,目光很孩子气。

她走上扶梯,在柔和的面孔下面,是两个直晃荡的大皮袋,把冰冷的小水珠甩得到处都是。

6

她走进屋去穿衣服。她站在一面大镜子前。

不,她的身体可没什么可怕的地方。她的肩膀下面没有大皮袋,两只乳房可以说相当小。以前她母亲常笑话她乳房不够大,没有应有的那么大,这使她产生某种自卑情结,直到托马斯来了,才把她解救了出来。现在,她可以接受它们的大小了,但她仍然不喜欢乳头周围太大太深的乳晕。如果她可以设计自己的身体,她想要那种不起眼的、精致的乳头,在乳房的圆拱上微微突出,其颜色与皮肤其他部分几近一体。可她那深红色的大靶心,令她觉得像是乡村画家应饥不择食者的要求画出来的淫画。

她审视着自己,心里想,要是自己的鼻子每天长长一毫米会怎么样。过多长时如果她身体每个部分在变大或缩小,直至变得与特蕾莎毫无共同之处,那她还是她吗,还会有另一个特蕾莎吗？

当然。即使特蕾莎一点都不像特蕾莎了,在她体内,始终是一个灵魂,它只能惊恐万状地看着她身体的变化。

那么,在特蕾莎和她的身体之间有何联系呢？她的身体对特蕾莎这个名字总该拥有一点权利吧？如果身体没有这个权利,那么这个名字又归属于什么？只能属于一种无形的、非物质的东西。

（特蕾莎从童年时代起脑子里就总在琢磨这些问题。因为真正严肃的问题,是孩子能提出来的问题。只有最天真的问题才真正是严肃的问题。这些问题都是没有答案的。没有答案的问题是一道令你无路可走的障碍。换言之,正是这些没有答案的问题标志着人类可能性的局限,划出我们存在的疆界。）

特蕾莎一动不动,像被魔着了一般站在镜子前,她望着自己的身体,仿佛很陌生;陌生,然而却指定给她而非其他人。这个身体令她厌恶,它没有能力成为托马斯生活中的唯一。它令她失望,背叛了她。整整一夜,她被迫呼吸着托马斯头发里另一个女人下体的气味。

她突然想像打发走一个女佣那样,把她的身体打发走。只让灵魂与托马斯在一起吧,把身体赶得远远的,让它表现得就像其他女人的身体一样,跟其他男人的身体厮混！既然她的这个身体不能成为托马斯生命中的唯一,那么它就输掉了特蕾莎一生中最大的战役！好吧,让它走开吧,这身体！

7

她回到家,在厨房里站着草草吃了午饭,一点胃口也没有。下午三点半,她给卡列宁系上皮带，带它一起（总是步行）去城郊她工作的饭店。她被杂志社辞退了，找了一份女招待的差使。这是在她从苏黎世回来几个月后发生的事；说到底，就是因为她拍了七天俄国坦克，所以怎么也不肯原谅她。她是靠朋友才得到这份招待工作的；几个和她差不多在同一时间失去工作的人，也在这里找到了庇护所。在饭店会计室，有位以前教神学的教授，服务台处，有位前大使。

她重又担心起自己的腿来。以前，她在外省当女招待时，发现她的同行腿肚子上尽是曲张的静脉，她很害怕。这是女招待的职业病，因为她们手上总是端着沉沉的东西，不是走，就是跑，要么就是站着。现在的工作倒没以前在外省时那么累人。在开门为客人服务之前，她要搬运一箱箱沉重的啤酒和矿泉水，之后她只要站在柜台后面，给客人倒倒酒，有空的时候，在吧台末端的小洗碗槽里涮涮杯子。在她工作时，卡列宁一直耐心地躺在她脚旁。

等她算完账，把钱交给饭店经理，午夜已过。她先过去对值夜班的大使道声晚安。在服务台的长柜台后，有扇门，门后是个凹室，正好摆得下一张窄床睡觉。凹室的墙上，挂着几张镶边框的照片：照片上，可以看到他和许多人在一起，他们在冲着镜头微笑或者在和他握手，或者坐在他身边签什么东西。在一张挂在醒目位置的照片上，可以辨认出紧挨着他的，是约翰·弗·肯尼迪那张微笑的脸。

这天晚上，他不是在与美国总统交谈，而是与一个六十来岁的陌生男人，这人一看到特蕾莎，马上就闭上了嘴巴。

"这是个朋友，"大使说，"你尽管放心地讲。"接着，他转向特蕾莎，说："他儿子被判了五年，恐怕就在今天判的。"

她了解到，在入侵最初的几个日子里，这人的儿子和他的几个朋友一直监视一幢大楼的入口，这幢楼是一个俄军特别机构的所在地。从那里出来的捷克人，在他看来，肯定都是为俄国人效力的告密者。他和同伴跟踪他们，记下他们的车牌号码，告诉一家捷克地下电台的新闻记者，由电台提醒公众注意。他甚至在朋友们的协助下，把其中的一个家伙狠狠地揍了一顿。

这个六十来岁的男人说:"这张照片是唯一的物证。他什么都不承认,直到他们向他出示了这个。"

他说着从胸袋里拿出一份剪报:"这是从一九六八年秋天的《泰晤士报》上剪下来的。"

照片上有一个年轻人正在掐一个家伙的脖子。有人在围观。照片下方写着:惩罚奸细。

特蕾莎松了口气。不,这张照片不是她拍的。

她和卡列宁一起穿过布拉格黑漆漆的街道向家走去。她想起她拍摄坦克的那些日子。他们是多么天真啊,所有人都是! 他们以为是在为祖国不惜冒生命危险,可其实不然,他们在不知不觉中却为俄国警察效了力。

她凌晨一点半回到家。托马斯已经睡了。他头发里有股女人的气味,下体的气味。

8

什么叫作调情? 可以说调情是一种暗示有进一步性接触可能的行为,但又不担保这种可能性一定能够兑现。换言之,调情是没有保证的性交承诺。

特蕾莎站在吧台后面,为顾客斟酒,这些顾客全都主动向她进攻。诸如奉承的话、暗示、黄段子、引诱、笑脸、媚眼等等,构成了持续不断的进攻,她是否觉得这很讨厌? 一点也不。她感觉到一种不可遏制的欲望,要把自己的身体献出去(这个她想赶得远远的陌生的身体),献给这股进攻的大潮。

托马斯一直不停地试图说服她,说爱和做爱完全是两回事。她拒绝接受这一观点。现在,她被男人包围着,可他们激不起她半点好感。要是跟他们睡觉,会是什么感觉？她恨不得试试，至少在没有保证的承诺即调情的形式下去试试。

别搞错了：她并不是要设法报复托马斯。她只是想找个出口走出迷宫。她知道自己成了他的负担：她把事情都看得太认真，把一切都搞成了悲剧，她无法明白肉体之爱的轻松和不把肉体之爱当回事带来的乐趣。她真想学会轻松！她真希望有人教她别这么不合时宜了！

如果对其他女人来说，调情是第二天性，是不足道的日常惯例，那么今后对她来说则是重要的探索天地，她要从中认识到她能做什么。但一旦变得如此重要，如此严肃，她的调情便因此而失去了所有的轻松，就成了被迫的、有意识的、过分的东西了。在承诺和没有保证之间的平衡（而这正是调情的精妙之处所在！）就被打破了。她太急于承诺，却没有足够明显地表示其承诺并不承担着什么。换言之，所有人都觉得她轻佻得出奇。可当男人要求她兑现看来十拿九稳的承诺时，却突然遭到反抗，他们只好对自己解释说，这个特蕾莎又残酷又有心计。

9

一个约莫十六岁的少年走到吧台，找了张空的圆凳坐了下来。他的谈话中夹杂着几句挑逗的话，就像一幅画里画错的线条，既不能将错就错，又怎么也抹不掉。

"您的腿真美，"他说。

她回敬道："您好像能透过木柜台看见似的！"

"我认识您。我在街上看到过您。"小伙子解释道。

特蕾莎离身去照料别的客人。他要一杯白兰地。她拒绝了。

"我刚满十八岁。"少年抗议道。

"那好，把身份证给我看看！"

"休想。"少年说。

"那很好！就喝汽水吧！"

少年一言不发，起身走了。大约半小时后，他又回到吧台坐下。他动作夸张，满口烈酒味儿，三米外都能闻到。

"来杯汽水！"

"您醉了！"她说。

少年指着特蕾莎身后墙上挂着的告示牌："严禁向未满十八岁的未成年人销售酒精饮料。"

"那上面禁止您卖酒给我喝，"他用一个夸张的手势指着特蕾莎说，"但可没写我没有醉的权利。"

"您在哪儿喝成这样的？"特蕾莎问道。

"在对面的小酒馆里！"他放声大笑，接着又提出要一杯汽水。

"是吗，那您为什么不待在那儿？"

"因为我想看您，"少年说，"我爱您。"

说这句话时，他的脸奇怪地扭曲着。她实在不明白：他在嘲笑她吗？还是在向她献殷勤？或者是说笑话？或者很简单：他醉了，不知道自己在说什么？

她把一杯汽水放在他面前，又去招呼其他的顾客。"我爱您！"这几个字仿佛耗尽了少年全部的力气。他再也不说什么，默默地把钱放在柜台上就离开了，连特蕾莎都没察觉。

然而一等他离开，一个索要第三杯伏特加的小个子秃头男人开口了："夫人，您知道您无权向未成年人提供酒精饮料。"

"但我没给他酒喝！他喝的是一杯汽水！"

"您给他倒的汽水里有什么，我看得很清楚！"

"看您在编造些什么！"特蕾莎嚷起来。

"再来一杯伏特加，"秃顶男人说。接着他又加了一句："我注意您有好一阵子啦。"

"好啦！能看着一个漂亮女人，您不觉得是福气吗？闭嘴吧！"一个高个男人插话道。他刚才走到柜台边，看到了整个事情经过。

"您别掺和！这跟您没关系！"秃顶男人嚷道。

"您倒跟我解释解释，这跟您又有什么关系？"高个子说。

特蕾莎把秃顶男人要的伏特加给了他。他一口气喝完，付了钱就离开了。

"真感谢您。"特蕾莎对高个子说。

"这没什么。"高个子说着，也离开了。

10

几天后，他又出现在酒吧里。一看到他，她像对朋友似的，冲他微微一笑："还是要多谢您。那个秃头常来，他实在讨厌得可怕。"

"别去想那事了！"

"那天他为什么要害我？"

"只是个醉鬼罢了！我再一次请求您：别去想那事了！"

"既然您请求我，我不去想就是了。"

高个子凝望着她："您要答应我。"

"我答应您。"

"听到您对我有所承诺，我真高兴。"男人说道，一边目不转睛地望着她。

他们完完全全是在调情了；这种行为暗示有进一步性接触的可能，即使这只不过是一个没有保证的、纯理论化的可能性。

"在布拉格最丑陋的街区，怎么会遇到一个像您这样的女人呢？"

"那么您呢？您到这里来，到这个布拉格最丑陋的街区来干什么？"

他告诉她他住得不远,他是个工程师,上一次他下班回家时偶然在这里逗留。

11

她望着托马斯。她不是盯着他的眼睛,而是眼睛之上十来厘米的地方,看的是他的头发。那里散发出另一个女人下体的气味。

她说:"托马斯,我受不了了。我知道,我没有权利抱怨。自从你为了我回到布拉格,我就不让自己再嫉妒。我不想嫉妒,但我实在忍不住要嫉妒。我没有力量阻止自己了。请你帮帮我吧!"

他搂起她的胳膊,把她带到一个早些年他们常去散步的小广场。广场里有长凳:蓝色的,黄色的,红色的。他们坐了下来,托马斯对她说:

"我理解你。我知道你想要什么。我把一切都安排好了。现在,你到彼得山上去。"

她心里一阵纳闷:"到彼得山上去?到彼得山上去干什么?"

"你爬到最高处就知道了。"

她一点都不想去;她身体很虚弱,简直无法离开凳子站起来。但她不能违抗托马斯。她努力站起来。

她回头看他。他始终坐在长凳上,向她露出几乎是快乐的微笑。他挥挥手,十有八九是为了鼓励她。

12

彼得山是位于布拉格市中心的一座树木葱茏的山丘。来到山脚,她惊讶地发现一个人都没有。真奇怪,往常总是有很多布拉格人来这里呼吸新鲜空气。她心中忐忑不安,但山路如此安静,而静谧是令人安心的,于是她不再紧张,充满信任地投到山的怀抱中。她向上走着,时而停下来看看身后。她看到脚下有许多城楼和桥。圣徒雕像挥着拳头,两只石头眼睛凝望云端,这是世界上最美的城市。

她到了最高点。在平常卖冰淇淋、明信片和饼干的小摊后面(这天一个小贩都没有),延展开一片一望无际的草坪,上面稀疏有几棵树。她看到那里有几个人。她走过去,越靠近,越是把脚步放慢。一共有六个人。他们有的站着不动,有的在慢慢地来回走着,有点像高尔夫球选手在观察地势的起伏,掂量手中的球杆,在比赛前全神贯注地让自己进入状态。

她总算来到他们身边了。在这六个人当中,她肯定有三个和她因同样的原因而来:他们都惶恐不安,看来有一大堆问题要问,可又怕打搅了他人,所以宁愿不开口,只是带着询问的神色四处张望。

另外三个显得宽容善良。其中一个手里拿着把枪。看到特蕾莎,他微笑着做了个手势:"对,就是这里。"

她向他点头致意,感到不自在得可怕。

男人又说道:"为了不出错我要问一句。这是您自己的意愿吗?"

说出"不,这不是我的意愿"是很简单的,但是托马斯对她那么有信心,她无法让他失望。要是回家的话,她要找什么理由?于是她说:"是的。当然是,这是我自己的意愿。"

手里拿枪的男人又接着说:"您必须明白为什么我向您提出这个问题。我们必须确信来找我们的人是自己非要死不可,不然我们是不会动手的。我们只不过是向他们提供服务。"

他询问的目光停留在特蕾莎的身上,她不得不又一次向他保证:"是的,您不要担心! 这是我自己的意愿!"

"您愿意第一个上吗?"他问道。

她想推迟行刑,哪怕片刻都好。

不能承受的生命之轻

"不，求求您，不要。如果可能的话，我愿意是最后一个。"

"随您的便。"男人说着，走向了其他人。他的两个助手没带武器，在这里只是为了照顾要死的人。他们搀着想死的人的胳膊，陪着他们在草地上走着。绿草如茵，一望无际。自愿受刑者可以选择自己的一棵树。他们停下脚步，久久地打量着，怎么也拿不定主意。最后，三人中有两个终于选定了两棵悬铃木，可第三个却越走越远，没找到一棵适合他死的树。助手温和地搀着他的手臂，不厌其烦地陪伴他，但是最后，他实在没有勇气走得更远了，于是停在了一棵枝叶繁杂的槭树旁。

助手们给三个人的眼睛蒙上了布带。

在广袤无际的草地上，三个人背靠着三棵大树，眼睛上蒙着布带，仰面朝着天空。

持枪者瞄准，然后射击。除了鸟儿的歌声，听不到一点喧闹。枪上装了消音器。只见靠在槭树上的男人开始倒下去。

持枪者没挪位置，转身面对另一个方向，背靠悬铃木的那一位也悄无声息地倒下了。过了片刻(持枪者原地转了个身)，第三个受刑者也倒在草地上。

13

一个助手一声不吭地走近特蕾莎。他手中拿着一条深蓝色的布带。

她明白他是要来蒙她的眼睛。她摇摇头,说:"不,我要看见这一切。"

但这不是她拒绝的真正理由。她绝不是那种英雄,勇敢地正视面前的行刑者。她只是想设法推迟死亡。她觉得眼睛一蒙上,就到了死亡的门槛,没有了回头的希望。

那人并不打算逼迫她,而是挽起她的手臂。他们在无际的草地上走着,特蕾莎无法决定选择这棵树还是那一棵。没有人催促她,但她知道,她无论如何也逃不开。她看到面前有一棵开着花的栗树,就走了过去。她靠在树干上,抬起头:她看到枝叶间穿过缕缕阳光,听见城市在远处喃喃地温柔低语,仿佛千把小提琴在演奏。

持枪者举起枪。

她觉得自己再也没了勇气。她对自己的软弱感到绝望,但她实在控制不了。她说:"不! 这不是我的意愿。"

持枪者立刻垂下枪口,很平静地说:"如果这不是您的意愿,我就不能这么做。我没有这个权利。"

他声音和蔼可亲,仿佛在向特蕾莎道歉,因为他们不能去枪杀一个不愿意死去的人。他的和蔼令她心碎;她转过头去,对着树干,号啕大哭。

14

她抱紧树干,哭得浑身颤抖,仿佛这不是一棵树,而是她已经过世的父亲,她未曾谋面的祖父,她的曾祖父,她的高祖父,一位从远古的时间深处走来的无比老的老人,在粗糙的树皮中伸出脸来让她紧贴着。

她转过身来。那三个人已经走远了,他们像是在玩高尔夫球似的,在草地上走来走去。那男人手里拿着的枪,更让人想起高尔夫球杆。

她顺着小路走下彼得山,灵魂深处留下了对那个该杀她却没动手的男人的一丝眷念。她想他。她需要有个人来帮助她,真的啊!托马斯不会帮她的。托马斯叫她去死。只有另一个才能帮她!

她越是走近城市,越是因眷恋这个男人而感伤,且越是害怕托马斯。她没有信守诺言,他不会原谅她的。她没有勇气,背叛了他,对此,他不会原谅的。她已经走到他们住的那条街上,她知道自己随时就会见到他。一想到这里,她害怕极了,怕得胃开始痉挛,禁不住想呕吐。

15

工程师邀请她去他家。她已经拒绝了两次。这一次,她接受了。

她同往常一样站在厨房里草草吃了午饭,然后出门。时间差不多是两点钟。

快走到他住的地方时,她感到自己的脚步慢了下来。

接着她想,实际上,是托马斯把她送到这个男人家来的。不正是他一直在跟她解释说爱情和性是根本不同的吗?她只是去给他的话寻找一个印证。她耳边响起了托马斯的声音,对她说:"我理解你。我知道你想要什么。我把一切都安排好了。上到山顶,你就会明白。"

是的,她不过是在执行托马斯的命令而已。

她只想在工程师家里待一会儿,只喝杯咖啡,看看自己是如何走向不忠的边缘的。她想把自己的身体推至那边缘,在不忠的示众柱上待上片刻,然后,当工程师试图把她抱在怀里的那一刻,她会像她在彼得山上对持枪的男人那样,对他说:"不,不!这不是我的意愿。"

那男人会垂下他的枪口,声音温柔地说:"如果这不是您的意愿,我就不能这样做。我没有这个权利。"

她会转过头去,朝向树干,号啕大哭。

16

这是建于世纪初,位于布拉格郊外工人居住区的一栋楼房。她走进过道,两边是石灰墙,脏兮兮的。沿着楼梯年久失修的石台阶和金属扶手,她来到二楼。往左拐。是第二个门,没有门牌也没有门铃。她敲了敲门。

他打开门。

整个住所只有一个房间,离门两米的地方用一块帘子隔了起来,让人感觉像是个门厅。这里,有一张桌子、一个炉子以及一个小冰箱。进到里屋,她发现是一个窄窄长长的房间,正对面,在房间的尽头,是一扇狭长的窗户;在一边,是书架,另一边,是张沙发和唯一的一把扶手椅。

"我家里很简单,"工程师说,"但愿没有让您失望。"

"不,一点儿也不。"特蕾莎说,两只眼睛盯着占据了整个墙壁放满了书的书架。这个男人没有张像样的书桌,却有很多很多的书。特蕾莎为此感到欣喜,一路上一直伴随着她的不安开始消除了。从小时候起,她就把书看作一个秘密兄弟会的暗号。有这样一个书架的人是不可能伤害她的。

他问她想喝点什么。来点葡萄酒?

不,不,她不想喝酒。如果真要喝点什么的话,那就咖啡吧。

他消失在帘子后面,她走近书架。其中一本书攫住了她。是索福克勒斯《俄狄浦斯》的一个译本。多么奇怪,竟然在这样一个陌生人的家里找到这本书!几年前,托马斯曾把这本书送给特蕾莎,请她认真地读一读,跟她讲了很久很多。后来他在一份报纸上发表评论,就是那篇文章搅乱了他们的整个生活。她注视着书脊,逐渐平静下来。似乎托马斯故意在这儿留下他的痕迹,留下一个表示自己已经安排了一切的信息。她拿下书,翻了开来。等工程师进来,她要问问他为什么会有这样一本书,他看过没有,他觉得怎样。如此一来,略施小计,通过交谈,她便可从这个陌生人房间的危险之境进入托马斯思想的熟悉天地。

这时,她感到一只手搭在了她的肩上。工程师从她手里抽出书,默不作声地将书放回书架,然后领着她朝沙发走去。

她又想到了她对彼得山上行刑者说的话,她大声叫道:"不,不!这不是我的意愿!"

她深信这是一句能够迅速扭转形势的魔咒,但是在这个房间里,这些字眼失去了魔力。我甚至认为它们反倒促使这个男人表现得更加决断:他紧紧压着她,把手放到她的一只乳房上。

奇怪:这一接触立刻使她摆脱了不安。似乎通过这一接触,工程师揭示了她的身体,她终于意识到,赌注,不是她(她的灵魂),而是她的身体,仅仅是她的身体。这身体背叛了她,她把它赶得远远的,任其列入其他身体之中。

17

他解开她上衣的一颗纽扣,等着她自己解下去。面对这番期待,她没有顺从。她把自己的身体赶得远远的,她不想为它负一点责任。她既不脱衣服,也不反抗。她的灵魂想以此表明,在根本不赞成正在发生的事情的同时,她选择保持中立。

他脱去她的衣服,在这个过程中,她几乎是木然的。他亲她,她的嘴唇没有回应。接着,她突然发现,她的下身已经湿润,她感到吃惊。

她觉得,正是因为她不愿意,她才越加兴奋。她的灵魂已经暗暗同意正在进行着的一切,不过她也知道,要延长这种强烈的兴奋,她即使同意也要保持沉默。如果她高声表示认可,如果她同意心甘情愿地参加这场爱之戏,兴奋将会消失。因为刺激灵魂的,正是身体对她意愿的不由自主地叛逆,正是其对这一叛逆的参与。

他褪掉她的内裤,现在,她完全赤裸了。灵魂看见身体裸露在陌生人的怀抱之中,这幕情景她觉得难以置信,就好像在近旁凝视火星似的。在这令人难以置信的情景下,她的身体第一次不再平庸;第一次,她看着它被迷醉;她的身体的奇特性与不可模仿的独特性渐渐凸现。它并非是所有身体当中最平凡的一个(直到目前,她一直这样看),而是最奇特的一个。灵魂的视线停驻在胎记上,无法收回。一个淡褐色的圆形胎记,就在阴毛上方。从这个胎记中,灵魂看见了自己在身体上留下的印戳,灵魂发现,一个陌生人的器官如此贴近地在这神圣的印戳旁抽动真是一种亵渎。

特蕾莎抬起眼睛,看见了他的脸,这时,她想起她从未同意自己的身体,自己的灵魂已经刻下印记的身体,投入一个她不认识并且她也不想认识的人的怀抱。顿时,心中涌起一股恨意,令人昏眩。她在唇间集起一口唾沫,要啐陌生人的脸。他俩互相贪婪地注视着。他察觉到她的怒气,加快了动作。特蕾莎远远地感到快感来临,开始叫喊:"不,不,不。"她抵抗着正在临近的快感,而因为她的抵抗,被抑制的快感大量渗入她的整个身体,没有任何的出口可以逃逸。快感在她的身体里蔓延,犹如注入静脉的一剂吗啡。她在男人的怀抱中挣扎着,乱捶乱打,朝他的脸上啐唾沫。

18

现代的抽水马桶从地面上凸起,宛若一朵白色的睡莲花。建筑师尽其一切可能,让身体忘记它的悲苦,让人在水箱哗哗的冲洗声中不去想那些肠胃里的排泄物会变成什么。一条条下水管道被小心翼翼地隐藏在我们的视线之外,尽管它们的触角一直延伸到我们的房间里。我们完全不了解那一座座看不见的威尼斯粪城,殊不知我们的盥洗室、我们的卧室、我们的舞厅和我们的国会大厦就建在上面。

这栋位于布拉格郊外工人居住区的老房子的厕所不太掩饰,地面是灰色的方砖,上面孤零零地立着简陋的抽水马桶。这抽水马桶的形状不仅不让人想到睡莲花,反而提醒人们它实际上是一段下水管道的管口。抽水马桶上连木质坐垫也没有,特蕾莎只得坐在瓷面上,凉得她直哆嗦。

她坐在抽水马桶上,突然涌起想清空自己肠胃的欲望,她想彻底地羞辱自己,想成为身体,只是一具身体,她母亲一直所说的只会消化和排泄的身体。特蕾莎清空了肠胃,那一刻,她感到无尽的悲哀和孤独。再没有比她坐在下水管道管口上的赤条条的身体更可怜的了。

她的灵魂失去了继续充当旁观者的好奇,失去了先前的恶意和骄傲:它重又回到了身体最隐秘的深处,绝望地等待着有人来唤醒它。

19

她从抽水马桶上站起身,放水冲洗马桶,然后回到门厅。灵魂在赤裸的、被抛弃的身体里颤抖。特蕾莎还可以体会到肛门上刚刚用纸擦过的感觉。

这时,一件令人难忘的事发生了:她想再到房间里和那个男人在一起,想听到他的声音,他的呼唤。如果他用一种温柔而认真的声音跟她说话,她的灵魂就会鼓起勇气,再一次逸于身体之外。她会开始哭泣。她会紧紧抱住他,就像她在梦中抱住栗树的粗壮树干。

她待在门厅里,竭力克制住在他面前痛哭的强大欲望。如果她克制不住,她知道,将会发生她不愿意发生的事。她会陷入爱情。

就在这个时候,屋子尽头传来了一声喊叫。听到这苍白的声音(与此同时看不到工程师的高大身躯),她感到吃惊:这声音又细又尖。莫非是她刚才没有注意到?

大概就因为这声音给她造成了困惑、不快的印象,她才得以打消自己的欲念。她回到里间,捡起散乱的衣服,飞快地穿上,离开。

20

她带着卡列宁买完东西往回走,卡列宁嘴里叼着一块羊角面包。这是一个寒冷的早晨,积了薄冰。她沿着一片开发区走去,一座座房屋中间,是大块的土地,被划成了一小片一小片,上面种着东西。另外,还有一座座小花园。卡列宁突然停住,它望着那边,一动不动。她也朝那边望去,但是没有发现任何特别的东西。卡列宁拉着她,她任它带着走。最后,在一个荒废的花坛冰冻的泥土上面,她看见了一只长嘴乌鸦黑色的小脑袋。不见身子的小脑袋微微颤动着,嘴里不时发出粗哑、哀伤的叫声。

卡列宁躁动异常,竟松开了叼着的羊角面包。特蕾莎不得不把它拴到树上,以免它伤害乌鸦。然后,她跪下身来,想把被活埋的乌鸦周围的结土挖去。可谈何容易。她挖断了一块指甲,鲜血直流。

这时,一块石头落到她身旁。她抬起眼睛,看见两个约莫十来岁的男孩躲在一栋房子的墙角。她站起身。两个孩子一看她的举动,还有拴在树上的狗,马上就逃走了。

她重又跪到地上挖土,终于把乌鸦从它的坟墓中解救了出来。不过,这鸟儿已经不能动弹,既不能走也不能飞。她将它包在自己围在脖子上的红围巾里,用左手搂着,紧贴在怀中。接着,她用右手从树上解开卡列宁,一路上不得不竭尽全力拽住它,让它跟着走。

她按了门铃,因为腾不出手到口袋里找钥匙。托马斯给她开了门。她把牵卡列宁的带子递给他。"要拉牢!"她嘱咐道,紧接着把乌鸦抱进了浴室。她把它放到洗脸池下面的地上。乌鸦挣扎着,但是无法移动。一种稠稠的暗黄色液体从它的身体里流出来。特蕾莎用洗脸池下面的旧布片给它做了个垫子,不让它被砖面冻着。乌鸦绝望地颤动着瘫痪的翅膀,它的嘴尖尖地翘起,像是在责备什么。

21

她坐在浴缸边沿,视线无法从垂死的乌鸦身上移开。从乌鸦的孤单中,她看到了自己命运的影子,反复对自己说:除了托马斯,我在这个世界上别无他人。

与工程师的小插曲是否已经让她明白,风流韵事与爱情毫不相干?是否明白风流之轻松,了无重负?如今她是不是比较心静了?

根本不是。

一个画面纠缠着她:她刚刚从厕所出来,她的身体立在门厅里,一丝不挂,被抛弃在那儿。她的灵魂,受了惊吓,在身体深处颤抖。这一刻,只要那个男人在房间里头朝她的灵魂说一句话,她就会放声大哭,扑进他的怀里。

她想象着托马斯的一个女友处于她的位置,站在厕所前的门厅里,而托马斯处于工程师的位置,呆在房间里。他只要对那年轻女子说一个字,仅仅一个字,那女人就会哭泣着抱住他。

特蕾莎知道,爱情诞生的时刻就像这样:女人无法抗拒呼唤她受了惊吓的灵魂的声音,男人无法抗拒灵魂专注于他声音的女人。在爱情的陷阱面前,托马斯从来不是安全的,特蕾莎只能每时每刻为他担惊受怕。

她能有什么武器呢?只有忠贞。她的忠贞,她从一开始,从第一天就给了他,仿佛她一开始就知道自己没有任何别的东西可以给他。他们的爱情是一座不对称的奇特建筑:它建立在托马斯对特蕾莎之忠贞的绝对信念上,就像一座庞大的宫殿仅基于唯一的一根圆柱子。

现在,乌鸦几乎再也不动翅膀了,只有伤痕累累、被折断的爪子勉强还在抽搐。

特蕾莎不愿意抛弃它,仿佛守在一位临死的姊妹的枕旁。后来,她还是进了厨房,急匆匆吃了午饭。

当她再回到家,乌鸦已经死了。

22

在他们交往的头一年,特蕾莎做爱时总要叫喊。这叫喊,我已经说过,力图蒙蔽、堵塞一切感官。后来,她叫喊得少些了,但是她的灵魂一直被爱情蒙蔽着,看不见任何东西。当她跟工程师睡觉时,因为没有爱情,她的灵魂终于又恢复了视力。

她又到了桑拿浴室,重新站到镜子前。她看着自己,脑海里又出现了在工程师家里做爱的场面。她回想到的,不是情人。说实话,她甚至不能描绘出他的模样,也许她压根儿都没有注意他赤身裸体时是什么样子。她回忆起来的(以及她此刻在镜子前兴奋地看到的),是她自己的身体,是她的阴毛和就在阴毛上方的圆形胎记。这块胎记,对她来说一直只是身体肌肤的一个小小的缺陷,如今却已深深刻入了她的记忆。当与陌生人的那个器官发生难以置信的亲近时,她想看到它,想再看到它。

我不得不再次强调:她并不想看到陌生人的下体。她想看到那下体近旁她自己的阴部。她不喜欢别人的身体。她喜欢自己的身体,喜欢自己的身体突然被暴露在外,越贴近、越陌生就越兴奋的身体。

她看着自己淋浴后布满了细小水珠的身体,想着工程师哪一天会到酒吧来。她渴望他来,渴望他来邀请她! 她无比渴望!

23

一天又一天来临,她害怕看到工程师出现在吧台上,害怕自己没有力量说"不"。可随着日子一天天过去,渐渐地从害怕看到他,发展成了害怕他不来。

一个月过去了，工程师丝毫不见踪影。对特蕾莎来说，这是无法解释的。失望的心情被不安取代：他为什么没有来？

她应付着顾客。小秃头又来了，他有天晚上曾告她卖酒给未成年人。他正在亮着大嗓门讲一个下流故事，这个故事她在外省侍候过的那些酒鬼嘴里已经听过千百遍。她又一次感到被母亲的世界所困扰，于是非常粗暴地打断了他。

小秃头气急败坏："你没权命令我！我们让你在这个酒吧工作，你要知足。"

"我们？我们是谁？"

"就是我们，"他说着，又要了杯伏特加，"记住，我不会任你羞辱的。"

说着，他用手指着特蕾莎戴了好几串廉价珍珠项链的脖子，嚷道："你的珍珠项链是从哪儿来的？肯定不是你那个擦窗户的丈夫送给你的！他挣的那点钱，根本没法给你买珍珠项链！是客人给你的吧？用什么换的，嗯？"

"闭嘴，马上给我闭嘴！"特蕾莎叫道。

小秃头企图一把抓住项链："记住，我们这儿禁止卖淫！"

卡列宁嗖地站起来，将前爪往吧台一搭，叫了起来。

24

"他是个警察。"大使说。

"要是个警察，他应该更隐蔽些。"特蕾莎说，"一个不保密的秘密警察顶什么用！"

大使盘腿坐在沙发上，就像瑜伽课上教过的那副架势。墙壁上，肯尼迪在微笑着，仿佛在对他的话给予一种认可。

"特蕾莎太太，"大使用一种慈父般的口吻说道，"警察有多项职责。第一是传统的职责。他们监听人们说些什么，然后报告给上司。

"第二是威慑的职责。他们要让我们明白我们时刻被他们所控制,他们要我们害怕。那个秃头就想这样。

"第三项职责是制造能加罪于我们的情形。如今,要是控告我们阴谋颠覆国家,他们已无利可图,因为这样做,只会为我们引来更多的同情。他们更想达到的,是设法在我们的兜里搜到大麻,或是证明我们强奸了一个十二岁的小女孩。要找到一个小女孩来作证,他们总有法子的。"

特蕾莎突然想到了工程师。他一直都没有再来,该如何解释呢?

大使继续说道:"他们必须给人设陷阱,以便控制他们为自己服务,利用他们再来给别人设陷阱,如此一来,渐渐地就将整个民族变成一个告密者的庞大组织。"

特蕾莎心里只琢磨着一件事:工程师肯定是警察派到她身边来的。还有那个跑到对面小酒馆喝得醉醺醺,然后又回来向她表白的奇怪男孩,又是什么人? 就是因为那个男孩,警察才找她的碴儿,才有工程师出来为她抱不平。他们三个合伙演了一场精心准备好的戏。那个男人对她表示同情,任务就是引诱她。

她怎么没有想到呢? 那住宅一直有点什么不对劲,完全不像那家伙住的地方。一个穿着体面的工程师,怎么会住在那么简陋的一间房子里? 他真是工程师吗? 如果真是,他怎么能够下午两点钟不上班? 难以想象一个工程师竟然读《俄狄浦斯》! 不,那不是一个工程师的书架! 倒像是一个穷困潦倒的知识分子的住所,如今把他投进监狱,这房子给没收了。她十岁时,他们就把她父亲给抓走了,还把房子连同书架全给没收了。谁知道那房子后来派了什么用场?

现在,她明白了他为什么一直没有再来。他已经完成了任务。什么任务? 那个警察说:"别忘了,如今我们这儿禁止卖淫!"他是因为有点醉了,不觉中泄露了底细。到时,那个假工程师会出来作证,证明他跟她上了床,问他要了钱! 他们会拿这桩丑事来威胁她,逼她告发来酒吧喝酒的人。

大使想方设法叫她安心:"在我看来,您这桩倒霉事,倒没有太大的危险。"

"也许吧。"她哽咽着说。随后,她带着卡列宁出了门,置身于布拉格黑漆漆的街道上。

25

要逃避痛苦,最常见的,就是躲进未来。在时间的轨道上,人们想象有一条线,超脱了这条线,当前的痛苦便不复存在。但是特蕾莎看不到她面前的这条线。唯有回顾过去,才能带给她一丝安慰。又是一个星期天。他们驱车远离布拉格。

托马斯开车,特蕾莎坐在他身旁,卡列宁在后座,它不时把脑袋探到前座来舔他们的耳朵。两个小时之后,他们来到一座温泉小城,五六年前他们曾在这儿住过些日子。他们想停下来过夜。

他们把车子停在广场上,下了车。什么都没变。对面,是他们那年住过的旅馆;门前,还是那棵老椴树。旅馆左边,是长长的古老木拱廊。在拱廊最尽头,一个大理石池子里流淌着泉水。和以前一样,不少人手端酒杯,正探身向着池水。

托马斯指着旅馆。还是有些东西变了。以前,它叫"大旅馆",而现在,招牌上写的是"贝加尔"。他们看了看旅馆拐角的牌子:叫莫斯科广场。然后,他们到熟悉的街道上都走了走(卡列宁独自跟在后面,没有用带子牵着),一一看清它们的现名:有斯大林格勒街、列宁格勒街、罗斯托夫街、新西伯利亚街、基辅街、敖德萨街,还有柴可夫斯基疗养院、托尔斯泰疗养院、里姆斯基—科萨科夫疗养院,以及苏沃洛夫旅馆、高尔基电影院、普希金咖啡馆,等等。所有这些名字,都取自俄国和俄国历史。

特蕾莎回想起入侵的最初几个日子。所有城市的街牌被撤下,所有道路的指示牌被拔去。整个国家一夜之间变成了无名之国。整整七天,俄国军队在这个国家到处闯,却不知道身处何方。军官们到处找报社、电视台、广播大楼,要强行占领,可就是找不到。他们四处向人们打听,但对方不是耸耸肩,就是乱指地址和方向。

年复一年,这种无名的状况似乎对这个国家并不是没有危害。无论是街道还是房屋,都无法找回它们原来的名字。一个波希米亚温泉疗养地就这样说变就变,变成了一个虚境中的小俄罗斯国。特蕾莎意识到,他们来这儿找寻的往昔已经被没收了。他们不可能再留在此地过夜。

26

他们默默地回到车上。特蕾莎心想,所有的事、所有的人都出现在一种伪装之下:古老的波希米亚城布满了俄国名字;捷克人拍摄入侵时的照片,实际上在为俄国的秘密警察卖力;那个送她去死的男人脸上戴着托马斯的面具;警察把自己说成是一个工程师,而工程师想扮演彼得山上那个男人的角色。他房子里的那本象征性的书,是摆在那儿迷惑她的一个假象。

此时,想到她曾经拿在手里的那本书,她脑海里闪过一个念头,双颊顿时涨得通红:事情到底是怎样发生的?工程师说他去煮咖啡。她走近书架,抽出索福克勒斯的《俄狄浦斯》。接着,工程师回来了。但是没有拿咖啡呀!

她反反复复地回想着当时的情形:他是什么时候借口准备咖啡走开的?他走开了多长时间?至少一分钟,毋庸置疑。或者两分钟,甚或三分钟。他待在那个小门厅里那么长时间干什么?他是上厕所了?特蕾莎拼命回忆自己是否听见了门的砰嗒声或者冲水的哗啦声。没有,她肯定没有听见水的声音,不然她会想起来的。而且,她差不多也可以肯定,她没有听见门的砰嗒声。那么,他在门厅里到底干什么呢?

突然间,事情再也清楚不过了。要让她入陷阱,仅有工程师的证词是不够的。他们需要无可辩驳的证据。工程师在走开那么久的可疑的时间里,他是在门厅里装了台摄像机。或者,更说得通的是,他领进了一个带照相机的家伙,藏在帘子后面,把他们的一切全都拍了下来。

世界孤本小说

不能承受的生命之轻

就在几个星期之前，她还为普罗恰兹卡不知自己生活在不能有任何私人空间的集中营里感到惊讶。可是她自己呢？从母亲家搬出来后，她就天真地以为自己从此成了个人生活的主宰。然而，母亲的家布及全世界，随时随地会抓住她。特蕾莎无处可逃。

他们下了花园间的一段台阶，朝他们停车的广场走去。

"你怎么了？"托马斯问道。

她正要回答，这时，有人向托马斯问好。

27

是一个五十来岁的男人，有着一张饱经风霜的脸，是个农民，托马斯以前给他做过手术。手术后，医院每年送他来这座温泉小城市进行一次治疗。他邀请托马斯和特蕾莎去喝一杯。公共场所不允许带狗，于是特蕾莎去把卡列宁安顿到车里，两个男人坐在咖啡馆等她。她回来时，农民正在说："我们那儿，很平静。两年前，我还被选为合作社的主席。"

"恭喜恭喜。"托马斯说。

"您知道，那边是乡下。大家都走了。上面可能很高兴有人愿意留下来。他们总不能赶我们走，不让干活吧。"

"那对我们倒是个理想的角落。"特蕾莎说。

"待在那儿，你们会厌烦的，我的太太。那边，什么也没有。一无所有。"

特蕾莎看着他那张饱经风霜的脸。她觉得这农民很亲切。经过多少岁月，她终于找到一个可亲的人！一幅乡村画面浮现在她眼前：村庄、教堂钟楼、田野、树林、在田间奔跑的野兔，还有戴着绿毡帽的猎场看守。她从来没有在乡下住过。这是她道听途说形成的印象，或者是从书上看到的。或者是老祖宗记在她的潜意识里的。然而，这种印象刻在她脑中，清晰，分明，宛若家庭影集中曾祖母的照片，或像一幅古老的版画。

"您还有病痛吗？"托马斯问。

农民指了指脖子后面头和脊柱连接的地方说："这儿有时会痛。"

托马斯从椅子上起身，摸了摸农民指的部位，又问了以前这位病人几个问题，然后说："我已经无权再开药方了。不过，您回去后，和您的医生说您跟我讲过，我建议您用这个。"他说着从里面口袋里掏出记事本，撕下一页，在上面写下了药名，写的是大写字母。

28

他们开车回布拉格。

特蕾莎总想着自己赤身裸体在工程师怀里的照片。她想方设法，要让自己安下心来：即使那张照片存在，托马斯也永远不会看到。对那些家伙来说，那张照片的唯一用场，就是要逼特蕾莎就范。一旦寄给了托马斯，它就立刻失去了所有价值。

但是，如果那些警察发现特蕾莎对他们没有任何用处，事情会怎么样呢？那样的话，那张照片对他们来讲就是个上好的玩笑。万一有人心血来潮，那谁也阻止不了他把照片装进信封，寄给托马斯。开个玩笑而已。

托马斯收到那样一张照片会怎么样呢？他会拿出来吗？可能不会。很可能不会。但是，他们脆弱的爱情大厦会彻底坍塌，因为这座大厦仅仅建立在她的忠贞这唯一一根柱子之上。爱情就像是帝国：它们建立在信念之上，信念一旦消失，帝国也随之灭亡。

她眼前出现了一幅画面：在田间奔跑的野兔，戴着绿毡帽的猎场看守，还有树林上方教堂的钟楼。

她想对托马斯说他们应该离开布拉格。离开活埋乌鸦的儿童，离开警察，离开把雨伞当作武器的姑娘，全离得远远的。她想对他说他们应该到乡下去住。对他说这是他们唯一的生路。

她朝他转过头。但是托马斯没吭声，眼睛直盯着前方的碎石路面。她无法超越他们之间耸立的这道沉默的屏障。她失去了开口的勇气。她完全处于那天从彼得山上下来时所处的状态之中。她的胃在痉挛，她想吐。托马斯让她害怕。对她来说，他太强，而她太弱。他下达的总是些她不明白的命令。她虽然尽力去执行，却不知道该怎么下手。

她想回到彼得山，想求那个持枪的男人允许她蒙上自己的眼睛，背靠栗树。她真想死。

29

她醒过来，发现自己一个人在屋子里。

她出了门，朝河堤走去。她想看看伏尔塔瓦河。她想站在河岸上，久久地望着河水，因为看着流动的河水，可以让人心静，可以消除人的痛苦。河水一个世纪一个世纪在不断流淌，人间的故事就在河边发生。它们发生，第二天就被遗忘，而河水依旧在不停地流淌。

倚着栏杆，她朝下望去。这儿是布拉格郊外，伏尔塔瓦河已经穿过市区，将辉煌的赫拉得茨堡和一座座教堂留在身后，犹如一位刚下台的女演员，疲惫不堪，神思恍惚。河水沿着筑了栅栏和护墙的肮脏的河岸流淌，在栅栏和护墙后面，是被废弃的工厂和游乐场。

她久久地望着河水，这儿的河水看上去更忧伤，更晦暗。突然，她发现河中央有一样奇怪的东西，一样红色的东西，对，是一张长椅。一张金属脚的木头长椅，是布拉格公园常见的那种。长椅在伏尔塔瓦河中央慢慢地漂浮。接着后面又浮来了一张。然后又是一张,一张接着一张。特蕾莎终于明白了,她看到的是布拉格公园里的长椅,它们随着河水漂离城市,一张张长椅,越漂越多。河水将它们冲向远方,就像秋天的落叶被水远远地冲离树林,漂浮在水面上,有红的,有黄的,还有蓝的。

她转过身,想问问人们到底是怎么回事。为什么布拉格公园里的长椅会漂在河水里?可是,人们从她身旁经过,一副无动于衷的表情。在这座短命的城市里,一条河一个世纪复一个世纪地流淌而过,他们根本就无所谓。

她重又凝望着河水。她感到无尽的悲哀。她明白她所看到的,是永别。永别生活,生活正带着所有的色彩逝去。

长椅从她的视野中一一消失了。后来她又看到了几张,是最后漂来的几张,接着又漂来一张,是黄色的,然后又是一张,蓝色的,这是最后一张。

第五部　轻与重

1

当初特蕾莎心血来潮来到布拉格托马斯家,我在本书第一部已经说过,当天当时,他便和她做爱,之后她发烧了。她躺在床上,而他则守在她的床头,深信这个孩子是被人放在篮子里,顺水漂来,送给他的。

从那时起,托马斯就很珍惜被遗弃的孩子的形象。他还常常想到同样出现这一形象的古老传说。也许应该看到,促使他去寻找索福克勒斯《俄狄浦斯》的意义的动机,正是隐藏在其间。

俄狄浦斯的故事是家喻户晓的:一位牧羊人发现了被遗弃的婴儿,将他交给波里布斯王,把孩子抚养成人。俄狄浦斯长大之后,一次在山中小路上遇到一辆马车,车上坐着的那位陌生君王正在巡游。后来他们发生争执,俄狄浦斯杀掉了君王。之后,他又娶了王后伊俄卡斯达为妻,并成为底比斯国王。但他万万没能料到,被他杀死在山中的那个君王正是他的父亲,而现在与他同床共枕的就是他的母亲。其间,命运迁怒于其臣民,让他们备受病魔折磨。俄狄浦斯明白了他是造成民众苦难的罪魁祸首,于是用针戳瞎双眼,离开底比斯,终身不见光明。

2

凡认为中欧共产主义制度是专门制造罪人的,那他们至少没有看清一个根本性的事实:罪恶的制度并非由罪人建立,而恰恰由那些确信已经找到了通往天堂的唯一道路的积极分子所建立。他们大无畏地捍卫这条道路,并因此而夺去了许多人的生命。但若干时间以后,事情变得无比清晰明了,原来天堂并不存在,而那些积极分子也就成了杀人凶手。

于是人们纷纷指责共产党人:你们要为祖国的灾难负责(如今她贫穷,破败),要为祖国丧失独立负责(她已被俄国人所控制),要为那些以合法的名义杀人的行为负责!

而被控诉的人这样回答:都不知道啊!都被欺骗了!当时都以为是呢!其实在心灵深处,都是无辜的!

于是争论归结到了一个问题:他们当时是不是真的不知道呢?还是现在他们装出一副当初一无所知的样子?

托马斯也关注着这场舌战(正如同上千万的其他捷克人一样),他认为在这些共产党人中间,肯定还是有一部分人,他们当时并非一无所知(在后革命时代的俄国曾经发生并一直在不断发生的各种惨事,他们至少应该听说过吧)。不过,大部分人可能是真的什么都不清楚。

托马斯心里想,根本问题并不是:他们当初到底是知道还是不知道?而是:是不是只要他们不知道就算是无辜?如果王位上坐的是个蠢蛋,那么是否只因为他是个蠢蛋就可推卸自己的一切责任?

在五十年代初,一个人明明清白,可检察官却强烈要求判处他死刑,姑且承认这个检察官当初是被俄国秘密警察和他自己国家的政府欺骗了。那么现在路人皆知当初的指控是完全荒谬的,被处死的人也都是无辜的,难道这位检察官还可以强调他的灵魂之纯洁,拍着胸脯说:"我的良心是清白的,我不知道,我当时以为是呢!"难道不正是在"我不知道!我当时以为是呢!"的表白中铸成了永远不可弥补的错误吗?

于是托马斯又想起了俄狄浦斯的故事:俄狄浦斯并不知道跟自己同床的女人是

自己的母亲，然而当他明白所发生的一切之后，他绝没有感到自己是无辜的。他无法面对因自己的不知而造成的不幸，戳瞎了自己的双眼，黯然离开底比斯！

托马斯常常听到人们声嘶力竭地为自己灵魂的纯洁性进行辩护，他心里想：由于你们的不知，这个国家丧失了自由，也许将丧失几个世纪，你们还说什么你们觉得是无辜的吗？你们难道还能正视周围的一切？你们难道不会感到恐惧？也许你们没有长眼睛去看！要是长了眼睛，你们该把它戳瞎，离开底比斯！

托马斯很乐意做这种比较，在与朋友的谈话中常常提起，而且表达的方式越来越尖锐，越来越明了。

那个时期，托马斯和其他知识分子一样都读一份由捷克作家联盟发行的周刊，其发行量大约为三十万，在所处的制度下，拥有相当大的自主权，常发表一些其他杂志不能公开发表的言论。这份作家杂志甚至还刊登了一些有关党执政初期发生的政治案件的文章，追究谁是真正的罪魁祸首，以及在何种情况下以合法的名义杀人的。

在所有这些讨论中，反复涉及同一问题：那些人他们当初到底是知道呢，还是不知道？托马斯一直认为这样的问题是次要的，有一天他终于写下了关于俄狄浦斯的思考，并寄到杂志编辑部。一个月以后他收到了回复。信上请他到编辑部去一趟。接待他的是一位矮小的编辑，身材直挺挺的，像个法文字母 i，他建议托马斯把文中的某句话的结构稍做改动。其后不久，此文便刊登在了杂志倒数第二页的"读者来信"栏目中。

但托马斯非常不满。当初他们把他叫到编辑部，说是要求改一个句子的结构，可是之后根本没跟他商量，就对文章大加删削，弄得他的整个思考差不多只剩下个简单化的基本论点（且过于简要，过于激烈），托马斯一点也不高兴。

这是发生在一九六八年春季的事。亚历山大·杜布切克正当权，在他周围结集着那些自觉有罪并准备着做些什么来弥补错误的人。但另外一些还高叫着自己无辜的人，他们害怕愤怒的群众会将自己推上法庭，每天都要去俄国大使面前抱怨以企求他的支持。正好这时，托马斯的信发表了，这些人立即叫嚷起来：如今到了这个份上！有人竟敢公开写信要求剜去我们的眼睛！

两三个月之后，俄国人决定在他们的地盘不得有言论自由，他们的军队于一夜之间占领了托马斯的祖国。

3

从苏黎世回到布拉格后，托马斯仍在以前的那家医院任职。可是没过多久，他就被主任找了去。

"说到底，亲爱的同事，"他对托马斯说道，"您既不是作家，又不是记者，更不是什么人民的救星，您是一位医生，是个科学家。我可不愿意失去您，我会尽一切可能把您留下。不过，您必须收回您写的那篇关于俄狄浦斯的文章。您真的那么看重那篇东西吗？"

托马斯想起那篇被人砍掉了几乎三分之一内容的文章，说："老板，那篇东西，我是最不当回事了。"

"您知道它造成的后果吗？"主任问。

托马斯很明白：天平的两边是两种东西：一边是他的名誉（这就要求他不能反悔以前写下的东西），一边是他已经习惯于称作自己生活的意义的东西（即他作为医生和科学家的这份工作）。

主任继续说道："非叫人收回已经写下的东西，这种做法差不多是中世纪的手段。什么叫'收回'？在现代，根本不可能收回某种想法，最多只能驳斥它。我亲爱的同事，因为收回一个想法是不可能做到的，这只是说法而已，是形式上的，是虚的，我不明白您为什么就不能按他们的要求去做。在一个由恐怖力量统治的社会里，声明根本不承担任何实际责任，因为都是在暴力威胁下做出声明。所以，一个正直的人也完全有必要不把它放在心上,压根别去理会它们。我跟您说,我亲爱的同事,不管是为了我还是为了您的病人好,您都得留在您这个位置上。"

"老板,您说得肯定在理。"托马斯一脸不幸地说。

"可是?"主任追问道,一边努力猜测托马斯在想什么。

"我担心自己会感到羞愧。"

"对谁感到羞愧?难道您这么看重身边的人,会担心他们说三道四?"

"不,"托马斯说,"我并不看重他们。"

"再说了,"主任又补充道,"他们向我保证您的声明不会被公开。那些人是官僚。他们不过是希望能有点什么材料,来证明您并不反对当局,这样万一有人指责他们让您继续留任,他们就有话可说了。他们向我许诺,您的声明将只有您和当局知道,他们不打算公开发表。"

"给我一个星期考虑一下吧。"托马斯用这句话结束了谈话。

4

托马斯是医院公认的最好的外科医生。私下有人已经传言,主任已经快到退休年龄,他不久就会把位置让给托马斯。所以当有传闻说当局要求他写份自我批评的声明时,谁都不怀疑他会从命。

让托马斯吃惊的,首先是他虽然从没做什么事让人有理由这样看他,但谁都打赌,说他肯定会缺德,而不是正直为人。

另外令他吃惊的,是人们认为他会缺德之后对他的反应。总的说来,我可以把他们的这种反应分成两类:

第一类反应出自(本人或者亲朋)曾经收回过什么东西的人(本人或亲朋),他们曾经被迫公开表示支持占领当局,或者准备这么做(当然是违心的,谁也不会打心底里乐意做这种事)。

这些人朝托马斯投来他以前从未遇到过的古怪的微笑:那是一种秘密同谋之间不好意思地笑。就好像两个男人碰巧在妓院相遇,微微一笑,双方都有点难为情,但同时也暗暗感到一丝快慰,因为这种不好意思是双方的。于是在他们之间就建立起了一种友好的关系。

又因为托马斯从来不被认为是个因循守旧的人,所以他们就更乐意对他笑。人们以为托马斯定会接受主任的恩赐,这种猜测于是又成了一个证据,证明懦弱将慢慢地、必然地成为其行为准则,且懦弱的含义也将不再同于从前。这些人从来就不是托马斯的朋友。他心里明白,也很恐惧,一旦按要求真的发表了声明,这些人就会邀请他去他们家做客,并想方设法,从此频繁往来。

第二类反应来自受到过迫害的那些人(本人或者亲朋),他们曾经拒绝向占领当局做任何妥协,或者虽然还没有人要求他们妥协或是发表声明(比如也许因为他们还太年轻,没有任何危险举动),但他们信念坚定,即使发生这样的事,也决不会让步。

S大夫就是后一类中的一员,他年轻且天赋极高。一天,他问托马斯:"喂,你给他们写那玩意儿了?"

"抱歉,你想说的是什么?"

"反悔的声明呀。"S答道。他的语气中没有恶意,甚至还面带微笑。在托马斯所遇到的形形色色的微笑中,他的这一个是十分特别的:微笑中带着洋洋得意的精神优越感。

"你可听好了,"托马斯回答,"关于我的声明,你都知道什么?你读过了吗?"

"没有。"S答道。

"那你还乱说些什么。"托马斯说。

S还是带着他那洋洋得意的微笑说:"哎哟,谁都知道事情是怎么发生的。这种声明通常都以信的形式写给局长、部长或是别的什么人,他们承诺不将信的内容公开，以免声明者感到羞辱。是这样吧，对吗？"

托马斯耸耸肩，等着他继续往下说。

"接着，这份声明会被小心地归档，不过声明者很清楚它随时可能公开登出。在这种情况下，他就再也不能说什么，再也不能去批判、去抗议什么了，否则声明被公开，他的名誉也就毁了。不过话说回来，这种手段还算是客气的。还有更糟糕的呢。"

"的确，这是很客气的手段，"托马斯说，"我倒是很好奇，想知道谁跟你说我写了的。"

这位同事耸耸肩，脸上仍挂着那微笑。

托马斯明白了一件不可思议的事情。所有人都对他微笑，所有人都希望他写反悔声明，而他一旦写了，就会让所有人都乐意！第一种人高兴，是因为一旦懦弱成风，他们曾经有过的行为便再也普通不过，因此也就给他们挽回了名誉。第二种人则把自己的荣耀看作一种特权，决不愿放弃。为此，他们对懦弱者心存一份喜爱，要是没有这些懦弱者，他们的勇敢将会立即变成一种徒劳之举，谁也不欣赏。

托马斯简直不能再忍受这些笑脸，觉得到处都是，甚至觉得连街头的陌生人的脸上也都挂着同样的笑容。他开始睡不着。什么？他竟然会如此在乎这帮人？才不是呢。他可不在乎他们，而是自己居然因为那些人的看法而不得安宁。这太不合逻辑了。像他这样的人，对别人的看法向来都不当一回事，怎么会被别人的说三道四牵制到这种份上？

对他人的不信任，在托马斯身上是根深蒂固的（他总怀疑别人怎么可能有权利决定他的命运、有权对他说三道四），这在当初选择职业时也许就已经起了作用，它对在公众面前抛头露面的职业是排斥的。一个人一旦选择投身政界，必然十分乐意把公众视作自己的判官，并一厢情愿而又天真地认为可以以此获得人心。而民众要是抱有敌对情绪，那反而会刺激他们更加投入，要求自己做得更好。托马斯也一样，疑难杂症，常给他类似的刺激。

一个医生(完全不同于一位政治家或是一位演员),只受他的病人和他身边的同事评价,所处的是一个封闭的个人之间的天地。一旦遇到评价他的目光,他可以马上做出反应,进行一番解释,或者为自己辩护。可是托马斯现在(这是他这一生头一次)发现自己陷入困境,仿佛怎么也抓不住那些对他紧逼的目光,他既不能还之以自己的目光,也不能用言语解释。竟然完全被他们控制了。在医院里有人议论他,在医院外也有人议论(在布拉格这个地方,大家都极其敏感,那些关于某人告密啊、揭发啊、勾结啊什么的新闻,传得比咚咚直敲的非洲鼓都快),他对这些心里完全有数,但却无能为力。甚至连自己也感到吃惊,这些事情对他来说原来是这样的不可忍受,而且将他带入如此这般的惊恐之中! 大家都对他这么感兴趣,这叫他十分不舒服,那感觉就好像面对人群的挤压,又像是在噩梦中遇到一帮家伙要剥我们的衣衫。

他终于去找了主任,告诉主任他一个字也不会写。

主任跟他握了握手,握得比平时用劲多了,说他早料到了这一决定。

托马斯说:"老板,我想即使我不写声明,您也能把我留下的吧。"他是想借此暗示,万一非逼他走,只要全体同事以辞职相威胁,事情也就可以解决了。

可是,谁也没想到拿自己的辞职来抗议,于是不久后,托马斯丢了位置,不得不离开医院(这一次主任跟他握手比上次还更用劲,握得他手上青一块紫一块的)。

5

托马斯先是在布拉格八十公里外的一家乡村诊所找了份工作。每天乘火车来回赶,下班回到家,都快累瘫了。一年以后,他好不容易又在郊区一家诊所找到了个差使,虽说省了点劲,但位置很低。他再不能专攻外科,只能做点普通内科大夫的事。候诊室里总是挤满了人,三五分钟,就得处理一个病人,给他们开点阿司匹林,开张病假条,再不就是打发他们去专业诊所。在他看来,自己简直已经成了办公室的小职员,再也不是什么医生。

一天,门诊结束后,他接待了一位五十岁左右男人的来访,此人体态肥胖,一副一本正经的样子,他自我介绍,说是国家内务部某办公室主任,请托马斯到对面咖啡馆里坐一坐。

他要了一瓶葡萄酒,托马斯不肯喝:"我还要开车,如果被警察抓住,就要扣驾照了。"这位内务部官员微微一笑,说:"如果您遇到麻烦,就跟他们提我的名字。"说着递给托马斯一张名片,上面有他的名字(肯定是假名)和部里的电话号码。

接着,他开始向托马斯细加解释说他一直非常敬重他,说像托马斯这样一位能干的外科大夫却委屈在乡下诊所开阿司匹林,部里的人都感到惋惜。他甚至,尽管没敢大声说出来,委婉地向托马斯暗示,把一些专家无情地从他们的职位上赶走,连警察部门也表示遗憾。

托马斯已经很久没有听到有人这样夸他了,于是非常专心地听着这位大腹便便的矮个子说话,很吃惊地发现矮个子对他外科方面的成就了如指掌,连细节都清清楚楚。面对奉承,谁也挡不住!托马斯也一样,禁不住把内务部的人所说的也当真了。

当然这并不仅仅是出于虚荣心,而是因为他太没经验。面对一位友善、礼貌又对自己十分恭敬的人,很难时刻提醒自己对方的话没有一句是真的,没有一句是诚的。要想做到不去相信(而且是持续地、执拗地、毫不犹豫地),不仅要做巨大的努力,还得经过特别训练,比如经常接受警察审讯什么的。但托马斯正缺这样的训练。

内务部的人接着说:"大夫,我们都知道,您在苏黎世情况很好,但您回国来,我们非常欣赏,您这可是做对了,因为您知道您的位置是在这里。"然后他又好像责怪托马斯似的说了句:"可是您的位置应该是在手术室啊!"

"我很同意您的观点。"托马斯说。

一阵短暂的沉默。内务部的人又继续以一种难过的声调说道:"不过请您告诉我,您真的认为应该戳瞎共产党人的眼睛吗?难道您不觉得这话出自您的嘴巴很奇怪吗?您可是给众多患者带去健康的!"

"我那没什么别的意思,"托马斯反驳,"您好好读读我的文章吧。"

"我读过。"内务部的人说,那声音想显出悲哀来。

"那我是不是说要戳瞎共产党人的眼睛呢?"

"大家都是这么认为的。"内务部人回答道,声调越来越悲哀了。

"如果您读过我当初写的全文,您就根本不会这样想的。我那篇文章被砍掉了一些。"

"什么?"内务部的人竖直了耳朵,"他们登出的文章不是您原来的那样?"

"他们把它砍了。"

"多吗?"

"差不多三分之一。"

内务部人看上去真的愤怒了:"他们这样做实在太不道德了!"

托马斯耸耸肩。

"您得站出来为自己说话啊!应该立即要求他们更正!"

"那又能怎么样呢？文章发表后不久俄国人就到了,谁都有别的事要烦。"托马斯回答说。

"但是为什么要给人造成这种印象,一位像您这样的大夫会希望别人变成瞎子?"

"算了吧！我那篇文章也就是杂志后面读者来信中的一篇。没人会在意的。当然除了苏联大使馆,因为这篇东西显然对他们有用处。"

"您可别这样说,大夫！我本人和很多人讨论过您的文章,他们对您会这样写都感到吃惊。不过现在听了您的解释,我就明白多了,登出来的,并非完全是您写的那篇文章。那么是不是有人暗示您写的呢?"

"没有,"托马斯说,"是我主动寄去的。"

"您认识那些人吗?"

"哪些?"

"那些登出您文章的人。"

"不认识。"

"您从没跟他们说过话?"

"我只见过他们一次。他们要我去编辑部一趟。"

"为什么事?"

"就为这篇文章。"

"那么您当时是跟谁谈的?"

"一个记者。"

"他叫什么名字?"

托马斯这才明白他是在接受盘问。他于是知道自己的每一句话都可能给别人造成危险。当然他很清楚那个记者的名字,但是他说:"我不知道。"

"您看您看,大夫！"那人觉得托马斯缺乏真诚,极为不满地说,"他当时总作了自我介绍吧！"

滑稽又可悲的是,在这种时候我们所接受过的良好教育恰恰成了警察的帮凶。因为我们不懂得怎么扯谎。从小爸爸妈妈就喝令我们"说实话!",结果弄得我们一撒谎就自觉耻辱,即使是在审问我们的警察面前也一样。跟警察吵甚至当面骂(虽然这毫无意义)倒比撒谎(而这才是唯一该做的)要容易得多。

听到内务部的人责备自己没有诚意,托马斯几乎感到是个罪过;他好不容易克服了某种道德障碍,才得以继续往下乱说:"他恐怕做过自我介绍,但是那个名字没有什么特别的,我听过就忘掉了。"

"那他长什么样子?"

当初找托马斯的记者是个小个子,金黄色的头发,剪得短短的,像把板刷。托马斯于是就专挑相反的特征描述:"他个子挺高,黑头发,很长。"

"是吗?"内务部的人说,"是不是长着又长又尖的下巴?"

"对。"托马斯附和着。

"那家伙背有点驼。"

"对。"托马斯重复道。他开始明白内务部的人已经确定了某个人。这下托马斯不仅出卖了另一个倒霉的记者,而且他的揭发还是个纯粹的谎言。

"那么他让您去做什么呢?你们谈了些什么?"

"他们想把文中一句话的结构改一改。"

这样的回答着实让人觉得是个可笑的遁词。内务部的人又再一次对托马斯不肯说真话而表示不满:"您看,大夫!您刚跟我说过他们把您的文章砍去了三分之一,现在又说他们要您去只是探讨句子结构!这总不符合逻辑吧!"

这下,托马斯回答就容易多了,因为他所说的完全是实话。"是不合逻辑,但事情就是这样的,"他笑着回答说,"他们问我是否允许他们把一句话的结构改一改,但是后来他们砍了文章的三分之一。"

内务部的人再次摇了摇头,好像不敢相信这样不道德的行为。他说:"这些人对您太不像话了。"

他喝掉杯里的酒,一锤定音:"大夫,您是某些人操纵下的牺牲品,让您和您的病人来为此付出代价,那真太遗憾了。我们非常了解您的人品,大夫。看看能为您做些什么。"

他向托马斯伸出手,友好地告退。两人一起走出咖啡馆,然后各自上了自己的车。

6

这次碰头弄得托马斯情绪低落。他责怪自己竟然上当,被谈话的轻松语气给骗了。他竟然没有拒绝和那警察说话(对当时的情况,他毫无准备,也不知道什么是法律允许的,什么是被禁止的),他至少应该拒绝跟那人去咖啡馆,像跟老朋友似的一起去喝一杯吧!万一要是有人看见他们在一起,万一要是有人认得那家伙,那他一定会认为托马斯是警方的耳目!为什么要跟这警察说他的文章被砍了呢!根本没有道理嘛,为什么要告诉他这一情况?他对自己深为不满。

大约过了半个月,那个内务部的人又来了。像上次一样,他提出到对面咖啡馆去,可托马斯表示还是在他的诊室为好。

"我很理解您,大夫。"那人笑着说。

但这句话刺激了托马斯。内务部的人刚才的口气,就像一个棋手指出对方刚刚下了一着错招。

他们面对面地,各自坐在一张椅子上,中间隔着托马斯的桌子。开始十分钟,他们只聊流感的事,说到处都在闹流感,然后,那人换了话题,说:"我们已经研究了您的情况,大夫,如果不是您,那么事情就简单多了。不过我们必须考虑到公众舆论。无论是您有意还是无意,您那篇文章正好为反共的歇斯底里助了力。我就不相瞒了,已经有人向我们提出，因为您那篇文章，要把您送上法庭，法律中就有那么一条，叫公开煽动暴力罪。"

内务部的人说完停了一下，盯着托马斯的眼睛。托马斯耸耸肩。那人又以安慰的口吻说："当然我们没有接受这个主意。无论您的责任有多大，社会都需要您待在能让您发挥才能的位置上。您以前的那个主任非常器重您。我们还找您的病人做了调查，您是位非常了不起的专家，大夫！谁也不能非要求医生懂政治，您是被人愚弄了，大夫。必须想个办法弥补。所以我们给您草拟了个声明，我们觉得您应该把它交给媒体。然后，我们会尽可能让它在适当的时候刊登。"说着，他将一张纸递给了托马斯。

托马斯看了上面写的，猛吃一惊。这比两年前主任要他写的那份东西糟糕得多！纸上所写的，再不只是关于收回关于俄狄浦斯一文的声明，还有热爱苏联以及忠于共产党等等句子，上面还有对某些知识分子的谴责，说他们一心想将国家引入内战，尤其是对作家周刊编辑部和那个背有点驼的记者(托马斯从没跟他说过话，只是见过他的名字和照片)的揭发，说他有意欺骗作者，篡改作者文章的意思，把文章改成一篇反革命宣言；上面还写道，那些人都太怯懦，不敢自己站出来写那样的文章，于是就存心把一个天真幼稚的大夫当挡箭牌。

内务部的人看出了托马斯眼中的惊恐。他向前探了探身子，很友善地拍了拍桌子下面托马斯的膝盖，说道："大夫，这不过是草稿！您可以考虑一下，如果想换个方式什么的，也未尝不可，完全可以再商量。说到底，这是您的文字！"

托马斯立刻把纸片递给警察，好像害怕多留在手中一秒钟似的。他几乎已经想象着人们会在纸上发现他的指纹。

内务部的人没有伸手去接，而是张开双臂，装作很吃惊的样子(就像教皇站在阳台上为子民祝福时一般)，说："可是，大夫，为什么要把它还给我呢？得留下。回家去再好好考虑一下。"

托马斯摇摇头，仍然耐着性子伸着手，手里捏着那张纸片。内务部的人终于不再做出一副教皇祝福子民的模样，做了让步，接过纸片。

托马斯想跟他斩钉截铁，把话挑明，绝不会写一个字，也绝不会在纸上签名。不过话临出口前，他还是改了语气，平静地说："我又不是文盲。为什么非要在不是我写的东西上签名？"

"很好，大夫，那么也可以换个方式。您先自己写，然后我们再一起看看。您刚才看到的东西，至少可以给您做个样本。"

警察的提议，为什么托马斯没有立刻断然拒绝呢？

他很快做出了推断：这样的声明除了用来灭整个民族的志气（这也正是俄国人的基本战略发展方向），警察在他的这个案子上恐怕还有更明确的目的：也许他们正准备对托马斯寄去文章的那家周刊的记者提起公诉。在这种情况下，托马斯的声明便成了他们的一项证据，他们可以用来发动新闻媒体的攻势来整那些记者。如果托马斯当场就断然拒绝，他就面临危险，警方就有可能把他们早就准备好的声明加上托马斯的假签名刊登出来。到时不会有报纸再刊登他的否认声明！再也不会有人相信托马斯没有写过那篇文章，没有在声明上签过字！他已经很清楚人们的心理，他们从别人的精神耻辱中得到无比的快乐，根本不愿意有什么解释来糟蹋这份快乐。

于是托马斯给警方一丝希望，表示自己去写声明，以此争取时间。第二天，他就开始着手写辞职信。他设想（设想得很正确）自己一旦自愿沦落到社会最底层（那时已有别的学科成千上万的知识分子都降到了社会最底层），警察就再也不会抓着他不放，不会再对他有什么兴趣。那样的话，他们便不会去发表所谓由他自己签名的声明，也绝对不会有人相信。谁发表这种无耻的公开声明只会高升，而不是沦落。

在波希米亚，医生是国家公务员，国家可以剥夺其职位，但并非不一定这样做不可。跟托马斯谈辞职事宜的那位官员了解他的声望，也很赏识他，试图说服托马斯不要走。托马斯这时突然发现，自己还拿不准所做的选择是否正确。但他已经感觉到，他已通过某种忠诚的誓言和他的这一决定联系在一起，于是他坚持了自己的选择。就这样，他成了一名玻璃窗擦洗工。

<h1 style="text-align:center">7</h1>

几年前，在托马斯驱车离开苏黎世回布拉格的路上，他一面想着对特蕾莎的爱，一面柔声重复着："es muss sein！"可是一越过国界，他就开始怀疑自己是否真的非如此不可：他明白了将自己推向特蕾莎的只是七年前的一系列可笑的偶然（由主任的坐骨神经痛开始），它们把他带入了牢笼，使得他再也无法脱身。

那么是否由此可以得出结论，在托马斯的生命中并没有什么"es muss sein"，并非如此不可？在我看来，还是有非如此不可的一个因素。但不是爱情，而是职业。托马斯成为医生并非偶然，也不是出于合理的筹划，而是出于他内心深处的渴望。

要是能有什么方法把人分成不同类别的话，那么最佳的分类尺度莫过于个人内心深处的渴望，将人们引入不同的职业并终身从事。每个法国人都不同。但全世界的演员都是类似的——无论在巴黎、布拉格或是乡下最不起眼的小剧院。演员就是从小便自愿在不相识的公众面前展示自己的人。这根本性的自愿与天赋无涉，是比天赋更深刻的东西，少了它，就不可能成为演员。同样，医生就是那些无论发生什么，都愿意终身照料人类身体的人。正是这根本的自愿（而不是天赋或灵巧性）使得托马斯进入解剖室开始了第一年的医科学习，并于六年后成为一名医生。

外科又将医生这一职业的深刻内心需要发挥到了极限，让人类几乎触到神性。要是用木棍对着某人的脑袋一阵猛击，那人会立刻倒下并永远停止呼吸。不过呢，即使没有这事儿发生，他也迟早会停止呼吸。所以杀人不过是稍稍提前完成了上帝将亲自动手完成的事。也许可以假设上帝对杀人早有所料，但对外科则不然。上帝亲手创造了人体，又在其外小心地包上一层皮肤，再封好，不让人类的肉眼看到其内部，

世界传世藏书

世界孤本小说

不能承受的生命之轻

但他万万没料到，外科医生竟然敢把手伸进这人体的内部。当初，托马斯面对上了麻醉的病人，第一次以麻利的动作切开皮肤，割出一条又直又精确的口子（就像剪一块没有生命的布料、裁一件上衣、一条裙子或是窗帘什么的），他就体会到一阵强烈但短暂的亵渎神灵的感觉。吸引着他的肯定是这东西！是这种必然性，是深深扎根于托马斯的"es muss sein"而不是什么偶然，或是主任的坐骨神经痛或是任何外因外力推动着托马斯。

可是，这如此深入的东西，为什么托马斯会如此突然、如此坚决且如此简单地割舍掉呢？

他会解释之所以这样做是为了摆脱警察的纠缠。说句实话，就算理论上是可能的（的确有这类事情发生），但实际上，警方发表一篇有他签名的假声明的可能性并不是很大。

人们显然有权利担心危险，即使危险并不太可能发生。姑且先接受这一解释。我们还可以假设，也许托马斯是在生自己气，气自己太笨，假设是他想避免再与警察接触，因为那只会加剧他感到自己无能的痛苦。还可以假设其实他已经失去了工作，因为他在小诊所开开阿司匹林的机械工作，与他想象中的医生职业天差地别。但即便有如此多的假设，我仍对他的决定之突然感到奇怪。是不是在这决定的背后，还藏着什么更深刻的、超出了他理性思考范围的东西？

8

托马斯为了让特蕾莎高兴，也开始喜欢上贝多芬。不过他不太醉心于音乐，我甚至怀疑他是否知道贝多芬的著名动机"esmuss sein？ es muss sein！"的真实故事。

事情的经过是这样的：有个叫登普金的先生欠贝多芬五十个弗罗林金币，于是手头总是缺钱的贝多芬找上门来要钱。可怜的登普金叹气道："es muss sein？（非如此不可?)"贝多芬乐了,笑着回答:"es muss sein!(非如此不可!)"后来,他在笔记本上记下了这几个字及其音调,并根据这个很真实的动机谱了个四重唱的短曲:其中三个人唱"es muss sein,ja,ja,ja(非如此不可,是的,是的,是的)",第四个人接着唱:"heraus mit dem Beutel!(掏出你的钱袋!)"

一年之后,在他编号为一三五的最后一部四重奏的第四章里,这一动机成了核心动机。这时,贝多芬想的不再是登普金的钱袋。"es muss sein"这几个字对他来说已经具备越来越庄严的调子,仿佛是命运之神的亲口召唤。一句话,若出自康德,哪怕是一声"早安",要是说得到位,听起来也可能像是一个形而上学的命题。德语是一种词语沉重的语言。"es muss sein"根本已不再是一个玩笑,而是"der schwer gefasste Entschluss",细加掂量的决断。

贝多芬就这样将诙谐的灵感谱成了严肃的四重奏,将一句玩笑变成了形而上学的真理。这是一个很有趣的由轻到重(也就是巴门尼德的正负变化之说)的例子。奇怪的是,我们似乎并没对这样的转变表示出惊讶。如果倒过来,贝多芬将严肃的四重奏变成关于登普金还钱的无聊笑话的四重唱,想必定会引起我们的愤怒。然而这却是符合巴门尼德精神的,因为他把重变成了轻,把负变成了正!最初(作为一支没完成的短曲)表现了伟大的形而上学的真理,而最终(作为完成了的作品)却只是再无聊不过的玩笑?!我们已经再也不会像巴门尼德那样思考了。

我相信,托马斯在自己内心深处,早已十分恼火这一庄重、严肃、逼人的"es muss sein",于是在他身上产生了一种对改变的深切渴望,渴望按照巴门尼德的精神,把重变为轻。我们还记得当初他片刻内就作了决断,永世不见第一任妻子和他的儿子,而且当他得知父母与他断绝关系,反倒松了口气。要推开那试图压到他身上的沉重责任,推开那"es muss sein",除了采取这突然且不合常理的举动,还会有什么呢?

显然,这是一种外在的,由社会习俗强加到他身上的"es muss sein",而他对于医学的热爱这一"es muss sein"则是内在的必然。而恰恰这样更糟糕。因为内心的必然总是更强烈，总是更强力地刺激着我们走向反叛。

当外科医生，即是切开事物的表面去看看藏在里面的东西。也许正是这样的渴望推动着托马斯去看看在"es muss sein"之外到底还有什么。换句话说，要去看一看当一个人抛弃了所有他一直都以为是使命的东西时，生命中还能剩下些什么。

然而，当托马斯去报到，面对和善的布拉格玻璃窗及橱窗清洗店女老板的时候，他的那个决断的后果便突然向他展现了其全部的现实，他几乎惊惶失措。在惊恐中，托马斯度过了打工的头几天。而一旦克服了（大约一周以后）新生活令人惊恐的陌生感，托马斯猛然意识到自己等于是在放长假。

做的是自己完全不在乎的事，真美。从事的不是内心的"es muss sein"逼着去做的职业，一下班，就可把工作丢在脑后，托马斯终于体会到了这些人的幸福（而从前他总是对他们心存怜悯）。在这之前，他还从来没感受过不在乎带来的快乐。以往每当手术没有如他所愿，出了问题，他就会绝望，会睡不着觉，甚至对女人都提不起兴致。职业的"es muss sein"就像吸血鬼一样吸他的血。

如今，他整天扛着长杆穿过布拉格的街巷去擦洗橱窗玻璃，吃惊地发觉自己感觉年轻了十岁。大商场的女售货员还管他叫"大夫"（布拉格的达姆达姆鼓敲得还是尽善尽美），并常常跟他咨询些感冒、背痛和经期不正常等毛病。每当看到托马斯往橱窗玻璃上喷水、用绑在长杆上的刷子开始清洗玻璃，女售货员总感到不好意思。要是能扔下店里的顾客不管，她们肯定会接过托马斯手中的长杆，替他擦洗。

托马斯主要是擦大百货店的玻璃，不过有时也会被老板派到别人家里。在那个时期，捷克人还是比较团结的，群情激奋，反对迫害知识分子。于是当托马斯以前的病人听说他当了玻璃擦洗工，纷纷打电话到清洗公司指名要求他擦玻璃。而托马斯一到，他们就以香槟或是烈酒招待，先在工作单上签好字，说他擦了多少多少扇窗户，然后便喝喝聊聊度过两个小时。所以托马斯无论是去私人家里还是去商场，都会感到心情舒畅。那时俄国军官的家庭已经开始在这个国家安家，内务部的官员代替了电台被解职的播音员，收音机里整日是些吓唬人的讲话，而托马斯摇摇晃晃地穿过布拉格城的街巷，由一家喝到另一家，像过不完的节，很开心。真是给他放了大假。

他又回到了过单身汉的日子时代。特蕾莎几乎突然消失了，托马斯只有每天夜里才能见到她，当她从酒吧回到家，托马斯已经睡眼朦胧，而早晨，特蕾莎还沉睡时，托马斯又得早起赶去干活。所以每天他有十六个小时是自己的，简直是意外地给他送上了一片自由空间。而对托马斯来说，从他还很年轻的时候起，自由空间就意味着女人。

9

朋友问他有过多少女人时，他闪烁其词，如果他们追问，他就说："该有两百个左右吧。"几个心怀嫉妒的家伙断定他在吹嘘，他辩解道："这不算多。我和女人大概打了二十五年的交道。用两百除以二十五，你们瞧瞧，每年差不多才八个新的女人。这不算多。"

然而，和特蕾莎共同生活之后，他的性活动因时间安排而遇上了麻烦；他仅剩下一小段时间（从手术室到家）可以利用，紧张至极（就像山里农民勤劳地耕作自家的小块土地）。跟他突然间意外获得的十六个小时相比，这段时间简直不值一提。（我说十六个小时，因为甚至在擦洗玻璃的八个小时期间，他还有成千个机会结识新的女售货员、女职员或家庭主妇，跟她们约会。）

他在所有女性身上找寻什么？她们身上什么在吸引他？肉体之爱难道不是同一过程的无限重复？

绝非如此。总有百分之几是难以想象的。看到一个穿戴整齐的女人，他显然能多多少少想象出她裸体的模样（在这里，医生的经历和情人的经验相得益彰），但是在大致的意念和精确的现实之间，还存在一个无法想象的小小空白，正是这一空白令他

不能承受的生命之轻

不得安宁。然而,对于难以想象部分的追寻不会因为肉体的袒露而结束,它将走得更远:她脱衣服的时候是什么表情?跟他做爱时,她会说些什么?她的叹息是什么声调?高潮来临那一刻,她的脸会怎样扭曲?

"我"的独特性恰恰隐藏在人类无法想象的那一部分。我们能够想象的,仅仅是众人身上一致、相同之处。个别的"我",区别于普遍,因此预先猜不出,估不了,需要在他者身上揭示它,发掘它,征服它。

在最近十年的行医活动中,托马斯专门和人类的大脑打交道,他知道没有比抓住这"我"更难的事了。希特勒和爱因斯坦,勃列日涅夫和索尔仁尼琴,他们之间的相似远远多于不同。如果能用数据来表示,他们之间有百万分之一的不同,百万分之九十九万九千九百九十九的相同。

发现那百万分之一,并征服它,托马斯执迷于这一欲念。在他看来,迷恋女性的意义即在于此。他迷恋的不是女人,而是每个女人身上无法想象的部分,换句话说,就是使一个女人有别于他者的百万分之一的不同之处。

(或许,在这里,他对外科的激情和对女色的激情是一致的。即便和情妇在一起时,他也没有松开想象这一解剖刀。他渴望征服深藏在她们体内的某一东西,为此要撕开她们外面的包裹物。)

人们当然有权利追问为什么他只在性方面寻找那百万分之一的不同之处。他难道不能,比如说,从她们的步态、烹调口味或对美的偏好等方面去寻求?

当然,这百万分之一的不同体现在人类生活的各个方面,尤其是公之于世的,用不着去探究,也用不上解剖刀。一个女人喜欢奶酪胜于蛋糕,另外一个忍受不了花椰菜,这的确是表现其独特性的信号,然而,我们很快就看到,这种独特性完全没有意义,对其感兴趣并在其中找寻某种价值简直是在浪费时间。

只有在性上,那百万分之一的不同才显珍贵,因为不是公开就能了解的,而需要去征服。还在半个世纪以前,这种征服需要更多的时间(几个星期,有时甚至是几个月!)。被征服对象的价值与征服她们的时间成正比。甚至在今天,尽管征服的时间大大缩短,性仍旧像一个保险箱,女性之"我"的所有奥秘都藏在里头。

所以,促使托马斯追逐女性的不是感官享乐(感官享受像是额外所得的一笔奖赏),而是征服世界的这一欲念(用解剖刀划开世界这横陈的躯体)。

10

追逐众多女性的男人很容易被归为两类。一类人在所有女人身上寻找他们自己的梦,他们对于女性的主观意念。另一类人则被欲念所驱使,想占有客观女性世界的无尽的多样性。

前者的迷恋是浪漫型的迷恋:他们在女人身上寻找的是他们自己,是他们的理想。他们总是不断地失望,因为,正如我们所知,理想从来都是不可能找到的。失望把他们从一个女人推向另一个女人,赋予他们的善变一种感伤的借口,因此,许多多愁善感的女人为他们顽强的纠缠所感动。

后者的迷恋是放荡型的迷恋,女人在其中看不到丝毫感人之处:由于男人没有在女性身上寄托一个主观的理想,他们对所有女人都感兴趣,没有谁会令他们失望。的确,就是这从不失望本身带有某种可耻的成分。在世人眼中,放浪之徒的迷恋是不可宽恕的(因为从不为失望而补赎)。

由于浪漫型的情场老手总是追求同一类型女子,人们甚至觉察不到他们又换了情人;朋友们看不出这些女子之间的区别,总是用一个名字来称呼所有情人,从而不断地引起误会。

在寻欢过程中,放荡型的好色之徒(托马斯显然应归于此类)离约定俗成的女性美(他们很快就厌倦了这种美)愈来愈远,最终不可避免地成为猎奇者。他们知道这一点,也有点儿不好意思,为了不让朋友尴尬,他们从不和情妇一起出现在公众场合。

差不多做了将近两年的玻璃擦洗工,有一次又有新主顾雇他,是个女的。第一次在公寓门口见到她,一见就被她的怪异给迷住了。那是一种不声张,有所保留的怪诞,在普通人可以接受的范围之内,还算讨人喜欢(托马斯猎奇的品位与费里尼对怪物的兴致完全不同):她出奇的高,比他还高。鼻子线条精美,但太长了。那张脸如此的奇特,无法说她是个美人(所有人都会抗议),也不能说她没有丝毫美妙之处(至少在托马斯看来)。她下穿长裤,上着白色罩衫,那样子,像是个由细高的男孩、长颈鹿和鹤构成的奇特的混合体。

她以专注、探究的目光久久地看着他,眼中还闪过讥讽的智慧光芒。

"请进,大夫。"她说道。

他明白这女人知道他的过去。他不露声色,问:"什么地方可以接水?"

她打开浴室的门。眼前出现了盥洗盆、浴缸和抽水马桶;浴缸、盥洗盆和抽水马桶前面铺着小块红色地毯。

像长颈鹿又像鹤的女人笑眯眯的,边眨着眼睛,她说的每句话好像都别有用意,藏着讥讽。

"浴室就归您了,大夫,"她说,"想干什么就干什么。"

"在这儿洗个澡也行?"

"您喜欢洗澡?"她问。

他接满一桶热水,回到客厅。"您想要我从哪儿开始?"

"由您了。"她耸了耸肩,说。

"能看看其他房间的窗户吗?"

"您想参观一下我的公寓?"她微笑着,仿佛擦洗窗户只是托马斯一时兴起,她对这种心血来潮丝毫不感兴趣。

他走进隔壁房间。那是间卧室,有一扇大窗户,两张床紧挨在一起,墙上挂着一幅秋景图,落日映照着桦树林。

他出来时，桌上已摆了一瓶开塞的葡萄酒和两只杯子。"辛苦之前，愿不愿提提劲儿？"她问道。

"非常乐意。"托马斯坐下来，说。

"像您这样走进别人的家里该很有意思吧？"她说。

"是不算太糟。"托马斯回答。

"到处遇到丈夫正在上班的女人。"

"更多的是奶奶和姥姥。"托马斯说。

"您不怀念过去的职业？"

"还是告诉我，您是怎么知道我过去干哪一行的？"

"您的老板很为您骄傲。"鹤女人说。

"现在还是？"托马斯惊讶地问。

"我打电话叫人来擦玻璃时，他们问我要的是不是您。听说您是个有名的外科大夫，被医院赶了出来。我对您就产生了兴趣。"

"您的好奇心真是非同寻常啊。"他说。

"看得出来？"

"是啊，从您看东西的模样。"

"我是怎么看的？"

"眯着眼睛。还不停地提问。"

"您不喜欢回答？"

多亏了她，对话一上来就变成了打趣。她说的每一句话都和外界无关。所有的话语都只涉及他们自己。对话立即以他们二人为主题，没有比用触摸来补充词汇更简单的事了。托马斯说到她眯眼时，手也摸到了眼上。他摸一下，她反过来也碰一下。她这样做并非是本能的反应，更像是有意识地坚持，仿佛在玩"你一下，我一下"的游戏。他们相对而坐，手放在对方的身体上。

不能承受的生命之轻

当托马斯试图把手伸向她的私处时,她终于开始挡了一下。他实在弄不清她是不是真挡,但时间已过去了很多,十分钟之后,另一个主顾还等着他呢。

他站起身,解释说自己该走了。她的面颊红得像着了火。

"我还得在您那张工单上签字呢。"她说。

"可我什么也没做啊。"他不同意。

"是我的错,"她说,接着以一种温柔、无邪的声音缓缓补充道:"我得再叫您来,好让您做完因为我都没开始做的活儿。"

由于托马斯拒绝把工单交给她签,她以一种乞求帮助的语调柔声说道:"求您了,给我吧。"她眯着眼又说:"付账的不是我,是我丈夫。拿钱的不是您,是国有公司。这场交易与你我都无关。"

11

这个像长颈鹿又像鹤的女人身上很不协调,令人称奇,只要一想到它,就给他以刺激:笨拙以风骚为伴;天真直白的性渴望与讥讽的微笑相随;住宅平庸俗气,女主人却奇特不凡。做爱时,她会是什么模样?他试图去想象,但不容易。接连几天,他脑子里尽想着她。

她第二次请他去,一瓶葡萄酒、两个杯子早已摆在桌上等着。然而,这次一切都很快。他们很快就来到卧室(画中,夕阳洒落在白桦林上),面面相对,拥在一起。他习惯性地命令道:"把衣服脱了!"然而,她没有服从,而是反过来命令他:"不,您先脱。"

他对这种反应很不习惯,一时有点儿慌张。她开始解他裤子的纽扣。"把衣服脱了!"他又下达了命令,一连几次(很可笑,不奏效),于是,他只有妥协。根据上次她强制的游戏规则("你一下,我一下"),她为他脱裤子,他为她脱裙子。接着,她脱去他的衬衫，他脱掉她的罩衫，一直到两人赤身相对。他的手放在她潮湿的私处，手指滑向肛门，女人身上的这个地方是他的最爱。她的肛门极其突出，让人明确地联想到长长的消化管道在此处以一个微微的隆节结束。他触摸着这紧闭完整的环形，这最美的圆戒，在医学术语中被称为括约肌。突然，他在臀部同样的位置上感受到了女人的指触。她镜子般精确地重复着他的每个动作。

我已经说过，他经历过约莫两百个女人（当玻璃擦洗工之后还要多得多），即便如此，他还从未遇到一个比他高的女子，神气活现地站在面前，眯着眼，抚摸他的肛门。为了摆脱尴尬，他猛地把她推倒在床上。

这突如其来的举动令她措手不及。细高的身躯仰面倒下，布满红色雀斑的脸闪现出失去平衡的惶恐神情。他站在她面前，抓住她的膝盖，把她微微叉开的双腿举得高高的。这下子，那两条腿就像惊惶的士兵面对挥舞的武器投降时高举的双臂。

笨拙伴着激情，激情伴着笨拙，托马斯感受到绝妙的刺激。他们久久地做爱。他细细察看她长满红色雀斑的脸，在上面寻找女人被绊倒在地时的惊惶神情，那无法模仿的表情刚刚将一股亢奋传入他的大脑。

完事之后，他要去浴室冲洗。她跟着进去，细加解释，告诉他肥皂在哪儿，浴用毛巾手套在哪儿，怎样放热水。事情这么简单，她却不厌其详，令他好奇。他说，他都明白了，想单独待在浴室里。

"您不想让我看着您洗吗？"她以乞求的腔调说。

他好不容易把她支出门外。他洗了澡，在盥洗盆里撒了尿（捷克医生的惯常做法）。他感觉她在浴室前不耐烦地来回走动，寻找进门的借口。关上水龙头时，他注意到屋子里一片沉寂，他认为她在偷窥。他几乎可以肯定，门上有个洞，她的一只美丽的眼睛正眯着贴在洞上。

离开她时，他的心情极佳。他努力回忆重要情节，将记忆压缩成一个化学公式，以定义这个女人的独一无二（百万分之一的不同之处）。他终于得到由三个要素构成的公式：

一、笨拙伴着热情；

二、失去平衡而跌倒的人的惶恐的脸；

三、两腿高举，恰如士兵面对挥舞的武器举起投降的双臂。

念叨着这个公式，他体验到一阵灿烂的快意，仿佛又征服了世界的一角；仿佛用想象的解剖刀，从宇宙无尽的天幕上切下细薄的一条。

12

差不多就在那个时期，他还有过这样的事：跟一个年轻女子多次幽会，地点就在老朋友借给他的公寓里，那房子他每天可以一直使用到半夜。一两个月之后，她跟他提起他们有过的一次幽会：他们就在窗前的地毯上做爱，她说，外面电光闪闪，雷声隆隆。他们在狂风暴雨中做爱，她说，真美，令人难忘啊！

听着听着，托马斯很吃惊：没错，他记得他们是在地毯上做爱（朋友的单间公寓里

只有一张狭窄的长沙发,躺在上面他感觉不舒服),然而他把暴风雨给彻底忘了! 真奇怪:他想起跟她的几次幽会,甚至清楚地记得他们做爱的方式(她拒绝从后面进入),记得做爱时她常说的几句话(她总是要他搂紧她的髋,如果他看她,她会抗议),他甚至记得她内衣的式样——然而,他完全记不得那场暴风雨了。

对于有过的风流韵事,他的回忆只记录下性征服这条崎岖而狭窄的道路:第一声挑逗,第一次触摸,他告诉她与她告诉他的第一件淫事,以及所有那些他慢慢强迫对方接受直至遭受拒绝的反常的小小性把戏。剩下的全部被他排斥(几乎以学究般的细心)在记忆之外。他甚至记不得第一次遇上这个或那个女人是在什么地方,因为相遇的一刻还发生在纯粹意义上的性征服之前。

年轻女子在讲述着暴风雨,脸上挂着梦幻般的微笑。他惊讶地看着她,几乎有些羞愧:她经历了某种美妙的东西,而他却没有和她一起经历。他们的记忆对那天夜里暴风雨的反应,是截然不同的,可从中看到爱与不爱的巨大区别。

不爱,并不意味着托马斯对那个年轻女人厚颜无耻,像人们说的那样,只把她看作性工具。相反,他像爱女友一般爱她,欣赏她的个性和智慧,只要她有需要,他随时会帮她。待她不好的不是他,而是他的记忆,他无能为力,是记忆将她从爱情区域排除出来。

看来,大脑中有一个专门的区域,我们可称之为诗化记忆,它记录的,是让我们陶醉,令我们感动,赋予我们的生活以美丽的一切。自从托马斯认识特蕾莎之后,没有任何女人能够在他头脑的这个区域留下印记,哪怕是最短暂的印记。

特蕾莎像暴君般独霸他的诗化记忆,将其他女人留下的痕迹一扫而光。这不公平,因为,比如说,在暴风雨中,跟他在地毯上做爱的年轻女子并不比特蕾莎缺乏诗意。她对他嘶喊:"闭上眼,搂紧我的髋,抱紧我!"她不能忍受托马斯做爱时睁着眼,以专注、探究的目光看她,她无法忍受他的身体稍稍抬起,在她的上方,而不贴紧她的肌肤。她不想让他研究她。她想领他进入狂喜的波涛,只有闭着眼睛才能潜入其中。

她拒绝趴下身体,因为这种体位令他们的身体难于接触,而他就能从差不多五十厘米之外观察她。她厌恶这段距离,想和他融为一体。她盯着他,硬是跟他说自己没有得到享受,尽管地毯已被她的爱液浸透:"我寻求的不是快感,而是幸福。没有幸福的快感,那算不上快感。"换句话说,她敲打着他的诗化记忆之门。然而,门紧闭着。托马斯的诗化记忆中,没有她的位置。她的位置只在地毯上。

托马斯和其他女人的艳遇结束之处,恰恰正是他和特蕾莎的艳遇开始之端。与特蕾莎的艳遇并非源自促使他追逐女性的迫切欲望。他不想在特蕾莎身上揭示什么。在他眼里,她已经毫无遮掩了。在用想象的解剖刀划开世界这横陈之躯以前,他就已经迫不及待地与她做了爱。在耗费心思揣摩她做爱时是什么模样以前,他就已经爱上了她。

爱情故事只发生在做爱之后:她发烧了,他不能像对其他女人那样送她回家。他跪在床头边,冒出一个念头:她是被别人放在篮子里,顺水漂流送到他身边的。我已经说过,隐喻是危险的。爱由隐喻而起。换言之:爱开始于一个女人以某句话印在我们诗化记忆中的那一刻。

13

她很快又留下新的印记:像每天早上一样,她去拿牛奶。他开了门,她怀里搂着一只裹在她红围巾里的乌鸦,就像吉卜赛女人搂着他们的孩子。他永远也忘不了,就在她的脸旁边,乌鸦那张巨大的嘴仿佛在控诉。

她发现了这只被活埋半截的乌鸦。从前,哥萨克人就是这么对待俘虏的。"是孩子们干的。"她说。这话不仅仅是简单的陈述,还表达了对于人类突然的厌恶。他记得她最近对他说过:"你从不想要孩子,我开始为这个感谢你了。"

就在前一天,她还向他抱怨,有个家伙在她工作的酒吧侮辱她。他扯着她廉价的项链，一口咬定那是她卖淫赚来的。她像变了个人似的，托马斯思忖着，比事情本身要严重得多。想到两年来见她的时候如此少，他甚至不再有机会紧握她的双手让它们停止颤抖，他突然难受起来。

早上，他满脑子里都是那些念头，来到公司办公室，一个职员在那儿给清洗工安排一天的活儿，一个私人主顾特别要求他们派托马斯去洗窗户。他心境恶劣，前往指定的地点，害怕叫他的又是个女人。他只想着特蕾莎，艳遇对他已经没有诱惑。

门开了，他松了一口气。面前是一个微微驼背的高个子男人。男人长着又长又尖的翘下巴，让他想起某个人。

"请进，大夫。"他微笑着说，并领他进了客厅。

一个年轻人在那里等着他。他站着，满脸通红，看着托马斯，试图挤出笑容。

"你们二位，我想就没有必要再做介绍了吧。"男人说。

"是的。"托马斯板着脸说。他把手伸向年轻人，那是他儿子。

翘下巴男人终于介绍了自己。

"明白了，您让我想起了某个人！"托马斯说，"肯定的！我当然知道您！知道您的名字。"

他们坐在扶手椅上，中间隔着一张矮桌子。托马斯想，坐在对面的两个男人都是他的创造物，尽管并非出自他的意愿。妻子逼他生了这个儿子，警察审讯他，逼他描绘出这个驼背高个子男人的外貌。

为了扫除这些念头，他说："好吧！从哪扇窗户开始呢？"

对面两个男人开怀大笑起来。

是的，很明显，这跟窗户完全没有关系。请他来，不是叫他洗窗户，他被请入了一个圈套。他从没跟儿子说过话，握手也是头一回。他只清楚他的长相，也不想了解他别的方面。关于儿子的事情，他什么都不想知道，并希望儿子对他也抱有这种想法。

"漂亮的招贴画，不是吗？"记者指着一张大幅镶框画说。那画就挂在托马斯对面的墙上。

进门后，托马斯第一次抬起头。墙上挂满了有趣的画，有不少照片和招贴画。记者指的那张刊登在周刊一九六九年年末的某期上，那时杂志还没被俄国人查禁。它模仿一九一八年俄国内战时号召群众加入红军的一张著名宣传画：一个头戴红五星军帽、目光极其严峻的战士直逼着你的眼睛，一手的食指指着你。俄文原文写着："公民，你还没有参加红军？"这话被替换成下面的捷克文字："公民，你在《两千字书》上签名了吗？"

这是个绝妙的玩笑！《两千字书》是布拉格之春的第一个重大宣言，要求共产党制度彻底民主化。一批知识分子在上面签了名，接着是普通民众，签名如此之多，数都数不清。当红军入侵波希米亚，政治清洗开始时，摆在公民面前的一个问题便是："你呢，你在《两千字书》上签名了吗？"凡承认签过名的，当场被解雇。

"漂亮的画。我还记得。"托马斯说。

记者微微一笑："希望红军战士没在听我们说话。"

他以严肃的口吻补充道："要清楚，大夫，这里不是我家。这公寓是朋友的。说不准警察这时候正在听我们说话。这完全有可能。如果您到我家里，就大可放心了。"

接着，他的口气又轻松下来："可我认为我们也没什么要藏着掖着的。此外，想想吧，未来的捷克历史学家从中还可以得到好处！他们能在警察的档案里找到所有知识分子的生平，那全都被录在磁带上了！您知道，一个文学史家为重构伏尔泰、巴尔扎克或托尔斯泰的性生活要费多大的力气？而捷克作家却丝毫不用担心，一切都记录下来了。哪怕是最轻微的一声叹息。"

接着，他转向想象中藏匿在墙里的麦克风，提高声音说道："先生们，在这样的场合，我一如既往地支持你们的工作，并谨以我个人以及所有未来历史学家的名义感谢你们。"

三个人都笑了，接着，记者开始长时间地谈论他的周刊被禁的始末，谈起当初构思这幅漫画的画家如今在干什么,谈起捷克其他画家、哲学家、作家如今在干什么。俄国入侵之后,他们无一例外地被剥夺了工作,成了擦洗玻璃的、看停车场的、门房守夜的、给公共建筑烧锅炉的,最好的是开出租车的,因为这还需要门路。

记者说的一切并非没有意思。然而托马斯的注意力怎么也集中不到他的话上。他在想他的儿子。他想起近几个月来,他常在路上遇到他。显然,那不是偶然的。让他吃惊的是,儿子愿跟受迫害的记者在一起。托马斯的前妻是个坚定的共产党员,他自然而然地推断儿子一定是受了她的影响。他对他一无所知。当然,他可以问问他跟母亲的关系怎么样,但当着陌生人的面提这个问题似乎不合时宜。

记者终于切入问题的关键。他说越来越多的人仅仅因为捍卫自己的观点而被捕。他以下面的话结束了陈述:"说到底,我们心想该做点什么了。"

"你们想干什么?"托马斯问。

儿子这当儿插了进来。这是他第一次听儿子说话。他惊奇地发现儿子说话结巴。

"根据我们的了解,"他说,"政治犯受尽了折磨。有几个人的情况极其危急。于是,我们想起草一份请愿书,由捷克最知名的、目前说话还有一定分量的知识分子签名,这或许是件好事情。"

不,这不是结巴,更像是在打嗝,说得很慢,一字一顿无意中像是在强调。他自己也显然觉察到了,因为两颊刚恢复到正常颜色,顷刻间又变得通红。

"你们是希望我向你们指出几个我行当里的人选,你们好去找?"托马斯问。

"不,"记者笑了,"我们要的不是您出主意,而是您的签名!"

他再次觉得荣幸!他再次感到幸福,人们还没忘记他是个外科大夫!他谦逊地推辞道:"听着!他们把我赶了出来,这并不就代表我是个有名的大夫啊!"

"我们不会忘记您发表在我们周刊上的文章。"记者微笑着对托马斯说。

儿子低声说:"没错!"话中含着热情,托马斯可能没有觉察。

"我不认为,"托马斯说,"我的名字出现在请愿书上能帮助政治犯。应该让那些还没失宠的,对当权者或多或少还有些影响的人来签名。您不这样看吗?"

"他们当然应该签名!"记者说,说罢一笑。

托马斯的儿子也笑了,那是已经相当明察事理者的笑:"只是,这些人绝不会签名!"

记者紧接着说:"这并不意味着我们不去找他们! 不让他们出丑,我们还没有这么好的心肠,"他说,"我想让您听听他们的理由,真是妙极了!"

儿子笑了,以示赞同。

记者接着说:"显而易见,他们会声称赞同我们的所有行为,只是,他们说,要采用别的方式:采用一种更理智、更谨慎的策略。他们害怕签名,如果不签,又怕我们觉得他们不好。"

儿子和记者一起笑了。

记者递给托马斯一张纸,上面文字简短,以相当谦恭的口吻请求共和国总统赦免政治犯。

托马斯试图很快理出个思绪:赦免政治犯? 很好。难道某些被当局抛弃的人(潜在的政治犯)向共和国总统请愿,政治犯就能获得赦免? 这类请愿书造成的后果只有一个,那就是政治犯不会被赦免,即便当局碰巧打算释放他们。

思路被儿子打断了:"主要目的是要让人明白,这个国家里还有一帮男女无所畏惧,要表明谁跟谁站在一起,要好麦与毒麦分清楚。"

托马斯在思索:是的,没错,但这和政治犯有何干系? 要求大赦和分清好麦与毒麦,这根本不是一回事。

"您在犹豫,大夫?"记者问。

是的,他在犹豫。但他害怕说出来。战士在对面墙上用指头威胁他,说:"你还在为加入红军而犹豫?"或是说:"你还没在《两千字书》上签名?"或者:"你呢,你在《两千字书》上签名了吗?"或者还有:"你不愿在大赦请愿书上签名?"无论说的是什么,都是在威胁。

对于那些认为应该赦免政治犯,却寻求千般借口不愿签名的人,记者刚刚表明了自己的态度。在他看来,这些理由只是托词,后面潜藏着怯懦。那么,托马斯能说什么呢?

沉寂许久,这回是托马斯笑着打破了沉默。他指着墙上的画,说:"瞧这家伙,他在威胁我,问我要不要签名。在他的目光下很难思考!"

三个人笑了一阵。

托马斯接着说:"很好。我要考虑考虑。咱们过几天再见面?"

"我很乐意见您,"记者说,"但请愿书剩下的时间不多了。我们想明天把它递交给总统。"

"明天?"

托马斯想起胖警察,他曾递给他一纸文书,要他告发的恰正是个翘下巴的男人。大家都逼迫他签名,在不是他自己写的东西上签名。

儿子说:"既然如此,没有必要再考虑了!"

言词逼人,语调却近乎恳求。这一次,他们相互对视,托马斯注意到,当儿子专注地看东西时,上唇左角会微微翘起。这一翘,他很熟悉,当他对着镜子,仔细检查胡子有没有刮干净时,在自己的脸上常见这种表情。看到它出现在别人的脸上,一种不快的感觉油然而生,他难以抑止。

一个人要是一直和孩子在一起生活,彼此的相似之处,早已习以为常,有时注意到了,也会觉得很正常甚至会觉得有趣。但,这是托马斯生平第一次和儿子说话!在坐在对面的人嘴上见到这一翘,他还真的不习惯!

假设您的一只手被截下来,移植给别人。一天,某人在您对面坐下,用这只手对着您的鼻子指指画画,您大概会觉得那东西很可怖。尽管您很熟悉它,尽管那是您自己的手,您还是怕它碰到您。"

儿子紧接着说:"我希望,你站在受迫害者一边。"

整个谈话过程中,托马斯一直在琢磨儿子会用"您"还是用"你"来称呼他。儿子也一直字斟句酌,避免选择。这次,他终于做出了选择。他用的是"你",托马斯突然间确信,整个这场戏,跟赦免政治犯毫无关系,儿子是个赌注:如果他签了名,二者的命运就此联系在一起,托马斯多多少少不得不和他接近。如果他不签,他们的关系将不复存在,就像从前一样,但,这次并非出自他的意愿,而是儿子的意思,由于父亲怯懦而不再认他。

他仿佛一个棋手,无法挽回败局,唯有放弃。不管怎样,签还是不签,结局都完全一样。这不会使他的命运有丝毫改变,政治犯的命运也不会有丝毫改变。

"把它给我。"他说,说着拿过了那张纸。

14

仿佛是为了回报他的决定,记者说:"您那篇关于俄狄浦斯的文章棒极了。"

儿子递给他一支笔,又说:"有的思想像杀人。"

记者的赞美之词他很是受用,但儿子的比喻他觉得不妥,有些夸张。他说:"很不幸,这一刀,只有一个牺牲品,就是我。因为这篇文章,我再不能为病人做手术了。"

这些话听起来冷冰冰的,几乎含有敌意。

为了抹去这小小的不谐之音,记者说(以致歉的神情):"但您的文章帮了很多人。"

对托马斯而言,从他孩提时起,"帮人"这个词儿仅和一项行为相联系:行医。一篇报上的文章曾帮过什么人?这两个人想让他相信什么?他们把他的整个一生归结为对于俄狄浦斯的微不足道的思考,甚至还要少:归结为对当局发出的一个简单的

"不"字。

他说(声音依旧冷冰冰的,而他自己却未意识到):"我不知道这篇文章是否帮过什么人。但是,当医生的时候,我倒是救过不少人的命。"

又静了下来。他儿子打破了沉默:"思想同样可以拯救生命。"

托马斯在儿子脸上看到了自己的嘴,思忖着:看见自己的嘴巴说话结结巴巴,倒真滑稽。

儿子继续说,可以感觉到他说话很费力:"你的文章里有种了不起的东西:拒绝妥协。而我们却正在丧失这种明辨善恶的能力。我们不再知道负罪感是个什么东西。人们找到了托词:斯大林欺骗了他们。谋杀犯竟以母亲不爱他而感到失望为借口。突然,你道出了一切:没有任何借口。没有人在灵魂和良知上比俄狄浦斯更无辜。然而,看清了自己的所为之后,他惩罚了自己。"

托马斯看着儿子脸上自己的嘴唇,努力将目光从那张嘴唇上移开,试图把注意力集中在记者身上。他感到不快,想反驳他们。他说:"你们要知道,这一切只是个误会。善与恶的界限极其模糊。我不要任何人受到惩罚,这不是我的初衷。惩罚一个不知道自己做了什么的人,是野蛮的行径。俄狄浦斯神话是很美。然而,以这种方式运用它……"他还想再说些什么,但,他想起他的话有可能正被录下来。他没有丝毫野心被几个世纪之后的历史学家援引。他倒是害怕被警察援引。因为警察要求他的,恰恰是对这篇文章的谴责。他不乐意警察听到他亲口说出来。他知道,在这个国家里说出的每一句话,都可能于某一天被拿去广播。他闭上了嘴巴。

"是什么令您改变主意?"记者问。

"我倒是在想,究竟是什么让我写了这篇文章。"托马斯说。他立刻回想了起来:她就像一个被弃在篮子中的孩子,顺流漂到他的床榻之岸。是的,就因为这个,他找来了那本书,重温了罗慕洛斯、摩西和俄狄浦斯的故事。突然,她出现了,他看到她在他面前,怀里搂着被红围巾包住的乌鸦。这个形象令他为之一振。这个形象的出现,是来告诉他:特蕾莎还活着,此时此刻和他在同一个城市里,除此以外,其他什么都不重要。

记者打破了沉默:"我理解您,大夫。我同样不喜欢惩罚别人。但是,我们要的不是惩罚,而是免除惩罚。"

"我明白。"托马斯说。他知道,几秒钟之后,他可能会做出一项举动,这一举动或许称得上慷慨,但可以肯定毫无用处(因为它根本帮不了政治犯),这一举动就个人而言,还令他不快(因为他是在被迫的情况下做的)。

儿子还说(几乎以恳求的语调):"你有责任签名!"

责任?儿子向他提起责任?这是他听到的最糟糕的字眼。特蕾莎双臂搂着乌鸦的形象再次出现在他眼前。他想起来,她告诉他,昨天晚上一个警察来酒吧纠缠她,她的手又开始颤抖。她也老了。他什么都不在乎,只在乎她。她,六次偶然的结果;她,是主任坐骨神经痛生成的花朵;她,是所有"es muss sein"的对立面;她,是他唯一真正在乎的东西。

为何还考虑要不要签名?他的所有决定仅依据一个标准:不做任何可能伤害特蕾莎的事情。托马斯不能拯救政治犯,但他可以令特蕾莎幸福。不,就连这个,他也做不到。但是,如果在请愿书上签了名,他几乎能肯定,警察骚扰她的次数还会更多,她的手会抖得更厉害。

他说:"挖出被活埋的乌鸦比向主席递交请愿书要重要得多。"

他知道这话令人费解,但自己深感满足。他感到一阵醉意向他袭来,突如其来,出乎意料。在向妻子宣布自己不想再看到她和儿子的那一天,他体验到同样的黑色的醉意。在往信箱里投下那封宣布放弃行医的信件的时候,他也体会到同样的黑色的醉意。他完全不能肯定自己做的是对的,但可以肯定做了自己想做的。

"很抱歉,"他说,"我不签名。"

几天之后,所有的报纸都在谈论请愿书。

自然,没有一处指出这只是一个谦恭的请求,呼吁释放政治犯。没有一张报纸引用这篇短文里的片言只语。然而,见诸报端的都是些长篇大论,用含糊吓人的字眼,谈论一份为新的反社会主义斗争提供了跳板的颠覆性宣言。签名人被指名道姓,一一点出,伴着他们名字的,是让人脊背冷飕飕的恶意中伤和人身攻击。

当然,这都是可以料到的。所有的公众行动(集会、请愿、街头示威)除非由党组织,均属非法,参与者都会置身于危险的境地。人人皆知。大概就因为这个,托马斯为没在请愿书上签名更感到内疚。说到底,他为何没有签名?他甚至不再清楚是什么促使他做出这个决定。

我再次看到他出现在小说开端的形象。他站在窗边,看着院子对面楼房的墙。

他就产生于这一形象。就像我曾说过的,小说人物不像生物那样诞生自母体,而是产生于一种情境,一个语句,一个隐喻。隐喻中包含了一种处于萌芽状态的人生的基本可能性,在作家的想象中,它只是还未被发现,或人们还未论及它的实质。

然而,是否可以断言一个作家只能谈论他自己?

无能为力地朝院子里张望,怎么也无法做出决定;在爱的激奋时刻听到自己的肚子一个劲地咕咕作响;背叛,且不知该如何在那条如此美丽的背叛之路上止步;在伟大的进军行列中举起拳头;在警察藏匿的麦克风前卖弄自己的幽默感等等。我知道这一切的情形,自己也都经历过。然而,小说人物并非产生于我的履历表中的任何一种情景。我小说中的主人公是我自己未曾实现的可能性。我爱所有的主人公,并且所有主人公都令我同样地恐惧,原因就在于此。他们,这些人物或那些人物,跨越了界限,而我只是绕了过去。这条被跨越的界限(我的"我"终结于界限的那一边)吸引着我。小说要探寻的奥秘仅在另外一边开始。小说不是作家的忏悔，而是对于陷入尘世陷阱的人生的探索。说得够多了。让我们回到托马斯身上。

他站在窗边，望着院子对面楼房那脏兮兮的墙。他有些想念那个长着翘下巴的大个子，想念他的朋友，这些人他并不熟，自己也并未加入他们的行动。就像是在火车站台上与一个陌生的美人交臂而过，还没来得及上前搭讪，她就上了开往里斯本或伊斯坦布尔的列车的卧铺车厢。

他又开始思考：他当时到底应该怎么做？即便抛开个人情感（对记者的钦佩，儿子惹起的恼怒），他仍旧不知道是否应该在给他看的那篇文字上签名。

当有人逼迫你沉默时，提高嗓门对不对？对。

但是，从另一个方面看：为何各种报纸运用如此多的篇幅来报道这次请愿？新闻界（完全由国家操纵）本可以对整个事件不置一词，没有人会知道。它们说了，因为那是由国家的统治者一手安排的！在他们看来，这是天赐良机，为发动一个新的迫害高潮提供了借口。

那么，他该怎么做？签还是不签？

对这个问题也能以如下方式提出：是大声疾呼，加速自己的死亡好？还是缄口不言，以换取苟延残喘好？

这些问题是否只有一个答案？

他再次冒出那个我们已经知晓的念头：人只能活一回，我们无法验证决定地对错，因为，在任何情况下，我们只能做一个决定。上天不会赋予我们第二次、第三次、第四次生命以供比较不同的决定。

历史如同个人生命。捷克人仅有一部历史，它和托马斯的生命一样，将终结于某一天，无法上演第二回。

一六一八年，波希米亚贵族鼓起勇气，决定捍卫自己的宗教自由。出于对坐在维也纳御座上的皇帝的激愤，他们把皇帝的两个代表阁下从赫拉得兹城堡的窗户扔了出去。三十年战争由此而开始,它几乎令整个捷克民族毁灭。较之勇气,捷克人是否需要更多的谨慎? 答案看似简单,却并不简单。

三百二十年过去了,到一九三八年,即慕尼黑会议之后,整个世界决定将捷克人的国家牺牲给希特勒。他们是否该奋起反抗,和数量是他们八倍的敌人孤身奋战? 与一六一八年的所作所为相反,较之勇气,他们表现出更多的谨慎。他们的投降标志着第二次世界大战的开始,结果是彻底丧失了作为一个民族的自由,几十年甚至几百年。较之谨慎,他们是否更需要勇气? 到底该怎么做?

假如捷克历史可以重演,每一回都尝试另一种可能性,比较不同的结果,这肯定是有益的。缺了这样的经验,所有的推测都只是假设的游戏。

Einmal ist keinmal. 一次不算数。一次就是从来没有。波希米亚的历史不会重演,欧洲的历史也不会重演。波希米亚和欧洲的历史是两张草图,出自命中注定无法拥有生死经验的人类之笔。历史和个人生命一样轻,不能承受地轻,轻若鸿毛,轻若飞扬的尘埃,轻若明日即将消失的东西。

托马斯再次以怀恋的心情想起驼背的高个子记者,几乎带着爱恋。此人在行动,仿佛历史不是一张草图,而是一幅完成的画。他在行动,仿佛他的所作所为可以无限重复,永恒轮回。他很笃定,从不怀疑自己的作为。他坚信自己是在理的,在他看来,那不是精神狭隘的表现,而是美德的标志。他生活在和托马斯不同的历史之中:活在不是一张草图(或者还未意识到是)的一部历史中。

16

过了不久,他又在思考,为进一步说明上一章的问题,我在此照录:假设在宇宙中存在着这样一个星球,在那里人第二次来到世上,同时还清清楚楚地记得以前在地球上的人生和在尘世间获得的所有经历。

不能承受的生命之轻

也许还存在着另一个星球，在那里人可以第三次来到世上，带着前两次活过的人生经验。

也许还有许许多多其他的星球，在那里人类可以不断地重生，每一次重生都会提高一个层次(也就是多一次人生经验)，日臻成熟。

这就是托马斯心目中的永恒轮回。

我们这些在地球(也就是一号星球，尚无前世经验的星球)上的人，对于其他星球上人类有可能发生的一切当然只能有个十分模糊的想法。人会更聪明一些吗？成熟之境对人来说是不是唾手可得呢？人能通过不断重生得此境界吗？

只有在这种乌托邦式的前景中，悲观和乐观的概念才具有一定意义：凡认为人类历史在五号星球上会变得不那么血腥的，为乐观主义者。凡不这样认为的，则为悲观主义者。

<h2 style="text-align:center">17</h2>

当托马斯还是个孩子的时候，他很喜欢儒勒·凡尔纳的一本很有名的小说，叫作《两年假期》。的确，两年是假期的极限。而他都快擦了三年的玻璃了。

这几个星期里，他(有些难过，却也暗自好笑)感到开始有些体力不支(他每天都要投入到一场或两场性爱大战中去)，还发现性欲丝毫没有丧失，只需发挥力量的极限，就可以占有女人。(我要说明的是：这和他的性能力毫无关系，而是指他的体力；在性方面他没有困难，只是喘不过气来，这也正是让他觉得有些滑稽的地方。)

一天，他想给下午安排一个幽会，但像有时会发生的那样，没有一个女朋友给他回电话，这个下午有可能要独自一人度过了。他对此深为失望。于是，他打了十来个电话给一个年轻姑娘，一个很迷人的学戏剧艺术的女大学生，南斯拉夫某处裸体海滩的日光浴，给她的皮肤镀上了引以为傲的褐色，颜色均匀得就好像她被串在铁钎上，在精密的机动烧烤装置上慢慢地旋转烤过。

每到一个商场干活，他都给她打一个电话，但纯属徒劳。快四点的时候，他刚干完了一圈活儿要回办公室交回签过的工单，忽然听到一个陌生女人在布拉格市中心的一条街上喊他。她朝他笑着说："大夫，您都藏到哪里去了？我连您的影子都看不到了！"

托马斯竭力回想在哪儿跟她见过面。是他以前的一个病人吗？看她的样子，好像他们曾是很亲密的朋友。他支吾着跟她搭话，不让她看出他没有认出她来。可脑子里已经开始打主意，怎么才能说服她陪他到朋友的寓所去，房子的钥匙可一直都在他口袋里。突然，对方的一句话让他终于想起了这个女人是谁：就是那个有着出众的褐色皮肤、学戏剧艺术的女大学生，那个他找了一整天的女人。

这件不如意的事让他觉得有趣也让他害怕：他累了，不仅仅是身体上，也是精神上；两年的假期，不能再无限延长了。

18

没有手术台的假期也是没有特蕾莎的假期：他们整日都不见面，到了星期天总算在一起了,充满了性欲却彼此疏远,比如托马斯从苏黎世回来的那个晚上,他们像走了好长一段路才摸索着开始互相抚摸接吻。性爱带给他们快乐,却丝毫不能给他们带来安慰。特蕾莎不再像以前那样叫喊,高潮的时候,她脸部的扭曲仿佛在表达着她的痛苦和一种奇怪的失神。他们只有在晚上沉沉入睡的时候才温柔地融为一体。他们的手一直牵在一起,这时她忘记了把他们隔开的鸿沟(白日的阳光所构筑的鸿沟)。但这些夜晚既没有给托马斯保护关心她的时间,也没有给他保护关心她的方法。早晨,当他看到特蕾莎的时候,他的心常常一阵紧缩,为她而战栗:她的脸上带着愁容和病态。

一个星期天,特蕾莎提出开车到乡下的一个地方去。他们到了一个温泉小城,发现那里的街道都改成了俄国的名字。在那里,他们碰到了托马斯以前的一个病人。这次碰面给了他很大震动。突然又有人像和医生谈话一样和他说话,一瞬间他觉得又回到了过去的生活,那很有规律,又给人慰藉,有规定的门诊时间,还有病人信任的眼神,这一点他以前好像没怎么注意过,但事实上给他带来了他所需要的满足感。

在回家的路上,托马斯一边开着车,一边不停地在想,他们从苏黎世回到布拉格是个灾难性的错误。他两眼目不转睛地直盯着路面,好不去看特蕾莎。他心里在埋怨她。在他看来,她来到他身边,纯属偶然,不能承受。为什么她会在他旁边?是谁把她放在篮子里让她顺流而下的?为什么她会停在托马斯的床榻之岸?为什么是她而不是别人?

他们就这样开着车,一路上,谁也没有开口。

一到家,他们又在沉默中吃了晚饭。

沉默如不幸一般横在他们中间,一分钟一分钟地在加重。为了摆脱尴尬,他们很快就上床睡觉了。夜里,他把特蕾莎从啜泣声中叫醒。

她对他说:"我被活埋了,埋了很长时间了。你每个星期来看我一次。你敲一敲墓穴,我就出来。我满眼都是土。

"你说：'你什么也看不见'，然后你就帮我擦掉眼里的土。

"我回答你说：'不管怎么样，我都看不见了。我的眼睛变成了两个洞。'

"然后你就离开了，很久，我知道你和另一个女人在一起。很多个星期过去了，你一直都没有回来。我一点都睡不着，因为我害怕错过你回来的时候。一天，你终于回来了，你敲了敲墓穴，可是我等了整整一个月，都没有睡觉，筋疲力尽，连爬出来的力气都快没有了。当我终于爬出地面。你一副很失望的样子。你说我的脸色很不好。我知道我让你扫兴，我的两颊凹陷，动作又生硬又不连贯。

"为了请求你的原谅，我对你说：'原谅我吧，我这段时间一直都没睡觉。'

"你用一种让人宽心的声音说：'瞧，你应该休息。你应该休一个月的假。'但听起来却不那么真实。

"我知道你说到假期意味着什么！我知道你想要整整一个月不见我，因为你要和别的女人在一起。你走了，我又掉进坟墓的底层，我知道为了不要错过你，我还是会一个月不睡，一个月后你回来的时候，我会变得更丑，你会更加地失望。"

他再没有听过比这更令人心碎的话了。他把特蕾莎紧紧地拥在怀里，感到她的身体在颤抖，他觉得自己再没有力量来承担对她的爱了。

地球可能因炸弹的爆炸而晃动，祖国每天都可能被新的入侵者洗劫，小区的居民都可能被一个个给行刑队带走。要他承受这一切，也许还更容易，只是他自己不敢承认罢了。但仅仅是特蕾莎的一个梦所带来的悲哀，他就已经难以忍受了。

他回到了她刚才向他讲述的梦境里去。他看到自己在她的面前：他抚摸着她的面颊，小心翼翼地，她几乎都没有觉察到，他为她拂去眼眶里的泥土。然后他听到她说出这句最让人心碎的话："不管怎么样，我都看不见了。我的眼睛变成了两个洞。"

他的心一阵紧缩；他觉得自己简直要心肌梗死了。

特蕾莎又睡着了，可他却难以入眠。他想象着她已经死了。她死了，在做着可怕的梦，可因为她死了，他不能把她叫醒。是的，这就是死亡：特蕾莎睡着了，她做着残

世界传世藏书

世界孤本小说

不能承受的生命之轻

171

酷的梦,他却不能叫醒她。

<h1 style="text-align:center">19</h1>

自俄军占领托马斯的国家五年来,布拉格发生了很大的变化:托马斯在街上遇到的再也不是原来的那些人了。他一半的朋友都移民走了,留下的人当中也有一半都死了。这个事实是任何一个历史学家都不会记录下来的:俄军占领后的几年是葬礼的年代,死亡从未如此频繁过。我不仅仅是指像扬·普罗恰兹卡那样被追逼而死的人(这种情况的总数是很少的)。广播每天都在播放扬·普罗恰兹卡的私人谈话录音,十五天后他就住了院。在他身体里无疑已小心潜伏了一段时间的癌细胞,像玫瑰开放一样地扩散了开来。手术在警方的监视下进行,当他们确认这个小说家已经没救了,也就对他失去了兴趣,让他死在了妻子的怀里。但死亡也降临到了那些没有直接受到迫害的人身上。绝望攫住了整个国家,控制并压垮了一个个肉体,一直渗透到了灵魂。一些人拼命地在逃避当权者的宠幸,当权者想以荣誉困住他们,强迫他们在公开场合露面,不离新当权者的左右。诗人弗朗齐歇克·赫鲁宾就是这样,为了逃避党的关爱而死的。他竭尽全力一直在躲避的文化部部长,还是在他的棺材里抓住了他。他在墓地上发表了关于诗人如何热爱苏联的一番演讲。也许他这样大放厥词是为了唤醒诗人。然而世界是如此丑陋,没有人会愿意起死回生。

托马斯到火化馆去参加一个被逐出大学和科学院的著名生物学家的葬礼。为了防止葬礼变成集会,讣告上禁止写明时间。直到最后一分钟,亲属才被告知死者将在早晨六点半火化。

进入火化馆,托马斯简直不能理解所看到的事情:大厅被照得好像电影拍摄场一样。他惊奇地看了看周围,发现大厅的三个角都装上了摄像机。不,这不是电视台在录像,而是警方在拍葬礼的情况,以确认参加葬礼的都是什么人。过世的学者的一个老同事，现在还是科学院的院士，斗胆在棺木前讲了几句话。但他万万没有想到，他就这样成了电影明星。

仪式结束后，大家与死者家属一一握手，托马斯看到在大厅的一角有一小队人，其中他认出了那个体形高大的驼背记者。这些人个个无所畏惧，当然，他们之间被一种伟大的友情相互维系着，对他们，他不禁又感到了一股思念之情。他走近那个记者，对他微微一笑，想向他问个好，可是这个高大的驼背男人对他说："小心，大夫，最好不要靠过来。"

这句话很奇怪。他可以从中体会到这是个真诚而友善的警告（"当心，都被拍下来了，要是您跟我们说话，肯定会受到又一次审讯。"）。但还有一层讽刺的意味是不能抹去的（"您没有勇气在请愿书上签名，理智点吧，不要和我们沾上边！"）。不管是什么样的解释，托马斯都认，于是悄悄走开了。他感觉像是在火车站台上遇到了一个陌生的美人，她正要登上一辆快车的卧铺车厢，当他想要对她表达爱慕之情的时候，那个美人伸出一个手指，放在嘴唇上，不让他说话。

20

下午，他又有一次有趣的相遇。他正在擦一个鞋店的橱窗玻璃，一个还算年轻的人在他两步远的地方停了下来。这个男人侧下身子去看橱窗里的价格标签。

"全都涨价。"托马斯说，手里仍然拿海绵擦着滴水的玻璃。

这个男人转过头来。原来是托马斯在医院的一个同事，我称之为S，一想到托马斯曾写过自我批评，他就感到气愤，但却始终带着微笑。碰到他让托马斯很高兴（不期而遇的事情给我们带来的是天真的快乐），但他在他同事的眼神中抓住了（在第一秒的时候，这时S还没来得及控制自己的反应）一种不舒服的惊诧表情。

"最近怎么样？"S问道。

不能承受的生命之轻

还没有想好怎样回答，托马斯就意识到 S 对自己的提问很难为情。一个仍在从事原来职业的医生却去问一个如今在擦玻璃的医生"最近怎么样？"，这显然是愚蠢的。

"好得不能再好了。"托马斯用世上最开心的语气回答说，以减轻 S 的尴尬，但他马上意识到虽然他这样说(恰是因为他强作轻松)，可这句"好得不能再好了"，却可能被解释为一种苦涩的讽刺。

因此，他又马上补了一句："医院里有什么新鲜事吗？"

"什么也没有，一切正常。"S 回答说。

即使这个尽量想做到完全中性的回答，也极不恰当。每个人都知道，也都知道别人也知道：当两个医生中的一个去擦玻璃了，一切又怎么可能正常呢？

"主任怎么样了？"托马斯询问道。

"你没有看到他吗？"S 问道。

"没。"托马斯说。

这是真的。自从他离开医院以后，他再也没有见过主任，尽管他们以前曾是优秀的合作伙伴，几乎都把对方当作朋友看待。不管他怎么说，刚才他那个"没"字都有着几许悲哀。托马斯猜想 S 一定怪他不该提这个问题，因为 S 自己就像主任一样，从未打探过托马斯的消息，关心他需要些什么。

这两个旧同事之间的谈话变得无法进行下去，即使这两个人，尤其是托马斯，对此感到很懊恼。他并没有因为他的同事们忘记了他而心存怨恨。他原本很想马上向这位年轻的医生解释清楚。他想对他说："不要一副尴尬的样子。你们没有设法和我联系，这很正常，完全在理！不要把这放在心上！我很高兴见到你！"但即使是这些话，他也不敢说出来，因为到此为止，他说的话没有一句反映了他本来的意思，如果他说出来了，他的老同事也可能怀疑这句原本真诚的话后面隐藏着讥讽。

"不好意思，"S 终于开口了，"我有急事，"他向托马斯伸出手，"我会给你打电话的。"

以前,他的同事因猜想他是个懦夫而瞧不起他,那时,一个个反倒对着他微笑。如今他们不能再瞧不起他,他们甚至不得不尊敬他,可一个个却躲着他。

他以前的病人也不再请他一起畅饮香槟酒了。失去地位的知识分子的境况无一例外,情况永远都是这样,让人看了不舒服。

21

他回到家,上床睡觉,比平常睡着得要快。大约过了一个小时,他因为一阵胃疼醒了。这是他的老毛病,在心情抑郁的时候就会发作。他打开药柜找药,骂了一句。药没了。他忘买了。他想靠自己的意志来止住疼痛,多少也有点效,但他还是不能入睡。快凌晨一点半的时候,特蕾莎回来了,他想和她聊聊天。他和她讲了葬礼的事,记者不让他说话的事,还有他碰到了同事 S。

"布拉格变得很丑陋。"特蕾莎说。

"确实如此。"托马斯说。

过了一小会儿,特蕾莎压低声音说:"最好的办法是离开这里。"

"没错,"托马斯说,"可我们哪儿也去不了。"

他坐在床上,穿着睡衣,她过来坐在他身边,一只膀子围住了他。

"去乡下吧。"特蕾莎说。

"去乡下?"托马斯有些吃惊。

"在那儿,就我们俩。你既碰不到记者,也碰不到老同事。那里,有别样的人,还有保持着原样的大自然。"

这时,托马斯又感到胃里一阵隐隐的疼痛。他感到自己老了,觉得除了一点清净和安宁之外,别无所求。

世界孤本小说

不能承受的生命之轻

"也许你说得对。"他说话有些费力,每当胃疼发作,呼吸都很困难。

特蕾莎接着说:"我们会有一个简陋的小屋和一小块花园,卡列宁一定会开心死的。"

"对。"托马斯说。

他试着想象将要发生的事,想象他们会不会真的到乡下去生活。在村子里,很难每周就找到一个新的女人。这将是他艳史的终结。

"只不过,在乡下你一个人和我在一起会感到厌烦的。"特蕾莎猜测着他的想法,说道。

疼痛加剧了。他说不出话来。他想他对女人的追逐也是一种"es muss sein",一种使他沦为奴隶的势所必然。他想要休假,摆脱一切的势所必然,摆脱所有的"es muss sein"。然而,如果他可以永远告别医院手术台,他为什么就不能告别这个世界的手术台呢?在这个世界里,他用想象的解剖刀打开女性之"我"的宝囊,去探求那百万分之一的虚幻的不同。

"你胃疼?"特蕾莎最终发现了。

他点点头。

"你打针了吗?"

他摇摇头:"我忘了买药。"

她怪他太粗心,抚摸着他满是汗的额头。

"好一些了。"他说。

"躺下。"她说着给他盖好了被子。她去了浴室,过了一会儿回来躺在他旁边。

他从枕头上把脑袋转向特蕾莎,他惊讶极了:特蕾莎眼里流出一股让人不可承受的悲哀神色。

他说:"特蕾莎,你听着!你怎么了?你这阵子很奇怪。我感觉得到。我看得出来。"

她摇了摇头："没什么，什么都没有。"

"不要否认！"

"和以前一样。"她说。

"和以前一样"，这意思是说她一直在嫉妒，而他一直都不忠实。

但托马斯追问道："不，特蕾莎。这次不一样。我从没看见你这样过。"

特蕾莎回了一句："好吧！既然你想让我告诉你，那么去把你的头洗干净！"

他不明白。

她带着悲哀，却没有攻击的意思，几乎是温柔地说："好几个月来你头发的味道特别重，是一种难闻的下体味。我本不想跟你说的。我真不知道你的一个情妇的下体味让我闻了多少个夜晚。"

听到这番话，他又开始胃痉挛了。这真令人绝望。他洗得那么仔细！为了不留下一丝陌生女人味道的痕迹，他细心地擦遍了手、脸和整个身体。在别的女人的浴室里，他从不用她们的香皂。他总带着他自己的马赛牌香皂。可他却忘了头发。不，头发，他从未想到过！

他记起了那个骑在他脸上，要他用脸和头顶跟她做爱的女人。此刻，他是多么厌恶那个女人！多蠢的主意！他知道没有办法否认，能做的只有傻笑，然后去浴室洗头。

她又开始抚摸他的前额。"躺在床上别动。不碍事了。我现在已经习惯了。"

他的胃疼了起来，他渴望的，仅仅是平静和安宁。

他说："我马上给我们在温泉小城碰到的以前的那个病人写信。你知道他那个村子在什么地区？"

"不知道。"特蕾莎回答。

托马斯说话非常吃力。好不容易挤出了几个字"森林……山丘……"。

"对，是这样的。让我们离开这里吧。不过现在不要谈了。"她一直抚摸着他的前额。他们就这样靠在一起躺着，什么也没有再说。疼痛慢慢退去。不一会儿，他们两人都睡着了。

22

他半夜醒来，惊奇地发现自己做了好几个春梦。他只能清楚地记得最后一个梦了：一个身材高大的女人赤身裸体在游泳池里游泳，比他足足高大五倍。她的小腹上长满了厚密的毛，从腿间一直到肚脐。他在岸边观察着她，非常兴奋。

他因胃痉挛而虚弱的身体怎么会兴奋起来呢？他怎么会因为看到这样一个女人就兴奋呢？如果他醒着，这个女人只会叫他倒胃口。

他心里想：大脑的时钟结构应该有两个转向相反的齿轮。一个负责视觉，另一个负责身体反映。一个齿轮上刻着裸体女人的影像，卡在相反的那个齿轮上，而这个齿轮上记录着勃起的命令。如果一个齿轮因为这样或那样的原因跳了一个槽口，让负责兴奋的那个齿和记着正在飞翔的燕子的影像的齿发生了关系，这样在看到燕子的时候，阴茎就会勃起。

另外，他对睡眠这门学科也有所了解，他的一个同事是这方面的专家，这个同事证实说，一个男人在做梦时，总是处于勃起状态，不管做的是怎样的梦。勃起和裸体女人的联系只不过是造物主在千万种可能性中选择的一种调节方式，以校正人的大脑的时钟结构。

所有这一切与爱情有什么共同点吗？没有。如果托马斯脑子里的一个齿轮跳了一个槽口，如果他只会在看到燕子的时候兴奋，那么这就一点都没有改变他对特蕾莎的爱情。

如果兴奋是造物主用以取乐的一种机制，相反，爱情则是只属于我们的，我们凭借着它逃脱造物主的控制。爱情，就是我们的自由。爱情超越了"es muss sein"。

但也不是这样，这也不全是真的。即使爱情不是产生性欲的时钟结构，不是造物主想象的用来消遣的东西，它仍然和它们两者有着联系，正如巨钟的钟摆上坐着个赤身裸体的娇嫩的女人。

托马斯想：把爱和性联系在一起，这真是造物主一个奇怪极了的主意。

他又想：把爱情从愚蠢的性欲中解救出来的唯一方法，应该是用另一种方式来调节我们大脑里的时钟，让我们在看到燕子的时候兴奋。

带着这一美妙的想法，他昏昏入睡。在入睡的边缘，在因模糊的视觉而变得魔幻的空间里，他突然肯定自己刚刚揭开了所有的谜底，发现了奥秘所在，找到了新的乌托邦，找到了天堂：一个人们在看到燕子时才会勃起的世界，在那里他可以爱着特蕾莎而不被性欲的愚蠢冲动所纠缠。

他又睡着了。

23

他置身于一群半裸的女人中间，她们围着他旋转，他感到很疲倦。为了躲开她们，他打开了通向隔壁房间的门。他看到面前有一个年轻姑娘躺在长沙发上。她也是半裸着，只穿了条三角裤；她侧躺着，上身由臂肘撑着。她微笑着看着他，就好像知道他会来。

他走过去。一种巨大的幸福感在他身上蔓延开来，因为他终于找到了她，他终于可以和她在一起了。他在她旁边坐下，和她说了些话，她也和他说了些话。她的身上透出一种娴静。她手部的动作舒缓柔软。他一生都在渴望这样恬静的姿势。他一生都在寻找的，就是这份女性的娴静。

但就在这时，他从熟睡中滑落到半清醒的状态。他进入了这个加 no man's land，睡不着却仍没清醒过来。他绝望地发现这个女人消失了，心里想：天哪！我不能失去她！他竭尽全力去回想是在何处碰到她的，和她一起经历过什么。既然这么熟悉，怎么会想不起来呢？他暗暗决定，一定要在第一时间给她打电话。但他马上颤抖了起来，他不能给她打电话，因为他想不起她的名字了。他怎么会把一个他如此熟悉的人的名字给忘了呢？紧接着，他差不多全醒了过来，睁开了双眼，心里想：我在哪儿？对了，我在布拉格，这个女人是布拉格的吗？难道不是我在别的地方遇到的？也许是在瑞士认识她的？过了一段时间，他才明白他并不认识这个女人，她既不是苏黎世的也不是布拉格的，她只在梦中，而不在任何别的地方。

他迷惑不解，起身坐到了床边。特蕾莎在他身旁深深地呼吸着。他想，梦中的那个年轻女人不像他生活里认识的任何一个女人。这个年轻女人对他来说是那么熟悉，但实际上却完全不认识。但她正是他一直所渴望的。如果有一天他找到了他个人的天堂，假设这个天堂存在的话，他要和这个女人一起在那儿生活。他梦中的那个年轻女人，是他爱情的"es muss sein"。

他想起了柏拉图《会饮篇》中那个著名传说：以前人类是两性同体的，上帝把他们分成了两半，从那时起，这两半就开始在世界上游荡，相互寻找。爱情，是对我们自己失去的另一半的渴望。

假定事情是这样的，我们每个人在世界的某个地方都有着另一半，以前它和我们组成的是同一个身体。托马斯的另一半，就是他梦见的那个年轻女人。但没有人会找到自己的另一半。代替这一半的，是别人放在篮子里，顺流漂送给他的特蕾莎。可如果以后他真遇到了命中注定的那个女人，遇到了他自己的另一半呢？他会选谁呢？是在篮子里捡到的女人，还是柏拉图传说中的女人呢？

他想象着他和梦中的女人生活在一个理想世界。特蕾莎在他们别墅打开的窗子下路过。她孤独一人，停在人行道上，远远地，向他投去无限悲哀的目光。而他，则不能承受这样的目光。又一次，他在自己的内心感到了特蕾莎的痛苦！又一次，他成了同情的俘虏，堕入了特蕾莎的灵魂。他从窗口跳下去。但特蕾莎苦涩地对他说，他只需呆在他觉得幸福的地方,她的一举一动又生硬又不连贯,总是让他讨厌,总让他扫兴。他一把抓住她紧张的双手,紧紧地握在他的手里,让它们平静下来。他知道自己已经准备随时离开他幸福的家,准备随时离开与他梦中的年轻姑娘一起生活的天堂,他要背叛爱情的"es muss sein"跟着特蕾莎,跟着这个缘于六次滑稽的偶然的女人走。

坐在床上,他看着睡在他身旁的这个女人,她在睡梦中还紧握着他的手。他感到对她怀有一种难以表达的爱。这时候,她可能睡得很浅,因为她睁开眼睛,目光落到了他身上,一脸惊恐。

"你在看什么?"她问。

他知道不应该把她惊醒,而应该引她继续睡。他试图跟她说一些中听的话,以使她脑子里闪现出新的梦境。

"我在看星星。"他说。

"别骗人,你没在看星星,你在看地下。"

"因为我们在飞机上,星星在我们下面。"

"哦,对。"特蕾莎说。她把托马斯的手抓得更紧了,又睡着了。托马斯知道,此时,特蕾莎正在一架飞得高高的、飞在星星上面的飞机里,透过舷窗往外看。

第六部　伟大的进军

1

直至一九八〇年,登在《星期日泰晤士报》上的一篇文章,才将斯大林儿子雅科夫的死因公之于众。第二次世界大战期间,雅科夫被德军俘获,与一些英国军官被关押在同一战俘营。营内是公用厕所。斯大林儿子总把厕所弄得脏乱不堪,英国人不喜欢厕所里粪便横流,哪怕是当时世界上最强权人物的儿子的粪便也不行。于是他们责备雅科夫,雅科夫面有愠色;后来,他们又不断告诫雅科夫,逼他将厕所打扫干净,雅科夫勃然大怒,与对方争吵并动起手来。最终,雅科夫要求见战俘营长官,请他裁决自己跟英国人的冲突。可德国军官认为谈论粪便太有损自己的尊严,对此未加理会。斯大林儿子不堪侮辱,用粗俗的俄语仰天怒骂,旋即扑向战俘营周围带高压电的铁丝网。雅科夫的躯体悬挂在铁丝网上,从此,他永远不会再弄脏英国人的厕所了。

2

斯大林儿子的生活并不容易。他父亲与一个女人生下他,种种迹象表明,后来他父亲又把这个女人枪杀了。所以一方面小斯大林是上帝之子(因其父被尊奉为上帝),另一方面,又被上帝打入地狱。周围的人都双重地惧怕他:一是他可以用手中的权力伤害他们(他毕竟是斯大林的儿子),二是可能恰恰是因与他的友谊(而成为斯大林责难儿子的替罪羊)。

被打入地狱与享有特权,幸福与苦难,任何人都不会像雅科夫体会得如此真切:截然相反的事物竟然能互相转换,人类生存的两个极端状态之间的距离竟如此狭小。

战争初期,雅科夫被德军俘虏。他对某国人难以理解的谨小慎微一直有着出于本能的反感,可他恰恰却与这个国家的俘虏关押在一起,而这些人竟然骂他肮脏。他双肩承载的,是人们所能想象的最为高级的戏剧(他既是上帝之子又是堕落天使),他怎能容忍自己因粪便,而非因高贵的(与上帝、天使相关的)事情而遭人责难呢?最高雅的戏剧与最粗俗的遭遇竟如此令人头晕目眩的接近吗?

令人头晕目眩的接近?是过于接近而使人头晕目眩吗?

是的,当北极靠近南极,当两极几乎相触及时,地球就会消失,人类就会跌入真空,令人晕头转向,经不住堕落的诱惑而倒下。

如果打入地狱与享有特权是唯一且同一的,如果高贵和粗俗之间没有丝毫区分,如果上帝之子可以因粪便而遭人指责,那么人类存在就会失去其整个维度,成为不能承受之轻。于是,斯大林之子扑向带电的铁丝网,好像把自己的身体扔到天平上,被失去维度的世界的无限之轻所举起,可怜巴巴地向上飘去。

斯大林之子因粪便而献出了自己的生命,但是为粪便而死并不是一种毫无意义的死。德国人不惜牺牲生命向东方拼命扩张帝国的领土,俄国人则为向西方扩张自己的势力范围而丧生,是的,这些人为愚蠢的事情而死,他们的死才毫无意义,才没有任何价值。相反,斯大林儿子之死是在战争的普遍愚蠢之中唯一的具有形而上学意义的死。

3

孩提时代,我常翻阅儿童版《旧约》。上面的插图是古斯塔夫·多雷的版画。在书里,我看见上帝高居云端。那是一位长着两只眼睛、一只鼻子还拖着长长的白胡子的老人。我常想,既然长着一张嘴,那么他也应该吃东西。既然吃东西,那么他也必然会有肠子。可我马上又被自己的想法吓坏了,因为我虽说出身于一个可以说不信神的家庭,但琢磨上帝是否有肠子岂不是亵渎神明。

小时候没有受过任何神学的启蒙教育,但那时我已本能地懂得粪便和上帝之间不可能掺和在一起,所以,基督教人类学关于人类是按照上帝的形象创造的这一基本理论是脆弱不可信的。要是人是按照上帝的形象创造的,那么上帝就有肠子;要是上帝没有肠子,人就不像上帝。这两种说法只有一种是成立的。

古老的诺斯替教派信徒和五岁时的我都清楚地感觉到这一点。二世纪,诺斯替派大师瓦朗坦为了断这该死的问题,断言基督"吃,喝,就是不排泄"。

粪便是比罪恶还尖锐的一个神学问题。上帝给人类以自由,因此可以断言上帝不该对人类的种种罪行负有责任。但是粪便的责任,得由人类的创造者独自来完全承担。

4

四世纪时,圣哲罗姆断然否定亚当和夏娃会在伊甸园做爱。九世纪著名的神学家约翰·司各特·埃里金纳却提出截然相反的观点。他认为,亚当可以像常人伸出胳膊和大腿一样,能随时地、如意地让阴茎勃起。千万不要通过这个观点来追寻倍受无能折磨的人类那永恒的梦想。司各特·埃里金纳的观点有着另一种意义。如果阴茎能根据大脑的一个简单的指令而勃起,那么阴茎的勃起就可以无须经过兴奋这一过程。阴茎并不是因兴奋而勃起,而是按照指令而勃起的。伟大的神学家认为与伊甸园不相容的并不是性交和性交快感,而是兴奋。谨记,伊甸园里存在快感却无兴奋。

我们可以借助司各特·埃里金纳的推断,从神学的角度(换言之,即神正论)为粪便辩护。只要允许人居住在伊甸园里，按照瓦朗坦的理论，上帝也一样，那么，人要么根本就不排泄，要么粪便并不被视为令人作呕之物，这一说法看来比较可信。上帝把人类驱逐出伊甸园时也把人类的肮脏本性和厌恶暴露出来。人开始隐藏会令其耻辱的东西。而一旦揭开面罩，人即被强烈的光芒照得头昏眼花。就这样，人在发现肮脏之后，很快就发现了兴奋。没有（本义的及引申意义上的）粪便，性爱就非我们所理解的那样：伴随着心脏的剧烈跳动和意识的迷失。

在这本小说的第三部，我谈到萨比娜半裸着身子、头戴圆顶礼帽站在衣冠楚楚的托马斯身旁。但是我隐瞒了一件事。当他们在镜中互相注视时，萨比娜因此境的滑稽可笑而兴奋，她想象托马斯会让她头戴着圆顶礼帽，坐到厕所抽水马桶上，当着托马斯的面排泄。她的心开始像打鼓似的怦怦直跳，意识逐渐模糊，突然她将托马斯扑倒在地毯上；片刻后，传来她快乐的嚎叫声。

5

对上帝造物还是宇宙原本是自然形成的争论，所涉及的问题超出了我们的理解力和经验所及。不过怀疑生命是否如初（至于是谁，是如何给予人类生命的都无关紧要）以及完全赞同生命原本如此之争，却极有其实际意义。

在欧洲人的各种信仰背后，无论是宗教信仰还是政治信仰，都有《创世记》第一章为基础。其中讲的是世界的创造是必然的，生命是美好的，所以生育也是一件美好的事情，我们把这种基本的信仰称为对生命的绝对认同。

如果说在当今的图书中，粪便一词被虚线所取代，那并不是出于道德方面的考虑，总不至于说粪便是不道德的吧！对粪便的避讳是形而上学的。排便的那一刻，是创世说无法接受之特性的日常证明。两者必居其一：要么粪便是可以接受的（那就不要把自己关在卫生间里！），要么创造我们人类的方式是无法接受的。

因此,对生命的绝对认同,把粪便被否定、每个人都视粪便为不存在的世界称为美学的理想,这一美学理想被称之为 kitsch。

kitsch 是个德语词,产生于伤感的十九世纪中期,随后传到各种语言中。但是该词的频繁使用已经抹去了它原来的形而上学的价值,也就是说:就其根本而言,媚俗是对粪便的绝对否定;无论是从字面意义还是引申意义讲,媚俗是把人类生存中根本不予接受的一切都排除在视野之外。

6

萨比娜内心对共产主义的最初反叛不是伦理性的,而是美学性的。令她反感的,远不是世界的丑陋(城堡被改造成马厩),而是这个世界所戴的漂亮面具,换句话说,也就是媚俗。五一节,就是这种媚俗的典型。

她见过五一节的游行队伍,那个时代,人们表现都还很积极或尽可能有积极的表现。女人们穿着红、白或蓝色的衬衫,从阳台和窗户望去,她们组成了形形色色的图案,有五角星、心形、字母等。在各个游行小方队前,一支支小型乐队敲击着行进的节奏。游行队伍走近主席台的那一刻,即使是最愁苦的人都马上露出灿烂的笑容,好像要证明那是他们应有的喜悦,或者更确切地说,是要表达他们应有的赞同。这并非是一种简单的对共产主义的政治认同,而是对生命应有的认同。五一节汲取的是对生命的绝对认同这一深深的源泉,游行队伍中人们发出的心照不宣的口号,并不是"共产党万岁"而是"生命万岁"。共产党政治之所以有力量,有计谋,就在于夺取了这个口号。恰恰是这一愚蠢的同义反复("生命万岁")驱动了游行队伍中对共产主义思想仍旧完全无动于衷的人们。

7

十来年以后(萨比娜已生活在美国),她的朋友中有一个是美国参议员,一次,这个参议员带她乘着一辆宽敞的汽车兜风,四个男孩子挤坐在车后座上。参议员把车一停,孩子们马上跳下车,踏过大草坪,朝体育场跑去,因为那儿有一个人工溜冰场。参议员仍然手握方向盘,以一种做梦似的神态看着正在奔跑的四个小小的身影;他转头对萨比娜说:"看看他们!"他手一挥,画了一个圈,圈进了体育场、草坪和孩子们,一边说:"我说这就是幸福。"

这几个字,并不仅仅是参议员面对奔跑的孩子和生长的青草而发出的快乐的感慨,同时也是对一个来自共产主义国家的女人所表示的理解,因为参议员认定,在她的国家里草不长,孩子们也不奔跑。

但在这一刻,萨比娜仿佛看到参议员站在布拉格一个广场的主席台上。他脸上挂着微笑,与共产党国家领导人站在高高的主席台上对脚下游行队伍中同样微笑着的民众发出的微笑一模一样。

8

这位参议员怎么能知道孩子就意味幸福呢?他能读懂孩子们的灵魂深处吗?要是刚一摆脱他的视线,那三个孩子便扑向另一个孩子,动手揍他呢,该如何解释呢?

参议员做出这样的结论只有一个依据,那就是他自己的感觉。当心灵在说话,理智出来高声反对,是不恰当的。在媚俗的王国,实施的是心灵的专制。

显然,由媚俗而激起的情感必须能让最大多数人来分享。因此,媚俗与出格无涉,它召唤的,是靠深深印在人们头脑中的关键形象:薄情的女孩、遭遗弃的父亲、草坪上奔跑的孩子、遭背叛的祖国、初恋的回忆等等。

媚俗让人接连产生两滴感动的泪滴,第一滴眼泪说:瞧这草坪上奔跑的孩子们,真美啊!

第二滴眼泪说:看到孩子们在草坪上奔跑,跟全人类一起被感动,真美啊!

只有第二滴眼泪才使媚俗成其为媚俗。

人类的博爱都只能是建立在媚俗的基础之上。

9

没有人比政治家更深谙这一点。只要附近有一架照相机,一见到孩子,他们就会跑过去把他抱在怀中,亲他的脸蛋儿。媚俗,就是所有政治家,所有政治运动的美学理想。

在一个多种流派并存、多种势力互相抵消、互相制约的社会里,多少还可以摆脱媚俗的专横;个人可以维护自己的个性,艺术家可以创造出不同凡响的作品。但是在某个政治运动独霸整个权力的地方,人们便一下置身于极权的媚俗之王国。

我说"极权",那是因为有损于媚俗的一切,必被清除出生活:任何个人主义的表现(因为任何的不协调,就是啐在笑吟吟的、博爱之脸面上的一口痰)、任何怀疑(因为一个人往往从怀疑一个最小的细节开始,最终会怀疑生活本身)、任何嘲讽(因为在媚俗之王国,一切都要严肃对待),甚至是抛弃家庭的母亲,爱男人胜于爱女人的男人,都是有损媚俗的行为,因为这就威胁着那句神圣不可侵犯的口号:"多生多育。"

从这一观点来看,所谓的古拉格,可以被视为极权的媚俗乱倒垃圾的化粪坑。

10

第二次世界大战后的头十年,是最可怕的斯大林恐怖时期。特蕾莎的父亲就是在这个时期为一点小事而被捕的,年仅十岁的特蕾莎被赶出家门。萨比娜时年二十,在美术学院学习。讲授马克思主义课的老师对她和同学们就社会主义艺术的前提做了一番解释：苏联社会已相当发达，社会的基本冲突已不是善与恶的冲突，而是善与最善的冲突。粪便(也就是说根本不能接受的东西)只能在"另一边"(比方说美国)存在，鉴于此，只有从外部，只有像某种异体(比方说像间谍)，粪便才能渗透进这个只有"善与最善"的世界。

的确，在那个可怕的年代里，苏联的电影充斥了共产主义国家的各大影院，这些影片里处处表现出令人难以置信的纯朴。两个俄罗斯人之间所能产生的最严重的冲突，不过是爱情的误会：他想象她已不再爱他，她也想他不爱她了。末了，他们相互拥抱，幸福的泪水夺眶而出。

对这些影片的习惯解释如今是这样的：他们在描绘一种共产主义理想，而当时，共产主义的现实要远远灰暗得多。

这种阐释令萨比娜很反感，一想到苏联的媚俗世界会成为现实，而她又不得不生活其中，让她直起鸡皮疙瘩。她宁愿生活在现实的制度下，哪怕有种种迫害，哪怕要在肉店门口排长队。在现实的世界里，是可以生存的。理想世界一旦实现，在那个到处是愚蠢的笑脸的世界里，她恐怕连一句话都说不出口，过不了一周，她就会因恐惧而死。

在我看来，苏联的媚俗在萨比娜心中激起的情绪很像特蕾莎在梦中感觉到的恐惧，在梦中，特蕾莎看见自己跟一群赤身裸体的女人围着游泳池在走，被迫唱着欢快的歌曲。水面上漂浮着一具具尸体。特蕾莎不能同任何一个女人讲一句话或提一个问题，如果能，那么她所能听到的答复，只是歌曲的下一段；她不能朝任何一个女人偷偷地看一眼，否则其他的女人会立即向那个站在游泳池上方篮子里的男人揭发她，让他开枪毙了她。

特蕾莎的梦揭露了媚俗的真正作用：媚俗是掩盖死亡的一道屏风。

11

在极权的媚俗之王国,总是先有答案并排除一切新问题。所以极权的媚俗的真正对手就是爱发问的人。问题就像裁开装饰画布的刀让人看到隐藏其后的东西。萨比娜就是这样向特蕾莎解释那些油画的意义的:前面是明明白白的谎言,后面则隐现出让人无法理解的真相。

只是,那些反对所谓的极权体制的人几乎不能用疑问与怀疑作为斗争的武器,因为他们也要拥有一份坚信和简单化的真理来得到最大多数人的理解并感化他们的整个集体。

一天,某一政治运动在德国举办了萨比娜油画展。萨比娜拿过目录,只见她的照片上被画上了铁丝网状物。翻开展览目录,是她的履历,就像是烈士与圣人的小传,美化过分:她经历过苦难,与不公抗争,最后不得不放弃苦难重重的祖国,但继续斗争。最后一句写道:"她用自己的画为自由而战。"

她提出抗议,但谁也不理解她。

怎么,共产主义迫害现代艺术难道不是事实吗?

她愤怒地回答道:"我的敌人,并不是共产主义,而是媚俗!"

在这之后,她给自己的生平蒙上了神秘的色彩。后来,等她到了美国,她想方设法,几乎不让人再知道她是捷克人。人们总想以自己的生活制造媚俗,要摆脱它,得付出多少艰辛,令人绝望。

12

她站在画架前,画架上的画还没完成。一位老者坐在她身后的椅子上,注视着她所画出的每一笔。

随后，他看了一眼手表，说："我想该吃饭了。"

她放下调色板，到洗手间稍微梳洗一下。老人站起身来，弯腰拿起靠在桌子旁的手杖。瓯室的门正对着一个草坪。夜幕降临了，画室对面二十米处是幢白色的木房，一楼的窗子里亮着灯光。萨比娜看到夕阳中亮闪闪的那两扇窗子，不禁心生感动。

她说过，媚俗是自己一生的敌人，但是在她的内心深处难道就不媚俗吗？她的媚俗，就是看到宁静、温馨、和谐的家，家中母亲慈祥温柔，父亲充满智慧。父母去世后，她头脑中就生发了这一形象。由于她的生活经历与这一美丽的梦想相去甚远，于是对这一形象的魅力倍加敏感。每当在电视中，在感伤的影片中，看到薄情的少女紧紧地搂着遭遗弃的父亲，看到暮色苍茫中幸福人家的闪亮的窗户时，她不止一次地感到双眼被泪水打湿。

她在纽约结识了这位老者。他富有，喜欢画，与同龄的妻子生活在一间乡间别墅。别墅的对面是一个旧马棚。他把它改成画室，邀请萨比娜来作画。此后，他整天呆在画室看萨比娜一笔笔地作画。

此刻，三人正在一起用晚餐，老妇人称萨比娜为"我可爱的女儿！"，但从表面看来，情况却恰恰相反：萨比娜坐在那里好似一个在与膝上两个孩子玩耍的母亲，他们崇拜她，只要她想要什么，他们时刻准备听从她的吩咐。

在步入老龄之际，她难道终于又找回了年幼时就被夺去生命的父母吗？要不，虽终生未育，但此时她却拥有了自己的孩子？

她清醒地知道，那不过是一种幻觉而已。这只不过是她在这对可爱的老人家中的一次短暂停留。老先生重病在身，如果他不在了，老妇人就会去加拿大的儿子家中。萨比娜又会重新踏上背叛之路，在她心灵最深处，在不能承受的生命之轻中，不时奏响那首荒谬但感伤的歌曲，向人诉说，在两扇闪亮的窗户后，生活着一个幸福的人家。

这首歌令她感动，但她对自己的这份感动并不当真。她十分清楚，这首歌只不过是一个美丽的谎言。在媚俗被当作谎言的情况下,媚俗必定处于非媚俗的境地。媚俗一旦失去其专横的权力,它就像人类的任何一个弱点一样令人心动。因为我们中没有一个是超人,不可能完全摆脱媚俗。不管我们心中对它如何蔑视,媚俗总是人类境况的组成部分。

13

媚俗的根源就是对生命的绝对认同。

但是这种生命的基础是什么?上帝?人类?斗争?爱情?男人?女人?

对此有形形色色的观点,于是便有形形色色的媚俗:有天主教的、新教的、犹太教的、共产主义的、法西斯主义的、民主主义者的、女权主义者的、欧洲人的、美国人的、民族的、国际的等等。

自法国大革命时代以来,欧洲的一半人被称为左,另一半则接受了右的称谓。若以它们所依据的理论原则来对左或右的概念进行界定,基本上是行不通的。这根本就不足为怪:任何政治运动并非建立在理性的态度之上,而是以表演、形象、词语、老套等为基础,其总体构成了这种或那种的政治媚俗。

弗兰茨喜欢陶醉其中的伟大进军之思想,便是把各个时代、各种倾向的左的人们团结在一起的政治媚俗。伟大进军,尽管障碍重重,但它是一种壮观的前行,是通向博爱、平等、正义、幸福乃至更远的征程,因为只有征途上多险阻,进军才能堪称伟大的进军。

无产阶级专政还是民主制?拒绝消费社会还是提高生产?要断头台还是废除死刑?这无关紧要。将一个左的人造就为左的人的,并不是这种或那种理论,而是将任何一种理论都纳入所谓伟大的进军这一媚俗之中的能力。

14

我不想就此而论,说弗兰茨是一个媚俗的人。伟大进军之思想在他的生命中所起的作用,与萨比娜生命中那首诉说两扇闪亮的窗户的伤感的歌曲所起的作用,几乎是同样的。弗兰茨投哪一政治派别的票呢?我想他恐怕根本就不投票,也许在大选之日,他宁愿到山里去游玩。但这并不意味着伟大进军已不再令他激动。想象着自己是跨世纪前行的队伍中的一员,是美好的。而弗兰茨从未忘记这一美丽的梦想。

一天,有朋友从巴黎给他打来电话,他们在组织向柬埔寨的一次进军活动,邀请他参加。

当时,柬埔寨内战刚刚结束,美国人的轰炸、当地人犯下的种种暴行使得这个小国的人口减少了五分之一,最终又被沦为俄罗斯工具的邻国越南占领。在柬埔寨,闹起了饥荒,多少人得不到救治而死去。国际医生组织曾多次要求允许其进入该国实施援助,均遭越南当局拒绝。于是,西方的一些伟大的知识分子决定组织向柬埔寨边境进军,他们想通过这一世人瞩目的伟大壮举,迫使对方同意医生进入这个被占领的国家。

给弗兰茨打电话的朋友,以前曾与他在巴黎的大街上一起游过行。起初弗兰茨对朋友的建议感到振奋,但是随后,他的目光落在了女大学生身上。她正坐在对面的一把椅子上,时髦的大眼镜后面是显得更大的眼睛。弗兰茨觉得那双眼睛正在哀求他不要离开,于是他为不能参加向朋友表示歉意。

可一挂上电话,他马上就后悔了。他满足了尘世间情人的愿望,却忽略了天堂之爱。难道柬埔寨和萨比娜的祖国不是有着相似的遭遇吗?一个被邻国占领的国家!一个被俄罗斯重拳击倒的国家!突然他认为,那个几近忘却的朋友是根据萨比娜的一个秘密信号,给他打电话的。

上天的创造物是全知、全觉的。如果他参加这次进军,萨比娜一定会看到的,会因此而高兴。她会因此而明白,他对她忠诚依旧。

"如果我坚持去柬埔寨,你会怪我吗?"他问戴眼镜的女友。要是他一天不在她身边,女友都感到伤心,但他的要求,女友从不会拒绝。

几天之后,他出现在巴黎机场的一架大飞机上。乘客中有二十来名医生,五十来名知识分子(教授、作家、议员、歌手、演员和市长)及随行的四百名记者和摄影师。

15

飞机降落在曼谷。医生、知识分子及记者一行四百七十人前往某一国际酒店,早已等候在酒店的一个大会议厅里的有另外一批医生、演员、歌手、文献学家及配备着笔记本、录音机、照相机和摄像机的另外几百名记者。大厅尽头,有一个讲坛、一张长条桌,二十来名美国人端坐在上面,已开始主持会议。

包括弗兰茨在内的法国知识分子觉得受到了冷落和侮辱。向柬埔寨进军,原本是他们的主意,可眼下美国人竟然当仁不让把事情抓在自己手中,真让人钦佩。更糟糕的,是这些讲英语的美国人根本就不在乎在场的法国人或丹麦人是否能听懂他们的语言。当然,长期以来丹麦人早已忘记了他们过去曾是一个独立的民族,所以在所有的欧洲人中,只有法国人想到抗议。法国人是有原则性的,他们拒绝用英语进行抗议,而是用母语向占据讲坛的美国人发话。美国人听不懂他们说的一个字,报之以友好和赞许的微笑。最后,法国人实在没有别的办法,只好用英语表达自己的抗议:"为什么在本次大会上只讲英语? 这里还有法国人呢!"

美国人对如此奇怪的抗议异常惊讶,但他们还是微笑着,同意所有讲话都加以翻译。费尽周折好不容易才找到一个译员,大会才得以进行下去。接下来的问题是,由于在听完用英语讲出的每一句话后,还要听译员的法语翻译,这使会议延长了一倍时间,确切地说还不止一倍的时间,因为与会的所有法国人其实都懂英语,他们不断地打断译员的翻译,给他纠正错误,并就每个词与译员争论不休。

一个美国女明星走上讲坛,她的出现将会议推向了高潮。又有一批摄影及摄像师闯入会议厅为她拍照,她所发出的每个音都伴着照相摄像器材那清脆的机械声响。女明星谈到受苦受难的儿童,谈到种种野蛮行径,从人权讲到安全,又讲到文明社会中传统价值遭受的种种威胁,个人的自由,还谈到卡特总统,说他对在柬埔寨所发生的一切痛心不已,说到最后,已经泣不成声。

这时,一个蓄着红棕色小胡子的法国年轻医生站起身来,大声发难:"我们是来拯救生命垂危的病人的! 不是来为卡特总统歌颂功德的! 本次活动不应变为美国人进行宣传的马戏场! 我们不是来抗议共产主义,而是来救治病人的!"

其他法国人纷纷声援小胡子医生。译员害怕了,不敢翻译他们的话。主席台上的二十个美国人像先前一样友好地微笑着,其中好几个还赞许地点着头。还有一个人竟然想到举起拳头,因为他知道欧洲人在众人欢乐的时刻,总是乐意做这个动作。

16

迄今为止,共产主义均为左派的组成部分,可这些左派知识分子(因为小胡子医生就属于左派),怎么会同意游行,反对一个共产主义国家的利益呢?

当名叫苏联的国家所犯的种种罪行变得过于骇人听闻时,左派的人便面临一种抉择:要么唾弃自己的过去,放弃游行,要么(多少有些为难)把苏联看成伟大进军中遇到的种种障碍之一,继续留在游行队伍当中。

我已经说过,使左成其为左的,是伟大进军这一媚俗。对媚俗的认同并不取决于某一政治策略,而是通过形象、暗喻及词汇来决定的。所以违背原有习惯,进行反共产主义国家利益的游行,完全是可能的。但是用其他的词语来替换原来的词语,却是不可能的,他们可以用拳头威胁越南军队,却不能朝他们高呼:"打倒共产主义!"因为"打倒共产主义!",是反对伟大进军的敌人的口号,那些不想丢面子的人还要为他们自身的媚俗的纯洁性保留一份忠诚。

我讲这些只是为了解释法国医生和美国女明星之间的误会,美国女明星从自我中心主义出发,自以为成了厌恶女人的家伙的靶子,成了嫉妒狂的牺牲品。事实上,法国医生表现出对美的很强的敏感性;诸如"卡特总统""我们的传统价值""共产主义的野蛮行径"等词语均属美国式媚俗词汇,与伟大进军之媚俗完全是两码事。

17

第二天早晨,所有的人都登上大客车,穿越泰国境内朝柬埔寨边境进发。傍晚,他们来到了一个小村落,早已有人在这里为他们事先安排好了几座吊脚楼。这里,河水常常泛滥,很危险,只得楼上住人,楼下圈猪。弗兰茨与另外四位大学教授住一间。睡梦中,只听见吊脚楼下传来猪叫声,身旁,一位著名数学家鼾声大作。

早晨,大家又登上汽车。距边境两公里处,车辆禁止通行,只有一条狭窄的路通往由军人把守的前哨阵地。汽车只得停下。法国人走下车来,却发现美国人又一次捷足先登,已站在队伍最前方等待他们的到来。当时的气氛十分微妙。译员不得不又介入,好一番争吵。最后,双方达成妥协:一个美国人、一个法国人和一个柬埔寨女翻译走在行军队伍的最前列,紧跟其后的是医生,医生后面是其他人员,美国女明星排在队尾。

道路狭窄,路边布满了地雷。每行走两分钟,队伍就会遇到路障:两堵上方布满铁蒺藜的水泥墙,中间只留下窄窄的一条通道。他们不得不一个一个地穿过去。

走在弗兰茨前面五米左右的,是一个德国著名诗人兼流行歌手,写过九百三十首维护和平、反对战争的歌曲。他手持长杆,杆上的白旗与他那部又黑又厚的胡须十分搭配,在人群中煞是醒目。

摄影师、摄像师们一路小跑,围着这长长的队伍忙前忙后。他们一会跑在前面,一会停下来,一会又后退,蹲下身子,一会又跑到前面,不断按动快门,开动摄像机。他们不时地叫喊着某个著名的男士或有名的女人的名字,谁听到叫自己的名字,都不由自主地朝他们的方向转过身去,于是他们抓住时机,按动快门。

18

看样子,好像发生了什么事情。大家放慢脚步,转过身来。

原来是那个被安排在队尾的美国女明星再也忍受不住侮辱,决定展开反击。她开始奔跑,好像一名在五千米长跑中为保存体力而落在后面的运动员,突然冲刺要超过所有对手。

男人们尴尬地微微一笑,随即闪开身,把胜利让给著名的女明星,可女人们却开始嚷嚷起来:"回到队伍里去! 又不是电影明星巡游!"

女演员并没有被吓倒,继续朝前跑,后面跟着五名摄影师和两名摄像师。

一个法国语言学女教授一把抓住女演员的手腕,(用吓人的英语)对她说:"这是医生们为拯救死亡边缘的柬埔寨病人而组织的进军。不是为明星作秀!"

女演员的手腕被语言学教授的手像铁钳般箍得紧紧的,无力挣脱。

女演员(用上佳的英语)喊道:"你给我滚开! 我参加过几百次游行! 哪儿都离不开我们这些明星! 这是我们的工作! 这是我们的道德义务!"

"臭屎!"语言学教授(用上佳的法语)回敬道。

美国女明星明白了她的话,泪水哗地流了出来。

"保持这个姿势别动!"一个摄像师跪在她面前大声道。

女演员久久地盯着摄像头,泪水顺着她的双颊往下流。

197

19

语言学女教授终于松开了美国女明星的手腕。这时留着黑胡须、打着白旗的德国歌手喊了一声女演员的名字。

女明星从未听说过他，但在受尽侮辱之际，听到别人友善的表示，比平时更易感动。于是她朝德国人的方向扑了过去。诗人兼歌手把手中的旗杆换到左手，用右臂搂住女演员的臂膀。

摄影师、摄像师们在女演员和歌手身旁忙着。一个美国著名的摄影师想把两人的脸和白旗都摄在镜头内。由于旗杆很高，做到这一点不太容易，他便倒退着朝一片稻田跑去，就这样他一脚踩在地雷上。一声爆炸，他被炸得粉碎，飞溅的鲜血像雨点般洒落在各国的知识分子身上。

歌手和女演员被吓坏了，定在原地一动不动。二人抬头向头顶的旗子望去。白旗上溅满了鲜血。见到这情景，他们更是恐惧。后来，他们怯怯地抬起眼睛，看了几次之后，渐渐露出了微笑。一想到他们手中高举着用鲜血染红的神圣的旗帜，他们感到一种奇特的，甚至莫名的骄傲。他们又继续前进。

20

一条小河构成了国界线，但这条河却看不见，因为沿河这一边修起了一堵一米半高的墙，墙上垒着专为泰国狙击手准备的沙袋。墙只有一处缺口，那里，有一座拱桥横跨小河，谁都不得再往前一步。有几股越南部队驻扎在河的另一边，但同样也看不见。他们的阵地伪装得很完美。毫无疑问，一旦有人胆敢试图越过桥的话，看不见的越南人就会马上向其开火。

队伍里的几个人靠近围墙，踮着脚尖攀上墙头。弗兰茨倚在两个沙包间的枪眼位置,试着向外张望。他什么也没看见,因为一名声称有权占有他所在位置的摄影师将他推了下来。

他转过身去。一棵孤零零的大树的枝丫上坐着七名摄影师,眼睛都盯着对岸,就像一群大个的乌鸦。

此时,走在队伍最前头的翻译将嘴唇贴在了一个漏斗形的大喇叭上,开始用高棉语向对岸喊话:这里有一些医生,要求能进入柬埔寨领土,提供一些医疗援助。他们的行动没有任何政治渗透意图,纯粹是为了人命着想。

对岸报之以一阵难以置信的沉寂。这死一般的沉寂,令大家不禁焦虑起来。只有照相机的咔嚓咔嚓声在这片死寂中回响,就像一只异国昆虫在鸣叫。

弗兰茨蓦然意识到伟大的进军到此为止了。死寂的疆界紧逼着欧洲,伟大的进军的空间只不过圈在了这个星球中间的一个小小的舞台上。那些以前拼命挤在舞台下的观众早就扭过头去,伟大的进军在孤寂中继续着,没有一名观众。是的,弗兰茨想,尽管世界冷漠,伟大的进军仍在继续,它变得激奋、变得狂热起来:昨日反对美军占领越南,今日反对越军占领柬埔寨;昨日支持以色列,今日支持巴勒斯坦;昨日支持古巴,明日又反对古巴;对美国总是反对的。但每一次反对的是一方的屠杀,每一次支持的是另一方的屠杀。欧洲在列队行进,为了紧跟所有事件的节奏而不落下任何一桩,步子越来越快。因此,伟大的进军最后变成了一支急匆匆飞步向前的队伍,舞台变得越来越小,直至有一天,将变成一个没有任何空间维度的小点。

21

翻译对着喇叭又把刚才的话喊了一遍。同第一次一样,回答的仍然是一片无尽冷漠的沉寂。

弗兰茨在观察。对岸的沉寂像一记耳光打在每个人脸上。甚至连打着白旗的歌手和那位美国女演员也不自在起来，不知如何是好。

弗兰茨突然感到，所有人也包括他自己，是多么可笑，但这种意识的觉醒并未令他离开大家，也没能在他身上激起一丝讽刺的意味。相反，他的心底涌起了一份对他们的无尽的爱，就像是对患上了不治之症的病人产生的那种爱。是的，伟大进军就要到尽头了，但这难道就足以成为弗兰茨背叛它的理由吗？他自己的生命不也是走到了尽头了吗？面对这群陪着勇敢的医生们来到边境线的人，难道他该嘲笑他们的表现癖吗？除了表演以外，所有这些人还能做些别的什么呢？他们还能有什么更好的选择呢？

弗兰茨是对的。我想起了那位在布拉格组织签名请愿运动、要求赦免政治犯的记者。他很清楚这种请愿运动帮不了犯人，其真正的目的不是为了真的就能释放那些犯人，而是为了明白仍然有人无所畏惧。他所做的也近乎是在演戏，但他没有别的可能。在行动和演戏之间，他别无选择。他唯有一种选择：要么演戏，要么什么也不干。在某些情况下，人注定要演戏。他们与沉默势力的抗争（反对河对岸的沉默势力，反对变成无声的窃听器藏在墙中的警察），是一个剧团向一支军队发起的战斗。

弗兰茨看见自己那位来自索邦大学的朋友举起拳头，在威胁对岸的沉寂。

22

翻译对着喇叭第三次喊话。

回答他的还是沉寂，可这次把弗兰茨的焦虑突然激成了狂怒。他离那座隔开泰国和柬埔寨的桥就几步远，他的心中忽地充满了奔向桥的强烈欲望，要去痛骂上天，去死在机枪狂扫之下。

弗兰茨的这种突然的欲望使我们想起了什么；是的，他让我们想起了斯大林的儿子，他跃身触电死在铁丝网上，看见人类生存的两极近到了几乎相触的程度，以致贵贱之间,天使与苍蝇之间,上帝与粪便之间再无区别,他实在受不了。

弗兰茨不能接受伟大进军的光荣最终归结于行进者可笑的虚荣,不能接受欧洲历史的伟大喧嚣消失在一片无尽的沉寂当中,因而不再有历史与沉寂的差别。他恨不得将自己的生命投到那架天平上去,去证明伟大进军比粪便更重。

但无法做出任何类似的证明。天平的一头放上了粪便,斯大林的儿子将整个身躯投到另一个托盘之中,天平却纹丝不动。

弗兰茨没有去找死,而是垂下头,与别人一道一个跟着一个离开原地,登上汽车。

23

我们全都需要有人注视我们。根据我们生活所追求的不同的目光类型,可以将我们分成四类。

第一类追求那种被无数不知名的人注视的目光,换句话说,就是公众的目光。德国歌手和美国女明星属此列,那位下巴又长又尖的记者亦如此。他已习惯了自己的读者,在俄国人查禁了他那家周刊之时,他有一种置身于稀薄了一百倍的空气中的感觉。对他而言,谁也替代不了那种不知名的目光,他感觉要窒息了。而后的某一天,他终于明白,有人寸步不离地在跟踪他,窃听他的电话,甚至在街上偷拍他的照片。蓦然间,不知名的目光无处不在地伴随着他,他重又可以呼吸了!他是幸福的!他用戏剧化的口吻质问藏在墙中的窃听器。他从警察中重新找回了失去的公众。

第二类是那种离开了众多双熟悉的眼睛注视的目光就活不下去的人。那些不知疲倦地在组织鸡尾酒会和宴会的,就属此类。他们比第一类人更快活,因为第一类人若失去了公众,就会想象着自己生命殿堂的灯火全都熄灭了,而这种事在每个人身上迟早都会发生的。而第二类人却相反,他们最终总是能得到某种目光。玛丽—克洛德和她女儿就是这种人。

接下来是第三类，这类人必须活在所爱之人的目光下，他们的境况与第一类人同样危险。一旦所爱的人闭上眼睛，其生命殿堂也将陷入黑暗之中。特蕾莎和托马斯应归于此类。

最后是第四类，也是最少见的一类，他们生活在纯属想象、不在身边的人的目光下。这类人是梦想家。比如，弗兰茨就是。他来到柬埔寨边境，仅仅是因为萨比娜。汽车在泰国公路上颠簸，可他感到萨比娜久久地凝望着他。

托马斯的儿子也属于同一类。我就叫他西蒙吧。（能像他父亲一样，得到一个圣经中的名字，他准会高兴。）他所期望的是父亲托马斯的目光。因为卷入了签名请愿运动，他被大学开除了。经常与他来往的那个年轻女子，是一名乡村神甫的侄女。他娶了她，成了农业合作社的一名拖拉机手、一名天主教徒和一名父亲。他后来得知托马斯也住在乡下，这很让他高兴。命运使他们父子的生命变得相互对称！因此，他鼓起勇气给托马斯写了封信。他并不要求有回音。他只想要一样东西：那就是托马斯将目光投向他的生命。

24

弗兰茨和西蒙是这部小说的梦想家。与弗兰茨不同的是，西蒙不爱自己的母亲。从很小的时候起，他就在找爸爸。他差不多已经相信，父亲受到屈辱在先，而后才对他不公。他从不怨恨父亲，并且拒绝当母亲的帮凶，整天去恶意中伤托马斯。

他和母亲一起生活到十八岁。中学会考以后，他离家去布拉格求学。此时，托马斯已成了玻璃擦洗工。西蒙一次又一次地守候，就为了在街上能偶然与父亲相遇。但他父亲却从未停下脚步。

他之所以跟那位长着尖下巴的记者结交，只是因为这位记者使他想起了父亲的命运。记者没听说过托马斯这个名字。关于俄狄浦斯的那篇文章早就忘了，还是西蒙求他跟自己一起去见托马斯,劝托马斯在请愿书上签名,他才知道有托马斯这个人的存在。记者很喜欢这个年轻人,为了让他高兴,也才同意陪他一起去。

每当西蒙想起这次碰面,都为自己的怯懦而羞愧。他当时肯定让父亲不高兴了。相反,父亲让他很高兴。他清楚地记得父亲的每句话,且越来越觉得父亲在理。有一句话尤其深刻地印在了他的记忆中:"惩罚一个不知道自己做了什么的人,是野蛮的行径。"女朋友的叔叔曾亲手把一本圣经放到他手上,耶稣的话给了他强烈的震动:"原谅他们吧,因为他们不知道自己在做什么。"他知道父亲是不信神的,但这两句话的相似对他而言是一个隐秘的征兆:父亲赞同他选择的路。

收到托马斯请他到家里去的信时,他在乡下已经住了两年多。父子相见是亲切的,西蒙感到很自在,一点也不结巴了。他也许没有发觉他们彼此还没有多少了解。大约在四个月以后,他收到一份电报。托马斯跟他妻子一起被压死在一辆卡车下。

这时,他才听说有个女人曾是父亲的情人,住在法国。他弄到了她的地址。绝望中,他多么需要有一只想象中的眼睛继续关注他的生命,因此,他时不时地给她写一封长信。

25

直到生命的最后一段日子里,萨比娜还一直不断收到那个伤心的乡下人写来的信。其中很多封从未曾开启过,因为她对故土的兴趣越来越淡漠了。

老先生去世了,萨比娜也就离开,到了加利福尼亚住下。越是往西,离波希米亚就越远了。

她的画卖得很好,她也很喜欢美国。但这仅仅是停留在表面。表面以下,是一个对她而言完全陌生的世界。这地下,没有她的爷爷和叔叔。她害怕自己被关进棺材,埋在美国的土地下。

于是,她立下了一份遗嘱,要求死后遗体火化,并抛撒骨灰。特蕾莎和托马斯死于重之征兆。而她却想死于轻之征兆。她会比空气还轻。据巴门尼德,这正是由负变为正。

26

汽车在曼谷的一家旅店前停了下来。没人再想组织召开什么会议,大家各自散成一伙伙,在这座城市里到处逛,有的去参观庙宇,有的去逛妓寨。索邦大学的那位朋友建议弗兰茨晚上跟他一起过,但弗兰茨更愿意一个人呆着。

夜幕降临,弗兰茨出了门。他一直想着萨比娜,感到她投在自己身上的目光。在这种目光的注视下,他开始怀疑起自己,因为他不知道萨比娜真正的想法是什么。这一次,这种目光使他陷入混乱之中。她不是在嘲笑他吧?她是不是觉得他对她的崇拜很愚蠢?她是不是想对他说,他也该像个大人一样行事了,既然她把自己的女友亲手交给了他,他该一心一意好好待她才是?

他试着想象那张戴着副又大又圆的眼镜的脸。他体会到自己与女大学生在一起是多么幸福。柬埔寨之行对他而言,突然间显得既可笑又毫无意义。说到底,他究竟为何而来?现在,他终于知道了。他这次出行,就是让他最终明白自己真正的生活,唯一真实的生活,既不是列队游行,也不是萨比娜,而是那个戴着眼镜的女大学生!他这次出行,是为了使自己确信,现实大于梦想,远甚于梦想。

突然,从暗处闪出一条身影,用一种陌生的语言冲他说了几个字。弗兰茨看着眼前的来人,目光中既有惊讶之色,也夹杂着同情。陌生人躬下身来,微笑着,不停地用一种很坚决的语气咕哝着。他在跟他说什么?他想这人是在请求他跟他走。那人一把拽着他的手,拖他走。弗兰茨心里想,准是有人需要他的帮助。他来到这里,也许是不为什么?可也许是被叫到这里救助某人的?

忽然,在那个咕哝的人身旁,又出现了两个家伙,其中一个操着英语,令他把钱交给他们。

此时,戴眼镜的女孩子从他的意识范围消失了。萨比娜重又盯着他。那个命运伟大而又不真实的萨比娜,那个使自己在她面前感到无比渺小的萨比娜。她的目光落在他身上,带着愤怒,也表示着不满:他还要被欺骗一次吗?又有人想再次利用他的善心吗?

他猛地甩开那个紧抓着自己袖子的人的手,抽出身来。他知道,萨比娜一直欣赏他的力量。他一把抓住第二个家伙向他挥来的胳膊。他紧紧攥住这条胳膊,用一个完美的柔道动作,将那人从自己头顶上摔了过去。

现在,他对自己满意了。萨比娜的目光没有离开过他的身上。她再也不会看见他被羞辱了!她再也看不到他后退了!弗兰茨再也不是软弱和多愁善感的了!

看着这几个想玩耍他的天真的人,他感到一种快意的仇视。他立在那里,稍稍弓着腰,目光紧紧地盯着这几个家伙。可突然,一个重重的东西砸在他的头上,他旋即瘫倒在地。他模模糊糊地意识到,有人把他抬到了什么地方。然后他陷入了虚空之中。又感到重重的一击,他顿时失去了知觉。

过了很久以后,他才苏醒过来,躺在日内瓦的一家医院里。玛丽—克洛德正俯身在他床头。他想告诉她,自己不要她呆在这里。他想找人立即通知那个戴眼镜的女大学生。他只想着她一个人，不想别人。他想大声呼喊，自己不想要别的人待在他床边。但是他惊恐地发觉自己不能说出话来。他怀着无穷的仇恨盯着玛丽—克洛德，想转过身面对着墙，不要见到她。可他的身子动弹不得。他试着至少转过头去。但连他的头也无法再动一动。于是，他闭上双眼，不要再看见她。

27

死去的弗兰茨终于属于他合法的妻子，而他生前从来没有属于过她。一切事情都由玛丽—克洛德做主，她负责料理他的葬礼，送出讣告，定制花圈，叫人给她自己做了一袭黑衣，可实际上这是一件婚纱。是啊，对妻子而言，丈夫的下葬，终于成了她真正的婚礼；这是她生命中的皇冠；是对她所有痛苦的补偿。

再说，牧师对此很理解。在坟墓前，他说到他们夫妻之间永存不灭的爱情，这份爱情经历了重重考验，一直延续到故人生前的最后一段日子，成了他得以在最后一刻回归的牢固的避风港。玛丽—克洛德请弗兰茨的那位同事在葬礼上也说几句话，他也不例外，对已故之人这位勇敢的妻子表示了特别的敬意。

人群后面的某个角落里，蜷缩着那位戴眼镜的女孩子，一位女友搀扶着她。她强忍着夺眶欲出的泪水，再加上服用了大量的药片，致使她在葬礼结束前突然全身抽搐。她弯下腰，捂住腹部，她朋友只得扶着她，离开了墓地。

28

一接到合作社主席的电报，他马上跨上摩托车上了路。他安排了葬礼。在墓碑上，他叫人在父亲的名字上方，刻下了这样一句碑文：他要尘世间的上帝之国。

他很清楚，父亲决不会用这种词句。但他确信，这句碑文恰正表达了父亲想要的东西。上帝之国指的是正义。托马斯渴望一个由正义主持的世界。难道说西蒙无权用自己的话,来表达父亲的一生吗?难道这不是自古以来所有的子孙后代都享有的权利吗?

迷途漫漫,终有一归。人们可以在弗兰茨的墓碑上读到这句话。这句碑文可以理解成一种宗教象征:尘世间生活的迷途之后,最终归于上帝的怀抱。而知情人都知道,这句话还有一种纯粹世俗的意义。再说,玛丽—克洛德每天都在唠叨:

弗兰茨,亲爱正直的弗兰茨啊,年过半百的危机他实在受不了,他掉进了一个可怜的女孩的爪子里!她甚至都算不上好看(瞧瞧她那副大眼镜,遮得几乎看不见脸)。可是,一个五十来岁的人了(我们都知道是讲他),竟然为了一块嫩肉出卖自己的灵魂。只有他自己的妻子才知道他为此吃了多大的苦头啊!对他来说,真是一场道德的折磨啊!因为在灵魂深处,弗兰茨还是一个诚实善良的人。竟然跑到了亚洲一个被遗忘了的角落,对这次荒唐、绝望的出行,又能做何种解释呢?他是到那里去找死。是的,玛丽—克洛德确信:弗兰茨是有意去找死。在他最后的日子里,他已经生命垂危,用不着再撒谎了,他想要见的只是她。他说不了话,但他至少用目光对她表示感激。他的眼睛在请求她的宽恕。于是,她就宽恕了他。

29

那些垂死的柬埔寨人留下了什么?

一张大幅照片,照片上那位美国女明星怀里抱着一个黄皮肤的孩子。

托马斯留下了什么?

一句碑文:他要尘世间的上帝之国。

贝多芬留下了什么?

一个披着一头乱蓬蓬的长发的忧郁的男人,用一种阴郁的声音说:"Es muss sein!"

弗兰茨留下了什么?

一句碑文:迷途漫漫,终有一归。

等等,如此等等。在被遗忘以前,我们会变为媚俗。媚俗,是存在与遗忘之间的中转站。

第七部　卡列宁的微笑

1

窗户朝向一个山坡，坡上长满树干弯曲的苹果树。山坡的上方，果树林环抱着天际，只见山丘蜿蜒伸向远方。傍晚，灰白的天空现出一轮明月，特蕾莎总是在这个时候出门。天色还灰蒙蒙的，月亮挂在上面，就像是死人房间的一盏灯，早上忘了熄灭整天都在亮着。

七歪八扭的苹果树生长在这片山坡上，没有一棵能离开它们扎根的地方，同样，特蕾莎和托马斯，他们也永远离不开这个村庄。他们卖了汽车、电视、收音机，用这笔钱买下了一幢带花园的小房子，房子原来的主人是一位农民，去城里定居了。

去乡下生活，这是他们唯一能逃避现实的途径，因为乡下虽然始终缺乏劳力却不缺房子。谁要是甘愿来这儿种地或到果树林干活，当地人决不会对他们从前的政治生涯感兴趣，也不会嫉妒他们。

特蕾莎感到幸福，她终于离开了城市，远离了尽是喝得醉醺醺的酒鬼的酒吧，远离了将她们的下体味留在托马斯头发里的那些陌生女人。警方已不再找他俩的麻烦，而且，在特蕾莎的记忆中，工程师的事与发生在彼得山上的场面已经混合在一起，她已经难以分清什么是梦，什么是现实。（另外，工程师是否真的为秘密警察效力？也许是，也许不是。倒是总有那么些男人，借别人的房子私下幽会，而且还不喜欢跟同一个女人上两次床。）

因此，特蕾莎确实感到幸福，认为已经达到了目的：如今托马斯跟她在一起，而且只有他俩。只他俩？我应说得更确切一些：离群索居，我的意思是他们与老朋友和熟人断绝了一切往来。他们与过去的生活一刀两断，就像用剪子把一根饰带一刀剪成两截。不过，与农民相处，他们倒是觉得很愉快，他俩和农民一起劳动，不时去拜访他们，也邀请他们来家里做客。

一天，特蕾莎结识了温泉小城的合作社主席，这座小城的街道全被改成了俄国的地名。就在那天，特蕾莎在自己脑海中突然发现了从书里看到或从前辈那儿听说的一幅乡村图景：这是一个和谐的世界，所有成员有着共同的利益，一致的习俗，组成了一个大家庭。每个星期六，乡村客栈的大厅里都有一支乐队演奏，全村的人都来这里跳舞；每个星期天，人们去教堂望弥撒，然后男人到客栈聚会，谁也不带妻子。

但是，共产主义制度下的这个村庄与那幅古老的景象完全不同。教堂在邻近的一个公社，谁也不去；客栈改成了办公室，男人们不知哪里有地方聚会喝啤酒，年轻人不知该去哪儿跳舞。宗教节日不能庆祝，官方节日又引不起任何人的兴趣。最近的电影院在城里，离开二十公里路。白天劳动时大伙儿只是互相打个招呼，等到间歇时才能说说话，放工后就回到小屋里，闭门不出；家具倒是现代的，可散发着难闻的气味；他们的双眼紧盯着闪亮的电视荧屏。大家互不往来，难得有人晚饭前去同邻居聊上几句。人人都梦想去城里定居。农村的生活太乏味了，很少有能给他们带来兴趣的东西。

也许正是谁也不愿在农村呆下去，国家才丧失了对农村的管制权。当农民不再是土地的主人，而只是一名被雇来种地的职工时，他就不再依恋这片家园和自己所从事的工作，他一无所有，因而也不惧怕会失去什么。这种漠然的态度倒使得农村保持了相当大的自主权和自由的空间。合作社主席不是外人强行指派的（同城里的领导不同），而是农民选举的，和农民是一伙人。

由于这里的人都想走，特蕾莎和托马斯便拥有了特殊的地位，他们是自愿来的。

别人都不失时机地去附近的小镇过上一天，特蕾莎和托马斯却巴不得呆在村子里，所以很快，他们就同全村人混熟了，比原来的村民之间还熟。

合作社主席成了他们的真正的朋友。主席已结婚，有四个孩子，还有一头猪，却被当作狗来养着。猪的名字叫梅菲斯突，是全村的骄傲和开心宝。它很听话，爱清洁，一身粉红色，迈着小步，活像那些穿着高跟鞋走路的大腿肚女人。

卡列宁第一次见到梅菲斯突时，有些不知所措，在它身边转了很久，不停地嗅它。但它很快就与梅菲斯突建立起了友谊，喜欢它胜于村里所有的狗，卡列宁看不起那些狗，因为它们一直被拴在窝旁，还无缘无故傻呵呵地叫个不停。卡列宁欣赏与众不同的东西，可以说它非常珍惜与梅菲斯突的这份友谊。

合作社主席很高兴能助这位前外科医生一臂之力，但同时又为自己帮不上更大的忙感到不安。托马斯当了卡车司机，他的任务是开车把农民送到田里，或者运货。

合作社有四座大饲养楼，外加一个有四十头母牛的小牛栏。这些母牛由特蕾莎照料，每天放牧两次。牧场就在附近，去很容易，可这些牧场是专门用来收割草料的，特蕾莎只好把牛带到附近的山冈上。牛吃着草，越走越远，特蕾莎跟着它们，一年内便跑遍了小村周围的地区。就像从前在小城里一样，她手里总拿着一本书，一到牧场，她就打开书，看起来。

卡列宁总是陪着她。每当小母牛淘气，想离队时，它就汪汪叫着追赶它们；它显然是乐在其中。他们三个当中，卡列宁是最幸福的。这个"时间总管"的职责过去从未受到如此的尊重，因为这里没有任何临时变动的机会，特蕾莎和托马斯所生活的时间与卡列宁的时间规律性很接近。

一天午饭后（这会儿，他俩共同拥有一个钟头的自由时间），他们与卡列宁一道在屋后的山坡上散步。

"我不喜欢它跑步的样子。"特蕾莎说。

卡列宁跑起路来左脚有点跛。托马斯弯下身子，摸了摸它的腿。他发现它的左大腿上鼓起了一个小圆包。

第二天,托马斯让它上了卡车,坐在自己身边,他在邻村停下了车,把它送到了兽医那里。一个星期后,他去看它,回来时告诉特蕾莎,卡列宁长了一个肿瘤。

三天后,托马斯在兽医的协助下亲自为它动了手术。当他把卡列宁带回家时,卡列宁还未从麻醉中醒来。它躺在地毯上,睁着双眼,呻吟着。大腿上的毛已被剃光,上面有一道缝了六针的伤口。

过了一会,它挣扎着想站起来,但没有成功。

特蕾莎害怕了:要是它永远都走不了路怎么办?

"别担心,"托马斯说,"它现在还处于麻醉状态。"

特蕾莎想托它一把,可它张嘴咔嚓一声。这是它头一回要咬她!

"它不知道你是谁,"托马斯说,"它没认出你。"

他们让卡列宁躺在床边,很快它就入睡了。他俩也睡着了。

大约凌晨三点钟,卡列宁突然把他们弄醒,它摇着尾巴,用脚踩特蕾莎和托马斯。然后,它又一个劲儿地往他俩身上蹭,动作野蛮,且不甘休。

这也是头一回它把他们弄醒!以前它总要等他们当中一人醒后才敢跳到床上。

可是这次,当卡列宁半夜突然恢复知觉时,无法控制住自己。天知道它刚才去了什么遥远的地方!碰到了什么幽灵!现在,发现自己在家里,认出了跟它最亲的人,它便忍不住向他们表达无比的欢乐之情,为自己重返家园和获得新生而欢欣。

2

《创世记》的开篇写道,上帝造人是为了让人统治鸟、鱼、牲畜。当然,《创世记》是人写的,而不是一匹马写的。因此,并不能完全断定上帝是真的希望人类统治其他生物。更有可能是人类发明了上帝,以便使其篡夺来地对牛马的支配权合乎神圣法则。对,就是杀死一只鹿或一头母牛的权利,全人类只在这一点上达成共识,即使是在最血腥的战争年代亦不例外。

这一权利在我们看来是不言而喻的,因为我们自认为是最高级的动物。但是,只要出现一个第三者加入该游戏,情况就大不一样了。比如,来了个外星人,他是奉上帝的旨意来的:"我命你去统治所有其他星球上的生物",这时,《创世记》里说得再清楚不过的事立即就会遭到质疑。被火星人套在马车上的人类,可能会被银河系的居民挂在铁钎上烤着吃,这时他也许才会想起过去常在碟子里用刀切着吃的小牛排,会向母牛道歉(太迟了)。

特蕾莎和她的牛群向前走着,她赶着它们往前走,时不时地得对着一头呵斥几声,因为这些小母牛很调皮,常离群去田野里乱跑。卡列宁走在她身边,它这样日复一日地跟她放牛已经两个年头了。平时,它对母牛十分严厉,叫着追赶它们,训它们(上帝任命它管理牛群,它为此感到骄傲),很开心。可是今天,它步履艰难,用三只脚跳着走,另一条腿上的伤口还在流血。每隔两分钟,特蕾莎就俯下身去抚摩它的背。自手术后,两周已过去了,可是肿瘤显然未被控制住,卡列宁的病情在恶化。

走到半路,特蕾莎和卡列宁遇到一位女邻居,她脚穿橡胶靴,正往牛栏走去。邻居停下步子,问道:"您的狗怎么啦?腿好像瘸了!"特蕾莎回答:"它腿上长了个瘤子。它没救了。"她感到自己的嗓子哽住了,再也说不出话来。邻居一见特蕾莎落泪,几乎要生气了:"我的上帝,您总不至于为一条狗落泪吧?"她说这话并非出自恶意,其实她很善良,她这么说是为了安慰特蕾莎。对于这一点,特蕾莎很清楚,因为她来该村已经住了不少时日了,她知道,这儿的农民爱他们的兔子如同她爱卡列宁一样。他们舍不得杀死一只兔子,宁愿同它们一起挨饿。可是,邻居的话还是让她觉得不舒服,她并没有反驳,只回答说"我知道",便急忙转过身,继续赶路了。她感到自己对卡列宁的爱是唯一的。她凄凉地微微一笑,想到必须隐藏这份感情,且带着更强烈的妒意,仿佛不得不隐瞒某个不忠的行为。因为爱上一条狗是件不光彩的事。要是女邻居知道她欺骗了托马斯,准会以同谋似的神情,乐呵呵地在她背上拍上一掌!

于是,特蕾莎赶着牛群继续向前走着,看见它们彼此蹭着背,特蕾莎心想这些牲畜真是可爱极了。这群牛性情温和,从不耍坏,有时表现得快乐而幼稚,简直就像那些假装是十四岁少女的五十开外的胖女人。它们嬉戏的时候,尤其令人感动不已。特蕾莎深情地注视着它们,心想(两年来,这一念头始终不可抵挡地萦绕着她):人类就像寄生于人体的绦虫那样,靠母牛寄生:他们像蚂蟥紧盯着母牛的乳房。人类是母牛的寄生虫,这也许是非人类从他们的动物学角度给人类下的定义。

从这个定义,我们可以看出其简单的讽刺意味,并以宽容的态度一笑了之。可特蕾莎对此很认真,她走上了一条滑坡:这些想法十分危险,使她远离人类。《创世记》里已经写得清清楚楚:上帝派了人类去统治动物。但我们可以解释说,上帝只是借给人类这一权利。人类不是地球的拥有者而只是管理者,总有一天会意识到自己只是在管理地球。笛卡尔的观点更过分,他认为人类是"大自然的主人和所有者"。同时他也绝对否认动物有灵魂,这两者之中,无疑存在着深刻的逻辑性。按照他的观点,人类是所有者和主人,动物只是机器人,是台有生命的机器,即 machina animata。动物痛苦时喊叫,那不是悲吟,不过是一台运转不正常的机器发出的咯吱声。当马车的车轮嘎吱作响时,这并不意味着马车有什么痛苦,而是没有上油的缘故。必须以这种方式来解释动物的呻吟,不应为一只在实验室里被活活解剖的狗哀叹。

牛在草地吃草,特蕾莎坐在一个树墩上,卡列宁头靠在她膝上躺在她身边。特蕾莎想起十二年前在报上读到的一则只有两行字的短讯:说的是在俄罗斯的一座城市里,所有的狗都被杀光了。这则小消息似乎无关紧要,也不显眼,却使特蕾莎第一次感到那个邻近的大国很恐怖。

这便是后来所发生的一切事件的预兆:俄国人入侵后的头两年,人们还不能说什么恐惧。由于全国上下几乎都反对占领制度,俄国人非得从捷克人中找些新面孔,把他们扶上台掌权。可是,人们对俄国的爱都已成死灰,到哪里去找这些人呢?俄国人便看中了那些不惜性命图谋报复的人。他们得试探、训练并激发这些人的进攻性。首先得训练他们瞄准临时靶子。这个靶子就是动物。

报上于是开始发表一系列文章，以读者来信的形式组织攻势。例如，要求杀尽灭绝城里的鸽子。鸽子确实被杀尽灭绝了。不过，他们的目标主要是狗。当时，人们尚未从国土被占领这一灾难所造成的精神创伤中解脱出来，但是报纸、广播、电视谈论的都是狗，说它们弄脏了人行道、公园，对儿童健康造成危害，是光会吃、毫无用途的东西。这一切制造了一种真正的偏执，特蕾莎担心狂热的民众会袭击卡列宁。过了一年，积聚起的所有仇恨（首先拿动物做试验），都转向了真正的目标：人类。开除、逮捕、审判开始了。牲畜总算可以喘口气了。

特蕾莎抚摩着静静地躺在她膝头的卡列宁的头。她已基本认定这个道理：根本不值得跟自己的同类好。但她又不得不对其他村民以礼相待，否则便无法在这里呆下去，甚至对托马斯，她也是迫不得已，不得不表现得像个多情的妻子，因为她需要托马斯。幸好，我们同他人的关系在何种程度上取决于我们的感情，即我们的爱还是不爱，是善待还是仇视，而且，它们在何种程度预先受个人实力对比的制约，这是永远都无法下确切定义的。

人类真正的善心，只对那些不具备任何力量的人才能自由而纯粹地体现出来。人类真正的道德测试（是最为彻底的测试，但它处于极深的层次，往往不为我们注意），是看他与那些受其支配的东西如动物之间的关系如何。人类根本的失败，就是这方面造成的，其为"根本"，是因为其他的一切失误均由此而产生。

一头小牛走到特蕾莎身边，停下步，用棕色的大眼睛久久注视着她。特蕾莎认出了它，管它叫玛格丽特。她真想给每头牛取个名字，可这是不可能的，因为牛太多了。三十来年前倒是这样，村里的每头奶牛都有名字。（如果名字是灵魂的符号，我可以说每头牛都有一个灵魂，尽管笛卡尔不乐意。）可是后来村庄变成了一座大的合作工厂，奶牛终日生活在只有两米见方的小圈里。它们不再有名字，只是一些 machinae

我的眼前始终浮现着特蕾莎坐在树墩上的情景,她抚摸着卡列宁的头,想着人类的失败。与此同时,另一画面在我脑海里出现:尼采正从都灵的一家旅店出来。他看见门口有一匹马,车夫正用鞭子在抽打。尼采走到马跟前,不顾眼前的车夫,一把抱住马的脖子,大声哭泣起来。

这是一八八九年的事,尼采早已离去,他也一样,远离了人类。换言之,他的精神病就是在那一刻发作的。而我认为,这件事赋予他的行为以深刻的意义。尼采是去为笛卡尔向马道歉的。就在他为马而悲痛的瞬间,他的精神受到了刺激(他因而与人类彻底决裂)。

我喜欢的就是这个尼采,我也同样喜欢特蕾莎,那个抚摸着躺在她膝头、得了不治之症的狗的头的姑娘。我看见他俩并肩走着:他们离开了人类的道路,而人类,"大自然的主人和所有者",在这条路上继续向前走。

3

卡列宁产下两个羊角面包和一只蜜蜂,它吃惊地看着这么两个奇怪的孩子。羊角面包乖乖的,一动不动,可惊恐的蜜蜂则摇晃着身子,不一会儿它就振翅而飞,消失得无踪无影。

这是特蕾莎刚刚做的一个梦。醒来后,她讲给托马斯听,两人都从中感到一丝安慰,因为在这个梦里,卡列宁的病转变成了妊娠,而且分娩这场戏有着一个既好笑又令人心动的结局:竟然是两个羊角面包和一只蜜蜂。

她顿时又生出一线荒诞的希望。她马上起床,穿上衣服。在乡下也一样,她每天早上第一件事就是采购:去杂货店买牛奶、面包、羊角面包。可是这天,她叫卡列宁陪她一块去时,卡列宁勉强抬起头。它这还是头一回拒绝特蕾莎,因为往常它总是执拗地非要求出席这一仪式不可。

于是她没有带上卡列宁独自走了。"卡列宁呢?"女售货员问道,她已经为它准备好了一个羊角面包。这一次,是特蕾莎亲自将这个面包带回小屋。她一踏进门槛,就把面包拿出给卡列宁看。她希望它自己走过来取。可是卡列宁仍旧躺着,一动不动。

托马斯看出特蕾莎很难过,便用嘴衔着面包,四肢趴在地上,对着卡列宁,然后慢慢向前爬。

卡列宁看着他,眼里流露出一丝欢喜,但没有起身。托马斯将脸贴近它的嘴。卡列宁呆在原地,咬了一口托马斯嘴里的面包。接着,托马斯松开口将整个面包都让给卡列宁。

一直趴在地上的托马斯,这时朝后退了几步,蜷缩起身子,学狗叫了起来。他假装要争夺面包的样子,卡列宁汪汪叫着,向主人做出回应。这正是他们期待的!卡列宁居然想玩!它还有活下去的欲望。

这叫声,就是卡列宁的微笑,他们想让这微笑尽可能持续下去。于是,托马斯又趴在地上,向狗爬去,抓住露在它嘴边的那截面包。他俩的脸挨得更近,托马斯感到了狗的呼吸,卡列宁嘴边长长的毛挠得托马斯的脸痒痒的。狗又叫了一声,猛地摇着嘴巴。他俩的嘴里各留下半个羊角面包。卡列宁又犯了老毛病,它丢下自己的那半个面包,试图抢托马斯嘴里的那半个。同往常一样,它忘了托马斯不是一条狗,他还有一双手。托马斯非但没有松开含在自己嘴里的那半截,反而还用手捡起掉在地上的那一半。

特蕾莎喊道:"托马斯,别拿卡列宁的面包!"

托马斯将两块面包放在卡列宁的面前,它迅速地吞下一块,嘴里马上又叼起另一块,还炫耀了半天,自豪地向两位主人显示自己赢得了这场比赛。

托马斯和特蕾莎看着它,不住地说卡列宁笑了,还说只要它笑,就还有活着的理由,即使得了不治之症。

第二天，卡列宁的状况好像有了好转。托马斯和特蕾莎吃了午饭，这会儿他俩有一个钟头的自由时间，是带狗出去散步的时候。卡列宁知道这一点，往常，还没到钟点，它就等不及地在他俩身边蹦来蹦去，可是这次，当特蕾莎拿起皮带和项圈时，它久久地看着他俩，一动不动。他们站在它面前，竭力显示出快乐的样子（因为它，也为了它），想给它感染一些愉快的情绪。过了一会儿，仿佛它对主人起了怜悯之心，于是用三只脚瘸着走过去，让他们给它戴上了项圈。

"特蕾莎，"托马斯说，"我知道你不喜欢照相机。不过今天，你还是带上它吧！"

特蕾莎听从了。她打开壁橱，去找那架被扔在一个角落里早被遗忘的照相机。托马斯接着说："将来某一天，我们会为拥有这些照片而感到欣慰的。卡列宁，曾经是我们生活的一部分。"

"为什么说曾经？"特蕾莎说，像是被蛇咬了一口。照相机就在她面前，在壁橱的最里边，可她没有伸手去拿。"我不带了。我不愿相信卡列宁会不在。你竟然现在就说它是曾经！"

"别怨我！"托马斯说。

"我没怨你，"特蕾莎轻声回答，"其实我也一样，不知有多少次我无意中发觉自己把它当过去的事在回忆。为此我不知责备了自己多少次！正是由于这个原因，我不想带照相机。"

他们走着，一路上一句话也不说。不说话，这是不把卡列宁当作过去来怀念的唯一方式。他们目不转睛地看着它，始终寸步不离。他们在盼着卡列宁微笑的那一刻。然而它没有笑，只是往前走着，而且是用三只脚。

"它是为了我们才出来走的，"特蕾莎说，"其实它并不想出门。它出来完全只是为了让我们开心。"

特蕾莎说得很伤心，可他们也许没有意识到，他们依然那么幸福。他们幸福，并不是全然没有忧伤，而是因为忧伤的缘故。他俩牵着手，眼前浮现出同一幅画面：体现着他们十年生活的卡列宁正瘸着腿走在路上。

他们又走了一段路。令他们大为失望的是，卡列宁突然停下步子，转过身。得回家了。

大概就是这天，要不就是第二天，特蕾莎无意中闯进托马斯的房间，发现托马斯正在看一封信。托马斯听见开门声，赶紧把信插入一堆纸中。特蕾莎已经看到了这一幕。她走出房间时，见托马斯又将信塞进了口袋。可是他忘了信封。当屋里只有特蕾莎一人时，她便仔细地看起信封来。地址的笔迹很陌生，字写得很端正，像出自女人的手。

过了一会儿，他们见面时，特蕾莎若无其事地问托马斯有没有信。

"没有，"托马斯答道。特蕾莎顿时感到一阵绝望，甚至是残酷的绝望，因为她很久没有这种感觉了。不，她不相信托马斯会在这里偷偷地与别的女人幽会。这几乎是不可能的。他的空闲时间是怎么过的，她一清二楚。不过，也许在布拉格，有一个让他念念不忘、让他痴迷的女人，即使这个女人不能再在他的头发里留下下体的味道。特蕾莎不相信托马斯会为了这个女人而离开自己，可她感到，最近这两年在乡下度过的幸福时光同过去一样，因为谎言而变得毫无价值。

一个由来已久的念头又回到她的脑海里：她的归宿，不是托马斯，而是卡列宁。卡列宁要是不在了，谁来给他们的生活之钟上发条呢？

特蕾莎想象着未来，一个没有卡列宁的未来，她感到自己无依无靠。

卡列宁躺在一个角落里，呻吟着。特蕾莎走到园子里。她仔细察看了两棵苹果树中间一块草地，心想将来就把卡列宁埋在这块草地里。她用鞋后跟踩着泥土，在草地上踩出了长方的一块。这里将是卡列宁之墓的位置。

"你在干吗？"托马斯问道，他无意中撞见了她，如在几个钟头前特蕾莎无意中撞见他在看信。

她没应声。托马斯见她的双手在颤抖，已经很久没有发生这样的事了。他抓住她的手,特蕾莎挣脱了。

"这是卡列宁的墓地?"

她仍旧不回答。

她的沉默激怒了托马斯。托马斯终于发作了:"你自己责怪我把它当作过去去想它,可你呢,你在干什么?你都想把它埋进土里了!"

她转过身,背冲着托马斯,进了家。

托马斯走进她的房间,砰的一声关上门。

特蕾莎打开门,说:"你不要尽想着自己,至少这会儿该想想卡列宁。它睡着了,可你把它吵醒了。它马上又要疼得叫唤起来了。"

特蕾莎知道自己缺理(狗并没有睡着),而且,她也知道自己的行为就像一个俗不可耐的女人,非要伤害别人,而且善于找岔子。

托马斯踮着脚尖走进卡列宁正躺着的屋子,可是特蕾莎不愿让托马斯单独和它在一起,便也走了进去。他们站在两旁,俯身看着卡列宁。动作的一致并不意味着双方的和解。恰恰相反,他们各自一方。特蕾莎和她的狗为一方,托马斯也是和他的狗为一方。

我真怕他们就这样互不理睬,各自一方,僵持到最后。

4

为什么牧歌这个词对特蕾莎如此重要?

我们都是在《旧约》神话中养育成长的,可以说牧歌就是印在我们心中的一幅景象,犹如伊甸园的回忆:伊甸园的生活不同于那将我们引向未知的直线赛跑,也不是一次历险。它是在已知的事物中间循环移动。它的单调并非厌烦,而是幸福。

只要人生活在乡下,置身于大自然,身边拥簇着家畜,在四季交替的怀抱之中,那么，他就始终与幸福相伴，哪怕那仅仅是伊甸园般的田园景象的一束回光。所以那天，当特蕾莎在温泉小城遇见合作社主席时，她的眼前就浮现出一幅乡村景象（她并没有去过那里，从未在那里生活过），并为之神迷。这就如同向身后望去，向伊甸园的方向回望。

在伊甸园，当亚当对着泉水俯下身时，他还不知道水中看到的，就是他自己。他当然也不理解为什么特蕾莎小时候总是站在镜子前，千方百计想透过肉体看到自己的灵魂。亚当就像卡列宁。为了寻开心，特蕾莎常把卡列宁领到镜子前，可是卡列宁不认得自己的影子，漫不经心地看着它，其无动于衷，令人难以置信。

卡列宁与亚当的对比使我想到，在伊甸园中人还未成其为人。更确切地说，那时人还没有被抛入人之轨道。而我们，我们早已被抛入其中，我们在直线运行的时间之虚无中飞行，可是我们身上还有一根细线将我们与遥远的、雾蒙蒙的伊甸园相连，那里，亚当正俯身探向泉水，与那喀索斯不同，亚当根本不知道他看见映在水中的那个依稀的黄色小点，就是他自己。对伊甸园的怀念，就是人不想成其为人的渴望。

特蕾莎小时候看见母亲沾满经血的卫生巾就感到恶心，怪她不知羞耻，不把它们放在隐蔽的地方。卡列宁是只母狗，也有经期，每六个月来一次，每次持续十五天。为了不让它弄脏屋子，特蕾莎在它的腿中间垫上一大团棉花，还给它套了条自己的旧短裤，巧妙地用一根长带子系在它身上。这整整十五天里，看到它这身奇怪打扮，特蕾莎总感到好笑。

女人的月经令特蕾莎厌恶，而一只母狗行经却在她心中激起一股快乐的温情，如何解释这一切？我认为答案很简单：狗从未被逐出过伊甸园。卡列宁对肉体与灵魂的两重性一无所知，不知何为厌恶。所以，和卡列宁在一起时，特蕾莎感到非常快乐，安宁。（因此，把动物看成有生命的机器，把奶牛当成产奶的自动机器，是极其危险的：人就这样斩断了其与伊甸园相连的那根细线，因此再也没有什么能阻止他在时间之虚无中翻飞，也不能给他以任何鼓舞。）

在这混乱的思绪中,一个亵渎神明的想法在特蕾莎的脑海里萌生,怎么也摆脱不了:将她与卡列宁连接在一起的爱胜于她与托马斯之间存在的爱。这份爱更美好,而不是更伟大。特蕾莎谁都不怪,不怪自己,也不怪托马斯。她不想断言她和托马斯还会更相爱。她倒是觉得人类夫妻的这种创造,本来就是让男女之爱从根本上就不及人与狗之间可能产生的爱(至少是多种爱中最好的),这真是人类史上的怪现象,造物主当初或许并没有打算这样安排。

这是一种无私的爱,因为特蕾莎对卡列宁无所求。她甚至不要求爱。她从不提令夫妇头疼的诸如此类的问题:他爱我吗?他曾经更爱过别人吗?他爱我是否比我爱他更深?这是些探讨爱情、度量其深度、对其进行种种猜测和研究的问题,也许正是它们将爱情扼杀了。如果我们没有能力爱,也许正是因为我们总渴望得到别人的爱,也就是说我们总希望从别人那儿得到什么(爱),而不是无条件地投入其怀中并且只要他这个人的存在。

还有一点:特蕾莎接受了卡列宁当初的样子,她从未设法以自己的形象来改变它,她预先就已认可狗也有一个世界,所以不想把它占为己有,她也不想嫉妒卡列宁的秘密癖好。她养它不是为了改变它(而男人总想改变女人,女人亦想改变男人),而只是想教它一门基本的语言,使它得以与人类彼此理解,从而共同生活。

另外,特蕾莎对狗的爱是自愿的爱,没有人强迫她。(特蕾莎又一次想到了母亲,感到十分后悔:如果母亲是村子里她不熟悉的一个女人,她那乐呵呵粗野的劲儿或许会引起她的好感吧!啊!要是她母亲是个陌生人就好了!从孩童时起,特蕾莎就一直为母亲占了她的五官,夺走了她的"我"而耻辱。最糟糕的事情是,"要爱你的父母!"这千年古训迫使她不得不接受被霸占的事实,把这种侵占行为称之为爱!特蕾莎和母亲断绝了关系,这可不是母亲的错,她跟母亲断绝关系,并非因为母亲是她的模样,而是由于是她的母亲。)

尤其是,任何一个人都无法将牧歌献给另一个人。只有动物能做到,因为它没有被逐出伊甸园。人与狗之间的爱是牧歌一样的。这是一种没有冲突，没有撕心裂肺的场面，没有变故的爱。卡列宁围绕在特蕾莎和托马斯的身边，过着建立在重复之上的循环生活，并期望他们也这样。

卡列宁如果不是一条狗，而是一个人的话，它肯定早就对特蕾莎这么说了："听我说，我不乐意一年到头嘴里叼着一个羊角面包。你就不能给我弄点新鲜的东西吃吗？"这句话蕴含着对人类的谴责。人类之时间不是循环转动的，而是直线前进。这就是为什么人类不可能幸福的缘故，因为幸福是对重复的渴望。

是的，幸福是对重复的渴望，特蕾莎想。

每天下班后，合作社主席都要带他的梅菲斯突散步，每次遇到特蕾莎，他都忘不了要说："特蕾莎太太，我要是早认识他就好了！那就可以一起去追姑娘了！哪个女人能抵挡得住两头猪的进攻呀！"听见这话，梅菲斯突哼了一声，它受过这方面的训练。特蕾莎笑着，其实一分钟前她已知道主席要对她说什么。重复丝毫无损于玩笑的诱惑力。恰恰相反，在牧歌的境界里，甚至连幽默也服从于温馨的重复之法则。

5

与人相比，狗几乎没有什么特权，但它倒是有一项值得重视：它不受法律的制约，可以享受安乐死。动物有权无痛苦地死亡。卡列宁现在只能用三只脚走路，呆在一个角落里的时间也越来越长。它呻吟着。特蕾莎和托马斯意见一致：他们没有权利让卡列宁无谓地受罪。可是，在这个原则上达成的一致意见并没有使他们摆脱烦恼，因为实在说不准：怎么知道它的痛苦什么时候是无谓的？怎么确定什么时候开始没有必要再活下去？

托马斯要是没当过医生就好了，那么他就可以躲在一个第三者的后面，去找个兽医，请他给卡列宁打上一针。

亲自担任死神的角色，是何等残酷！在相当长的一段时间内，托马斯都坚决说他决不会亲手给卡列宁打针，说他会叫兽医来的。可是他最终明白了：他可以让卡列宁享受任何人都得不到的一种特权，即在所爱之人的注目下让死神悄悄降临。

卡列宁呻吟了整整一夜。早上，托马斯对它进行了诊断，然后对特蕾莎说："不必再等了。"

他俩马上就要上工了。特蕾莎去屋里找卡列宁。在这之前，它一直漠然地躺着（甚至几分钟前托马斯给它做检查时，它都没有注意到什么），可这时，当它听见开门的声音，马上抬起头，看着特蕾莎。

特蕾莎无法承受这目光，她感到恐惧。它从未以这种眼神看过托马斯，只对特蕾莎这样，但眼光从未像今大这么急切。那不是绝望或忧伤的眼光。眼中流露出让人不能承受的、令人心悸的信任感。这是一种渴望问个明白的眼神。卡列宁用了整整一生等待特蕾莎的回答，此刻，它（比以往还更为急切）要特蕾莎明白，它一直都在等着她把真相告诉它（因为对它来说，所有来自特蕾莎的都是真理，比如特蕾莎叫它"坐下!"或"躺倒!"，这些都是真理，卡列宁与之结为一体，并赋予其生活以某种意义）。

这一令人心悸的信任眼光是短暂的，很快，卡列宁就把头靠在脚上，特蕾莎知道再也不会有人像这样看她了。

他们从不给卡列宁甜食吃，不过几天前，特蕾莎买了几板巧克力。她剥开锡纸，把巧克力掰成碎块，放在卡列宁嘴边。她还放了一碗水，这样，它独自在家的时候就什么都不缺了。可是，它刚刚投向特蕾莎的那种目光，似乎把自己累着了。尽管嘴边都是巧克力块，它仍未抬头。

特蕾莎跪倒在它身旁，将它抱起。卡列宁动作缓慢地嗅了嗅她，吃力地舔了她一两下。她闭着眼眸接受卡列宁的这份爱抚，仿佛要把这永远印在记忆里。她转过头，想让卡列宁再舔她的另一边脸颊。

接着，特蕾莎必须出去放牛了，午饭后才回到家。托马斯还没回来，卡列宁始终躺着,身边是一块块巧克力。听见特蕾莎走过来,它头也没抬一下。那条病腿肿肿的,肿瘤扩散到了另一个部位。腿毛上有淡淡的一滴红(不像是血)。

跟早晨一样,特蕾莎又跪倒在卡列宁身边。她用一只胳膊挽着它,闭上眼睛。不一会儿,她听见了咚咚的敲门声。"大夫,大夫!是梅菲斯突和合作社主席来了!"特蕾莎不能跟任何人说话。她眼睛闭着,一动不动。她又听见了一声喊叫:"大夫,猪来看您了。"然后是一阵沉默。

过了半个钟头,托马斯回来了。他一声不吭,径直朝厨房走去,准备针剂。他回到房间时,特蕾莎正站着,卡列宁动了动,想站起来。看见托马斯,它有气无力地摇了摇尾巴。

"瞧!它还在微笑呢。"特蕾莎说。

她是用哀求的语气说这句话的,似乎想以此请求托马斯再缓一缓,不过她没再坚持。

慢慢地,她将一块床单铺在床上。这是条白床单,上面缀有小紫花图案。她早已准备好了一切,想到了一切,仿佛早在几天前,就想到了卡列宁的后事。(啊!多可怕!我们竟然提前想到我们所爱之人的后事!)

卡列宁也没有力气跳上床。托马斯和特蕾莎抱起它,将它抬了起来。特蕾莎让它侧躺在床边,托马斯检查它的腿。他找到了血管凸起、暴露在外的那一部位,用剪刀剪净了上面的毛。

特蕾莎跪在床脚下,双手抱着卡列宁的头紧贴在脸上。

托马斯叫她使劲按住卡列宁的两条后腿,腿的下方有一根静脉,很细,要把针扎进去很难。她托着卡列宁的那条腿,脸仍然贴着它的头。她不断地轻声对它说话,而卡列宁也只是想着她。它并不害怕。它又舔了两下特蕾莎的脸。特蕾莎低声对它说:"别怕,别怕,到了那边,你就不用受苦了,你会梦见松鼠、野兔,还有母牛,还有梅菲斯突,别怕……"

托马斯将针扎进静脉，推动针管。卡列宁的脚微微颤抖了一下，呼吸变得急促起来，接着，突然停止了。特蕾莎跪在床前，脸紧贴着它的头。

托马斯和特蕾莎又得去干活了，卡列宁躺在床上，躺在那条缀着紫花的白床单上。

晚上，他俩回到家。托马斯走进园子。他在两棵苹果树中间，找到了特蕾莎几天前用鞋跟踩出的呈长方形的四条线。他动手挖了起来，他严格遵守标出的尺寸。他希望一切能如特蕾莎所愿。

特蕾莎留在屋里陪卡列宁。她怕它还活着就把它埋了。她将耳朵贴近它的鼻子，仿佛听见了微弱的呼吸声。往后走了一步，发现卡列宁的胸脯微微起伏。

（其实，她听见的是自己的吸气声，它传送出一种运动，是她自己的身体所感觉不到的，所以她以为是狗的胸脯在动！）

她从手提包里取出一面小镜子，贴近狗的鼻子。镜子湿乎乎的，她以为是卡列宁呼吸形成的水汽。

"托马斯，它还活着呢！"特蕾莎喊了起来，这时，托马斯正从园子回来，鞋上满是泥土。

托马斯俯下身，然后摇了摇头。

卡列宁躺在床单上，托马斯和特蕾莎各拿起床单的一端。特蕾莎在卡列宁后脚这一端，托马斯则在头那一端。他们抬起卡列宁，送到了园子里。

特蕾莎的手感到床单湿乎乎的。她想，卡列宁来时给我们带来了一片水，走时又留下一片水。这湿乎乎的一片，是卡列宁的诀别方式，特蕾莎为手下的这份感觉而感到幸福。

托马斯和特蕾莎将卡列宁抬到两棵苹果树中间，把它放进墓穴。特蕾莎弯下身子整了整床单，将卡列宁全身裹好。不然，泥土就会直接洒落在它赤裸的身上，想到这，她实在受不了。

然后，她进屋取出项圈、皮带和一把自早上起就放在地上、丝毫未碰的巧克力。她把这些都扔进了坟墓。

墓穴旁，是一堆新翻的泥土。托马斯拿起锹。

特蕾莎回想起了她做的那个梦：卡列宁产下两个羊角面包和一只蜜蜂。她突然觉得这句话像碑文。于是她想象苹果树中间有个纪念碑，上面写着："卡列宁安息于此。它曾产下两个羊角面包和一只蜜蜂。"

园子里，暮色渐浓。这既不是白昼也不是夜晚，天空挂着一轮淡淡的月亮，仿佛是死人屋里一盏忘了熄灭的灯。

托马斯和特蕾莎的鞋子都沾满了泥土，他们将锹和铲送回工具棚，里面整齐地放着耙、镐和锄头。

6

托马斯回到屋里，坐在桌旁，他总爱坐在那儿看书。在这个时候，特蕾莎总会过来找他，朝他弯下身子，在身后用脸贴在他的脸上。可这天，特蕾莎贴近他时，发现托马斯并不是在看书。他面前放着一封信，尽管只有四五行用打字机打的字，可托马斯却眼睛一眨不眨地在死盯着看。

"怎么回事？"特蕾莎不安地问。

托马斯没有回头，他拿起信，递给特蕾莎。信上说托马斯必须于当天赶到邻城的飞机场。

托马斯终于朝特蕾莎转过头来，这时，特蕾莎发现他双眼充满了她刚刚感觉到的那种恐惧。

"我陪你去。"她说。

托马斯摇摇头说："这次只传讯我一个人。"

特蕾莎重复说:"不,我要陪你去。"于是他俩上了托马斯的卡车。

不一会儿,他们到达了机场。雾很大,前方隐约现出飞机的轮廓。他们从一架飞机走到另一架飞机,可是所有飞机的机舱门都关着,进不去。最后他们终于找到了一架前舱门开着的飞机,舷梯已经架好。他们走上舷梯,一位乘务员出现在机舱的门口,示意他俩往里走。这是一架小型飞机,只有三十来个座位,舱内一个乘客也没有。他们在座位之间的过道上向前走去,始终相互依偎着,也不管周围发生了什么。他们找到两个位子并肩坐下,特蕾莎把头靠在托马斯的肩上。最初的恐惧感消失了,变成了忧虑。

恐惧是一种撞击,是彻底失去理智的一瞬间。恐惧没有一丝美的痕迹。看见的,只是所期待的未知事件的一束强光。忧虑则相反,它意味着我们是有所知的。托马斯和特蕾莎知道等待他们的是什么。恐惧之强光被蒙上了,于是我们发现世界沐浴在淡蓝色的、温柔的光线中,使从前最丑陋的事物变得再也美丽不过。

特蕾莎读完信的一刹那,并没有对托马斯产生什么爱,因为恐惧感抑制了所有其他的感情和感觉,她只是觉得自己一刻也不应该离开他。此刻,她依偎着托马斯(飞机在云层中穿行),恐惧消失了,她感到了自己的爱,而且她知道这是一种无限的爱,无比的爱。

飞机终于降落了。乘务员打开机舱门,他们站起身,朝舱门走去。他们始终相互搂着,站在舷梯高高的台阶上。只见下面有三个戴着风帽、持枪的男人。犹豫已没有用,因为没有办法再逃。他们慢慢走下舷梯,脚刚落到地上,其中一个男人举枪瞄准。没有听见枪声,可是特蕾莎发现刚刚还在身边、接着她的托马斯,松开了手,往地上倒去。

她想把他抱住,可怎么也支撑不住他。他跌倒在降落场的水泥跑道上。特蕾莎弯下腰,试图扑向托马斯,用自己的身体护着他,可就在这时,发生了一件奇怪的事:眼前,托马斯的身体开始缩小,在迅速缩小。这真是难以置信,特蕾莎惊呆了,一动不动地站在那儿。托马斯的身体变得越来越小，一点儿都不像他了，最后只剩下一个很小的东西，它开始移动，然后跑了起来，在机场上奔逃。

开枪的男人揭去面具，对特蕾莎亲切地笑了笑。接着，他转过身，奋不顾身地去追捕那个小东西，只见它呈之字形飞奔着，像是在躲避某人，拼命寻找一个藏身处。追捕持续了几分钟，后来，那男人猛地扑倒在地，追捕宣告结束。

他站起来，朝特蕾莎走来。他捧着那东西给特蕾莎看。小东西吓得颤抖着。这是一只野兔，那男人将它递给特蕾莎。于是，恐惧和忧虑都消失了，她快乐地抱着这个小动物，一个属于她、她可以搂在怀里的小动物。她幸福地流下了泪。她哭了，不停地哭着，泪水挡住了她的视线，她将小兔子带回家中，心想：总算快达到目的了，她已到达自己想去的地方，她不必再逃跑了。

她踏上了去布拉格的路，并在街上轻而易举就找到了自己的家。她小时候和父母曾在那儿生活过。她的父母现已不住那儿了。两个老人接待了她，她从未见过他们，但她知道这是她的曾祖父和曾祖母。他们的脸老得像褶皱的树皮，特蕾莎很高兴与他们共同生活。不过眼下，她想独自和小动物呆在一起。她毫不费劲就找到了幼时的小屋，她五岁起就住在那里，当时她的父母认为她应该有一个属于自己的房间。

房间里有一只沙发、一张小桌和一把椅子。桌上放着一盏灯，从那时起，它就一直亮着等她。灯上停着一只展翅的蝴蝶，两只大眼睛是彩色的。特蕾莎知道她达到了目的。她躺倒在沙发上，把兔子贴在脸上。

7

他坐在桌旁，他总爱在那儿看书。他的面前有一只拆开的信封和一封信。他对特蕾莎说："我时常收到来信，可我不想跟你谈信的内容。是我儿子写来的。我费尽心机，为的就是避免他与我生活之间的任何接触。可你瞧命运是怎么在捉弄我。几年前他被大学开除了,现在在一个村里当拖拉机手。我们确实已经没有任何接触了,可是我们的生活却像两条平行线,朝着同一方向并列前进。"

"那你为什么不愿同我谈这些信呢?"特蕾莎深深地松了口气,问道。

"我不知道,这让我觉得不舒服。"

"他常给你写信?"

"有时。"

"跟你谈什么呢?"

"谈他自己。"

"有趣吗?"

"是的,你知道,他母亲是一名狂热的共产主义者。他老早就与她断绝了关系,和一些类似于我们这样处境的人交往。他们试图展开某种政治活动,其中有几个人如今被关进了监狱。不过他同这些人也闹翻了,与他们保持着一定距离。他称他们是'永恒的革命者'。"

"他跟当局妥协了?"

"不,丝毫没有妥协。他是个教徒,他认为宗教是万能钥匙。在他看来,我们每人都应当无视当局、遵循教规过普通生活。应该无视当局。他认为,只要信仰上帝,就可以在任何情况下以自己的行为,创建他所说的'尘世间的上帝之国'。他告诉我说,教会是我们国家唯一摆脱国家控制的志愿者协会。我总在问自己,他到底是为了抵制当局而信教呢,还是真的信教。"

"那么,就问他好了!"

托马斯接着说:"我始终钦佩有宗教信仰的人。我以前觉得他们都具有我所缺乏的奇特、超凡的感受禀赋。有点像是通灵者。可是从我儿子的例子来看,我现在发现,成为一名教徒其实是很简单的。当一个人处于困境中,一些天主教徒便去关心他,他一下子就发现了信仰。也许他是出于感激而决定入教的。人类的决定往往草率得可怕。"

"你从未给他回信吗?"

"他没有给我地址。"

接着,他又说:"当然,邮戳上有村庄的名字。只要给当地合作社寄封信就行了。"

特蕾莎为自己对托马斯的种种猜疑而感到羞愧,想弥补一下过失,冲动之下,突然对他儿子关心起来:"那么,你为什么不给他写信呢? 为什么不邀请他来?"

托马斯说:"儿子长得很像我。他说话时,上嘴唇总是一翘,跟我一模一样。看见自己的嘴在谈论上帝之国,这让我觉得有些太奇怪。"

特蕾莎哈哈大笑起来。

托马斯也笑了。

特蕾莎说:"托马斯,别孩子气了! 你和你第一个妻子的事早已经成为历史了。这事与你儿子有何相干? 他与她母亲有什么共同之处吗? 就算你年轻时没选择好,难道这也可以成为你伤害别人的理由?"

"说真心话,见面让我尴尬。这也是我不想见他的主要原因。我不知道自己怎么会这么固执。某天,你做出一项决定,你甚至不知道是怎么回事,而且这项决定有其惯性力。随着一年年过去,要改变它有些困难了。"

特蕾莎说:"请他来吧!"

下午,从牛棚回来时,特蕾莎听见马路上有人说话。她走了过去,见托马斯的卡车停在那儿。托马斯正弯腰拆卸一只轮胎,一群人围着他看,等着他把车修好。

特蕾莎站在那儿,无法将目光挪开:托马斯确实老了。他头发灰白,干起活来动作笨拙,当然不是由医生转行当卡车司机显示出的笨手笨脚,而是一个步入老年的男人所表现的迟钝。

她想起不久前与合作社主席的一次谈话。主席告诉她托马斯开的卡车的车况很糟糕。他说这话像是开玩笑,并没有埋怨的意思,可他毕竟有些担心。他还笑着说:"托马斯对人体对比发动机要懂行多了。"他还向她透露,他曾向当地政府多次交涉,

231

想让托马斯在当地行医。他后来听说,警方是决不会准许的。

为了不让卡车周围的人看见,特蕾莎躲到一个树干后,但她的眼睛始终盯着托马斯。她深感内疚,都是因为她,托马斯才离开苏黎世回到布拉格,又为了她而离开布拉格,甚至在这里,她还继续烦他,甚至当着奄奄一息的卡列宁的面,虽然没明说,但还猜疑、折磨他。

她总是在内心深处责备托马斯爱她不够深。她认为自己的爱是无可指责的,而托马斯的简直就像是一种恩赐。

现在,她明白自己是多么没有道理:如果她真的很爱托马斯,那她就应该和他一起留在国外!那儿,托马斯是幸福的,新的生活展现在他面前。而她却离开了他,独自出走了!当然,她当时自以为这样做是出于好意,是不想成为他的负担!可是这种好意难道不是遁词吗?其实她知道托马斯会回来,会来找她的!是她在唤他,拖累他,一步步把他往底层拖,就像仙女把农夫引入泥炭沼,让他们淹死在那儿。她利用托马斯胃痉挛的那一瞬间,骗取他发誓与她去乡下定居!她真够狡猾的!每次她叫托马斯追随自己,目的都是为了考验他,为了证实他是否确实爱她,以至于把托马斯拖到这个地步:头发花白,精疲力竭,指头僵直,再也握不住外科医生的解剖刀了。

他们走到了尽头,从这里还能去哪儿呢?决不会让他们去国外。他们也永远回不了布拉格,谁也不会在那儿给他们一份工作,至于去另一个村子,何必呢!

上帝啊,难道真的非得来这里,才能让她确信托马斯是爱她的吗?

托马斯终于将卡车的车轮重新安装好了。小伙子们从卡车的侧栏翻进车厢,发动机隆隆响起。

特蕾莎回到家,放了一池洗澡水。她泡在热水里,想着自己耗费一生的精力,滥用女人的软弱来对付托马斯。人们都倾向于把强者看成是有罪的,把弱者看成是无辜的牺牲品。可是现在,特蕾莎意识到:对于她和托马斯来说,事实则相反!甚至连她做的梦,都好像摸准了这个强大的男人唯一的弱点,向他展现特蕾莎的痛苦,使他不得不退步！特蕾莎的软弱是咄咄逼人的,总是迫使他就范,直至他不再强大,变成她怀里的一只野兔。特蕾莎总想着这个梦。

特蕾莎走出浴缸,去找了件礼服连衣裙。她要穿上最漂亮的衣服讨托马斯的欢心,让他高兴。

她刚扣上最后一粒纽扣,托马斯就叫嚷着闯进屋里,身后跟着合作社主席和一个面色苍白的青年农民。

"快！拿烧酒来,要度数高一点的酒！"

特蕾莎跑去拿来了一瓶李子酒,她倒了一杯酒,小伙子一饮而尽。

这时候,大家把事情的经过告诉她:小伙子干活时把一只肩膀弄脱臼了,疼得直叫。大家一筹莫展,就把托马斯叫来了。托马斯咔嚓一声,一下就把小伙子胳膊的关节复位了。

小伙子喝下了第二杯酒,对托马斯说:"你妻子今天漂亮极了！"

"傻瓜,"主席说,"特蕾莎太太一直很漂亮。"

"这我知道,她一直很漂亮,"小伙子说,"可是今天,她穿了条漂亮的连衣裙。我们从没见过您穿这条裙子,您要去做客吗?"

"没有,我是穿给托马斯看的。"

"你真有福气,大夫,"主席说,"我老婆可不会穿上最漂亮的衣服讨我的欢喜。"

"所以你总是带你的猪出门,而不带妻子。"小伙子说,然后笑了半天。

"梅菲斯突好吗?"托马斯问道,"我至少……(想了想)一个钟头没见着它了。"

"它讨厌我呢。"主席说。

小伙子又对特蕾莎说:"看您穿着这么漂亮的裙子,真想跟您跳舞。"接着又转向托马斯:"大夫,你准许她跟我跳舞吗?"

"我们大家一块儿去跳舞吧。"特蕾莎说。

小伙子问托马斯:"你去吗?"

"去哪儿呀?"托马斯问。

小伙子指了指附近的一个小镇,那儿有一家带酒吧和舞池的旅店。

"你要跟我们一起去。"小伙子以不容商量的语气对主席说,他端起第三杯李子酒,说:"要是梅菲斯突感到伤心的话,我们就带它一起去,这样,我们就有两头猪了!见来了两头猪,哪个女人都会乐得前仰后合的!"说完,他一阵大笑,走开了。

"如果梅菲斯突不妨碍你们的话,我和你们一块去。"主席说,于是,大家上了托马斯的卡车。

托马斯握着方向盘,特蕾莎坐在他旁边,主席和小伙子拿着半瓶烧酒坐在后排。汽车已经驶出了村子,这时主席想起忘了带梅菲斯突。他大声叫托马斯把车开回去。

"没必要,有一头猪够了。"小伙子说,主席便不再嚷了。

太阳西斜了。道路在山间盘旋。

他们到了城里,在一家旅店门前停下,特蕾莎和托马斯从未来过这里,一条楼梯通向地下室,那儿有酒吧、舞池和几张桌子。一位六十岁左右的先生在弹奏一架竖式钢琴,一个年龄相仿的女士拉着小提琴。他们演奏的是四十年前的老曲子。舞池里有四五对舞伴在跳舞。

小伙子环顾了一下舞厅,说:"这儿居然连一个舞伴都没有!"于是立即邀请特蕾莎跳舞。

主席与托马斯在一张空桌旁坐下,他们要了一瓶葡萄酒。

"我不能喝酒,我要开车呢!"托马斯推托说。

"还开车?"主席说,"我们要在这儿过夜呢。我马上去订两个房间。"

特蕾莎和小伙子从舞池出来后,主席又请特蕾莎跳舞,最后才轮到托马斯。

跳舞时,特蕾莎对托马斯说:"托马斯,我是造成你一生不幸的人。你是因为我才来这儿的。是我让你到了这么低的地步。"

"瞎说,"托马斯反驳道,"首先,这么低,是什么意思?"

"如果我们在苏黎世，你可以为病人做手术。"

"你可以摄影。"

"我们俩不能比，"特蕾莎说，"对你来说，你的工作比世界上的一切都重要，而我呢，随便干什么都可以，我不太在乎。所以我什么也没有失去，而你却失去了一切。"

"特蕾莎，"托马斯说，"你难道没发现我在这里很幸福？"

"可你的使命是做手术呀！"

"使命？特蕾莎，那是无关紧要的事。我没有使命。任何人都没有使命。当你发现自己是自由的，没有任何使命时，便是一种极大的解脱。"

听他说话的语气，无法怀疑他的真诚。特蕾莎又看到了下午的那一幕：托马斯在修卡车，她发现他老了。她如愿以偿了，因为她一直希望托马斯变老。她又想到了童年的小屋里那只被她紧贴在脸上的野兔。

变成一只野兔，这是什么意思？这意味着忘记他是强者，这意味着从此谁都不比谁强。

他们来来回回，合着钢琴声和小提琴声迈着舞步，特蕾莎的头靠在托马斯的肩上，两人就像坐着飞机在云雾里穿行。此刻她又感受到了坐在飞机上的那种奇特的幸福，那种奇特的忧虑。这忧虑意味着：我们已在最后的一站。这幸福意味着：我们在一起。忧虑是形式，幸福是内容。幸福充盈着忧虑的空间。

他们回到桌旁。特蕾莎又和主席跳了两曲，和那个小伙子跳了一曲。小伙子已经醉了，醉得连自己带特蕾莎一起倒在了舞池中。

接着，他们四人上楼，进了自己的房间。

托马斯打开房间的门，揿亮了吊灯。特蕾莎看见两张床对放着，一张床边有一个带灯的床头柜。一只巨大的蝴蝶被光线一惊，飞离灯罩，在房间里盘旋。下面，传来钢琴和小提琴微弱的声音。

大写的牧歌与小写的牧歌

——重读米兰·昆德拉

弗朗索瓦·里卡尔

一

《不能承受的生命之轻》最后几页题为《卡列宁的微笑》的文字,曾使我,且至今仍令我感到炫目而又困惑。炫目之感来自其文字的美,来自其特有的语义与形式的完满。而正是从这种美和这种完满之中产生了令我深陷其中的困惑与不尽的疑问。笔者写作本文的目的,在于试图探清这份炫目与疑问——通过总体把握和相互观照来加以领悟。因此,本文将围绕牧歌和美这两个主题展开思考。

但首先是,我为何会受到如此的冲击?究其原因,恐怕在于这几页文字与过去我在昆德拉作品中看到的中心倾向形成了极为鲜明的对照。通过阅读昆德拉以前的那些小说,我曾得出结论,将其中心倾向定义为对任何抒情形式的讽刺、质疑,对天真的彻底批判,总之,这是以毁灭、嘲讽,以"彼世"的目光投向一切价值标准,尤其是投向政治与诗为基础的某种哲学意义上的撒旦主义形式。就此而言,我从未读过比这走得更远的文学作品,也从未读过将幻灭之艺术推得如此之远,将我们的生命与思想借以为本的基本谎言揭露得如此深刻的作品。简而言之,没有一部作品与牧歌之精神如此格格不入。而相反,其常用手段之一,便是通过作品中主人公,如《玩笑》中的路德维克与雅洛斯拉夫,《谁都笑不出来》中的叙述者,《搭车游戏》中的女主人公,《好笑的爱》中的哈威尔大夫与爱德华,《告别圆舞曲》中的雅库布,《笑忘录》中的塔米娜和扬,《雅克和他的主人》中的仆人等人物的生存与思考,来彻底揭露这个世界的无足轻重和绝对可笑。

然而，在这样一个世界中，怎能出现牧歌？《不能承受的生命之轻》的最后一部分怎么可能由一条垂死之狗的微笑而变得如此温馨和明媚？其不当之处更在于小说中的这首牧歌紧接在《伟大的进军》这一部分之后，而在这一部分，探讨的是粪便与媚俗的问题，小说家的讽刺也许比他在这部小说中的任何其他部分都表达得更彻底。

总而言之，这几页文字有着某种令人愤慨的东西。然而，文中却包含着某种真理，某种不言自明的真理，与昆德拉作品中最具撒旦性的部分所揭示的真理一样，无法回避。因此，这几页文字给我揭示了另一个昆德拉，或至少迫使我不得不修正我先前对他作品的看法（因而也改变了这一作品在我心间所激起的回声的看法，在我心中，我一直认为其作品正是以最为确切的方式对我的意识作了表达）。这种修正的最终完成，只能通过质疑，彻底去掉我先前对这部作品及其欲言所持的也许过于单一的简单化认识。也就是说，只能通过考察下面的这一悖论：毁灭的作者也是牧歌的作者。

二

重读昆德拉的作品，确实使我们发现，虽然《卡列宁的微笑》无疑是其作品中看到的最精心设计或最精心维护的牧歌形象，但远不是唯一的。在他以前的长短篇小说中，出现过不少类似的形象，因此在我看来，说这是其作品的重大主题之一毫不为过。我们甚至可以说：这是作品主人公生存的最为强大的动力之一，亦即小说想象力的动力之一。

但是，跟昆德拉表达的所有主题一样，这一主题本质上是含混不清的、多义的，不可能简约为某种稳定的、确定的内容。就如《不能承受的生命之轻》中萨比娜的怪诞的画一样，其意义以小说话语的质疑本质为标志，只能通过采用某种语义对位法来加以表达，且不断超越自身，导向其反面，使其最终变得不确定，因此也就变得更为丰富、迷人。

不能承受的生命之轻

或许,对牧歌这一主题的含混性的表达,莫过于《笑忘录》中结尾部分。在海边,在一个荒岛上——典型的牧歌环境——扬和爱德维奇在一个所有人都裸体的海滩上漫步。她从中看到了一幅天堂的景象,一幅终于解放了的人类景象,而他则想到了走向毒气室的犹太人。他们谈到了达夫尼斯和赫洛亚:

扬又一次带着叹息重复说道:"达夫尼斯,达夫尼斯……"

"你叫达夫尼斯?"[爱德维奇问]

"是的,"他说,"我叫达夫尼斯。"

"很好,"爱德维奇说,"应该回归到他那儿。回到人还没有被基督教戕害的那个时代。你想说的是这个意思吗?"

"对。"扬回答,可他想说的是完全不同的意思。

扬与爱德维奇之间的这种互不理解,我们不妨再加以进一步的分析。两人都渴望牧歌,也就是渴望昆德拉在别的作品中所写的"第一次冲突之前的世界状态;或者冲突之外世界的状态;或者冲突只是误会,即假的冲突。"对建立在和谐基础之上的幸福的这份渴望,我们可以将之称为他们的"牧歌意识"。

然而,尽管两人都感到如此的渴望,但这种渴望对两人而言意义却不是同一的,爱德维奇与扬的共同渴望所投射的形象也不是一样的。据此可以说,他俩之间,各人都在自己的心中拥有、并充满一种各自特有的"牧歌意识",其中表现的,是既控制了其生命,也控制了其想象力的某种个人的"神话"。

正是在这个意义上,我在上文中谈到这一"动力"式的牧歌,因此在我看来,恰正是通过昆德拉心中的牧歌,或浸淫其心田的牧歌,亦即通过昆德拉特有的"牧歌意识",才可能对昆德拉每个人物的生存动力或生存之"律"做出界定。让我们重读《玩笑》。只有当小说将人物置于"牧歌的境地"时,亦即通过人物浸淫其间的牧歌,我们对小说人物的认识才可以说是意义深长而全面的。埃莱娜置身于歌颂革命的人群的欢乐之中。雅洛斯拉夫站在田野的一丛犬蔷薇旁,一队骑士护卫一位遮着面纱的国王在身边经过。考茨卡处在一个以宽恕为怀的丘陵之乡。就他们中的每一个人而言，幸福就在于其牧歌的实现，而不幸则在于其牧歌的毁灭。

但我们还是回到海滩上一丝不挂的扬与爱德维奇身上。他俩在各自的心目中都充满牧歌的某幅图景，以各自的方式想象着达夫尼斯的天地，在那里，没有冲突发生。但是，他们之间的互不理解比表面上看到的更为深刻。因为在他们各自的"牧歌意识"之间，存在的远远不只是一种简单的差异。存在的应该说是一种矛盾。爱德维奇置身于裸泳者之间，感觉到自己与达夫尼斯十分接近；而扬则清楚自己距离太远，且不可挽回，永远都不可能接近达夫尼斯，除非逃离这片海滩，或这片海滩空无一人。扬的牧歌并不仅仅有异于爱德维奇的牧歌，而是截然不同的，完全是爱德维奇的牧歌的反面。

于是，在同一运动中——对和谐与安宁的渴望——展开了与之呼应的牧歌的两种图景，即两种意义，而在昆德拉的作品中，两者都得到了充分的展示。为了更好地抓住两者之间的对立与纠缠，我建议借助评论家诺思洛普·弗莱对该词所做的定义——此定义由弗莱借自于威廉·布莱克——将两者中的一个称为天真（或"爱德维奇式"）的牧歌，将另一个称为经验（或"扬式"）的牧歌。

限于篇幅，我们不可能对昆德拉的作品中这两种牧歌具有代表性的各种图景所形成的两种范式作一全面的梳理。我们还是仅就其中最为明显的图景做一回顾。

三

属于天真之范式的，有两个反复出现的图景，乍一看，它们似乎是相互矛盾的，然而，昆德拉小说的众多发现中，重要的一点便是清楚地揭示了两者之间深刻的相似性，它们往往根植于同一渴望之中，且通往同一个天地。第一个图景便是裸泳海滩，爱德维奇从中看到了达夫尼斯岛的重现；不仅在各种节日和集体欢庆的场面（在《生活在别处》中的女摄影家的别墅，《笑忘录》中的卡莱尔与玛尔凯塔家，芭芭拉家等），而且在电吉他所弹奏的"无记忆的音乐""音乐的原始状态"的提示中,都可看到这一图景的不同变形,因为在这音乐声中,确实所有冲突都化解了。

在这些简单的音符的组合中,所有人都可以亲如兄弟,因为是存在本身在这些音符中兴高采烈地喊叫着"我在这儿"。没有比与存在的简单融合更吵闹也更一致地融合了。

[……]身体随着音符的节奏动作起来,为意识到自己存在着而陶醉不已。

天真之牧歌的第二幅图景非革命理想莫属,革命理想旨在通过将世界改变成一个没有异端没有分裂的统一天地,而达到冲突的结束。以牧歌之意愿对共产主义所做的这一阐释在昆德拉的作品中经常出现;在多次提及一九四八年的布拉格的文字中,这一点表达得尤为明显,因为在当时,革命被看作是对所有人的一种邀请,邀请众人最终进入"有夜莺歌唱的田园,向往着和睦安宁的王国,在那一王国里,世界不再视人为它物,人也不再视其他人为异己,而是相反,世界与所有人都被糅合到唯一、同一的物质里"。

一边是爱德维奇的海滩式摇摆舞曲,一边是共产主义圆舞曲,在这两者之间,对立仅仅是表面的。一天,特蕾莎看了一个裸泳者海滩和俄国人的坦克进入捷克斯洛伐克的几幅照片之后,情不自禁地开口说道:"完全是同一回事儿"。所谓天真之牧歌的这两幅图景确实具有同样的基本特征。且说其中的两条,它们紧密相连:一是对个体的取缔,二是对界限的抛弃。

爱德维奇的海滩,或狂欢,或摇摆舞会与共产主义天堂的共同之处,首先在于在这里,独处不仅仅是不可能的,而且是禁止的。这是一个将个体融和、融化到群体中的世界;"而不愿做其中一个音符的人则成为一个无用且无意义的黑点"。简而言之,这种牧歌"就其本质而言",是"一个所有人的世界"。

这也是一个没有界限的世界,在这里,任何界限都被否决,被超越。爱德维奇为自己能从"我们文明的监狱的另一边"来到这里而高兴,古斯塔夫·胡萨克对集会的孩子们说:"孩子们!你们是未来![……]我的孩子们,永远不要向后看!"这是因为此牧歌处于任何界限之外,不管是个体性之界限,还是文化、道德或存在本身之界限。它以完满与偶然、软弱、怀疑、苦涩,即与任何冲突动因做斗争。欢乐之完满,自由之完满,存在之完满。就像"牧歌之态度"在强调:"[真正的]生活在别处,"这一牧歌宣称要通过恢复美化的生活,赎救邪恶且不完美、不定和虚无的日常生活,让意义得以丰富,欲望得以实现。

这第一类牧歌——其特征允许我们将之界定为"大写的牧歌"——不能不让我们想到乔治·巴塔耶在有关色情的研究中所描写的连续性世界,他正是把这一连续性的世界与对禁忌的超越和违抗联系在了一起。然而,无论是爱德维奇,还是在狂欢之中的玛凯塔,他们的幸福与在布拉格街上跳舞的积极分子的幸福是一样的:一种超越、突破了某种界限的感觉,一种因此而达到新的存在状态的感觉,这种新的存在状态比他们脱离的那一种要更为真实,更为纯粹,更为美好。

四

我们可以说,昆德拉的整个作品都被作如此理解的这种大写的牧歌所诱惑,它在这部作品中确实构成了一个中心的神话,因此也就构成一个理解人类生存及我们所生活的世界的方式,或至少是理解人与世界的视界的方式。但是,这个神话非但不吸引人,反而在排斥,其诱惑是在起着反作用,不是作为向往,而是作为威胁。也许,正是由此,通过对牧歌的无情批判,通过对这一牧歌所预示的奇迹的逐一摧毁,昆德拉的"撒旦主义"才得到更好的展现。这样的批判是彻底的。它并不仅仅针对大写的牧歌的这一或那一图景,或针对牧歌所声称体现的这一或那一意识形态或政治。正是在其社会的和个体的层面上,对牧歌的向往和信念受到了质疑,这也就是重"彼世"轻"此生",重"统一"轻"杂合"。

这一批评借用了多种形式。它时而是明言的,时而又是含蓄的;它时而表现为犬

世界传世藏书

世界孤本小说

不能承受的生命之轻

241

儒主义,时而又表现为冷嘲热讽,然而,它彻底揭露了大写的牧歌中的谎言与恐怖。不妨想一想《笑忘录》第六部摇摆舞手拉斐尔领塔米娜去的那个居住着达夫尼斯和赫洛亚的小岛。也想一想《不能承受的生命之轻》中媚俗对粪便的普遍胜利,而归根结底,媚俗不过是大写的牧歌的表现和美本身。

但是,昆德拉对大写的牧歌的批评还有另一条途径,也许是最富有意义的途径,这正是我们在此想要探寻的。那就是通过作品构成另一个图景系统,构成另一个范式,但这一次,是建立在我们可称之为悖论式的"反牧歌之牧歌"的东西之上,这也就是我们在上文所称的经验之牧歌。

扬这个人物在我们看来已经是拥有这一"牧歌意识"的人物之一。但他并非是唯一的一个。其他人物还展现了属于这一范式的更为丰富的图景。我们不妨再回顾几例。

首先是《玩笑》中的两例。第一例首推路德维克参加的那个小民乐队的最后演出场面,这个场面中具有在传统意义上与牧歌形式相联系的多种要素:音乐、花园、友谊、和平。但在小说中,倒是另一个插曲表达了这一主题,那就是与露茜的相见,当时路德维克被关押在军营,感觉自己"已被抛到[自己的]生命之路之外"。也许在任何一部作品中,这一类牧歌的"反牧歌特征"都没有表现得像在这几页文字中那样有力,在这里,幸福产生于被抛弃,真可谓是一种悖论。

我坚信一旦远离历史的飞轮,生命便不是生命,而是半死,是烦恼,流亡,是西伯利亚。而此时此刻(到西伯利亚六个月后),我突然看到了一种存在的可能性,崭新且出人意料:在我的面前,展现出被飞翔的历史之翼所遮盖,且已被遗忘的日常生活之绿洲,在这里,一个普通、可怜、但却无愧于爱的女子在等待着我。那就是露茜。

对历史的巨翼,露茜能知道些什么呢?至多是一声巨响掠过她的耳朵;她对历史一无所知;她生活在历史之下;她对之并不渴望;她没有任何崇高的和一时的烦恼,她生活的烦恼只是琐碎的,是永久的。而我,一下子,我便获得了解脱。

在《生活在别处》的第六部分中,也有着这种"安宁的间歇",那个四十来岁的男人为女友雅罗米尔举着"慈善之灯",经历了"自己的非命运的牧歌"。后在《笑忘录》中，又有阿尔卑斯山区的一个山村小旅馆，塔米娜和她丈夫离开故乡后在那里栖身。

[……]他们明白自己是孤单的，与从前生活过的那个世界隔绝了。这时候，塔米娜感到一种解放和解脱。他们在山里，完全与世隔绝。周围寂静无边。塔米娜把这一寂静当作意想不到的恩赐来接受[……]；为她丈夫和她自己而备的寂静；为爱情而设的寂静。

该场面直接展现了我们想要指出的最后一幅图景，在这幅图景中，最为强有力的昭示了该范式的特征，我们已经说过，本文一直留意的，也正是这幅图景。这就是《不能承受的生命之轻》的最后几页文字。

所有这些图景展现的都是一个安宁的世界的景象，冲突完全消失，洋溢着应该称之为幸福的气氛。这些图景与第一类的图景有何区别呢？它们又在哪些地方与大写的牧歌是相对立的呢？

五

这些图景的最惊人的特征便是孤独，或至少是它们所置身其中的一种窄小的私密氛围。扬想象达夫尼斯是孤独一人跟赫洛亚在岛上。同样，当路德维克再回到小乐队时，小乐队所面对的是冷漠的听众，在节庆之中，很快形成了一个"被遗弃的小岛"，就像是"悬在冰冷的水深处的一个玻璃舱"。那个四十岁的男人也同样独自生活，呆在他的公寓里，"忙的都是自己，独自玩，看书。"至于特蕾莎和托马斯，他俩"与老朋友和熟人断绝了一切往来"，"他们与过去的生活一刀两断，就像用剪刀把一根饰带一刀剪成两截"；在这远离布拉格的村子里，"他们在一起[……]，只有他俩。"

可见，这些牧歌都产生于断绝，这是些个人的牧歌。不过，与众人断绝往来，凭此并不能产生牧歌。路德维克离开露茜和矿山后，也一直是孤单一人；可他却生活在地狱中，因为他迫切想要复仇，而这正是一种承认历史，因此而受到历史所囚禁的一种方式。直到小说结束，当路德维克终于明白复仇只是一种虚荣心，自甘无限"沉沦"，甘心无限孤独时，才获得了解脱。这时，才可能出现牧歌；路德维克才能吹奏起单簧管，重享被遗忘的民乐。总而言之，这一亲身经历赋予的并非是一种征服，一种终身都有可能继续的征服，恰恰相反，赋予他的，是处在其最深刻的失败之处，堕落到最低层，被排斥到最底层的一种启示。

真正的孤独不仅要远离群体，尤其要彻底地分离，由此而断绝一切交流；通过彻底的分离，群体和牧歌之欲望被彻底剥夺其资格。就其根本而言，凡孤独者，即私人的牧歌之英雄，都是一个逃逸者。

因为这一牧歌不可能上升到或进入到另一种生活。它在根本上就是另一种生活的反面，其本质就是自愿背离另一种生活。因此，那个四十来岁的男人"背离了历史及其悲剧性的表征，背离了自己的命运"。换言之，在这里，牧歌的条件不是超越，而是后退；不是对禁忌的侵犯，而是更为彻底的侵犯：对侵犯之侵犯。正因为如此，托马斯和特蕾莎在村子里时，并非处于边界的"另一端"，在那里，生活变成了命运，一切都有着意义且完满，历史在前进。而他们俩的安宁恰恰相反，是一种逃逸，是隐身于边界的这一端，隐身于"非命运"、非完满、重复且意义不完全的世界。这就是露茜的世界。

当另一种大写的牧歌在本质上是积极的情况下，那么，这一种牧歌在本质上就是消极的。它恰恰是以非牧歌而定义自身的，也就是说，随着大写的牧歌的升腾，降临在这个世界上的便是遗忘和毁灭。

随着托马斯和特蕾莎的退隐，这个世界就像是一座被遗弃的房屋，只有一条狗在里面奄奄一息。

六

假使说诌媚是幼稚的表现，那么美就属于经验之牧歌。的确，在昆德拉此部作品中与这一牧歌相关联的因素与我们先前借以描述"扬式"牧歌的因素最终是相吻合的。诸类因素把美也变为了一个"消极的"范畴，换言之它与摆脱的运动相关联，而人正好通过这一运动，脱离大写的牧歌，在被孤置于的某种遗弃状态中发现被遮挡的东西。

或者说重新发现被遮蔽的东西。因为美并不是人们所期待的，而是人们所回望的东西，人们为之而"重新堕落"的东西——一旦与大写的牧歌分裂。大写的牧歌在兆示超越的同时，把我们领入到界限之外，带去一个比人们之前置身的地方更加美好的世界。在此处，昆德拉的美——与"当代"美形成最为强烈的对立——绝不是产生于侵犯，而是产生于我们称之为侵犯之侵犯的东西。它是被侵犯所遗忘的东西，在其背后，在其领土之外，命定要消失。总而言之，它就是被大写的牧歌所侵犯的东西本身，也就是被大写的牧歌所遗忘、鄙视、抛弃的东西本身。

在《玩笑》的末尾，波希米亚传统音乐就是这样出现的，正是在波希米亚音乐被众人所遗弃，而路德维克甘心自我堕落的时刻，他重又爱上了波希米亚音乐。

这个世界[……]，在其贫困中，我(意外地)与其重逢，在其贫困中，尤其是在其孤独中；它被奢华与广告所抛弃，被政治宣传、社会乌托邦，被一群群文化官员所抛弃[……]这种孤独在净化这个世界；它饱含着对我的责备，在净化这个世界，就像在对着一个活不了多久的人。它使这个世界闪烁着无法抗拒的最后之美；是这份孤独还给了我这个世界。

"对以前逃避的这个世界[……]的爱"也使路德维克重又怀念起露茜，让露茜重现；而露茜以其贫困，以其平凡，以她曾将路德维克引入其间的那个灰黑色的天堂，最终对路德维克而言，是一个美的"引导者"。

《告别圆舞曲》中的人物雅库布也同样如此，在他于泉城逗留的最后时刻，准备离开故乡，也就是说在已经决裂，处于"其生命之外，处于其命运的被遮蔽的表面的某处"时，才突然受到了美的启示。但在这个时刻，美，还有塔米拉对他而言已经失去了。同样，当弗兰茨问"什么是美？"时，萨比娜无言以答；但她回想起大学时代在青年工地劳动的岁月，有一天，她偶然进了一座教堂，里面正在望弥撒，她被"迷住"了。

在这座教堂里，她无意中遇到的，不是上帝，却是美。与此同时，她很清楚，教堂和连祷文本身并不美，而是与她所忍受的终日歌声喧嚣的青年工地一比，就显出美来。这场弥撒如此突兀又隐秘地出现在她眼前，美得如同一个被背弃的世界。

"从此，[萨比娜]明白了，美就是被背弃的世界"。这是因为牧歌——在此的图景是从工地的"高音喇叭中不断喷射而出的欢乐的军乐之毒汁"——要实现升华的目的，只能通过贬谪存在的东西，以有益于应该存在的东西。换言之，大写的牧歌意味着昆德拉所说的"生命的遗弃"，即遗忘、消除生命中复杂的、不一致的或脆弱的东西，以有益于一个简单化的、一致的、没有分裂也不脆弱的大写的生命。正因为如此，媚俗才对之表达得如此之恰当，媚俗以其对"生命的绝对认同"，不得不以一切代价无视粪便，也就是无视生命中矛盾和脆弱的一切；媚俗只能竖起"遮盖死亡的一道屏风"才能胜利。而把大写的生命缩减、替换为小写的生命，正是雅罗米尔的抒情、爱德维奇的伊甸园理想或摇摆舞会与革命的极权主义的相汇之处。因为美化世界的愿望要得以实现，不能不抛弃、摧毁世界中与之相抵牾或与之排斥的东西：就此而言，不妨套用昆德拉的说法，刽子手与诗人共治。

可是，正是在刽子手的追杀处，即在那个残余的世界中才有着牧歌和美。如暮色般微弱的、经受着危机的美，"和大西岛一般被淹没在"沉寂与遗忘之中，激起的不单单是热情，更多的是某种惊喜的怜悯。怜悯，即是对弱小的和必定要消亡的东西的仁慈和友善，就好比《玩笑》中的露茜，《笑忘录》中的卡莱尔的母亲与她的鬈毛狗，《告别圆舞曲》中的斗拳狗波博，《不能承受的生命之轻》中特蕾莎捡回家的小嘴乌鸦，尤其是一息尚存的小狗卡列宁。

总之，这种对"被遗弃的世界的怜悯"，也是透过或进入遮蔽生命的幻景、意义和言说，直面生命，直面生命的赤裸和显然时的炫目。正是在"那后边的某个地方"，在大写的牧歌的极点，在我们早就知道一定会双双死去的托马斯和特蕾莎的呵护下，在其困苦和脆弱之中，最终闪现出也已被死亡所裹挟的卡列宁温柔而平静的微笑。

世界孤本小说

全译插图本

笑忘录

[捷克] 米兰·昆德拉 ◎ 著　　王茵 ◎ 译

导　读

　　《笑忘录》是米兰·昆德拉奠定大师地位的关键代表作。全书以1968年前苏联军队入侵捷克斯洛伐克为时代背景，系统地描写了捷克不同阶层知识分子的多舛命运。书中不同的内容一个接着一个，如同旅行的几个不同阶段，朝向某个主旋律的内在，朝向某种独一无二情境的内在，而旅行的意涵已迷失在广袤无垠的内在世界，我欲辩却已忘言。作者在故事叙述当中，探讨了人生中间记忆和遗忘的哲学关系；记忆，人们希望保持或者忘却的内容，如同附带欢娱和讽刺的笑一样，是交相辉映的永恒主题。

　　在这部批评界奉为具有超现实主义风格的现代派小说杰作中，米兰·昆德拉试图打通小说、哲学和政治议论以及自传之间的隔膜关系，借以用罕见的政治正确的角度，探讨人生、音乐、性、哲学、文学和政治等重大话题，用笔诙谐独到，常常使阅读者在沉重的阅读中邂逅绝妙的幽默趣事，以致忍俊不禁。小说在法国出版后引起西方舆论界高度关注，获得当年法国最佳外国文学奖大奖，但是，它也给作者带来了意想不到的灾难——当时的捷克政府以此书在法国的非法出版为由，剥夺了米兰·昆德拉的捷克国籍。不过，这也从另一方面成就了米兰·昆德拉，使其成为国际驰名的小说家。

第一部　失落的信

1

一九四八年二月,共产党领导人克莱门特·哥特瓦尔德站在布拉格一座巴罗克式宫殿的阳台上,跟汇聚在老城广场上的几十万公民发表演讲。这是波希米亚历史的一个重要的转折,是千年不遇的那种关乎命运的时刻。

他被哥特瓦尔德的同志们紧紧簇拥着,紧靠在他身边站着的就是克莱门蒂斯。适逢落雪,天气非常冷,可哥特瓦尔德光着脑袋。克莱门蒂斯细致入微地摘下自己的皮帽,把它戴在哥特瓦尔德头上。

宣传部门复制了不计其数份哥特瓦尔德站在阳台上向人民发表演说的照片,照片上的他戴着皮帽,四外是他的同志们。共产主义波希米亚的历史就是从此座阳台上开始的。任何一个孩子都清楚这张照片,因为随处可见,在宣传画上,在课本里,或在博物馆里。

四年之后,克莱门蒂斯因叛国罪被判处绞刑。宣传部门马上让他从历史上消失,自然而然从全部的照片上消失了。自此以后,哥特瓦尔德就独身站在阳台上。以前站着克莱门蒂斯的地方,现在只有宫殿的一堵空墙。与克莱门蒂斯有关的,只剩下哥特瓦尔德头上的那一顶皮帽。

现在是一九七一年。米雷克说：人与政权之间的斗争，就是记忆与遗忘之间的斗争。

他用此话来为自己的行为开脱，可他的朋友们以为他的这些行为欠缺谨慎：他仔细地写日记，保留了自己的书信，对他们讨论局势、探讨前景的全部会议都做细致的记录。他对他们辩解说：他们没有做任何违背宪法的事情。要是鬼鬼祟祟行事，还带着愧疚感，一开始就注定失败的结局。

一个礼拜之前，米雷克与自己所在的建筑安装队在一个施工中的大楼楼顶工作时，他朝下看了一下，感到一阵迷糊。他失去了平衡，随手抓住一根柱子，可那根柱子之前没有稳固好，倒了下来。随后，大家把他从柱子下拉出来。刚开始以为伤得非常重。

带了一会儿，当他发现只是前臂一般性骨折后，他知足地想，这下可有几个星期的假了，他终于可以处理一些到眼下为止一直没有时间处理的事情了。

最后他最终接受了朋友们让他再谨慎点的建议。的确，宪法保障言论自由，可是法律也处罚一切可被定为危害国家安全的举动。没有任何人知道，国家会在何时开始大声宣布，这一言论或那一言论就危害了其安全。于是，他打算将那部分会连累人的书信文件转移到安全的地方。

可是，他想首先与兹德娜了结此事。他给她所居住的那座城市致电，那座城市离布拉格一百公里,可没有取得联系。因此耽误了四天时间。昨天,他才与她通电话。她允诺今天下午等他。

米雷克十七岁的儿子不赞成他这样做:米雷克不能一条胳膊打着石膏开车出去。他开车的确有困难。受伤的那只胳膊,吊着绷带,在胸前晃动,无力且碍事。换挡的时候,米雷克唯有松开方向盘。

3

二十五年前,他和兹德娜有过一段恋情,而关于这一时期,他只剩下几点回忆。

有一天,他们约会的时候,她用一方手帕擦着眼睛,鼻子在抽动,他问她怎么了。她说,俄国的一个国家领导人前一天去世了。一个叫日丹诺夫,阿尔布佐夫或马斯图尔波夫的人。看她泪水汹涌的样子,马斯图尔波夫的死,比她自己父亲的死更让她难过。

这真的有可能发生过吗?还是他今日的仇恨使他编排了为马斯图尔波夫之死而流下的泪水?不,这肯定发生过。不过,显而易见的是,他今天回忆不起使这些泪水真实可信的当时的具体情形了,记忆宛如一幅漫画,变得让人难以置信。

他对她的所有回忆是这样的:他们一起坐着有轨电车从他们第一次做爱的公寓房回来。(米雷克特别满意地注意到他完全忘记了他们的性事,一秒钟也想不起来了。)她比他结实、高大(当时他长得瘦小、羸弱),此刻正坐在车内长椅的一角,神情阴郁、古板,面孔老得令人吃惊。当他问她为什么这么不爱说话时,他了解到她是对他们做爱的方式不满意。她说,他和她做爱的时候就像个知识分子。

知识分子这个词,在当时的政治用语中,是一种辱骂。它指的是不懂得生活又与人民脱离的人。当时,所有被其他共产党人绞死的共产党人,都被赐予这一骂名。与所有那些脚踏实地的人们相反,据说,知识分子们是飘荡在空中的什么地方的。因此,从某种意义上讲,为了惩罚他们,大地从此彻底拒绝让他们落足,而他们就被吊在离地面稍高一点儿的地方了。

可是,兹德娜埋怨他像个知识分子那样做爱,这又是什么意思呢?

不管是出于什么原因,她就是对他不满意,并且,正如她能够将最不真实的关系(与她所不认识的马斯图尔波夫的关系)与最具体的情感(物化在一滴泪中)联系到一起一样,她也能够给最具体的行为赋予一个抽象的意义,给她在欲望上的不满足贴上一个政治标签。

4

他看了看后视镜,注意到一辆旅游轿车一直跟在他的车后面。他从没有怀疑过自己被跟踪,但是直到目前为止,他们还没有明目张胆地这样做。今天,出现了极端的变化:他们想让他注意到他们的存在。

到了乡间,离布拉格二十公里的地方,有一大块绿篱,绿篱后面有一个带若干修理车间的加油站。他有一个好友在那里工作,他想换一下失灵的启动器。他把车停在入口处红白相间的栅栏门前。一旁站着个肥胖的老太婆。米雷克等着她打开栅栏门,可是她却不住地盯着他看,身体一动不动。他鸣笛也没用,他从车窗门探出头来。"他们还没有把您抓起来?"老太婆问。

"没有,他们还没有把我抓起来,"米雷克答道,"您能不能把栅栏门打开?"

她又打量他一阵,一副心不在焉的样子,然后打了个哈欠,回到她的门岗里。她坐到一张桌子后面,不再理他。

他就下了车,绕过栅栏门,来到车间找他认识的修理工。那人跟他一起回来,自己打开栅栏门(那肥胖女人一直坐在她的门岗里,目光一直心不在焉),让米雷克把车开到院子里。

"你看，是你在电视上露面太多了，"修理工说，"所以这些老太婆都认识你。"

"她是谁?"米雷克问道。

听修理工讲，米雷克才知道：俄国军队入侵波希米亚，占领这个国家并四处发号施令，这对于她来说是非同寻常的生活即将开始的一个信号。看到地位比她高的人（可全世界的人都比她高），只要有一点儿举报，就被剥夺了他们的权力、地位、工作，甚至生计都成了问题，这让她兴奋不已。于是，她也开始告密了。

"可是她为什么还是当她的门卫呢? 她还没有得到提升吗?"

修理工笑了："她从一数到十都不会。他们为她找不到其他的位置。他们只能再次确认她告密的权利。对她来说，这就是提升!"

他打开发动机罩，看看发动机。

突然，米雷克注意到他身旁有一个男人。他转过身来：那人身穿栗色长裤、灰外衣、白衬衫，系着领带，长得粗脖肥脸，有一头烫过波浪卷的灰发。他立定站着，看着探身到发动机罩里的修理工。

过一会儿，修理工也注意到了他，站起身问："您找谁?"

粗脖肥脸的男人回答："不，谁也不找。"

修理工又探身到发动机里，说："在布拉格的圣瓦茨拉夫广场，有一个家伙在呕吐。另一个家伙来到他面前，忧心地看着他，摇着头说：您不知道我是多么理解您……"

5

阿连德被暗杀很快掩盖了俄国人对波希米亚的入侵，孟加拉的血腥屠杀又让人忘记了阿连德，西奈沙漠战争的喧嚣又盖过了孟加拉的呻吟，柬埔寨的生灵涂炭又让人忘记了西奈，就这样继续，就这样反复，继续反复，反复继续，直到一切都被所有人完全遗忘。

在历史依然缓慢前行的时代,不多的事件很容易铭刻在记忆之中,编织成一个无人不晓得背景,其前台上演着令人牵肠挂肚的私人生活的诸多传奇。今天,时间在大步前进。历史事件一夜之间即被遗忘,晨光降临便如闪烁的朝露般飘逝,因此也就不再是叙事者故事中的背景,而是过于稀松平常的私人生活背景前上演的一幕出人意料的传奇。

历史正从人们的记忆中消失,我应该讲一讲似已千年般古老的发生在若干年前的一些事件:一九三九年,德国军队进入波希米亚,捷克国家不复存在。一九四五年,俄国军队进入波希米亚,国家重新被称作独立的共和国。人们为赶走了德国人的俄国欢欣鼓舞,并且,由于将捷克共产党看成俄国人忠实的臂膀,人们就把自己的好感转移到后者身上。正是因为如此,当共产党人于一九四八年二月夺取政权的时候,既没有流血也没有暴力,而是得到了半个民族的欢呼致意。而今天,请注意:发出过欢呼的这个半数更生机勃勃,更聪明,更优秀了。

是的,不管人们怎么说,共产党人都是更聪明的。他们有一个宏伟蓝图,一个全新世界的蓝图,在那个世界里所有人都各得其所。反对他们的人没有伟大的梦想,只有一些陈腐的令人生厌的道德准则,用来补缀既成秩序那破旧的短裤。因此,也就难怪那些热情澎湃的人、那些勇往直前的人,轻而易举地战胜那些不冷不热的人、那些畏首畏尾的人了;也就难怪这些人很快就开始把自己的梦想付诸实践,为所有人谱写正义的牧歌了。

我强调这两个词:牧歌和为所有人,因为古往今来,人类都一直向往着牧歌,向往这个夜莺歌唱的田园,这个和谐的王国,在那一王国里,世界不是作为局外人反对人类,人类之间也不互相对立,而是相反,世界与所有人都糅合到唯一的、同一的物质里。在那里,每个人都是巴赫壮丽的赋格曲中的一个音符,凡不愿做其中一个音符的人则成为一个无用、毫无意义的黑点,只需抓在手里并用指甲碾死它,就像碾死一只跳蚤一样。

有些人很快明白他们并不具备牧歌所需要的性情,因而他们动了去国外的心思。然而,既然牧歌就其本质而言是所有人的世界,想要移居他乡的人显然就是在否定牧歌,结果他们国外没去成,而是去了监狱。其他的人不久也踏上同一条路,他们是成千上万地走的,其中就有很多共产党人,包括借皮帽给哥特瓦尔德的外交部长克莱门蒂斯。在电影银幕上,恋人们羞答答地手拉着手,而通奸则被由普通公民组成的荣誉法庭严厉惩治;夜莺在歌唱,而克莱门蒂斯的身体像一座钟一样摇摆着,敲响了人类历史的新黎明。

就在这个时候,这些人中一些聪明又激进的青年,突然奇怪地感觉到,他们到广阔天地里所开展的事业开始有了自己的生命,与他们的理想背道而驰,并且不再理会那些赋予其生命的人们。这些年轻且聪明的人开始在他们的事业后面呐喊,他们开始呼唤它,责难它,追捕它,对它进行逐猎。如果我要就这一代聪明且激进的青年写一部小说的话,我会把这部小说定名为《逐猎失落的事业》。

6

修理工合上发动机盖,米雷克问他该付多少钱。

"这有什么,"修理工说道。

米雷克坐进驾驶座,十分感动。他一点儿继续旅行的愿望都没有。他更愿意和修理工待在一起,听他讲笑话。修理工探身车中,拍了他一下。然后他向门岗走去,打开栅栏门。

在米雷克开车从他前面经过的时候,修理工用头向他示意了一下停在加油站门口的那辆车。

粗脖卷发的男人站立在敞开的车门旁边。他看着米雷克。坐在司机位置上的那家伙也注视着他。两个人咄咄逼人地、毫无顾忌地盯着他。米雷克从他们面前经过时，也尽力用同样的表情看他们。

他超过他们，从后视镜里看到那家伙上了车，那车掉个头，继续跟踪他。

他心想，真应该早点动手处理掉那些会连累人的书信文件。如果他在受伤的第一天就开始动手，不去等待与兹德娜的电话联系，他也许还能够把它们安全地转移。只是，他当时一门心思只想着这次要去见兹德娜的旅行。事实上，这事儿他想好几年了。但是，最近几个星期以来，他觉得不能再等下去，因为他的命运正在大步走向终点，而为了使它尽善尽美，他应该全力以赴。

7

遥想与兹德娜分手的那些日子，他当时有一种获得巨大自由的飘飘然的感受，而且他在各方面都突然开始一帆风顺。不久，他娶了一个美丽得终于让他有了自信的女人。后来，他的美人去世了，留下他和儿子在一起生活，他成了一个令人艳羡的鳏夫，很多女人对他倾慕，给他关怀和照顾。

与此同时，他在科学研究领域出人头地，而这方面的成功保护了他。国家需要他，他因而能允许自己对国家说三道四，而在那个时候，几乎还没有人敢于这样做。渐渐地，随着逐猎自己过去事业的那些人有了影响力，他就越来越经常地出现在电视荧屏上，并且成了一个名人。俄国人到了以后，他拒绝背弃自己的信念，因而被辞退，并且出入都有便衣警察相随。这些都没有把他击垮。他迷恋上了自己的命运，甚至他走向毁灭的步伐在他眼里都是高尚而美丽的。

听我说清楚：我没有说他迷恋上自己，而是说他迷恋上了他的命运。这是两个完全相反的事情。就好像他的生命获得了自我解放，突然有了自己的利益，而这利益与米雷克的利益毫不相干。依我看，生命就是这样转化成命运的。命运连抬起小手指为米雷克(为他的幸福,他的安全,他的心境和他的健康)做点什么的意图都没有,而米雷克却为了他的命运(为了它的伟大、它的澄明、它的美丽、它的风格和它的喻义)甘愿赴汤蹈火。他觉得他对自己的命运负有责任,而他的命运却不觉得对他负有责任。

他与自己的生命的关系,就像是雕塑家与他的雕塑、小说家与他的小说的关系。小说家不可侵犯的权利,是能够对他的小说进行加工修改。如果小说开头他不喜欢,他可以重写或者删掉。可是兹德娜的存在拒绝让米雷克行使作者的特权。兹德娜坚持要留在小说的头几页,不让人把她擦掉。

8

可是,与兹德娜的瓜葛到底为什么让他觉得那么没面子呢?

最简单的解释是:米雷克是很早就开始逐猎自己先前事业的那一种人,而兹德娜则一直对有夜莺歌唱的花园忠贞不渝。最近这段时间,全国有百分之二的人兴高采烈地欢迎俄国坦克的到来,她是这些人中的一员。

是的,确实如此,但我觉得这一解释不令人信服。如果只是这个原因的话,如果她只是为了俄国坦克的到来而高兴的话,他本可以高声地并且当着众人的面辱骂她,他不会否认说不认识她。兹德娜对不起他的,是一件格外严重的事情:她是个丑女。

可是,既然他已经二十年没碰她了,她丑不丑,又有什么关系?

这很有关系:哪怕是远在天边,兹德娜的大鼻子都是他生活中的一道阴影。

很多年前,他有过一个漂亮的情妇。有一天,她去了兹德娜居住的城市,回来后甚感不快:"我说,你怎么能跟这么一个奇丑无比的女人上床?"

他声明与她只是一般相识,极力否认与她有男女之情。

因为生活中有这样一个大秘密,而他不是不知道:女人要找的不是漂亮男人。女人要找的是有过漂亮女人的男人。以丑女为情人，那是个致命的错误。米雷克想尽办法要清除掉兹德娜的痕迹，并且，由于热爱夜莺的人日复一日地对他仇恨满怀，他希望作为党的专职人员力求努力上进的兹德娜，会很快地并且心甘情愿地忘掉他。

但是，他错了。她总谈起他来，不分场合，不放过任何机会。有一次，由于某种不幸的巧合，他和她在一个社交场合相遇了，她迫不及待地提起一段往事，那情景分明表明他们曾经非常亲密。

他怒不可遏。

另一次，他的一个也认识兹德娜的朋友问他："既然你那么讨厌这个姑娘，那你从前为什么还要和她在一起？"

米雷克开始对他解释说，那时候他是个二十岁的傻男孩，而她比他大七岁。她当时受人尊敬，令人钦佩，很有能量！她认识中央委员会里所有的人！她帮助他，抬举他，把他介绍给实权人物。

"我当时一门心思向上爬，是个傻瓜，行了吧！"他开始叫起来，"所以我靠上了她，我才不在乎她是丑是美呢！"

9

米雷克没有说真话。兹德娜和他年龄一般大。并且，尽管她为马斯图尔波夫之死哭泣，但是，当年她并没有上层的关系，也没有任何手段能让自己在仕途上有所发展，或者为别人在仕途上发展提供方便。

可是，为什么他要编排这些呢？为什么他要撒谎呢？

他一只手握着方向盘，通过后视镜看到秘密警察的车子，他突然脸红了起来。一段意想不到的回忆突然浮现在脑海里：

当她指责他在他们第一次做爱时像个知识分子以后，他就想从第二天开始，改正这一印象,并且表现出激情迸发的样子。不,说他忘记了他们所有的性事是不对的!这一次,他就完全看得清清楚楚:他佯装粗暴在她身上运动着,他发出长长的、低沉的吼叫,就像和主人的拖鞋在争斗的一只狗一样,同时他又(略带惊讶地)观察着躺在他身下的女人,她非常冷静,无声无息,近乎无动于衷。

汽车里回响着有二十五年之久的这一低沉的吼叫,这难以容忍的声响透露着他的顺从和逢迎,他的急切和殷勤,他的可笑和可悲。

是的,是这样:米雷克宁肯宣称自己是个向上爬的人,也不愿坦白实情。那实情就是:他之所以和一个丑姑娘上床,是因为他不敢接近漂亮女人。在他自己看来,那时他连兹德娜都配不上。性格的懦弱,自信的缺乏,这才是他要掩盖的实情。

车厢里回响着激情狂乱的低沉吼叫,这一声响向他证明着,兹德娜只是他为了摧毁自己那令人憎恶的青春而钟情着的痴迷幻象。

他把车停在了她家门口。跟踪的车停在他后面。

10

大多数时间里,历史事件往往干巴巴地互相模仿,但是据我看,在波希米亚,历史演绎了前所未有的一种情形。那里,并非按着以往的惯例,出现了一群人(一个阶级,一个民族)站起来反对另一群人的情况,而是一些人(整整一代男女)挺身反抗自己的青春。

他们企图抓获并驯服自己的事业,几乎就要成功了。在六十年代,他们的影响越来越大,在一九六八年初的时候,他们的势力几乎可以说如日中天。人们一般把这后一段时间称作布拉格之春:牧歌的守护人不得不拆除安在私人住所里的窃听器,边界开放了,音符逃离巴赫那宏伟的乐谱,以自己的方式唱了起来。这是令人难以置信的快乐,是狂欢!

为整个地球谱写伟大的赋格曲的俄国，不能容忍音符四散开来。一九六八年八月二十一日，它向波希米亚派出了一支五十万人的军队。不久，大约有十二万捷克人离开这个国家，留下来的人中，五十万左右的人被迫放弃了他们的工作，来到坐落在偏僻地区的车间，来到遥远的工厂，开起了卡车，也就是说，来到了不再有人能听到他们声音的一些地方。

为了使这一不快回忆的阴影不再干扰这重建了牧歌的国家，应该让布拉格之春和俄国坦克的到来——这一美好历史的污点——化为乌有。为此，今天，在波希米亚，人们对八月二十一日的周年日噤若寒蝉，而那些站起来反抗自己的青春时代的人们的名字，也被仔仔细细地从国家的记忆中擦掉了，就像小学生作业里出的错一样。

米雷克的名字，他们也把它涂掉了。此时此刻，米雷克虽然一级一级爬着楼梯走向兹德娜的家门，实际上，顺着旋转楼梯在爬升的不过是一块涂抹后残留的白斑、一片余有轮廓的空白。

11

他坐在兹德娜对面，吊着绷带的胳膊在晃动。兹德娜看着一旁，避免目光接触，话说得很多：

"我不知道你为什么要来。但你来这里，我很高兴。我和同志们说了。在建筑工地干一辈子小工，终究是荒唐的。我知道，党还没有向你关上大门。还来得及。"

他问她该做什么。

"你应该表态，你自己主动要求表态。由你来迈出第一步。"

他明白到底是怎么回事了。他们会让他知道，他只剩下五分钟，最后的五分钟，来高声宣布他否认自己过去的言行。他了解这种交换。他们让人们用过去来收买未来。他们会强迫他在电视上用透不过气来的声音向人民解释，说他所说的那些反对俄国、反对夜莺的话,都是错的。他们将迫使他将自己的生活远远抛到身后,变成一个影子,一个没有过去的人,一个没有角色的演员,并且把已经被抛弃的生活变成影子,把被演员抛弃的角色也变成影子。这样变成影子后,他们才让他活下去。

他注视兹德娜:为什么她说话这么快,声音这么失常?为什么她目光游移,不敢正视他的眼睛?

事情再明显不过了:她为他设下圈套。她奉党的指令或警方的指令而来,她的任务是说服他投降。

12

可是,米雷克弄错了!没有人授意兹德娜与他谈话。根本没有!事到如今,没有哪个实权人物会答应给米雷克提供一次表态的机会,即便他恳请也没用。太晚了。

兹德娜之所以鼓励他采取一些自救的步骤,并且声称向他传递着身居高位的同志的意见,只是因为她有一种徒劳且混乱的愿望,想尽其所能地帮助他。她之所以说话如此之快并且不敢正视他,不是因为她手里掌握着一个圈套,而是因为她双手空空,爱莫能助。

米雷克理解过她吗?

他一向认为兹德娜是出于迷信崇拜才对党一直狂热地忠贞不渝。

不是这样的。她对党忠贞不渝,是因为她爱着米雷克。

在他离她而去的时候,她只有一个愿望,那就是去证明:忠诚乃是高于一切的价值。她愿去证明,他在一切方面都不忠诚,而她在一切方面都忠诚。看起来像是政治狂热的东西,只是一个借口,一个比喻,对忠诚的一种显示,对失落的爱情的暗自责难。

我猜想,八月的某一个早晨,她在睡梦中被喧嚷的飞机声惊醒。她跑出门,来到街上,惊慌失措的人们告诉她,俄国军队占领了波希米亚。她发出了一阵歇斯底里的笑！俄国坦克来惩罚所有那些不忠的人了！她终于可以看到米雷克厄运降身了！她终于可以见到他跪在地上了！她终于可以像一个知忠诚为何物的人那样,向他俯下身去,拉他一把了。

米雷克看出话不投机,决定干脆言归正传。

"你知道,从前我给你写过许多信。我想把它们收回来。"

她吃惊地抬起头来:"信?"

"是的,我的信。当时,我大概给你写了有九十封。"

"不错,你的信,我知道,"她说。突然,她不再避开他的目光,她目不转睛地看着他的眼睛。米雷克不快地感觉到她洞穿着他的灵魂,并且准确无误地知道他要什么,为什么要。

"你的信,对,你的信,"她重复着说,"我不久前又再读过。我还想,你当时怎么能够有这样的感情爆发。"

她几次重复这几个词:感情爆发。不是很快地、语速急切地说出来,而是缓缓地带着深思熟虑的声音,就好像她瞄准了一个她不愿射失的靶子,她的眼睛盯紧了靶子,要保证自己击中靶心。

13

打着石膏的胳膊在他胸前晃动,他的脸色涨得通红:看上去像是刚刚挨了一耳光。

啊,是的！确实,他的信绝对是激情澎湃的。他要不惜一切地表明,他之所以钟情于这个女人,不是因为他的怯懦和自卑,而是因为爱！能和这样丑的一个姑娘恋爱,唯一的解释就是他真的动情了。

"你给我写信说,我是和你并肩战斗的战友,你记得吗?"

他的脸更红了:这怎么可能? 这是个可笑至极的词:战斗! 他们的战斗是什么呢? 他们参加没完没了的会议,他们的屁股上都起了泡,但是,一旦他们站起来发表激进的观点(应该给阶级敌人以更严厉的惩罚,应该以更斩钉截铁地语言表达某种思想),他们就感觉到自己像英雄画卷里的人物:他倒在地上,手持左轮枪,肩部流血受伤,而她则是手枪在握,冲上前去,冲到他不能过去的地方。

那时候,他的脸上还长满青春痘,而为了让人看不见它们,他戴上了反抗的面具。他对所有人讲,他与他的富农父亲断绝了关系。他说,他唾弃了眷恋土地和财产的古老的农民传统。他描述了在家里与父亲争执并决然离家出走的场景。所有这一切,没有一点儿是真的。今天,当他回首往事的时候,他只看到了编造和谎言。

"那时候,你和今天比,是另一个人,"兹德娜说。

他想象着自己拿到了那一札信件。在碰到的第一个垃圾箱前,他停下来,小心地用两个手指夹着那些信,就好像那是粘上了粪便的纸,他把它们扔到垃圾箱里。

14

"这些信对你有什么用?"她问道,"你究竟为什么还要它们?"

他不能说他要把它们扔到垃圾箱里。于是,他用一种伤感的声音,开始对她说他到了回首往事的年龄。

(说这些的时候,他感到不自然,他觉得自己的谎话没有说服力,他为自己感到羞耻。)

是的,他在回首往事,因为他如今忘记了自己年轻时是什么样子。他知道自己栽了跟头。正因为这样,他想了解自己是从哪里开始栽的,在哪里犯的错误。正因为这样,他想回头看看给兹德娜的信,从中寻出隐藏着他的青春、他的起步和他的根基的

263

秘密。

她摇着头："我永远也不会给你。"

他谎称："我只是借一下。"

她又摇头。

他想到，他的信就在这间房子的某个地方，她可以随时拿出来给随便哪个人读。他认为，自己的一段生活掌握在兹德娜手里，这是不能容忍的。他想拿起小桌子上放在他俩之间的玻璃制大烟灰缸，砸到她脑袋上，然后拿走他的信。他没有这样做，他重新向她解释说，他在回顾过去，想知道自己的起点在哪里。

她抬起眼来，用目光打断了他："我永远不会给你。永远。"

15

当他们从兹德娜的楼里出来的时候，两辆车一前一后停在楼门口。警察在对面的人行道上来回踱步。这时候，他们停下脚步，看着他们。

他让她看这两个人："这两位先生跟踪了我一路。"

"真的吗？"她说，语气中带着怀疑和不自然的讥讽，"所有人都迫害你吗？"

她怎么可以如此地厚颜无耻，向他当面宣称那肆无忌惮、蛮横无理地打量着他们的那两个人，只是碰巧路过的行人？

只有一个解释。她和他们串通一气。他们的把戏，就是让人觉得秘密警察并不存在，没有任何人受到迫害。

这时候，警察穿过马路，在米雷克和兹德娜眼皮底下，上了他们的汽车。

"多保重，"米雷克说，他甚至不再看她。他上了车。通过后视镜，他看到警察的车在他身后刚刚启动。他没看到兹德娜。他不想再看她。他永远不想再见到她。

因此，他不知道她一直站在人行道上，长时间注视着他，神色惊恐莫名。

不，兹德娜之所以拒绝将对面人行道上踱步的两个人看成警察，不是因为她厚颜无耻，而是因为她被眼前发生的难以置信的事情吓坏了。她想向他掩盖真相，向自己掩盖真相。

16

一辆野蛮驾驶的红色跑车，突然出现在米雷克和警察之间。他踩了下油门。他们驶入一个城镇。出现了一段弯路。米雷克明白，这时候，跟踪他的人不可能看见他。他拐进了一条小街。刺耳的刹车声中，一个正要过马路的小男孩刚好有时间跳回去。米雷克从后视镜上看到那辆红色轿车跑到主路上去了，而跟踪者的车还没有过来。稍后，他又拐到另一条街上，就这样从他们的视野里彻底消失了。

他上了一条完全相反方向的路，出了城。他看看后视镜，没有人跟踪，路上空荡荡的。

他想象着那两个可怜的警察正四下找他，还要担心自己被上司训斥一通。他发出了一阵笑。他放慢速度，看了看车外的景色。坦率地讲，他从来没有看过景色。他总是开往一个目的地，安排一件事情，或商量另一件事情，乃至外部世界的空间对于他来说，是个负面的东西，是时间的浪费，是妨碍他活动的障碍。

在他前面不远的地方，两根红白相间的护栏慢慢降落下来。他停下车。

忽然，他感到疲倦至极。为什么要去看她？为什么要收回这些信？

这次旅行所有的荒唐、可笑、幼稚之处，都向他的脑海袭来。驱使他来到她面前的，不是理性的推理或利害的权衡，而是一种难以遏止的欲念。是远远地向过去伸出手臂、拳打它一番的欲念，是持刀割破他的青春画卷的欲念，是一种他无法控制又未得到满足的强烈欲念。

他感到疲惫不堪。现在，要把那些会连累人的书信文件从他的家中转移出来大概不可能了。什么都完了。警察就跟在他身后，不会再放过他。太晚了。是的，一切都太晚了。

他听到远处传来火车头的喷气声。道口看守员的房门前，有一个头戴红头巾的女人。火车到了，这是一列慢车，一个手执烟斗模样憨实的农民从一扇窗子探出头来，吐了口痰。然后，他听到一声铃响，戴红头巾的女人走向平交道口，摇动了一个手柄。护栏升起来，米雷克启动了车子。他开进一个村庄，这村庄只是一条长长的街，街的尽头是一个车站。那车站是一座白色的矮房，围着一堵篱笆墙，透过篱笆，可以看到站台和铁轨。

<h2 style="text-align:center">17</h2>

车站的窗台上摆放着一些花盆，花盆里开着秋海棠。米雷克停下车。他坐在驾驶座上，看着眼前的房子、窗户和红花。另一座白房子的画面从遗忘已久的年代浮现在他的眼前，窗台上映衬着秋海棠的红色花瓣。这是一家山村小旅馆，事情发生在一次放暑假的时候。窗前，红花掩映之中，一只大鼻子出现了。米雷克当时二十岁；他抬眼看这只鼻子，心中升起无限的爱意。

他想赶紧踩一下油门，好躲开这一回忆。但是，这次我可不会让自己上当了，我叫住了这一回忆，让它留一会儿。因此，我重说一次：窗前，秋海棠掩映之中，出现了兹德娜的脸和她那硕大的鼻子，米雷克心中升起无限的爱意。

这可能吗？

当然可能，为什么不呢？一个懦弱的男孩不能对一个丑姑娘动真情吗？

他对她讲怎么与自己的反动父亲抗争，而她斥责着知识分子。他们屁股上都起了泡，他们手拉着手，一起去开会，他们揭发自己的同胞，他们撒谎并相爱着。她为马斯图尔波夫的死哭泣，他在她的身体上像一只狗一样发出低沉的吼声，他们爱得死去活来。

他之所以要把她从自己的生活相片中抹掉，不是因为他不爱她，而是因为他爱过她。他擦掉了她，擦掉了他对她的爱，他从相片上刮抹掉她的身影直到她消失，就像宣传部门让克莱门蒂斯从哥特瓦尔德发表历史性演说的阳台上消失一样。米雷克重写历史，就像所有的政党一样，像所有民族一样，像整个人类一样，大家都重写历史。人们高喊着要创造美好的未来，这不是真情所在。未来只是一个谁都不感兴趣的无关紧要的虚空。过去才是生机盎然的，它的面孔让人愤怒、惹人恼火、给人伤害，以致我们要毁掉它或重新描绘它。人们只是为了能够改变过去，才要成为未来的主人。人们之所以明争暗斗，是为了能进入照相冲洗室，到那里去整修照片，去改写传记和历史。

他在这个车站待了有多久？

这次小歇意味着什么？

什么都不意味。

他立刻把这一切从脑海中扫除了，这样一来，什么秋海棠、白房子统统被抛到了身后。他又重新开始加速行驶，看也不看车外的景色。外部世界的空间重新变成了只是减缓他行动的障碍。

18

他成功摆脱掉的那辆汽车已停在他的前门口。那两个男人就站在离车稍远的地方。

他把车停在他们的车后面，下了车。他们几乎是快乐地向他微笑，就好像他的逃脱只是一个让他们都觉得开心的恶作剧。当他从他们前面走过的时候，那个粗脖卷发的男人向他笑了笑，并点头示意。这种亲切随意让米雷克感到焦虑不安，因为它表明，现在他们要更紧密地联系在一起了。

米雷克泰然自若地走近家门。他用自己的钥匙打开房门。他首先看到他儿子，看到他眼神里有种克制的激动。一个戴眼镜的陌生人走近米雷克，说出自己的身份："您要看搜查证吗？"

"是的，"米雷克说。

房间里，有另外两个陌生人。一个站在他的书桌前，桌上堆放着纸张、笔记本和书籍。他一件一件放在手里。另外一个人，坐在书桌前，记录着这个人说的内容。

戴眼镜的男人从自己胸前的衣兜掏出一张折叠的纸，递向米雷克："看，这就是搜查证，那边，"他指着那两个人，"我们在为您准备一份扣押物清单。"

地上，堆满了散落的材料和书刊，橱柜的门大开，家具被挪离靠墙的位置。

米雷克的儿子向他靠过身来，对他说："你走后五分钟，他们就到了。"

在书桌前，那两个男人正在做扣押物清单：米雷克的朋友的信，俄国人占领头几天的材料，政治形势的分析，一些会议的记录。

"您没怎么为您的朋友着想啊，"戴眼镜的人一边说，一边朝那些扣押物撇了下脑袋。

19

那些移居国外的人（有十二万），被剥夺了言论和工作的人（有五十万），就像在云雾中远去的一个行列一样消失了，无影无踪，被人遗忘。

而监狱，尽管四面都是围墙，却是人类历史的一个辉煌灿烂的舞台。

米雷克一直知道这一点。最近几年来，监狱的光荣不可遏止地吸引着他。福楼拜大概就是这样被包法利夫人的自杀所吸引的。不，米雷克想象不出他的生命的小说会有其他更好的结局。

他们想从记忆中消除掉成千上万人的生命,以便他们无瑕的牧歌中只留下那些无瑕的时光。但是,米雷克要把自己的整个身体抛掷其间,给这一牧歌留下一个污点,并且一直留在那里,就像克莱门蒂斯的皮帽一直戴在哥特瓦尔德的头上一样。

他们让米雷克在扣押物清单上签了字,然后他们要他跟他们一起走,他儿子也跟着去。经过一年的羁押后,进行了审判。米雷克被判六年徒刑,他儿子两年,他的十几个朋友分别被判一到六年监禁。

第二部　妈妈

1

有一阵子,玛尔凯塔不喜欢她婆婆。那时候(她公公还在世的时候),她和卡莱尔住在婆婆家,她每天都成为婆婆迁怒的对象。他们没有忍受多久,就搬家了。他们当时的格言是:"离妈妈越远越好。"他们搬到另一座城市居住,在国土的另一端,这样一来也就是一年才见卡莱尔的父母一面。

后来,有一天,卡莱尔的父亲死了,剩下妈妈一个人。葬礼的时候,他们又看见了妈妈,她谦卑、可怜,看上去个子比从前更小了。他们两人脑子里都想着一句话:"妈妈,您不能一个人待着,来我们家住吧。"

这句话在他们脑子里回响着,但他们没有说出来。况且,葬礼的第二天,大家心情沉重地在一起走着的时候,看上去那么可怜、那么弱小的妈妈,没来由地就痛斥起他们这么些年来待她的种种过错。"她是永远也不会改变的了,"上了火车后,卡莱尔对玛尔凯塔说,"这很让人难过,不过对于我来说,还是那句话:远离妈妈。"

此后,又过了一些年。虽说妈妈一直都没怎么变,可是玛尔凯塔大概变了,因为她突然觉得婆婆以前无论待他们怎么不好,实际上都是微不足道的,真正有过错的是她玛尔凯塔,是她把婆婆的抱怨和牢骚什么的看得太重了。那时候,她看待妈妈就像孩子看待大人一样,而现在角色颠倒过来了:玛尔凯塔成了大人,并且,双方隔得那么远,妈妈看起来倒像个孩子,弱小而无助。玛尔凯塔对她产生了宽容的耐心,甚至开始定期给她写信。老太太很快适应下来,认真地给她回信,并要求她更经常地给她写信,因为据她说,她的信是她孤寂生活中的唯一慰藉。

最近一段时间,在卡莱尔父亲的葬礼上诞生的那句话又重新萦绕在他们脑际。这次,又是儿子压制住了儿媳善意的心怀,因此,他们没有对妈妈说"妈妈,来我们家住吧",而是请她来住一个星期。

是复活节的时候,他们十岁的儿子去度假了。周末,他们要等爱娃来。他们很愿意和妈妈过一个星期,除了星期天。他们对她说:"来我们家住一个星期吧。从这个星期六到下个星期六。下个星期天我们有事。要出去。"他们没有跟她明确说什么,因为他们不太想和她谈到爱娃。卡莱尔又在电话里重复两遍:"这个星期六到下个星期六。下个星期天我们有事,我们出去。"妈妈说:"好的,我的孩子们,你们待我太好了,当然,你们想让我什么时候走,我就什么时候走。我一个人怪闷的,只想借这个机会散散心。"

但是,周六晚上,当玛尔凯塔来问她第二天早晨他们几点钟送她去火车站时,妈妈宣布,不容置疑且毫不犹豫地宣布,她星期一走。玛尔凯塔惊讶地看着她,妈妈继续说:"卡莱尔对我说你们星期一有事,你们出门,我应该星期一早晨走。"

玛尔凯塔当然可以回答说:"妈妈,您弄错了,我们明天出门。"但是她没有勇气。她无法当时就编排出一个他们要去的地方。她知道他们在准备撒谎的时候太粗心大意了。她什么也没说,她接受了婆婆星期天留在他们家的想法。她放心地想到,婆婆要住的孩子那间屋,在房子里的另一端,妈妈不会打扰他们的。于是,她带着责备的口气对卡莱尔说:

"求你了,待她好点儿吧。你看她,怪可怜的。我只要一看她,心里就难过。"

2

卡莱尔耸耸肩,让步了。玛尔凯塔是对的:妈妈确实变了。她对什么都满意,都心存感激。卡莱尔原以为他们为了点儿小事就会吵起来,看来他的担心是多余的。

有一天,在一次散步中,她往远处看了一下,说:"那边,那个白色的小村庄叫什么?"那不是个村庄,是些界碑。卡莱尔同情起他的母亲,她的视力衰退了。

可是,视力的这一衰弱,似乎表达着更本质的东西:他们看着大的东西,她觉得小,他们认为是界碑的地方,在她看来是一些房屋。

坦白地讲,这在她身上完全不是第一次出现。区别在于,以前有这样的情况的时候,他们感到气愤。比如,有一天夜里,周边大国的坦克侵入了他们的国家。这事情是如此令人震惊、令人恐慌,以致相当长的一段时间里,没有人还能够去想其他的事情。是八月份,他们园里的梨子熟了。一个星期前,妈妈邀请药剂师来摘梨子。但是,药剂师没有来,也没有道歉说为什么没来。妈妈不能够原谅他,这让卡莱尔和玛尔凯塔很恼火。他们指责她说,大家想的都是坦克,而你,你想的是梨子。后来,他们搬走了,在他们带走的记忆中,妈妈心胸狭窄。

可是,坦克真的比梨子更重要吗? 随着时间的流逝,卡莱尔领悟到,对这一问题的回答并不像他一向以为的那样显而易见,他开'始暗自对妈妈的视野有了某种好感。在妈妈的视野中,前景是一个大梨子,背景上稍远的地方,是一辆比瓢虫大不了多少的坦克,随时可以飞走并且消隐到视线之外。哦,是的! 实际上妈妈是对的:坦克是易朽的,而梨子是永恒的。

从前,关于儿子的一切,妈妈都想知道,并且一旦他向她隐瞒了自己生活中的某些东西,她就会生气。因此,这一次,为了让她高兴,他们跟她讲他们正做着的事情,讲发生在他们身上的事情,讲他们的一些计划。但是,他们很快就注意到,她多少是出于礼貌才听他们讲自己的事情,他们话音刚落她就谈起了她不在家期间托付给女邻居照管的鬈毛狗。

以前,卡莱尔会认为她之所以这样是因为她只想着自己的事情,心胸狭窄。现在,他知道,不是这么回事。岁月的流逝比他们想象的要快。妈妈放弃了母性的权杖,来到了一个不同的世界。有一次,在散步的时候,他们遇上了暴风雨。两个人各自一边扶着妈妈的胳膊,完全是把她抬起来似的,否则,风会把她刮走。卡莱尔心潮起伏,觉得自己搀扶着的妈妈轻如一片羽毛,他明白自己的母亲属于另外一些造物的王国:这些造物更小、更轻,更容易被风刮走。

3

爱娃是午饭后到的。是玛尔凯塔到车站去接她的,因为她认为爱娃是自己的朋友。她不喜欢卡莱尔的女友。而爱娃,是另外一回事。实际上,她是早于卡莱尔和爱娃相识的。

有差不多六年的光景了。她和卡莱尔在一座温泉小城休假。每两天,她去蒸一次桑拿。在桑拿室,她浑身是汗,和其他女人一起坐在一条木凳上,这时候,她看见一个高个子女人裸身进来。她们互不相识,却互相微笑了一下。过一会儿,那年轻女子就和玛尔凯塔聊起来。因为她很直率,并且玛尔凯塔对这种友好的表示心存感激,她们之间很快就建立起友谊。

爱娃身上吸引着玛尔凯塔的地方,是她的独特魅力:哪怕是这种马上就和她搭话的方式！就好像她俩事先约好了一样！爱娃没有把时间浪费在一般的客套寒暄上，去说什么桑拿浴宜于健康、增进食欲等等，而是开门见山便谈到她自己，有点儿像那些通过征友启事相识的人，在第一封信中就力图简单明了地向未来的伴侣介绍自己是什么人，做什么事。

那么，照玛尔凯塔说来，爱娃是什么人呢？爱娃是个追逐男人的猎手。但她不是为了婚姻而去追逐他们。她就像男人追逐女人那样去追逐男人。爱对她来说，是不存在的，只有友谊和情欲。因此，她有很多男友：男人并不担心她要他们娶她，而女人也不害怕她会夺走自己的丈夫。再说，如果她要结婚的话，她会对她的丈夫很放任，什么也不会要求他的。

在向玛尔凯塔解释完这一切后，她称赞玛尔凯塔说她有一副漂亮身材，这是不多见的；在爱娃看来，真正身材出众的女人是很少的。她是那样自然地脱口流露出这句赞美，这在玛尔凯塔听来，比来自男人的恭维更受用。这姑娘让她着迷，她感觉进入了真诚的王国。于是，她和爱娃约定第三天同一时间再来做桑拿。后来，她把爱娃介绍给卡莱尔，但是在这份友情中，卡莱尔总显得像是个第三者。

"我婆婆在我们家，"玛尔凯塔在走出车站后用歉疚的语调说，"我要把你介绍成我的表妹。希望你不要介意。"

爱娃说："没问题，"然后她让玛尔凯塔把她家里的情况给她大概介绍一下。

4

妈妈对儿媳的家庭从来不怎么感兴趣，但是表妹、侄女、姑妈和孙女这样的词让她感到心热：这是由家庭观念组成的美好国度。

此外，她刚刚再次确认了她一直就比较了解的一个事情：她的儿子真是个不可救药的怪物，他竟然以为她和一个亲戚同时在他们家会打扰他们。他们想单独在一起随便聊聊，这她理解。可是，为此就把她早一天赶走，这不是个理由。幸好，她知道如何对付他们。她事先想好了：要是他们让她星期天早晨走，她就说是自己弄错了日子，可是看到诚实的玛尔凯塔想让她走却又开不了口，她当时差一点笑出声来。

是的，应该承认，他们比以前待她更好了。再早几年，卡莱尔会不留情面地让她走。实际上，昨天她的一点儿小把戏，倒是帮了他们一个大忙。至少，这一次，他们不会为了无缘由得早一天把他们的母亲打发到孤独之中而自我谴责。

再说，她非常高兴结识了这个新亲戚。这是个非常和善的女孩。（真是怪事，这姑娘让她想起一个人来，是谁呢？）整整有两个钟头，她都在回答这姑娘的问题。妈妈年轻的时候头发梳成什么样？扎辫子。当然喽，还是奥匈帝国时代呢。维也纳是首都。妈妈的中学是捷克人的，而妈妈是个爱国者。突然，她生出个念头，想给他们唱几首当年他们唱的爱国歌曲，或者给他们背诵诗歌！当然，她还记着很多首。就在大战结束后不久（当然是一战喽，一九一八年，捷克斯洛伐克共和国成立的时候。天啊，这位表妹不知道共和国是什么时候宣布成立的！），妈妈在中学的一个庄严集会上背诵了一首诗。那是庆祝奥匈帝国垮台的集会。庆祝独立！可是，让人难以想象的是，背到最后一节的时候，她突然卡了壳，怎么也想不起后面的诗句了。她怔在那儿，汗水在额前流着，觉得自己很丢脸。突然一下子，出其不意地响起了巨大的掌声。所有人都认为朗诵完了，没有人注意到少了最后一节！可是妈妈还是沮丧至极，她羞愧难当地跑到厕所里把自己关起来。校长亲自赶过来找她，敲了半天的门，请她不要哭，请她出来，因为她获得了巨大的成功。

表妹笑了起来，妈妈不住地打量着她："你让我想起一个人来。天啊！你让我想起的这个人是谁呢……"

"可是，战后，你不再上中学了，"卡莱尔提醒说。

"我觉得我应该知道自己什么时候上的中学！"

"你是大战最后一年获得的学士文凭。那时，还是奥匈帝国呢。"

"我应该知道自己什么时候获得的学士文凭。"她气冲冲地回答。可是，就在此刻，她已经想到卡莱尔没有错。确实如此，她是大战期间中学毕业的。可是，战后中学庄严集会的记忆又是怎么来的呢？忽然，妈妈犹豫了，沉默了。

在这一短暂的沉默中，玛尔凯塔的声音出现了。她对爱娃说话，而她所说的内容既不涉及妈妈的朗诵，也不涉及一九一八年。

妈妈感觉自己沉湎在记忆里，突然的话题转移和记忆障碍把她背叛了。

"好好玩你们的吧，孩子们，你们年轻，并且有很多话要说。"带着突如其来的不快，她去了孙子的房间。

5

当爱娃不停地问妈妈问题的时候，卡莱尔颇为感动地向她投去友善的目光。他认识她有十年了，她一贯如此。率直，无畏。他结识她（那时他和玛尔凯塔还住在他自己的父母家）和几年后玛尔凯塔结识她几乎同样的简捷。有一天，他在办公室收到一个陌生女子的来信。信中说她看见过他，决定给他写信，因为对她来说，当她喜欢一个男人的时候，传统的规范没有任何意义。她喜欢卡莱尔，她是一个女猎手。一个经验丰富的猎手。她不承认爱情，只承认友谊和性欲。信中还附有一张照片，照片上是一个摆着挑逗姿势的裸体女孩。

卡莱尔先是犹豫着是否回信，因为他以为这是一个玩笑。不过，他终于还是没有控制住自己。他照着姑娘留下的地址，写了回信，邀请她去一个朋友的单间寓所。爱娃来了，长长的，瘦瘦的，穿得很差。看上去她就像一个个子过高的少年穿上了祖母的衣裳。她在他对面坐下，对他说，当她喜欢一个男人时，传统的规范对她没有任何意义。她只承认友谊和性欲。她的脸上显露着困窘和努力，卡莱尔对她产生的是兄弟般的同情，而不是欲念。不过，随后，他心中想到了机不可失这几个字：

"妙极了,"为了鼓励爱娃,他说,"两个猎手碰到了一起。"

这是他说的头几句话,这些话终于打断了年轻女子滔滔不绝的表白,爱娃马上恢复了勇气,从一刻钟以来一直勇敢地独自承受的那种处境的重压下解脱出来。

他对她说,在她寄给他的照片上,她非常美,并且他(用猎手的那种挑逗性语调)问她,赤身裸体是否让她感到刺激。

"我有裸露癖,"她说,一派天真无邪的样子,就好像她承认自己是个再浸礼教派教徒似的。

他对她说,想看见她什么也不穿。

她如释重负,问他房间里是否有电唱机。

是的,有个电唱机,不过借房子给卡莱尔的那位朋友只喜欢古典音乐,巴赫、维瓦尔第和瓦格纳的歌剧。要是年轻女子伴着绮瑟的歌声脱下衣服,卡莱尔会觉得有些奇特。爱娃对唱片也不满意。"没有流行音乐吗?"没有,没有流行音乐。因为没有其他办法,他只好在电唱机上放上了一张巴赫的钢琴组曲。他坐到了房间的一个角落里,为的是能看到全景。

爱娃努力跟着音乐的节拍扭动,然后,她说,这音乐不行。

他严厉地打断她,高声喝道:"闭嘴,脱!"

房间里萦绕着巴赫天籁般的音乐,爱娃继续扭动起来。伴着这个适于一切而就是不适于跳脱衣舞的音乐,爱娃要施展身手极其艰巨。卡莱尔想,从脱掉套衫到脱下内裤,爱娃要走的路漫无尽头。钢琴曲声中,爱娃在不合拍的舞蹈动作中扭动着身体,一件一件地扔掉了衣服。她没有看卡莱尔。她全身心地投入在自己的动作之中,就像一个用心演奏一段很难的乐曲的小提琴手一样,担心抬眼看观众会让自己分神。当她脱得一丝不挂的时候,她朝墙转过身去,一只手放进了两腿之间。就在此时,卡莱尔也已经脱掉了衣服,痴迷地看着正在自慰的年轻女子的后背。真是美妙无比,难怪自那以后,他怎么也舍不下爱娃了。

此外,爱娃还是唯一不在意卡莱尔爱着玛尔凯塔的女人。"你妻子应该理解的是,你爱她,但你又是个猎手,并且你的逐猎对她不是个威胁,反正,没有任何女人理解这一点,"她满怀忧郁地又补充一句,"没有任何女人理解男人。"好像她是那个不被理解的男人似的。

然后,她对卡莱尔说,如果能对他有所帮助,她什么都可以做。

6

妈妈所去的孩子的房间,在不到六米远的地方,并且只隔着两层薄板。妈妈的影子一直和他们在一起,玛尔凯塔感到透不过气来。

幸好,爱娃谈兴不减。他们很长时间没见面了,这期间又发生了那么多事情:她搬到另一座城市,更重要的是,她嫁了人,丈夫比她年长,他在她身上找到了一个无法替代的女友。我们知道,爱娃在友谊方面很有天赋,并且拒绝爱情的自私和歇斯底里。

她也有了一个新工作。收入很不错,但也没有了多少喘息的工夫。明天早晨,她就要去上班。

玛尔凯塔大吃一惊:"什么!可那你要什么时间走哇?"

"早晨五点有一趟直达车。"

"天啊!爱娃,四点你就要起床!太可怕了!"就在这个时候,一想到卡莱尔的母亲留在了他们家里,她所感到的即便不是愤怒,也至少是一种怨恨。爱娃住得远,工作很忙,尽管如此她还为玛尔凯塔留下了星期天,而玛尔凯塔本人却不能如自己所愿地完全把自己贡献给她,都是因为她婆婆,现在她的阴影还和他们在一起。

玛尔凯塔的好心情被破坏了。真是祸不单行,正在这时候电话铃又响了。卡莱尔拿起了话机。他的声音游移,在他简短且暧昧的回答中有某种可疑的东西,这让玛尔凯塔感觉他似乎在斟酌用词以掩盖他的话的实际意义。她敢肯定,他正在和一个女人订约会。

"谁呀?"她问。卡莱尔回答说,是邻近城市的一个女同事,她下星期要来,希望和他谈谈。从这一刻起,玛尔凯塔一句话也不说了。

她是如此妒忌吗?

多少年以前,在他们相爱的最初一段时期,这是不可否认的。只是,光阴荏苒,她今天所感到的妒忌大概不过是一种习惯。

让我们换一种说法:所有的爱情关系都建立在一些不成文的合约上,这些不成文的合约是相爱的人在他们恋爱的头几个星期不经心地签下来的。他们当时还生活在梦境之中,可与此同时,在不知不觉中,他们像执拗的法学家一样,签订了他们的合约中的详细条款。噢! 恋人们,在这危险的热恋初期你们可要多加注意! 如果这些天里你把早餐给他(她)端上床来,今后就要天天给端上来,否则你就会遭到不爱和不忠的指责。

卡莱尔和玛尔凯塔在他们热恋的头几个星期不经意做出的约定是:卡莱尔可以有外遇,玛尔凯塔接受这一点;但玛尔凯塔有权成为贤惠女人,而卡莱尔在她面前要感到内疚。没有人比玛尔凯塔更了解,做个贤惠女人是多么的凄苦。她是贤惠,可这是没有办法的事情。

当然,从内心来讲,玛尔凯塔深知这次电话本身没什么大不了的。重要的不在于这次电话是怎么回事,而在于这次电话表明了什么。这次电话充分表明了她生活的全部情形:玛尔凯塔所做的一切,都是为了卡莱尔,都是因为卡莱尔。她照管他的母亲。她把最要好的女友介绍给他,作为礼物送他。只为了他,只为了他能快乐。可是,她为什么要做这一切? 为什么要费尽心思? 为什么她像西西弗那样推石上山? 而到头来,无论她做什么,卡莱尔都心不在焉。他和另一个女人约会,并且总是背着她。

读高中的时候,她桀骜不驯,几乎过于精力充沛。她那位年老的数学老师总喜欢逗她:你呀,玛尔凯塔,你是拴不住的!我提前可怜你未来的丈夫了。她骄傲地笑了,这些话在她看来是好兆头。可是,突然一下子,不知怎么回事,她就成了一个完全相反的角色,出乎意料,违背自己的意愿和趣味。所有这一切,都是因为在热恋的那个星期里,她不自觉地签下那不成文的合同时,太粗心大意。

她不再觉得做个贤惠女人是件有趣的事情。忽然之间,婚姻生活的所有岁月就像一个过重的包袱一样落到她身上。

7

玛尔凯塔越来越闷闷不乐,卡莱尔也是一脸怒气。爱娃感到恐慌。她觉得自己对他们的家庭和睦负有责任,于是她就愈发不停地说下去,以便驱散弥漫在房间里的阴云。

不过,这是一项力不从心的任务。蒙受了不白之冤的卡莱尔气坏了,他执拗地一言不发。而玛尔凯塔呢,她既压抑不住内心的哀怨,又容忍不下丈夫的怒气,兀自起身进了厨房。

爱娃试图说服卡莱尔不要破坏他们都期待已久的一个夜晚。但是卡莱尔不肯迁就:"不能总是这样下去吧。我再也受不了了!无论什么事都要指责我,我再也不愿意总感到内疚了!况且还是因为这么一件蠢事!这么一件蠢事!不,不!我不能再见她!再也不要看见她!"他原地踱步,不停地重复同样的话,任凭爱娃劝解、求情,也听不进去。

于是,爱娃只好放下他不管,去找玛尔凯塔。玛尔凯塔蜷缩在厨房里,她知道刚才的事情本不该发生。爱娃试图跟她讲明,这个电话一点儿也不能证明她怀疑得有道理。心知自己这次理亏的玛尔凯塔回答说:"不能再这样下去了。总是这样的事情。成年累月的,总是一些女人,总是一些谎言。我烦了。烦了。我受不了了。"

爱娃明白夫妻两人都很固执。这时,她想起自己来这里的路上产生的一个含混的想法,最初产生这个念头她还觉得自己动机有些不纯,可是面对此情此景,她心想这也许是个不坏的主意。如果她想帮助他们的话,就不该对自己要采取的行动有所顾忌。他们两个是相爱的,但他们需要有人把他们从重负中解脱出来,让他们获得解放。她来这里的路上所想到的主意,就不只是为了自己着想(是的,无可否认,这首先是为了自己着想,也正是因为这一点她才感到有点心烦,因为她待朋友从来不愿意夹杂着私心)的计划,也是为了玛尔凯塔和卡莱尔着想。

"那我该做什么?"玛尔凯塔问。

"去找他。告诉他别生气。"

"可我不想见他。一点儿也不想!"

"那就低眉顺眼。那样会更动人。"

8

这个夜晚失而复得。玛尔凯塔庄重地拿起一瓶酒,把它递给卡莱尔,卡莱尔用十分气派的动作把瓶子打开,就像奥运会上最后一圈赛跑的发令员一样。酒倒向三个杯子,爱娃摇动着身躯走向电唱机,选了一张唱片,然后在音乐声中(这回可不是巴赫,而是埃林顿的一首曲子),继续在房间里扭来扭去。

"你觉得妈妈睡了吗?"玛尔凯塔问。

"去向她道声晚安也许更周到,"卡莱尔建议。

"一去向她说晚安,她又要唠叨个没完,就又要耽误一个小时。你知道明天爱娃要早起。"

玛尔凯塔觉得他们已经耽误了太多的时间。她拉起爱娃的手,不是去和妈妈说晚安,而是和爱娃一起进了浴室。

卡莱尔一个人留在房间里,伴着埃林顿的音乐。争吵的不愉快烟消云散,他很高兴,但他对这一夜晚不再抱有期待。电话这一小插曲突然之间向他揭示出他一直拒绝接受的事实。他疲倦了,不再有任何欲望。

几年前,玛尔凯塔鼓动他三个人一起做爱,有玛尔凯塔还有一个让她吃醋的情妇。当时,他神魂颠倒,因为这建议让他感到兴奋刺激。但是,那样的夜晚没有给他带来什么快乐。相反,就像是一场苦役一样!两个女人在他面前接吻拥抱,但却无时无刻不作为情敌在警觉地互相观察,看他对谁更尽心,待谁更温柔。他谨慎地斟酌自己的每一句话,度量自己的每一次爱抚。他的举止不再像个情人,倒像一个外交家,极尽殷勤、和蔼、礼貌和公道之能事。不管怎么说,他都失败了。首先是他的情妇在做爱过程中泪如雨下,然后是玛尔凯塔开始一言不发。

如果他能够相信玛尔凯塔是纯为了情色——假如她的角色是放荡女人——而需要这样的小型狂欢,她们肯定会让他乐此不疲。但是,由于一开始就约定他的角色是花心男人,他在这一放纵情色中看到的便只是一种痛苦的牺牲,一种慷慨的努力,为了迎合自己的多妻制倾向并维系住他们的幸福婚姻。他永远对玛尔凯塔的妒忌心铭心刻骨,这是他在他们相爱的最初阶段割破的伤口。一看到她在另一个女人的怀抱,他几乎就要跪下来,请求她的宽恕。

但是,放荡的游戏难道会是赎罪的实践吗?

于是,他便想到,如果三个人做爱应该让人受用的话,就不能让玛尔凯塔有遇上情敌的感觉。她应该领回家一个不认识卡莱尔、对卡莱尔不感兴趣的她自己的女友。因此,他才狡猾地设计出爱娃与玛尔凯塔在桑拿室的相遇。计划获得了成功:两个女人成了好友,成了强奸他、与他游戏的同盟和同谋,她们因他而纵情欢笑并一起以他为欲望对象。卡莱尔希望爱娃能够驱散玛尔凯塔心中爱的焦虑,而他自己能最终得到自由并被宣告无罪。

可是，眼下，他注意到数年前约定了的事情是难以更改的。玛尔凯塔一直是老样子，而他总是被告方。

可是，话说回来，他为什么又要促成玛尔凯塔和爱娃的相遇呢？为什么他要和两个女人做爱呢？他做这一切都为了谁呢？任何一个人很久以前都会使玛尔凯塔成为一个快乐、性感且幸福的女孩。任何一个人，除了卡莱尔。他把自己当成西西弗。

真的吗，把自己当成西西弗？玛尔凯塔不是也刚刚把自己比作西西弗吗？

是的，岁月使夫妻两人成为双胞胎，他们有同样的词汇，同样的想法，同样的命运。他们彼此都把爱娃作为礼物送给对方，为的是让对方幸福。他们两人都感觉到在推石上山。他们两人都疲惫了。

卡莱尔听到了浴室传来的水声和两个女人的笑声，他想到他从来没有按自己的意愿活着，按自己的意愿去占有女人，按自己所愿意占有的方式去占有她们。他想逃到什么地方去，一个人，如其所愿地，避开那些爱的目光，去编织自己的故事。

实际上，他甚至都不在意是否要编织故事，他只想一个人待着。

9

玛尔凯塔没有去和妈妈道晚安，还以为她睡着了，这在她是做事不周的表现，因迫不及待而失却了一些敏锐。妈妈这次来看儿子，脑子转动得更快，而今天晚上更是思想活跃。都怨这位可爱的亲戚，她让妈妈想起了年轻时的某个人。可是她想起的是谁呢？

终于，她还是想起来了：诺拉！是的，一模一样的体型，一模一样的身姿，配着一双美丽的长腿。

诺拉缺少善意和谦虚，妈妈多次被她的行为伤害。但她现在不想这些，她所看重的，是自己突然之间在这里回想起一段青春岁月，一道发自半个世纪前的信息。想到她从前所经历的一切还总和她在一起,在她孤寂的时候还围绕着她并与她交流,她感到欣喜。尽管她从来都不喜欢诺拉,可是她很高兴在这里遇见她,更何况她完全被驯服了,并化身到一个对妈妈表示一片敬意的姑娘身上。

想到这一点的时候,她真想马上赶到他们身边去。但她控制住了自己。她完全清楚,自己今天之所以在这里是因为要了小把戏,这两个怪物愿意单独和他们的表妹在一起。那好,就让他们互诉衷肠去吧! 在孙子的房间里,她可是一点儿也不烦。她带着毛线活儿,她有书要看,而且,她脑子一刻也没有闲着。卡莱尔打乱了她的思绪。是的,他是对的,显而易见,她是在大战的时候中学毕业的。她弄错了。背诗的那一段以及忘掉最后一节诗的事情,至少发生在五年之前。校长确实是过来不停地敲厕所的门,而她关在里面泪流满面。只不过,那一年,她只有十三岁,这事发生在圣诞节放假前的一次中学联欢会上。讲坛上有一棵挂满饰物的圣诞树,孩子们唱起圣诞歌曲,然后她背了一首小诗。到最后一节诗的时候,她卡了壳,想不起来后面是什么了。

妈妈为她的记忆力感到羞愧。要和卡莱尔说什么呢? 要承认是她弄错了吗? 无论如何,他们是把她当成一个老太婆的。他们心很好,不错,可是她也知道他们把她当孩子对待,带着一种让她不愉快的宽容。如果她现在去说卡莱尔是对的,承认自己把少年时期一次圣诞联欢会当成了一次政治集会,他们就会更看高他们自己,而她就更觉得自己渺小。不,不,她不能给他们这一乐趣。

她要对他们说,确实,她是在战后的这次庆典上朗诵了一首诗。确实,当时她已经中学毕业了,但是校长想起她来,因为她朗诵最好,因此请她这个已经毕业的学生来朗诵一首诗。这是无上荣光的事情,而妈妈配得上这一荣誉! 她是个爱国者! 他们一点儿也不知道战后、奥匈帝国垮台是怎么回事! 兴高采烈! 到处是歌声,到处是旗帜! 这么想着,赶紧过去跟儿子和儿媳讲她的青春岁月的念头又出现了。

此外,现在,她几乎觉得非要去找他们不可了。她确实答应他们不去打扰他们,可那只是一半的真情。另一半真情,是卡莱尔没有理解她可以在战后参加中学里的一次庄严集会。妈妈是个老太太了，有时候记忆力不好使。她没能马上给儿子解释清楚，但是现在她终于回忆起实际上发生的事情，她毕竟不可以假装忘记儿子所提出的问题。这样不好。她要去找他们（不管怎么样，他们之间也不会有什么太要紧的话要说）并且表示歉意：她不想打扰他们，但是，要不是卡莱尔问到了她中学毕业以后怎么还会在中学的一次庄严集会上朗诵诗歌的话，她是断然不会过来打扰他们的。

之后，她听到一扇门打开又关上的声音。她听到两个女人的声音，然后又是重新开门声。然后是笑声，和汩汩的流水声。她想两个女人已经在盥洗准备睡觉了。如果她还想和这三个人聊一会儿的话，她必须马上过去。

10

妈妈这一回来，就像一个诙谐的天神微笑着把手伸给了卡莱尔。时间选的越是不好，她的到来就越是合适。她不用为自己找托词，卡莱尔马上问了她一串热情有加的问题：她一下午都做了什么，她是否有点感到不开心，为什么她不来看他们？

妈妈对他解释说，年轻人之间总是有说不完的话题，老年人也该知道这一点，避免去打扰他们。

已经能听到两个年轻女人大笑着冲向房门了。爱娃头一个进来，穿着一件深蓝色的T恤衫，下摆刚刚遮盖住那片浓密的阴毛。看到妈妈，她吓了一跳，但她不能再退回去了，她只好冲她微笑，向房间里走来，找到一把扶手椅坐下，好尽快掩盖住她没怎么遮盖的裸体。

卡莱尔知道玛尔凯塔就跟在她后面要出来，他猜想她大概穿着晚礼服。在他们的共同语中，说她穿晚礼服就意味着她脖子上只挂着一串珍珠项链，腰间系着一条猩红色的丝绒巾带。他知道自己应该出面做点儿什么，别让她进来，以免妈妈受到惊吓。但是，该做什么呢？是否他该叫一声"别进来"或者"穿上，妈妈在这儿"？可能有一种更灵便的方式阻止玛尔凯塔进来,可是卡莱尔只有一两秒的思考时间,而在这一两秒的时间里,他脑子里空空如也,反倒沉浸在一种神思恍惚的惬意的迟钝之中。结果他什么也没做,这样玛尔凯塔就迈进了房间门槛,确实是什么都没穿,只挂着一串项链,系着一条巾带。

正在这个时候,妈妈向爱娃转过身来,笑容和蔼地对她说:"你们肯定要去睡了,我不想再打扰你们。"用眼角瞥见了玛尔凯塔的爱娃回答说"不",她几乎叫喊着说出"不"来,似乎要用自己的声音遮盖住女友的身体。玛尔凯塔终于明白了当前的处境,退到走廊里去了。

过一会儿她出来的时候,穿上了一件长浴衣,妈妈重复着刚才说给爱娃的话:"玛尔凯塔,我不想再打扰你们。你们肯定要去睡了。"

玛尔凯塔正准备答应,可是卡莱尔开心地摇着头接上话说:"不,妈妈,我们很高兴你与我们在一起。"于是,妈妈终于得以给他们讲出一战以后,奥匈帝国垮台的时候,中学校长请她这个已经毕业的学生在中学的庄严集会上朗诵爱国诗篇的故事了。

两个年轻女人听不见妈妈讲了些什么,卡莱尔倒是听得津津有味。我要把这句话明确一下:他并不是对忘掉最后一句诗的那个故事有多少兴趣。这故事,他听了无数次,而又无数次地忘记。让他感兴趣的,不是妈妈所讲的故事,而是妈妈在讲故事,是妈妈和她的世界。妈妈的世界就像是一个大梨子,上面置放着一只瓢虫般大小的俄国坦克。近在眼前的是校长用拳头敲打着的厕所的门,门后几乎看不见的,是两个年轻女人急不可耐的欲望。

这才是让卡莱尔兴致盎然的地方。他饶有兴趣地看着爱娃和玛尔凯塔。她们在T恤衫和浴衣下面的裸露身躯在急不可耐地颤抖。他因而就更急切地问妈妈一些关于中学校长、关于中学、关于一战的新问题,最后他让妈妈为他们朗诵一下那首她忘记了最后一节的爱国诗篇。

妈妈思忖了一下,然后全神贯注地背诵起那首她十三岁时在中学的圣诞联欢会上朗诵的诗歌。背诵出来的不是一首爱国诗篇,而是关于圣诞树和伯利恒之星的诗句,但是没有人注意到这一细节。妈妈也没有。她只想着一件事:她是否会想起最后一节的那几句诗?她想起来了。伯利恒的星辰在闪耀,三王朝拜来到了马槽。她为自己的成功而激动,笑着摇起了头。

爱娃鼓掌。妈妈这么一看她,就想起她过来要说的更要紧的事情了:"卡莱尔,知道你的表妹让我想起谁来了吗?诺拉!"

11

卡莱尔看了看爱娃,不敢相信自己的耳朵:"诺拉?诺拉夫人?"

卡莱尔想起了童年时妈妈的这位女友。她是个绝色美人,身材修长,容貌雍容华贵。卡莱尔不喜欢她,因为她为人傲慢,难以接近,可是他的眼睛离不开她。天啊,她和热情洋溢的爱娃有什么相像的地方吗?

"有哇,"妈妈回答说,"诺拉!你看啊,这高挑的身材、体态、脸蛋,都像!"

"站起来,爱娃!"卡莱尔说。

爱娃不敢站起来,她担心身上的T恤衫太短掩饰不住她的阴部。但是,卡莱尔如此坚持,最终她还是服从了。她站起来,双臂贴紧身体,小心地将T恤衫往下拽。卡莱尔目不转睛地看着她,突然,他果真觉得她就像诺拉了。只是远看有点像,难以说清像在哪里,这相像只在闪电般的瞬间才会出现,但是卡莱尔愿意把它抓住,因为他想在爱娃身上看到美丽的诺拉夫人,让这一瞬间久远绵长。

"转过身去,"他命令她。

爱娃犹豫着是否转过去,因为她时刻都在想着自己除了T恤衫什么也没有穿。但是卡莱尔坚持着,连妈妈都开始抗议了:"怎么能让人家小姐像军人那样操练呢?"

卡莱尔固执己见:"不,不,我要她转过身去。"爱娃终于服从了。

不要忘记妈妈视力不太好。她把界碑看成村庄,把爱娃看成诺拉夫人。可是,只要眯缝起眼睛,卡莱尔也会把界碑看成村舍。他不是整整一个星期以来,都羡慕妈妈的视野吗?他眯缝起眼睛,看到眼前出现了一个旧时的美人。

他留有一份难以忘怀的隐秘的记忆。那时候他也许四岁,妈妈,诺拉夫人还有他在一座温泉小城(在哪儿呢?他一点儿也想不起来了),他要在空无一人的更衣室等她们。他一个人在那儿耐心地等着,里面遗落着各种女式服装。后来,一个裸体女人走进了更衣室,她高大、美丽,她转过身去,背对着小男孩,手伸向钉在墙上的挂衣钩,上面挂着她的浴衣。这就是诺拉。

这一赤裸、挺拔、背对着他的身体形象从来不曾从他的记忆中消失。他那时很小,从底下往上看这个身体,带着蚂蚁的视角,就像他现在面对一个五米高的雕塑,要抬起来头看一样。他当时离得很近,可是又无限地远离着,在空间和时间上远离。这一近在咫尺的身体,高高地耸立在他眼前,将他们隔离开的,是数不胜数的岁月。时空上的双重距离,让四岁的小男孩头晕目眩。此时此刻,他依旧感觉到头晕目眩,强烈无比。

他看着爱娃(她一直背对着),看到的却是诺拉夫人。与她相隔的是两米和一到两分钟的距离。

他说:"妈妈,您来和我们聊天真好。可是,现在,女士们要睡觉了。"

妈妈走了,谦卑、顺从地走了。他马上就对两个女人讲起了诺拉夫人给他留下的回忆。他蹲到爱娃面前,再次让她转过身去看她的后背,眼睛追寻着从前那个孩子的目光的痕迹。

疲劳感一下被驱除了。他把她扔到地上。她趴在那里,他蹲在她脚边,让目光顺着大腿滑向臀部,然后他跳到她身上,占有她。

他觉得,在她身上的这一跳是跨越无穷岁月的一跳,是一个小男孩从孩提时代冲向成人时代的一跳。之后,当他在她的身体上前后运动的时候,在他看来就像是同一个运动的不断反复，从童年到成年接着又从成年到童年的不断运动，然后再一次地从可怜巴巴地眼看着高不可攀的女性胴体的一个男孩，运动到抱紧这一胴体并将它驯服的一个男人。这一运动，一般衡量，也就是十五厘米的距离，但却像三十年一样长久。

两个女人屈从于他的狂热。他从诺拉夫人身上转到玛尔凯塔身上，然后又回到诺拉夫人身上，就这样在两个人身体上往返，持续了很久。现在，他要歇息一下了。他感到美妙无比，感到前所未有的强壮。他躺在一把椅子上，目视着面前躺在长沙发上的两个女人。在这一短暂的歇息过程中，他眼前看到的不再是诺拉夫人，而是两个多年的女性朋友，他生活的见证：玛尔凯塔和爱娃，他感觉到就像是一个在两副棋盘上刚刚战胜了对手们的象棋大师一样。这一比较让他兴奋莫名，禁不住高声喊道："我是鲍比·费舍尔，我是鲍比·费舍尔。"他边喊边大声地笑起来。

12

当卡莱尔高声叫喊着把自己当成鲍比·费舍尔（此人差不多在同一时期在冰岛获得国际象棋世界冠军），爱娃和玛尔凯塔躺在沙发上，互相拥抱在一起，爱娃悄声地对着玛尔凯塔的耳朵说："同意吗？"

玛尔凯塔说同意，随后把自己的唇贴在爱娃的唇上，亲吻着她。

一小时以前，她们在浴室的时候，爱娃邀请她方便的时候来家里做客（这正是她来这里的路上产生的想法，她还曾对这个想法的诚意表示出怀疑），算是回请玛尔凯塔。她倒是很乐意将卡莱尔也一起邀请，只不过卡莱尔和爱娃的丈夫都喜欢吃醋，不能容忍另一个男人的出现。

当时，玛尔凯塔认为她不能接受，只是笑了笑。不过，几分钟以后，当卡莱尔的妈妈喋喋不休的唠叨在她耳边轻轻掠过的时候，爱娃的建议变得更加让人牵挂，而不是一开始看上去的那样让人不可接受。爱娃丈夫的影子已经与她们在一起了。

后来，当卡莱尔开始喊叫着他四岁的时候，当他蹲着从下往上看站着的爱娃的时候，她心想他真像是四岁的样子，仿佛她亲眼见到他逃回童年。而她们两个在单独相处，只留下他那效率无比的躯体，机械似的坚固耐用，看上去非人一般，空洞无物，可以想象里面载着任何一个灵魂。必要的话，甚至载着爱娃丈夫的灵魂；这是个完全陌生的，没有面孔也没有外表的男人。

玛尔凯塔任凭这个机械的雄性身体在与她做爱，然后她看到这个身体投入到爱娃的两腿之间，但是她尽力不去看这张脸，好让自己想象这是一个陌生男人的身体。就像一场化装舞会一样。卡莱尔给爱娃戴上了诺拉的面具，为自己戴上了一个孩子的面具，而玛尔凯塔又把头从他的身体上拿掉，他成了一个无头的男性躯体。卡莱尔消失了，一个奇迹发生了：玛尔凯塔自由且快活。

我是否在此要确认一下卡莱尔的怀疑，他认为在他们家中进行的这种纵情声色式的狂欢到目前为止对玛尔凯塔来说只是一种牺牲和磨难？

不，这样说太简单化了。从身体和感官的角度，玛尔凯塔确实对她认为是卡莱尔情妇的那些女人存有欲念。而且从思想上也存有欲念：为实现她那位年长的数学老师的预言，她要——至少在致命的爱情合同的限度之内——展示出自己是大胆放纵的，并且要使卡莱尔感到惊讶。

只是，她一旦赤身裸体地和她们躺在长沙发上，放纵情欲的想法就从她脑海中消失了，并且只消一看到她丈夫就足以把她逐回到自己的角色之中，她的角色就是贤惠却倍受伤害的女人。甚至与爱娃在一起的时候，即便她很喜欢爱娃，也不吃她的醋，她深爱的男人的存在对她还是形成巨大的压力，窒碍了她感官的快乐。

现在，她把头从身体上拿下来，便感触到陌生且迷人的自由。身体的匿名状态，便是忽然被发现的天堂。有了这一奇怪的快感，她从自己身上驱走了伤痕累累且过于警觉的灵魂，变成一个简单的没有记忆也没有过去的身体，但这身体更易于接受，也更贪得无厌。她温柔地爱抚着爱娃的脸，而那无头的身体在她的身上有力地运动着。

可是，现在那无头的身体停止了运动，发出的声音令她不快地想起卡莱尔的声音，大声地说着一句愚蠢透顶的话："我是鲍比·费舍尔！我是鲍比·费舍尔！"

就像是闹钟把她从睡梦中惊醒一样。正在这个时候，由于她紧抱着爱娃（就像被惊醒的人紧抱着枕头躲避朦胧的日光一样），爱娃问她"同意吗"，她表示同意，点了下头，并把嘴唇贴到爱娃的嘴唇上面。她一直爱着爱娃，但是今天，她头一次用所有的感官去爱她，为了她自己，为了她的身体和她的肌肤，她就像获得了突然的启示一样沉醉在这肉欲之恋中。

后来，她们并排躺下，趴在长沙发上，臀部微微翘起，然后，玛尔凯塔通过皮肤感觉到那个极有效率的身体又重新盯着她们看起来，它随时又要开始与她们做爱。她尽力不去听那个说自己眼前看到的是美丽的诺拉夫人的那个声音，她尽力让自己成为一个听不见声音的身体，让自己贴紧那个非常温柔的女友，贴紧那个无头的随便哪一个男人。

当一切都结束的时候，她的女友马上睡着了。玛尔凯塔羡慕着这动物般的睡眠。她愿意在她唇上吸吮这一睡意，跟着这一节奏睡去。她贴紧她的身体，闭上眼睛，这给卡莱尔一个假象，他认为两个女人睡着了，就走到隔壁的房间去睡。

早晨四点半钟，她打开了他的房门。他半睡半醒地看看她。

"睡吧，爱娃我来管，"说着，她温柔地吻了他一下。他转过身去，马上又睡了。

在汽车里，爱娃又问她一次："同意了？"

玛尔凯塔不再像昨天那样肯定。是的，她也很想摆脱掉那些不成文的古老的传统规范。可是，怎样做才能不让爱情化为乌有呢？怎么办呢，既然她还继续那么爱着卡莱尔？

爱娃说："别害怕。他什么也不会发现的。说句心里话，你们两个之间早就约定好了的,是你对他有怀疑,而不是他对你。你真的不用担心他会怀疑到什么。"

13

爱娃在颠簸的车厢里瞌睡起来。玛尔凯塔从车站回来,又睡下了(一个小时以后她要再起床,准备去上班),现在该轮到卡莱尔送妈妈去车站了。今天,是坐火车的日子,再过几个小时(那时夫妻两人都已经上班了),他们的儿子就会走下站台,为这个故事画上句号。

卡莱尔还沉浸在昨夜的美色之中。他知道,在一千或三千次性行为中(他一生做过多少次爱呢?),只有两三次是真正有实质意义,令人难以忘怀的,其他不过是一些反复、模仿、重复或者回味。而卡莱尔知道,昨天的爱是这两三次伟大的性爱中的一次,他心中生出无限的感激之情。

他开车送妈妈去车站,路上她不停地说话。

她说什么?

首先她感谢他:她在儿子和儿媳家感觉很好。

然后,她向他抱怨:他们对她犯下了很多错。当他和玛尔凯塔住在她那里时,他对她缺乏耐心,甚至经常表现出粗鲁,漠不关心,她为此非常难过。是的,她承认,这次他们非常之好,和以往有所不同。他们变了,是的。可是,他们为什么要等待这么长时间才有所改变呢?

卡莱尔听着这一长串唠唠叨叨的埋怨(他都背下来了),但他一点儿也没有生气。他用眼角看了妈妈一眼,又一次吃惊地看到她是如此之小。好像她的一生都是个不断缩小的过程。

可是,这一缩小是怎么回事呢?

是一个人真正地缩小吗,放弃了成人的维度,开始了一个长长的旅程,通过衰老和死亡走向没有维度只有虚无的远方？

或者，这一缩小只是个视觉幻象，因为妈妈离得远，在别处，于是他远远地看见她，她看起来就像是一只绵羊、一只山雀、一只蝴蝶？

当妈妈暂时停止了一连串的抱怨后，卡莱尔问她："她怎么样了，诺拉夫人？"

"现在，她是个老太婆了，你知道。她差不多瞎了。"

"你们常见面吗？"

"这你还不知道？"妈妈生气地说。两个女人早就互相不理睬了，她们恶语相向，吵成一团，分了手，再也没和好过。卡莱尔应该记得。

"你不知道我小时候我们和她一起度假是在什么地方吗？"

"当然知道，"妈妈说道，随后她说出了波希米亚一个温泉小城的名字。卡莱尔很了解这座城市，但他从来不知道是在那里，确切地说，是在那里的一个更衣室，他看到了赤身裸体的诺拉夫人。

此时此刻，他的眼前出现了那座温泉小城重峦叠嶂的景色，有着雕刻立柱的木制柱廊，城市四周的山峦上布满草地，上面有羊群在吃草，听得见羊铃儿的叮当声响。他在脑海中将诺拉夫人赤裸的身体种植在这片景色之中（就像一个粘贴画作者将一幅版画剪下来贴在另一幅版画上一样）。他心想，所谓美，就是星光一闪的瞬间，两个不同的时代跨越岁月的距离突然相遇。美是编年的废除，是对时间的反抗。

他心中充盈着这种美，以及对美的感激。然后，他突如其来地说："妈妈，玛尔凯塔和我，我们想，您也许还是愿意和我们住在一起。换个大一点儿的公寓房不是什么难事。"

妈妈抚摩着他的手："你心肠真好，卡莱尔。真好。我很高兴你跟我说这个。可是你知道，我的鬈毛狗在那边有了它的习惯。我也和邻居们交了一些朋友。"

然后，他们就上了火车。卡莱尔要为妈妈找一节车厢，可是他们觉得哪节车厢都人多，不舒服。最终，他让妈妈在头等车厢坐下，跑着去找检票员办理补票。由于他手里正拿着钱夹,他就抽出了一张一百克朗的钞票,放在妈妈的手里,仿佛妈妈是一个要被送到远方、送到广袤世界里的一个小女孩。妈妈不动声色、自然而然地接过钱,就像一个习惯了大人不时给她塞些零用钱的小学生一样。

然后,火车启动,妈妈靠在车窗旁,卡莱尔在站台上,长时间向她挥手,长时间,一直挥到最后。

第三部　天使们

1

《犀牛》是欧仁·尤奈斯库的一部剧作,里面的人物,出于让彼此相近相似的意愿,纷纷变成了犀牛。加百列和米迦勒是两个美国青年女子,她们在地中海沿岸的一座小城为外国留学生办的假期班里学习这部剧作。她们是老师拉斐尔夫人最宠爱的学生,因为上课的时候,她们总是全神贯注地看着她,认真地记下她讲的每个要点。今天,她让她们回去一起准备一篇关于该剧的报告,下次课上给同学们讲一下。

"我不太懂这是什么意思,他们都变成了犀牛,"加百列说。

"应该把它作为象征来解释,"米迦勒说。

"确实,"加百列说,"文学是由符号构成的。"

"犀牛,首先是一个符号,"米迦勒说。

"不错,可是,即使我们承认他们没有变成真正的犀牛,只是变成了符号,为什么是这个符号而不是另一个符号?"

"是的,这肯定是个问题,"米迦勒忧郁地说。两个正赶回学生宿舍的姑娘,沉默了好一会儿。

加百列打破了沉默:"你不认为这是男性生殖器的象征吗?"

"什么?"米迦勒问。

"牛角,"加百列回答。

"真的，"米迦勒叫了起来，可是随后就犹豫了，"可是，为什么他们男男女女都变成男性生殖器的象征？"

朝着宿舍方向赶路的两个年轻姑娘又沉默不语了。

"我有个想法，"米迦勒突然说。

"什么想法？"加百列感兴趣地问。

"再说，这也是拉斐尔夫人多少暗示过的，"米迦勒说着，逗引着加百列的好奇心。

"那么，是什么呀？说呀，"加百列迫不及待地催问。

"作者要制造一个喜剧效果！"

女伴表达的想法是那样让她着迷，加百列出神地专注于这个想法，腿都忘了迈，脚步就慢下来。两个姑娘停了下来。

"你认为犀牛的象征是为了制造一个喜剧效果？"她问。

"是的。"米迦勒回答，她微笑着。那微笑是发现了真理的人的那种骄傲的微笑。

"有道理，"加百列说。

两个姑娘互相看了看，为她们自己的发明创见甚感开心，嘴角上颤动起一丝骄傲。然后，突然一下子，她们就发出了尖叫，那声音短促，时断时续，很难用言语形容。

<h2 style="text-align:center">2</h2>

笑？人们什么时候关心过笑？我想说的是真正的笑，高于玩笑、嘲笑和可笑的笑。笑，无边的快感，美妙的快感，完全的快感……

我对自己的姐妹说，或是她对我说，来，我们来玩笑的游戏？我们并排躺在床上，开始了游戏。当然，是假装的。勉强地笑。可笑地笑。笑得如此可笑，让我们都笑了起来。这时候，它来了，真正的笑，完全的笑，如滔滔江水，把我们裹挟进去。笑得迸发、反复、冲撞、放肆，笑得气派、奢侈、疯狂……我们为自己的笑中之笑而笑得死去活来……啊,笑!快感之笑,笑之快感;笑着,就是如此深切地活着。

我上面引的这段文字选自一本名为《女人之言》的书,它是一九七四年由一个狂热的女权主义者写的,而女权主义深深地给我们这个时代的风尚打下了印记。这是一篇关于快乐的神秘主义宣言。针对男性的性欲望,以勃起的转瞬即逝为指向并注定与暴力、毁灭和消亡相连的性欲望,作者通过颂扬它的极端对立面,提出了女性的快感,它温情脉脉,无所不在,连绵悠长。对于女人来说,只要她没有丧失掉其自身的本质,吃,喝,拉,撒,摸,听,甚至在某处存在着,一切都是快感。这些快感的列举,就像美丽的连祷文一样,贯穿于该书的始终。活着就是幸福:看,听,摸,喝,吃,撒,拉,入水与看天,笑和哭。如果性交为美的话,那是因为它集中了生命所有可能的快感:触摸,看,听,说,嗅,还有喝,吃,排泄,了解,舞蹈。喂奶也是一种快乐,甚至妊娠也是一种快感,月经亦奇妙无边,那是温凉的琼浆,隐晦的乳汁,血液甜蜜且温柔的流淌,疼痛中蕴含着幸福的灼热气味。

只有傻瓜才会对这一快乐的宣言发笑。所有的狂热信仰都带着夸张。狂热式的神秘主义,如果它要把狂热进行到底,把谦逊进行到底,把快感进行到底的话,应该对可笑无所畏惧。正像圣女特蕾莎在弥留之际微笑一样,圣女安妮·勒克莱尔(我所引的那本书的作者就叫这个名字)声言:死亡是欢乐的一部分,只有男性才惧怕它,因为他可怜地迷恋着他渺小的自我和渺小的权力。

上面,在快感之殿宇的顶端,响起来笑声,那是幸福的妙美显现,快感的极度充盈。快感之笑。笑之快感。不可否认,这一笑高于玩笑、嘲笑和可笑的笑。两个躺在床上的姐妹不是具体在笑什么,她们的笑没有对象,那是存在娱悦于其所以存在的表达。正如呻吟是感到疼痛的人自受伤的身体自发流露的现时表达(该身体是在过去和未来之外的全部存在)一样,发出快意之笑的人也是没有回忆,没有欲望的,因为他把自己的笑声抛给了眼前的世界,却不想对这个世界有什么了解。

大家肯定能回想起这样一个场景,因为在数不清的拙劣电影中都看见过:一个小伙子和一个姑娘手拉着手,在春天(或者夏天)的美丽景色中奔跑。他们跑着,跑着,跑着,笑了起来。两个奔跑者的笑声是向全世界宣告,也是向所有这些电影的观众宣告:我们很幸福,我们很高兴生活在这个世界上,我们与存在合为一体! 这是个愚蠢的场景,一个俗套,但是它表达的是人类的一种基本态度:严肃的笑,高于玩笑的笑。

所有的教会,所有的服装制造商,所有的将军,所有的政党,他们都在这个笑方面达成一致,而且大家都忙不迭地把这两个又跑又笑的青年的形象贴在他们的宣传画上,用来宣传他们的宗教,他们的产品,他们的意识形态,他们的人民,他们的性以及他们的洗碗用品。

米迦勒和加百列所发出的笑,正是这一种笑。她们走出一家玩具店,手拉着手,在她们的另一只手上,每个人都摇着一只小口袋,里面装着彩纸、胶带和橡皮绳。

"拉斐尔夫人一定会欣喜若狂,你看着吧,"加百列一边说,一边发出尖锐且断续的声音。米迦勒同意这一点,也发出了差不多同样的声音。

3

一九六八年,俄国人占领我的国家不久,他们剥夺了我的工作(和成千上万的其他捷克人一样),没有人有权利给我另外一份工作。这时,一些年轻的朋友就来找我,他们过于年轻,还上不了俄国人的名单,还能留在编辑部、学校、电影厂里。我永远也不会出卖这些年轻的朋友,这些善良且年轻的朋友,他们建议我以他们的名字写一些广播剧,电视剧,话剧剧本,文章,报道,电影剧本,以使我不为生计发愁。我利用了一些方便,但是经常是拒绝他们,因为我做不出他们建议我做的一些东西,另外也因为这很危险。不是对我,而是对他们。秘密警察要让我们饥寒交迫,迫使我们投降并当众认错。因此,他们严密地监视着那些会让我们突围的可怜出口,并严厉地惩罚那些把名字作为礼物送给我们的人。

在这些慷慨的捐赠者中,有一个叫作R(我没必要掩饰什么,因为一切都被发现了)的年轻女子。这个羞怯、文静且聪明的女孩是发行量惊人的一份青年杂志的编辑。由于这份杂志当时不得不发表大量生硬的政治文章来歌颂兄弟般的俄国人民,编辑部在想办法如何吸引广大读者。于是,它决定例外地背离一下纯粹的马克思主义意识形态,开办一个星相专栏。

在我受排斥的那些年月里,我做了成千上万份星相算命。既然伟大的哈谢克能做狗贩子(他卖了很多偷来的狗并且把许多杂种狗当纯种卖掉),为什么我不能搞星相算命呢?我从前从巴黎朋友那里收到过安德列·巴尔博的所有论著,他的名字后面总要骄傲地附上国际星相学会主席的称号。我伪造他的笔迹,在书的扉页上用鹅毛笔写上米兰·昆德拉惠存,安德列·巴尔博题。我把这些有题字的书不经意地放在书桌上,看见我的布拉格主顾们对此惊讶不已,我便对他们解释说,我曾经作为杰出的巴尔博的助手在巴黎待过几个月。

当R来请我秘密地为她的周刊主持一个星相专栏时,我满口应承下来,并建议她对编辑部说,这些文章的作者是一个原子专家,之所以不愿意透露姓名,是担心成为同事们的话柄。在我看来,我们的事情受到了双重的保护:一个并不存在的专家,还有他的笔名。

我于是动手用假名写了一篇又长又漂亮的论占星术的文章。然后,每个月就不同的星相写一篇比较荒唐的短文,并由我自己来为金牛座、白羊座、处女座、双鱼座等画出小画片。收入是可笑的,事情本身也没什么有趣和出彩的地方。这一切中唯一有趣的地方,就是我的存在,一个被从历史和文学书还有电话簿里抹掉的人的存在,一个死去现在又通过奇怪的显身活转过来的人,在向成千上万的社会主义国家的青年灌输着占星术的伟大真理。

有一天,R告诉我她的主编被这位星相学家征服,想让他为自己算一命。我非常高兴。主编是被俄国人安排为杂志社领导的。他半辈子都在布拉格和莫斯科学习马克思列宁主义。

R笑着对我解释说:"他有点不好意思提这事儿。他希望不要闹得满城风雨,让别人说他相信中世纪的迷信。但是他非常想试试。"

"好哇,"我说,并且我很高兴。我了解这个主编,他除了是R的老板以外,还是主管干部的党的高级委员会成员,经他的手毁掉了我不少朋友的性命。

"他想保持完全匿名。我要给你他的出生日期,但你不该知道是他的。"

这更让我觉得好玩了:"好哇!"

"他要给你一百克朗作为算命费用。"

"一百克朗? 他怎么想得出来,这个吝啬鬼。"

他托人转送来一千克朗。我涂了满满十页纸,描述他的性格,勾勒出他的过去(我是足够了解的)和将来。我花了整整一个星期来完成我的作品,并且和R进行了详细的咨询。通过星相算命,实际上可以巧妙地影响甚至引导人们的行为。我们可以建议他们做一些什么事,提醒他们注意另外一些事,并且通过让他们了解他们未来的厄运,促使他们变得更为谦卑。

不久以后,我再见到R的时候,我们笑个不停。她说,主编自从看了自己的星相运势后,变得更好了。他开始对自己的严厉略有收敛,因为星相学让他注意这一点。他十分重视自己能够做到的那一丁点善良。在他那经常处于失神状态的目光里,可以看出一种忧伤,那是因为知道自己的星相为他的未来只留下痛苦而产生的忧伤。

4(关于两种笑)

把魔鬼构想成恶的信徒、天使构想为善的战士,那是接受了天使的蛊惑人心的宣传。事情当然比这要复杂。

天使不是善的信徒,而是造物的信徒。而魔鬼则是拒绝承认神造的世界是有理性意义的。

大家知道,天使和魔鬼分享着对世界的统治。然而,世界之善并不意味着天使要高出魔鬼一筹(小时候我是这么以为的),而是说双方的权力差不多是均衡的。如果世界上有太多毋庸置疑的意义(天使们的权力),我们会被它压垮。如果世界丧失了所有的意义(魔鬼的统治),我们也无法活下去。

当事物突然失却了它们预定的意义、脱离了既定秩序中应有的位置的时候(在莫斯科受过训练的马克思主义者相信占星术),就会引起我们发笑。最初,笑属于魔鬼的领域。它有些恶意的成分(事物突然显得与它们平时被认为的样子有所不同),也有一些善意解脱的成分(事物显得比原来的样子更为轻松,让我们更自由地生活,不再以它们的庄严肃穆来压迫我们)。

当天使第一次听到魔鬼的笑声的时候,他惊呆了。那是在一次盛宴上,大厅里坐满了人,人们一个个跟着魔鬼笑,那笑传染性极强。天使很清楚,这笑是针对上帝和上帝之作品的尊严的。他知道要赶快反击,不拘形式,可是他感到软弱无力。因为什么也发明不出来,他仿效起对手来。他张开嘴,在他音域的高音区发出断续的颤动的声音(在一座沿海城市的街道上,米迦勒和加百列发出的是差不多的声音),但却赋予它相反的意义:魔鬼的笑指向的是事物的荒谬,而天使为之感到欣悦的,则是世间的一切都井然有序,出自智慧的设计,尽善尽美且充满意义。

这样,天使和魔鬼就互相面对着,他们张开嘴巴,发出差不多同样的声音,但是各自通过这声音所表达的却是相反的事情。魔鬼看着天使笑,就笑得更厉害,笑得更欢,也更赤裸裸了,这就使得天使之笑变得极为可笑。

可笑的笑,就是溃败。然而,天使们也有所收获。他们通过语义假冒欺骗了我们。要指称他们的模仿之笑和原创之笑(魔鬼的笑),只有"笑"这一个词。今天,我们还意识不到的是:同样的外部显现涵盖着两种截然相反的内在态度。有两种笑存在,可是我们没有什么词能把它们区分开来。

一份画报发表了这样一幅照片：一列身穿制服的人站在那里，肩上扛着枪，头上戴着佩有透明防护面罩的钢盔，他们注视着一些穿着牛仔裤和 T 恤衫的青年男女，这些青年人手拉着手，在他们眼前跳着一种圆舞。

很明显，这是和警察发生冲突前的一段间歇，警察在守卫着某个核电站，某个军事训练营地，某个政党的党部，或者是某个大使馆的玻璃窗。年轻人利用这段间歇，围成了一个圈，伴着一段流行音乐的简单的叠句曲调，原地踏两步，向前迈一步，然后抬起左腿，然后又抬起右腿。

我似乎理解他们：他们觉得自己在地上画的圈是一个有魔力的圆圈，把他们像指环一样联结起来。而他们的胸膛里也充满着一种强烈的天真情怀：让他们联合在一起的，不是士兵或法西斯突击队的那种"开步走"，而是孩子们跳的那种"舞蹈"。他们要把自己的天真唾到警察的脸上去。

摄影师也是这样看他们的，他突出了这一强烈对比：一边是队列式虚假（强制与命令）地统一为一体的警察，另一边是圆圈式真正（真诚并自然）合为一体的青年；一边是伺机采取阴险行动的警察，另一边是沉浸在游戏的欢乐之中的青年。

在一个圆圈里跳舞是令人着魔的；圆圈又从数千年之远的记忆中向我们预兆着什么。大学教师拉斐尔夫人从画报上剪下这张照片，充满梦想地盯着它看。她也想在一个圆圈里跳舞。她一辈子都在寻找一个男女组成的圆圈，让她和别人手拉着手一起跳圆舞。她首先在卫理公会里寻找（她父亲是个狂热的教徒），然后是在共产党里，然后是在托洛茨基党里，然后是在异端托洛茨基党里，然后是在反堕胎运动中（孩子有生命权！），然后是在堕胎合法化运动中（女人有权支配自己的身体！）；她曾在马克思主义者、精神分析学家、结构主义者那里寻找；她曾在列宁、在禅宗佛教、在毛泽东那里寻找；她也曾在瑜伽信徒、新小说流派里寻找。最后，找来找去，她希望至少要和她的学生们和谐一致，同他们结为一体。这就意味着她总是强迫自己的学生和她想的一样、说的一样，于是终于有人与她在同一个圆圈、同一曲舞蹈中身体合一、精神合一了。

这时候，她的学生加百列和米迦勒正在她们的房间里，在学生宿舍。她们投身到尤奈斯库的剧作之中，米迦勒大声读道：

逻辑学家对老先生说：拿一张纸，计算。从两只猫身上拿下两条腿，每只猫还剩下多少条腿？

老先生对逻辑学家说：有好几种可能的答案。一只猫可以有四条腿，另一只有两条。还可能有一只猫有五条腿，而另一只猫只有一条。从两只猫的八条腿上拿下两条，结果会是一只猫有六条腿，另一只猫一条也没有。

米迦勒打断了她的朗读："我不明白怎么给猫拿下腿来。能把腿砍下来吗？"

"米迦勒！"加百列叫起来。

"我还不懂一只猫怎么可能有六条腿。"

"米迦勒！"加百列又喊叫起来。

"什么？"米迦勒问。

"你难道忘了吗？还是你自己说的呢！"

"什么？"米迦勒又问。

"这段对话肯定是为了制造一个喜剧效果！"

"你说得对，"米迦勒边说边高兴地看着加百列。两个姑娘互相看着，她们的嘴角骄傲地颤动着，最后，从她们的口中发出了来自音域的高音区的短促且断续的声音。然后是同样的声音，仍旧是同样的声音。勉强地笑。可笑地笑……笑的迸发、反复、冲撞、放肆，笑的气派、奢侈、疯狂……啊，笑！快感之笑，笑之快感……

此时，拉斐尔夫人正孤零零一个人在地中海沿岸一座小城的街道上游荡。她突然抬起头来，就好像从远处传来飘浮在轻柔的空气里的一段乐曲，又好像她嗅到了来自远处的一股气味。她停下来，她听到了脑中空虚的叫喊，是空虚在抗争，想被填满。她觉得在某个地方，离她不远的地方，有大笑的火焰在颤抖，也许在某个地方，在不远处，有一些人手拉着手，围成圆圈在跳舞……

她就这样停了一会儿，她心绪烦躁地看看周围，然后突然之间，那神秘的音乐停了下来（米迦勒和加百列停止了笑；她们突然感觉到厌烦，因为等待她们的是无爱的空虚之夜）。内心无端地骚动不已却又得不到满足的拉斐尔夫人，穿过沿海小城的红灯区回到家中。

6

我也在圆圈里跳过舞。那是一九四八年，共产党人在我的国家刚刚取得胜利，社会党和基督教民主党的部长们避难到了国外。我搭着其他共产党学生的手或肩，我们原地跳两步，向前迈一步，一边抬起右腿，然后另一边抬起左腿。我们几乎每个月都做这个，因为总有什么要庆祝，一个周年纪念或是随便哪个事件。过去的不公正被弥补，新的不公正又产生，工厂被国有化，成千的人进了监狱，医疗实行公费制，烟店掌柜被没收了烟草铺，老工人第一次出门度假，住在国家没收的别墅里，而我们的脸上挂着幸福的微笑。其后，某一天，我说了不该说的什么话，我被党逐出门外，也就不得不离开跳舞的圆圈。

我在这时候才理解了圆圈的神秘意义。要是离开队列的话，还是可以回到队列的。队列是一种开放式的组成。而圆圈是封闭的，一离开就回不来了。行星绕着圆圈转动，这不是偶然的，如果一块石头跌落出来，那它就在离心力的作用下，万劫不复地远去了。正如脱离了星球的陨石一样，我离圆圈而去，直到今天还在不停地坠落。有些人注定是盘旋落地而死，有些人垂直落地。这些直落的人（我是其中的一个）身上总是对失去的圆圈有一种羞怯的怀恋，因为在我们所居住的这个宇宙里，万事万物都是绕着圆圈运转的。

天知道又是哪一个周年纪念日，布拉格的街上又有了青年人在跳舞的圆圈。我在这些人中间游荡，我离他们很近，但是我不被允许加入任何一个圆圈。那是一九五〇年六月，米拉达·霍拉科娃前一天被绞死了。她是社会党议员，法庭指控她阴谋危害国家。与她同时被绞死的是扎维斯·卡兰德拉，捷克超现实主义者，安德烈·布勒东和保尔·艾吕雅的朋友。年轻的捷克人在跳舞，他们知道，就在前一天，在同一个城市，一个女人和一个超现实主义者被吊在了绳索上。他们跳得更狂热了，因为他们的舞蹈是他们天真无邪的显现，他们的天真无邪与两个被绞死的人的罪恶行径，形成鲜明的对照：那两个人背叛了人民，背叛了希望。

安德烈·布勒东不相信卡兰德拉背叛了人民和人民的希望，在巴黎他呼吁艾吕雅（一九五〇年六月十三日的一封公开信）出面抗议这一无端指控并设法营救他们的老朋友。可是，艾吕雅正在一个连接着巴黎、莫斯科、布拉格、华沙、索非亚和希腊的宏伟的圆圈里跳着舞，在世界上所有的社会主义国家和所有的共产党之间跳来跳去，他在到处吟诵着他那世界大同的美丽诗句。读到布勒东的信后，他原地跳两步，向前跳一步，摇了摇头，拒绝去捍卫人民的叛徒（在一九五〇年六月十九日的《行动》周刊上），并开始用铿锵的声音朗诵起来：

我们要为天真无邪

填补上我们一直

所缺少的力量

我们将不再孤单。

而我当时正在布拉格的街上游荡，我的周围旋动着又笑又跳的捷克青年的圆圈。我知道，我不是他们那边的，而是在卡兰德拉一边，他也脱离了圆形轨道，坠落下去，不断坠落，直到掉进了囚犯的棺材。可是尽管我不是他们那边的人了，我还是在羡慕和留恋中看着他们在跳舞，我的眼睛离不开他们。在这个时候，我看到了他，就在我眼前。

他搭着他们的肩,在和他们一起唱那两三个极简单的音符,他一边抬起左腿,然后另一边抬起右腿。是的,是他,布拉格的宠儿,艾吕雅! 忽然,和他一起跳舞的人们静了下来,他们在一片寂静中继续舞动,而他则伴着鞋跟嗒嗒落地的节奏,抑扬顿挫地吟诵起来:

> 我们远离休息,我们远离睡眠,
>
> 我们要赶超黎明和春天
>
> 我们要按照我们的梦想
>
> 让时日和四季为我们构建。

然后,所有人突然都开始唱起这三四个极简单的音符,并且加快了舞蹈的速度。他们远离着休息和睡眠,赶超着时间,填补着他们的天真。他们每个人都微笑着,而这时艾吕雅向和他搭着肩的一个年轻姑娘倾下身来:

> 向往和平的人脸上总是挂着微笑。

那姑娘就开始笑了起来,脚更有力地踩踏着碎石路,以致她从地面升高了几厘米,带着其他人一起升高。不一会儿,他们中没有任何一个人脚还着地,他们离开地面,原地跳两步,向前跳一步。是的,他们在圣瓦茨拉夫广场上空飞翔,他们的圆舞就像是飞扬起来的一个大花冠,而我在下面的地上跑着,抬眼看着他们,看着他们越来越远,看着他们在飞翔中一边抬起左腿,随后另一边抬起右腿。在他们的下面,是布拉格,是布拉格充满了诗人的咖啡馆,充满了人民叛徒的监狱,而在焚尸炉里,人们正焚烧着一个社会党女议员和一个超现实主义作家,烟雾就像一个吉祥的预兆一样升向天际,我听到了艾吕雅那铿锵的声音:

> 爱在工作着,不知疲倦。

我循着这个声音在布拉格的街上跑着,担心看不到在城市上空飞翔的由人的身体编织成的美丽花冠,并且我惶恐不安地认识到:他们像鸟儿一样飞升,而我像石头一样坠落;他们有翅膀,而我永远也不会再有。

7

卡兰德拉在被处决十八年后,得到了平反昭雪,可是几个月以后,俄国的坦克就开进波希米亚,马上就有成千上万的人被控背叛了人民和人民的希望。一些人被投入监狱,大多数人被剥夺工作。又过了两年(也就是艾吕雅在圣瓦茨拉夫广场飞翔二十年以后),作为这些新受指控的人里面的一个,我在一个面向捷克青年的画报上主持一个星相专栏,达十二个月之久。我的最后一篇关于人马座的星相文章发表一年以后(那是一九七一年十二月的事情),我接待了一个我不认识的青年男子的来访。他什么也不说,给了我一个信封。我撕开它,读里面的信,可是费了半天劲我才明白那是 R 的一封信。笔迹辨识不清,写这封信的时候,她可能正心烦意乱。她尽力说得拐弯抹角,好让除了我以外任何人都看不懂,可这么一来我本人也只看懂了一半。我弄清楚的唯一一件事,是说事过一年以后我的作者身份被发现了。

那个时候,我在布拉格的巴尔托洛梅街上有一套单间公寓。这是一条小街,但很有名。所有的楼房,除了其中的两座(包括我住的这座),都属于警察局。当我从我在五层的大窗户往外面看的时候,我看到上面、在楼顶的上方,是赫拉德钦塔楼,而下面是警察局的院子。上面,展现的是波希米亚国王们辉煌的历史;下面,发生的是著名囚犯的故事。他们都在那里坐过牢,有卡兰德拉和霍拉科娃,斯兰斯基和克莱门蒂斯,还有我的朋友沙巴塔和许布尔。

小伙子(一切都表明,他是 R 的未婚夫)极其谨慎地看了看自己的周围。他显然认为,警察安了窃听器监视我的房子。我们悄悄地用头部示意,之后走了出去。我们先是一言不发地走路,一直到走到喧嚷的民族大街,他才对我说 R 想见我一面,我不认识的他的一个朋友把他在郊区的公寓房借给我们秘密约会。

第二天,我坐了很长一段有轨电车,一直来到布拉格城边。那是十二月份,我的手冻僵了。早晨这个时间,宿舍楼里空无一人。根据小伙子给我做的描述,我找到了那座楼房,我坐电梯上了四层,看看门上的主人姓名卡,按了门铃。房间寂静无声。我又按了一次,但没有人开门。我又回到街上。我在寒冷的街上又溜达了半个小时,心想 R 可能迟到了,她要是从电车站出来一路从人行道走过来时,我就会碰见她。可是,连个人影都没有。我又坐电梯上了楼。我又按门铃。几秒钟以后,我听见房间里响起抽水马桶的声音。这时候,我觉得就好像有人在我身体里放置了一个能映照出恐慌不安的玻璃体。我从自己的体内能感受到不能为我开门的年轻姑娘的恐惧,她五脏六腑都充满着恐慌。

她开了门,脸色苍白,但还是微笑着,尽可能像往常一样可爱。她开了几句笨拙的玩笑,说我们终于在一个无人的房间里两个人单独相处了。我们坐下来,她跟我说最近被叫到警察局去了。他们盘问了她一整天。头两个小时,他们问了些无关紧要的问题,她当时觉得自己把握着局势,和他们开着玩笑,不客气地问他们是不是就因为这些愚蠢的问题而不让她去吃午饭。正在这时,他们问她:亲爱的 R 小姐,是谁在你们的画报上为您写了那些星相文章?她脸红了,试图跟他们谈某个她不愿意透露姓名的物理学家。他们问:您认识昆德拉先生吗?她说她认识我。有什么不妥吗?他们回答说:没什么不妥,可是您知道昆德拉先生对星相学感兴趣吗?这事儿我不知道,她说。这事儿您不知道?他们笑着对她说。布拉格满城皆知,而这事儿您不知道?她又说了一会儿原子专家的事儿,其中的一个警察就开始对她大叫起来:别胡扯了!

　　她跟他们说了实情。报社编辑部想开一个星相专栏但不知道该找谁写。R 认识我，请我来帮助她。她肯定没有触犯任何法律。他们同意她的说法。不，她没有触犯任何法律。她违背的是内部条例，条例规定禁止与那些曾背信于党、背信于国家的人进行合作。她提醒他们说，没有发生任何严重的问题:昆德拉先生的名字一直是隐匿的，使用笔名也没有冒犯任何人。至于昆德拉先生领取的报酬，甚至都不值得一提。他们又对她说不错，是没有发生什么严重问题，确实，他们只是要做一个关于事情经过的笔录，她签字就可以了，她没什么可担心的。

　　她签了那份笔录，两天后主编找她谈话，告诉她她被解雇了，立即生效。当天她就去了一家电台，那家电台里的朋友一直建议她来他们那儿工作。他们高兴地接待了她，可是第二天来填表的时候，很喜欢她的人事主管神情黯然地说:"孩子，瞧瞧你做的傻事! 你毁了自己的一生。我绝对一点儿也帮不上忙。"

　　她首先犹豫是否要跟我说，因为她向警察保证不把受审问的情况告诉任何人。但是，她又接到警方的传讯通知(第二天她要去警察局)，她决定还是和我秘密见上一面，以便统一口径，一旦我也被传讯时，两个人的说法不致互相矛盾。

　　这不难理解，R 不是胆怯，她只是年轻，不谙世事。她刚遭受到第一下打击，不可理喻的、意想不到的打击，这将让她终生难忘。我明白，我是被选来当作黑手的，通过我来达到警告并惩罚人们的目的，我开始对自己感到害怕了。

　　她嗓音发紧地问我:"您认为，他们会知道您算命拿了一千克朗的事儿吗?"

　　"不用害怕。一个在莫斯科学习了三年的家伙，永远也不敢承认他搞过星相算命。"

　　她笑了，这笑声尽管持续了不到半秒钟，却宛若灵魂拯救的轻声承诺，回响在我耳边。当我就双鱼座、金牛座和白羊座写那些愚蠢的短文时，我想听到的就是这一笑声，我想象的报偿也就是这一笑声。可是在此之前，它从哪个方向都没有响起过，因为天使们在这个世界的各个地方,在所有的指挥部,都占据了决定性的地位,他们征服了左派和右派,阿拉伯人和犹太人,俄国的将军和俄国的持不同政见者。他们用他们冰冷的目光从四面八方看着我们,这一目光把我们诙谐地愚弄人的外衣剥掉,揭露出我们是一些可怜的骗子,为社会主义青年的刊物做事却既不相信青年也不相信社会主义;为主编大人占星算命,却既不在乎主编也不在乎星相学;故弄玄虚地摆弄着一些可笑的玩意儿,而与此同时,我们周围的所有人(左派和右派、阿拉伯人和犹太人、将军和持不同政见者)都在为人类的未来而战斗。我们感觉得到他们的目光落在我们身上的分量,它足以把我们变成随便用鞋跟踩死的虫子。

我控制住自己的不安。我试图为 R 设想出一个最合理的计划,以应付第二天警察的审问。谈话期间,她几次站起身去厕所。她每次回来都伴着抽水马桶声和恐慌不安的表情。这个勇敢的姑娘为她的恐惧感到羞愧。这个有品位的女人为她的内部器官在一个陌生男人眼前失控感到羞愧。

8

二十来个不同国籍的小伙子和年轻姑娘坐在他们的书桌前,漫不经心地看着米迦勒和加百列。她俩表情紧张地站在讲台前,身后坐着拉斐尔夫人。她们手里拿着好几张写满了自己的读书报告的纸,此外,她们还拿着一个用纸板做的、系着橡皮绳的奇怪物件。

"我们要和大家谈谈尤奈斯库的剧作《犀牛》,"米迦勒说完,把头低下来,在鼻子上扣上一个纸板做的管子,管子上粘着彩纸片,然后她把这个角形管用绕到脑后的橡皮绳系住。加百列也这么做了。然后,她们互相看了一眼,她们发出了短促且断续的尖叫。

教室里同学们看懂了,实际上很容易看懂,两个姑娘要说明的是:第一,犀牛在鼻子的地方长着一只角;第二,尤奈斯库的这部剧是个喜剧。她们想表述这两个想法,当然要通过词句,但主要还是通过她们自己身体的动作。

长长的角形管在她们面部顶端晃动着,全班学生都陷入一种尴尬的同情之中,就好像有个残疾人在他们书桌上放上了他的一段截肢。

只有拉斐尔夫人为自己两个得意门生的发明而兴高采烈,她也以一种短促、断续的尖叫来回应她们。

两个姑娘满意地晃动着她们的长鼻子,米迦勒开始朗读她那部分报告内容。

学生中有一个叫萨拉的犹太姑娘。她几天前问两个美国姑娘能否看一眼她们的笔记(谁都知道,她们一句话不落地把拉斐尔夫人讲的东西记在笔记里),但是她俩回绝了:"谁让你不听课去海滩玩了。"从那天起,萨拉就开始对她们怀恨在心,现在她很高兴看到两个人在教室前面出洋相。

米迦勒和加百列轮流读着她们对《犀牛》的分析,脸上长出的纸板做的长角就像是一篇空洞的经文。萨拉明白,如果不抓住这个天赐良机就太可惜了。正当米迦勒停顿下来,向加百列转过身去,示意现在该轮到她念的时候,萨拉从凳子上站起来,向她俩走去。加百列,本该接着说的,这时却用惊恐莫名的假鼻子的鼻孔对着萨拉,一副目瞪口呆的样子。萨拉走到两个女学生身边,绕到她们身后(就好像假鼻子沉得让她们抬不起头一样,两个美国女孩甚至无法转过身来看看身后发生了什么),运足了力气,照着米迦勒的屁股踢了一脚,然后又运足力气踢了一脚,这回踢的是加百列的屁股。然后,她面带镇静甚至是尊严,回到自己的座位。

此时此刻,教室里鸦雀无声。

然后,米迦勒的眼里流出了泪水,马上加百列的眼里也流泪了。

然后,教室里哄堂大笑。

然后,萨拉坐回到自己的座位上。

然后,感到出其不意且十分惊讶的拉斐尔夫人明白了,萨拉的加入是事先精心准备的这出女学生闹剧合作表演的一段,其目的只是在于阐明她们所分析的主题(艺术作品的解读不能仅限于传统的理论分析,还应该运用现代的手段,通过实践、动作、即兴表演来进行)。另外,因为她看不见自己的得意门生的眼泪(她们是面对着教室,背对着老师),她扬起头来,也发出一阵大笑。

听到身后她们敬爱的老师的笑声,米迦勒和加百列感觉到自己被背叛了。因此,泪水如注。这场侮辱让她们如此难过,以至于她们扭起身体,好似得了胃痉挛。

拉斐尔夫人以为她的两个爱徒的痉挛是一种舞蹈动作,于是她顾不得师尊,从座椅上跳起来。她笑得流泪,张开双臂,身体扭动起来,头部因而在脖颈上前后摆动,就像圣器保管人手中倒举着铃铛,只要一动就响起来一样。她走近两个痉挛般扭动的姑娘,拉住了米迦勒的手。这样她们三个就面对着教室,一起扭动,一起流着泪。拉斐尔夫人原地跳两步,抬起了一边的左腿,然后又抬起了另一边的右腿,两个流泪的姑娘开始怯生生地模仿起她来。泪水顺着她们纸做的假鼻子流淌下来,她们在原地扭动跳跃着。然后,女教师抓起加百列的手,她们三个现在在书桌前面形成了一个圆圈,三个人手拉着手,在原地和两边跳步,在教室的地板上转起圈来。她们向前方抬腿,一会儿是左腿,一会儿是右腿,而在加百列和米迦勒的脸上,原来的哭相不知不觉地变成了笑模样。

三个女人又跳又笑,纸鼻子来回摆动,教室里没人说话,大家在无言的惊恐中看着她们。可是,三个女人已经不再注意别人,她们全身心地集中到自己身上,集中到她们的快感上面。突然,拉斐尔夫人用力踩了一下地,她从地板上升起来几厘米,再跳下一步时,她就离开地面了。她随身带着她的两个女伴,又过了一会儿,她们三个都在地板上方转动了,她们旋转,缓缓上升。这时,她们的头发碰到了天花板,天花板慢慢为她们打开。有了这样一个出口,她们升得越来越高,纸鼻子已经看不见了,只有三双鞋刚跨过那巨大的出口,但是也终于看不见了。此时此刻,在教室里惊呆了的学生们耳里,传来了来自上方的笑声,那笑声渐渐远去,是三个大天使灿烂无比的笑。

在借来的公寓房中与R的约会,对我来说是决定性的。这时候,我彻底明白了,我已经成了一个不幸的使者,如果我不想让我爱的人代我受过的话,我就不能再生活在他们中间,唯一的出路就是离开我的国家。

但是,还有另外一个理由,让我提到与R的这最后一次见面。我一直深爱这个年轻女人,以最无邪、与性最无关涉的方式。仿佛她的身体一直完美地隐藏在她的绝顶聪明后面,也隐藏在她的谦虚待人和衣着得体后面。她没有给我留下任何空隙,让我得以一睹她裸露的胴体的光辉。突然,恐惧像一把屠刀一样剖开了她。我仿佛看到她的身体在我面前展开,就像肉铺里挂钩上吊着的一排小牝牛肉架一样。我们并排坐在借来的房子的沙发上,从洗手间传来蓄水池流水的嘘嘘声,我突然生出要和她做爱的疯狂欲望。更准确地说:要强奸她的疯狂欲望。想扑到她身上,一下子把她抱住,包括她所有站不住脚的令人兴奋的自相矛盾,包括她完美的服饰和肆虐的肠胃,包括她的理性和她的恐惧,包括她的骄傲和她的羞愧,把它们统统抱在一起。在我看来,她的这些矛盾里隐藏着她的本质,深埋着宝藏、金块和钻石。我想跳到她身上,把它挖出来。我想把她全部包容,包括她的排泄物和她那无以名状的灵魂。

但我看到一双恐慌的眼睛在盯着我(一张聪明的面孔上的恐慌的眼睛),她的眼睛越是恐慌,我要强奸她的欲望就越是强烈,也就越是荒谬、愚蠢、可耻、不可理喻、难以实现。

那天,当我从那个借来的公寓房走出,来到布拉格郊区这群宿舍楼间空寂的街道时(R在公寓套房里多待了一会儿,她担心和我一起出来会被人看见),我长时间地不能思想其他的事情,只想着这一强烈的欲望,我刚才所感受到的要强奸我那可爱女友的欲望。这欲望停留在我身上,关在里面,就像关在一个口袋里的鸟儿一样,那鸟儿时不时就醒来,扑打起翅膀。

也可能强奸 R 的这一疯狂欲望,只是我在坠落过程中想抓住什么的绝望的努力。因为,自从他们把我赶出圆圈以后,我便不停地坠落,直到现在我还在坠落。当时,他们只不过推了我一把,让我坠落得更远、更深、更远离我的国家,坠落到回响着天使们可怕的笑声的荒芜的世界,那些天使用他们的喧嚣遮蔽了我所有的言说。

我知道,还有萨拉,那个犹太姑娘萨拉,我的姐妹萨拉,她就在这个世界的某个地方。可是,我到哪儿能找到她呢?

本章引文出自下列诸书:

安妮·勒克莱尔:《女人之言》,一九七六年。

保尔·艾吕雅:《和平的脸》,一九五一年。

欧仁·尤奈斯库:《犀牛》,一九五九年。

第四部　失落的信

1

我计算过,在这个世界上,每秒钟就有两三个新的虚构人物被命名。所以我总是犹豫着是否要加入施洗者约翰那难以胜数的追随者的行列。可是怎么办呢？我总要给我的人物一个名字吧？这一次,为了清楚地表明我的女主人公是我的,并且只属于我(她是我所有作品中最让我牵挂的女人),我要给她起一个任何女人都没有用过的名字:塔米娜。我想象她是一个美丽的高个子女人,三十三岁,来自布拉格。

我在想象中看到她正走在欧洲西部一座外省城市的街道上。是的,您注意到了:远处的布拉格我用它的名字来指称它,而我的故事所发生的城市,我让它没有名称。这违背了远虚近实的所有透视法,但您也只好这样接受下来。

塔米娜在一家夫妻开的小咖啡店做女招待。店里的生意是如此不景气,乃至丈夫一找到个工作就去上班了,塔米娜就得到了这空出来的位置。老板在新工作上所领取的可怜的工资和夫妻俩付给塔米娜得更为可怜的工资之间的差额,就是他们微不足道的收益。

塔米娜给客人(没有那么多客人,店里座位总有一半空着)端上咖啡和苹果烧酒后,就回到柜台后面。几乎总有某个客人坐在柜台前的高脚圆凳上,想和她聊天。每个人都很喜欢塔米娜。因为她知道倾听别人给她讲的事情。

但是,她真的在听吗？还是她只是在看,如此专注、如此安静地看？我不知道,这不重要。重要的是她从不打断人家。您知道两个人聊天一般是怎么回事。一个人说着,另一个人就打断他:"对,我也是这样,我……"然后就开始谈自己,直到前一个人轮到自己终于能插上话:"对,我也是这样,我……"

"对,我也是这样,我……"这句话看上去像是表示赞同的一种回应,是把别人的思考继续下去的一种方式,其实,这不过是一个圈套:实际上,它是一种以暴制暴式的反抗,是给我们自己的耳朵解除奴役并强行占据他人耳朵的一种努力。因为人在其同类中所度过的一生,只是占据他人耳朵的一场战斗。塔米娜之所以得人心的所有秘诀,就在于她不想谈她自己。她没有抵抗就接受占据自己耳朵的人,她从来不说:"对,我也是这样,我……"

<h2 style="text-align:center">2</h2>

皮皮比塔米娜小十岁。她天天和塔米娜谈她自己,差不多有一年了。不久以前(实际上一切都是那个时候开始的),她对塔米娜说她打算夏天放假的时候和丈夫一起去布拉格。

这时候,塔米娜觉得自己从几年的睡梦中醒来。皮皮又说了一会儿,塔米娜(一反常态地)打断了她的话:

"皮皮,如果你们去布拉格,是否能去我父亲那里帮我带回一点儿东西?不怎么重。只是一个小包,很容易放进你们的行李箱里。"

"为你,做什么都行!"皮皮热情地说。

"我会感激你一辈子,"塔米娜说。

"包在我身上了,"皮皮说。两个女人又谈了一下布拉格,塔米娜两颊绯红。

"我要写本书,"之后皮皮说。

塔米娜心中惦记着她留在波希米亚的小包,她明白应该和皮皮处好关系。于是,她马上把自己的耳朵凑过去："一本书？写什么的？"

皮皮的女儿是个一岁的孩子，此时正在妈妈坐的高脚圆凳下面爬着，动静很大。

"安静点！"皮皮冲着地面的方砖喝道。然后，她若有所思地吹起她的香烟所冒的烟雾。"写我所看到的世界。"

孩子发出越来越刺耳的尖叫，塔米娜问她："你会写书？"

"为什么不呢？"皮皮说道，神情又若有所思起来，"我当然要打听打听，好知道怎样才能写出本书来。你是否碰巧认识巴纳卡？"

"谁？"塔米娜问。

"一个作家，"皮皮说，"他住在这一带。我应该和他认识。"

"他写过什么？"

"我不知道，"皮皮说。然后，她若有所思地补充道："也许我应该读点儿他的东西。"

3

话筒里没有惊喜的欢呼，只有冷漠的声调："太阳从西边出来了！你终于想起我来了？"

"你知道我挣钱不多。电话太贵。"塔米娜抱歉地说。

"你可以写信。据我所知，邮票可没那么贵。我都记不得什么时候收到的你最后一封信了。"

看到与婆婆的谈话一开始就碰了一鼻子灰，塔米娜便开始问她身体怎么样，在做些什么，绕了半天才决定言归正传："我请你帮个忙。我们走之前，把一包东西放在你家了。"

"一包东西？"

"是的。帕维尔和你把它收拾到他爸爸的一个旧书桌里了,他还给上锁了。你还记得吧,这张书桌里一直有他一个抽屉。他把钥匙给你了。"

"我没有你们的钥匙。"

"可是,婆婆,你应该有的。帕维尔给你了,我肯定。我在旁边,当时。"

"你们什么也没给我。"

"已经过去很多年了,你可能忘记了。我只求你一件事,就是找到那把钥匙,你肯定会找到的。"

"你让我用钥匙干什么?"

"就看看那包东西是否在那儿。"

"为什么会不在那儿?你们放里面的?"

"是的。"

"可我为什么要打开抽屉?你们以为我会把你们的记事本怎么样?"

塔米娜大吃一惊:她的婆婆怎么会知道抽屉里有记事本?它们是包好了的,那包东西是用了几卷胶带仔细地、紧紧地包起来的。不过,她一点儿也没有流露出自己的惊讶。

"可是,我没有这么说啊。我只是想让你看看是否一切都完好无损。下次我再跟你说。"

"你不能跟我说明一下里面有什么吗?"

"婆婆,我不能说得更多了,电话费很贵!"

婆婆开始哭了起来:"要是贵,就别给我打电话。"

"你别哭,婆婆,"塔米娜说。她对她的哭泣记忆犹新。婆婆要是想让他们做什么事情的话,总是要哭上一场。她用眼泪来指责他们,没有什么比她的眼泪更具进攻性的。

话筒被哭声震动,塔米娜说:"再见,婆婆,我再打电话。"

婆婆还是哭着,塔米娜在她没说再见之前不敢挂上电话。可是,婆婆哭声不止,而每一滴泪都要花很多钱。

塔米娜挂上了电话。

"塔米娜太太,"老板娘带着痛心的声音指着计时器说,"你说话时间太长了。"然后,她计算了一下和波希米亚通话的费用,塔米娜被这一巨大数目吓坏了。从现在开始到下次领工资,她要精打细算地过日子了。但是,她眼睛都没眨就结了账。

4

塔米娜和丈夫是非法离开波希米亚的。他们在捷克斯洛伐克官方旅行社组织的南斯拉夫海滨游旅行团登了记。到那里以后,他们脱离了旅行团,穿过奥地利边境后,往西而去。

为了在团体旅行中不引人注意,他们每个人只带了一件大行李。在最后时刻,他们没敢随身带上装着他们互相的通信和塔米娜的记事本的那个鼓鼓囊囊的包裹。海关检查的时候,如果被占领的捷克斯洛伐克的哪个警察让他们打开行李的话,针对他们出外十五天去海滨度假却带上了他们私生活的所有档案这种情况,会马上产生怀疑。可是,鉴于他们不愿把包裹留在自己的家里,因为他们一走国家就会把他们的套房没收,他们就把它放到了塔米娜的婆婆家,放到了去世的公公留下的、再也没有什么用途的一个书桌的抽屉里。

在国外,塔米娜的丈夫病倒了,塔米娜只好眼睁睁地看着死神把他带走。他死的时候,人家问她是土葬还是火葬。她说火葬。然后人家问她是把骨灰放在一个骨灰盒里还是更愿意撒掉。在这个世界上她无处为家,她怕一辈子像拿个手提包那样一直带着丈夫。她让人撒掉了他的骨灰。

在我的想象中,世界在塔米娜周围升起,越升越高,就像一堵围墙,她只是下面的一片小草地。在这片草地上只开着一朵玫瑰，那就是对她丈夫的思念。

或者我想象现在的塔米娜(端上咖啡并奉献耳朵)是水中漂浮的一排木筏，她在木筏上，她向后看，只向后看。

最近一段时间，她绝望了，因为过去越来越苍白。她身边只有丈夫护照上的照片，所有其他的照片都留在布拉格被没收的套房里。她看着这张盖着章、折了角的可怜的照片，这是丈夫正面拍的(就像司法身份部门拍摄的罪犯一样)，一点儿也不像他。每天，她都在这一照片面前进行一种精神操练：她努力去想象她丈夫的轮廓，然后是一半的轮廓，然后是四分之三的轮廓。她让他的鼻子和下颌的线条重生，但是她每次都惊恐地发现，那想象的速写总会出现一些疑点，勾勒着它们的记忆在这里驻足不前。

在这样的操练中，她努力去回想他的皮肤和肤色，表皮的所有细微异变，那些小疙瘩，那些赘疣，那些雀斑，那些细小的血管。很难，几乎没有可能。她的记忆所使用的颜色是不真实的，用这些颜色无法描摹人类的肌肤。于是她发明出一种特殊的纪念手段。当她坐在一个男人面前时，她把那男人的头部当成一种雕塑材料：她目不转睛地看着这一头部，在脑海中把它当成脸部的模型，给它加上更深的肤色，填上雀斑和赘疣，把耳朵缩小，给眼睛涂上蓝色。

但是，所有这些努力到头来只是表明，她丈夫的形象已经无可挽回地离她而去。在他们刚刚相恋的时候，他让她写日记(他比她大十岁，对人的记忆之可悲已经有所了解)，为他俩记下他们生活的进程。她拒绝这样做，声称这样做是嘲笑他们的爱情。她是那么爱他，怎么可以接受她视为永世不忘的东西会被忘却。当然，最后她还是服从了，但是没有热情。她的记事本也受到了影响：有很多页是空白的，记录的内容也是断断续续的。

5

　　她和她丈夫一起在波希米亚生活了十一年,她留在婆婆家的记事本也是十一本。在她丈夫死后不久,她买了个大笔记本,把它分成十一部分。她肯定自己能够回忆起遗忘大半的许多事件和情景,但是她不知道把它们放到笔记本的哪一部分记录下来。时间顺序无可挽回地忘却了。

　　她首先试图追寻的往事回忆是那些可以作为时间参照的事件,以此为基础,她可以为自己重建过去的工程搭建出基本架构。比如,他们的假期。应该有十一个假期,可她只能想起九个来。剩下的两个永远忘却了。

　　然后,她尽力去把这重新发现的九个假期安排到笔记本的十一个章节中。可她能确定的只是因为发生了不同寻常的事情而与往年不同的那几年。一九六四年,塔米娜的母亲去世了,一个月以后他们去塔特拉山度过了一个凄凉的假期。她还知道,随后的一年他们去了保加利亚的海边。她还能想起一九六八年和第二年的假期来,因为那是他们在波希米亚度过的最后几个假期。

　　虽说她好歹能回想起大部分假期(却不能给出确定的日期),但在试图回忆他们的圣诞节和新年时,她是完全失败了。十一个圣诞节中,她只在记忆的角落里找出两个,十一个新年她只能想起五个。

　　她也想回忆出他给她起的所有名字。他只在最初相识的那两个星期叫过她真正的名字。他的柔情就是一台不断生产昵称的机器。她有很多名字,由于每个名字都不太耐用,他又不停地给她起新名字。在他们相处的十二年中,她有过二十来个、三十来个名字,每个名字都属于他们生活的一个具体阶段。

　　但是,如何能找到一个昵称和时间节奏之间已经失去的联系呢?塔米娜只在不多的情况下找到过。比如她想起了母亲去世后的那些日子。她丈夫不停地在她耳边念叨着她的名字(那个时间、那一时刻的名字),好像要把她从一场噩梦中唤醒一样。这个昵称她是想起来了,她把它确定无疑地记在了一九六四年那一章。但是,所有其他的名字都飞到了时间之外,就像逃离了鸟笼的鸟儿一样,自由而疯狂。

正是为此,她才如此绝望地想要把那一包记事本和信件弄到自己手里。

当然,她知道记事本里也有不少令人不愉快的东西,记录了一些不满足、争吵甚至厌烦的日子,可是问题不在这儿。她不想把过去变成诗。她只想还给它失去了的肉身。促使她这样做的,不是美的欲望,而是生的欲望。

因为塔米娜在一个木筏上漂浮着,她向后看,只向后看。她存在的大小就是她在那边、身后的远处所看到的大小。正如她的过去在收缩、变形、消散一样,塔米娜也在缩小,轮廓渐失。

她之所以要她的记事本,是因为她在笔记本中已经构建了一个由主要事件所组成的脆弱架构,她想为这一架构砌上边墙,让它成为她可以住进去的房子。倘若摇摇晃晃的回忆的建筑像搭建不稳的帐篷一样倒塌,塔米娜就只剩下了现在,这个无形的点,这一缓慢地向死亡进发的虚无。

6

那么,为什么不早些跟婆婆说把记事本寄过来呢?

在她的国家,与国外的通信都要经秘密警察过目,想着警察局的官员要来插手她的私人生活,她无法接受。再说,她丈夫的姓名(她一直冠着夫姓)肯定还在黑名单上,警察对有关他们的对手包括死去的对手的所有材料都始终如一地有兴趣。(这一点,塔米娜是绝对不会弄错的。我们唯一不朽的所在就是警察局的档案材料。)

因此,皮皮就成了她唯一的希望,她要不遗余力地与她处好关系。皮皮想要结识巴纳卡,塔米娜就想:她的女友应该至少了解他一本书的情节。谈话的时候,她绝对有必要插上这么一句:"是的,正如您在书中所说。"或者是:"巴纳卡先生,您太像您书中的人物了!"塔米娜知道,皮皮家中一本书也没有,她讨厌读书。因此,她想了解一下巴纳卡书中都写了些什么,好帮助她女友准备这场与作家的见面。

雨果在店里,塔米娜刚在他面前放上一杯咖啡:"雨果,您知道巴纳卡吗?"

雨果有口臭,除此之外塔米娜觉得他这个人非常和善:这是一个安静、胆怯的小伙子,差不多比她小五岁。他一星期来一次咖啡店,一会儿看堆在他面前的那些书,一会儿看站在柜台后面的塔米娜。

"知道,"他说。

"我想找本他的书,看看里面讲的是什么。"

"听我说,塔米娜,"雨果回答,"还从来没有什么人读过巴纳卡。要是读过巴纳卡的哪本书而不被当成傻瓜,那是不可能的。没有人不认为,巴纳卡是一个二流、三流甚至不入流的作家。我向您担保,巴纳卡是那样被他的名声连累,他自己都瞧不起读过他的书的人。"

这样一来,她就不再费心去找巴纳卡的书了,但她还是决定自己出面安排一次和作家的见面。由于她白天不在家,她时不时就把房间借给一个绰号叫朱朱的已婚的小个子日本女人,以备她和一个也是已婚的哲学教授幽会之用。教授认识巴纳卡,塔米娜让这对情人保证哪一天皮皮来作客时,把作家带过来。

皮皮知道了这一消息后,对她说:"也许巴纳卡长得很帅,你的性生活就可以改变了。"

7

确实,自丈夫死后,塔米娜还没有做过爱。这不是个原则问题。这种超越死亡的忠诚,在她看来反倒是可笑的,她也没有向任何人炫耀过什么。但是,每次她想象(并且她经常想象)自己在一个男人面前脱衣服的时候，出现在眼前的就是丈夫的形象。她清楚到时候她会看见他。她清楚到时候她会看见他的脸和在看着她的眼睛。

这显然失当，甚至荒唐，她意识到了。她不相信丈夫死后灵魂还在，她也不认为找一个情人就冒犯了对丈夫的念记。但她没有办法。

她甚至有过这样一个独特的想法：要是在丈夫在世的时候背着他偷情比现在容易得多。她丈夫是一个快乐的、出色的、强壮的男人，她感觉自己比他弱多了，并且她觉得自己即便是不遗余力，也不能伤害到他。

但是，今天，一切都不一样了。今天，她要是这样做，就会伤害一个不能保护自己的人，一个像孩子一样任她摆布的人。因为她丈夫现在已经死了，在这个世界上所拥有的，只有她了。

正是因为这样，每当她想到和另一个男人有肉体之爱的可能时，她丈夫的形象就出现在眼前，随着这一形象出现的，是揪心的思念，而伴着这一思念的，是痛哭一场的强烈欲望。

8

巴纳卡长得丑，很难唤醒一个女人沉睡的性欲。塔米娜在他杯子里倒上茶，他毕恭毕敬地道谢。每个人在塔米娜家都感觉自在，巴纳卡这时微笑着转向皮皮，很快打断了东拉西扯的寒暄：

"听说您要写一本书？写什么？"

"很简单，"皮皮说，"一部小说，写我所看到的世界。"

"一部小说？"巴纳卡问道，声音中透露着不甚赞同。

皮皮支支吾吾纠正说："也不一定是部小说。"

"您只要想一想什么是小说，"巴纳卡说道，"想一想那么多不同的人物。您想让我们相信您了解他们每一个人吗？他们长得什么样，想着什么事，怎么样穿衣，来自什么样的家庭，您清楚吗？坦白告诉我们，您对这些一点儿也不感兴趣！"

"没错，"皮皮承认，"我不感兴趣。"

"您知道，"巴纳卡说，"小说是人类的一种幻想的产物。幻想着能理解他人。可是，我们彼此又互相了解什么呢？"

"什么都不了解，"皮皮说。

"确实，"朱朱说。

哲学教授点着头，表示同意。

"我们所能做的，"巴纳卡说，"就是做一份关于自己的报告。每个人关于自己的报告。其余的全是权力的滥用。其余都是谎言。"

皮皮兴高采烈地赞同："是这样！完全是这样！我也不想写一部小说！我没有表达好。我想写的正是您所说的，写我自己。写一份关于我的生活的报告。同时，我也不想隐瞒，我的生活极其一般、平常，我没有任何不寻常的经历。"

巴纳卡笑了："这一点儿也不重要！我也是一样，从外面看来，我没有任何不寻常的经历。"

"对，"皮皮叫起来，"说得好！从外面看来，我什么都没有经历。从外面看来！但是，我觉得我的内在经验值得写出来，大家都会感兴趣。"

塔米娜给杯子续上茶，她很高兴从精神的奥林匹斯山上降临到她的套房的这两个男人，能对她的女友表示理解。

哲学教授吸着烟斗，仿佛害羞似的躲在他的烟雾后面：

"自詹姆斯·乔伊斯以来，"他说，"我们知道，我们生活中最大的历险就是历险的不存在。尤利西斯，在特洛伊战斗回来，弄潮于大海之上，亲自驾驶战船，在每个岛上都有一个妖妇。不，这不是我们的生活。荷马的奥德赛转移到内心，它内在化了。岛屿、海洋还有迷惑我们的鱼妖，召唤我们归乡的伊塔卡岛，这在今天都成了我们内心存在的声音。"

"对！这和我感受到的一模一样！"皮皮感叹不已，然后又重新对巴纳卡说，"正因为这样，我才想向您请教，请教怎么动手写。我经常觉得我整个身体都充满了表达的欲望。想说。想让人听。有时候，我会想自己是不是疯了，因为我觉得自己要爆炸，想大喊大叫，您肯定了解这些，巴纳卡先生。我要表达我的生活，我的感情，我知道我的情感是绝对不寻常的，可是当我坐在白纸面前时，突然就不知道写什么了。于是我就想这肯定是个技巧问题。我肯定缺乏您所拥有的某些知识。您写了那么美的书……"

9

我还是别让您继续听这两个苏格拉底给年轻女子所上的写作课了吧。我给您讲其他事情。不久前，我在巴黎乘出租车，司机很爱聊。他夜里睡不着觉。他患有慢性失眠症。源自战争。他是水手。他的舰沉没了。他游了三天三夜。后来，人们把他从水中救出。有几个月的时间，他在生死线上挣扎。他活过来，但得了失眠症。

"我比您多活了三分之一，"他微笑着说。

"那您在这多活的三分之一时间里做什么？"我问。

他回答说："我写作。"

我想知道他写什么。

他写他的生平。写一个人的故事，写他在海里游了三天三夜，写他与死亡搏斗，写他失去了睡眠但仍然保持着生命力。

"您为您的孩子写吗？就像一部家庭编年史？"

他苦涩地笑了笑："为我的孩子？他们不感兴趣。这是我写的一本书。我想它会对很多人有帮助。"

与出租车司机的这场谈话忽然之间给我揭示出写作活动的本质。我们写书，是因为我们的孩子对我们不感兴趣。我们和不知名的世人交流，是因为我们在和自己的太太说话时，她堵上了自己的耳朵。

就出租车司机这一情况，您会反驳我说，他是一个写作癖，而不是作家。那就应该先弄清概念了。一个每天给自己的情人写四封信的女人不是个写作癖，而是个热恋中的女人。但是，我有一个朋友他把自己的情书都复印备份以便有朝一日发表出来，他就是一个写作癖。有写作癖不是有写信、写日记、写家族编年史的欲望（也就是说为自己或为自己的亲友而写），而是有写书的欲望（也就是说拥有不知名的读者大众）。在这个意义上讲，出租车司机的激情和歌德的激情没什么两样。使歌德和那个出租车司机有区别的，不是激情不一样，而是激情的结果不一样。

当社会的发展实现了下面三个基本条件后，写作癖（爱写书的癖好）将不可避免地发展成流行病的规模：

一、福利水平的普遍提高，使人们有闲暇从事无用的活动；

二、社会生活高度原子化以及随之而来的个人与个人之间的普遍疏离；

三、民族的内部生活中大的社会变化的极端匮乏（从这个角度看，我觉得法国的情况很说明问题：在这个什么也不发生的国家，作家的比例是以色列的二十一倍。此外，当皮皮说，从外面看来，她什么也没经历的时候，她恰好表达了这一点。促使她写作的动机，是生命内容的缺失，是虚无）。

但是，通过反作用力的冲击，结果又对原因产生了影响。普遍疏离生成了写作癖，而普遍化的写作癖又反过来强化并加重了疏离。印刷机的发明从前曾使人们更好地互相理解，而在写作癖泛滥的时代，写书有了相反的意义：每个人都被自己的词语所包围，就像置身于重重的镜墙之中，任何外部声音都无法穿透进来。

10

"塔米娜，"有一天咖啡店里没有别人，雨果在与她聊天的时候说，"我知道，我没有任何希望能让您看上我。我就不再想入非非了。可是，我还是可以请您星期天吃顿午饭吧？"

那包东西放在住在外省一个城市里的塔米娜婆婆那里，塔米娜想让人把它送到布拉格她爸爸家里，这样皮皮就可以过去拿走。表面看来，是再简单不过的事情，但是要说服性情古怪的老人，她需要花费很多时间和金钱。电话费很贵，而塔米娜的工资几乎只够付房租和吃饭用。

"可以，"塔米娜说，心想雨果家里肯定有电话。

他开车来接她，他们去了饭店，在乡下。

塔米娜不稳定的处境本应该便于雨果以高高在上的征服者姿态有所作为，但是，在收入微薄的女招待这个人物身后，他看到的是异国女子和寡妇的神秘经历。他感到诚惶诚恐。塔米娜的和蔼可亲也像是一个连子弹也无法穿透的盔甲。他想吸引她的注意力，征服她，进入她的精神世界！

途中他试图营造点儿情趣出来。到达目的地之前，他停下车，让她参观一个动物园，这个动物园设在一个漂亮的外省城堡的大公园里。他们漫步在猴子和鹦鹉之间，背景是哥特式城楼。园子里没有其他人，一个乡下人模样的园丁在打扫着落满树叶的路径。他们一路看到了一匹狼、一只海狸、一只猴子和一头老虎，然后来到一片围着铁丝护网的大草地，铁丝护网后面有一些鸵鸟。

有六只鸵鸟。看见塔米娜和雨果，它们跑过来。现在它们凑到了一起，贴着铁丝护网，伸着长脖子，盯着他们看，张着它们的大扁嘴。它们用一种惊人的速度，狂热地把嘴巴张开又闭上，闭上又张开，就好像谁都想比别人说话声更大一点似的。无奈，这些嘴巴说不出一句话,发不出一点儿声音。

鸵鸟们就像把一个重要口信记在心里的信使,但是途中被敌人切断了声带,等它们到达目的地后,却只能努动它们那失声的嘴巴了。

塔米娜迷惑地看着它们,鸵鸟们总在说,越来越坚决。后来,她和雨果离开了,它们就顺着护网开始追他们,继续把嘴巴弄得咔嗒作响,警告他们什么东西,警告什么,塔米娜不知道。

11

"就像恐怖故事里的一幕一样,"塔米娜一边切着馅饼一边说,"就好像它们要告诉我什么重要的事情。什么事情呢?它们要和我说什么呢?"

雨果解释说,这是些年幼的鸵鸟,它们总是这么个举动。上次他来动物园闲逛时,它们六个也是一直跑到护网那儿,跟今天一样,张着发不出声的嘴巴。

塔米娜还是困惑:"您知道,我在波希米亚留下点儿东西。一包材料。要是给我邮寄的话,警察会把它没收。皮皮这个夏天要去布拉格。她答应给我带回来。但现在,我害怕了。我在想鸵鸟们是不是来警告我那包东西出了什么事。"

雨果知道塔米娜是寡妇,她丈夫可能是因为政治原因移居国外的。

"政治文件吗?"他问。

塔米娜很久以前就确信,如果想让这里的人理解她的生活,她应该闲话少叙。要解释清楚为什么这些私人信件和日记会被警察扣留,她又为什么如此看重这些东西,那是极其困难的。她干脆说:"是的,政治文件。"

然后,她担心雨果会问到这些文件的细节,可是她的担心是多余的。有人问过她什么问题吗?人们有时给她解释一些他们对她的国家的看法,但是对她的经历不感兴趣。

雨果问:"皮皮知道是政治文件吗?"

"不知道,"塔米娜说。

"那就好,"雨果说,"不要告诉她跟政治有关。那样一来,到最后关头,她会害怕起来,就不会去拿您的包了。您想象不出人们担惊受怕是什么样,塔米娜。皮皮应该确信只是一种微不足道、平平常常的东西。比如,是您的情书什么的。对,告诉她包里装的是情书。"

雨果为自己的这个想法笑起来:"情书! 对! 这是她的眼界能看到的! 对,这是皮皮能明白的!"

塔米娜想,对雨果来说,情书是微不足道、平平常常的东西。没有人会想到她也爱过一个人,并且这爱对她很重要。

雨果补充说:"一旦她放弃了这次旅行,您可以信任我。我去那边把包给您带回来。"

"谢谢您,"塔米娜热切地说。

"我去给带回来,"雨果又说一遍,"即便是被捕也不怕。"

塔米娜反驳说:"不会的,您不会有什么事的。"她试图对他解释说,外国旅游者在她的国家一点儿危险都没有。那边,只有捷克人的生活才充满危险,而他们都习以为常。忽然,她长时间地激动地说了起来,她对这个国家了如指掌,我可以证明她说的完全正确。

一个小时后,她把雨果的电话听筒贴近了耳朵。与婆婆的通话并不比上次结束得更好:"你们从来没有把钥匙给过我! 你们一直什么都瞒着我! 为什么非要我想起来你们一直是怎么待我的!"

12

要是塔米娜那么在意她的回忆,为什么她不回波希米亚呢? 一九六八年以后非法离开国家的移民后来得到特赦并且被邀请回国。塔米娜怕什么呢？她因为分量太轻而在她的国家不会有危险！

是的，她可以无畏地回去。可是，她不能。

国内，他们都背叛了她的丈夫。她想，自己要是回到这些人当中，也会背叛他的。

当他的工作被调换得越来越低级并最终被剥夺时，没有人出面为他辩护。他的朋友们也没有。当然，塔米娜清楚，内心里人们还是和她丈夫站在一起的。他们之所以沉默不语，是因为害怕。但是，正因为他们和他站在一起，他们对自己的恐惧才更感到羞愧。当他们在街上碰见他时，就假装没有看见。出于谨慎，夫妻二人也开始回避这些人，以免唤醒他们的羞耻感。他们很快就好像变成了麻风病人。当他们离开波希米亚时，她丈夫从前的同事签署了一份公开声明，对他进行诬蔑和谴责。他们这样做，肯定是因为不想像她丈夫不久以前那样失掉自己的工作。但他们这么做了。他们就这样在他们自己和两个流亡者之间挖掘了一道深堑，塔米娜永远也不会同意为了回到那边而跨越这一堑沟。

他们逃跑后的第一夜，当他们在阿尔卑斯山的一个村庄的小客栈醒来的时候，他们明白自己是孤单的，与从前生活过的那个世界隔绝了。这时候，塔米娜感到一种解放和解脱。他们在山里，完全与世隔绝。周围寂静无边。塔米娜把这一寂静当作意想不到的恩赐来接受，她想到丈夫是为了逃避迫害而离开祖国的，而她则是为了寻找寂静，为她丈夫和她自己而备的寂静，为爱而设的寂静。

丈夫死的时候，她产生了对故国的突然怀恋，他们在那里一起度过的十一年处处留下了痕迹。一阵感情冲动之下，她向十来个朋友发了讣告。她一封回信也没收到。

一个月以后，拿着攒下的余钱，她来到海边。她穿上游泳衣，吞下一瓶安定药。然后，就向海水深处游去。她想药片会引起极度疲劳，她会淹死的。但是冷水和女运动员的动作(她一直是游泳健将)让她无法睡去，药片的作用比她想象的要弱。

她回到了岸上，回到房间，睡了二十个小时。醒来的时候，她感到安静与平和。

她决心在寂静中活下去,为了寂静活下去。

13

皮皮家电视机的银蓝色光芒映照着坐在那里的几个人:塔米娜,朱朱,皮皮,还有皮皮的丈夫德德。德德是个旅行推销员,出门四天,前一天才回来。屋里飘荡着一股轻微的尿味,电视里有一个大大的圆脑袋,年老,秃顶。一个看不见面孔的记者刚向他问了一个挑衅性问题:

"我们在您的《回忆录》里读到了一些令人瞠目的色情告白。"

这是一个每周一次的电视节目,节目中一个炙手可热的记者采访在上个星期出书的一些作者。

大秃头得意地笑了:"噢,不! 没什么令人瞠目的! 只是一种非常精确的计算。您和我一起算一下。我的性生活从十五岁开始。"大秃头不无自豪地环顾了一下周围:"是的,十五岁。现在我六十五岁。我有着五十年性生活经验。我可以假定——并且这是个很谦虚的估算——我每星期做爱两次。一年就是一百次,一生就是五千次。让我们继续计算下去。如果一次性高潮持续五秒钟的话,我所有过的性高潮加到一起就是两万五千秒。算起来,就是总共六小时五十六分钟的性高潮。还不错吧,嗯?"

房间里,所有人都神情庄重地点着头。塔米娜想象着这个秃顶老头为持续不断的性高潮所折磨:他扭动起身体,手放在心脏上,十五分钟以后他的假牙从嘴里掉下来,又过五分钟他摔倒在地,死了。她大笑起来。

皮皮让她注意规矩:"有什么好笑的? 这成绩很不错! 六小时五十六分钟的性高潮。"

朱朱说:"好多年我都不知道什么是性高潮。现在,几年以来,我经常有高潮。"

大家就开始谈起朱朱的高潮来,而此时电视上另一张脸表示了愤慨。

"他为什么要这样生气呢?"德德问。

电视上,作家在说:

"这非常重要。非常重要。我在书里解释了。"

"什么东西非常重要?"皮皮问。

"他在胡胡村度过了童年,"塔米娜解释道。

在胡胡村度过童年的那个家伙有个大鼻子,像个秤砣一样挂在脸上,让他的脑袋不断下坠,给人感觉它要从电视里掉出来,落到居室的地上。被大鼻子重压着的脸说起话来非常激动:

"我在书里解释了。我的所有作品都与胡胡这个小村庄有关,不明白这一点就不能理解我的作品。毕竟我是在那里写的第一首诗。是的,在我看来,这非常重要。"

"和有些男人在一起,"朱朱说,"我没有高潮。"

"不要忘记,"作家接着说,脸上越来越激动,"我第一次骑自行车是在胡胡村。是的,我在书中详细地讲了这个。大家都知道自行车在我的作品里意味着什么。它是个象征。对我来说,自行车是人类从家长制世界走向文明世界的第一步。是与文明的第一次调情。是处女在初吻前的第一次调情。仍旧是处女之身,已然是春心思动了。"

"确实,"朱朱说,"我的同事田中就是在骑自行车的时候有的第一次性高潮,那时候她还是处女呢。"

大家开始议论起田中的性高潮,塔米娜对皮皮说:"我能打个电话吗?"

14

隔壁房间里的尿味更重。皮皮的女儿在那儿睡着。

"我知道你们互相不说话,"塔米娜小声说,"可是,不这么办,我没法儿让她把包还给我。唯一的办法,就是你去她那儿,从她那儿拿回来。要是她找不到钥匙,就让她撬开抽屉。那是我的东西。信以及诸如此类的东西。我有权利。"

"塔米娜,别强迫我和她说话。"

"爸爸,你就担当下来吧,是为我这么做的。她怕你,她不敢拒绝你。"

"听着,如果你的朋友到布拉格来,我让他们带一件皮大衣给你。这比一些旧信更重要。"

"可是我不要皮大衣,我要我的包。"

"大点儿声!我听不见!"父亲说。可是,他女儿是故意小声说话的,因为她怕皮皮听到她在说捷克话,那就说明她在打国际长途,而每秒钟长途话费都很贵。

"我说我要我的包,不要皮大衣!"塔米娜又说一遍。

"你总是对你那些蠢玩意儿感兴趣!"

"爸爸,电话费贵得吓人。求你了,真的不能去见她吗?"

谈话很吃力。每一次对话,父亲都让她再说一遍,而他固执地拒绝去找她的婆婆。最后他说:

"给你弟弟打电话!让他去好了,他去!他可以把你的包带到我这儿来!"

"可是他不认识她!"

"那就再好不过了,"父亲笑着说,"否则,他永远也不会去见她。"

塔米娜很快地思考了一番。让又结实又粗暴的弟弟去她婆婆家,这是个不错的主意。但是,塔米娜不想给他打电话。她到了国外后,他们之间没有通过一次信。他弟弟有一份收入很高的工作,他唯有和移居国外的姐姐断绝一切关系,才保住了自己的工作。

"爸爸,我不能给他打电话。你也许可以自己给他解释一下。求你了,爸爸!"

15

爸爸又瘦又小,从前,当他拉着塔米娜走在街上的时候,他昂首挺胸,就好像他在向全世界炫耀着他在英雄之夜所创造的纪念碑。他从来没喜欢过他的女婿，向他发动了永无休止的战争。当他向塔米娜建议送给她皮大衣（肯定是得自哪位过世的亲眷），他根本不是在想着塔米娜的健康，而是在想着和女婿的这场持久争斗。他愿意女儿偏重父亲（皮大衣）而不是偏重丈夫（一包信）。

一想到她那包信的命运要掌握在父亲和婆婆那充满敌意的手中，塔米娜就感到害怕。一段时间以来，她越来越经常地想象到她的记事本会被陌生的眼睛阅读，她认为别人的目光就如同把墙上的铭文冲洗干净的雨水一样。或者就如同过早地泄落到显影池的相纸上的光线，会把影像损坏。

她明白，使她那书写的回忆具有意义和价值的，是它们只是准备给她一个人看的。如果它们失去了这一品质，将她和它们联到一起的亲密联系就断绝了，她就不再能用自己的眼睛去读它们，而是用公众的眼睛，掌握了别人的一份材料的公众的眼睛。因而，即使是写了这些东西的那个人对她也成了一个他人，一个陌生人。在她和记事本的作者之间所存在的惊人相似，对她来说，就仿佛是滑稽和可笑的模仿。不，如果记事本被陌生人的眼睛读过，她不会再去读它们。

因此，她急不可耐地想尽快得到这些记事本和这些信，趁着里面所固定的过去的影像还没有被损坏的时候。

16

皮皮出现在咖啡店,坐到柜台前:"喂,塔米娜! 给我来杯威士忌!"

皮皮一般是喝咖啡的,只有在很例外的情况下,才喝波尔图甜葡萄酒。要威士忌喝,表明她处在一种非同寻常的情绪状态下。

"你的书有进展吗?"塔米娜边给她倒酒边问。

"我的情绪更好才行,"皮皮说罢,一杯威士忌一饮而尽,又要了第二杯。

其他顾客刚刚进店。塔米娜挨个问了他们要什么,回到柜台后,为她的女友倒上第二杯,然后去为客人送饮品了。她回来的时候,皮皮说:

"我再也受不了德德了。他从外面做生意回来,就整整两天待在床上。整整两天,都没离开过睡衣! 你能忍受这个吗? 更糟的是他想做爱的时候,他不能理解我对做爱不感兴趣,一点儿也不感兴趣。我要和他分手。他有事儿没事儿都在准备他的愚蠢假期。他穿着睡衣在床上,手里拿着地图册。开始,他想去布拉格。现在,他又一点儿也不想去那儿了。他发现了关于爱尔兰的一本书,又要不顾一切地去爱尔兰。"

"这么说,你们假期要去爱尔兰了?"塔米娜喉咙哽噎着问。

"我们? 我们哪儿也不去。我,我要待在这儿,我要写作。他让我去哪儿我都不去。我不需要德德。他对我一点儿也不感兴趣。我写作,你想想,他还没有问过我写什么。我明白我们之间没什么可说的了。"

塔米娜想问:"那么,你们不去布拉格了?"但是,由于她喉咙哽噎着,她说不出来话。

这时候,那小个子日本女人来到店里,跳到皮皮身边的高脚圆凳上。她说:"你们能当众做爱吗?"

"你什么意思?"皮皮问。

"比如在这儿,咖啡店的地上,当着所有人的面。或者在电影院,放两场电影中间。"

"安静!"皮皮冲着地面方砖的方向喊了一句,她的女儿在她的凳脚下发出很大的动静。然后,她说:"为什么不呢? 这是很自然的事情。为什么我要为一件很自然的事情感到害羞呢?"

塔米娜再一次想问皮皮她是否还去布拉格。但她明白,她的问题是多余的。再明显不过了。皮皮不去布拉格了。

老板娘从厨房出来,对皮皮笑着:"你好吗?"

皮皮说:"应该有一场革命,应该发生什么事情! 应该发生什么事情,一定要这样!"

这一夜,塔米娜梦见了鸵鸟。它们站立在护网前,一起向她说着什么。她吓坏了。她动弹不得,迷惑不解地看着它们那失声的嘴巴。她的嘴唇痉挛般地紧闭着。因为她口中含有一枚金戒指,她为这枚戒指担惊受怕。

17

为什么我要想象出她口中含着金戒指呢?

我回答不上来,就这么想象的。忽然,一句话来到了我的记忆中:"一个轻快的、透明的、金石般的音符;就像一枚金戒指掉进银瓶里。"

托马斯·曼在他非常年轻的时候,写了一篇关于死亡的短篇小说,写得既天真又迷人。在这篇小说里,死亡是美的,这种美是所有在风华正茂的年龄梦到过死亡的那些人眼中的美。那时候,死亡是不真实的,令人着迷的,同遥远的地方传来的微蓝色的声音一样。

一个患了不治之症的男青年上了一列火车，在一个陌生的车站下车，来到一个他不知何名的城市，随便找到一个房子，在一个额上长着红斑的老妇人家租了一个房间。不，我就不给您讲在这个转租的房子里后来发生的事情了。我只想提起一个无足轻重的事件：当这个患病青年在房间里走着的时候，"他觉得除了他的脚步声，还听到了隔壁几个房间的一种无以名状的声音，一个轻快的、透明的、金石般的音符。但这可能只是个幻觉。就像一枚金戒指掉进了银瓶里，他想到……"

小说中，这个小小的声响细节没有下文，也没有说明。单从情节的角度看，它可有可无。这声音只是简单地发出一声响，随兴所至，没有缘由。

我认为，托马斯·曼让这一"轻快的、透明的、金石般的音符"发出声音，是为了寂静得以产生。他需要这一寂静，让人倾听到美（因为他所谈的死亡是死亡美），而要感受到美，要有起码的静音（一枚金戒指掉进了银瓶里所发出的声音正是为了测度这一静音）。

（是的，我明白，您不知道我在说什么，那是因为美已经消失很久了。它消失到声音的下面，语词的声音，汽车的声音，音乐的声音，我们一直生活在这些声音之中。美像大西岛一样被淹没了。只剩下了一个词，而这个词的意义一年比一年更不知所云。）

塔米娜第一次听到这寂静的声音（它就像沉没的大西岛的一块大理石雕塑一样弥足珍贵），是在她逃出自己的国家在一个四周是森林的山间客栈醒来的时候。她第二次听到这寂静之声是漫游在海水里的时候，那时她胃里装满的那些药片没有给她带来死亡，而是带来了出人意料的安宁。这一寂静，她要通过她的身体并在她的身体中保护它。因此，我才想象她做梦梦见自己站在铁丝护网前面，在她痉挛般紧闭的嘴中含有一枚金戒指。

在她面前，有六个长脖子小脑袋的家伙，扁嘴巴无声地一张一合。她不理解它们。她不知道鸵鸟是在威胁她还是在警告她，是鼓励她还是哀求她。而正是因为她一无所知,她才惊恐莫名。她为金戒指(这一寂静的音场)担心,她痉挛般地把它含在嘴里。

塔米娜永远也不会知道这些大鸟来跟她说什么。而我,我知道。它们既不是来警告她,也不是让她守规矩,也不是要威胁她。它们对她一点儿也不感兴趣。它们之所以过来,都是为了跟她谈自己。都是为了跟她说它自己怎么吃的,怎么睡的,怎样一直跑到铁丝护网,又看到了什么。说它怎么在重要的胡胡村度过了重要的童年。说它那重要的性高潮持续了六个小时。说它看见一个漂亮女人在护网外边散步,并且披着个披肩。说它游泳了,说它病倒又治愈了。说它小时候骑自行车,而今天吃了一袋子草。它们都在塔米娜面前站着,都异口同声地在和她说着,慷慨激昂,坚持不懈,咄咄逼人,因为世界上没有任何东西比它们要和她说的事情更重要。

18

几天以后,巴纳卡在咖啡店出现了。他已喝得酩酊大醉,坐在高脚圆凳上,两次掉下来又爬起。他要了苹果烧酒,把头伏在柜台上。塔米娜注意到他在流泪。

"出了什么事,巴纳卡先生?"她问。

巴纳卡泪眼涟涟地望着她,用手指着自己的胸说:"我不在,你明白吗! 我不在! 我不存在!"

然后,他去了洗手间,从洗手间直接走到街上,没有付账。

塔米娜把这事儿跟雨果讲了。雨果没有解释,手指着报纸的一页给她看,上面是书评和新书动态,涉及巴纳卡的作品,有四行讽刺挖苦的文字。

巴纳卡的这段故事,就是边哭边用手指着自己的胸说自己不存在的故事,让我想起歌德的《西东合集》里的一句诗:"倘有别的人存在,我们自己还存在着吗?"在歌德的问题里,隐藏着作家之存在的所有秘密:人,只要是写书,就变成一个世界(我们不是说巴尔扎克的世界、契诃夫的世界、卡夫卡的世界吗?),而一个世界的本质所在,便是它的独一无二性。另一个世界的存在,威胁着这一个世界的存在本质。

两个鞋匠,只要不是把彼此的铺面都开在一条街道上,完全可以和睦相处,但是,当两个人都开始写一本关于鞋匠的境遇的书的时候,他们马上就互相妨碍起来,并提出这一问题:"倘有别的鞋匠存在,自己这个鞋匠还存在着吗?"

塔米娜意识到,只要有一个陌生的目光就会毁灭掉她私人记事本的所有价值,而歌德则确信,只要有一个人的目光不在他的作品上停留,那就是对他歌德的存在的质疑。塔米娜与歌德的不同,是人与作家的不同。

写书的人是一切(对自己、对所有其他人来说,都是独一无二的世界)或者什么都不是。可是,因为永远也不可能假定一个人是一切,那我们所有写书的人,我们就什么都不是。我们默默无闻,浑身酸气,喜怒无常,又巴不得别人死掉。在这一点上,我们都是平等的:巴纳卡、皮皮、我和歌德。

写作癖在政客、出租车司机、产妇、情妇、杀人犯、小偷、妓女、警察局长、医生以及病人中的不可避免的泛滥,在我看来,无非表明每个人毫无例外都具有作家的潜质,乃至整个人类都可以堂而皇之地走到大街上,大声叫喊:我们都是作家!

这是因为,每个人都无法忍受自己迟早会消亡,消亡到一个冷漠的世界里,默默无闻,无声无臭。因此,只要还来得及,他就要把自己变成由语词组成的他自己的世界。

如果有一天(这一天为时不远了)所有人一觉醒来都成了作家的话,那么普遍失聪、普遍不理解的时代就降临了。

19

现在,雨果成了她唯一的希望。他请她吃晚饭,这次她没有犹豫就接受了邀请。

雨果坐在她桌子对面,脑子里只有一个念头:塔米娜继续逃离他。和她在一起,他没有自信,不敢正面进攻。他越是被不能打中这个简单的、确定的目标所苦恼,他征服世界、征服这个不确定的广袤宇宙的欲望就越强烈。他从衣兜里拿出一张报纸,把它展开,递给塔米娜。在他打开的那一页,有一篇署着他的名字的长文章。

他开始侃侃而谈。他谈到他刚给她的杂志:不错,这杂志目前主要是地区性发行,但同时这也是一份扎实的理论刊物,办这份杂志的人都是些勇敢的人,他们要走得更远。雨果不停地说着,他想把自己的话变成色情挑战的隐喻、男性力量的演示。他的话中很容易猛然跳出一些抽象词语,来取代实实在在的具体事物。

而塔米娜在看着雨果,并修补着他的脸。这种精神操练成了她的一种癖好。除此之外,她不知道还能怎样去看一个男人的脸。她做了下努力,调动起自己所有的想象力,随后雨果褐色的眼睛真的变了颜色,忽然一下子,就变成蓝色的了。塔米娜目不转睛地看着他,为了避免那蓝色消失,她应该调动起自己目光的所有力量让它保持在雨果的眼睛里。

这一目光让雨果不安,为此,他一直说着话,不停地说,说得越来越多,他的眼睛有了美丽的蓝色,他的前额轻缓地向两鬓延伸,直到额前只剩下一小绺倒三角形的头发。

"我一直把我的批判针对我们的西方世界,并且只针对它。但是,在我们这里出现的不公正会把我们引导到一种面对其他国家的虚假宽容上去。多亏了您,是的,多亏了您,塔米娜,我明白了政权的问题到处都是一样的,无论是在你们那儿还是在我们这儿,无论是在东方还是在西方。我们不应该试图用一种类型的政权去取代另一种类型的政权,我们应该否定政权的原则本身,并且到处都否定它。"

雨果在桌子上面向塔米娜倾过身来,他的嘴里泛出一股酸味儿,这味道干扰了她的精神操练,于是,雨果的前额重新又布满了梳得很低的头发。雨果又重复说,他是多亏了塔米娜才明白这一切的。

"什么？"塔米娜打断了他，"可是我们从来没有一起谈过这些！"

雨果的脸上，只剩下一只眼睛是蓝色的了，并且这只眼睛也慢慢转为褐色。

"我不需要您跟我说话，塔米娜。我只需多多想着您。"

侍应生低下身来，把冷盆放在他们面前。

"我回家去读，"塔米娜边说边把杂志塞进手袋里。然后，她说："皮皮不去布拉格了。"

"肯定是这么回事，"雨果说。然后他补充道，"不用担心，塔米娜。我向您保证过。我替您去那边。"

20

"我有个好消息告诉你。我和你弟弟说了。他星期六去见你婆婆。"

"真的吗？你和他全说清楚了？你跟他说我婆婆要是找不到钥匙，他只管把抽屉撬开？"

塔米娜挂下电话，感觉到沉醉。

"好消息？"雨果问。

"是的，"塔米娜回答。

她的耳边回响着她父亲的声音，快乐而有力，她心想自己错怪他了。

雨果站起来，走向吧台。他拿出两个杯子，倒上了威士忌。

"塔米娜，随便什么时间都可以来我家打电话，打多少都可以。我可以向您重复我说过的话。和您在一起我感觉很好，即便我知道您永远也不会和我上床。"

他费力地说出"我知道您永远也不会和我上床"，只是为了表明他可以当面和这个不可接近的女人说出某些词语（尽管是以审慎的否定形式说出的），他感觉自己几乎是个勇敢者。

塔米娜站起身，走近雨果接过她那杯酒。她想到自己的弟弟：他们已经彼此不说话了，但他们还互相喜爱，并且随时准备互相帮助。

"祝您心想事成！"雨果说完，喝光了自己那杯酒。

塔米娜也一口气喝光了她的威士忌，然后把杯子放在茶几上。她想重新坐下，但雨果已经把她抱在怀里了。

她没有反抗，她只是转过头去。她的嘴唇扭曲着，眉头紧皱。

他把她抱在怀里，自己都不知道是怎么做出来的。首先，他为自己的举动担惊受怕，要是塔米娜推开他的话，他会羞怯地松开她，道歉的话到了嘴边。但是，塔米娜没有推开他，而她那扭曲的脸和转过去的头更是让他感受到强烈的刺激。他所占有过的那不多的几个女人，对他的爱抚所做的反应都没有这样动人。大概是因为她们已经决定要和他上床了，她们从容不迫地脱下衣服，带着某种若无其事的神情，等着看他会把她们的身体怎么样。塔米娜的扭脸皱眉给他们的拥抱以一种他做梦也没有想到过的立体感。他狂热地抱紧她，想给她脱下衣服。

可是为什么塔米娜不反抗呢？

三年以来她一直带着恐惧想着这一时刻。三年以来她在这一刻的迷惑的目光下生活着。而眼下所发生的和她想象的一模一样。所以她没有反抗。她就像人们接受不可避免的事物那样接受了。

她只能转过头去。但是没有用。丈夫的形象在那儿，并且随着她脸的转动，丈夫的形象也在房间里移动。这是一个奇大无比、大于真人的丈夫的肖像，是的，正像她三年以来所想象的那样。

后来，她就全身赤裸了。错把她的举动当成是兴奋因而使自己兴奋起来的雨果，惊讶不已地发现塔米娜的下身是干涩的。

21

从前，她没打麻药做过一个外科小手术，手术过程中她强迫自己背诵英文的不规则动词。眼下,她努力去做同样的事情,全神贯注地想她的记事本。她想,它们很快就安全地到了父亲那里,正直的雨果就去给她拿回来了。

正直的雨果在她的身上已经剧烈地动了一段时间了,这时候她注意到他奇怪地支撑着前臂,上身在摆来摆去。她明白雨果对她的反应不满意,认为她不够兴奋。他费力地从不同的角度进入她的身体,指望在她体内深处的某个地方找到他把握不到的神秘的敏感点。

她不愿看到他做出的艰巨努力,她把脑袋转到一旁。她尽力去控制自己的思想,并把它们重新转向她的记事本。她强迫自己在心里背诵他们的假期的顺序,那个她重建起来尚待完备的顺序:最初的假期是在波希米亚的一个小湖旁,然后是南斯拉夫,然后又是波希米亚的小湖,还有那座温泉小城,也在波希米亚,但是这些假期的顺序不能确定。一九六四年,他们去了塔特拉山,第二年去的保加利亚,可是然后线索消失了。一九六八年他们整个假期都待在布拉格,第二年他们去了一座温泉小城,然后就是移居国外,他们最后一个假期是在意大利度过的。

雨果抽身出来,努力转动着她的身体。她明白他是要让她爬过去。这时候,想起雨果比她年轻,她感到了羞愧。但是她努力压制住了所有的情感,完全无动于衷地服从着他。然后,她感到他的身体剧烈地撞动着她的臀部。她明白他想用他的力量和耐力征服她,他展开着一场决定性战斗,正在通过一次毕业考试,他想向她证明他能够战胜她,他配得上她。

她不知道雨果看不到她。一瞥见塔米娜的臀部(成熟的美丽的臀部张开的眼目,冷酷无情地看着他的眼目),他就兴奋不已地闭上眼睛,放慢节奏,深深地呼吸着。他也是,他现在也尽力专注地想着其他事情(这是他们之间唯一的共同点),好让做爱的时间多持续一会儿。

这时候,塔米娜眼前看到丈夫的一张大脸出现在雨果衣柜的白板壁上。她快速闭上眼睛再一次默诵他们的假期的顺序,就像默诵不规则动词一样:首先是在湖边度假;然后是南斯拉夫、湖、温泉小城,或者是温泉小城、南斯拉夫、湖;然后是塔特拉山和保加利亚,后面的线索断了;再后来是布拉格,温泉小城,最后是意大利。

雨果扰人的呼吸声把她从回忆中拉回。她睁开眼睛,在白色衣柜上,她看到丈夫的脸。

雨果也突然睁开眼睛。他瞥见了塔米娜臀部上的眼目;一阵快感袭来,雷电一般。

22

当塔米娜的弟弟去找她的记事本的时候,他根本不需要撬开抽屉。抽屉没有上锁,十一个记事本都在。它们没有打成包,而是随便扔在那儿。信件也是散乱的;只是一堆形状不一的纸。塔米娜的弟弟把它们和记事本一起塞到一个小箱子里,带到他父亲那儿去了。

电话里,塔米娜告诉她父亲全部仔细包好,用胶纸粘上,把包封上口,并且,她特别再三强调,不论是他还是弟弟,都不要去读它们。

他向她保证,语气中感觉到几乎受到了冒犯,他们从来没有想过要去仿效塔米娜的婆婆,去读一些与他们无关的东西。但是,我知道(塔米娜也知道),对目光的某些诱惑是什么人都拒绝不了的:比如看一场交通事故,或阅读属于别人的情书。

这样,塔米娜的私人书信终于放到了她父亲那里。但她还那么在意吗?她不是对自己说过一百遍,说那些陌生的目光就像是冲洗掉墙上铭文的雨水吗?

不,她弄错了。她比以前更想拿到它们,它们对她更宝贵了。这是些被踩蹋被强奸的记事本,跟她本人一样。在她和这些回忆之间,有了情同手足的同样命运,她更爱它们了。

但她觉得受到了玷污。

很久以前,当她七岁的时候,她叔叔无意中撞见她在睡房里一丝不挂。她羞愧难当,并把羞愧变成了反抗。当时她庄严且幼稚地发誓,一辈子也不去看他。责备她、斥责她、嘲笑她,统统没用。她叔叔常常来他们家做客,可是她以后再也没有抬眼看他。

她现在面临着同样的处境。虽然她感激父亲和弟弟,但是她再也不想见到他们。她知道,比以前更清楚地知道,她再也不会回到他们身边了。

23

雨果意想不到的性成功,也给他带来了意想不到的失望。他可以随时跟她做爱(她不能拒绝已经同意和他做过一次的事情),但是他觉得既没有把她征服,也没有把她的心捕获。噢!他身体下面的一个赤裸的身体怎么可以如此无动于衷、若无其事,如此遥远和陌生?他难道不想让她成为他内心世界的一部分,糅合着他的血液和他的思想的宏伟壮丽的内心世界?

在饭店里,他坐在她对面,说着:"我要写本书,塔米娜,关于爱情的书,是的,关于你和我,关于我们俩,我们最亲密的日记,我们两个身体的日记,是的,我要扫除掉所有的禁忌,说出一切,说出我的一切,我存在和思考的一切,而同时这又是一部政治书,一部关于爱情的政治书,一部关于政治的爱情书……"

塔米娜看着雨果,突然之间,他不再能更持久地忍受这一目光,说得语无伦次起来。他想把她捕捉到融合着他的血液和思想的世界里,但她完全封闭在自己的世界之中。由于无人分享,他说的话在他嘴里变得越来越重,语速也越来越慢:

"……一部关于政治的爱情书,是的,因为世界应该按人的尺度来创造,按我们的尺度,按我们身体的尺度,你的身体,塔米娜,我们的身体,是的,为了我们有朝一日能不一样地拥抱,不一样地爱……"

词语越来越重,就像大口地嚼着咬不动的肉一样。雨果不说了。看着美丽的塔米娜,他心生恨意。他觉得她不把他放在眼里。她高栖在移民和寡妇这一过去之上,就像站在摩天大楼的楼顶,带着虚假的自豪高高在上地看着其他人。雨果充满了嫉妒,想着他努力在这一大楼对面建立起来而她却看也不看一眼的他自己的高楼:他的高楼是用一篇发表的文章和计划中的关于爱情的一本书建成的。

然后,塔米娜问他:"你什么时候去布拉格?"

雨果想她从来没有爱过他。她和他在一起,只是因为她需要他去布拉格。他产生了一个不可遏止的报复她的欲望。

"塔米娜,"他说,"我以为你自己会明白。你是读过我的文章的!"

"是的,"塔米娜说。

他不相信她。她要是读过,也是一点儿也不感兴趣。她从未提到过。雨果感觉到他唯一能有的伟大情感,就是对他这个被看轻、被遗弃的高楼(那由发表的一篇文章和计划要写的关于他对塔米娜的爱的书建成的高楼)的忠贞不渝,他可以为这座高楼去战斗,强迫塔米娜睁开眼睛看着它,为它的高大而赞叹。

"你知道的,我在文章里谈了政权的问题。我分析了政权的运转。我批评了在你们那里所发生的事情。我直言不讳。"

"听着!你真的以为在布拉格的人们会知道你的文章吗?"

雨果受到了这一嘲讽的伤害:"你很长时间不在你的国家生活,你忘记你们的警察有什么本事了。这篇文章有很大的反响。我收到了很多信。你们的警察知道我是谁。我知道。"

塔米娜沉默了。她越来越美。天哪,如果她稍稍睁开眼睛看一下他的世界,他要在里面捕获她并融合着他的血液和思想的世界,他会答应她去布拉格旅行一百个来回的!他忽然改变了语气。

"塔米娜,"他神情忧郁地说,"我知道你怨我,因为我不去布拉格的事儿。我也是,我起先想可能等一等再发表这篇文章,后来我明白我没有权利再沉默下去。你理解我吗?"

"不,"塔米娜说。

雨果知道自己说的都是蠢话,这蠢话会把他引向一个无可挽回的境地,但他没有退路并为此感到十分沮丧。他的脸涨得通红,他的声音在发颤:"你不理解我?我不愿意我们这里也落得个跟你们那里一样的下场!如果大家都沉默,我们最后全变成奴隶。"

就在这时,塔米娜感觉到一阵强烈的恶心,她离开椅子,冲向卫生间;肠胃涌上喉咙,她跪在便盆前要吐,她的身体抽搐着就好像被痛哭所震动一样,她眼前看到了这个家伙的睾丸、生殖器、阴毛,闻到了他嘴里的酸臭气息,感觉到他的大腿在接触她的臀部。这时候,她想到她再也想不起她丈夫的生殖器和阴毛是什么样了,厌恶的记忆比柔情的记忆更强大(是的,天哪,厌恶的记忆比柔情的记忆更强大!),她可怜的脑袋里今后就只剩下这个有口臭的家伙了。她呕吐着,抽搐着,呕吐着。

她从卫生间出来,嘴巴(还有不少酸味)紧紧地闭着。

他很尴尬。他想送她回家,可是她一句话也不说,嘴一直紧紧地闭着(就像在梦里,她口含一枚金戒指那样)。

他说着什么,她加快脚步作为唯一的回答。一会儿,他就找不出什么可说的了,他又默默地在她身边走了几米,然后他停在原地,不动了。她一直往前走,头也不回。

她继续给人端送咖啡,再也没有往布拉格打过电话。

第五部　力脱思特

谁是克里斯蒂娜？

克里斯蒂娜是个三十来岁的女人，有一个孩子，丈夫是肉店老板，夫妻相处得不错。她还断断续续地和当地一个车库工人有来往，工余时间，他们时不时在车间里不太舒服的条件下偷情做爱。小城不太适于婚外恋情，或者用另外的方式来表达的话，在这个小城偷情要有机灵巧妙和无所畏惧的本事，而这些克里斯蒂娜夫人并不很擅长。

因此，和大学生的结识就只能更让她晕头转向了。大学生来到住在这个小城的母亲家里度假。他两次盯着站在柜台后面的肉店老板娘看个不停，第三次盯着她看的时候是在浴场里，他和她搭了话。大学生的神态中有一种如此迷人的腼腆，这让习惯了肉店老板和车库工的少妇感到无法抵抗。自结婚以后（已经有十个年头了），她还没敢接触过丈夫以外的其他男人，除了她安全地躲在上了锁的汽车库里面、在拆散的汽车和破旧的轮胎之间与车库工偷情的时候。而现在她一下子就有了在光天化日众目睽睽之下去赴爱的约会的胆量。尽管选择了到最偏僻的地方去散步，不大可能碰上难缠的人，克里斯蒂娜夫人还是心跳个不停，兴奋不已又惶恐不安。可是，她越是在危险面前勇敢无畏，和大学生相处就越是持重。他们没有走得很远。他只获得了简短的拥抱和甜蜜的亲吻，她不止一次地从他怀里挣脱出来，而在他爱抚她的时候，她一直双腿夹紧。

不是因为她不想要大学生,而是因为她从一开始就对他那温柔的腼腆动情,并且她想为自己保存住这一柔情的腼腆。听到一个男人表达他对生活的看法,跟她提起诗人和哲学家的名字,这是一件还从未在克里斯蒂娜夫人身上发生过的事情。可是,那可怜的大学生,他谈不出其他的东西,作为诱惑者,他侃侃而谈的范围相当有限,并且他也不知道要结合对方的社会背景来发挥自己的口才。此外,他还认为自己这样做无可厚非,因为引用哲学家的名言,在这个单纯的肉店老板娘身上产生的效果,要远大于他在大学里的女同学。不过,有一件事情他是不明白的:哲学家名言的有效引用也许会让肉店老板娘心荡神迷,但也在肉店老板娘的身体和他的身体之间立下了一道屏障。因为克里斯蒂娜夫人不无困惑地想到,如果把自己的身体给了大学生,她就把他们的关系降低到了肉店老板和车库工人的水平上,那样,她就再也听不到叔本华了。

在大学生面前,她也感觉到一种不曾有过的窘迫。跟肉店老板和车库工在一起的时候,她什么话都可以单刀直入,轻轻松松就能把事情说清楚。比如,她事先跟他们两个人说好做爱时要十分小心,因为她分娩以后医生对她说,她不能要第二个孩子,因为这对她健康不利,甚至有生命危险。这篇故事发生在一个久远的时代,那时候堕胎是严格禁止的,女人们没有任何办法自己避免怀孕。肉店老板和车库工相当理解克里斯蒂娜的顾虑,而她每次在允许他们近身之前,总要轻松自然地核实一下他们是否采取了一切必要的措施。但是,一想到要和她的天使、从与叔本华对谈的云端下降到她这里的天使,也要这样去做,她便觉得到时找不出合适的话说。我可以从她这次守身如玉的态度中总结出两个理由:尽可能长久地把大学生守持在令人心荡神迷的温柔腼腆的领域;非到万不得已,不去跟他讲那些肉体之恋所必不可少的琐碎事项和保险措施,以免让他心生反感。

但是,大学生尽管文质彬彬,头脑却十分固执。虽然克里斯蒂娜夫人把双腿夹得紧得不能再紧,他还是勇敢无畏地搂住她的臀部贴到自己身上,这一接触想要表明的是：一个人即便喜欢引用叔本华，也并不因此就准备放弃他所喜欢的肉体。

后来，假期结束了，两个恋人发现他们很难一年也不见上一面。克里斯蒂娜夫人只要找个借口就可以来看他。双方都十分清楚这次见面将意味着什么。大学生住在布拉格的一个顶楼的小房间，而克里斯蒂娜夫人没有其他的落脚之处。

什么是力脱思特？

力脱思特（*Litost*）是个很难翻译成其他语言的捷克词。它的第一个音节是重读长音，读起来让人想起弃犬的哀号。我在其他语言中无论如何也找不到与它的词义相对应的词来，尽管我难以想象没有它怎么能够理解人的心灵。

举个例子说吧：大学生和他那也是大学生的女友在河里游着泳。那姑娘是个运动员，而他游得很差。他不会在水里换气，他游得很慢，脑袋直挺挺地竖在水面上。女大学生不可理喻地爱着他，她非常善解人意地与他游得同样慢。但是，快要游到尽头的时候，她想尽情地放纵一下运动员的本能，甩出几个自由泳动作，就向对岸游了过去。大学生想尽力游得同样快，但是呛了几口水。在自己的体质低下面前，他感到自己遭到了贬低，被剥露无遗，于是他产生了力脱思特。他想起了小时候由于母亲的溺爱和看管，自己度过了一个没有体育锻炼、没有伙伴的多病的童年，于是心中油然升起对自己的灰心，对人生的沮丧。从一条乡间小路回来的时候，两个人都默默无语。他感到自己受到了伤害和羞辱，控制不住地想打她一顿。"你这是怎么了？"她不解地问他，而他却指责起她来；她明明知道对岸那边有激流，他又跟她说过别到那边儿去游，要是她被淹死怎么办？他打到了她脸上。姑娘哭了起来，看到泪水落在她脸颊上，他心生怜悯，把她抱在怀里，他的力脱思特随之烟消云散。

或者，再举一个发生在大学生童年时期的事件：他父母让他去学钢琴。他不是很有天赋，钢琴教师用冰冷的令人难以接受的声音打断他，批评他的错误。他感觉受到了侮辱,想哭上一场。但是,他非但不去检讨自己,让自己演奏得更准确,少犯错误,反而故意弹得错上加错。钢琴教师的声音更难听,更生硬了,而他却越来越深地陷入他的力脱思特之中。

那么,什么是力脱思特呢?

力脱思特是突然发现我们自身的可悲境况后产生的自我折磨的状态。

为了医治我们自身的可悲,比较常见的药方是爱。因为绝对被爱的人是不可悲的。所有那些缺陷都被爱的神奇目光补救了,在爱的目光下,脑袋挺立在水面上的笨拙的泳姿,可以变得迷人可爱。

绝对的爱实际上是追求绝对同一的愿望:我们爱着的女人应该和我们游得一样慢,她不应该有属于自己的、会幸福地回忆起来的过去。可是,一旦绝对同一的幻想破灭(姑娘幸福地想起她的过去,或者她快速游起来),爱就成了不断产生我们称之为力脱思特的那种不尽烦恼的源泉。

对人所共有的不完美有着深刻体会的人,相对说来不怎么会受到力脱思特地冲击。他所阅历的自身的可悲,对他来说是一件稀松平常的事情。力脱思特因而特属于初出茅庐的年龄,它是青春的点缀。

力脱思特如同一台有两个运转节奏的发动机。自我折磨之后产生的是报复的欲望。报复的目的,是让同伴显现出和我们一样可悲。男人不会游泳,而被打了耳光的女人哭了。这样,他们就可以感觉到平等并因此保持住他们的爱情。

由于报复永远也显示不出它真正的动力(大学生不可能跟那姑娘承认说,他之所以打她,是因为她游得比他快),它就会搬出一些虚假的理由。力脱思特因而永远与病态的虚伪脱不掉干系:小伙子声称因为担心女友溺水而害怕得要命,孩子不停地演奏错误的音符,掩饰着自己不可救药地缺乏才华。

这一章起先应该定名为"谁是大学生?"。但是,既然它探讨的是力脱思特,就跟讲这位大学生的故事没什么两样,因为他就是力脱思特的化身。因此,也就难怪那爱着他的女大学生最终弃他而去了:因为自己游泳游得好而挨打,毕竟不是一件让人开心的事情。

他在家乡城市里邂逅的肉店老板娘的出现,就像是专门来为他来包扎伤口的一大块胶布绷带。她仰慕他,视他为神明,并且当他给她讲叔本华的时候,她并没有试图通过表示不同看法而表明她有她自己的、不同于他的独立的个性(像他该死的记忆里的女大学生那样),而是带着别样的目光盯着他看。他被克里斯蒂娜夫人的深情所感动,竟想象着从这样的目光中看到了泪水。另外,也别忘了补充上这一点:自从和女大学生分手后,他还没有和哪个女人上过床。

谁是伏尔泰?

伏尔泰是文学院的助教,他才思敏捷,咄咄逼人,双眼发出尖刻的目光,投射到对手的脸上。这足以让他获得伏尔泰这一绰号了。

伏尔泰很喜欢大学生,这可不是个无足轻重的待遇,因为在待什么人友好方面,他是很挑剔的。下课以后,他过来问他第二天晚上是不是有空。唉!第二天晚上,克里斯蒂娜夫人要来看他。大学生鼓足勇气才和伏尔泰说他已经有了安排。但是,伏尔泰挥挥手就打掉了他的婉言拒绝:"那么,把你的约会改期。你不会后悔的。"并对他说明,第二天全国的诗人都要在文人俱乐部聚会,他伏尔泰将和他们在一起。他希望大学生能来和他们认识一下。

是的,还有那位大诗人,伏尔泰在写关于他的一部专著并常去他家里拜访。大诗人身体不好,走路要用拐杖。因此,他很少出门,能见到他的机会也更为宝贵。

大学生知道第二天要去那里的所有诗人的著作,至于那位大诗人的作品,他可以整页整页地倒背如流。与这些人私下相处一个晚上,是他一直以来的最热切的愿望。可这时候,他又想起自己好几个月没有和女人做爱了,于是他又跟伏尔泰说他来不了。

伏尔泰不理解还有什么事情能比去见伟大人物更为重要。一个女人？这难道不是可以顺延一下的事情吗？突然间，他的眼睛里充满了讽刺的光芒。而大学生的眼前，此时闪动的是肉店老板娘的形象，她羞羞答答的，让他在整整一个月的假期里都没有得手。因此，尽管他十分为难，还是摇头说不。这个时候，克里斯蒂娜胜过他的国家所有的诗。

折中方案

她是上午到的。白天，她以在布拉格要买些东西为借口消磨时光。大学生约她晚上在一家他选定的咖啡店见面。他进来的时候，差不多吓了一跳：大厅里满是酒鬼，他假日里的外省仙女正坐在靠卫生间的一个角落，面前的桌子不是为客人吃饭准备的，而是备放脏盘脏杯的。她的穿着笨拙庄重，只有来参观首都的外省妇人才这么打扮自己，那种很长时间没来过首都并打算尽情享受一番的外省妇人。她戴着顶帽子，脖子上挂着刺眼的珍珠项链，脚上穿的是薄底浅口黑皮鞋。

大学生觉得自己脸颊在发烧——不是因为激动，而是因为难堪。在小城的背景下，与她的肉店老板、车库工和退休老人在一起，克里斯蒂娜给人留下的是完全另外一种印象，而这里是布拉格，是女大学生和俊俏的女理发师的城市。在他看来，带着可笑的珍珠和隐蔽的金牙（在口中上方的一个角落）的克里斯蒂娜，简直就代表着对青春的、穿着牛仔裤的女性美的否定，而这一女性美近几个月来残酷地排斥着他。他趔趄地走向克里斯蒂娜，他的力脱思特也伴着他前行。

大学生固然感到失望，而克里斯蒂娜夫人也未尝不是如此。他约请她来的餐厅有个漂亮的名字：瓦茨拉夫国王酒店。对布拉格不甚了解的克里斯蒂娜以为这是一家豪华的大饭店，大学生与她在这里共进晚餐后要让她去发现布拉格的娱乐生活的种种妙趣。可是，看到这所谓的瓦茨拉夫国王酒店与车库工喝啤酒的地方没什么区别，而她还要在靠厕所的那个角落等着大学生，她所感受到的不是我称作力脱思特的那种情感，而是完全平常的一种愤怒。我想说的是，她在这里并没有感到自己可悲，也不是觉得受到了侮辱，她只是认为大学生做事情太欠考虑。此外，她也毫不犹豫地和他说了出来。她恼羞成怒地和他说话，就像面对着肉店老板一样。

他们立在那里，面对面，她滔滔不绝地扯着嗓门指责他，而他则有气无力地招架着。他对她所产生的厌恶更强烈了。他想把她尽快带回家里，让她远离众人的视线，并期望两相厮守的亲密能让消失了的魅力重现。但是她拒绝。她很长时间没来首都了，她要看点儿什么东西，出去逛逛，开心地玩一玩。她那薄底浅口黑皮鞋和刺眼的大粒珍珠在高声地要求得到它们的权利。

"这可是一家绝好的小酒店，来这里的都是出类拔萃的人，"大学生这么给她解释着，这就等于对肉店老板娘说：她根本不明白首都什么地方好玩、什么地方不好玩。"不巧的是，今天这里客满，我带你另找地方。"可是，仿佛成心与他们为难似的，所有其他餐馆也都一样的爆满，餐馆与餐馆之间总有一小段路要走，而戴着小帽子、挂着珍珠项链并有金牙在嘴里发光的克里斯蒂娜夫人，在他眼里看来可笑得无法容忍。他们走过的街上满眼是青春女性，大学生这时候明白他犯了一个无法原谅的错误，为了克里斯蒂娜而放弃了和他的国家的伟大人物共度良宵的机会。但是，他也不想招来她的敌意，因为我前面说过，他已经很久没有和女人上床了。只有巧妙设计出的一个折中方案才能彻底解决这一疑难问题。

他们终于在一家较远的饭馆找到一张空桌子。大学生叫了两杯开胃酒，忧郁地看着克里斯蒂娜说：这里，在布拉格，生活中总有出乎意料的事情发生。就在昨天，他接到了这个国家最杰出的诗人的电话。

当他说出那个名字时，克里斯蒂娜夫人跳了起来。上学的时候，她背得下他的一些诗。我们在学校里知道了名字的那些伟大人物的身上有着某种非真实的和非物质的东西，他们虽然健在，却像过世的人一样，进入了不朽者的辉煌殿堂。克里斯蒂娜不能相信这是真的，大学生竟然和他认识。

　　他当然认识，大学生声明说。他写的硕士论文就是关于他的，这是一篇专题研究，有一天大概会成书发表呢。他从来没有和克里斯蒂娜夫人谈过这事儿，担心她会以为他在自吹自擂。而现在他该和她说，因为大诗人忽然挡在了他俩的路途中间。实际上，今天晚上，这个国家的诗人们在文人俱乐部有一个私人讨论会，只邀请了几个批评家和几个圈内人。这是一次非常重要的聚会，人们期待着迸出火花的辩论。当然，大学生不去了。他非常高兴能和克里斯蒂娜夫人在一起。

　　在我那温情而独特的国家，诗人的魅力还在不停地作用于女人们的心灵。克里斯蒂娜对大学生钦佩不已，心中生起一种母性的欲望，想设身处地地为他提供建议。她采取了舍己为人的态度，颇有气度又十分出人意料地声明说，大学生要是不去参加有那个大诗人出席的晚会，那就太可惜了。

　　大学生说，他想尽了一切办法想让克里斯蒂娜和他一起去，因为他知道她会很高兴见到大诗人和他的朋友们。可惜的是，这不可能。即便是大诗人也不带夫人出席。讨论会只面对一些专家。一开始，他真的没有想去，但是现在，他觉得克里斯蒂娜也许有道理。是的，这是一个好主意。他还是可以过去待上一个小时。他去的时候，克里斯蒂娜在他家中等着他，然后他们就在一起了，只有他们两个人。

　　戏剧和文艺演出的诱惑被忘记了，克里斯蒂娜来到了大学生的顶楼房间。她首先感到的是和走进瓦茨拉夫国王酒店时一样的失望。这都算不上是个套间，只是个没有前厅的小房间，所有的家具就是一个沙发和一个书桌。可是她对自己的判断不再有把握。她进入了一个有着她所不理解的神秘价值等级的世界。但是她很快就和这不舒服的、肮脏的房间和解了，并且她调动起女性的所有才华让自己产生出宾至如归的感觉。大学生请她摘下帽子，给了她一个吻，让她坐在沙发上，给她指了指小书架，上面可以找到他不在时可以消遣一下的东西。

　　这时候，克里斯蒂娜有了个想法："你有他的书吗？"她说的是那个大诗人。

　　是的，大学生有他的书。

她怯怯地继续说:"你不能作为礼物送给我吗?请他给我题个词?"

大学生欣喜若狂。大诗人给克里斯蒂娜的题词就取代了戏剧和文艺演出。他觉得自己愧对了她,甘愿为她赴汤蹈火。正像他所期待的那样,自己小房间里的亲密气氛重现了克里斯蒂娜的魅力。街上穿梭的青春女性们消失了,她谦和的魅力静静地溢满了整个房间。失望悄然消散,当大学生起身去俱乐部的时候,心情轻松愉快,因为他为刚刚开始的这个夜晚做出了一个两全其美的安排。

诗人们

他在文人俱乐部门前等伏尔泰,和他一起上了二楼。他们去了衣帽间,然后到了门厅,这时已经传来快乐的喧闹。伏尔泰打开了客厅的门,大学生看到围绕在一张大桌子周围的,是他的国家的全部的诗。

我在遥遥两千公里以外的地方看着他们。现在是一九七七年的秋天,我的国家九年以来在俄罗斯帝国温柔且有力的怀抱下沉睡,伏尔泰已经被赶出大学,我的书被所有的公共图书馆下架,收到一起,密封在国家的某个地下室里。回想当时,我又等了几年,然后登上了一辆汽车,尽可能远地向西开去,一直来到雷恩这座布列塔尼城市,当天就在最高的一座塔楼的最高一层找到一套房子。第二天早晨,太阳把我照醒的时候,我看明白了,那些大窗户是朝东开的,朝布拉格的方向。

因此,我现在是高高地站在自己的屋顶阳台上看着他们,不过实在是太远了。幸好我的眼中有一滴泪,它就像望远镜一样,让他们的脸离我更近。现在,我清晰地辨识出稳稳地坐在众人中间的大诗人。他肯定有七十多岁了,但是面孔依旧俊朗,眼睛依旧神采奕奕,充满智慧。他那一对拐杖靠在他身旁的桌子上。

我看到的他们,身后的背景是灯火辉煌的布拉格,时间是十五年以前,他们的书还没有被禁闭在国家的某个地下室里,他们正围坐在一张满是酒瓶子的大桌子前,快乐、喧闹地交谈。他们中的每一个人我都非常喜爱,我犹豫着是否拿起电话簿来随便

357

给他们起上个平常的名字。如果要用借来的名字来掩盖他们的真实面孔的话,我更愿我给他们起的名字像是一件礼物、一个点缀和一份敬意。

既然学生们能给助教起个伏尔泰的绰号,我为什么不能把人人爱戴的大诗人称为歌德呢?

坐在他对面的,就是莱蒙托夫。

那位眼睛乌黑且带有梦幻色彩的,我要叫他彼特拉克。

此外,还有魏尔伦、叶赛宁和其他一些人,这就不必多说了。但是,也有一个人肯定是阴错阳差出现在那里的。远看起来(从两千公里之外遥望),诗歌女神并没有赐过他一吻,而他也不喜欢诗。他叫薄伽丘。

伏尔泰从靠墙的地方拿来两把椅子,把它们推到堆满酒瓶子的桌子前,向诗人们介绍了大学生。诗人们礼貌地点头示意,只有彼特拉克没有注意到他,因为他正和薄伽丘争得不可开交。他以下面的话结束了他们的争辩:"女人总是比我们高明。关于这一点,我可以讲它几个星期。"

歌德鼓励他说:"几个星期太多了。至多讲十分钟吧。"

彼特拉克的故事

"上个星期的一天晚上,我经历了一件不可思议的事情。我妻子刚洗完澡,穿着红色的浴衣,披散着金发,美丽动人。那时候是九点十分,有人按门铃。我打开房门,看见一个年轻姑娘靠墙站着。我马上认出她来。我一星期去一次一所女子高中。她们成立了一个诗社,她们暗恋着我。"

"我问她:'请问,你在这里做什么?'"

"'我要和您谈谈!'"

"'和我谈什么?'"

"'我要和您说的,非常重要!'"

"'听着,'我对她说,'太晚了,你不能现在来我家,赶紧下楼,到地下室门口等我!'

"我回到房间,对我妻子说有人走错门了。然后,我若无其事地对她说我要下楼去地下室取煤,我拿起了两个桶。这一下,可是个错误。我的胆囊折磨了我整整一个白天,我一直在床上躺着的。这突如其来的热忱大概让我妻子起了疑心。"

"你有胆囊的烦恼吗?"歌德关切地问。

"都好几年了,"彼特拉克说。

"为什么不做手术?"

"绝对不做!"彼特拉克回答。

歌德点了点头,表示同情。

"我说到哪儿了?"彼特拉克问。

"你胆囊有问题,你拿着两个煤桶,"魏尔伦提醒他。

彼特拉克接着说:"我在地下室门口见到那姑娘,我对她说下去。我拿起一个铁锹,往桶里装煤,努力想弄明白她要干什么。她不停地说,需要见我。其他我什么都没听明白。"

"后来,我听到脚步声从楼梯上传来。我抓起一个刚装满的煤桶,跑出地下室。我妻子正在下楼。我把桶递给她,说:'赶紧把这个拿上去,我去装另一个。'我妻子提着桶上了,我重新来到地下室,我对那姑娘说我们不能待在这儿,到街上等我。我快速装满另一只桶,跑着上楼。我亲了一下我妻子,告诉她先去睡,我洗个澡再睡。她去睡了,我来到浴室,打开水龙头。水哗哗地落在浴缸里。我脱下拖鞋,穿着袜子走到过厅。这一天我穿的皮鞋就在门口。我把它们还放在那里,表示我没有走远。我从柜里拿出另外一双皮鞋穿上,我悄悄地溜出了家门。"

这时,薄伽丘插话了:"彼特拉克,我们都知道你是个大诗人。但我也注意到你是个做事有条不紊的人,一个狡猾的战略家,每时每刻都不让激情蒙蔽住双眼!你摆弄拖鞋和两双皮鞋那一段,简直是杰作!"

在座的所有诗人都赞成薄伽丘的看法,大家一起称赞彼特拉克,彼特拉克得意非凡。

"她在街上等着我。我想让她安静下来。我对她解释说我必须回家,我向她建议明天下午我妻子上班时再来,到时没有人打扰我们。我住的那幢楼前面有一个有轨电车站。我催着她走。可是电车来的时候,她大笑起来,急着想跑回楼门口。"

"该把她推到电车底下去,"薄伽丘说。

"朋友们,"彼特拉克用几近庄重的语调说,"有的时候,不管我们愿意不愿意,待女人都不应该太客气。我对她说:'如果你不想心甘情愿地回家,我就要把楼门锁上了。不要忘记这里是我的家,我不想把它搞得乱七八糟!'另外,朋友们,请你们想象一下,我在楼前和她争吵的时候,楼上浴室里的水龙头还开着呢,浴缸的水随时可能流出来!

"我转过身来,冲向楼门。她也跟着我跑。更倒霉的是,有其他人正在这时也向楼里走,而她就钻进人堆里进楼了。我像个长跑运动员一样爬上楼梯!我听到身后有她的脚步声。我们住在四层!成绩还不错!但我比她更快,关门的时候几乎撞上她的鼻子。我还有时间从墙上拔下门铃线,这样就听不见她按铃的声音,因为我十分清楚,她会去按铃并且不会再松开门铃。之后,我踮着脚尖走进浴室。"

"浴缸没有溢水吧？"歌德关心地问。

"我在就要溢水的时刻关上水龙头。然后，我到门口去看了一眼。我打开窥视孔，发现她还在那儿，一动不动，眼睛紧盯着房门。真让我害怕，朋友们，我在想她是不是要一直待到第二天早晨。"

薄伽丘犯众怒

"彼特拉克，你真是个不可救药的女性崇拜者，"薄伽丘插话说。"我想，这些成立诗社的女孩子把你当作阿波罗一样奉若神明。我可是绝对不愿意遇到她们。一个女诗人是双倍的女人。对于我这样一个厌恶女性的人来说，这太过分了。"

"听我说，薄伽丘，"歌德说，"你为什么总要标榜自己厌恶女性呢？"

"因为厌恶女性的男人是最好的男人。"

听到这句话，所有的诗人都以一片嘘声作为回答。薄伽丘不得不提高声音：

"听我说清楚。厌恶女性的人不是蔑视女人。他是不喜欢女性。男人很久以来就被分成两大类。一类是女性的崇拜者，也就是说：诗人。另一类是厌恶女性的人，更好的说法是：女性的仇视者。崇拜者或者说诗人推崇传统的女性价值，诸如感情，家庭，母性，生育，歇斯底里的灵光一闪，以及我们天性中的神圣声音。而这些价值给厌恶女性的人或女性的仇视者带来的则是轻微的恐惧。崇拜者敬仰女人身上所具有的女性，而仇视者总是将女人置于女性之上。有一件事情不要忘记：一个女人只有和一个女性仇视者在一起才会真正幸福。而和你们在一起，从来不会有一个女人感到幸福！"

这些话又激起了一阵敌意的喧闹。

"崇拜者或诗人可能为女人带来悲剧、激情、眼泪、忧心，但从未带来过快乐。我就认识这样一个人。他崇拜他的妻子，然后又崇拜上另一个女人。他不愿意因欺骗而让前者受辱，也不愿意因为做秘密情妇而让后者蒙羞。于是，他向妻子坦白一切，并请求她的帮助,他妻子病倒了,他不停地哭泣,到最后他情人忍无可忍,对他说要离他而去。他躺在电车的铁轨上想让自己被压死。不幸的是,司机从远处看见了他,这个崇拜者因妨碍交通被罚五十克朗。"

"薄伽丘是个骗子!"魏尔伦喊起来。

"彼特拉克刚给我们讲的,与这个完全是一回事,"薄伽丘继续说,"你的金发妻子那么好,值得把那个歇斯底里的姑娘当真吗?"

"关于我妻子,你又知道什么!"彼特拉克反驳着,提高了声音。"我妻子是我忠实的女友!我们彼此没有秘密!"

"那你为什么要换皮鞋呢?"莱蒙托夫问。

但是彼特拉克没有让自己受到干扰。"朋友们,在那姑娘站在过道里而我确实不知怎么办才好的关键时刻,我到卧室里去找我的妻子,我向她如实坦白。"

"就像我说的那个崇拜者一样,"薄伽丘笑着说,"如实坦白!这是所有崇拜者的反应!你肯定请她帮助你!"

彼特拉克的声音里充满了柔情:"是的,我请她帮助我。她从来不拒绝帮助我。这次也一样。她自己走到门前,而我,我则待在卧室里,因为我害怕。"

"换上我,我也会害怕的,"歌德充满同情地说。

"她回来的时候,十分平静。她从窥视孔看了一下楼道,她打开房门,连个人影都没有。好像是我无中生有、没事找事似的。但是,突然我们听到身后传来巨大的声响,窗玻璃碎片横飞。你们知道,我们住的是老式套房,窗户外面都有走廊。那姑娘,看着按门铃没有人答应,不知从什么地方找来个铁杠子,带着铁杠子来到了走廊上,开始一块一块地砸我们家的玻璃。我们在房里面看着她,不知如何是好,心里发慌。之后,从伸手不见五指的走廊的另一端,我们看到三个白影出现了。是对面套房里的老太太。玻璃的爆裂声把她们吵醒了。她们穿着睡衣跑过来,贪婪地、迫不及待地、高兴地想瞧这出意料不到的闹剧。想象一下这幅画面吧!一个手拿铁杠的美丽少女,身边围绕着三个巫婆的不祥的影子。

"然后,那姑娘打碎了最后一扇玻璃窗后,跳进了房间。

"我想过去和她说话,但我妻子抱住我,恳求我说,'别去,她会杀了你的!'那姑娘手持铁杠立在房中央,就像是拿着长矛的圣女贞德一样,美丽且威武!我挣脱开妻子的怀抱,向那姑娘走去。随着我的靠近,她的目光失去了威胁的表情,变得柔和起来,充溢着安宁祥和。我抓住铁杠,把它扔在地上,拉起那姑娘的手。"

侮辱

"你的故事,我一个字也不相信,"莱蒙托夫表示。

"当然,事情经过并不完全像彼特拉克所讲的那样,"薄伽丘又插话了,"但我认为确实发生过。那姑娘是个歇斯底里的女人,任何一个正常的男人,在同样的情况下,早已抽过去两个大耳光了。崇拜者或诗人一直是歇斯底里式女性梦想的猎物,她们知道这些人永远不会打她们耳光。崇拜者在女人面前是被解除了武装的,因为他们从来没有跨出他们母亲的影子。他们把每个女人都看作母亲的使者,唯命是从。母亲的裙子便是他们的苍穹。"这句话让他喜欢,随之重复了几遍:"诗人们,你们在头顶上所看到的,不是天空,而是你们母亲那硕大的裙子!你们都在母亲的裙下生活着!"

"你在那儿说什么呢?"叶赛宁用难以置信的声音叫喊着,并从他的椅子上跳了起来。他摇晃着身体。这个晚上,数他喝得最多。"你说我母亲什么呢?说什么呢,你?"

"我没有说你的母亲,"薄伽丘轻声地说。他知道叶赛宁和一个比他大三十岁的著名女舞蹈家在一起生活,他为此对他深表同情。可是,这时叶赛宁的唇间已经流出唾沫,他身体前倾,吐了过来。不过,他喝得烂醉,唾沫落到了歌德的衣领上。薄伽丘拿出自己的手帕,为大诗人擦拭。

吐完以后，叶赛宁感到致命的疲倦，跌坐到他的椅子上。

彼特拉克继续说："朋友们，我希望你们大家都能够听见她说了些什么，真是令人难忘。就像是祈祷，念着连祷文一样，她对我说：'我是一个简单的女孩，平常不过的女孩，我没有什么可以奉献，我来这里，是因为爱的派遣，我来这里，'这时她紧紧抓住我的手，'是想让你知道什么是真正的爱，想让你一生中经历过一次。'"

"你妻子对这位爱的使者说什么？"莱蒙托夫用极为明显的嘲讽语调问道。

歌德哈哈大笑起来："要是有女人来砸莱蒙托夫家的窗玻璃，他有什么不能奉献的！他甚至会付给她钱让她来砸！"

莱蒙托夫用仇恨的目光看了歌德一眼。彼特拉克接着说："我妻子？你弄错了，莱蒙托夫，你要是把这个故事看成是薄伽丘的一个幽默短篇的话，那你就错了。那女孩向我妻子转过身去，她的目光祥和安宁，又像是在祈祷、在诵读一篇连祷文一样，她对我妻子说：'不要怪我，夫人，因为您很善良，因为我也爱您，爱你俩。'之后，她也拉起了她的手。"

"如果是薄伽丘的一个短篇里的场景，那我没什么意见，"莱蒙托夫说，"可是你给我们讲的，比那还要差，简直是劣诗。"

"你嫉妒我！"彼特拉克向他喊道。"你什么时候和两个爱着你的漂亮女人同处一室过？你知道我妻子她身穿红色浴衣、披散着金发是多么美丽吗？"

莱蒙托夫带着嘲讽的笑声笑了起来，可这时候歌德决定要对他尖酸刻薄的评论进行处罚了："你是个大诗人，莱蒙托夫，我们都知道，可为什么你要有这样的情结呢？"

听到这话的几秒钟之内，莱蒙托夫目瞪口呆，然后他艰难地控制住自己，对歌德说："约翰，不该这么说我。这是你能对我说的最恶毒的话。这对你是个耻辱。"

惯于息事宁人的歌德本不想再奚落莱蒙托夫，可这时，他的传记作者伏尔泰笑着插话了："莱蒙托夫，你心中充满情结，这是明摆着的。"随后，他分析起他全部的诗作，说他既不具备歌德自然天成的优美,也不具备彼特拉克激情澎湃的灵气。他甚至去剖析他的每一个隐喻,用来生动地说明自卑情结乃是莱蒙托夫想象力的直接来源,它植根于诗人的童年,饥寒交迫的、深受专制父亲压迫影响的童年。

这个时候,歌德向彼特拉克倾过身来,对他悄声低语,可话音却充斥整个房间,大家都听到了,包括莱蒙托夫:"算了,这些全是废话。莱蒙托夫的问题是:他不性交!"

大学生站在莱蒙托夫一边

大学生一言不发,他倒着酒(一个举止不引人注目的侍者静静地拿走空瓶子,带回装满酒的瓶子),认真地听着进发火花的对话。他没有时间转过头来去追寻那令人眩晕地飞舞旋转的词锋。

他在想哪个诗人让他觉得更可亲可近呢。他爱戴歌德,就像克里斯蒂娜爱戴歌德,也就像整个国家都爱戴着他一样。彼特拉克炽热的目光让他着迷。可是,奇怪的是,激起他最强烈好感的,是受到伤害的莱蒙托夫,尤其是自打歌德发表了最后一句议论之后。歌德的话让他想到,一个大诗人(莱蒙托夫确实是个大诗人)也可以面临着他这样一个大学生所面临的困难。他看了一下自己的表,意识到他要是再不抓紧回去,就会一点儿也不差地落到莱蒙托夫被歌德所数落的那个境地了。

可是,他不能置大诗人于不顾,因此,他站起身来,不是去会克里斯蒂娜,而是去了洗手间。他在那儿,面对着白色的瓷砖,脑中充满了崇高的思想。随后,他听到身旁响起莱蒙托夫的声音:"你听见他们说的了吗? 他们不敏感。你明白吗,他们不敏感。"

莱蒙托夫说出敏感这个词,就像上面印着加重符一样。是的,有些词确实与众不同,那些词具备着一种特殊价值,只为一些熟悉内情的人所了解。大学生不知道为什么莱蒙托夫说敏感这个词,就像这个词带着加重符一样。而我,属于熟悉内情的人,我知道从前莱蒙托夫读过帕斯卡尔关于敏感性精神和几何学精神的思想,他把人类分成两种：一种是敏感的，另一种是不敏感的。

"你也许觉得他们敏感，是吧？"看到大学生不说话，莱蒙托夫带着咄咄逼人的语调说道。

大学生在扣着前裤上的纽扣，发现莱蒙托夫完全就像一百五十年前罗勃钦斯基伯爵夫人在日记中所描写的那样，长着一双短腿。他对莱蒙托夫心生感激，因为这是第一个向他提出一个严肃问题并等待他做出同样严肃回答的大诗人。

"依我看，"他说，"他们一点儿也不敏感。"

莱蒙托夫立着短腿站住了："对，一点儿也不敏感。"然后，他提高声音，补充说："而我，我骄傲！你明白吗，我骄傲！"

骄傲这个词在他嘴里也是用加重符写着的，说出来以后，只有傻瓜才会去想莱蒙托夫的骄傲就像一个女孩子为她的美丽骄傲、一个商人为他的财富骄傲，因为他的骄傲是一种特别的骄傲，是有理有据的、高尚的骄傲。

"我骄傲，我，"莱蒙托夫一路叫喊着，一路和大学生走回了客厅，那里伏尔泰正在礼赞着歌德。莱蒙托夫大发雷霆。他傲然地站到桌子前，这就让他比所有在座的人高出一头。他说："现在，我要向你们表明我是多么骄傲！现在我要给你们说一个事情，因为我骄傲！我要对你们说的是，在这个国家只有两个诗人：歌德和我。"

这次，是伏尔泰提高了声音："你可能是一个大诗人，但是作为人，你只有这么高！我可以这么说你，说你是个大诗人，但是你，你没有权利这么说。"

莱蒙托夫愣了一会儿。他结结巴巴地说："为什么我，我没有权利说？我骄傲，我！"

莱蒙托夫又重复说了几遍他骄傲，伏尔泰放声大笑起来，其他人也跟着他放声大笑起来。

大学生明白他所等待的时刻到来了。他像莱蒙托夫一样站起来，环顾了一下在座的诗人们，说道："你们一点儿也不理解莱蒙托夫。诗人的骄傲不是一般的骄傲。

只有诗人本人才了解他所写的东西的价值,其他人理解的要比他来得晚得多,或者永远也不会理解。因而,诗人有义务骄傲。如果他不骄傲,他就背叛了他的作品。"

刚刚,这些人还笑成一团,突然之间,他们都赞同起大学生来,因为他们也同莱蒙托夫一样骄傲,只是他们羞于说出口,因为他们所不知道的是:骄傲这个词,只要被恰如其分地说出来,就不再可笑,反而是一个具有灵性的高贵的词。因此,他们都非常感谢大学生刚刚给他们提供了一个这么好的建议,他们中间甚至还有一个人——大概是魏尔伦——为他鼓起掌来。

克里斯蒂娜被歌德变成女王

大学生坐下来,歌德带着和蔼的微笑向他转过身来:"小伙子,你知道什么是诗。"

其他人投入到醉酒者的辩论之中,这样一来大学生就面对面地与歌德单独在一起。他想利用这一宝贵的机会,但是突然不知道要说什么。由于他全神贯注地找合适的话说——歌德只是静静地对他微笑着——他反倒一句话也找不出来,于是也微笑以对。但是,克里斯蒂娜的形象飞过来帮助他了。

"这段时间,我和一个姑娘、不如说一个女人来往,她嫁的是一个肉店老板。"

这让歌德很喜欢听,他以友善的微笑作为回答。

"她崇拜您。她给我一本您的诗集,让您给她题词。"

"拿来,"歌德说着,从大学生手中接过那本书。他打开书的扉页,继续说:"给我讲讲她。她什么样?她漂亮吗?"

面对着歌德,大学生不可能撒谎。他承认肉店老板娘不是个美人。今天,更糟的是,她打扮得很可笑。她一整天都在布拉格逛街,脖子上挂着大珍珠项链,脚上穿着早就过时了的那种黑皮鞋。

歌德带着真诚的关心听着大学生在讲,并且几乎带着恋旧的语气说道:"妙极了。"

大学生受到鼓舞，甚至坦白说肉店老板娘有颗金牙，像个金色的苍蝇一样在她嘴里发光。

歌德受到了感动，笑着纠正他说："像个戒指。"

"像座灯塔！"大学生回答。

"像颗星星！"歌德微笑着说。

大学生解释说，肉店老板娘实际上是个十分平常的外省女人，正因为这一点她才如此让他着迷。

"我非常理解你，"歌德说，"正是这些细节，选择不当的衣着打扮、牙齿的轻微缺陷、才情的平庸寻常，才使得一个女人成为真正的、有生命的女人。广告和时装杂志里的女人，今天所有的女人都试图去模仿的女人，她们缺乏魅力，因为她们是不真实的，因为她们只是一些抽象的指令的总和。她们出自精密合成的机器，而不是出自人的身体！我的朋友，我向你保证，你的外省女人正是诗人所需要的女人，恭喜你！"

然后，他向诗集的扉页低下头去，拿起钢笔，写了起来。他写满了整页纸，热情洋溢，宛如神灵附身，脸上散发出爱和理解的光芒。

大学生拿回书，自豪得脸红了。歌德为一个陌生女人所写的东西既美丽又忧郁，既有对过去的留恋又有及时行乐的情怀，既理智又活泼。大学生确信，还从来没有哪个女人收到过如此美丽动人的题词。他想到了克里斯蒂娜，心中生出无边的欲念。在她那可笑的穿戴上，诗给披上了一件用最为美妙的语言织成的华袍。诗把她变成了女王。

抬着诗人

侍者来到了客厅，这次却没有带来新瓶子。他请诗人们考虑该回去了。过一会儿大楼的门就关了。女门房威胁说要给大门上锁，让所有人在这里一直待到天亮。

他大概又重复了几遍这一通告，一会儿声音洪亮，一会轻声轻语；一会儿面对大家,一会儿又挨个叮嘱,直到诗人们明白女门房并不是在开玩笑。彼特拉克忽然想起他那穿着红色浴衣的妻子,立刻站起身来,仿佛后腰刚被人踢了一脚似的。

这时候,歌德声调无比伤感地说:"朋友们,让我留在这儿吧。我要留在这里。"他的拐杖在他身边,靠着桌子,诗人们努力说服他和他们一起离开,他只是摇头作答。

大家都认识他的太太,一个刻毒、严厉的妇人。大家都怕她。他们知道,如果不按时回家,她太太会对他们所有人大发脾气。他们恳求着他:"约翰,理智点儿,你该回家了!"他们腼腆地把手伸到他腋下,想把他从椅子上扶起来。可是,这位奥林匹斯山至尊的王者身体过重,而诗人们的手臂又战战兢兢。他比他们要年长至少三十岁,对他们来说,他就是真正的文坛泰斗。忽然,就在他们要把他扶起来并递给他拐杖的时候,他们感觉到了自己的窘迫和渺小。而他却不停地重复说,他要留在这里!

没有人同意这样做,只有莱蒙托夫抓住机会显示他比别人更机灵:"朋友们,让他留在这儿吧,我要陪着他,一直到天亮。你们还不理解吗?年轻的时候,他好几个星期都不回家。他要找回青春!你们不理解这一点吗,一群傻瓜?约翰,是不是我们要躺在这里的地毯上,伴着这瓶红酒一直到天亮?让他们走好了!彼特拉克可以赶紧跑回去找他穿着红色浴衣、披散着金发的妻子!"

但是,伏尔泰知道让歌德走不动的,不是对青春的怀恋,是因为他身体不好,而医生禁止他喝酒。他一喝酒,腿就站不起来。伏尔泰拿起拐杖,命令其他人说不要假装不好意思。微醉的诗人们用无力的手臂伸到歌德腋下,把他从椅子上扶起。他们把他从客厅抬到门厅,不如说把他拖到门厅(他一会儿双脚触地,一会儿又像和父母玩荡秋千游戏的孩子一样,双脚翘起)。可是歌德身体很重,诗人们又都醉醺醺的:到了门厅的时候,他们松开了他,歌德悲叹着叫喊起来:"朋友们,让我死在这里吧!"

伏尔泰生气了,他向诗人们叫喊着要他们立即把歌德从地上扶起来。诗人们感到羞愧。他们抓住歌德,有人拽胳膊,有人抬腿,把他扶起来。一走出俱乐部的大门,他们就抬着他向楼梯口走去。大家都抬着他。伏尔泰抬着他,彼特拉克抬着他,魏尔伦抬着他,薄伽丘抬着他,甚至步履蹒跚的叶赛宁也拉着歌德的腿,怕自己摔倒。

大学生,他也想去抬大诗人,因为他明白这样的机会一辈子也不会碰到第二次。但是,没用,莱蒙托夫太喜欢他了。他挽着大学生的胳膊,不停地找些话和他说。

"他们不只是不敏感,而且还笨手笨脚。都是些被宠坏的孩子。看看,他们是怎么抬他呢!这样会把他摔下来的!他们从来没有用自己的手劳动过。你知道吗,我在工厂里干过?"

(不要忘记,那个时候这个国家的所有英雄都在工厂工作过,或者是出于革命热情自愿去的,或者是受到变相惩罚不得不去。不论是出于哪种情况,他们都同样的自豪,因为据说,在工厂的时候,"生活的艰辛"这个高贵的女神亲吻了他们的额头。)

手忙脚乱的诗人们,抬着他们的泰斗来到了楼梯上。楼梯间是方形的,有好几处是直角转弯,这对他们的灵巧和力量是个严峻的考验。

莱蒙托夫继续说:"我的朋友,你知道抬枕木是怎么回事吗?你,你从来没抬过。你是大学生。这些家伙们他们也从来没抬过。看他们抬他的样子多蠢!他们会把他摔下来的!"他向诗人们转过身去,冲他们喊道:"抬好了,傻瓜们,你们会把他摔下来的!你们从来没用手做过什么事情!"他抓紧大学生的胳膊,慢慢走下楼梯,他前面是摇摇晃晃的诗人们,他们惶恐不安地抬着越来越重的歌德。终于,他们带着沉重的负担来到了楼下的人行道上,他们让他靠在一个路灯柱上。彼特拉克和薄伽丘扶着他,以免他跌倒。伏尔泰来到马路上,招手叫汽车,但一辆也没有停下来。

莱蒙托夫对大学生说:"你意识到你看到了什么吗?你是大学生,对生活一无所知。你看到的,是一幕壮丽的景象。人们把诗人抬起来。你知道就此会做出怎样的诗来吗?"

可是,歌德倒在了人行道上,彼特拉克和薄伽丘又努力要把他再扶起来。

"你看,"莱蒙托夫对大学生说,"他们都不能把他再扶起来。他们手无缚鸡之力。他们对生活是什么没有任何概念。抬着诗人。多美妙的题目!你知道。目前,我正写着两个诗集。两个完全不同的诗集。一个是绝对古典的形式，有着准确的韵律和节奏。另一个是自由诗。题目将是《汇报》。这个集子的最后一首的题目就是'抬着诗人'。这首诗会很严酷，但是实在。一首实在的诗。"

这是莱蒙托夫说出来的第三个带加重符的词。这个词表达的，是与所有装点门面和智力游戏完全相反的东西。他表达的是与彼特拉克的梦幻和薄伽丘的闹剧完全相反的东西。它表达的是工人劳动的悲怆动人以及对上面提到的"生活的艰辛"这个女神的狂热信念。

在夜风中陶醉的魏尔伦，兴致勃勃地来到人行道中间，他看着星星，唱了起来。叶赛宁背靠着大楼的墙，坐在那儿睡着了。伏尔泰继续在马路中央比比画画，终于截住了一辆出租车。然后，在薄伽丘的帮助下，把歌德放到了后排车座上。他喊着彼特拉克，让他坐到司机的旁边，因为彼特拉克是唯一一个可以马马虎虎哄一下歌德夫人的人。但是，彼特拉克激烈地表示不同意。

"为什么是我！为什么是我！我害怕，我！"

"你看见了吧，"莱蒙托夫对大学生说，"在有朋友需要帮助的时候，他就逃了。没有一个人能和歌德老太婆说得通。"然后，他探身到车窗里，后排座上狼狈地坐着歌德、薄伽丘和伏尔泰，他说："朋友们，我和你们一起走，老太婆我来负责。"之后，他坐到了司机旁边的空座上。

彼特拉克谴责薄伽丘的笑

载着诗人的出租车消失了，大学生想起来应该赶紧回到克里斯蒂娜夫人那里。

"我该回去了，"他对彼特拉克说。

彼特拉克同意了，他抓住大学生的胳膊，带着他朝前走，而那是与大学生住的地方相反的方向。

"你知道，"他说，"你是个有感受力的小伙子。你是唯一能够倾听别人说什么的人。"

大学生接上话头:"那个姑娘像手持长矛的圣女贞德一样站在屋子中央,这一段我可以全部给您复述下来,一个字都不差。"

"另外,这些醉鬼甚至都没听我讲完!他们除了对自己还对什么感兴趣呢?"

"还有,您说您妻子担心那姑娘要杀了您,这时您走近她,她的目光里充满了祥和安宁。简直是一个小小的奇迹。"

"啊,我的朋友,你才是诗人!你,而不是他们!"

彼特拉克挽着大学生的胳膊,带着他朝自己所住的远郊方向走去。

"那故事最后怎么结束的?"大学生问。

"我妻子很同情她,让她留在家里过夜。可是,你想想看。我的岳母睡在厨房后面的一个储藏间一样的地方,她起得很早。当她看见所有的玻璃都砸碎了,就马上去找装配门窗玻璃的人来家里,碰巧那些人那天在隔壁一家做工,我们起床的时候所有的窗户都重新装好了。前一天发生的事情一点痕迹都没有留下。我感觉像做梦一样。"

"那年轻姑娘呢?"大学生问。

"她也是,她大清早就悄无声息地出门走了。"

这时候,彼特拉克在街道中央停了下来,带着几近严厉的神情看着大学生:"你知道,我的朋友,你要把我的故事理解成薄伽丘那样的总是结束在床上的逸闻,那我会非常难过。你应该知道这一点:薄伽丘是个蠢蛋。薄伽丘永远也不会理解任何人,因为理解就是结为一体,彼此不分。这就是诗的秘密。我们与所爱的女人融为一体,我们与我们所相信的思想融为一体,我们在令我们感动的景色中燃烧。"

大学生虔诚地听着彼特拉克所说的话,他眼前出现了克里斯蒂娜的形象,几个小时以前他还对她的魅力有所怀疑。现在他为这些怀疑感到羞愧,因为这些怀疑属于他的生命中不够好的那一半(薄伽丘式的一半),它们不是源自他的力量,而是源自他的软弱：它们证明着他不敢全身心地投入到爱情之中，证明着他害怕与心爱的女人融为一体。

"爱就是诗，诗就是爱，"彼特拉克说。大学生答应自己要以炽热的、壮丽的爱情去爱克里斯蒂娜夫人。在此之前，歌德刚刚为克里斯蒂娜披上了女王的华袍，现在是彼特拉克又点燃了大学生心中之火。等待他的一夜得到了两个诗人的祝福。

"不过，"彼特拉克说，"笑，却是一个爆炸物，它把我们从这个世界抛出去，把我们抛到凄凉的孤独之中。玩笑是人与世界的一道屏障。玩笑是爱和诗的敌人。正因为如此，我才再一次跟你说，并希望你记住：薄伽丘不懂得爱。爱不能是可笑的。爱与笑毫无共同之处。"

"对，"大学生兴奋地表示同意。世界在他眼里被分成了两半，一半是爱，另一半是玩笑。他知道，以他的状况，他属于并永远属于彼特拉克的阵营。

天使在大学生的床上飞翔

她没有在房间里焦躁不安地踱来踱去，她没有生气，她没有赌气，她没有在敞开的窗前黯然神伤。他走后，她换上睡衣睡了，蜷缩在被子里。他用印在唇上的一吻将她唤醒，在她还没来得及抱怨之前，用做作的滔滔不绝给她讲起了自己度过的不可思议的这个夜晚，说他看到了彼特拉克和薄伽丘之间戏剧性的冲突，而莱蒙托夫羞辱了所有其他诗人。她对他的解释不感兴趣，带着不信任打断了他的话：

"我打赌你忘了那本书。"

当大学生递给她歌德给她写了长篇题词的诗集时，她不敢相信自己的眼睛。她一连读了好几遍这些难以置信的词句，它们看上去就像是她和大学生之间同样难以置信的这一场爱的冒险的全部写照，他们在陌生的林间小路上幽会散步的整整一个暑期历历在目，而常人看不出的她内心深处的柔情蜜意也在歌德的题词里流溢出来。

这时候，大学生脱下衣服，躺下了。她紧紧地把他抱在怀里。这一拥抱是他从来没有体验过的。这是真诚的、有力的、热烈的、母性般的、亲如手足的、友好的、充满激情的一抱。晚会期间，莱蒙托夫几次用到实在这个词，大学生心想，克里斯蒂娜的拥抱正配得上这个包含了一堆形容词的概括性称谓。

大学生感觉到他的身体正处在为爱所备的极佳状态。面对这一如此确实、如此坚实和持久的状态，他拒绝所有的急不可耐，一味尽情享用着这长久的、甜蜜的静静拥抱。

她把性感的舌头伸到他的嘴里，过不一会儿，她又以最情同手足的方式吻遍了他面部的每一个角落。他用自己的舌尖触到了在她口中左上方的金牙，他想起了歌德所说的话：克里斯蒂娜不是出自精密合成的机器，而是出自人的身体！她才是一个诗人所需要的女人！他想高兴地叫喊。这时脑海里又响起彼特拉克所说的话：爱就是诗，诗就是爱，理解就是与他人融为一体并在对方的身上燃烧。（是的，三个诗人在这里都和他在一起，他们就像天使一样飞翔在他的床上，欢笑，歌唱，为他祝福！）大学生燃起了一股无边的热情，并决定应该适时地将体现着莱蒙托夫式实在的固定不变的拥抱，转变成一部真实的爱的作品。他翻转身体，到了克里斯蒂娜的身上，力图用他的膝盖把她的双腿打开。

怎么？克里斯蒂娜抵抗！她夹紧双腿，一如这个暑期中他们在林中散步时那般固执！

他本来可以问她为什么抵抗，但他不能够说话。克里斯蒂娜夫人是那样羞怯，那样温情，在她面前，男女之情失去了它们的名称。他只敢用气息和触摸的语言说话。他们还要滞重的词语干什么？他不是正在她身上燃烧吗？他们正在同一股火焰里燃烧！因此，在固执的无语中，他重新努力用自己的膝盖去打开克里斯蒂娜牢牢夹紧的双腿。

她也是，她也沉默着。她也是，她也怕说话，想用亲吻和爱抚来表达一切。然而，在他第二十五次尝试要打开她的双腿时，她说话了："不，我求你了，我会死的。"

"什么?"

"我会死的。真的,我会死的,"克里斯蒂娜夫人重复说道。然后,她再一次把舌头伸进他嘴中,深深地伸入,而同时双腿很紧地夹在一起。

大学生感受到一种带有幸福味道的绝望。他燃烧着一种要和她做爱的狂热欲望,而与此同时他又几乎喜悦得流泪。没有人像克里斯蒂娜这样爱过他。她爱他爱得要死,她爱他爱得要担心和他做爱,因为一旦和他做爱,她没有他就不能再活下去,她会死于悲伤和欲念。他感到幸福,疯狂的幸福,因为他突然之间,出乎意料地,无功受禄一般,就达到了他一直以来就渴望达到的无限之爱的境界,而与这一无限之爱相比,整个地球包括它的陆地和海洋,都毫无意义。

"我理解你! 我和你一块儿死!"他喃喃地说着,同时又爱抚着她、亲吻着她,几乎为爱哭泣。可是,这巨大的感动也压抑不住变得越来越痛苦、几乎无可忍受的肉体欲望。他又做了一些努力,试图把膝盖像撬棒一样插进克里斯蒂娜的双腿之间,从而为他的生殖器打开一条路,可是这条路对他来说就像寻找圣杯之路一样神秘莫测。

"不,你,你不会有事儿。会死的是我!"克里斯蒂娜说。

他想象着一种无边的快感,一种令人为之去死的快感,他再次重复说:"我们一起死! 我们一起死!"他继续在她两腿之间推进他的膝盖,但一直是无功而返。

他们不再有什么话说。他们贴在一起。克里斯蒂娜摇着头,他又向那双腿构建的城堡发动了几次冲锋,最后终于放弃了。他在她身边仰面躺下,屈服了。她抓住那为她而挺起的爱的幽灵,用她所有的辉煌的实在:真诚地,有力地,热烈地,情同手足地,母性般地,友好地,充满激情地,把它紧握在手中。

在大学生身上,被无限地爱着的人的幸福喜悦混杂着被拒绝的身体的绝望。而肉店老板娘则一直紧攥着他的爱情武器,不去想是否要通过几个简单的动作,去代替他所渴望的肉体行为,就好像她握在手里的是罕见之物、稀世之宝,是她不愿让它有一丝损害而只想就这样挺立而坚硬着长久地、长久地保存下去的宝物。

这一夜就说到这里吧，二人直到天亮也相安无事。

肮脏的日光

由于睡得晚，他们几乎到了中午才醒来，两个人都头昏脑涨。他们时间不多了，因为克里斯蒂娜夫人马上要去坐火车。他们沉默无语。克里斯蒂娜把她的睡衣和歌德的书装进旅行包，又登上了那双黑得可笑的薄底浅口皮鞋，脖子上戴上了她那条土气十足的项链。

就好像午前肮脏的日光打破了无语的铅封，就好像诗的夜晚过后便是散文的白昼一样，克里斯蒂娜夫人简简单单、直来直去地对大学生说："你知道，别怨我，真的我会死的。医生对我说过，生完第一个孩子后，我绝对不应该再怀孕。"

大学生用沮丧的表情看着她："就好像我会让你怀孕似的！你把我当什么人了？"

"所有的男人都这么说。他们总是非常相信自己。我了解在我的女友们身上发生的事情。你这样的年轻小伙子非常危险。出事后，就什么都晚了。"

他用绝望的声音对她解释说，他不是个乳臭未干的毛头小伙子，他不会让她怀上孕的。"你总不至于把我和你的女友们的男人相提并论吧！"

"我知道，"她确信无疑并且几乎带着歉意地说道。大学生不用再多说什么让她更加相信的话。她相信。他不是个农夫，并且他大概比世界上所有的车库工都更了解什么是男欢女爱。昨天夜里拒绝他也许是错了。但她不后悔。伴有短暂拥抱的爱情之夜（在克里斯蒂娜的意识里，肉体之爱只能是短暂和匆忙的）一直给她留下美好的但同时也是危险且凶险的印象。而她和大学生所经历的，要远远比这更美妙。

他送她到火车站。想到自己坐在车厢里回忆这一切，她已然欣喜莫名了。她带着简单女人尖锐的实际意识，不断在心里对自己说，她经历了谁也不能从她那儿抢走的事情：她和一个自己一直以为不真实、难以把握并且遥远的青年男子度过了一夜，而她在整整的一夜里一直握着他挺立的阳物。是的，整整一夜！这在她从来没有发生过！也许她再也见不到他了，不过她从来没有想过以后会一直见到他。她幸福地想到，她将保留着他某些持久的东西：歌德的诗集，以及令人难以置信的题词，这题词会在任何时间说服她相信，她的奇遇不是一个梦想。

而大学生这时却是沮丧之极。这一夜只差那么一句大白话、一句怎么想就怎么说的话！只消实实在在地说出想要她，就可以占有她！她害怕的是他让她怀上孩子，而他想当然地认为她是担心自己爱得不能自拔！看到自己简直是愚不可及，他想放声大笑，笑得令人心酸，笑得歇斯底里。

他从火车站回到他那无爱之夜的荒漠，他的力脱思特油然而生。

有关力脱思特理论的新看法

通过大学生生活中的两个例子，我解释了人在面对他自己的力脱思特时的两种基本反应。如果我们所面对的人比我们更弱，我们会找到一个借口伤害他，就像大学生伤害游得太快的女大学生一样。

如果我们所面对的人比我们更强，我们只能选择一种迂回的报复，莫须有地打人一个耳光，通过自杀来达到杀人的目的等等。孩子拉小提琴总出错，错得让老师发疯，老师把他扔到窗外。孩子掉落下去，而在他落地的过程中，他还高兴地想到，那恶毒的老师将以杀人罪受到指控。

这是两种传统的方法。如果说第一种方法在恋人和夫妻生活中很常见的话，被称作人类伟大历史的东西则为第二种方法提供了数不胜数的例证。所有被我们的先哲们以英雄主义命名的东西，都很有可能是我通过孩子与小提琴教师的例子所阐明的那种形式的力脱思特。波斯人征服了伯罗奔尼撒，斯巴达人一次又一次地犯着军事上的错误。正像孩子拒绝正确演奏一样，斯巴达人也被愤怒的泪水蒙蔽了双眼，他们也拒绝采取有理智的行动，他们既不能更好地战斗，也不能投降，也不能在退却中保全性命，他们出于力脱思特，一直被杀得无一人生还。

在这一背景下,我想到力脱思特这一概念产生于波希米亚一点儿也不是个偶然。捷克人的历史是不断反抗强权的历史,是连续不断的光荣失败,这些光荣的失败,推动了世界历史的进程并导致了发动这些侵犯的民族的衰落。这一历史,就是力脱思特的历史。一九六八年八月,当成千上万的俄国坦克占领了这个奇妙的小国的时候,我在一个城市的墙上看到写着这样一句名言:要胜利,不要妥协! 要知道,在那种时刻,只有几种不同形式的失败的选择,除此无它,可是这个城市拒绝妥协,想要胜利!这时候所表达的,正是力脱思特! 被力脱思特所支配的人通过自身的毁灭来实施报复。孩子摔死在人行道上,但他不朽的灵魂却要永远欢笑,因为他的小提琴教师吊死在窗户的长插销上。

但是,大学生还怎么能让克里斯蒂娜受到伤害呢? 在他还没来得及想到什么办法的时候,她已经上火车了。理论家们了解这样的一种情形,声称这时候所面临的情况乃是力脱思特受阻。

这是能出现的最坏的情况。大学生的力脱思特像个肿瘤一样每时每刻都在发展扩散,但他不知道拿它怎么办。因为他没有可以报复的对象,他向往着至少有某种安慰。为此,他想起了莱蒙托夫。他想起受到歌德伤害、受到伏尔泰羞辱的莱蒙托夫,尽管受到伤害和羞辱,他向所有人大发雷霆,向他们高喊着自己的骄傲,就好像在桌旁坐着的所有诗人都是小提琴教师,他想把他们惹恼,让他们把自己从窗子扔出去。

大学生想见到莱蒙托夫,就像想见到自己的兄弟一样。他把手伸到衣兜里,他的手指碰到了一页折着的大纸。这是从笔记本上撕下的一页,上面写着:等你。爱你。克里斯蒂娜。子夜。

他明白了。他穿的外衣昨晚挂在房间的一个衣架上。被迟到发现的纸条,只是向他证实了他所知道的东西。他因为自身的愚蠢而错过了克里斯蒂娜的身体。他胸中涌起满腔的力脱思特,找不到发泄的出口。

在绝望的深渊

午后晚些时候了。他心想,昨晚纵酒作乐的那些诗人们总该起床了吧。他们也许在文人俱乐部。他几步一跨地爬上了二层,穿过衣帽间,向右转到餐厅。他不是这里的常客,停在门槛上张望。彼特拉克与莱蒙托夫和两个他不认识的家伙坐在大厅尽头。就近有一张空桌子,他坐了下来。没有人注意到他。他甚至觉得彼特拉克和莱蒙托夫茫然地向这里看了一眼,没有认出他来。他向侍应生要了一杯白兰地,脑中痛苦地回响着克里斯蒂娜写得极其凄凉又极其优美的纸条上的文字:等你。爱你。克里斯蒂娜。子夜。

他这么待了有二十来分钟,小口啜着他的白兰地。看到彼特拉克和莱蒙托夫,不但他没有得到安慰,反而又带来了新的忧郁。他被所有人抛弃了,被克里斯蒂娜和诗人们抛弃了。他孑然一身,陪伴他的只有这一张大纸上写着:等你。爱你。克里斯蒂娜。子夜。他想站立起来,把这张纸举在头上,让所有人都看到,让所有人都知道:他,大学生,是被人爱着的,被人深深地爱着。

他叫侍应生结账。然后,他又点燃了一支烟。他不想在俱乐部待下去了,但一想到要回到他那没有女人等待的顶楼房间,他就产生了极大的反感。他终于把烟在烟灰缸里掐灭,这时,他注意到彼特拉克看见了他,从他坐着的地方跟他打手势。但是,太晚了,力脱思特把他从俱乐部驱赶到他忧郁的孤寂之中。他站起身来,在最后的时刻,他又一次从衣兜里拿出那张写着克里斯蒂娜爱的信息的纸条。这张纸不再给他带来任何快乐。但是,如果留在这里,放在桌子上,也许有人会注意到它,会知道大学生是被深深地爱着的。

他向门口走去,要离开这里。

突如其来的荣耀

"我的朋友!"大学生听到一个声音,转过身来。是彼特拉克在和他打招呼并走了过来:"你这就走吗?"他抱歉说没有马上认出他来。"我一喝酒,第二天就头昏脑涨。"

大学生解释说,他不想打扰彼特拉克,因为他不认识和他在一起的那几个先生。

"这是些傻瓜,"彼特拉克对大学生说道。然后,他和大学生一起坐回到大学生刚离开的桌子前。大学生神色不安地看着不小心放在桌子上的那张纸。如果这是一张不起眼的纸片就好了,可这张大纸看来却像是强烈地表达着那个把它忘在这里的人过于笨拙的明显意图。

用黑眼睛正在好奇地打量着他的脸的彼特拉克,马上注意到了这张纸,看了起来:"这是什么? 啊! 我的朋友,是你的!"

大学生笨手笨脚地想装出一个不小心遗落下私人信物的人的那种尴尬,想从彼特拉克手中夺回那张纸。

但彼特拉克已经高声读了起来:"等你。爱你。克里斯蒂娜。子夜。"

他盯着大学生的眼睛,问:"子夜? 什么时候? 不会是昨夜吧!"

大学生低下眼睛。"是的,"他说。他不再努力从彼特拉克手里拿回那张纸了。

正在这时,莱蒙托夫拖着一双短腿走近了他们的桌子。他向大学生伸出手来。"很高兴见到你。这些人,"他指着刚离开的那个桌子说,"是些可怕的傻瓜蛋。"他坐下来。

彼特拉克马上给莱蒙托夫读了克里斯蒂娜纸条上的字。他一连读了好几遍,声音洪亮且富有韵律,仿佛在读一首诗。

由此我想到,当我们既不能给一个游得太快的姑娘一个耳光,也不能被波斯人杀光的时候,当没有办法逃脱出力脱思特的时候,优雅的诗女神就会飞来救助我们。

这个多少有些阴错阳差的故事留下了什么呢？只有诗。写在歌德的书上的、被克里斯蒂娜带走的词语；还有写在带线格的纸上的、给大学生披挂上突如其来的荣耀的词语。

"我的朋友，"彼特拉克抓住大学生的手臂说，"承认你写诗吧，承认你是个诗人吧！"

大学生低下头来，承认彼特拉克说得没错。

莱蒙托夫孑然一身

大学生来文人俱乐部找的是莱蒙托夫，但从这一时刻起，他错过了莱蒙托夫，莱蒙托夫也错过了他。莱蒙托夫见不得幸福的情侣。他皱紧眉头，不屑地谈起了卿卿我我式的感情和华而不实的辞藻。他说，一首诗应该像经工人打造出来的一个物件那样实在。他阴沉着脸，言辞让彼特拉克和大学生都甚感不快。我们知道他为什么这样。歌德也知道。因为他不性交，他有着可怕的不性交的力脱思特。

还有谁比大学生更能理解他呢？但是，这个不可救药的白痴只看到了莱蒙托夫阴沉的脸，只听到了那些刻毒的言辞，并且受到了它们的伤害。

我，从远在法国的地方，从我的塔楼高处，看着他们。彼特拉克和大学生站起身来。他们冷冷地与莱蒙托夫告别。留下莱蒙托夫孑然一身。

我亲爱的莱蒙托夫，你是在我那忧郁的波希米亚被称作力脱思特的那种痛苦的天才化身。

第六部 天使们

1

一九四八年二月,共产党领导人克莱门特·哥特瓦尔德站在布拉格一座巴罗克式宫殿的阳台上,向聚集在老城广场上的数十万公民发表演说。这是波希米亚历史的一个重大转折。正下着雪,天气很冷,哥特瓦尔德头上什么也没戴。克莱门蒂斯关怀备至地摘下自己的皮帽,把它戴在哥特瓦尔德的头上。

不论是哥特瓦尔德还是克莱门蒂斯,他们都不知道他们刚刚登上历史性阳台时走过的楼梯,曾是弗朗茨·卡夫卡在八年时间里每天的必经之路,因为在奥匈帝国时期,这座宫殿是一所德语中学的所在地。他们也不知道,在这同一座建筑的底层,弗朗茨·卡夫卡的父亲,赫尔曼·卡夫卡开了一家店铺,店铺的招牌上写着他的名字,名字旁边画着一只寒鸦,因为在捷克语中,"卡夫卡"的意思是寒鸦。

虽然哥特瓦尔德、克莱门蒂斯和所有其他人对卡夫卡一无所知,但卡夫卡却了解他们的无知。在他的小说中,布拉格是一个没有记忆的城市。这座城市甚至都忘记了自己叫什么名字。那里,没有人能忆起、回想起什么来,约瑟夫·K看起来对自己过去的生活也一无所知。也没有哪一首歌曲,能让我们想起他出生的时候,能把现在和过去联结在一起。

卡夫卡小说里的时间,是失去了历史连续性的人类时间,这里的人类不再有什么知识,不再有什么记忆,居住在没有名字的城市里,而城市的街道也是没有名字的或者有一个与昨天不一样的名字。因为名字是与过去相连的,而没有过去的人就是没有名字的人。

布拉格,正如马克斯·布洛德所说,是恶之城。在一六二一年捷克的宗教改革失败后,耶稣会教士试图对捷克民族进行再教育,传输给他们真正的天主教信仰,因此,他们在布拉格盖满了富丽堂皇的巴罗克式教堂。从此,成千上万的石刻的圣徒从四面八方看着你,威胁着你,窥伺着你,迷惑着你。这是一支占领者的狂热的部队,他们在三百五十年前侵占了波希米亚,目的在于将这个民族的信仰和语言从她的灵魂里连根拔除。

塔米娜出生的那条街叫施维林街。这是第二次世界大战时的名字,当时布拉格被德国人占领。她的父亲出生在切尔诺克斯特勒茨大街,即黑教堂大街,当时由奥匈帝国统治。她母亲嫁到她父亲家时,那条街叫福熙元帅大街,那是第一次世界大战之后。塔米娜是在斯大林大街度过的童年,可是她丈夫来娶亲的时候,那条街又改叫维诺赫拉德大街。可是,这里面所说的一直是同一条街,人们只是改变了它的名字,不停地改,人们给它洗脑,让它变得愚蠢。

在那些不知自己叫什么名字的街上,徘徊着被推翻的历史古迹的幽灵。被捷克的宗教改革推翻,被奥地利的反宗教改革推翻,被捷克斯洛伐克共和国推翻,甚至连斯大林的塑像也被推翻了。在被摧毁的所有这些古迹所在之地,成千座列宁的塑像在整个波希米亚破土而出,它们就像废墟上的草,就像遗忘的忧郁之花,在那里生长着。

2

如果说弗朗茨·卡夫卡预言了一个没有记忆的世界的话,那么这个没有记忆的世界的奠基者就是古斯塔夫·胡萨克。在T·G·马萨里克这个解放者总统(所有的历史古迹无一例外被摧毁）之后，后几任总统分别是贝奈斯、哥特瓦尔德、萨波托斯基、诺沃提尼和斯沃博达，胡萨克是我的国家的第七任总统，人们称他为遗忘的总统。

俄国人于一九六九年扶植他上台。自一六二一年以来，捷克民族史上还不曾有过这样的文化浩劫，不曾有过对知识分子这样的残害。人们普遍以为，胡萨克只是迫害其政治对手。但是，同政敌的斗争，恰好为俄国人提供了梦寐以求的机会，他们借这些傀儡领导人的手，从事了某些更具根本意义的活动。

我认为，从这个角度看，胡萨克从大学和专科学院驱赶出一百四十五名捷克历史学家这件事情，是极为意味深长的。（据说，每当一个历史学家离开的时候，就像在童话故事里一样，波希米亚的什么地方就生长出一尊列宁的塑像。）一九七一年，其中的一个历史学家，米兰·许布尔，戴着镜片非常之厚的近视镜，来到了我那位于巴尔托洛梅街的单间公寓。我们看着窗外耸立着的赫拉德钦塔楼，心情悲哀。

"为了消灭那些民族，"许布尔说，"人们首先夺走他们的记忆，毁灭他们的书籍，他们的文化，他们的历史。另外有人来给他们写另外的书，给他们另外的文化，为他们杜撰另外的历史。之后，这个民族就开始慢慢地忘记了他们现在是什么，过去是什么。他们周围的世界会更快地忘掉他们。"

"语言呢？"

"为什么不把它从我们这里夺走呢？它将只是一种迟早会自然死亡的民间用语。"

是否我们因为过度悲哀而有些夸大其词了？

或者说，面对有组织的遗忘的荒漠，这个民族真的要无法活着穿越过去吗？

我们谁也不知道会发生什么，但有一点是肯定的。捷克民族，在她具备洞察力的那些时刻，可以看到死亡的形象就在眼前。那形象既不是个现实，也不是不可避免的未来，但它还是具有十分具体的可能性。她的死亡与她相伴相随。

3

六个月以后,许布尔被捕了,并被判以长期徒刑。这时候,我的父亲已经病入膏肓。

在他生命的最后十年,他渐渐丧失了使用言语的能力。起初,他只是记不起某些词,或者在应该说某些词的时候,他说出了其他的与之相似的词,马上他就笑起来。到后来,他就只能说出很少的一些词,并且,每次他想要明确说出他的想法的时候,往往回到同一句话上,那是他还会说的最后几句话中的一句:"真奇怪。"

在他说"真奇怪"的时候,他的眼中流露出的是知晓一切却什么都说不出的深深的诧异。事物失却了它们的名称,混同到一个没有区别的唯一的存在之中。在和他说话时,我是唯一能够暂时让那个被遗忘的有名称的实体的世界从他那漫无边际的无语中显现出来的。

在他俊朗的脸上,深邃的蓝眼睛表达的是同以前一样的智慧。我经常带他出去散步。我们一成不变地绕着同一群建筑走,爸爸没有力气走得更远。他走得吃力,迈着很小的步子,一感觉到有点儿累,他的身体就向前倾斜,失去了平衡。我们要不时地停下来让他休息一下,前额抵着墙。

在这些散步中,我们谈论音乐。在爸爸能正常说话的时候,我很少问他什么问题。现在,我要弥补失去的时间。因此,我们谈论音乐,但这是一个奇怪的对话,因为其中的一个人一无所知却掌握着大量的词语,而另一个人无所不晓却一个词也说不出。

在他病中的这十年间,爸爸在写一本关于贝多芬的奏鸣曲的巨著。他写的时候比说的时候要好一些,可即便是在写作中,他也越来越难以找到他的词句,他写的文稿也就变得难以理解,因为它是由不存在的词组成的。

一天,他在他房间里叫我。他在钢琴上打开了奏鸣曲作品第一一一号的变奏曲。他指着乐谱(他不能再弹钢琴了)对我说:"你看。"他又重复说"你看",并且在做出长久的努力后终于说出:"现在我明白了!"他一直试图向我解释什么重要的事情,但他说出来的话尽是些完全难以理解的词。之后,看着我没听懂他说的东西,他便惊讶地看着我,说:"真奇怪。"

当然,我知道他要说什么,因为他很久以前就给自己提出过这个问题。变奏曲是贝多芬晚年最喜欢的形式。乍一看,人们会认为这是最肤浅的形式,是音乐技巧的简单罗列,是一项更适于花边女工而不是贝多芬的工作。但是,贝多芬(首次在音乐史上)使它成了一种至高无上的形式,在其中他写下了最美丽的沉思。

是的,这是一件众所周知的事情。但是,爸爸想知道的,是应该怎么来理解这件事。为什么恰好是变奏曲呢? 这后面蕴涵着什么意义呢?

正是为这事儿,他才从他的房间里叫我过去,指着乐谱对我说:"现在我明白了!"

4

面对着所有弃他而去的词语,我父亲沉默着;被禁止回忆以后,一百四十五名历史学家沉默着。在波希米亚回荡不已的这数不胜数的沉默,构成了我刻画塔米娜这个人物的远景。

她继续在欧洲西部的一座小城的咖啡店里给人端送咖啡。但是她失却了从前让顾客着迷的那种平易近人的光彩。把耳朵奉献给他人的意愿,离她而去了。

有一天,皮皮又来到咖啡店坐在柜台前的高脚圆凳上,她的女儿在地上边哭边爬。塔米娜等了一会儿,看着母亲对孩子不闻不问,她失去了耐心,对她说:"你能不能让你的孩子别叫了?"

皮皮生气地反驳道:"你为什么讨厌孩子,嗯?"

我们不能说塔米娜讨厌孩子。但是，皮皮的声音里透露出一种完全出乎意料的敌意，这是瞒不过塔米娜的。她也不知道是怎么回事，她们从此就不再是朋友了。

有一天，塔米娜没来上班。这在她还从来没有发生过。老板娘到她家去看看发生了什么。她按门铃，没人来开门。第二天她又来，还是按门铃没有应声。她叫了警察。门撞开了，但人们发现房里收拾得很整齐，什么也不缺，也没有疑点。

随后的日子，塔米娜也没有回来。警方继续受理此案，但没什么新线索。塔米娜的失踪，被归入未结的案子里。

5

事发的那一天，一个穿牛仔裤的男青年坐到了柜台前。这个时间，塔米娜一个人在咖啡店里。年轻人叫了一份可乐，慢慢地饮啜。他看着塔米娜，塔米娜看着虚空。

过了一会儿，他说："塔米娜。"

如果他以为这会引起塔米娜注意的话，那他失算了。查到她的名字，不是什么难事，在这一带，光顾这家咖啡店的所有客人都知道她叫什么。

"我知道你忧郁，"年轻人接着说。

塔米娜也没有把这句话放在心上。她知道征服女人有很多办法，通向女人肉体的最安全的途径就是从她的忧郁入手。不过，她这时看这个年轻人比刚才那会儿还是多了点儿兴致。

他们说起话来。令塔米娜惊讶的，是他的问题。不是这些问题的内容，而是向她提问题这一简单事实。天啊！好久没有人问过她什么了！她觉得有好久好久了！只有她丈夫过去不停地问她问题，因为爱情就是不断地追问。不错，我找不到更好的关于爱情的定义。

（我的朋友许布尔让我注意到，如果这样看待爱情的话，没有人比警察更爱我们。确实如此。正如所有的高都与低相反相称一样，与爱的兴趣相对应的，就是警察的好奇。有时，人们可以高低不分，混为一谈，比如我完全可以这样想象：有些感到孤独的人希望自己时不时被带到警察局去，这样会有人向他提一些问题，他可以有机会谈谈自己。）

6

年轻人看着她的眼睛，听她说话，然后对她说，她所谓的回忆，实际上是另外一回事：她是中了魔法，眼见自己在遗忘。

塔米娜点头同意他的说法。

年轻人接着说：她抛向身后的那忧郁的目光，不再表达着对死者的忠诚。死者从她的视野里消失了，她看到的只是虚无。

虚无？可是，又是什么东西使她的目光如此沉重呢？

不是因回忆而沉重，年轻人解释说，而是因愧疚而沉重。塔米娜永远也不会原谅自己在遗忘。

"那我怎么办呢？"塔米娜问。

"忘记你的遗忘，"年轻人说。

塔米娜苦笑着说："给我解释一下我该怎么做？"

"你从没想过离去吗？"

"想过，"塔米娜说，"我非常渴望离去，可是去哪儿呢？"

"到一个凡事凡物像微风一样轻飘的地方。到一个凡事凡物都没有重量的地方。到一个没有愧疚感的地方。"

"是的，"塔米娜如梦似幻般地说道，"到一个凡事凡物都没有重量的地方。"

就像在童话里，就像在梦中一样（可不是，这就是童话！可不是，这就是梦！），塔米娜离开她站了好几个年头的柜台，和年轻人走出咖啡店。一辆红色的跑车在人行道旁停着。年轻人坐上驾驶座，请塔米娜坐在他身旁。

7

我理解塔米娜的愧疚心理。爸爸去世的时候，我也是这样的。我无法原谅自己只向他问过很少的问题，对他了解得那么少，竟然让自己失去了他。正是这种愧疚心理，使我忽然之间明白了他在打开的奏鸣曲作品第一一一号乐谱面前想对我说的是什么。

我试着用一个比喻来解释一下。交响乐是音乐的史诗。可以说它像在广袤无际的外部世界穿越的一场旅行，从一处到另一处，越来越远。变奏曲也是一次旅行。但这一旅行并不是穿越在广袤无际的外部世界中。您一定知道帕斯卡尔在《思想录》中这样说过：人处在无限大的深渊和无限小的深渊之间。变奏曲的旅行把我们引入另一个无限之中，引入到隐藏在每一件事物里的内在世界的无限多样性之中。

在变奏曲中，贝多芬发现了另一个有待开发的空间。他的变奏曲是一次新的遨游。

变奏曲的形式是需要最大限度地全神贯注的形式；它让作曲家只谈及最根本的东西，做到一语中的。变奏曲的材料是通常不超过十六个小节的主题。贝多芬深入到这十六个小节之中，就像他深入到地下的水井里一样。

在另一个无限中的旅行，并不比史诗的旅行更少历险的色彩。物理学家就是这样深入到神奇的原子内核中去的。贝多芬的每一个变奏都越来越与原始主题远离，原始主题与最后一个变奏的相像之处不比花朵与显微镜下花朵的影像的相像之处更多。

　　人知道自己不能够将宇宙及日月星辰揽入怀中，而更令他难以接受的是错过另一个无限，近在身边的、伸手可及的无限。塔米娜错过了她无限的爱情，我错过了父亲，而每个人都错过些什么，因为要寻求完美，人们便深入到事物的内在世界之中，而这个内在世界是永远无法让人穷尽的。

　　无法把握外部世界的无限，我们认为这是自然而然的事情。但是，要是错过了另一个无限，我们至死也自责不已。我们想得到星辰的无限，但是父亲身上所具有的无限，我们却全然不顾。

　　盛年的贝多芬把变奏曲视为自己最喜爱的形式，这没有什么奇怪的，因为他非常清楚（像塔米娜和我一样清楚）的是，错过我们最爱的生命是最不能容忍的事情。贝多芬的最爱就是这十六个小节及其具有无限可能性的内在世界。

8

　　整个这本书就是变奏形式的一部小说。相互接续的各个部分就像是一次旅行的各个阶段，这旅行贯穿着一个内在主题，一个内在思想，一种独一无二的内在情境，其中的真义已迷失在广袤无际之中，不复为我所辨。

　　这是关于塔米娜的一部小说，而当塔米娜不在幕前的时候，这就是为塔米娜而写的一部小说。她是主要人物也是主要听众，所有其他的故事都是她自己这一故事的变奏，它们聚合到她的生命之中，宛如出现在一面镜子里一样。

　　这是一部关于笑和忘的小说，关于遗忘和布拉格，关于布拉格和天使们。此外，坐在驾驶座的年轻人，他的名字叫拉斐尔，这也不完全是个偶然。

车外的景色渐趋荒芜,绿茵越来越少,赭石越来越多,草木越来越少;沙土越来越多。然后,汽车离开公路,驶向了一条狭窄的小道,在小道的尽头,突然出现一个陡峭的斜坡。年轻人停下车。他们往下走。他们走到了斜坡的底下。再往下十米左右的地方,有一条细长的粘土质河岸,再往下,是一片淡褐色的浑水,看不到边际。

"我们这是在哪儿?"塔米娜哽噎着喉咙问道。她想对拉斐尔说她要回去,但是她不敢说:她担心他会拒绝,而她知道,如果他拒绝会更让她焦虑不安。

他们到了斜坡的边缘,面前是水,周围只有粘土,泥泞的不长草的粘土,好像有人在这里采过土一样。果然,不远的地方,立着一条被遗弃的挖泥船。

这一景色让塔米娜想起波希米亚的一个角落,那是她丈夫得到最后一个工作的地方。那时候,被剥夺工作以后,他在离布拉格一百公里的地方找到了一个开推土机的活计。平常工作期间,他住在那边一辆旅行挂车上,星期天的时候来布拉格看塔米娜。有一天,她去那里找他,他俩在和今天的景色差不多的一片景色中散步。在这片寸草不生的潮湿的粘土地上,脚下是赭石和黄泥,头顶是密布的阴云。他们并肩走着,脚上的胶皮靴时不时就打滑陷到泥里。只有他们两个人在这片世界上,心中充满了焦虑和爱意,绝望地彼此担忧不已。

刚刚攫住她的是同样的绝望,不过她还是为突然出其不意地找回过去的一段丢失的回忆而心生喜悦。这是一段完全丢失的回忆,这么长时间来头一次想起来。应该记到笔记本里!她甚至知道具体发生在哪一年!

于是,她想对年轻人说她要回去了。不,当他说她的忧郁只是没有内容的一种形式的时候,他说得不对!不,不,她丈夫一直活在这一忧郁之中,他只是丢失了,她应该去把他找回来!找遍全世界!是的,是的,她终于知道了!想有所回忆的人,不应该总待在同一个地方,等着回忆自动找上门来!回忆散落在大千世界之中,要找回它们并让它们从隐藏处现身,应该出去旅行!

她想对年轻人说这些,让他开车送她回去。而就在这个时候,从下面,从水面一

9

拉斐尔抓住了塔米娜的胳膊。他抓得很用力,没办法挣脱开。他带着塔米娜,顺着一条又窄又滑的弯曲小路下了坡。

一个十二岁左右的男孩在岸边等他们,而刚才这里却连个人影都没有。他手牵着一根船缆,向塔米娜微笑,那小船在水边轻轻摇晃着。

她转过身来看着拉斐尔。他也在微笑。她轮番看着这两个人,而后拉斐尔放声大笑,那男孩也跟着笑了起来。这笑来得突兀,因为没有发生什么好笑的事情,但这笑也同时有感染性,令人愉快:它让她忘却焦虑不安,向她允诺着某些模糊的东西,也许是快乐,也许是安宁,这样一来,想摆脱恐慌的塔米娜,也顺从地跟他们笑了起来。

"你看,"拉斐尔说,"你一点儿也不用害怕。"

塔米娜登上小船,小船因增加了她的重量而颠簸起来。她坐到后面的座位上。座位是湿的。她穿着夏季的薄裙,感觉到臀部沾湿了。皮肤与潮湿的接触,又唤起了她的恐慌。

那男孩推了一下,让船离开岸,他拿过桨来,塔米娜回过头来:拉斐尔在岸上看着他们。他微笑着,塔米娜从这一微笑中看出某些奇隆的东西。是的,他一边微笑一边不易觉察地摇着头!他一边微笑一边摇头,那是一个完全不易觉察的动作。

10

为什么塔米娜不问一下自己去哪里呢?

不把目的地放在心上的人,不问要去哪里。

她看着坐在她对面划桨的男孩。她觉得他身形瘦弱,桨在他手里很重。

"不想让我替你吗?"她问。男孩心甘情愿地表示同意,放开了桨。

他们换了位置。他坐到了后面,看着塔米娜划桨,从他的座位底下拿出一架小收录机。随后,传出摇滚乐,电吉他,歌词,那男孩开始跟着节拍扭动身体。塔米娜厌恶地看着他:这孩子带着成人的那种挑逗动作扭腰摆胯,她觉得这很下流。

她低下头,不去看他。这时候,那男孩把音量放到最大,低声唱了起来。过一会,当塔米娜又抬眼看他的时候,他问她:"你为什么不唱?"

"我不知道这首歌。"

"什么,你不知道这首歌? 所有人都知道这首歌。"

他又在座位上扭动起来,塔米娜觉得累了:"你不能来替我一下吗?"

"划!"男孩笑着回答她。

可塔米娜确实累了。她把桨收到船里歇息起来:"快到了吧?"

男孩指了一下他前面。塔米娜转过身来。河岸不太远了。她看了一眼岸边的景色,这边与他们刚离开的另一个岸边不同,这里绿荫缭绕,草木茂盛。

过一会儿,船到了岸。十几个孩子在岸边玩球,好奇地看着他们。塔米娜和那男孩走下船来。男孩把船拴在一个木桩上。从沙岸延伸出一条长长的长满梧桐树的林荫道。他们走上了这条林荫道,不到十分钟,他们便来到一个巨大的低矮建筑前面。面前,有一些彩色的大物件,她不明白是做什么用的,还有好几个排球网。有种奇怪的东西冲击着塔米娜。是的,排球网拉得很低。

男孩把两个指头放到嘴里,吹起一声口哨。

11

一个不到九岁的小女孩走过来。她的小脸蛋很迷人,她的小肚子娇媚地鼓起,就像哥特式绘画里的圣母一样。她漫不经心地看了眼塔米娜,那眼神分明是这样一种成年女子的眼神：她意识到自己的美丽，又要用一种对事不关己之物的公然漠视来强调她的美。

小女孩打开了墙身为白色的这座建筑的大门。她们直接走进了一个铺满床的大厅（既没有走廊，也没有门厅）。她扫视一遍整个大厅，就好像在数着有多少张床一样，然后她指着一张床说："你睡这儿。"

塔米娜抗议着："什么！我睡在一个集体宿舍里？"

"一个儿童不需要他自己的房间。"

"什么，一个儿童！我不是一个儿童！"

"在这儿，所有人都是儿童！"

"总得有成年人吧！"

"不，没有。"

"可是，我在这儿做什么？"塔米娜叫喊起来。

小女孩没有注意到她的烦躁。她转身走向门口，然后在门槛上停下来，说："我把你和松鼠安排在一起。"

塔米娜不明白。

"我把你和松鼠安排在一起，"那孩子用不高兴了的小学女教师的语气又说一遍，"我们这里所有人都被分到不同的小组，每个小组都有个动物名字。"

塔米娜拒绝讨论松鼠。她想回去。她问领她到这里来的那个男孩在哪儿。

小女孩假装没听见塔米娜说什么，继续做着她的说明解释。

"我不感兴趣！"塔米娜叫了起来，"我要回去！那男孩在哪儿？"

"别叫！"没有任何成年人会像这个漂亮的女孩子那样盛气凌人。"我不明白你，"她一边接着说，一边摇头表示自己的惊讶，"既然你想走，为什么要来这里？"

"不是我自己要来这里的！"

"塔米娜，别撒谎了。没有谁连自己去哪儿都不知道就开始长途旅行。把撒谎的习惯改掉吧。"

塔米娜向小女孩背过身去,冲向了那条梧桐树林荫道。到了岸边后,她就开始寻找大约一个小时前那男孩拴在木桩上的那条小船。但是,没有船,也没有木桩。

她跑了起来,在岸边四处察看。沙滩马上就与一块沼泽地联结在一起,她费了很长时间绕过去,又重新见到水。水岸总是围绕着一个方向,而她(没有找到那条小船或其他什么船)一个小时以后又回到了林荫道与沙滩相接的那个地方。她明白了。她在一个岛上。

她慢慢地从林荫道走向宿舍。那里,有十几个小孩子,都是六到十二岁的女孩男孩,围成一个圈。他们看到她,喊了起来:"塔米娜,到我们这儿来!"

他们打开圆圈,给她空了个位置。

这时候,她想起拉斐尔摇头微笑的样子。

恐惧袭上了心头。她冷冷地从孩子们面前走过,走进宿舍,蜷缩到她的床上。

12

她的丈夫是在医院里死的。她尽可能经常去看他,但他是半夜死的,当时,身边一个人都没有。第二天早晨,她来到医院时,她发现床是空的,同一个病房的一位老先生对她说:"夫人,您应该去告他们! 他们对待死人的方式太可怕了!"恐惧写在他的眼睛里,他知道自己也将不久于人世。"他们抓着他的脚,在地上拖。他们以为我睡着了。我看见他的脑袋撞在门槛上。"

死亡有两个方面。它是不存在,但它也是存在,是尸体可怕的物质存在。

塔米娜年轻的时候,死亡只是以它的第一种形式出现在她面前,以虚无的方式显现。对死亡的恐惧(而且是很模糊的),就是对不再存在的恐惧。这一恐惧随着岁月的增长而减退,差不多已经消失了(想到有一天她会不再看到天,看到树,这并不令她恐惧），不过，她越来越多地想到另一个方面，想到死亡的物质方面：她一想到自己会变成一具尸体，就感到害怕。

成为一具尸体，这是不能忍受的凌辱。曾几何时，我们还是受到羞耻心、受到裸体和隐私的神圣性所保护的人类生命，可是，只需死亡的那一秒钟降临，我们的身体就突然被随便什么人支配，人们就可以给它脱光衣服，开膛剖腹，察看内脏，面对它的腐臭捂上鼻子，把它扔到冰窖或者是火堆里。她之所以让丈夫的尸体火化，并把骨灰撒掉，也是因为不愿意一辈子总是一想到她所亲爱的身体所受到的折磨，就倍受煎熬。

几个月以后，当她想到自杀的时候，她决定溺死在遥远的海里，为的是她逝后的身体的惨状只能为鱼所知，而鱼是不会说什么的。

我前面谈起过托马斯·曼的短篇小说：一个得了不治之症的男青年上了火车，来到一个陌生的城市。他的房间里有一个衣橱，每天夜里都要走出一个裸体女人，美得悲伤的女人，给他长时间地讲着某些凄婉动人的故事，这个女人和她所讲的故事，就是死亡。

这是泛着温和的微蓝色的与不存在同名的死亡。因为不存在是无限的虚无，而虚无的空间是蓝色的，没有什么能比蓝色更美、更给人以安宁。死亡诗人诺瓦利斯喜欢蓝色，并在他的旅行中只寻找蓝色，这一点儿也不是个偶然。死亡的温和是蓝色调的。

只不过，如果托马斯·曼的男青年不存在式的死亡是美的，那么他的身体怎么样了呢？人们是否拖着他的脚走过门槛呢？他是否被开膛剖腹了呢？他是被扔到冰窖还是扔到了火堆里？

托马斯·曼当时只有二十六岁，而诺瓦利斯不到三十岁就夭折了。我不幸比他们多活了若干年，并且与他们有所不同的是，我不能不让自己去想到身体。因为死亡不是蓝色的，而塔米娜和我都知道这一点。死亡是可怕的劳役。我爸爸在弥留的日子里整日高烧不退，他给我的印象就是在劳作着。他浑身是汗，屏神静气地运力在他的弥留上面，就好像死亡是他力所不逮的。他甚至都不知道我坐在床边，他甚至都不再能看到我的存在，死亡的工作把他完全消耗了，他全神贯注，就像骑在马上的骑士，要赶很远的路而身上只剩下了最后一点力气。

是的，他在一匹马上奔驰。

他去哪里？

可以隐藏他身体的远处的某个地方。

不，当所有的表达死亡的诗歌都把死亡表现为一种旅行的时候，这不是出于偶然。托马斯·曼的男青年上了一列火车，塔米娜上了一辆红色跑车。人们拥有的是远行去隐藏自己身体的无限欲望。但远行是徒劳的。人们骑在马上奔驰，但却发现自己躺在一张床上，脑袋让人在门槛上撞来撞去。

13

为什么塔米娜在一个儿童岛上？为什么我想象出她在那么个地方？

我不知道。

也许是在我父亲临死的那一天，空气中充溢着由儿童的声音唱出来的快乐的歌曲？

在易北河以东的所有地方，儿童们都属于一个叫先锋队的团体。他们脖子上系着一条红领巾，像大人一样去开会，有时候还唱《国际歌》。他们有一个良好的习惯，就是时不时地把一条红领巾系到一个杰出的成年人脖子上，并向他颁发荣誉少先队员的称号。大人们喜欢这样，并且越是年老的人，就越是喜欢收到由孩子们赠送的一条红领巾，放在他们的棺木上。

他们都收到过。列宁收到过，斯大林也收到过，马斯图尔波夫和肖洛霍夫，乌布利希和勃列日涅夫也都收到过。而胡萨克接受红领巾的这一天,正值在布拉格城堡举行一次大型的庆祝活动。

爸爸的烧退下去一些了。当时是五月份,我们打开了朝向花园的窗户。从对面的房子里,越过花园里开着花的苹果树树枝,传来了庆祝活动的电视转播。听得到孩子们在用高音唱着的歌曲。

医生在房间里,他俯下身去看已经一句话也说不出来的爸爸。然后,他转向我,大声说道:"他进入昏迷状态了,大脑正在腐烂。"我看到爸爸的蓝色大眼睛睁得更大了。

当医生走了以后,我感到十分窘迫,想马上说点儿什么驱赶掉刚才那句话。我指了指窗户:"你听见了吗? 真有趣! 胡萨克今天成了荣誉少先队员!"

爸爸笑了起来。他笑是想向我证明他的大脑还有活力,我可以继续跟他说话,跟他开玩笑。

胡萨克的声音越过苹果树传了过来:"孩子们! 你们是未来!"

过了一会儿,又听到:"我的孩子们,永远不要向后看!"

"我去关上窗户,咱们就听不见了!"我向爸爸眨了眨眼,他带着极为迷人的微笑看着我,点头表示同意。

几个小时以后,热度又突然升起来了。他跨上他的马,又奔跑了几天。此后,就再也没有看到我。

14

可是,现在她迷失在儿童中间,她能做什么呢? 摆渡的人和他的船一起消失了,四周全是水,无边无际。

她想要抗争。

这太让人悲哀了:在欧洲西部的小城里,她从没有为什么事情努力过,而在这里,在儿童们中间(在一个凡事凡物都失去重量的世界里),她要抗争?

　　她怎么去抗争呢?

　　她来到岛上那一天,当她拒绝和他们一起玩并像躲在一座牢固的城堡里一样躲到她的床上时,她感到空气中滋生着孩子们的敌意,她为此感到害怕。她想抢占先机。她决定赢得他们的好感。为此她要和他们融为一体,接受他们的语言。她主动参加他们所有的游戏,在他们的活动中出力献策,孩子们很快被她的魅力征服。

　　既然要与他们融为一体,她就要放弃自己的隐私。她和他们一起去浴室,尽管第一天她拒绝陪他们进去,因为她讨厌在别人的目光下盥洗。

　　浴室是铺着方砖的一个大房间,这是孩子们生活的中心,隐秘思想的中心。一边,有十个便桶,另一边有十个洗手池。总有一组人翻卷衬衣坐在便桶上,另一组赤裸着站在洗手池前。坐着地看着在洗手池前赤裸着的,而洗手池前的孩子回过头就可以看到坐在便桶上的孩子。整个房间弥漫着一种神秘的肉欲,它唤醒了塔米娜遗忘许久的一个模糊回忆。

　　塔米娜穿着长睡衣坐在便桶上,赤裸的老虎组的孩子们站在洗手池前,只是盯着她看个不停。随着抽水马桶的响声,松鼠们离开便桶,脱掉长睡衣,老虎们离开洗手池进宿舍,而这时猫们又从宿舍走进来。他们坐在空出来的便桶上,看着高大的塔米娜,看着她下腹的黑毛和胸前的大乳房,看着她和松鼠们一起在洗手池前洗漱。

　　她不觉得羞耻。她感到,她的成人性别特征使她成为一个女王,居高临下面对着那些下腹光秃秃的孩子们。

15

　　看起来,来到岛上的旅行并非像她初见有她的床的宿舍时所以为的那样,是一场针对她的阴谋。相反,她终于到了一个她想去的地方:她回落到一个很遥远的时代,那时候她丈夫还不存在,那时候他既不在回忆之中也不在欲念之中,那时候既没有重负也没有愧疚。

她的羞耻心一直很发达(羞耻心是爱情忠实的影子),可现在她面对十几双陌生的眼睛展露着裸体。最初她感到惊愕和不愉快,但很快就习惯了,因为她的赤裸不是不知羞耻的问题,而是简单地失去了它的意义,变成了迟钝的、暗哑的、死亡的赤裸。她和丈夫的爱情故事在她身体的每个部分都留下了印记,而现在她的身体沉沦到了无意义之中,而了无意义是一种解脱,一种休息。

虽说成人的性欲正在她身体上消失,而有着其他兴奋刺激的另一个世界则开始缓慢地从遥远的过去出现在她面前。很多潜藏的回忆浮现出来,比如这一个(塔米娜把这段回忆遗忘了很久,这没有什么奇怪的,因为长大成人的塔米娜觉得它极为荒唐可笑):当她在上小学二年级的时候,她倾慕自己年轻漂亮的女教师,她有几个月的时间都梦见自己和她一起上厕所。

现在,她坐在便桶上,眯着眼睛微笑。她想象自己是那个小学教师,而坐在旁边便桶上且不时向她投来好奇目光的那个长着满脸雀斑的小女孩,就是从前的小塔米娜。她把自己融入满脸雀斑的小女孩那迷恋的目光之中,她是如此沉溺其中,都感觉得到在记忆深处的某个地方,有种半睡半醒的古老冲动在颤动着。

16

因为有了塔米娜,松鼠们几乎赢得了所有的游戏,于是他们决定要郑重地报答她。孩子们实施赏罚的时候,都是在浴室里进行。而塔米娜获得的奖励,就是这个晚上所有人都为她服务:这一晚,她没有权利用自己的手碰自己,松鼠们作为忠实不渝的侍者全心全意地替她做一切。

他们开始伺候她了：首先让她坐在便桶上为她一丝不苟地擦身，然后把她抬起来，冲完便桶，为她脱去睡衣，把她推到洗手池前。他们都想在这儿为她洗胸部和腹部，都非常贪婪地想看看她两腿之间长的是什么，碰她那里感觉如何。她有时想推开他们，但是很难：她不能待孩子们不友好，何况他们带着令人钦佩的严肃进入自己的角色，并且只是为了奖赏她而为她效劳。

他们终于让她躺到床上去睡了，可是这会儿，他们又找到无数可爱的借口，让自己能压在她身上，在她的身体上遍处抚摸。太多的手和嘴，她分辨不清它们都属于谁。她感到整个身体都被压着，尤其是她长得和他们不一样的地方。她闭上眼睛，她几乎感觉到自己的身体在摇晃，在慢慢地摇晃，宛如在摇篮中：她感到了一种宁静且奇特的快感。

她觉得这快感让她的嘴角颤动起来。她又睁开眼睛，看到一张孩子脸在窥伺她的嘴，并对另一张孩子脸说："你看！你看！"现在，有两张孩子脸附在她身上贪婪地看她在颤动的嘴角，就好像他们在看着一块拆卸开的手表的内部构造，或者是一只被拔下翅膀的苍蝇。

但是，她感到眼睛所见到的与身体所感受到的东西完全不一样，就好像附在她身上的孩子与渗遍全身的这宁静且摇晃的快感没有关系似的。她再一次闭上眼睛，让身体享用这快感，因为这是她平生第一次在灵魂缺席的情况下具有身体的快感，她的灵魂想象尽失，回忆阙如，悄然无声地离开了房间。

17

下面是我五岁的时候爸爸给我讲的：每一个音调都是一个小小的王宫。在里面发号施令的是国王（第一级），他配有两个侍从官（第五级和第四级）。听从他们吩咐的有四个大臣，每个大臣都与国王和侍从官们保持着特殊的关系。此外，宫里还住着其他五个被称为半音的音符。他们在其他的音调里肯定占据着显要的位置，但在这里他们只是宾客。

因为十二个音符中的每一个音符都有自己的位置、头衔和功能，所以我们听到的作品就不再是一大堆声音：它在我们面前演奏的是一个故事。有的时候，事件混成一团（比如在马勒的作品里，在巴托克或斯特拉文斯基的作品里更是如此），好几个王宫的王子都参与进来，一下子让我们听不出哪个音符是为哪个宫廷效力的，有的音符是不是伺候着好几个国王。然而，即便是这样，最天真的听众还是能大概猜出来讲的是什么。即便是最为复杂的音乐，它还是在讲同一种语言。

以上，是爸爸跟我说的，而下面是我讲的：一天，一个伟大人物注意到，音乐语言历经千年走向了穷途末路，总是没完没了地讲那些老掉牙的话题。通过一条革命法令，他废除了音符之间的等级，让它们一律平等，他还制定了严格的纪律，以防它们中间的哪一个在乐谱上出现的机会多于另一个，并进而窃取原有的封建特权。王宫被永远地废除了，取而代之的是一个建立在平等的十二音体系基础之上的统一帝国。

音乐的音响也许比以前更有趣了。但是，千年以来，习惯了把音调听成王宫里的明争暗斗的人们，再听到一个音的时候很可能不理解它在说什么。十二音体系的帝国不久也就瓦解了。勋伯格之后，来了瓦雷兹，他不仅废除了音调，连音符（记录人声和乐器的音符）也废除了，代之以一些声音的精致组合，它可能是出色的，但已经开辟了某种其他东西的历史，建立在其他原则和其他语言基础之上的某种其他东西。

当米兰·许布尔在我布拉格的寓所里发挥他关于捷克民族有可能在俄罗斯帝国的统治下消亡的思考时，我们两个人都知道这个想法或许是有根据的，但它超出我们的认识范围，我们谈论的是不可设想的事情。人，即便他自身终有一死，却无法想象空间的终结，时间的终结，历史的终结，一个民族的终结，他总是生活在无限的幻象之中。

被进步的思想所吸引的人不会意识到，所有的前进步伐都同时使末日离我们更近，并且那些快乐的口令诸如更远、向前等等让我们听到的是死神的淫荡声音，它诱使我们加速赶过去。

（倘若前进一词的诱惑具有了普遍性，那是不是首先因为死神已然在很近的地方跟我们说话？）

在阿诺德·勋伯格建立他的十二音体系帝国时代，音乐前所未有地丰富并沉醉于其自由之中。末日如此之近的想法不会触动任何人。毫无疲倦！毫无暮气！激励勋伯格的是青春勃发的大无畏精神。由于选择了向前进的唯一道路，他心中充满着理直气壮的骄傲。音乐的历史就在恣意妄为和随心所欲中终结了。

18

如果音乐的历史真的结束了，那么音乐还剩下什么呢？静音吗？

算了吧！现在有了越来越多的音乐，比它辉煌的时代要多出数十倍、数百倍的音乐。它从挂在房屋墙上的扩音器里传出，从安在住房和饭店里的可怕的音响装置里传出，也从人们上街拿在手里的半导体收音机里传出。

勋伯格死了，埃林顿死了，但吉他却永在。一成不变的和声，庸俗平常的曲调，以及既刺耳又单独的节奏，这就是音乐所留下来的，这就是音乐的永恒。凭这些简单的音符组合，世界便可以博爱，因为是存在本身在这些音符的组合中兴高采烈地呼喊我在这儿。没有比与存在的简单融合更喧闹、更一致地融合了。伴着这些音符，阿拉伯人和犹太人拉起手来，捷克人和俄国人亲如一家。一个个身体随着音符的节奏在跳动，为意识到自己存在而陶醉。正因为如此，贝多芬的任何一部作品也没有经历过在吉他上千篇一律的反复敲打所煽起的巨大的集体狂热。

在爸爸去世前的一年左右，我和他围绕着一个建筑群做例行散步，歌曲从四面八方传来。人们越是悲伤，扬声器就越是为他们演奏。它们请被占领国家忘记掉苦难的历史，投入到生活的欢乐之中。爸爸停下来，他抬头看着那传来噪音的设备，我觉得他有要紧的话想对我说。他做出了巨大的努力用来集中注意力，用来表达他的思想，然后他缓缓地、吃力地说："音乐的愚蠢。"

他这么说是想表达什么呢？他要侮辱他终生热爱的音乐吗？不，我认为他想对我说的是，存在着一种音乐的原始状态，一种早于它的历史的状态，早于它的第一次追问、第一次思考、第一次有动机有主题的组合的状态。音乐的这一初始状态（即没有思想的音乐），反映着与人类共生的愚蠢。为了将音乐从这原始的愚蠢中提升起来，人们在精神和心灵上付出了巨大的努力，画出了跨越几个世纪欧洲历史的一道壮丽的曲线，它在运行到最高点的时候熄落下来，宛如一道焰火。

音乐的历史终有完结，而吉他的痴傻却是永恒的。今天，音乐回到了它的原始状态。现在它所处的是最后一次追问、最后一次思考之后的状态，是历史终结之后的状态。

一九七二年，当捷克流行音乐歌手卡莱尔·克劳斯去国外以后，胡萨克害怕了。他马上（一九七二年八月）就往法兰克福给他写了一封私信，下面我完整引用其中的一段："亲爱的卡莱尔，我们不怨您。回来吧，我求您，我们会满足您的所有愿望。我们会帮助您，您会帮助我们……"

就稍稍反思一下这是怎么回事吧：胡萨克连眼睛都没眨就放走了医生、学者、天文学家、运动员、导演、摄影师、工人、工程师、建筑师、历史学家、记者、作家、画家，任他们移居国外，但是他不能接受卡莱尔·克劳斯离开这个国家，因为卡莱尔·克劳斯代表着没有记忆的音乐，在这一音乐中永远地埋葬了贝多芬和埃林顿的尸骨，帕莱斯特里纳和勋伯格的骨灰。

遗忘的总统和音乐的痴傻儿恰好结成一对。他们为同一部作品工作着。"我们会帮助您，您会帮助我们。"他们彼此不能分离。

19

但是，有的时候，置身于以音乐智慧为主导的高塔之中，听到外面传来没有灵魂的嘶喊那单调的节奏，想象着伴着这样的节奏四海之内皆兄弟似的情形，确让我们产生怀恋之情。时刻不离贝多芬是危险的，所有拥有特权的位置也是同样危险的。

过去，塔米娜一直有些羞于向别人承认她和丈夫在一起很幸福。她担心这样做就给别人一个讨厌她的口实。

今天，她在两种情感之间摇摆：爱情是一种特权，而所有的特权都是不应得到的，应该为之付出代价。因此，她是因为受到惩罚才来到儿童岛的。

但是，这一情感马上就让位给了另一个：爱情的特权不仅是个天堂，也是个地狱。爱情中的生活是在不断地紧张、恐惧和没有间歇中发生的。她现在置身于儿童之间，正是为了获得安宁和坦然的奖赏。

一直到目前为止，她的情欲总是被爱情占据的（我说"占据"是因为性不是爱，它只是爱情据为己有的一块领土），它具有某种戏剧化的、负责任的、严重的性质。这里，在孩子们中间，在了无意义的国度，性活动最终又恢复到它的原始状态，再次变成一个产生身体快感的小玩意儿。

或者，我换一种方法来表达：从与爱的魔鬼般关系中解放出来的性欲，变成了天使般单纯的一种快乐。

20

如果说孩子们对塔米娜的第一次强奸还具有这种出乎意料的意义的话，那么，同样情形的不断重复很快就失去了它传递某种意义的特性，变成了越来越空洞、越来越肮脏的例行公事。

孩子们之间很快就有了纠纷。热衷于这些爱的游戏的人开始讨厌起那些对此无动于衷的人来。而在成为塔米娜情人的那些儿童中，在自以为受到保护和自以为受到排斥的孩子之间，敌意日渐增长。所有的这些恩怨都开始返回到塔米娜身上，让她难以容忍。

有一天，当孩子们俯在她赤裸的身体上的时候（他们或跪在床上，或站在一边，或跨在她身体上，或蹲在她头侧、蹲在她两腿之间），她突然感到一阵剧烈的疼痛。一个孩子掐了她的一个乳头。她发出一声喊叫，难以控制自己：她把他们全都赶下床去，并挥臂乱打一气。

她知道这一疼痛并非出于偶然，也不是源自性欲：有一个孩子憎恨她，想伤害她。她结束了和孩子们的爱情游戏。

<h2 style="text-align:center">21</h2>

突然之间，在凡事凡物轻如微风的国度里，就不再有安宁。

他们正玩着画格跳房子的游戏，从一个格子跳到另一个格子，先是右脚单跳，后是左脚单跳，最后是双脚并跳。塔米娜也跟着跳。（我看见她的高大身体在孩子们的小身影中跳着，她的头发在眼前飞来飘去，她心中涌起无限的烦恼。）这时候，金丝雀组的儿童开始喊叫起来，说她踩线了。

当然，松鼠们是不同意的：她没有踩线。两组儿童低头去看线，寻找塔米娜的足迹。可是划在沙上的线轮廓不清，塔米娜的鞋印也不是很明显。事情有了争议，孩子们叫骂起来，闹腾了一刻钟，他们越来越争执不休。

这个时候，塔米娜做了个致命的动作；她举起手臂说："好吧。同意，我踩线了。"

松鼠们开始向塔米娜喊叫说，不是这样的，她疯了，她在撒谎，她没有踩线。但是，他们败下阵来。由于塔米娜否定了他们，他们的说法就失去了分量，金丝雀们发出了胜利的欢叫。

松鼠们暴跳如雷，他们冲着塔米娜叫喊，骂她是叛徒，一个男孩猝不及防地推了她一下，她几乎摔倒。她要打他们，而这对他们来说是个信号，大家一起拥向她。塔米娜自卫着，她是成年人，她有力气(并且充满怒火，是的，她击打着这些孩子，就像击打着生活中所有让她一直痛恨着的东西一样)，孩子们流鼻血了，但是一块石头飞过来，击中塔米娜的前额，塔米娜摇晃了一下，她以手扶头，她流血了，孩子们散开了。突然间鸦雀无声，塔米娜慢慢回到宿舍。她回到自己的床上，决定再也不参加他们的游戏了。

22

我看到塔米娜站在宿舍中央，宿舍里满是躺下的儿童。她是个目标。有孩子在一个角落喊："奶子，奶子!"所有的声音像合唱一样喊起来，塔米娜听到了有节奏的高喊："奶子，奶子，奶子……"

她下腹的黑毛和美丽的乳房，不久前还是她的骄傲、她的武器，现在成了被辱骂的对象。在孩子们的眼里，她成人的生命成了某种可怕的东西：乳房像个肿瘤一样荒唐，下腹是非人的，因为那毛让人想起动物来。

现在，她被围捕着，他们在整个岛上把她追来追去，向她扔木块和石头。她隐藏，她逃跑，她听见四面都喊着她的名字："奶子，奶子……"

强者被弱者追着跑，没有比这更让人感到耻辱的了。但是他们人多势众。她逃来逃去，她为逃跑感到羞耻。

有一天，她给他们设下埋伏。他们是三个人；她打其中的一个，直到把他打倒，其他两个跑开了。她跑得更快，抓住了他们的头发。

这时，一张网落到她身上，还有其他的网。是的，那是宿舍前面挂得很低的那些排球网。他们在那儿等着她。那三个被她痛打的孩子原来是诱饵。现在她被困在一堆相互纠缠的网中,她蜷曲着,她挣扎着,而孩子们一边叫喊,一边把她拖在身后。

23

为什么这些儿童这么坏呢?

别这么说!他们一点儿也不坏。相反,他们心地善良,并且不停地互相表明他们的友谊。没有一个孩子想独占塔米娜,每时每刻都听得到他们在说:"你看,你看。"塔米娜被俘获在乱网之中,网绳划破了她的皮肤,孩子们纷纷指着她的血、她的泪、她疼得咧嘴的样子让别人看。他们慷慨地把她互相赠予。她成了他们手足之情的纽带。

她的不幸,不是因为孩子们的恶意,而是因为落到了他们的世界的边界之外。人不因屠宰场在宰牛而愤慨,牛对于人来说是在法律保护之外的。同样,对孩子们来说,塔米娜也是在法律保护之外的。

要说有人充满了强烈的仇恨的话,那是塔米娜,而不是儿童们。他们让人痛苦的愿望是一个积极的、快乐的愿望,可以恰如其分地称之为欢乐。他们之所以让处在他们的世界以外的人痛苦,只是为了颂扬他们自己的世界和这个世界的法律。

24

时间会侵蚀掉一切,所有的欢乐、所有的消遣都会因再三重复而让人兴致索然,孩子们对塔米娜的围捕也不例外。再说,孩子们也确实不是很坏。当塔米娜蜷缩在排球网中躺着的时候,那个往她身上撒尿的小男孩总有一天会向她发出天真灿烂的微笑。

塔米娜又参加他们的游戏了,但默默无语。塔米娜又一个一个地跳上了格子,首先是单脚跳,然后是另一只脚,然后是双脚并跳。她再没有进入过他们的世界,但她也需小心不要落到他们的世界之外。她努力做到正好站在边界线上。

但是,建立在妥协基础上的这一暂时平静、这一波澜不兴、这一临时协定,其本身就包含着永无止境的恐怖。如果说在此前的被围捕动物的生活让塔米娜忘却了时间的存在和时间的无限的话,那么现在,被击打的暴力减弱以后,时间的荒漠在昏暗中显现出来,残酷且压抑,与永恒无异。

请把这一画面铭记在记忆之中:塔米娜要跳格子,单脚跳,然后另一只脚跳,然后双脚并跳,她还要把是否踩线看得十分重要。她要这样日复一日地跳下去,并且在跳着的时候,她要背负着像十字架一样日复一日加重的时间的重负。

她还向后看吗?她还想她的丈夫和布拉格吗?

不。现在再也不了。

25

被推翻的历史古迹的幽灵在主席台上游荡,遗忘的总统站在台前,脖子上系着一条红领巾。儿童们在鼓掌,叫着他的名字。

自那以后,八年过去了,但他的讲话仍然在我耳边回响,同当时透过开着花的苹果树树枝传过来时一样真切。

他说,"孩子们,你们就是未来。"现在,我知道了这句话有着与乍看上去不一样的另外一层意思。孩子们不是因为终有一天也长大成人才代表着未来,而是因为人类越来越接近儿童,因为儿童是未来的形象。

他声嘶力竭地喊着"孩子们,永远也不要向后看",这就是说我们永远也不能容忍未来被记忆的重负压弯了腰。而儿童是没有过去的,他们的微笑中那神奇的天真的所有秘密就在这里。

历史是一系列昙花一现的事变,而永恒的价值在历史之外传承着,它们是固定不变的，不需要记忆。胡萨克是永恒不变的总统，不是昙花一现的总统。他是和孩子们站在一起的，而孩子们就是生活，生活就是"看，听，摸，喝，吃，撒，拉，入水和看天，笑和哭"。

据说，胡萨克给孩子们讲完话后（在此之前我已经关上窗子，而爸爸又准备骑上他的马了），卡莱尔·克劳斯走到主席台上，唱了起来。胡萨克的脸上挂着激动的泪花，泪花里折射出四下发出的灿烂的阳光般的微笑。就在此时，一条奇迹般的大彩虹在布拉格上空划出了一道弧线。

孩子们抬起头来，他们看见了彩虹，他们笑着鼓起掌来。

音乐的痴傻儿唱完了他的歌曲，遗忘的总统张开双臂，叫喊起来："孩子们，活着是幸福的！"

26

岛上响起了又唱又叫的歌声，电吉他发出嘈杂的声响。一台收录机放在宿舍前游戏场的地上。旁边，有一个男孩。塔米娜认出来，他就是那个曾和他一起来到岛上的摆渡人。她警觉异常。如果他是摆渡人，那么渡船就应该在这里。她知道不应该错过这次机会。她的心脏在胸膛里剧烈地跳动着，从这一时刻起，她脑子里只有一个念头：逃跑。

那男孩眼盯着收录机，摆着胯。一些孩子跑过来，和他一起扭动：他们向前抛起一只手臂，一会儿是这只，一会儿是另外一只，他们把头向后仰起，他们伸出食指摆动起手来，如同威胁着什么人一样，他们的叫喊和收录机里传出的歌声混杂在一起。

塔米娜躲在一棵梧桐树粗壮的树干后面，她不想让他们看到自己，但是她不能看不见他们。他们的动作带着成人的那种卖弄风情似的挑逗，他们把两胯向前动一下，然后向后缩一下，就像在模仿着交媾动作。出现在儿童身体上的这些淫秽动作消除

了下流与天真、纯洁与卑鄙之间的对立。性欲变成了荒谬,天真变成了荒谬,词汇变

了质,而塔米娜则感到极为不适:就好像她胃里有一个空囊一样。

傻呆呆的吉他声在回响,孩子们在跳着,他们卖弄风情似的把腹部向前挺起,塔
米娜感觉到来自没有重量之物的不适。胃中的空囊,正是不能容忍的重量的缺失。
正像一个极端可以随时转化成另一个极端一样,到达了极点的轻变成了可怕的轻之
重,塔米娜知道她一秒钟也不能再忍受了。她转过身去,跑了起来。

她跑向通向水边的林荫道。

她来到岸边,四下看了看。但是没有船。

同第一天来时一样,为了找到船,她顺着岸边绕岛跑了一圈。但她没有看到船,
哪儿都没有。最后,她来到了梧桐树林荫道从水边起始的地方。她看到了兴奋的孩
子们在这边跑着。

她停下来。

孩子们看见了她,大声叫喊着向她冲来。

27

她跳到水里。

她不是因为害怕。她想了很久了。不管怎样,坐船到岛上这段路不是很长。
看不到对岸也没什么大不了的,游到那边去不需要超人的力气。

孩子们喊叫着冲向塔米娜刚刚离岸跳入水中的地方,她的身旁落下了一些石块。
但她游得很快,马上就来到了他们那瘦弱的胳膊挥舞不到的地方。

她游着,很久以来,她都没有感觉到如此的舒畅了。她感觉到她的身体,感觉到
自己先前的力气。她一直是游泳健将,她游水的动作给自己带来快乐。水很凉,但这
一清凉让她欢喜,就好像它在洗涤着她身体上落下的孩子们的各种污秽,他们所有的

唾液,所有的目光。

她游了很久,太阳缓缓地落入水中。

然后,暮色加重起来,过一会儿天完全黑了。没有月亮,也没有星星。塔米娜尽力顺着同一个方向游。

28

可她要回到哪里呢?布拉格吗?

她连它的存在都忘记了。

回到欧洲西部的小城吗?

不。她只是想离去。

那就是说,她想寻死吗?

不,不,不要这个。相反,她生的欲望很强。

可是,她要去什么样的世界生活,对此她总该有个想法吧!

她没有想法。归根结底,现在她只剩下了强烈的生的渴望,还有她的身体。只剩下这两样东西,其他什么都没有。她想把它们从岛上夺下来,救下它们。她的身体和生的渴望。

29

天亮了起来。她眯缝起眼睛想看一看对岸。

什么都没有,只有水。她回头看了一下。不太远的地方,也就是一百来米的样子,就是那绿色小岛的岸边。

什么!她在原处游了整整一夜吗?她沮丧至极,并且从没有了希望那一刻起,她就感觉到四肢乏力,水冰冷刺骨。她闭上眼睛,努力了一下想继续游下去。她不再想到达对岸了,现在她只想着死,她想在水中的某个地方死去,远离任何接触,一个人,只与鱼相伴。她的眼睛闭上了,因为刚才有一会儿昏昏欲睡,水进入肺腔,她开始咳嗽,呼吸急促,而正在咳嗽的时候,她忽然听到了孩子们的声音。

她停在原处,咳嗽着,看着周围。不远的地方,出现了满载孩子们的船。他们叫着。当他们看到她看见了他们之后,就不作声了。他们眼睛盯着她,向她接近。她看到他们兴奋不已。

她担心他们要救起她,强迫她像以前一样和他们玩游戏。她感到精疲力竭,四肢僵硬。

船就在旁边,五张孩子脸贪婪地俯过来。

塔米娜绝望地摇晃脑袋,就好似对他们说:让我死吧,别救我。

但她的担心是多余的。孩子们没有做任何动作,没有人递给她一只桨,没有人伸过手来,没有人想救她。他们只是睁大贪婪的眼睛看着她,观察她。一个用桨掌着舵的男孩,把船划得更近了。

她已呛了几口水,她咳嗽着,挥着手臂,感觉自己不能再撑在水面了。她的双腿越来越沉,注满了铅一样拖着她下沉。

她的头落到水里了。她剧烈地动作着,好几次成功地浮出水面;每次都看见那条船和观察着她的孩子们的眼睛。

然后,她从水面上消失了。

第七部 边界

1

他一直认为,女人在做爱的时候最有意思的地方,是她们的脸。身体的动作就像是长长的电影胶片在转动着,投射到脸上,——如同投射到电视荧屏上,是一部扣人心弦的影片,充满着困惑、期待、爆发、痛苦、叫喊、激动和仇恨。不过,爱德维奇的脸却是一个关闭着的荧屏,扬目不转睛地看着,带着百思不得其解的问题:她和他在一起是否厌烦?她是否累了?她做爱是否不情愿?她是否习惯于更好的情人?或者,在她那一成不变的面部表情后面,是否隐藏着某些他意想不到的感受?

他当然可以问问她。但他们之间有些奇怪,平常两个人无话不说,相当坦白,可是一旦他们两个赤身裸体抱在一起,他们就失去了言语的功能。

他一直不能给自己很好地解释这一缄默。也许是因为爱德维奇在他们的爱情关系以外的事情上都比他更敢作敢为。尽管她更年轻,这辈子说的话至少比他要多三倍。给人的训导和建议要比他多十倍。她就像一个温柔且理智的母亲,在人生道路上给他以引导。

他经常想象着在做爱的时候在她耳边悄声说一些猥亵的话。可即便是在梦想中,他的企图也是以失败告终。他确信,那样的话,她的脸上会出现一个带有责备、宽容和理解的安然微笑,就像一个母亲看到自己的孩子正在橱柜里偷饼干吃所流露出的那种微笑。

或者他想象自己用最普通的方式在她耳边低声问一句：你喜欢这样吗？和其他的女人在一起，这样简单的一问总是会激起淫声浪语。哪怕用这么一个得体的"这样"来指称性爱行为，都会马上唤起说出其他词语的欲望，肉体之爱就像是一面可以折射出这些纵情声色的词语的镜子。不过，他看来好像提前就知道爱德维奇会怎么回答：当然喜欢，她会有条不紊地说，你认为我会心甘情愿地做自己不喜欢的事吗？说话讲点儿逻辑，扬！

因此，他不跟她说猥亵的话，也不问她是否喜欢这样。他一直默默无语，而他们的身体在有力地、长时间地运动着，放着没有胶片的电影带。

他也经常在想，是否自己就是这些无言的爱之夜的罪魁祸首。是他给作为情人的爱德维奇虚拟出一个漫画式的形象，这形象现在立在她和他之间，他无法跨过去进入真正的爱德维奇，进入她放纵的感官和淫猥的幽处。总之，每一次无言的爱之夜之后，他都向自己保证下次不和她做爱了。他像爱一个聪明、忠诚、不可替代的女友一样地爱着她，而不是像爱着一个情妇。可是，很难把情妇和女友分开。每次见到她的时候，他们都谈得很晚。爱德维奇喝酒，阐发理论，提出忠告，最后，扬累得支持不住的时候，她就忽然沉默下来，脸上露出一个怡然自得的微笑。这时候，就像听从一个无法抗拒的建议一样，扬抚摸起她的一个乳房，她站起来，开始脱衣服。

为什么她要和他睡觉呢？他经常问自己，但找不到答案。他只知道一个事情，那就是：他们的交合是不可避免的，就像一个公民听到自己的国歌就要立正一样不可避免，尽管无论是他还是他的祖国从这一立正中都肯定得不到什么乐趣。

2

在过去的二百年里，乌鸫放弃森林，成了城市里的鸟。首先是在大不列颠，从十八世纪末开始，几十年以后到了巴黎和鲁尔地区。在十九世纪期间，它一个一个地征服了欧洲的城市。大约一九○○年的时候,它定居在维也纳和布拉格,然后又向东走,来到布达佩斯,贝尔格莱德和伊斯坦布尔。

从地球的角度看,乌鸦对人的世界的入侵毋庸置疑地要比西班牙人入侵南美洲或犹太人回到巴勒斯坦更为重要。造物的不同物种(鱼类、鸟类、人类、植物类)之间关系的变化,与同一物种间不同群体之间关系的改变相比,属于更高一级的变化。波希米亚是由凯尔特人还是斯拉夫人占据,比萨拉比亚是被罗马尼亚人还是被俄国人征服,地球才不在乎呢。但是,乌鸦一反常性地追随人类来到人为建设并违背自然的人世间,这才是改变着地球组织结构的一些事情。

然而,没有人敢于把过去的两个世纪解释成乌鸦侵占人类城市的历史。我们总是囿于自己对什么重要、什么不重要的固定理解。我们带着焦虑的目光盯着重要的事物看,可是在我们身后,微不足道之物正偷偷地发动着游击战,它最终会使世界悄然改变并在我们头顶突然爆发。

如果要为扬写一部传记,可以把我说到的这个阶段大致做如下概述:与爱德维奇的关系标志着扬的生活的一个新阶段,这时他四十五岁。他终于放弃了空洞的、条理不清的一种生活,决定离开欧洲西部的城市,重整旗鼓,在美洲全身心地投入到一个重要的工作之中,从此可以更上一层楼,等等,等等。

但是,想象中的扬的传记作者会给我解释,为什么正是在这一时期,扬最喜欢看的书是古代小说《达夫尼斯和赫洛亚》!这小说讲的是两个年轻人的爱情故事,他们少不更事,不知道性爱是什么。一只公羊的咩咩声和大海的声音呼应着,一只绵羊在橄榄树荫下吃草。两个年轻人并排躺着,他们一丝不挂,心中充满了强烈而模糊的欲望。他们相拥在一起,互相贴着身体,紧紧地搂抱着。他们就这样长时间地、相当长时间地抱在一起,因为他们不知道他们还能做什么。他们以为这一拥抱就是爱的快感的全部目的。他们兴奋,他们的心怦怦跳着,但他们不知道什么是做爱。

是的,扬正是对这一段着迷。

3

女演员汉娜盘着腿坐在沙发上,就像世界上的古玩店都在卖的菩萨像一样。她一边不停地说话,一边看着自己的拇指在沙发旁的独脚小圆桌的边缘上来来往往划圈。

这不是习惯用脚打拍子或用手挠头发的神经质的人的那种机械性动作,这是一个有意识的、柔和且优雅的动作,大概是在她周围要划出一个有魔力的圆圈,她在圈中全神贯注到自己身上,其他人也全神贯注到她身上。

她悠然自得地目随大拇指的动作,不时抬起眼来看看坐在对面的扬。她对他讲,她患了精神抑郁症,因为住在她前夫家的儿子离家出走,几天没有回家。儿子的父亲非常缺乏修养,竟然在她登台演出半个小时前打电话告诉她这个消息。汉娜发烧,头痛,犯鼻炎。"我都不能擤鼻涕,鼻子太痛了!"汉娜说,蓝色的大眼睛看着扬,"我的鼻子就像花菜一样!"

她微笑起来,这微笑让人看出她是这样一个女人:她知道,即便是她的鼻子因犯鼻炎而发红,自己也不乏魅力。她很自得地生活着。她喜欢自己的鼻子,也喜欢自己的胆量,这胆量让她管鼻炎就叫作鼻炎,管鼻子叫花菜。因此,她通红的鼻子的奇特的美就和自己的才情胆识相得益彰,而大拇指的循环动作,将这两种魅力融合到手下的魔圈之中,表达着她个性中不可分割的统一性。

"我都有点担心了,因为我烧得很高。您知道医生说什么吗?他说:汉娜,我只有一个建议给你,那就是别去测你的体温!"

汉娜因为医生的这句玩笑而朗声地笑了一阵,然后她说:"您知道我和谁认识了吗?帕塞尔!"

帕塞尔是扬的一个老朋友。上次扬见到他的时候,是几个月以前,当时他要去做个手术。大家都知道他得了癌症，只有帕塞尔自己生机勃勃、乐观通达，认为那是医生们的谎言。他等着要做的手术还是很严重的，当他和扬单独在一起的时候，他对扬说："这次手术后我就不是个男人了，明白吗？我的男人生活，就结束了。"

"我上周在克勒维斯的乡间别墅里见到他，"汉娜继续说，"这家伙真绝了！他比我们大家都年轻！我好爱慕他！"

扬本该很高兴地听到他的朋友得到漂亮女演员的爱慕，但他对此并不十分在意，因为大家都爱帕塞尔，最近这几年，他在社交界的名气就像在非理性股市上一路飙升的股票一样。在外面吃饭大家闲聊的时候，说几句倾慕帕塞尔的话，几乎成了一个仪式。

"您知道克勒维斯家的别墅周围的那片美丽森林吧。那里长了蘑菇，而我非常喜欢采蘑菇！我说：谁跟我去采蘑菇？没有人愿意去，而帕塞尔却说：我跟你去！您能想象得到吗，帕塞尔，他是个病人！我跟您说，他是我们大家当中最年轻的！"

她看着自己的大拇指，它一秒钟也没有停止在那独脚小圆桌桌边上来回划圈，然后她说："这样，我就和帕塞尔去采蘑菇了。妙极了！我们在森林里迷路了，然后我们找到一家咖啡店。一家很脏很乱的乡下咖啡店。正因为这样，我才喜欢。在这样的咖啡店里，人们像建筑工那样喝价钱便宜的普通红酒。帕塞尔真是无与伦比。我好爱慕他！"

4

在我讲的这个故事发生的那个时代，夏天的时候，欧洲西部的海滩上满是不戴胸罩的女人。民众为此分成两派：赞成裸胸派和反对裸胸派。克勒维斯一家——父亲、母亲和十四岁的女儿——坐在电视机前，看一场电视辩论。辩论的参加者，代表着那个时代的所有思想潮流，他们在为支持还是反对胸罩争论不休。精神分析学家热忱地为裸胸辩护,他认为风气的开化会把我们从性妄想的强权压迫下解放出来。马克思主义者没有明确地提到胸罩,巧妙地把辩论引向一个更根本的问题,即资产阶级社会的虚伪道德,并对这一道德进行声讨。基督教思想的代表觉得自己不得不捍卫胸罩,但他只是非常小心翼翼地捍卫着,因为他也避免不了无处不在的时代精神的影响;在捍卫胸罩方面,他只找到唯一一个证据,按他的说法,那就是我们都有义务尊重并加以保护的儿童的天真无邪。他旋即受到一个精力充沛的女士的攻击,她宣称应该从儿童时代就开始抛弃掉有关裸体的虚伪禁忌,她建议家长们在家里就光着身子到处走。

扬到了克勒维斯家里时,正好女播音员宣布辩论结束,但家中各自的热情还是持续了好一会儿。克勒维斯全家都具有激进思想,所以都反对胸罩。几百万女人,像听到一个命令一样,将那带侮辱性的一片衣装远远抛开,这一壮观举动对他们来说,象征着人类对奴隶制的摆脱。一些裸胸的女人在克勒维斯家的房间里列队走过,好似一营隐形的女解放者。

我说过,克勒维斯一家有激进的思想,以及进步主义的观念。有各式各样的进步主义观念,克勒维斯家捍卫的总是可能成为最佳的那一种。最佳的进步主义观念含有相当强的挑衅意味,这样它的支持者才能因与众不同而感到自豪,但与此同时它要能吸引众多的同道,这样成为孤家寡人的危险才可以被众多胜利者的齐声赞和所避免。假如克勒维斯一家不是反对胸罩,而是干脆就反对穿任何衣服,并且宣称人们应该赤身裸体走在城市的大街上的话,那么,也许他们还是在捍卫一个进步主义的观念,但那肯定不是能成为最佳的那种观念。这个观念会因其过激而让人感到别扭,要捍卫它需要花费太多多余的精力(而最佳的进步主义观念可以说不用费力去捍卫,它自己捍卫着自己),并且它的支持者也永远不会得到这样的满足:看到自己绝非保守的态度忽然一下成为所有人的态度。

听到克勒维斯一家正激烈地反对着胸罩,扬想起了他祖父用过的一个木制小器具,祖父是泥瓦匠,他用的那个器具叫水平仪,是放在正砌着的砖墙上部用的,在水平仪中央的玻璃片下面,有水和气泡,气泡的位置显示所砌的砖是否平。克勒维斯一家可以作为思想的水平仪。把它放在任何一种思想观念上面,它都会准确无误地显示出这一思想观念是否是最佳的进步主义思想观念。

当克勒维斯一家七嘴八舌地给扬讲完电视上刚进行完的那场辩论的始终经过以后,克勒维斯爸爸向他倾过身来,用打趣的口吻说:"你不觉得,为了那些漂亮的乳房,我们可以无保留地支持这一改革吗?"

为什么克勒维斯爸爸要用这样的字眼来表达他的思想呢? 他是个模范男主人,总是尽力找到让在场的所有人都能接受的一句话。既然扬有着好色的名声,克勒维斯在表达他赞成裸胸的思想时,就不是从真正的、深刻的意义上入手,也就是说没有带着面对千年奴役的废除感受到的道义热情,而是以折中的方式(既要考虑到扬会有的趣味,又不要违背自己的信念)通过礼赞乳房之美,来从美学角度达成一致。

同时,他又想象一个外交家那样明确而谨慎:他不敢直截了当地说,那些难看的乳房应该藏起来。但是,话虽然不是这么说的,可这一完全不能接受的思想却从说出的话中明显不过地流露出来,于是那十四岁的少女就轻而易举地抓住了这一把柄。

"你们的肚子又怎么样? 嗯! 你们就一直腆着大肚皮在海滩上走来走去,也不感到一点儿羞耻!"

克勒维斯妈妈开怀大笑,为女儿鼓掌:"说得好!"

克勒维斯爸爸也跟着妈妈鼓起掌来。他马上就明白她女儿说得有道理,而他自己又一次成为自己那不幸的折中倾向的牺牲品,为此他经常受到太太和女儿的指责。他是如此的随和迁就,哪怕是在捍卫自己的温和观点时,也是带着极大的温和态度。因此,他马上转变立场,支持女儿的极端主义主张。再说,受指责的那句话也不是在表达他自己的观点,而是他心目中假定的扬的观点。这样,他就让自己心甘情愿地、毫不犹豫地站在女儿的一边,并且还带着一种为父的满足。

受到父母掌声鼓舞的少女，继续说道："你们以为我们脱掉胸罩是为了让你们看着高兴吗？我们是为我们自己，因为我们高兴这样做，因为这样更舒服，因为这样一来，我们的身体就离太阳更近了。你们除了把我们看成性对象，还能看成什么！"

克勒维斯爸爸和妈妈又鼓起掌来，但这次他们的喝彩声中有些不同的语调。他们女儿的话实际上是正确的，但对一个十四的女孩子来说，有点儿不合时宜。就好像一个八岁的男孩说：如果遇上了持枪抢劫，我来保护妈妈！在这种情况下，父母也会鼓掌，因为儿子说的话无疑值得赞扬。但是，鉴于其中同时又显示出孩子的过度自信，他们在赞扬之中又恰如其分地露出了某种微笑。克勒维斯父母在他们的第二次叫好声中掺和进的就是这样一个微笑，而听见了这一微笑却不赞同这一微笑的少女，带着一种恼怒的固执，重复说道：

"确确实实是这样的。我不做任何人的性对象。"

父母只限于点头赞同，没有微笑，为的是不想引发他们的女儿说出新的什么声明了。

可是，扬忍不住说了一句话：

"小姑娘，你要是知道不做一个性对象是多么容易就好了。"

他轻柔地说出这句话，但话语之间含着如此真诚的哀愁，乃至这句话在房间里四下回响起来。这句话很难以沉默应对，也很难做出回答。它不值得受到赞同，因为它没表达进步主义思想；但它也不值得进行争论，因为它没有明显反对进步。这是能说出口的最差的那一种话，因为它置身于时代精神所引导的论争之外。这是处在善与恶之间的一句话，完全不合时宜的一句话。

出现了一阵冷场。扬带着窘迫的神情微笑起来，似乎在为他刚说的话道歉。然后，有善于在同类之间沟通之名的克勒维斯爸爸开口了，他说到了他们共同的朋友帕塞尔。对帕塞尔的赞赏，是他们意见一致的地方；这可是一个没有危险的地域。克勒维斯赞扬了帕塞尔的乐观主义，他对生活不可动摇的爱，那是任何的医疗制度都无法遏止的爱。可是帕塞尔的存在现在仅限于一个狭窄的生活圈子,没有女人,没有佳肴,没有烈酒,没有运动,也没有未来。他新近来过他们的乡间别墅,那天女演员汉娜也在。

扬非常地想了解克勒维斯家的水平仪放在女演员汉娜身上显示出来的是什么,因为他自己注意到汉娜身上有种几乎难以容忍的自我中心症状。但水平仪表明扬弄错了。克勒维斯家无保留地赞成汉娜与帕塞尔相处的方式,她心里只有他。这在她是极为大度慷慨的举动。然而,任何人都知道她最近所经历的不幸。

"什么不幸?"冒失的扬惊讶地打听着。

怎么,扬不知道吗?汉娜的儿子离家出走了,好几天没有回家!她患上了精神抑郁症!可是,在患了绝症被判死刑的帕塞尔面前,她一点儿也没有想到她自己。她想让他摆脱苦恼,开心地大声叫喊着:"我太想去采蘑菇了!谁愿意跟我去?"帕塞尔和她一起去了,别人拒绝陪他们前往,因为大家在想他是否愿意单独和她在一起。他们在森林里走了三个小时,停在一家咖啡店喝红酒。帕塞尔没有权利散步、喝酒。他回来时精疲力竭,但很幸福。第二天,就得把他送医院去了。

"我觉得这次相当严重,"克勒维斯爸爸说。然后,他就像对扬有所埋怨似的,对他说:"你该去看看他。"

5

扬心想:人的色情生活开始于没有快感的兴奋,结束于没有兴奋的快感。

没有快感的兴奋,就是达夫尼斯。没有兴奋的快感,就是租赁体育器材商店的那位女售货员。

一年以前他和她相识,并请她到家里做客。她说了一句让人难以忘记的话:"如果我们在一起睡觉,从技术的角度上讲肯定会很不错,但在感情方面我没有把握。"

他对她说，就他而言，感情方面她绝对可以放心，她接受了这一担保，就像她在商店工作中习惯于接受别人在租滑雪板时要付给她押金一样，从此两个人再没有谈起过感情。不过，涉及技术方面的时候，她生生地让他筋疲力尽。

这是一个痴迷于性高潮的女人，对她来说，性高潮就是宗教，目的，卫生方面的至高需要，健康的象征，但这也是她的骄傲，使她与不太幸运的那些女人们区分开来的东西，正像有的女人有游艇或是有个显贵未婚夫一样。

可是，让她产生快感可不太容易。她向他叫着"快点，快点"，然后又叫"慢点，慢点"，然后又是"使劲儿，使劲儿"，宛如一个正在给八人划的船的桨手发令的教练。她一边全神贯注于她的身体上的敏感部位，一边引导着他的手，让他在合适的时候放到合适的地方。他汗流浃背地看着年轻女子急不可耐的眼神和她那狂热的身体动作，这身体是部能动的机器，它的全部意义和目的就在于制造小小的爆发。

最后一次从她家里出来时，他想到了赫兹，赫兹是中欧那个城市的歌剧院的导演，扬自己的青年时代也是在那里度过的。赫兹在特别彩排的时候，要求女歌手赤身裸体在他面前表演所有的角色，并且带着舞台动作。为了确定她们的身体动作，他要求将一根铅笔插入直肠。铅笔顺着脊椎的延长线向下显露出来，这样一来，精益求精的导演就可以科学般精确地把握女歌手的步态、动作、行走以及整个身体的一举一动。

有一天，一个年轻的女高音和他争吵起来，并向领导部门揭发了他。赫兹争辩说他从来没有对女歌手非礼，从来没有碰过哪个女歌手。确实如此，不过铅笔的这种做法比这要更猥亵，赫兹就不得不离开了扬的故乡城市，背负着这一个丑闻。

赫兹的不幸遭遇名闻遐迩，而正是因为这一传闻，扬在很年轻的时候就开始看歌剧演出。在看到女歌手们引吭高歌做着感人动作的时候，他想象她们全都是一丝不挂的。乐队在呻吟，女歌手们手抚着左胸，他想象着铅笔从她们赤裸的臀部伸出来。他的心在跳：他因赫兹带来的刺激而兴奋！（即便是在今天，他也只能以这种方式看歌剧演出;即便是在今天,他去歌剧院的时候,也感觉自己就像一个偷着溜进色情剧场的少年。)

扬心想:赫兹是个制造色情的炼金术大师,他通过插入臀部的铅笔找到了产生兴奋的奇妙配方。在赫兹面前,他为自己感到羞愧:赫兹永远也不会让人强迫自己做他刚刚做过的苦不堪言的差事,言听计从地在租赁体育器材商店的女售货员身上卖着力气。

6

正如乌鸦的入侵是在欧洲历史的背后发生的那样,我的故事也是在扬的生活的背后发生的。我用一些扬从来没有特别注意过的孤立事件组织我这篇故事,因为扬的生活的正面正被其他一些事件、其他一些顾虑占据着:人们提供给他一个在美洲的新职位,他的职业活动忙碌不堪,并且还要准备旅行。

他最近在街上碰见芭芭拉。她带着责备的语气问他,为什么在她招待宾客的时候他从来也没有来过。芭芭拉的家因为她所组织的集体色情活动而声名远扬。扬此前担心自己会受到人的中伤,所以他多年以来一直拒绝她的邀请。但这一次,他微笑着说:"可以,我很乐意来。"他知道自己再也不会回到这座城市来,因此谨慎不谨慎也就不重要了。他想象着芭芭拉的家中满是裸体的开心的人们,心想以这种方式为自己送行未尝不是个好主意。

因为扬就要动身了。几个月以后,他就要越过边界。而一旦他想到这一点,想到通常在地理范围内使用的边界这个词,就让他想起另一个边界,非物质的、捉摸不到的边界,最近一段时间,关于后一种边界,他想得越来越多。

哪种边界呢?

他在世界上最爱的那个女人(那时候他三十岁)对他说(听到这话时他几近绝

望),她与生活的联系只赖于一丝细线。是的,她想活下去,生活给她带来极大的欢乐,但她同时也知道我想活下去是由蜘蛛网上的线编织成的。只需有一点儿风吹草动、一丁点儿的东西,我们就会落到边界的另一端,在那里,没有什么东西是有意义的:爱情、信念、信仰、历史等等。人的生命的所有秘密就在于,一切都发生在离这条边界非常之近甚至有直接接触的地方,它们之间的距离不是以公里计,而是以毫米计的。

<h1 style="text-align:center">7</h1>

任何男人都有两部色情传记。一般人们都说到第一部,它由一系列的性爱关系和短暂恋情组成。

最有趣的大概是另一部传记:一大群我们想要占有却没让我们得手的女人,这是一部痛心的充满未竟之可能的历史。

但是,还有第三部传记,它涉及的是一类神秘且令人不安的女人。我们喜欢她们,她们也喜欢我们,但同时我们很快明白不能占有她们,因为在我们与她们的关系中,我们处在边界的另一边。

扬正在火车上,看着书。一个年轻漂亮的陌生女子进来坐在他的车厢里(唯一的空座正好在他对面),向他点头示意。他也向她致意,并努力回想在哪里见过她。然后,他又把目光投入到书页上面去了,但他没看进去。他感觉到那年轻女子一直在盯着他看,充满好奇和期待。

他合上书:"我在哪儿见过你?"

没什么异乎寻常的。他们见过,她说,五年前和一些微不足道的人在一起。他想起了这个时期,他问了她几个问题:当时她究竟在做什么? 看到了谁,现在在哪里工作,工作有意思吗?

他惯于此道:在他和任何一个女人之间,他都会很快让火花迸发出来。只不过,这一次,他有一种艰难的感觉,觉得自己是一个人事部门的职员,正在向一个来求职的女人提着问题。

他沉默了。他又打开书,努力去读,但他感觉到有个看不见的考试委员会在观察着他,委员会掌握着他的所有材料并片刻不停地盯着他看。他勉强地看着那页书,根本不知道里面写着什么,并且他很清楚考试委员会在耐心记录着他沉默的时间,以便在计算他最后的分数时考虑进去。

他又合上书,试图以轻松的语调与年轻女子继续交谈,但他再一次发现他的努力毫无结果。

他得出结论认为,失败的原因在于他们谈话的车厢里人太多。他邀请年轻女子去餐车,找到了一个两人用的桌子。他更自如地说起话来,但还是不行,他没有让火花迸发出来。

他们回到车厢。他又打开书,可是跟刚才一样,他不知道书里写了些什么。

年轻女子在他对面坐了一会儿,然后站起身来,来到过道看着窗外。

他非常的不满意。他喜欢那女子,而她走出车厢又是个无言的邀请。

在最后一刻,他还想再一次挽救局面。他也来到过道里,站在她身边。他对她说刚才没有马上认出她来,大概是因为她换了发型。他撩起她额前的头发,看着她忽然异样的面孔。

"是的,我现在认出您来了,"他说。当然,他并没有认出她是谁,但这并不重要。他想做的,只是坚定地把手压在她的额顶,向后微微扬起她的脑袋,就这么看着她,盯着她的眼睛。

他的一生中有多少次这样把手放在一个女人的头顶问她:"让我看看您这样如何?"这种专横的身体接触,以及这一支配性的目光,一下子就会打开整个局面。就好像它们蕴含着(并预兆着)他完全占有她的伟大场景一样。

然而，这一次，他的动作什么效果都没产生。他自己的目光比他感觉到的在看着他的目光更怯弱，那是考试委员会怀疑的目光，委员会清楚地知道他在重复自己并告诫他所有的重复都只是模仿，而所有的模仿都没有价值。忽然，扬在年轻女子的目光中看到了自己。他看到了自己的目光和动作的可怜的造作，就像形成套式的圣盖伊的舞蹈，由于年复一年的重复，失去了任何意义。失去了随意性、自然性和单刀直入的风格后，他的动作给他忽然带来一种难以忍受的疲乏，就像手腕给加上了十公斤的重量一样。年轻女子的目光在他的周围制造出一种使重量倍增的奇特氛围。

没办法再继续了。他从年轻女子头上松下手来，看着窗外飘忽而过的花园景色。

火车到了终点，走出车站时，她对扬说她住得不远，并邀请他去家里坐。

他拒绝了。

之后，他想了整整好几个星期：他怎么能够拒绝一个他喜欢的女人？

在与她的关系中，他处在边界的另一边。

8

男人的目光已经经常被描写到。据说，这目光冷漠地落到女人身上，如同在测度她、衡量她、评估她、选择她，也就是说把她变成了物。

人们所知甚少的是，面对这一目光，女人并不完全是束手无策的。她要是变成了物，那她就可以用一个物的目光来观察男人。这就像是一把锤子忽然长了眼睛一样，它目不转睛地观察用它来钉钉子的工匠。工匠看见锤子不怀好意的目光，失去了自信，一下子砸到自己的大拇指上。

工匠是锤子的主人，可是锤子要胜过工匠，因为工具清楚地知道自己应该怎样被使用，而使用工具的人只是知道个大概。

看的能力将锤子变成了活物，但勇敢的工匠应该顶得住这一不逊的目光，镇定自若地运力,把它再变成物。据说,女人就是这样经历着忽上忽下的宇宙运动:一飞冲天,由物变成造物;一落千丈,又由造物变成物。

但是,对扬来说,工匠与锤子的游戏是越来越没法儿进行了。女人的目光不善。她们破坏了游戏。是不是到了这个年代,她们都开始组织起来,决定改变女人数百年不变的命运?要不就是扬老了,他看女人、看她们的目光已经有所不同?是世界变了,还是他自己变了?

很难说。尽管如此,火车上的年轻女子打量他的眼神还是充满了疑惑和不信任,他甚至还没有时间把锤子举起来就放下了。

他最近碰见了帕斯卡尔,他对扬抱怨起芭芭拉。芭芭拉请帕斯卡尔去了她家。有两个帕斯卡尔不认识的姑娘。他和她们聊了一会儿,然后芭芭拉招呼也不打,就到厨房找来了一个老式的马口铁大闹钟。她开始不声不响地脱衣服,那两个姑娘也开始脱。

帕斯卡尔哀叹:"你知道吗?她们若无其事、漫不经心地脱衣服,就好像我是一条狗或者一个花盆一样。"

之后,芭芭拉命令他也脱去衣服。他不想失去与两个陌生女子做爱的机会,就服从了。当他一丝不挂的时候,芭芭拉指着闹钟对他说:"看好秒针。如果你一分钟之内不能挺起来,就给我滚出去!"

"她们目不转睛地盯着我下面看,随着秒针的疾驶,她们就放声大笑起来!然后,她们就把我赶出来了!"

这是锤子决定阉割工匠的一种情况。

"你知道,帕斯卡尔是个粗鲁之辈,而我私下倒是对芭芭拉纪律严明的女子突击队怀有好感,"扬对爱德维奇说,"再说,帕斯卡尔和他的几个哥们儿也对几个姑娘做过类似于芭芭拉在他身上做过的一些事情。姑娘到了,她想做爱,他们给她脱去衣服,把她捆在沙发上。那姑娘不在乎被捆,那是游戏的一部分。可耻的是,他们什么都不和她做,连碰都不碰她一下,只是仔细地打量她。那姑娘感觉自己被强奸了。"

"可以理解,"爱德维奇说。

"我完全可以想象这些被捆绑、被打量的姑娘们,她们还是会兴奋的。在相同的情况下帕斯卡尔没有感到兴奋,他被阉割了。"

夜有些深了,他们是在爱德维奇家里,他们身前的桌几上放着半瓶威士忌。她问:"你什么意思?"

"我想说的是,"扬回答,"当男人和女人做同一样事情时,还是不一样的。在男人是强奸,在女人是阉割。"

"你的意思是说,阉割男人是可耻的,而强奸女人则是一件漂亮事儿。"

"我只是想说,"扬回答,"强奸属于色情,而阉割则是对色情的否定。"

爱德维奇拿起杯子,一饮而尽,气愤地回答:"如果强奸属于色情,那就等于说所有的色情都是敌视女人的,那就该发明另外一种色情。"

扬喝一口酒,沉默了一会儿,接着说:"很久以前,在我原来的国家,我们一些伙伴们编了一本集子,收入了各自情妇在做爱时所说的话。你知道哪个词出现得最多吗?"

爱德维奇一无所知。

"不这个词。不这个词被多次连续重复:不,不,不,不,不,不……姑娘来幽会,小伙子把她抱在怀里时,她推开他说不,这样一来,在世界上最美的这个词的红色光芒映照下,爱的行为就变成了强奸的小型模拟。甚至当她们临近高潮的时候,她们也说不,不,不,不,并且很多人在达到高潮时大喊着不。从那时起,不这个词对我来说就是个特别的词。你也是,你也习惯说不吧?"

爱德维奇回答说她从不说不。她为什么要说自己不想说的话呢?"当一个女人说不的时候,她说的就是。这一雄性格言一直让我气愤。这句话同人类历史一样的愚蠢!"

"可这历史就在我们身上,我们无法避免,"扬反驳道,"女人逃避,自卫。女人给予,男人索取。女人包藏自己,男人给她脱下衣裳。这是我们与生俱来的古老形象!"

"古老且痴傻!同那些孝女的形象一样痴傻!可是,如果女人们厌倦了按这样的模式来做人呢?如果这永无休止的重复让她们恶心了呢?如果她们想发明出其他的形象和其他的游戏呢?"

"是的,这是些愚蠢的形象,并且还愚蠢地重复着。你完全在理。可是,如果我们对女性身体的欲望恰恰取决于并只取决于这些愚蠢形象呢?当这些古老而愚蠢的形象在我们身上被毁灭的时候,一个男人还能够和一个女人做爱吗?"

爱德维奇笑了起来:"我觉得你这是在自寻烦恼。"

然后,她用母性的目光看着他说:"不要以为所有的男人都像你一样。男人们单独和一个女人相处时是什么样?你知道吗?"

扬确实不知道男人们单独和一个女人相处时是什么样。出现了沉默,这时爱德维奇脸上露出怡然自得的微笑,这表示夜已经深了,而扬要在她的身体上转动没有胶片的电影带了。

思忖片刻后,她补充说:"说来说去,做爱并不那么重要。"

扬竖起耳朵:"你觉得做爱并不那么重要?"

爱德维奇温柔地冲他微笑:"是的,并不那么重要。"

他马上忘记了他们的争论,因为他刚刚领悟到更为重要的东西:对爱德维奇来说,肉体之爱不过是个符号,是个象征行为,是对友谊的一种确认。

这天晚上,他破天荒第一次敢于说自己累了。他在她身边的床上躺下,像个心地无邪的朋友一样,没有去放电影胶片。他抚摩着她的头发,看到在他们共同的未来的天空上,升起一道安然平和的彩虹。

9

十年前,一个已婚女人来看扬。他们认识很久了,但很少见面,因为这女人有工作,并且即便女人抽空来看她,他们也没有太多时间在一起。她先坐在一把椅子上,他们聊一会儿,但只是一会儿。扬马上就该站起身,走近她,吻她一下,把她抱起。

然后,他放开她,他们彼此稍稍站开些,开始匆匆忙忙地脱衣服。扬把他的罩衣扔到一把椅子上。她脱下自己的套衫,把它放在椅背上。他解开裤子的纽扣,任它滑落下来。她俯下身来,开始脱下长筒袜。两个人都在匆匆地脱。他们面对面站着,身体前倾。扬连续地将裤子从一只脚上脱下,又从另一只脚上脱下(为此,他把腿抬得很高,就像在列队前行的士兵一样),她弯下腰把长筒袜褪到脚踝处,然后向着天花板抬起腿来,踢掉长筒袜,和他完全一样。

每次都是一样的,可是有一天发生了一个他永远也忘不掉的小插曲:她看着他,忍不住笑了一下。这是一个近乎温柔的微笑,充满理解和善意,一个羞怯的、自己也表示歉意的微笑。但这也是毋庸置疑的一个微笑,它因突然照亮整个舞台的滑稽可笑的光亮而生。他费了很大劲控制自己不去应和这一微笑。因为,他也看到在习惯的昏暗中,出现了两个人面对面迫不及待抬高双腿的滑稽可笑场面。他差一点儿就放声大笑了。但他知道笑完以后他们就不能再做爱了。笑就在那儿,躲在一层薄薄的隔板后面,像个巨大的陷阱一样在房间里耐心地等待着。将肉体之爱与笑隔开的也就是几毫米的空间,他担心他们会迈过去。几毫米的距离将他们与边界线分开,在边界那一边,事物就不再有意义了。

他控制住自己。他压下微笑,他扔下裤子,很快走向他的女友,马上抚摩起她的身体,她的体热驱散了魔鬼的笑。

　　他了解到帕塞尔病情恶化。病人每天靠几针吗啡支持着,一天内只有几个小时感觉好一些。扬坐火车去远处的一个诊所看望他,路上他责备自己很少去看他。看到帕塞尔如此衰老,他吓了一跳。他的头上露出稀疏的波浪式银发,而就在不久以前,那上面还是浓密的褐发。他的面孔成了旧时面孔的回忆。

　　帕塞尔带着一贯的热情迎接他。他抓起他的手臂,迈着矫健的步伐,把他拉到他的病房,两人面对一张桌子坐下来。

　　扬第一次见到帕塞尔时,是很久以前了,当时帕塞尔谈到了人类的远大希望,他一边讲一边用拳头敲桌子,那双永远充满热情的眼睛闪出光芒。今天,他没有谈人类的希望,而是谈他身体的希望。医生断言:如果借助强化的针刺治疗并能忍受巨大痛苦,过了未来十五天这一关槛,他就会赢得胜利。跟扬说这些的时候,他的拳头敲打着桌子,眼里透出光芒。他那关于自己身体希望的热情洋溢的叙述,是他关于人类希望的叙述的忧郁的回声。这两种热情都是同样的虚幻,但帕塞尔熠熠生辉的目光为这两个叙述都蒙上了一层同样神奇的光亮。

　　然后,他谈起女演员汉娜来。带着男人的羞怯腼腆,他向扬承认他最后又一次疯狂了。他为了一个美得疯狂的女人疯狂了,虽然他知道这是所有的疯狂里最没有理智的疯狂。他神采奕奕地谈起了他们就像寻宝一样在森林里采蘑菇,谈起他们停下来喝红酒的咖啡店。

　　"汉娜真是个出色的女人!你知道吗?她没有那种急切的女护士的神情,也没有那种让我想起自己是个年老体弱之人的同情目光,她欢声笑语,还和我一起喝酒。我们喝下去一升酒!我感觉自己就像十八岁一样!我的椅子现在就放在死亡线上,可是我想歌唱。"

帕塞尔用拳头敲打着桌子,并用他那炯炯的目光看着扬,他的目光上方是作为消失了的浓发之记忆的三缕银丝。

扬说我们都跨在死亡线上。沦入暴力、残酷和野蛮之中的整个世界,都坐在这死亡线上。他之所以这样说,是因为他爱帕塞尔,他觉得这个潇洒地敲打桌子的男人在这个不配任何爱的世界消失之前死去,是让人难以忍受的。他尽力让世界末日的出现离我们更近,好让帕塞尔的死变得更可以忍受些。但帕塞尔不接受世界的末日,他敲打着桌子,又开始谈起了人类的希望。他说我们生活在一个巨变的时代。

扬从不赞成帕塞尔对变化的事物的欣赏,但他喜欢他要求变化的愿望,因为那是人类最古老的愿望,是人类最为保守的保守主义。然而,尽管他喜欢这一愿望,还是愿意让他避开这一话题,因为现在帕塞尔坐的椅子已经跨在死亡线上了。他想把他眼中的未来玷污掉,以便让他为自己渐渐失却的生命少留些遗憾。

他对他说:"人们总是对我们说,说我们生活在一个伟大的时代。克勒维斯谈到犹太—基督教时代的终结,其他人谈到世界革命,但所有这一切统统都是傻话。我们这个时代如果是个转折点的话,那完全是因为其他原因。"

帕塞尔用他炯炯的目光看着扬,他的目光上方是作为昔日浓发记忆的三缕银丝。

扬接着说:"你知道英国爵士的故事吗?"

帕塞尔用拳头敲打着桌子,说他不知道这个故事。

"新婚之夜过后,英国爵士对他的妻子说:夫人,我希望您已经怀孕了。我不想再重复一次这些可笑的动作。"

帕塞尔笑了,但是没有敲桌子。这则轶事不属于能燃起他热情的东西。

扬继续说:"别说什么世界革命了!我们生活在这样一个伟大的历史时代:性行为完全彻底地变成了可笑的动作。"

帕塞尔的脸上出现了一丝微妙的微笑。扬了解这一微笑。这不是一个高兴的或赞同的微笑,而是宽容的微笑。他们的见解一直相去甚远,在他们的分歧过于明显地显露出来的那不多的时刻，他们总是互相致以这样一个微笑，为的是确保他们的友谊没有危险。

11

为什么他的眼中总有边界的画面呢？

他想是不是因为自己老了：事物重复来重复去，每次都丧失掉一部分意义。或者，更确切地说，每次都一点一滴地丧失掉自动预定着意义的生命力。在扬看来，边界就意味着：重复之物可以让人接受的最大限度。

有一天，他去看一场演出。演出之间，一个很有才华的小丑开始无缘无故地数起数来，他数得很慢，表情极为专注：一、二、三、四……他用非常投入的神情念着每一个数字，就好像它们跑了，他努力在他周围的空气中把它们找回来：五、六、七、八……数到十五的时候，观众开始笑了起来，数到一百的时候，他数得很慢，神情越来越专注，有人从座椅上掉下来。

在另一场演出中，这个演员去弹钢琴，用左手开始弹一首圆舞曲：当当当，当当当。他的右手空悬在那里，听不见什么曲子，总是没完没了的"当当当，当当当"。他用动人的目光看着观众，就好像他弹的圆舞曲伴奏是美妙绝伦的音乐，应该得到掌声，应该让人激动和感动。他不停地弹，二十次，三十次，五十次，一百次，总是同样的"当当当，当当当"，观众笑得透不过气来。

是的，当我们跨越边界的时候，笑声就响起来，不可避免。可是，要是走得更远，比笑更远呢？

在场的想象中，希腊诸神首先热情地投入到人的冒险事业之中。然后他们赶快回到奥林匹斯山，往下面看，并笑成一团，而今天呢，他们已经沉睡很久了。

可是在我看来，我觉得扬在想象边界问题上弄错了，他认为边界是一条将人的生命切割在某一特定地点的线,它表明着时间的断裂,人的生命在时钟上的确定的一秒。不,相反,我确信边界与我们同在,不管什么时间,也不管我们有多大年龄,它无处不在,尽管根据不同的情况它时隐时现。

扬所深爱的女人说的话是对的,生命系于一发,系于蜘蛛网上的一丝线。只要很小的东西,很弱的一丝风,就能让事物不易觉察地动起来,正因为如此,在突然出现万事皆空的虚无之前的一秒钟,人们还可以主动牺牲掉自己的生命。

扬有一些和他一样离开故国的朋友,他们终日献身于为祖国争自由的斗争之中。他们都曾感觉到自己与这个国家的联系是虚幻的,他们之所以还准备着为某些对他们来说无关紧要的事情去献身,那只是一种惯性使然。他们对这一感受都心知肚明,但同时又害怕挑明这一点。他们背过脸去,害怕看到边界并滑到(因为晕眩或深渊的吸引)另一边去,在边界那边,他们备受折磨的民族的语言只是同鸟鸣一样微不足道的声音。

既然扬为自己把边界定义为可以接受的最大限度地重复,我有义务为他做出修正:边界不是重复的结果。重复只是使边界可见的一种方式。边界线上覆盖着尘土,重复是揩拭这些尘土的人的手部动作。

我愿意提醒扬回想起他少年时的一段特别经历。当时他大约十三岁。人们谈论着生活在其他星球上的生物,而他想象中的这些外星人身上比地球的居民人类有更多的色情区域。这个当时在私下里偷看偷来的女舞蹈演员裸体照片的孩子,最后认识到:地球上的女人只有一个性器官和两个乳房这样很简单的三位一体,她们缺乏足够的色情区域。他梦想的造物身体上所有的,不是这可怜巴巴的三角,而是十几个、二十几个色情区域,那会为眼睛提供永无穷尽的愉悦。

借此,我想说的是,在他长时间的童男经历中,他已经知道什么是对女人身体的厌倦了。在没有知晓快感为何物之前,他已经在思想中穷尽了所有的性兴奋。他已经触及根本之所在了。

因此,从少年时代起他就在目光所及范围内经历这一神秘的边界了,在这个边界之外,女人的乳房只是人体上半身一个不适宜的赘生物。边界从他初谙人事起就成了他的命运。梦想出女人身体上长出其他色情区域的十三岁的扬,在对边界的了解方面,和三十年以后的扬相比毫不逊色。

<h2 style="text-align:center">12</h2>

刮着风,地上有污泥。送葬的人在墓穴前面参差地围成个半圆。扬在行列中,他所有的朋友也在,女演员汉娜、克勒维斯一家、芭芭拉,当然还有帕塞尔的家人:妻子和哭着的儿子,还有女儿。

两个穿着旧衣服的男人用套绳把棺材抬起来。与此同时,一个有几分烦躁的人物手拿着一张纸走近坟墓,他向掘墓人转过身来,举起那张纸,高声读起来。掘墓人看看他,犹豫了一下,心想是否该把棺材先放在墓穴旁边。之后他们还是把棺材慢慢地放进墓穴里,就好像他们决定要给死者免除掉再听第四篇悼文的义务。

棺材的突然消失让致词人不知如何是好。整篇悼词都是用第二人称单数写成的。他要对死者说话,给他一些保证,同意他的看法,让他放心离去,对他表示感谢,并对他会提出的问题做出回答。棺材到了墓穴底部,掘墓人抽出绳子,谦恭地一动不动站在墓穴旁。看到致词人那样情绪激动地面对他们说话,他们便低下头来,心中惶恐不安。

致词人越是觉得局面尴尬,目光就越是被两个阴郁的掘墓人所吸引,他几乎强迫自己不去看他们。他又转过身来,面对着围成半圆的送葬行列致辞。但即便是这样,他那用第二人称单数写成的悼词也显得不伦不类,因为人们会以为敬爱的死者正躲在人群中。

致词人应该往哪儿看呢?他忐忑不安地看着他那张纸,虽然他把悼词都背下来了，眼睛还是看着上面的文字。

参加葬礼的人们被狂风刮得更是烦躁不安。克勒维斯爸爸戴着一顶仔细扣在头上的帽子，但是狂风把帽子刮起来，把它吹到了打开的墓穴和站在第一排的帕塞尔家人之间。

他先是想溜出行列，跑着把帽子捡回来，但他意识到这样的反应会让人觉得他把自己的帽子看得比亡友严肃的葬礼仪式更重要。于是他决定原地不动，装作若无其事的样子。但这不是个好方法。自他的帽子落到墓穴前的空地上以后，参加葬礼的人群更是躁动不安了，完全听不清致词人在说些什么。他谦恭地一动不动，倒不如赶上几步把它捡回来，因为帽子已经大大地干扰了仪式的进行，让人群骚动起来。于是，他终于对他前面的人说对不起并走出了人群。他来到了在墓穴和送葬人之间的那块空地（像个小舞台一样）。他弯下腰来，把手伸向地面，而恰在此时，风又刮了起来，把帽子吹得更远，落到致词人的脚下。

没有人还能想着克勒维斯爸爸和他的帽子以外的事情。对帽子这事一无所知的致词人还是感觉到听众里发生了什么。他从那张纸上抬起眼来，吃惊地发现有个陌生人在离他两步远的地方看着他，像要准备跳过来一样。他马上又低下头看他的悼词，大概希望刚才所见的可怕的景象在他再抬起眼睛时会消失。当他再抬眼看的时候，那男人还在他面前，一直看着他。

克勒维斯爸爸既不能前行，也不能后退。他觉得俯到致词人的脚下是有失礼仪的，而不拿着帽子空手回来是可笑的。于是，他就站在那儿一动不动、犹豫不决，并费尽心思想找到一个办法。

要是有人来帮他一下就好了。他看了那两个掘墓人一眼。他们在墓穴的另一端，一动不动地紧盯着致词人的脚。

这时候，又刮起一阵大风，帽子慢慢地滚到了墓穴的边沿。克勒维斯决定了。他用力迈出一步，伸出手臂，俯下身去。帽子却被风吹起来，一直也抓不到，就在他几乎抓在手里的时刻,帽子却顺着墓穴的边,落到墓穴里面。

克勒维斯又一次伸出手臂,好像要把帽子召唤回来似的,但他立刻决定,权当帽子从来不曾存在过,而他之所以到了墓穴的边缘,只是一个无足轻重的偶然原因。他想要保持绝对的自然和放松,但这很难做到,因为所有目光一齐聚在他身上。他恼羞成怒,尽力不去看任何人,来到了送葬行列的第一排,帕塞尔的儿子在这一排哭着。

当准备跳过来的那个男人的威胁的幽灵消失以后,手中拿着纸的那个人恢复镇静,抬眼看了一下根本没有听他说什么的送葬人群,他说出了悼词里的最后一句话。他向掘墓人转过身来,用极为庄重的声音宣告:"维克多·帕塞尔,爱你的人永远也不会忘记你。安息吧!"

他向墓穴旁的一堆黄土俯下身去,拿起上面放着的铁锹,铲起土,向墓穴探过身去。这时候,送葬行列爆发出压抑不住的笑声。因为大家都认为,手拿铁锹看着下面一动不动的致词人此时此刻看见了穴底的棺材和棺材上的帽子,仿佛死者对尊严还保有徒劳的渴望,面对如此庄严的时刻想在头上戴顶帽子。

致词人控制住自己,把土扔到棺材上,小心着没有让土落到帽子上,就好像帽子下面真的盖着帕塞尔的脑袋一样。然后,他把铁锹递给寡妇。是的,每个人都要饮干这杯诱惑的苦酒。每个人都要经历一番与笑的可怕战斗。每个人,包括帕塞尔的寡妻和他一直在哭的儿子,他们都要用锹撮起黄土,向墓穴俯下身去,穴里有一口棺材,棺材上有一顶帽子,就好像充满生命力和顽强的乐观精神的帕塞尔,要把脑袋探出来一样。

13

二十来个人聚在芭芭拉的别墅里。大家都在客厅里,坐在沙发上、靠椅中或是地上。房中央,在漫不经心的目光包围下,一个据说来自外省城市的女孩,用各种可能的方式在那里摇晃扭动不已。

芭芭拉端坐在一个长毛绒的大扶手椅上："你不觉得有些拖沓吗？"她边说边向那姑娘投去严厉的目光。

姑娘看了她一眼，转动着自己的肩膀，好像她这样就指向了在场的所有人，并且抱怨他们无动于衷，漫不经心。但是，芭芭拉严厉的目光不接受无言的歉意，那姑娘并没有停止自己那缺乏表现力也缺乏意义的动作，但她开始解开罩衫的扣子。

从这一时刻起，芭芭拉就不再管她了，而是相继把目光转向在场的每一个人。看到这一目光后，大家停止了聊天，把顺从的眼神投向在脱衣服的姑娘。然后，芭芭拉撩起了她的裙子，把手放在双腿之间，再一次用寻衅的目光指向客厅的每一个角落。她认真观察着她的体操运动员们，看他们是否在跟着她的示范做动作。

事情终于开始了，按照懒散但有效的节奏，外省姑娘已经半天一丝不挂了，躺在随便哪个男人的怀里，其他人分散到其他房间里去。可是，芭芭拉却无处不在，异常警觉，十分挑剔。她不能接受客人们成双结对在一起并且躲到角落里。她对扬抱在怀里的年轻女子发起火来："你要想和他单独相处，就到他家里去。我们这里是社交活动。"她抓起她的胳膊，把她拖到隔壁的一个房间。

扬注意到一个和善的秃顶小伙子坐在一旁，观察着芭芭拉的举动。他们互相微笑一下。秃顶走过来，扬对他说："芭芭拉元帅。"

秃顶笑了起来，说："她是让我们为奥运会决赛做准备的女教练。"

他们一起看着芭芭拉，观察到她的一系列行为：

她在一对正在做爱的男女身边跪下来，用自己的脑袋把他们的脸分开，把自己的嘴唇贴到了那女子的唇上。那男子对芭芭拉敬重有加，离开了自己女伴的身体，以为芭芭拉要和她单独在一起。芭芭拉把那女子抱在怀中，向她靠近，一直到两个人完全贴在了一起，侧躺在那里。那人在一旁站着，谦卑且恭敬。不停地拥抱着那女子的芭芭拉，抬起一只手在空中划了个圆圈。那男子明白这手势是做给他的，但他弄不懂是让他留下来还是让他离开。他小心紧张地观察着那只手越来越有力、越来越不耐烦的动作。芭芭拉终于把自己的嘴唇和那女子的嘴唇分开,高声地表达了她的意愿。那男子点头称是,身体重新滑落到地上,从后面靠近在他和芭芭拉之间不得动弹的女子。

"我们都是芭芭拉的梦中人物,"扬说道。

"是的,"秃顶说,"可是总有点阴错阳差。芭芭拉就像个钟表匠一样,自己要去调挂钟上的指针。"

等芭芭拉成功地让那男子改变了姿势以后,她马上便对刚才还热烈拥抱着的女子失去了兴趣。她站起身,走近蜷缩在客厅一角、神色紧张的一对年轻情侣。他们只是半裸身体,小伙子在尽量用身体掩饰着那姑娘。就像歌剧舞台上的一些小角色张着嘴不发声并胡乱做一些手势制造出一场生动对话一样,这对青年男女也忙做一团让人觉得他们彼此很专注,因为他们想要的,无非是不引人注目并且避开别人。

芭芭拉看穿了这种把戏,她跪到他们面前,抚摩着他们的头发,对他们说了些什么。然后她就消失在隔壁房间里,回来的时候有三个赤裸的男人陪着。她又跪在两个情人之间,手抱住小伙子的头,亲吻他。那三个赤裸的男人,在她目光中无言的命令指引下,向那姑娘俯过身去,脱掉了她身上余下的衣裳。

"结束的时候,要开一个会,"秃顶说,"芭芭拉要把我们召集在一起,大家围成半圆,她站在我们前面,戴上眼镜,对大家做得是好是坏进行分析,表扬那些用功的学生,批评那些懒惰的人。"

两个羞怯的情人终于和别人分享起自己的身体了。芭芭拉把他们撇在那里,向这两个男人走来。她向扬淡淡地笑了一下,走近那个秃顶。几乎与此同时,扬感觉到自己的皮肤被轻柔地触摸着,是首先脱掉衣服使晚会开场的那个外省姑娘。他心想,芭芭拉这座大钟运转得还不坏。

外省姑娘热忱虔敬地照料着他,但他的目光随时就瞟向房间的另一端,芭芭拉在那里把摩着秃顶的生殖器。他们这两对男女所处情形丝毫不差。两个女人，上半身倾斜着，用同样的动作，在照管着同一样东西，就像俯身照管自己的花圃的两个勤奋的女园丁一样，每一对都只是另一对在镜中映照的形象。两个男人的目光碰到了一起，扬看见秃顶的身体因为忍着笑而颤抖。因为他们两个互为一体，就像一物和该物的镜像一样，一个人颤抖时，另一个不可能不同样颤抖。扬转过脸去，不想让正在抚摩他的姑娘感到受了冒犯。但他的镜中形象难以遏止地吸引他。他又朝那边看去，他看到了秃顶因忍住笑而变得眼球突出。他们之间至少通过五倍的心灵感应电流连通在一起。不仅每个人知道对方在想什么，彼此也都知道对方知道这一点。不久以前他们赐予芭芭拉的那些比喻都回到脑际，并且他们又发现了新的比喻。他们彼此看着，同时又互相避免着彼此的目光，因为他们知道，在此时此地如同在教堂里神甫举起圣餐饼时一样，笑是一种亵渎。可是，当这一比喻掠过他们脑海之时，他们就更想笑了。他们太弱小了。笑过于强大。他们的身体不可遏止地颠荡起来。

芭芭拉看着同伴的脸。秃顶忍了一下，可还是笑了起来。就像猜到了恶之源何在一样，芭芭拉朝扬转过脸来。恰在此时，外省姑娘悄声问他："你怎么了？为什么哭了？"

可是芭芭拉已经来到他身边，咬牙切齿地说："别跟我来帕塞尔葬礼上那一套！"

"别生气，"扬说道；他笑了起来，泪流满面。

她请他出去。

14

再去美洲之前，扬带爱德维奇来到了海边。这是一个荒废的小岛，岛上零星散布几处小村落，牧场里绵羊在若无其事地吃草，只有一家旅馆，朝向一片围起来的海滩。他们每个人都租了一个房间。

他敲门。她的声音从房间远处传来,让他进来。他开始没看见人。"我小解呢,"她从半掩着门的卫生间朝他喊道。

他对此一清二楚。哪怕家里有非常多人来时,她也是安安静静地宣称她要去小解,而且隔着虚掩的厕所门和其他人闲聊。这绝非卖弄风情,亦非是恬不知耻。与之相反,这是对卖弄风情和不知羞耻的坚决抵制。

爱德维奇不能承受压在人身上的传统的重负。她抵制承认裸露着脸就是纯洁的,而裸露着屁股就是下流的。她不清楚为什么从眼里流出的带咸味的液体就是高尚的诗篇,而通过肚子流出的液体就该引起人的反感。这全部在她看来都是愚钝的、装模作样的、毫无道理可言的,她就如同一个叛逆的女孩子对待天主教寄宿学校的校规一般,对待这些传统惯例。

从厕所出来后,她向扬笑了笑,让他吻了双颊:"我们去海滩?"

他同意。

"把你的衣服放我这儿吧,"她边说边脱下自己的浴衣,里面一丝不挂。

扬一直感觉在其他人面前脱衣服,有点儿不好意思。他几近羡慕爱德维奇,她赤身走来走去,就如同穿着一件非常舒适的家常裙子一般。她赤裸身体甚至比穿着衣服更随意,就好比她脱掉衣服的同时,也同时扔掉了作为女人的痛苦命运,成了一个没有性别特征的人。就好像性是包在衣服里的,而赤裸是中性的一样。

他们一丝不挂走下楼梯,来到海滩,那里成群的人都在光着身休息、散步、游泳:赤裸的母亲和赤裸的孩子,赤裸的祖母和她们赤裸的孙子,赤裸的青年和赤裸的老人。女人的乳房多得不计其数,形状多姿多彩,美的,不那么美的,丑的,大的,皱缩的等等。扬稍有伤感地感觉到,在年轻的乳房面前,年老的乳房不显得年轻;但是相反,年轻的乳房却显得更老,而一切这些乳房都一样得非常奇怪,无足轻重。

此刻,他又被那隐约且神秘的边界概念给纠缠住了,他觉得自己正处在边界线上,正打算跨过去。一种奇怪的忧伤涌上心头,从这好比云雾的悲伤中显现出一个更为奇怪的念头:犹太人就是成群结队、一丝不挂着走进毒气室的。他不清楚到底为何这一画面固执地侵入他的脑海,也不清楚它到底意味着什么。也许它意味着那个时候,犹太人也是在边界的另一边的,换言之,裸体成了另一边的男女们的制服。裸体成了一块裹尸布。

因海滩上四散的裸体而感受到的悲哀让扬不堪忍受。他说:"太难以理解了,这里所有这些裸体……"

爱德维奇同意:"是的。更奇怪的是,这些身体全是美的。你看,哪怕是衰老的身体、生病的身体也都是美的,只要它们还只是身体、没有衣服的身体。它们和自然一样美。一棵老树同一棵幼树一般的美,有病的狮子依然是兽中之王。人的丑陋归根结底是衣服的丑陋。"

他们永远也不互相理解,爱德维奇和他之间。但他们总是互相欣赏。每个人都用自己的方式解释对方的话,他们两人之间有种微妙的契合,一种奇妙的建立在不理解基础上的契合。他很明白这一点,近乎乐此不疲。

他们在海滩上缓缓地走着,脚下的沙子滚烫,一只公羊的咩咩叫声与海水声应和着,橄榄树荫下,一只肮脏的绵羊在吃着一堆干草。扬想起达夫尼斯来。他躺着,对赫洛亚赤裸的身体万分痴迷,他无比兴奋却不知道这兴奋把他引向何方,这是没有目的、没有平息的兴奋,它漫无边际地延伸开来,到遥不可及的所在。一阵猛烈的怀恋之情袭上扬的心头,他想回到过去。过去,那男孩那里。过去,男人之初,他自己的初始,爱的初始。他想有欲望。他想有心的颤动。他想躺在赫洛亚身旁,不知肉体之恋是什么,不知快感是什么。把自己变成兴奋,只是兴奋,只是困惑,面对着女人身体时男人所感受到的神秘的、难以理解的、奇迹般的迷惘。他大声说出:"达夫尼斯!"

绵羊在吃着干草,扬再次带着长叹重复说道:"达夫尼斯,达夫尼斯……"

"你喊达夫尼斯?"

"是的,"他说,"我喊达夫尼斯。"

"非常好，"爱德维奇说，"应该回归到他那儿。回到人还没有被基督教戕害的那个时代。你想说的是这个意思吗？"

"是的，"扬回答，但他想说的是完全不一样的意思。

"那里，或许还有一个不大的自然的天堂，"爱德维奇接着说，"羊群和牧羊人，属于自然的人。感官的释放。对你而言，这就是达夫尼斯，对不对？"

他再一次向她肯定他想说的就是这个观点。爱德维奇肯定："是的，你说得没错，这就是达夫尼斯之岛！"

因为他喜欢将他们建立在误解基础上的理解发挥下去，他补充说："我们住的旅店应该叫作：另一边。"

"是的，"爱德维奇兴奋万分地叫道，"在我们的文明牢笼的另一面！"

一小群裸体的人朝他们走来。爱德维奇把扬介绍给大家。大家和他握手问候，说出自己的名头，表明各自的荣幸。接着，他们说起不同的话题：海水的温度，戕害着人们身心的虚伪的社会，美丽的岛。

说到最后一个话题，爱德维奇强调说："扬刚说这是达夫尼斯之岛。我觉得他说得没错。"

人们都为这一发现感到兴奋，一个腆着奇大肚皮的男人侃侃而谈地发挥起来，他说西方文明即将消亡，人类将最终从犹太——基督教传统的枷锁奴役下解放出来。这些话扬不止十次、二十次、三十次、一百次、五百次、上千次地听说过，沙滩这几米的空场眼看着就要变成阶梯教室了。那男人激动地说着，其他一切人都兴致勃勃地听着，而他们赤裸的性器此刻正傻呆呆地、哀伤地看着地面上的黄沙。